# STERF VOOR MIJ

Karen ROSE

# Sterf voor mij

De Fontein

Oorspronkelijke titel: *Die For Me*
Oorspronkelijk verschenen bij: Grand Central Publishing
Deze vertaling is tot stand gekomen na overeenkomst met Grand Central Publishing, New York, New York, USA. 
Uitgeverij De Fontein, Postbus 1, 3740 AA Baarn
Vertaald uit het Engels door: Lia Belt
Omslagontwerp en Artwork: Studio Jan de Boer, Amsterdam
Zetwerk: Text & Image, Almere
ISBN 978 90 261 2498 3
NUR 332

www.uitgeverijdefontein.nl

Alle personen in dit boek zijn door de auteur bedacht. Enige gelijkenis met bestaande – overleden of nog in leven zijnde – personen berust op puur toeval.

Ter nagedachtenis aan Dr. Zoltan J. Kosztolnyik, emeritus professor van middeleeuwse geschiedenis aan de A&M universiteit in Texas.

Ik heb dan nooit het voorrecht gehad hem persoonlijk te ontmoeten, wel heb ik de eer, het privilege en het genoegen gehad om de dochter die hij had opgevoed te leren kennen.

En zoals altijd dank aan mijn lieve echtgenoot Martin. Je raakt iedere dag de levens van je studenten en brengt de geschiedenis tot leven met dezelfde unieke combinatie van passie, intelligentie en bijtende humor waardoor ik vijfentwintig jaar geleden verliefd op je werd.

Of je je nu uitdost als Cleopatra, de Onafhankelijkheidsverklaring inzichtelijk maakt met behulp van rockvideo's van de langharige bands uit de jaren tachtig, of de Monroe Doctrine uitlegt aan de hand van de 'Badger-Badger-Mushroom'-dans, je hebt er wel voor gezorgd dat geen enkele student die les van jou heeft gehad je ooit zal vergeten.

Je inspireert me. Ik hou van je.

# Proloog

*Philadelphia, zaterdag 6 januari*

Het eerste wat Warren Keyes opviel, was de geur. Ammoniak, ontsmettingsmiddel... en nog iets anders. Wat nog meer? *Doe je ogen open, Keyes.* Hij hoorde zijn eigen stem in zijn hoofd galmen en probeerde zijn ogen te openen. Zwaar. Zijn oogleden waren zo zwaar, maar hij spande zich in om zijn ogen open te doen. Het was donker. Nee. Er was een beetje licht. Warren knipperde een keer met zijn ogen, toen nog eens wat heftiger, tot hij een flikkerend licht zag.

Het was een fakkel aan de muur. Zijn hart begon te bonzen in zijn borst. De muur was van steen. *Ik ben in een grot.* Zijn hartslag ging veel te snel. *Wat is dit, verdomme?* Hij kwam met een ruk naar voren, en een withete pijn brandde door zijn armen omlaag naar zijn rug. Hijgend liet hij zich achterovervallen. Hij viel tegen een plat vlak dat hard aanvoelde.

Hij was vastgebonden. *O, God.* Zijn handen en voeten waren vastgebonden. En hij was naakt. *In de val.* De angst kroop omhoog in zijn buik en klauwde aan zijn ingewanden. Hij kronkelde als een wild dier en zakte hijgend weer terug, en hij proefde het ontsmettingsmiddel toen hij de lucht naar binnen zoog. Ontsmettingsmiddel en...

Zijn adem stokte toen hij de geur onder het ontsmettingsmiddel herkende. Iets doods. Iets rottends. *Er is hier iets doodgegaan.* Hij deed zijn ogen dicht en probeerde uit alle macht niet in paniek te raken. *Dit is niet echt. Het is een droom, een nachtmerrie. Zo meteen word ik wakker.*

Maar hij droomde niet. Dit, wat het ook was, was echt. Hij lag gestrekt tegen een enigszins schuinstaande plank. Zijn polsen waren aan elkaar gebonden, zijn armen boven zijn hoofd getrokken. *Waarom?* Hij probeerde na te denken, het zich te herinneren. Er was iets... een beeld in zijn hoofd, maar hij kon er net niet bij. Hij spande zich in om de herinnering boven te halen en besefte dat hij hoofdpijn had; hij grimaste toen hij van pijn zwarte vlekjes voor zijn ogen zag dansen. God, het leek wel een heel erge kater. Maar hij had niet gedronken. Toch?

*Koffie.* Hij herinnerde zich dat hij koffie had gedronken, met zijn handen om de mok om ze te warmen. Hij had het koud gehad. Hij had buiten gestaan. *Gerend.* Waarom had hij gerend? Hij draaide zijn polsen, voelde zijn geschaafde huid branden, strekte zijn vingers tot zijn vingertoppen touw raakten.

'Dus je bent eindelijk wakker.'

De stem kwam van achter hem vandaan, en hij rekte zijn nek uit en probeerde achterom te kijken. Toen herinnerde hij het zich en nam de druk op zijn borstkas een klein beetje af. Het was een film. *Ik ben acteur en we waren een film aan het maken.* Een historische documentaire. Hij had rondgerend met... met wat? Hij trok een gezicht toen het hem te binnen schoot. *Met een zwaard, dat was het.* Hij had een middeleeuws kostuum gedragen, dat van een ridder, met een helm en een schild... zelfs een maliënkolder, lieve hemel. De hele scène stond hem nu weer voor ogen. Hij had zich omgekleed, zelfs zijn ondergoed uitgetrokken en verwisseld voor een stuk kriebelende, vormeloze jute dat zijn kruis had geïrriteerd. Hij had een zwaard gehad, waarmee hij, schreeuwend uit volle borst, door de bossen bij de studio van Munch had gerend. Hij had zich enorm opgelaten gevoeld, maar hij had dat allemaal gedaan omdat het in dat stomme script stond.

*Maar dit* – hij rukte nog eens vergeefs aan de touwen – *stond níét in het script.*

'Munch.' Warrens stem klonk dik en zijn droge keel voelde rauw. 'Wat moet dit voorstellen?'

Ed Munch verscheen links van hem. 'Ik dacht al dat je nooit meer wakker zou worden.'

Warren knipperde met zijn ogen toen het vage schijnsel van de fakkel over het gezicht van de man flakkerde. Zijn hart stond even stil. Munch was veranderd. Eerder was hij oud geweest, met gebogen schouders, grijs haar en een snor. Warren slikte en ademde oppervlakkig. Nu stond Munch rechtop. Zijn snor was weg. En zijn haar ook; zijn hoofd was glanzend kaalgeschoren.

*Munch is niet oud.* De angst kronkelde in zijn ingewanden, kolkend en ziedend. Hij zou vijfhonderd dollar krijgen voor de documentaire. Contant, als hij op die dag zou komen. Warren was er argwanend over geweest, want het was nogal veel geld voor een historische documentaire die, als hij geluk had, alleen op PBS zou worden uitgezonden. Maar hij was akkoord gegaan. Eén vreemde oude man was geen bedreiging.

*Maar Munch is niet oud.* Er kwam gal omhoog in zijn keel. *Wat heb ik gedaan?* En vlak achter die vraag aan kwam de volgende, veel angstaanjagender: *Wat gaat hij met mij doen?*

'Wie ben jij?' kraakte Warren, en Munch hield een fles water tegen zijn lippen. Warren trok zijn hoofd terug, maar Munch greep zijn kin met verrassend veel kracht vast. Toen de man zijn donkere ogen samenkneep, verstijfde Warren van angst.

'Het is alleen maar water deze keer,' zei Munch knarsetandend. 'Drinken.'

Warren spuugde zijn mondvol water in het gezicht van de kale man en zette zich schrap toen Munch zijn vuist hief. Maar de vuist zakte weer en Munch haalde zijn schouders op.

'Je drinkt uiteindelijk toch wel. Je keel moet goed gesmeerd zijn.'

Warren likte langs zijn lippen. 'Waarvoor?'

Munch verdween weer achter hem en Warren hoorde iets rollen. Een videocamera, zag hij toen Munch het ding langs hem heen reed en op twee meter afstand neerzette. De camera was op zijn gezicht gericht. 'Waarvoor?' herhaalde Warren op luidere toon.

Munch tuurde door de lens en stapte achteruit. 'Omdat je moet schreeuwen.' Hij trok een wenkbrauw op, terwijl de rest van zijn gezicht geheel uitdrukkingsloos bleef. Het zag er surrealistisch uit. 'Ze hebben allemaal geschreeuwd. Dat zul jij ook doen.'

Het afgrijzen borrelde op, en Warren onderdrukte het uit alle macht. *Kalm blijven. Wees aardig tegen hem, dan klets je je hier misschien wel uit.* Hij dwong zijn lippen te krullen in een glimlach. 'Luister, Munch, laat me gaan, dan staan we quitte. Je mag zelfs de zwaardscènes houden die ik al heb gedaan, gratis.'

Munch keek hem alleen maar aan, nog altijd met dat uitgestreken gezicht. 'Ik was toch al niet van plan je te betalen.' Hij verdween weer en kwam even later terug met nog een videocamera op wieltjes.

Warren herinnerde zich de koffie, en hoe Munch erop had aangedrongen dat hij die moest opdrinken. *Alleen maar water deze keer.* De woede borrelde als een geiser in hem op en verdrong even de angst. 'Je hebt me gedrogeerd,' siste hij, en hij vulde zijn longen met lucht. 'Help!

Wie dan ook!' schreeuwde hij zo hard hij kon, maar het hese geluid dat uit zijn keel kwam, klonk zielig en nutteloos.

Munch zei niets en hing alleen een derde camera aan een hengel op, zodat die omlaag wees. Elke beweging was methodisch en precies. Ongehaast. Onbezorgd. Zonder vrees.

En toen wist Warren dat niemand hem kon horen. De hete woede sijpelde weg en liet alleen angst achter, koud en absoluut. Warrens stem trilde. Er moest iets zijn... een uitweg. Iets wat hij kon zeggen. Doen. Aanbieden. Smeken. Hij zou smeken. 'Alsjeblieft, Munch, ik doe alles...' Zijn stem stierf weg terwijl de woorden van Munch weer door zijn hoofd spookten.

*Ze hebben allemaal geschreeuwd. Ed Munch.* Warrens borst verkrampte en de wanhoop bemoeilijkte hem het ademen. 'Munch is niet je echte naam. Edvard Munch, de kunstenaar.' Er schoot een beeld door zijn hoofd van het schilderij van een angstaanjagende figuur met zijn handen tegen zijn gezicht gedrukt. '*De Schreeuw*.'

'Eigenlijk spreek je het uit als "Moenk" en niet als "Munch", maar dat doet iedereen altijd fout. Niemand let op details,' voegde de man er walgend aan toe.

Details. De man had het eerder ook al steeds over de details gehad, en hij had gefronst toen Warren protesteerde tegen het kriebelende ondergoed. Het zwaard was ook echt geweest. *Ik had het op die klootzak moeten gebruiken toen ik de kans had.* 'Authenticiteit,' mompelde Warren, herhalend wat hij had opgevat als het gezwets van een ouwe gek.

Munch knikte. 'Nu begrijp je het.'

'Wat ga je doen?' Zijn stem klonk spookachtig rustig.

'Dat merk je gauw genoeg.'

Warren had moeite met ademhalen. 'Alsjeblieft. Alsjeblíéft, ik doe alles wat je wilt, maar laat me gaan.'

Munch zweeg. Hij duwde een karretje met een televisie erop een stukje voorbij de camera aan zijn voeten en controleerde met kalme precisie of alle camera's juist stonden afgesteld.

'Dit kun je niet zomaar ongestraft doen,' zei Warren wanhopig, en hij trok aan de touwen, worstelde tot zijn polsen brandden en zijn armgewrichten pijn deden. De touwen waren dik en de knopen gaven niet mee. Hij zou zichzelf niet kunnen bevrijden.

'Dat zeiden alle anderen ook. Maar tot nu toe is het wel zo, en dat zal ook zo blijven.'

*Anderen.* Er waren nog anderen geweest. De geur van de dood hing om hem heen en bespotte hem. Er waren hier al anderen gestorven. Hij zou hier ook sterven. Van ergens diep binnen in hem stak de moed de kop op. Hij stak zijn kin omhoog. 'Mijn vrienden komen me heus wel zoeken. Ik heb mijn verloofde verteld dat ik een afspraak met je had.'

Munch was klaar met de camera's en draaide zich om. In zijn ogen lag een minachtende blik, waaruit duidelijk sprak dat hij wist dat dit een laatste, wanhopige blufpoging was. 'Nee, dat heb je niet. Je hebt je verloofde verteld dat je met een vriend had afgesproken om hem te helpen zijn tekst te leren. Dat vertelde je me vanmiddag toen we elkaar ontmoetten. Je zei dat je het geld van deze opdracht zou gebruiken om een cadeau voor haar verjaardag te kopen. Je wilde dat het een verrassing was. Daarom, en om je tatoeage, heb ik jou gekozen.' Hij trok één schouder op. 'Bovendien pas je het kostuum. Maliënkolders passen lang niet iedereen. Dus niemand komt je zoeken. En als ze al komen, dan zullen ze je toch nooit vinden. Accepteer het maar: je bent van mij.'

Alles in hem werd doodstil. Het was waar. Hij had Munch verteld dat hij het geld wilde gebruiken voor een verrassing voor Sherry. Niemand wist waar hij was. Niemand zou hem komen redden. Hij dacht aan Sherry, aan zijn vader en moeder, aan iedereen om wie hij gaf. Ze zouden zich wel afvragen waar hij was. Er kwam een snik omhoog in zijn keel. 'Klootzak,' fluisterde hij, 'ik haat je.'

Eén kant van Munch' mond kwam omhoog, maar zijn ogen lichtten op. Hij vermaakte zich en dat was nog veel angstaanjagender dan zijn glimlach. 'Dat zeiden de anderen ook.' Hij duwde de waterfles weer tegen Warrens lippen en kneep zijn neus dicht tot hij snakte naar adem. Warren verzette zich hevig, maar Munch goot het water door zijn keel. 'En nu, meneer Keyes, gaan we beginnen. Vergeet niet te schreeuwen.'

# 1

*Philadelphia, zondag 14 januari, 10:25 uur*

Rechercheur Vito Ciccotelli stapte nog naschuddend uit zijn pick-up. De slecht onderhouden oude zandweg die naar de plaats delict leidde had zijn toch al opstandige maag nog meer van streek gemaakt. Hij haalde eens diep adem, maar had daar ogenblikkelijk spijt van. Zelfs na veertien jaar bij de politie was de geur van de dood nog altijd een smerige en onwelkome verrassing.

'Mijn schokbrekers kan ik wel afschrijven, verdomme.' Nick Lawrence grimaste en sloeg het portier van zijn bescheiden sedan dicht. 'Shit.' Met het zangerige accent uit zijn geboortestaat Carolina wist hij het woord tot vier lettergrepen te rekken.

Twee agenten in uniform stonden – met zakdoeken tegen hun gezicht gedrukt – omlaag te staren in een gat halverwege een met sneeuw bedekte akker. In het gat zat een vrouw, en haar kruin was nog net zichtbaar. 'Ik geloof dat TR het lijk al heeft blootgelegd,' zei Vito droog.

'Denk je?' Nick bukte zich en propte zijn broekspijpen in zijn altijd keurig gepoetste cowboylaarzen. 'Nou, Chick, laten we dan maar eens gaan kijken.'

'Even wachten.' Vito graaide achter zijn stoel naar zijn snowboots en grimaste toen een doorn diep in zijn duim stak. 'Verdomme.' Hij zoog op het wondje en schoof het boeket rozen voorzichtig opzij om zijn laarzen te kunnen pakken. Vanuit zijn ooghoeken zag hij Nicks blik betrekken. Maar zijn partner zei niets.

'Het is twee jaar geleden. Vandaag,' voegde Vito er bitter aan toe. 'Wat vliegt de tijd.'

Nick sprak zachtjes. 'Ze zeggen ook dat hij alle wonden heelt.'

En Nick had gelijk. Twee jaar hadden het ergste van Vito's verdriet afgesleten. 'Ik ga vanmiddag naar het kerkhof.'

'Wil je dat ik meega?'

'Nee, bedankt.' Vito trok zijn laarzen aan. 'Laten we maar eens gaan kijken wat ze hebben gevonden.'

In de zes jaar dat hij nu als rechercheur bij Moordzaken werkte, had Vito geleerd dat eenvoudige moorden niet bestonden; alleen maar moeilijke – zij het in verschillende gradaties. Zodra hij op de besneeuwde akker stond, aan de rand van het graf dat de technische recherche net had blootgelegd, wist hij dat dit een van de moeilijkere zou worden.

Noch Vito, noch Nick zei iets terwijl ze het slachtoffer bekeken, dat hier altijd verborgen had kunnen blijven als er niet een oude man met een metaaldetector was langsgekomen. De rozen, het kerkhof, alles verdween naar de achtergrond terwijl Vito zich richtte op de dode in het graf. Hij maakte zijn blik los van haar handen en verplaatste die naar wat er van haar gezicht over was.

De vrouw was klein geweest, één meter vijfenzestig of zeventig, en zo te zien jong. Kort donker haar omlijstte een gezicht dat te ver ontbonden was om gemakkelijk te kunnen identificeren, en Vito vroeg zich af hoe lang ze hier al lag. Hij vroeg zich af of iemand haar had gemist. Of iemand nog altijd wachtte tot ze weer thuiskwam.

Hij voelde het bekende medelijden en verdriet, maar hij zette het van zich af, samen met alle andere dingen die hij wilde vergeten. Nu moest hij zich concentreren op het lijk, het bewijs. Later zouden hij en Nick over de vrouw nadenken; wie ze was geweest en wie ze had gekend. Alles om de zieke smeerlap te pakken die haar naakte lichaam had laten wegrotten in een anoniem graf op een akker, die haar zelfs na haar dood nog had geschonden. Medelijden maakte plaats voor woede toen Vito's blik terugkeerde naar de handen van het slachtoffer.

'Hij heeft haar in die houding neergelegd,' mompelde Nick naast hem, en in die zachte woorden hoorde Vito dezelfde woede die hij ook voelde. 'Het is verdomme geen toeval dat ze zo ligt.'

Dat klopte inderdaad. Haar handen waren tegen elkaar aan gedrukt, tussen haar borsten, met haar vingertoppen naar haar kin gericht. 'Permanent in gebed gevouwen,' zei Vito grimmig.

'Een godsdienstwaanzinnige?' peinsde Nick.

'God, ik hoop het niet.' Er trok een tintelend voorgevoel langs zijn ruggengraat. 'Godsdienstwaanzinnigen houden het meestal niet bij één. Dan zouden er nog meer kunnen zijn.'

'Misschien.' Nick hurkte om in het graf te kijken, dat ongeveer een meter diep was. 'Hoe worden haar handen in die positie gehouden, Jen?'

Brigadier Jen McFain van de technische recherche keek op. Ze had een veiligheidsbril op haar neus en een masker voor haar neus en mond. 'Draad,' zei ze. 'Het lijkt op staaldraad, maar dan fijner. Het is om haar vingers gewonden. Je ziet het wel beter als de lijkschouwer haar heeft opgeknapt.'

Vito fronste zijn wenkbrauwen. 'Zulk dun draad lijkt me niet genoeg om door de sensor van een metaaldetector te worden opgepikt, vooral niet onder een dikke laag aarde.'

'Je hebt gelijk, dat is het ook niet geweest. Dat hebben we te danken aan de stangen die de dader onder de armen van het slachtoffer had aangebracht.' Jen trok haar gehandschoende vinger langs de onderkant van haar arm, tot aan haar pols. 'Ze zijn dun en buigzaam, maar met voldoende massa om door een metaaldetector te worden opgepikt. Zo heeft hij haar armen in die positie gefixeerd.'

Vito schudde zijn hoofd. 'Waarom?' vroeg hij.

Jen haalde haar schouders op. 'Misschien komen we meer te weten van het lijk zelf. Ik heb nog niet veel uit het graf kunnen afleiden. Behalve...' ze klom behendig uit het gat. 'De oude man had met een tuinschep een arm van haar blootgelegd. Hij is nog best kwiek, maar zelfs ik zou in deze tijd van het jaar met een tuinschep niet zo diep zijn gekomen.'

Nick keek in het graf. 'De grond was dus niet bevroren.'

Jen knikte. 'Precies. Zodra hij die arm zag, hield hij op met graven en belde het alarmnummer. Toen wij hier aankwamen, zijn we verder gaan graven. De grafaarde was gemakkelijk weg te scheppen, tot we bij de wand van het graf aankwamen, want daar was het keihard. Kijk maar naar die hoeken. Ze lijken wel met een winkelhaak te zijn gemaakt, en ze zijn stijf bevroren.'

Vito kreeg een wee gevoel in zijn buik. 'Hij heeft dat graf gegraven voordat de grond bevroor. Hij had dit dus al een aardig tijdje van tevoren voorbereid.'

Nick keek fronsend omlaag. 'En niemand heeft dat gapende gat opgemerkt?'

'Misschien had de dader het met iets afgedekt,' opperde Jen. 'Bovendien denk ik niet dat de grafaarde van deze akker komt. Ik zal wat tests doen. Dat is alles wat ik nu heb; ik kan niets meer doen tot de lijkschouwer hier is.'

'Bedankt, Jen,' antwoordde Vito. 'Laten we maar eens met de eigenaar van de grond gaan praten,' zei hij tegen Nick.

Harlan Winchester was een jaar of zeventig, maar zijn ogen waren helder en scherp. Hij had op de achterbank van de politiewagen zitten wachten en was uitgestapt toen hij hen zag aankomen. 'Ik zal jullie rechercheurs wel hetzelfde moeten vertellen als wat ik al aan de agenten heb verteld, zeker?'

Vito knikte meelevend. 'Ik vrees van wel. Ik ben rechercheur Ciccotelli en dit is mijn partner, rechercheur Lawrence. Kunt u ons vertellen wat er precies gebeurd is?'

'Joh, ik wilde die stomme metaaldetector niet eens hebben. Het was een cadeautje van mijn vrouw. Ze vindt dat ik veel te weinig beweging krijg sinds mijn pensioen.'

'Dus u bent vanmorgen een eindje gaan wandelen?' spoorde Vito hem aan, en Winchester fronste zijn wenkbrauwen.

'"Harlan P. Winchester,"' zei hij met een hoge, nasale stem, '"je zit al tien jaar in die klotestoel. Hijs je ouwe kont er eens uit en ga wandelen." Dus dat deed ik, want ik had geen zin meer in haar gezeur. Ik dacht dat ik misschien iets interessants zou vinden, waardoor Ginny erover zou ophouden. Maar... ik had nooit verwacht dat ik een méns zou vinden.'

'Was het lijk het eerste dat u met uw metaaldetector vond?' vroeg Nick.

'Ja.' Hij trok zijn mond in een grimas. 'Ik heb mijn schep gepakt. Toen pas dacht ik eraan hoe hard de grond zou zijn. Ik verwachtte niet dat ik door de bovenlaag heen zou komen, laat staan dat ik diep zou kunnen graven. Ik gooide de schep al bijna meteen weer aan de kant, maar ik was pas een kwartier weg, en Ginny zou weer gaan zeuren als ik nu alweer naar huis kwam. Dus begon ik te graven.' Hij deed zijn ogen dicht, slikte moeizaam, en zijn bravoure verdween als sneeuw voor de zon. 'Mijn schep... raakte haar arm. Dus ben ik gestopt met graven en heb het alarmnummer gebeld.'

'Kunt u ons wat meer over dit stuk land vertellen?' vroeg Vito. 'Wie heeft er toegang toe?'

'Iedereen met een terreinwagen, zou ik zeggen. Je kunt deze akker vanaf de snelweg niet zien, en het weggetje dat naar de hoofdweg leidt is niet eens verhard.'

Vito knikte, blij dat hij met zijn pick-up was gekomen in plaats van met zijn Mustang, die veilig naast zijn motor in de garage stond. 'Het is inderdaad een ruig pad. Hoe bent u hier gekomen?'

'Vandaag ben ik komen lopen.' Hij wees naar de bomen, waar voetsporen tussen vandaan kwamen. 'Maar ik ben hier voor het eerst. We zijn hier pas een maand geleden komen wonen. Dit land was van mijn tante,' legde hij uit. 'Toen ze overleed, liet ze het aan mij na.'

'En kwam uw tante vaak op deze akker?'

'Dat denk ik niet. Ze was een kluizenaar, ging nooit het huis uit. Dat is alles wat ik weet.'

'U hebt ons heel goed geholpen, meneer. Dank u wel,' zei Vito.

Winchester liet zijn schouders zakken. 'Kan ik dan nu naar huis?'

'Jazeker. Een van de agenten brengt u wel even.'

Winchester stapte in de politiewagen, en die passeerde even later een grijze Volvo. De Volvo parkeerde achter Nicks sedan. Een slanke vrouw van halverwege de vijftig stapte uit en kwam de akker op. Lijkschouwer Katherine Bauer was er. Het was tijd om het lijk te bekijken.

Vito liep naar het graf toe, maar Nick bleef staan. Hij keek naar Winchesters metaaldetector, die in de bus van TR stond. 'We moeten de rest van de akker ook controleren, Chick.'

'Je denkt dat er nog meer liggen.'

'Ik vind dat we niet kunnen vertrekken voor we het zeker weten.'

Er liep weer een huivering over Vito's rug. In zijn hart wist hij al wat ze zouden vinden. 'Je hebt gelijk. Laten we maar gaan kijken wat er nog meer ligt.'

*Zondag 14 januari, 10:30 uur*

'Heeft iedereen z'n ogen dicht?' Sophie Johannsen keek in het donker fronsend naar haar studenten. 'Bruce, je gluurt,' zei ze streng.

'Ik gluur niet,' morde hij. 'En bovendien is het toch te donker om iets te kunnen zien.'

'Schiet op,' zei Marta ongeduldig. 'Doe het licht aan.'

Sophie knipte het licht aan, genietend van het moment. 'Ik presenteer... de Grote Zaal.'

Even zei niemand iets. Toen floot Spandan, een geluid dat zes meter boven hun hoofd tegen het plafond weerkaatste.

Bruce' gezicht klaarde op. Hij grijnsde. 'Je hebt het voor elkaar. Het is eindelijk af.'

Marta's kaak verstrakte. 'Mooi.'

Sophie knipperde met haar ogen bij de gespannen toon van de jongere vrouw, maar voordat ze iets kon zeggen, klonk het zachte gezoem van de rolstoel van John, die langs haar heen reed om naar de andere muur te kijken. 'En dit heb je allemaal in je eentje gedaan,' mompelde hij, rondkijkend op zijn eigen, rustige manier. 'Ongelooflijk.'

Sophie schudde haar hoofd. 'Helemaal niet in mijn eentje. Jullie hebben allemaal geholpen, met het schoonmaken van zwaarden en harnassen en het indelen van de zwaarddisplay. Dit is een groepsprestatie.'

Vorige herfst waren alle vijftien leden van haar seminar over wapens en oorlogstuig enthousiast aan de slag gegaan als vrijwilliger bij het Albright Historisch Museum, waar Sophie haar dagen doorbracht. Nu waren alleen deze trouwe vier nog over. Ze hadden hun vrije tijd erin gestoken, waren er elke zondag geweest, maandenlang. Ze verdienden er studiepunten mee, maar voor hen ging het vooral om de kans de middeleeuwse schatten aan te raken die hun jaargenoten alleen achter glas mochten bewonderen.

Sophie begreep hun fascinatie. Ze wist ook dat het vasthouden van een vijftiende-eeuws zwaard in een steriel museum maar een slap aftreksel was van de spanning zelf een zwaard op te graven, het zand eraf te vegen en een schat bloot te leggen die niemand in vijfhonderd jaar tijd had gezien. Een halfjaar geleden, als archeoloog in Zuid-Frankrijk, had ze geleefd voor die spanning en was ze iedere morgen wakker geworden met de vraag welke schatten ze die dag weer zou opgraven. Nu, als hoofdcurator van het Albright Museum, kon ze alleen de schatten aanraken die door anderen waren opgegraven. Ze aanraken, ervoor zorgen, zou voorlopig genoeg moeten zijn.

En hoe moeilijk het ook was geweest om de Franse opgraving en haar dromen achter te laten, telkens als ze in het verzorgingshuis aan het bed van haar grootmoeder zat, wist Sophie dat ze de juiste keus had gemaakt.

En momenten zoals dit, als ze de trots op de gezichten van haar studenten zag, maakten haar keus ook gemakkelijker te dragen. Sophie, eveneens vervuld van trots, bewonderde wat ze hadden bereikt. De nieuwe Grote Zaal, groot genoeg voor groepen van dertig mensen of meer, was een spectaculaire ruimte geworden. Tegen de muur stonden drie harnassen in de houding onder een display van honderd zwaarden, die in een kruiselings patroon waren opgehangen. Strijdbanieren hingen aan de linkermuur, en aan de rechter had ze het Houarneau-wandtapijt opgehangen, een van de parels van de collectie die Theodore Albright tijdens zijn briljante archeologische carrière had verzameld.

Staand voor het tapijt nam Sophie even de tijd om ernaar te kijken. Het Houarneau-wandtapijt uit de twaalfde eeuw, net als alle andere schatten in de Albright-verzameling, benam haar telkens weer de adem. 'Wauw,' mompelde ze.

'"Wauw"?' Bruce schudde glimlachend zijn hoofd. 'Dr. J, jij zou toch een beter woord moeten kunnen verzinnen, in een stuk of twaalf talen.'

'Tien maar,' corrigeerde ze hem, en ze zag hem zijn ogen ten hemel slaan. Voor Sophie was het leren van talen altijd een praktisch genoegen geweest. De beheersing van oude talen hielp bij haar onderzoek, maar ze hield ook van het vloeiende ritme en de nuance van de woorden zelf. Ze had weinig kans gehad haar vaardigheden te gebruiken sinds ze weer thuis was, en ze miste het.

Dus, nog altijd opstarend naar het tapijt, liet ze zichzelf even gaan. '*C'est incroyable.*' Het Frans stroomde door haar geest als een welkome melodie, en dat was geen verrassing. Op een paar korte bezoekjes aan Philadelphia na, had Sophie vijftien jaar in Frankrijk gewoond. Andere talen kostten meer inspanning, maar haar geest vond de woorden nog steeds met gemak. Grieks, Duits, Russisch... Ze plukte de woorden eruit als bloemen van een weiland. '*Katapliktikos. Hat was. O moy bog.*'

Marta trok haar wenkbrauw op. 'En dat alles betekent?'

Sophie glimlachte breed. 'Eigenlijk... wauw.' Ze keek nog eens tevreden om zich heen. 'Het was een grote hit bij de toergroepen.' Haar glimlach vervaagde. Alleen al de gedachte aan de rondleidingen, en vooral het géven ervan, zoog het genoegen meteen uit haar dag.

John draaide zijn stoel bij zodat hij kon opkijken naar de zwaarden. 'Je hebt het wel snel voor elkaar gekregen.'

Ze zette de onplezierige rondleidingen uit haar hoofd. 'Dankzij Bruce' computermodel. Daarmee konden we zien waar de steunen moesten komen, en zodra die er zaten, was het ophangen van de zwaarden een peulenschil. Het ziet er even authentiek uit als elke andere wapenschouw die ik ooit in kastelen heb gezien.' Ze glimlachte waarderend naar Bruce. 'Dank je.'

Bruce straalde. 'En die panelen? Ik dacht dat je de muren wilde schilderen.'

Haar glimlach verflauwde weer. 'Daar is anders over besloten. Ted Albright wilde het zo. Volgens hem maakt hout de zaal authentieker en lijkt het minder op een museum.'

'Hij had gelijk,' zei Marta met strakgespannen lippen. 'Dit is beter.'

'Ja, misschien wel, maar daarmee heeft hij wel mijn hele budget voor dit jaar opgeslorpt,' zei Sophie geërgerd. 'Ik had een lijst van nieuwe aankopen, die ik me nu niet meer kan veroorloven. We hadden niet eens meer geld om iemand in te huren voor het monteren van die panelen.' Ze keek naar haar gehavende handen, vol krasjes en schrammen. 'Terwijl jullie allemaal thuis lagen uit te slapen tot twaalf uur 's middags en je volpropten met kliekjes kalkoen, was ik hier elke dag met Ted Albright om al die panelen op te hangen. God, wat een nachtmerrie. Weten jullie wel hoe hoog die muren zijn?'

Het hele paneeldebacle had geleid tot de zoveelste ruzie met Ted Albright 'de Derde'. Ted was de enige kleinzoon van de grote archeoloog, waardoor hij nu helaas de enige eigenaar was van de Albright-collectie. Hij was ook de eigenaar van het museum, en daardoor helaas Sophies baas. Ze betreurde de dag dat ze ooit had gehoord van Ted Albright met zijn circusaanpak van het runnen van een museum. Tot er een vacature vrijkwam in een ander museum, moest ze het echter met deze baan doen.

Marta draaide zich om en keek haar aan met een kille en teleurgestelde blik. 'Twee weken alleen met Ted Albright doorbrengen lijkt me niet zo'n opgave. Hij is een aantrekkelijke man,' voegde ze er bijtend aan toe. 'Ik sta ervan te kijken dat jullie nog aan werken toegekomen zijn.'

Er viel een onbehaaglijke stilte terwijl Sophie geschokt naar de jonge vrouw staarde die ze vier maanden als mentor had bijgestaan. *Het zal toch niet wéér gebeuren?* Maar het gebeurde wel.

De jongens keken elkaar behoedzaam en verward aan, maar Sophie wist precies wat Marta bedoelde, precies wat ze had gehoord. En nu begreep ze ook de teleurstelling die ze in Marta's ogen had gezien. Woede en ontkenning schoten door Sophies hoofd, maar ze besloot de insinuatie te bespreken en het verleden voorlopig niet te onthullen.

'Ted is getrouwd, Marta. En voor de duidelijkheid: we waren niet alleen. Teds vrouw, zoon en dochter hebben al die tijd met ons meegewerkt.'

Marta's zwijgende blik bleef ijzig. Onbehaaglijk blies Bruce zijn adem uit. 'Zo,' zei hij toen. 'Dus de Grote Zaal is klaar. En wat komt er nu, Dr. J?'

Sophie negeerde het nare gevoel in haar buik en leidde de groep naar een tentoonstellingsruimte achter de Grote Zaal. 'Het volgende project is de wapenexpositie.'

'Gááf!' Spandan stompte in de lucht. 'Eindelijk. Daar heb ik op gewacht.'

'Nou, je hoeft niet langer te wachten.' Sophie bleef bij een glazen kast staan, waarin zes bijzonder zeldzame middeleeuwse zwaarden lagen. Het Houarneau-wandtapijt was schitterend, maar deze wapens waren haar lievelingsvoorwerpen in de Albright-collectie.

'Ik vraag me altijd af van wie ze zijn geweest,' zei Bruce zachtjes. 'Wie ermee gevochten heeft.'

John reed zijn stoel dichterbij. 'En hoeveel mensen ermee zijn gedood,' mompelde hij. Hij keek op, maar zijn ogen gingen schuil achter het haar dat altijd voor zijn gezicht hing. 'Sorry.'

'Geeft niet,' zei Sophie. 'Ik heb me vaak hetzelfde afgevraagd.' Haar lippen krulden op bij een plotselinge herinnering. 'Op mijn allereerste dag als curator probeerde een of ander joch een bastaardzwaard uit de vijftiende eeuw van de muur te plukken en Braveheart te spelen. Ik kreeg bijna een hartverzakking.'

'Hingen ze dan niet achter glas?' vroeg Bruce ongelovig. Zowel Spandan als John keek haar vol afgrijzen aan.

Marta hield afstand, met haar armen over elkaar geslagen en haar hoofd schuin. Ze zei niets.

Sophie besloot haar straks even apart te nemen. 'Nee, Ted vindt dat glas tussen de voorwerpen en de museumbezoekers afdoet aan de "entertainmentervaring".' Daar was hun eerste ruzie over gegaan. 'Hij wilde deze wel achter glas leggen als we een paar minder waardevolle zwaarden zouden tentoonstellen in de Grote Zaal.' Sophie zuchtte. 'En als we die zeldzame zwaarden maar tentoonstellen op een "entertainende" manier. Deze kast was een tijdelijk compromis tot ik de Grote Zaal klaar had. Dus dit is het volgende project.'

'Wat bedoelt hij precies met "entertainend"?' wilde Spandan weten.

Sophie fronste haar wenkbrauwen. 'Poppen en kostuums,' zei ze duister. Ted had een passie voor kostuums, en toen hij alleen nog voorstelde om er poppen in te kleden, was ze er wel in meegegaan. Maar twee weken geleden had hij zijn nieuwste plan onthuld en nog een taak aan Sophies functieomschrijving toegevoegd. Om de nieuwe Grote Zaal een goede start te geven, zouden ze rondleidingen geven... in kostuums uit de betreffende tijd. Bovendien wilde hij dat Sophie en zijn negentienjarige zoon Theo de rondleidingen gaven, en niets wat Sophie had gezegd had hem van gedachten doen veranderen. Uiteindelijk had ze regelrecht geweigerd, en in een zeldzame uitbarsting van woede had Ted Albright gedreigd haar te ontslaan.

Sophie had bijna zelf ontslag genomen, tot ze die avond thuiskwam en haar post bekeek. Het verpleeghuis had het tarief voor Anna's kamer verhoogd. Dus slikte Sophie haar trots in, trok dat stomme kostuum aan en deed overdag Teds rondleidingen. 's Avonds verdubbelde ze haar inspanningen om een andere baan te vinden.

'Had die jongen het zwaard beschadigd?' vroeg John.

'Gelukkig niet. Maar trek handschoenen aan als je ze vastpakt.'

Bruce wuifde met zijn witte handschoenen alsof het een vlag van overgave was. 'Doen we altijd,' zei hij vrolijk.

'En daar ben ik blij mee.' Hij probeerde haar op te vrolijken, en dat stelde Sophie op prijs. 'Jullie opdracht is als volgt. Ieder van jullie maakt een voorstel voor de expositie, met afmetingen erbij, en de kosten van het materiaal dat jullie nodig hebben om het te bouwen. Dat wil ik graag over drie weken hebben. Hou het simpel. Ik heb geen budget voor iets groots.'

Ze liet de drie jongens werken en liep naar Marta toe, die roerloos en met een als uit steen gehouwen gezicht stond te kijken. 'En nu?' vroeg Sophie.

Marta was klein, dus moest ze opkijken naar Sophie. 'Pardon?'

'Marta, het is overduidelijk dat je iets gehoord hebt. Je hebt kennelijk besloten dat niet alleen te geloven, maar om me er ook in het openbaar op aan te spreken. Voor zover ik het zie, heb je twee keuzes: je biedt je verontschuldigingen aan zodat we verder kunnen, of je blijft je zo gedragen als nu.'

Marta keek haar fronsend aan. 'En als ik dat laatste doe?'

'Dan is dáár het gat van de deur. Dit is een vrijwillige onderneming, van beide kanten.' Sophies gezicht verzachtte. 'Luister, je bent een aardige meid en het museum heeft echt iets aan je. Ik zou je missen als je wegging. Ik heb liever dat je gaat voor optie één.'

Marta slikte moeizaam. 'Ik was op bezoek bij een vriendin. Ze studeert aan het Shelton College.'

*Shelton*. De herinnering aan de paar maanden dat ze daar zelf had gestudeerd maakte Sophie echt misselijk, ook al was het al tien jaar geleden. 'Het was alleen maar een kwestie van tijd.'

Marta's kin trilde. 'Ik schepte over je op tegen mijn vriendin, dat je zo'n geweldig rolmodel was, mijn mentor, en dat je als vrouw naam voor jezelf had gemaakt door je hersens te gebruiken. Mijn vriendin begon te lachen en zei dat je ook andere lichaamsdelen had gebruikt om hogerop te komen. Ze zei dat je met Dr. Brewster naar bed was geweest om lid te worden van zijn opgravingsteam in Avignon, dat je zo begonnen was. En dat je eenmaal terug in Frankrijk met Dr. Moraux naar bed was gegaan. Dat je daarom zo snel carrière had gemaakt, je eigen opgravingsteam kreeg toen je nog zo jong was. Ik zei tegen haar dat het niet waar was, dat je dat nooit zou doen. Heb je dat gedaan?'

Sophie wist dat het haar goed recht was om Marta te zeggen dat het haar niets aanging. Maar Marta was duidelijk gedesillusioneerd. En gekwetst. Dus opende Sophie een wond die nooit echt was genezen. 'Ben ik met Brewster naar bed geweest? Ja.' Ze voelde de schaamte ervan nog steeds. 'Deed ik dat om in zijn opgravingsteam te komen? Nee.'

'Waarom dan wel?' vroeg Marta fluisterend. 'Hij is getrouwd.'

'Dat weet ik nu ook. Toen niet. Ik was jong. Hij was ouder en... hij heeft me misleid. Ik heb een stomme fout gemaakt, Marta, waar ik nog steeds voor boet. Ik verzeker je dat ik ben gekomen waar ik ben zonder Dr. Alan Brewster.' Alleen zijn naam al liet een vieze smaak in haar mond achter, maar ze zag Marta's gezichtsuitdrukking veranderen: blijkbaar accepteerde ze dat haar mentor ook maar een mens was.

'Maar ik ben nóóit met Etienne Moraux naar bed geweest,' vervolgde ze fel. 'En ik ben gekomen waar ik ben door me uit de naad te werken. Ik heb meer artikelen gepubliceerd dan ieder ander en heb keihard gewerkt om mezelf te bewijzen. En zo moet jij het ook doen. Maar Marta, maak nooit meer zulke opmerkingen over Ted. Hoe oneens we het ook zijn over het museum, Ted is dol op zijn vrouw. Darla Albright is een van de aardigste mensen die ik ken. Zulke geruchten kunnen een huwelijk om zeep helpen. Is dat duidelijk?'

Marta knikte met een opgelucht gezicht en hernieuwd respect in haar blik. 'Ja.' Ze hield haar hoofd schuin. 'Je had me er ook gewoon uit kunnen zetten.'

'Dat is zo, maar ik heb het gevoel dat ik je nog nodig heb, vooral voor de nieuwe expositie.' Sophie keek naar haar eigen versleten spijkerbroek. 'Ik heb geen verstand van mode, of het nu om de eenentwintigste of de vijftiende eeuw gaat. Jij zult die stomme poppen van Ted moeten aankleden.'

Marta lachte zachtjes. 'Dat kan ik wel. Bedankt, Dr. J, dat je me niet wegstuurt. En dat je me dit verteld hebt, ook al had dat niet gehoeven. De volgende keer dat ik mijn vriendin zie, zal ik haar zeggen dat ik bij mijn oorspronkelijke mening blijf.' Haar lippen krulden op een charmante manier. 'Ik wil nog steeds net zoals jij worden.'

Beschaamd schudde Sophie haar hoofd. 'Geloof me, dat wil je niet. Laten we nu maar aan het werk gaan.'

*Zondag 14 januari, 12:25 uur*

Vito had overal waar Nick een metalen voorwerp had gedetecteerd een rood vlaggetje in de sneeuw gezet. Nu stonden Nick en Vito bij Jen en staarden wanhopig naar vijf rode vlaggetjes.

'Dat zouden allemaal nog lijken kunnen zijn,' zei Jen zachtjes. 'We moeten het zeker weten.'

Nick zuchtte. 'We zullen de hele akker moeten inspecteren.'

'Dat kost een hoop mankracht,' gromde Vito. 'Heeft TR daar de middelen voor?'

'Nee, dan zou ik ondersteuning moeten aanvragen. Maar ik wil niet met zo'n aanvraag bij de bazen aankloppen tot ik er heel zeker van ben dat die vlaggetjes niet op begraven pijlpunten of colablikjes staan.'

'We kunnen gewoon bij zo'n vlaggetje gaan graven,' zei Nick. 'Kijken wat er ligt.'

'Dat zou kunnen.' Jen fronste haar wenkbrauwen. 'Maar ik wil eerst wéten wat er ligt. Ik wil geen bewijzen verspelen omdat we het te snel of op de verkeerde manier aanpakken.'

'Kadaverhonden?' opperde Vito.

'Misschien, maar het liefst zou ik een scan van de akker willen hebben. Dat heb ik op History Channel gezien. Die archeologen gebruikten een GPR, een grondpenetrerende radar, om de ruïnes van een oude muur af te bakenen. Het was heel cool.' Jen zuchtte. 'Maar ik krijg nooit het geld om iemand in te huren. Laten we de honden er maar bij halen.'

Nick zwaaide met zijn vinger. 'Wacht even. Dat programma ging over archeologen, zeg je? Nou, als wij een archeoloog hadden, dan zouden we misschien dat... radarding kunnen doen.'

Jen keek hem onderzoekend aan. 'Ken jij archeologen?'

'Nee,' zei Nick, 'maar het barst hier in de stad van de universiteiten. Er is vast wel iemand die er eentje kent.'

'Hij zou wel goedkoop moeten werken,' zei Vito. 'En het moet iemand zijn die we kunnen vertrouwen.' Vito dacht aan het lijk, hoe de handen waren gepositioneerd. 'De pers gaat helemaal uit zijn dak als dit uitlekt.'

'En dan zitten wij diep in de problemen,' mompelde Nick.

'Wie kun je nou vertrouwen?'

Vito draaide zich om en zag de lijkschouwer achter zich staan. 'Hoi, Katherine. Ben je klaar?'

Katherine Bauer knikte vermoeid en pelde haar handschoenen af. 'Het lijk ligt in de bus.'

'Doodsoorzaak?' vroeg Nick.

'Nog niet bekend. Ik denk dat ze al minstens twee of drie weken dood is. Ik kan je niet meer vertellen tot ik een paar weefselmonsters onder de microscoop heb gelegd. Maar,' ze hield haar hoofd schuin, 'wie kun je nou vertrouwen?'

'Ik wil eigenlijk een scan van de akker laten maken,' zei Jen. 'Ik wilde navragen of iemand een hoogleraar kent bij de vakgroepen archeologie aan de plaatselijke universiteiten.'

'Ik,' zei Katherine, en ze staarden haar alle drie aan.

Jens ogen werden groot. 'Echt waar? Een echte, levende archeoloog?'

'Aan een dooie hebben we niet veel,' zei Nick droog, en Jens wangen kleurden.

Katherine grinnikte. 'Ja, ik ken een echte, levende archeoloog. Ze is thuis op een soort van... sabbatical. Ze is een expert op haar vakgebied. Ik weet zeker dat ze ons wil helpen.'

'En is ze discreet?' drong Nick aan.

Katherine klopte hem moederlijk op zijn arm. 'Heel discreet. Ik ken haar al meer dan vijfentwintig jaar. Ik kan haar nu wel even bellen, als je wilt.' Ze wachtte af, met opgetrokken grijze wenkbrauwen.

'Dan weten we het tenminste,' zei Nick. 'Ik stem vóór.'

Vito knikte. 'Bel haar maar.'

*Zondag 14 januari, 12:30 uur*

'Wauw, ongelofelijk.' Spandan hield het bastaardzwaard in zijn gehandschoende handen, met alle zorg en respect die een schat van vijfhonderd jaar oud verdiende. 'Ik wed dat je dat joch wel kon vermoorden toen hij deze van de muur probeerde te rukken.'

Sophie keek naar het tweesnijdende zwaard dat ze uit de kast had gepakt. De studenten namen een 'creativiteitspauze' om ze te helpen 'een beter beeld te krijgen van de opdracht'. Sophie wist dat ze eigenlijk gewoon de zwaarden wilden aanraken, en kon het ze niet kwalijk nemen. Er lag een fundamentele kracht in het vasthouden van zulke oude wapens. En zulke dodelijke.

'Ik was vooral kwaad op zijn moeder, die te druk met haar mobieltje was om op haar zoon te letten.' Ze grinnikte. 'Gelukkig was ik nog niet helemaal teruggeschakeld naar het Engels, dus toen ik haar uitschold, deed ik dat in het Frans. Maar eh, sommige dingen overstijgen de taalgrenzen.'

'En wat deed ze toen?' vroeg Marta.

'Ze ging klagen bij Ted. Hij gaf haar haar geld terug en kwam toen achter mij aan. "Je moet de gasten niet bang maken, Sophie",' deed ze hem na. 'Ik kan me de blik op het gezicht van dat mens nog herinneren toen ik die blaag naar haar toe sleurde. Zij was niet veel groter dan haar zoon. Ze brak bijna haar nek om me aan te kunnen kijken. Het was een van de weinige keren dat ik blij was dat ik zo lang ben.'

'Je hebt hier meer beveiliging nodig,' merkte John op, met een blik op het zwaard uit de Vikingtijd dat hij in zijn handen hield. 'Het is een wonder dat er nog niemand met spullen vandoor is gegaan.'

Sophie fronste haar wenkbrauwen. 'We hebben wel een alarmsysteem, maar je hebt gelijk. Vroeger wist amper iemand dat we hier zaten, maar nu, met al die rondleidingen, hebben we echt een bewaker nodig.' Het salaris voor een bewaker had in haar budget voor het komende jaar gezeten. Maar neeeee... Ted wilde panélen. Om gek van te worden. 'Ik weet van minstens twee Italiaanse relikwieën die niet meer liggen waar ze horen. Ik kijk regelmatig op eBay of ik ze daar zie.'

'Je zou ervan gaan terugverlangen naar de middeleeuwse gerechtigheid,' gromde Spandan.

'Wat zou de straf zijn geweest voor diefstal?' vroeg John met een schuine blik omhoog naar haar.

Sophie legde voorzichtig het zwaard terug in de vitrinekast. 'Dat hangt van de periode in de middeleeuwen af – vroeg, hoogtij of laat – en wat er gestolen was, of het gestolen was met geweld of in het geniep, en wie het slachtoffer en de dief waren. Echte dieven werden opgehangen, maar de meeste kleine diefstallen werden afgekocht.'

'Ik dacht dat ze dieven een hand afhakten of een oog uitstaken,' zei Bruce.

'Nee, dat was niet gangbaar,' vertelde Sophie, en ze glimlachte om zijn overduidelijke teleurstelling. 'Het was niet handig als een edelman de mensen verminkte die op zijn land moesten werken. Zonder hand of voet zouden ze niet zo veel geld voor hem verdienen.'

'Geen uitzonderingen?' vroeg Bruce, en Sophie keek hem geamuseerd aan.

'We zijn wel in een bloeddorstige bui vandaag, hè? Hmm, uitzonderingen.' Ze dacht er even over na. 'Buiten Europa waren er culturen waar ze beslist nog wel oog-om-oog-gerechtigheid hadden. Dieven raakten een hand en de tegenovergestelde voet kwijt. In de Europese cultuur moet je terug naar de tiende eeuw, toen ze nog "de hand waarmee hij het deed" amputeerden. Dat is een straf uit de Angelsaksische wetten. Maar de dader moest dan wel betrapt worden op stelen uit de kerk.'

'Destijds zouden je relikwieën in een kerk hebben gelegen,' merkte Spandan op.

Sophie grinnikte. 'Ja, dat klopt, dus het is maar goed dat ze hier en nu gestolen zijn, niet daar en toen. En nu is jullie "creativiteitspauze" voorbij. Leg die zwaarden weg en ga weer aan het werk.'

Onder diep gezucht deden ze wat ze hun opdroeg, Spandan als eerste, en toen Bruce en Marta. Tot alleen John er nog was. Bijna alsof hij haar een offerande gaf, tilde hij het zwaard met beide handen op. Sophie nam het aan en keek liefkozend naar het gestileerde gevest. 'Ik heb er ooit zo een gevonden tijdens een opgraving in Denemarken. Niet zo mooi, en niet helemaal heel. De kling was bijna helemaal doorgeroest, precies in het midden. Maar wat een gevoel was dat, om het voor het eerst te vinden. Alsof het al die jaren had liggen slapen en alleen voor mij wakker was geworden.' Ze keek met een beschaamd lachje naar hem. 'Dat klinkt gek, ik weet het.'

Zijn glimlach was ernstig. 'Nee, niet gek. Je zult het wel missen, dat veldwerk.'

Sophie rangschikte de inhoud van de kast en deed hem op slot. 'Op sommige dagen meer dan andere. Vandaag mis ik het heel erg.' Morgen, als ze een rondleiding moest geven in kostuum, zou ze het nog veel meer missen. 'Kom –'

Haar mobiele telefoon ging en verraste haar. Zelfs Ted gunde haar één rustdag per week. 'Hallo?'

'Sophie, met Katherine. Ben je alleen?'

Sophie rechtte haar rug toen ze de ernstige klank van Katherines stem hoorde. 'Nee. Moet dat?'

'Ja. Ik moet met je praten. Het is belangrijk.'

'Wacht even. John, ik moet dit gesprek even aannemen. Ik zie jou en de anderen over een paar minuten in de zaal, goed?' Hij knikte en reed naar de Grote Zaal en de andere studenten. Toen hij weg was, deed ze de deur dicht. 'Zeg het maar, Katherine. Wat is er aan de hand?'

'Ik heb je hulp nodig.'

Katherines dochter Trisha was al sinds de kleuterschool Sophies beste vriendin, en Katherine was de moeder geworden die Sophie nooit had gehad. 'Zeg het maar.'

'We moeten wat dingen opgraven in een akker, en daarvoor moeten we weten wáár precies.'

Sophies geest verbond ogenblikkelijk 'lijkschouwer' en 'opgraven' met elkaar en schotelde haar een beeld van een massagraf voor. Ze had in de loop der jaren tientallen graflocaties blootgelegd en wist precies wat er moest gebeuren. Ze merkte dat haar hartslag versnelde bij de gedachte om weer echt veldwerk te gaan doen. 'Waar en wanneer heb je me nodig?'

'Op een akker zo'n halfuur ten noorden van de stad, zo snel mogelijk.'

'Katherine, het kost me minstens twee uur om mijn apparatuur daarheen te krijgen.'

'Twee uur? Hoezo?' Op de achtergrond hoorde Sophie knorrige stemmen.

'Omdat ik in het museum ben, en ik ben op mijn fiets. Ik kan al die apparatuur niet achterop binden. Ik moet eerst naar huis om oma's auto te halen. Bovendien wilde ik vanmiddag bij haar op bezoek. Ik moet even langs het verzorgingshuis om in ieder geval bij haar te gaan kijken.'

'Ik ga wel naar Anna. Ga jij maar naar de universiteit om die apparatuur te halen. Een van de rechercheurs zal je daar ophalen en jou met de apparatuur hierheen brengen.'

'Laat hem dan naar het Humanities-gebouw van Whitman College komen. Dat is dat gebouw met dat rare apenstandbeeld ervoor. Ik zorg dat ik er om halftwee sta.'

Ze hoorde nog meer gemompel, en het klonk intenser. 'Oké,' zei Katherine geërgerd. 'Rechercheur Ciccotelli wil dat ik benadruk hoe bijzonder vertrouwelijk dit is. Je moet heel discreet zijn en tegen niemand iets zeggen.'

'Begrepen.' Ze liep terug naar de Grote Zaal. 'Jongens, ik moet weg.'

De studenten begonnen meteen hun werk bij elkaar te pakken. 'Gaat het goed met je oma, Dr. J?' vroeg Bruce met gefronst voorhoofd. Hij maakte zich zorgen, dat was duidelijk.

Sophie weifelde. 'Ze is in orde.' Ze vertelde dan wel niet de hele waarheid, maar ook geen leugens (hoopte ze voor haar oma). 'Maar nu hebben jullie eerst een paar uur vrij. Niet te veel plezier maken.'

Toen ze weg waren, deed ze de deuren op slot, stelde het alarm in en reed zo snel ze durfde naar Whitman College, met een woest bonzend hart. Maandenlang had ze het veldwerk gemist. Het leek erop dat ze eindelijk haar mouwen weer eens kon opstropen.

# 2

*Zondag 14 januari, 14:00 uur*

Hij leunde naar achteren in zijn stoel en knikte tevreden glimlachend naar het computerscherm. Het was goed. Heel, heel goed. *Al zeg ik het zelf.* En dat deed hij ook.

Hij keek op naar de foto's die hij had gemaakt van de video van Warren Keyes. Hij had zijn prooi goed gekozen: lengte, gewicht, spieren. De tatoeage van de jongeman had de doorslag gegeven; dat was een speling van het lot geweest. Warren was voorbestemd geweest om zijn slachtoffer te worden. Hij had schitterend geleden. De camera had de prachtige pijn in zijn gezicht goed gevangen. Maar zijn geschreeuw...

Hij klikte op een audiobestand en een ijselijke kreet galmde kristalhelder uit de luidsprekers, wat zorgde voor een rilling van genoegen over zijn rug. Warrens geschreeuw was perfect geweest. Perfecte hoogte, perfecte intensiteit. Perfecte inspiratie.

Zijn blik ging naar de doeken die hij naast de foto's had gehangen. Deze reeks schilderijen was misschien wel zijn beste werk ooit. Hij had de serie *Warren sterft* genoemd. Het was olieverf, natuurlijk. Dat vond hij het beste medium om de intensiteit van gezichtsuitdrukkingen mee weer te geven, als een slachtoffer zijn mond opensperde in zo'n perfecte schreeuw van onvoorstelbare pijn.

En de ogen. Hij had ontdekt dat iemand die werd doodgemarteld bepaalde fasen doorliep. Die waren allemaal het duidelijkst te zien door de ogen van het slachtoffer. De eerste fase was angst, gevolgd door verzet, dan wanhoop als het slachtoffer besefte dat er werkelijk geen ontsnapping mogelijk was. De vierde fase, hoop, hing helemaal af van hoeveel pijn een slachtoffer kon tolereren. Als slachtoffers de eerste golf doorstonden, gaf hij hun misschien wat respijt, net lang genoeg om de hoop de kop te laten opsteken. Warren Keyes had een opmerkelijke tolerantie voor pijn gehad.

Dan, als alle hoop verdwenen was, kwam de vijfde fase: het zielige smeken om de dood, om bevrijding. Bijna aan het einde kwam fase zes, de laatste vlaag van verzet, een primitief gevecht om te overleven, dat nog stamde van de oermens.

Maar de zevende fase was de beste en de meest ongrijpbare: het moment van de dood zelf. De uitbarsting... de flits van energie als het lichamelijke zijn geest afstond. Het was een zo kort moment dat zelfs een cameralens het niet helemaal kon vangen, zo vluchtig dat het menselijk oog het niet zou zien als je er niet extra op lette. Hij had opgelet.

En hij was beloond. Zijn blik bleef rusten op het zevende schilderij. Hoewel dit het laatste in de reeks was, had hij het als eerste geschilderd. Hij was snel naar zijn ezel gedraafd terwijl Warrens vrijgekomen energie nog door zijn zenuwen raasde en Warrens laatste, perfecte schreeuw nog in zijn oren nagalmde.

Hij zag het daar, in Warrens ogen. Dat ondefinieerbare íéts dat hij alleen had gevonden in het moment van de dood. Hij had het een jaar geleden voor het eerst bereikt met *Claire sterft*. Was het echt al zo lang geleden? De tijd vloog als je het naar je zin had. En hij vermaakte zich eindelijk. Hij had dat ondefinieerbare iets al zijn hele leven nagejaagd. Nu had hij het gevonden.

*Geniaal*. Zo had Jager van Zandt het genoemd. Hij had de aandacht van de entertainmentmagnaat voor het eerst getrokken met *Claire*, en hoewel hij persoonlijk zijn *Zachary*- en *Jared*-reeksen beter vond, bleef Claire de favoriet van VZ.

Van Zandt had natuurlijk nooit zijn schilderijen gezien, alleen de computeranimaties waarin hij Claire had getransformeerd tot 'Clothilde', een Franse hoer uit Vichy die in de Tweede Wereldoorlog was gewurgd door een soldaat die door haar verraden was. Clothilde was bij iedereen geliefd als de clip werd vertoond, en ze was de ster geworden van *Behind Enemy Lines*, Van Zandts nieuwste 'entertainmentonderneming'.

De meeste mensen noemden ze videogames. Van Zandt vond zelf dat hij bouwde aan een entertainmentimperium. Vóór *Behind Enemy Lines* had het imperium alleen in de dromen van VZ bestaan. Maar zijn dromen waren uitgekomen. *Behind Enemy Lines* was de winkels uit gevlogen – een groot succes dankzij Clothilde en de rest van zijn animaties. *Mijn kunst.*

Van Zandt begreep dat ook en hij had Clothilde, gevangen in het moment van de dood, gekozen als opdruk voor de doos van *Behind Enemy Lines.* Het had hem altijd een kick gegeven om die te zien, te weten dat de handen om Clothildes keel de zijne waren.

VZ erkende dat hij geniaal was, maar hij wist niet zo zeker of de man de realiteit van zijn kunst aan zou kunnen. Dus zou hij VZ laten geloven wat hij wilde: dat Clothilde een fictieve figuur was en dat zijn eigen naam Frasier Lewis was. Uiteindelijk zouden zowel hij als Van Zandt krijgen wat ze wilden. VZ zou zijn goed verkopende 'entertainmentonderneming' krijgen en zijn miljoenen verdienen. *En miljoenen mensen zullen mijn kunst zien.*

Dat was het uiteindelijke doel. Hij had een gave. Die videogame van VZ was alleen maar de efficiëntste manier om zijn gave in zo kort mogelijke tijd aan zoveel mogelijk mensen te tonen. Zodra hij naam had gemaakt, zou hij de animaties niet meer nodig hebben. Zijn schilderijen zouden dan goed verkopen. Maar voorlopig had hij Van Zandt nodig, en Van Zandt had hém nodig.

VZ zou bijzonder in zijn nopjes zijn met zijn nieuwste werk. Hij klikte met de muis en keek nog eens naar zijn animatie van Warren Keyes. Het was perfect. Spieren en pezen bolden op telkens als de man zich verzette tegen zijn boeien, schokkend en kronkelend van pijn terwijl zijn botten langzaam uit de kom werden getrokken. Het bloed zag er ook goed uit. Niet te rood. Heel authentiek. Dankzij zorgvuldige bestudering van de videobeelden had hij elk aspect van Warrens lichaam kunnen dupliceren, tot aan de kleinste trilling.

Hij had een bijzonder vakkundige klus verricht met Warrens gezicht, had zijn angst en verzet vastgelegd toen Warren de eisen van zijn cipier weerstond. *En dat ben ik.* De inquisiteur. Hij had zichzelf afgebeeld als de oude man die Warren naar zijn kerker had gelokt.

Nu *Warren sterft* was voltooid, werd het trouwens tijd om zijn volgende slachtoffer te lokken. Hij opende UCanModel, een leuke website die hem al een paar keer goed had geholpen de perfecte gezichten voor zijn werk te vinden. Voor een bescheiden tarief konden acteurs en modellen hun portfolio op UCanModel zetten. Er hoefde alleen nog maar een regisseur op hun foto te klikken en dan zouden ook zij een Hollywoodster kunnen worden.

Acteurs en modellen waren de perfecte slachtoffers. Ze waren aantrekkelijk, konden emoties goed uitdrukken, en hun gezicht kwam goed over op film en canvas. Ze verlangden ook zozeer naar beroemdheid en waren zo berooid dat ze zo ongeveer elke klus aannamen. Het had elke keer gewerkt om ze te lokken met een rol in een documentaire, en hij deed zich dan voor als Ed Munch, de onschuldig lijkende oude hoogleraar geschiedenis. Alleen begon hij er genoeg van te krijgen om Edvard Munch te zijn. Misschien zou hij zich de volgende keer voordoen als Hiëronymus Bosch. Dát was pas een artistiek genie.

Hij bekeek de resultaten van zijn huidige zoekopdracht. Van de vijftien kandidaten had hij er tien al uitgesloten. Die waren bij lange na niet arm genoeg om zich eenvoudig binnen te laten halen. Van de overgebleven vijf waren er maar drie echt blut. Hij had financiële controles uitgevoerd, en die drie stonden op het randje van het faillissement.

Hij had die drie kandidaten een week lang geschaduwd en gezien dat maar één van hen eenzaam en genoeg op zichzelf was om naderhand niet te worden gemist. Dat was belangrijk. Er moest niemand zijn die naar zijn slachtoffers op zoek zou gaan. Ze waren weglopers, zoals de mooie Brittany met haar gevouwen handen. Of ze moesten, net als Warren en Billy, zo op zichzelf zijn dat niemand zou weten dat er contact met hen was opgenomen.

Van de huidige kandidaten was Gregory Sanders de perfecte keus. Sanders was uitgestoten door zijn familie en was alleen. Dat had hij gisteravond ontdekt, toen hij Sanders was gevolgd naar zijn stamcafé. Vermomd als zakenman van buiten de stad had hij Sanders op een paar rondjes getrakteerd en gewacht tot de man zijn droevige verhaal begon te vertellen. Sanders had niemand, dus hij was perfect.

Hij klikte op Gregory's contactknop en verstuurde zijn standaard e-mail, vol vertrouwen over de stappen die hij had genomen om zijn identiteit te verhullen, zowel fysiek als elektronisch. Morgen zou hij bericht krijgen dat Greg zijn aanbod aannam. Dinsdag had hij dan een nieuw slachtoffer. En een nieuwe schreeuw.

Hij zette zich af van zijn bureau en kwam stijfjes overeind, wrijvend over zijn rechterbovenbeen. Die verdomde winters in Philadelphia. De pijn was erg vandaag. Behalve de enorme kick had zijn kunst nog een ander groot voordeel: als hij schilderde kon hij de fantoompijnen vergeten waarvoor geen behandeling mogelijk was. Geen genezing. Geen hoop, verdomme.

Hij was al bij de deur van zijn studio toen hij eraan dacht. *Dinsdag.* De rekeningen van de oude man moesten op dinsdag betaald zijn. En het was nodig ze te betalen. Zolang de hypotheek en de energierekening op tijd werden betaald, zou niemand zich afvragen waar de oude man en zijn vrouw waren gebleven. Niemand zou naar ze zoeken, en zo had hij het het liefst. Hij liep terug naar zijn computer. Dinsdag zou hij druk zijn met zijn nieuwe slachtoffer, dus zou hij de rekeningen nu meteen maar betalen.

*Dutton, Georgia, zondag 14 januari, 14:15 uur*

'Fijn dat je zo snel kon komen, Daniel.' Sheriff Frank Loomis keek over zijn schouder. Daarna draaide hij zich weer naar de voordeur, om die open te doen. 'Ik wist niet zeker of je wel zou komen.'

Daniel Vartanian wist dat de man gelijk had. 'Hij is nog steeds mijn vader, Frank.'

'Uh-huh.' Frank fronste toen het slot niet meegaf. 'Ik was ervan overtuigd dat dit hem was. Ik heb die sleutel al sinds de vorige keer dat je ouders langere tijd op vakantie gingen.'

Daniel zag Frank vijf verschillende sleutels proberen, en het gevoel van ongerustheid in zijn buik zwol aan tot angst. 'Ik heb ook een sleutel.'

Frank stapte met een kwade blik achteruit. 'Waarom zeg je dat dan niet, jongen?'

Daniel trok zijn wenkbrauw op. 'Ik wilde niet op je tenen trappen,' zei hij sarcastisch. '"In verband met jurisdicties en zo."' Die woorden had Frank zelf gisteravond nog uitgesproken toen hij had gebeld om te zeggen dat Daniels ouders misschien verdwenen waren.

'Haal die hark van het Georgia Bureau of Investigation uit je reet, Special Agent Vartanian, anders doe ik het, en dan sla ik je ermee.' Dat was geen loos dreigement. Frank had Daniel meer dan eens op zijn sodemieter gegeven om een of andere grap. Maar dat deed Frank omdat hij om Daniel gaf, en dat was meer dan hij van zijn vader kon zeggen. Rechter Arthur Vartanian had zich nooit iets van zijn zoon aangetrokken: daarvoor had hij het veel te druk gehad.

'Die harken van GBI moet je niet onderschatten,' zei Daniel vriendelijk, hoewel zijn hart was gaan bonzen. 'Het is de nieuwste technologie, net als al onze speeltjes. Zelfs jij zou er weleens van onder de indruk kunnen zijn.'

'Verdomde bureaucraten,' mompelde Frank. 'Bieden hun "technologie" en "expertise" aan, maar alleen als zij de leiding krijgen. Geef ze een vinger, en even later duiken ze als vraatzuchtige sprinkhanen op je neer.'

Dat was ook een terechte opmerking, hoewel Daniel betwijfelde of zijn superieuren bij het Georgia Bureau of Investigation het ook zo zouden zien. Hij had de sleutel gevonden, nu moest hij zijn hand nog laten ophouden met beven. 'Ik ben ook zo'n sprinkhaan, Frank.'

Frank pufte geërgerd. 'Verdomme, Daniel, je weet best wat ik bedoel. Art en Carol zijn je ouders. Ik heb jou gebeld, niet het GBI. Ik wil niet dat mijn gemeente wordt overspoeld door bureaucraten.'

Daniels sleutel paste ook niet op het slot. Maar het was lang geleden dat hij was gebruikt, dus dat was op zich geen reden tot ongerustheid. 'Wanneer heb je ze voor het laatst gezien?'

'November. Zo'n twee weken voor Thanksgiving. Je mama ging naar Angie's, en je vader was op het gerechtshof.'

'Dan was het woensdag,' zei Daniel, en Frank knikte. Angie's was de schoonheidssalon waar zijn moeder iedere woensdag een afspraak had, al van voor zijn geboorte. 'Maar wat deed pa op het gerechtshof?'

'Je vader had moeite met zijn pensioen. Hij miste het werk. De mensen.'

Arthur Vartanian miste de macht die hij als rechter in een klein stadje in Georgia had, dacht Daniel, maar hij hield het voor zich. 'Je zei dat je was gebeld door de dokter van mijn moeder.'

'Ja. Toen besefte ik pas hoe lang het geleden was dat ik ze had gezien.' Frank zuchtte. 'Het spijt me, jongen. Ik nam aan dat ze het minstens aan jou en Susannah had verteld.'

Dat zijn moeder zoiets voor haar eigen kinderen verborgen had gehouden, was moeilijk te accepteren. Borstkanker. Ze was geopereerd en had een chemokuur gehad, maar ze had er nooit een woord over gezegd.

'Ja, nou, het ging al een tijdje niet zo goed tussen ons.'

'Je moeder had een paar afspraken gemist, dus werd de verpleegkundige ongerust en belde mij. Ik heb wat rondgevraagd en ontdekte dat je moeder Angie had gebeld om al haar kappersafspraken voor december te annuleren. Daarbij vertelde ze Angie dat zij en je vader naar je oma in Memphis gingen.'

'Maar ze zijn niet naar Memphis gegaan.'

'Nee. Volgens je oma had je moeder gezegd dat ze tijdens de feestdagen bij je zus gingen logeren, maar toen ik Susannah belde, zei ze dat ze al meer dan een jaar niets van je ouders had gehoord. En toen heb ik jou gebeld.'

'Dat zijn gewoon te veel leugens, Frank,' zei Daniel. 'We gaan naar binnen.' Hij sloeg met zijn elleboog het kleine ruitje naast de deur in, stak zijn hand naar binnen en opende de deur. Het was stil als het graf in het huis, en het rook er bedompt.

De stap over de drempel was een stap terug in de tijd. In gedachten zag Daniel zijn vader onder aan de trap staan, met gehavende, bloedige knokkels. Mama stond naast zijn vader, en de tranen stroomden over haar wangen. Susannah stond alleen en keek hem aan, hem smekend om de confrontatie uit de weg te gaan. Ze begreep niet wat er aan de hand was. Het zou gemakkelijker voor Susannah zijn als ze het niet wist, dus had hij het haar nooit verteld.

Hij was weggelopen, met de bedoeling nooit meer terug te keren. De beste plannen... 'Kijk jij boven, Frank. Ik neem de begane grond en de kelder.'

Daniels eerste onderzoek bevestigde dat zijn ouders op vakantie waren. De hoofdkraan was dichtgedraaid en de stekkers van alle apparaten waren uit het stopcontact getrokken. Zijn moeder was altijd bang voor brand door kortsluiting, wist hij nog.

Hij had de begane grond nagelopen en ging nu met bonzend hart naar de kelder, terwijl visioenen van de lijken die hij in zijn tijd als politieman had gevonden zijn geest belaagden. Maar er hing geen lijkengeur en de kelder was even netjes als altijd. Hij liep de trap op en zag Frank in de gang bij de voordeur staan wachten.

'Ze hebben een heleboel kleren meegenomen,' zei Frank. 'Hun koffers zijn ook weg.'

'Dit slaat nergens op.' Daniel liep alle kamers nog een keer in en bleef in de werkkamer van zijn vader staan. 'Hij is twintig jaar rechter geweest, Frank. Hij heeft vijanden gemaakt.'

'Daar heb ik ook aan gedacht. Ik heb Wanda gevraagd om de gegevens van zijn oude zaken boven water te halen.'

Verbaasd en gerustgesteld schonk Daniel hem een vermoeide glimlach. 'Bedankt.'

Frank haalde zijn schouders op. 'Wanda zal blij zijn met de overuren. Kom, Daniel, we gaan terug naar de stad, even iets eten en bedenken wat we moeten doen.'

'Zo meteen. Ik wil nog even in zijn bureau kijken.' Hij trok aan de la en was verbaasd dat die meteen openging. Er lag een brochure in van de Grand Canyon, en zijn keel kneep zich samen. Zijn moeder had altijd al eens de Grand Canyon willen zien, maar zijn vader had het altijd te druk, dus waren ze nooit gegaan. Het leek erop dat hij eindelijk tijd had vrijgemaakt.

Plotseling drong de realiteit van de kanker van zijn moeder tot hem door, en werd het meer dan een geheim dat ze voor hem had achtergehouden. *Mijn moeder gaat dood.* Hij schraapte luidruchtig zijn keel. 'Kijk, Frank.' Hij legde de brochures in een waaier op het bureau.

'Grand Canyon, Lake Tahoe, Mount Rushmore.' Frank zuchtte. 'Dus je vader neemt haar eindelijk mee op die reis die hij haar al jaren belooft.'

'Maar waarom hebben ze niet gewoon gezegd waar ze naartoe gingen? Waarom al die leugens?'

Frank kneep in zijn schouder. 'Ik denk dat je moeder niet wil dat iemand weet dat ze ziek is. Voor Carol is het een kwestie van trots. Gun haar die waardigheid. Kom, we gaan eten.'

Met een zwaar gemoed kwam Daniel overeind, maar toen hoorde hij iets. 'Wat was dat?'

'Wat?' vroeg Frank. 'Ik hoor niks.'

Daniel luisterde aandachtig en hoorde het weer. Een hoog, zoemend geluid. 'Zijn computer staat aan.'

'Dat kan niet. Hij staat uit.'

De monitor was uit. Maar toen Daniel zijn hand op de computer legde, stokte zijn adem. 'Hij is warm. Iemand gebruikt deze computer, op dit moment.' Hij drukte op de knop van de monitor en samen keken ze toe terwijl het scherm van online bankieren verscheen. De cursor bewoog met spookachtige precisie, zonder dat zij de muis aanraakten.

'Shit, het lijkt wel alsof je naar een ouijabord kijkt,' mompelde Frank.

'Het is het online systeem dat pa gebruikt om de rekeningen te betalen. Iemand heeft net zijn hypotheekrente overgemaakt.'

'Je vader?' vroeg Frank, en de verwarring klonk in zijn stem door.

'Weet ik niet.' Daniels kaak verstrakte. 'Maar je kunt ervan op aan dat ik er wel achter kom.'

*Philadelphia, zondag 14 januari, 14:15 uur*

Vito staarde met toenemende ergernis naar het 'rare apenstandbeeld'. Hij wachtte al meer dan een halfuur, en er was nog geen spoor van Katherines vriendin. Hij was gefrustreerd en had het koud, omdat hij zijn raampje open had gedaan om wat frisse lucht binnen te krijgen. De geur van de dode zat in zijn haar en zijn neusslijmvliezen, en hij walgde van zichzelf.

Hij had Katherine al zes keer gebeld, maar zonder succes. Hij kon de archeologe niet zijn misgelopen. Hij was vroeg geweest, en de enige die hij had gezien, was een studente die op een bankje bij de bushalte zat, zo'n drie meter achter zijn pick-up.

Het meisje leek een jaar of twintig en had heel lang blond haar, waarschijnlijk tot op haar kont als ze opstond. Ze had een rode bandana om haar hoofd en er hingen twee dunne vlechtjes langs haar slapen omlaag, maar de rest van haar haar hing los als een mantel over haar rug. Ze had enorme gouden ringen in haar oren, en haar gezicht ging half schuil achter het ronde montuur van haar paarse zonnebril. Bovendien droeg ze een oude camouflagejas van de legerdump die haar ongeveer vier maten te groot was.

Studenten, dacht hij hoofdschuddend. Ze keek de straat door in beide richtingen, trok haar knieën op onder haar jas en zette haar legerkistjes op het bankje. Ze zou het wel ijskoud hebben. Hij had het in ieder geval wel koud, hoewel hij de verwarming in de auto had aangezet.

Eindelijk ging zijn mobiele telefoon. 'Verdomme, Katherine, waar hing je toch uit?'

'In het mortuarium, om je lijk onder te brengen. Wat is er?'

'Ik heb het mobiele nummer van je vriendin nodig.' Hij keek op toen er op het raampje aan de passagierskant werd geklopt. Het was die studente. 'Wacht even, Katherine.' Hij draaide het raampje aan die kant omlaag. 'Ja?'

De volle lippen van het meisje trilden. 'Eh... Ik wacht op iemand, en ik denk dat u dat misschien wel bent.'

Van dichtbij was ze nog knapper, en ze vroeg om problemen als ze zo op mannen af stapte. 'Goeie versiertruc, maar ik heb geen belangstelling. Ga op iemand van je eigen leeftijd oefenen.'

'Wacht!' riep ze, maar hij draaide het raampje alweer omhoog.

'Wie was dat?' vroeg Katherine geamuseerd.

Vito was niet geamuseerd. 'Studente, die probeert een oudere man te versieren. Je vriendin is hier niet.'

'Als ze zegt dat ze ergens zal zijn, dan is ze er, Vito. Sophie is heel betrouwbaar.'

'En ik zeg je net... Goddomme.' Het was het meisje weer, dat nu naast zijn raampje stond. 'Luister,' zei hij tegen het meisje. 'Ik zei dat ik geen belangstelling had. Daarmee bedoel ik: ga weg.' Hij draaide het raampje verder omhoog, maar ze sloeg haar handen om de rand van het glas en kromde haar vingers tot klauwen om het tegen te houden. De handschoenen die ze droeg waren dun, en elke vinger had een andere kleur, wat enorm vloekte bij haar camouflagejas.

Vito reikte al naar zijn penning, toen het meisje haar zonnebril afzette. Ze draaide met haar ogen, die felgroen van kleur waren. 'Kent u Katherine?' vroeg ze, en toen pas besefte hij dat ze geen meisje was. Ze was minstens dertig, misschien zelfs nog een paar jaar ouder.

Hij knarste met zijn tanden. 'Katherine,' zei hij langzaam, 'hoe ziet je vriendin eruit?'

'Zoals de vrouw die bij je raampje staat,' antwoordde Katherine grinnikend. 'Lang blond haar, jaar of dertig. Apart gevoel voor mode. Sorry, Vito.'

Hij onderdrukte een bijdehand weerwoord. 'Ik keek uit naar iemand van jouw leeftijd. Je zei dat je haar al vijfentwintig jaar kende.'

'Achtentwintig, eigenlijk. Sinds de kleuterschool,' zei de vrouw bruusk terwijl ze haar veelkleurige hand uitstak. 'Sophie Johannsen. Hallo, Katherine,' riep ze in de telefoon. 'Je had ons mobiele nummers moeten geven,' voegde ze eraan toe op een toon die zangerig klonk, maar waar een ongeduldige ondertoon in zat.

Katherine zuchtte. 'Sorry. Ik moet ophangen, Vito. Ik krijg mensen te eten en ik moet onderweg naar huis nog even bij Sophies oma langs.'

Vito klapte zijn telefoon dicht en keek in de samengeknepen groene ogen van de vrouw. Hij voelde zich een volslagen idioot. 'Sorry. Ik dacht dat u twintig was.'

De ene kant van haar volle mond trok op in een droge glimlach, en hij besefte dat hij het alweer mis had gehad. Ze was niet alleen maar knap. Ze was echt mooi. Vito merkte dat zijn vingers jeukten om haar lippen aan te raken. *Met zo'n mond zou een vrouw ongelofelijke dingen kunnen doen.* Abrupt klemde hij zijn kaken op elkaar, zowel geërgerd als geschokt door de levendige beelden die door zijn geest galoppeerden. *Hou je in, Chick.*

'Dan zal ik me maar gevleid voelen. Het is lang geleden dat iemand me aanzag voor een studente.' Ze wees met een knalblauwe vinger naar het gebouw. 'De apparatuur die we nodig hebben staat binnen. Het is te veel om in één keer mee te nemen, en ik durfde het niet op de stoep te laten staan terwijl ik de rest ging halen. Het is nogal duur spul. Kunt u me even helpen?'

Terwijl hij met behoorlijk wat moeite zijn gedachten in toom hield, liep hij achter haar aan naar het gebouw. 'We zijn blij met uw hulp, Dr. Johannsen,' zei hij terwijl ze de deur openmaakte.

'Geen punt. Katherine heeft al ontelbare keren voor mij klaargestaan. En zeg alstublieft gewoon Sophie. Niemand noemt me Dr. Johannsen. Zelfs mijn studenten noemen me Dr. J; maar ik denk dat ze daarmee naar basketbal verwijzen, omdat ik zo lang ben.'

Dat laatste zei ze met een glimlachje vol zelfspot, en Vito kon zijn ogen niet van haar afhouden. Zonder een spoortje make-up had ze een natuurlijke, gezonde gloed, ondanks de hippieoorbellen, de legerkleding en de regenboogvingers. Hij werd overspoeld door een roes van verlangen die zo fel was dat het hem bijna de adem benam. Daarnet... dat was lust geweest. Dit was iets anders. Hij zocht naar een woord, maar er schoot hem maar één ding te binnen. *Thuis.* Naar haar gezicht kijken was net zoiets als thuiskomen.

Haar wangen kleurden, en Vito besefte dat hij naar haar had staan staren. Drie hartslagen lang keek ze terug, maar toen draaide ze zich abrupt om en rukte aan de zware deur, en ze zette een wankele stap achteruit toen die plotseling openvloog. Vito greep haar schouders vast om haar overeind te houden, en ze zakte tegen hem aan. *Laat los.* Maar zijn handen gehoorzaamden niet. In plaats daarvan hielden ze vast, en eventjes scheen ze zich te ontspannen en tegen hem aan te blijven leunen.

Toen sprong ze naar voren alsof ze gestoken was, greep de deur voor hij weer dichtviel. Daarmee was het contact verbroken en het moment voorbij.

Hij had haar maar een paar tellen vastgehouden, maar het was net zoiets geweest als wanneer je een elektriciteitsdraad aanraakt, en hij was nog niet bekomen van de schok. Hij was ontdaan en dat beviel hem niet. Hij haalde diep adem. *Het komt gewoon doordat het vandáág is*, hield hij zich voor. *Verman je, Chick, voor je jezelf voor gek zet.* Maar hij knipperde verrast met zijn ogen bij wat hij zichzelf vervolgens hoorde zeggen.

'Zeg maar Vito.' Meestal gaf hij de voorkeur aan 'rechercheur' als hij aan het werk was. Dat hield de zaken mooi gescheiden. Maar nu was het te laat.

'Oké.' Dat ene woord kwam op haar uitgeblazen adem naar buiten, alsof ze die had ingehouden. 'Hier staan de spullen die we nodig hebben.'

Vier koffers stonden bij de deur, en Vito pakte de grootste twee. Zij nam de andere twee en trok de deur dicht. 'Dit moet vanavond wel weer terug naar de universiteit,' zei ze ferm. 'Een van de professoren heeft de GPR gereserveerd voor een excursie morgen.'

Het leek erop dat ze het moment van zich af had gezet, en Vito besloot hetzelfde te doen, maar zijn ogen hadden een eigen wil. Hij kon niet ophouden naar haar gezicht te kijken, haar profiel onderzoekend in zich op te nemen terwijl ze naar zijn pick-up liepen. Haar lippen beefden nog steeds van de kou, en hij voelde zich schuldig. 'Waarom ben je niet eerder naar me toe gekomen?' vroeg hij.

'Je had gezegd dat ik discreet moest zijn,' zei ze, recht voor zich uit kijkend. 'Ik wist niet zeker of jij Katherines agent was, en je zat niet in een politiewagen. Ik dacht dat je het vast niet leuk zou vinden als ik je naam zou noemen tegen de verkeerde. Katherine had me niet verteld hoe je eruitzag, en ze had ook niks over een geheime handdruk gezegd. Dus besloot ik te wachten.'

En ondertussen zat ze te vernikkelen, dacht hij, terugdenkend aan de manier waarop ze haar benen onder haar jas had opgetrokken. Hij zette de twee grote koffers achter in de laadbak van zijn wagen en sjorde ze vast. Toen hij naar de kleinere koffers reikte, schudde ze haar hoofd. 'Dit is gevoelige apparatuur. Ik zou nog eerder zelf in de laadbak meerijden en deze op de voorstoel vastzetten.'

'Ik denk dat ik wel genoeg ruimte heb voor allebei.' Hij zette de koffers achter de voorstoelen en opende het portier voor haar. 'Na jou...' Hij was helemaal bedwelmd toen ze langs hem liep. Ze rook net als de rozen die hij achter zijn stoel in de truck had gegooid; geurig en zoet.

Hij bleef roerloos staan en ademde haar geur in. Ze leek in niets op Andrea, die donker en klein van stuk was geweest. Sophie Johannsen was een amazone; lang, blond en... levendig. *Ze leeft, Chick. En vandaag is dat net genoeg om jou in de problemen te krijgen.*

'Sophie,' zei ze behoedzaam. 'Ik heet Sophie.'

'Sorry.' *Concentreer je, Chick.* Eén ongeïdentificeerd lichaam, misschien meer. Daar zou hij zich op moeten richten, niet op Sophie Johannsens parfum. Hij gebaarde naar de stoel, vastbesloten hun interactie terug te brengen naar een professioneel niveau. 'Alsjeblieft.'

'Bedankt.' Ze stapte in en hij hoorde het gerinkel van metaal uit haar jas komen.

'Wat heb je in je zakken?'

'O, van alles. Dit is mijn veldjas.' Uit een van haar zakken haalde ze een handvol plantenstokjes. 'Om te markeren wat we vinden.'

Ik hoop maar dat je er genoeg bij je hebt, dacht hij, denkend aan de rode vlaggetjes die Nick zou weghalen voordat ze terugkwamen. Het onderzoek moest grondig gebeuren, en ze wilden de expert geen vooraannames laten doen voordat ze begon. 'Laten we maar gaan.'

Zodra ze onderweg waren, hield Sophie haar ijskoude vingers voor de verwarming van de auto. Zwijgend boog Vito zich naar voren en draaide aan een knop om de temperatuur te verhogen.

Toen haar vingers weer warm waren, leunde ze naar achteren en bekeek Vito Ciccotelli onderzoekend. Zijn uiterlijk had haar verrast. Met een naam als Vito had ze een stoere kerel verwacht, met een gezicht alsof hij een paar rondjes te veel tegen een kampioen had gebokst. Ze had er volkomen naast gezeten. En daarom had ze ook gestaard. Ze was van haar stuk gebracht. *Ja, dat heb je goed gezien.*

Hij was minstens één meter negentig lang. Ze had moeten opkijken om hem in de ogen te kunnen kijken, en omdat ze zelf één meter tachtig lang was, gebeurde dat niet vaak. Zijn schouders in zijn leren jas waren breed, maar hij had een slanke taaiheid die meer deed denken aan een grote kat dan aan een stoere buldog. Hij had het soort gebeeldhouwde, ruige gezicht dat je zag in de modebladen. Niet dat ze zelf modebladen las, natuurlijk. Dat was meer iets voor tante Freya.

Sophie nam aan dat de meeste vrouwen Vito Ciccotelli onvoorstelbaar knap vonden en hulpeloos aan zijn voeten vielen. Daarom had hij haar eerder natuurlijk ook zo snel afgewimpeld; vrouwen probeerden hem waarschijnlijk heel vaak te versieren. Het was maar goed dat zij niet zoals de meeste vrouwen was, dacht ze droog. Hulpeloos aan zijn voeten vallen was wel het laatste waar zij aan dacht.

*Hoewel ik dat wel bijna had gedaan. Wat gênant.* Maar in dat ene moment, toen hij haar tegen zich aan had gehouden, had ze zich fijn gevoeld, en welkom. Alsof ze haar hoofd tegen zijn schouder had kunnen leggen om uit te rusten. *Doe niet zo stom, Sophie.* Mannen die er zo uitzagen als Vito waren eraan gewend om precies te krijgen wat ze wilden; ze hoefden alleen maar even met hun vingers te knippen. Maar zo moest zij hem niet beoordelen. Alsof het wat uitmaakte. Hij was hier voor haar GPR. Verder niks. *Dus richt je op datgene waarvoor je hier bent.* Een kans om weer te werken. Om iets belangrijks te doen. Toch gleed haar blik weer naar zijn gezicht.

Hij droeg een zonnebril, maar ze kon nog net zijn ooghoek zien, waar kleine witte lijntjes in zijn gebruinde huid zaten, alsof hij veel lachte. Hij lachte nu niet. Op dit moment keek hij somber en broeierig, waardoor ze zich een beetje schuldig voelde over haar spanning en energie.

Voor het eerst in maanden zou ze weer iets gaan doen in het veld. Daarom bonsde haar hart en had ze kippenvel. Van de spanning van de jacht, van het zoeken naar geheimen onder de grond, niet van de herinnering aan zijn handen op haar schouder. *Hij deed dat alleen maar om te zorgen dat je niet op je kont viel.* Het was veel te lang geleden dat ze was aangeraakt door een man, om wat voor reden dan ook. Ze richtte haar gedachten op andere dingen. 'Vertel eens iets over die graflocatie, Vito.'

'Wie heeft er iets over graven gezegd?' vroeg hij achteloos.

Ze onderdrukte de neiging om met haar ogen te draaien. 'Ik ben niet achterlijk. Een lijkschouwer en een politieman die iets zoeken onder de grond. Over hoeveel graven hebben we het?'

Hij haalde zijn schouders op. 'Misschien wel meer dan één.'

'Maar je hebt er al minstens één gevonden.'

'Hoe kom je daarbij?'

Ze trok haar neus op. '*L'odeur de la mort*. Het is nogal karakteristiek.'

'Spreek je Frans? Ik heb het op school gehad, maar ik heb alleen de scheldwoorden onthouden.'

Nu draaide ze wel met haar ogen, en ze werd een beetje boos. 'Ik spreek tien talen, drie daarvan zijn langer dood dan het lijk waar jij net vandaan komt,' snauwde ze. Ze wenste meteen dat ze haar woorden kon terugnemen toen hij ineenkromp en er een spiertje trilde onder zijn opeengeklemde kaken.

'Het lijk waar ik net vandaan kom, was iemands dochter of vrouw,' zei hij zachtjes.

Haar gezicht werd warm en haar ergernis sloeg om naar schaamte. *Wat heb je nou toch weer gezegd?* 'Het spijt me,' zei ze, ook zachtjes. 'Dat was ongewild respectloos van me. De lijken die ik normaal gesproken zie, zijn al een paar honderd jaar dood. Maar dat is geen excuus. Ik was alleen een beetje... uitgelaten omdat ik iets interessants ga doen. Ik heb er niet bij nagedacht. Mijn excuses. Het was heel ongevoelig.'

Hij hield zijn blik naar voren gericht. 'Het is al goed.'

Dat was niet zo, maar ze wist niet wat ze moest zeggen om het echt goed te maken. Ze trok haar handschoenen uit en begon haar loshangende haren te vlechten, zodat ze er geen last van zou hebben als ze op de plek aankwamen waar de rechercheur haar naartoe bracht. Ze was bijna klaar toen hij ineens het woord nam, en ze schrok op.

'Goh,' zei hij. 'Spreek je Frans? Ik heb het op school gehad, maar...'

Zijn mond vertrok in een pijnlijk glimlachje, en ze lachte terug. Hij had haar een nieuwe kans gegeven. Deze keer zou ze geen stomme dingen zeggen. 'Maar je hebt alleen de scheldwoorden onthouden. Ja, ik spreek Frans en nog een paar andere talen. Het is handig bij het vertalen van oude teksten en om te praten met dorpelingen als ik aan het werk ben.' Ze ging verder met vlechten. 'Ik kan je wel een paar scheldwoorden in andere talen leren, als je wilt.'

'Afgesproken. Katherine zei dat je een sabbatical hield.'

'Min of meer.' Ze rolde haar vlecht op tot een strakke knot onder aan haar nek. 'Mijn oma heeft een beroerte gehad, dus ben ik teruggekomen naar Philadelphia om mijn tante te helpen haar te verzorgen.'

'Herstelt ze?'

'Soms denken we van wel. Andere keren...' Ze zuchtte. 'Andere keren gaat het niet zo goed.'

'Wat erg voor je.' Hij klonk oprecht.

'Dank je.'

'En waar kwam je vandaan?'

'Zuid-Frankrijk. We waren een kasteel uit de dertiende eeuw aan het opgraven.'

Hij leek onder de indruk. 'Wat, met een kerker?'

Ze grinnikte. 'Ooit waarschijnlijk wel. Nu hebben we geluk als we de buitenmuren en de fundering van het hoofdgebouw vinden. Dan hebben zíj geluk,' corrigeerde ze. 'Luister, Vito... Het spijt me van wat ik gezegd heb, maar het zou echt helpen als ik wat meer wist over wat ik moet doen voordat ik begin.'

Hij haalde zijn schouders op. 'Er valt niet veel te vertellen. We hebben een lijk gevonden.'

Terug bij af. 'Maar je denkt dat er nog meer liggen.'

'Misschien.'

Ze paste goed op haar woorden en liet haar stem licht klinken. 'Als ik iets ontdek, ken ik je geheimen. Ik hoop niet dat dit zo'n "nu moet ik je vermoorden"-zaak is. Dat zou mijn dag verpesten.'

Een zweem van een glimlach. 'Het zou illegaal zijn om u te vermoorden, Dr. Johannsen.'

Dus ze deden weer formeel. Jammer. Ze zou hem toch gewoon Vito blijven noemen. 'Nou, Vito, als je niet van plan bent mijn geheugen te wissen, dan moet je er maar op vertrouwen dat ik niet zal kletsen. Je hebt toch niet toevallig zo'n geheugenwisser zoals in *Men in Black*, hè?'

Weer een glimlach. 'Die zit nog in mijn andere pak.'

'Een gewaarschuwd mens telt voor twee, zeggen ze. Welk pak is het? Ik beloof dat ik het niemand vertel.'

Toen grijnsde hij, waardoor er een kuiltje in zijn rechterwang verscheen. O, jee, dacht ze. O jee, o jee. Door die glimlach veranderde Vito Ciccotelli van gewoon tijdschriftknap naar filmsterrenprachtig. Tante Freya's hart zou op hol slaan. *Net zoals dat van jou nu.*

'Dat is vertrouwelijke informatie,' zei hij, en Sophie verstijfde.

'Daar gaat onze vertrouwensband.'

Zijn grijns vervaagde. 'Dr. Johannsen, het gaat er niet om dat ik u niet vertrouw. U zou hier niet zijn als dat zo was. Katherine staat garant voor u, en dat was voor mij voldoende.'

'Maar dan –'

Hij schudde zijn hoofd. 'Ik wil u geen informatie geven die uw resultaten kan beïnvloeden. Ga gewoon kijken en vertel ons wat u ziet. Dat is alles wat we willen.'

Ze dacht erover na. 'Dat klinkt wel logisch.'

'Godzijdank,' mompelde hij, en ze grinnikte.

'Kun je me dan in ieder geval vertellen hoe groot dat terrein is?'

'Ongeveer een halve hectare.'

Ze grimaste. 'O. Dat zal even gaan duren.'

Zijn zwarte wenkbrauwen gingen omhoog. 'Hoe lang is even?'

'Vier, vijf uur. Misschien langer. Whitmans grondpenetrerende radar is een klein apparaat. We gebruiken het voor onderwijsdoeleinden. Het grootste terrein dat we met studenten scannen, is tien bij tien meter ongeveer. Sorry,' voegde ze eraan toe toen hij fronste. 'Als je zo'n groot terrein gescand moet hebben, kan ik wel een paar geofysische onderzoeksbureaus aanbevelen die heel goed zijn. Zij hebben grotere apparatuur, die ze achter een tractor hangen.'

'En aan die apparatuur hangen grotere prijskaartjes,' zei hij. 'We kunnen het ons niet veroorloven zo'n bureau in te huren. Onze afdelingsbudgetten zijn gekort... We hebben het geld gewoon niet.' Hij keek haar behoedzaam aan. 'Heb je vier of vijf uur tijd voor ons?'

Ze keek op haar horloge. Haar maag knorde al. 'Kan er nog een pizza van je afdelingsbudget af? Ik heb nog niet geluncht.'

'Dat zal wel lukken.'

# 3

*Philadelphia, zondag 14 januari, 14:30 uur*

Vito zette zijn pick-up achter de bus van de technische recherche. 'We zijn er.'

'Dat had ik wel verwacht,' mompelde ze. 'Geel politielint en een bus van de technische recherche zijn mijn eerste aanwijzingen.' Voordat hij iets kon zeggen opende ze haar portier en sprong naar buiten. Toen grimaste ze en slikte moeizaam.

'Je ruikt het nog sterk,' zei hij meelevend. '*Eau de...* Hoe noemde je het?'

'*L'odeur de la mort*,' zei ze zachtjes. 'Is het lijk hier nog?'

'Nee. Maar als het lijk is weggehaald, is de lucht niet altijd meteen weg. Ik kan wel een masker voor je halen, maar ik denk niet dat het veel zal helpen.'

Ze schudde haar hoofd en de ringen in haar oren bungelden mee. 'Het was alleen even een verrassing. Ik red me wel.' Ze klemde vastberaden haar kaken op elkaar en pakte de twee kleinere koffers. 'Ik ben er klaar voor.'

Ze zei het met een ferme hoofdknik, alsof ze eigenlijk zichzelf moest overtuigen.

Nick stapte uit de TR-bus en Vito genoot ervan toen hij zijn partner zag staren. Jen McFain reageerde ongeveer hetzelfde. Natuurlijk kregen zij niet het volledige effect te zien, omdat Johannsen haar haren had gevlochten, die anders inderdaad tot over haar achterwerk kwamen.

'Jen, Nick, dit is Dr. Johannsen.'

Jen stapte glimlachend naar voren en moest opkijken naar Sophie. Het lengteverschil tussen de beide vrouwen was bijna komisch. 'Ik ben Jennifer McFain, technische recherche. Heel erg fijn dat u zo snel kon komen, Dr. Johannsen.'

'Graag gedaan. En zeg alstublieft gewoon Sophie,' zei ze.

'Dan ben ik Jen.' Jen keek naar de koffertjes. 'Ik heb altijd al eens met zo'n ding willen spelen. Kun je die oorbellen uitdoen?'

Johannsen liet meteen haar oorbellen in een van de vele zakken van haar jas vallen. 'Sorry. Ik was vergeten dat ik ze in had.' Ze keek over Jens schouder naar Nick. 'En u bent?'

'Nick Lawrence,' zei Nick. 'Gewoon Nick. Vito's partner. Bedankt voor je komst.'

'Graag gedaan, hoor. Als je me naar de plek brengt waar je wilt dat ik begin, dan zal ik mijn spullen klaarzetten.'

Ze liepen over de akker, Jen en Johannsen voorop, Vito en Nick er een eindje achter zodat de anderen ze niet konden horen.

'Ze is niet... wat ik had verwacht,' mompelde Nick.

Vito grinnikte. Hij hield zich rustig, koel en evenwichtig. En dat zou hij zo houden. 'Dat is zacht uitgedrukt.'

'Weet je zeker dat zij Katherines vriendin is? Ze lijkt zo jong.'

'Ik heb Katherine uiteindelijk aan de telefoon gekregen. Het is echt Johannsen.'

'En je weet zeker dat ze dit voor zich kan houden?'

Vito dacht aan de geheugenwisser en moest glimlachen. 'Ja.' Toen kwamen ze bij het graf aan en ontnuchterde hij. Nu zouden ze weten of hun lijk één lijk was, of slechts een van vele.

Johannsen staarde naar het graf. Haar mondhoeken zakten omlaag en hij herinnerde zich hoe ze haar blik had neergeslagen, beschaamd over de gevoelloze manier waarop ze over de dode had gesproken. Ze had het niet zo gemeend, dat wist hij wel. Hij had er respect voor dat ze zo snel haar verontschuldigingen had aangeboden. Ze keek om en ontmoette zijn blik. 'Hier hebben jullie de vrouw gevonden?'

'Ja.'

'Het is een grote akker. Heb je nog een voorkeur voor waar ik moet beginnen?'

'Dr. Johannsen denkt dat het vier of vijf uur zal duren om het hele terrein te scannen,' zei Vito. 'Laten we maar links en rechts van het graf beginnen en kijken wat we vinden.'

'Niet slecht,' zei Jen. 'Hoelang heb je nodig om je voor te bereiden?'

'Niet lang.' Sophie liet zich op haar knieën in de sneeuw zakken, maakte de koffers open en onthulde de apparaten voor Jen, die toekeek als een kind bij een stapel kerstcadeautjes. 'Dit toestel stuurt gegevens draadloos naar de laptop, en die slaat ze op.' Ze zette de laptop op een van de koffers, schakelde hem in en stond met de scansonde in haar hand op.

Nick boog zich naar voren en keek ernaar. 'Het lijkt wel een tapijtreiniger.'

'Een tapijtreiniger van vijftienduizend dollar,' zei Johannsen, en Vito floot.

'Vijftienduizend, voor dat ding? Je zei dat het een kleintje was.'

'Klopt. De grote beginnen bij vijftig. Kennen jullie het principe van grondpenetrerende radar?'

'Jen wel,' zei Vito. 'Wij wilden de kadaverhonden erbij halen.'

'Dat werkt ook, maar GPR geeft je een beeld van wat er onder de grond ligt. Het is geen duidelijk beeld zoals een röntgenfoto, maar GPR vertelt je waar een voorwerp ligt, en hoe diep. De kleuren op de display geven de amplitude van het voorwerp weer. Hoe helderder de kleur, des te hoger de amplitude.'

Jen knikte. 'Hoe helderder de kleur, hoe hoger de amplitude, hoe groter het voorwerp.'

'Of hoe sterker de weerkaatsing. Metalen hebben een hoge amplitude. Luchtholtes reflecteren nog beter. De hoeveelheid weerkaatsing hangt af van waar je naar zoekt.'

'Hoe zit het met botten?' vroeg Nick.

'Niet zo helder, maar wel zichtbaar. Hoe ouder het bot, des te moeilijker het te zien is. Als lichamen ontbinden, gaan ze lijken op de aarde eromheen en vallen de weerkaatsingen niet meer zo op.'

'Hoe oud moeten botten zijn voordat je ze niet meer kunt zien?' vroeg Jen.

'Een van mijn collega's heeft in een grafheuvel in Kentucky het overschot gevonden van een vijfentwintighonderd jaar oude indiaan.' Ze keek op. 'Ik denk niet dat jullie je druk hoeven te maken over ouderdom.' Ze stond op en veegde haar handen af aan haar jas. Haar spijkerbroek was doornat, maar dat scheen ze niet eens te merken. Ze had gezegd dat ze 'uitgelaten' was, en Vito zag inderdaad de energie in haar felgroene ogen. 'Zullen we dan maar?'

Ze ging aan het werk, scannend ter hoogte van het eerste graf, langzaam en nauwkeurig. Vito zag wel in waarom het scannen van de hele akker zo lang zou duren. Maar als ze iets vonden, stonden hun nog veel meer manuren te wachten.

Jen werd heel stil. 'Sophie,' zei ze toen op dringende toon.

Johannsen bleef staan en keek op het scherm. 'Het is de rand van iets. De aarde verandert hier, heel abrupt. Het gaat ongeveer een meter omlaag. Ik loop nog even heen en weer.'

Toen ze dat gedaan had, fronste ze haar wenkbrauwen. 'Er ligt hier iets, maar het lijkt erop dat er metaal in zit. We zien dat vaak op begraafplaatsen met oudere kisten, die met lood zijn bekleed. De vorm klopt niet voor een kist, maar hier ligt zeker metaal.' Ze keek met een vragende blik op. 'Klinkt dat logisch?'

Vito dacht aan de handen van het lijk. 'Ja,' zei hij grimmig. 'Dat kan wel.'

Johannsen knikte, en accepteerde dat ze niet meer informatie zou krijgen. 'Oké.' Ze markeerde de hoeken met haar plantenstokjes. 'Het is twee bij één meter.'

'Dezelfde afmetingen als de eerste,' zei Jen.

'Ik wilde geen gelijk krijgen, Vito.' Nick schudde zijn hoofd. 'Verdomme.'

Jen stond op. 'Ik zal mijn spullen en de camera pakken, dan het team terughalen en lampen neerzetten. Help me even met de apparatuur, Nick. Vito, bel jij Katherine.'

'Doe ik. En ik zal Liz ook bellen.' Inspecteur Liz Sawyer was niet blij geweest met het nieuws over het eerste lijk. Ze zat beslist niet te wachten op meerdere ongemarkeerde graven.

Nick liep achter Jen aan en liet Vito alleen met Johannsen. 'Sorry,' zei ze eenvoudig, met een droevige blik in haar ogen.

Hij knikte. 'Ja, mij staat het ook niet aan. Laten we de andere kant maar controleren.'

Terwijl Johannsen verder liep, pakte Vito zijn mobiele telefoon. 'Liz, met Vito. We hebben de archeoloog hier. Er is er nog eentje.'

'Dat is niet best,' zei Liz gespannen. 'Eén of meer?'

'Minimaal één. Ze begint net, en het gaat nog wel even duren. Jen belt haar team, zodat we vanavond nog zoveel mogelijk kunnen doen.'

'Hou me op de hoogte,' droeg ze hem op. 'Ik zal de hoofdinspecteur bellen en hem op de hoogte stellen.'

'Doe ik.' Vito schoof de telefoon weer in zijn zak.

Jen en Nick kwamen terug met graafgereedschap en de camera toen Johannsen de rand van het volgende graf vond. 'Zelfde lengte, zelfde diepte.' Twintig minuten verstreken voordat ze weer opkeek. 'En nog een lichaam. Maar hier zit geen metaal in.'

'We hebben daar met de detector geen metaal gevonden,' zei Nick.

Vito keek uit over de akker. 'Ik weet het. Dat betekent dat er nog meer kunnen zijn.'

Jen legde vellen plastic neer rond het eerste nieuwe graf. 'Pak een schep, jongens.'

Dat deden ze, en een tijdlang werkten ze met hun vieren in stilte. Johannsen markeerde het tweede graf en ging verder naar links om daar opnieuw te beginnen. Nick, Vito en Jen groeven, en Nick stuitte als eerste op het lichaam. Jen boog zich naar voren en veegde met een kwastje het losse zand van het gezicht van het slachtoffer.

Het was een jonge, blonde man, nog niet erg ontbonden. Hij was knap geweest. 'Hij is nog niet lang dood,' zei Nick. 'Een week misschien.'

'Of korter,' zei Vito. 'Maak zijn handen vrij, Jen.' Dat deed ze, en Vito boog zich verder naar voren om beter te kunnen kijken naar iets wat hij niet begreep. 'Wat krijgen we nou?'

'Hij bidt niet.' Nick fronste. 'Wat doet hij?'

'Wat hij ook doet,' zei Jen, 'zijn handen zijn met draad aan elkaar verbonden, net als die van het eerste lijk.'

De handen van het slachtoffer waren tot vuisten gebald, allebei tegen zijn naakte bovenlichaam gedrukt, de rechter boven de linker. De rechter bevond zich boven zijn hart, en zijn ellebogen wezen omlaag. Beide vuisten vormden o's. 'Hij hield iets vast,' zei Vito.

'Een zwaard.' Die gefluisterde woorden kwamen van boven hen, waar Sophie stond, en haar gezicht was spookachtig bleek onder haar rode bandana. Haar ogen waren groot van afgrijzen terwijl ze naar het slachtoffer keek. Vito had de plotselinge neiging haar gezicht tegen zijn borst te drukken en haar af te schermen van het ontbindende lichaam.

In plaats daarvan stond hij op en legde zijn handen op haar schouders. 'Wat zei je?'

Ze bleef roerloos naar de dode man staan kijken.

Hij schudde haar zachtjes door elkaar en pakte haar kin, om haar te dwingen hem aan te kijken. 'Dr. Johannsen, wat zei je?'

Ze slikte en keek op, en haar ogen waren niet langer helder. 'Hij ziet eruit als een effigie.'

'Een effigie,' herhaalde Vito. 'Zoals in "iemand in effigie ophangen"?'

Ze sloot haar ogen en vermande zich zichtbaar. Vito realiseerde zich dat de lijken die zij vond altijd al honderden jaren dood waren. 'Nee,' zei ze met overslaande stem. 'Als in een tombe of crypte. Vaak waren er in tombes beeltenissen van de overledene, uitgehakt in steen of marmer. Zo'n sculptuur lag boven op het graf. Dat noemen ze een effigie.'

Ze was wat gekalmeerd en praatte nu als een docent die een lezing geeft. Vito nam aan dat het haar manier was om met de situatie om te gaan. 'De vrouwen hadden meestal hun handen gevouwen, zó.' Ze vouwde haar handen onder haar kin, in de pose die het eerste lijk ook had gehad.

Vito keek Nick scherp aan, die knikte.

'Ga door, Sophie,' zei Nick zachtjes. 'Je doet het prima.'

'Maar... maar soms waren hun armen over hun borst gevouwen.' Weer demonstreerde ze het, door haar handen vlak te leggen. 'Soms zijn de handen bij mannen gevouwen in gebed, maar soms worden ze ook in een harnas afgebeeld, met een zwaard. Meestal houdt de man dan het zwaard langs zijn lichaam, maar soms werd de effigie ook zó gemaakt.' Ze balde haar trillende handen tot vuisten en legde ze op haar borst, precies zoals bij het slachtoffer. 'Hij hield het gevest van het zwaard vast, met de kling plat op zijn bovenlichaam, recht omlaag wijzend. Het is niet zo'n veelvoorkomende houding. Het betekent dat de man is gesneuveld in de strijd. Weet je wie hij is?'

Hij schudde zijn hoofd. 'Nog niet.'

'Iemands zoon of man,' mompelde ze.

'Ga maar even in mijn auto zitten. Hier zijn de sleutels.'

Toen ze naar hem opkeek, glansden haar ogen van de tranen. 'Nee, het gaat wel. Ik kwam alleen vertellen dat er links van het andere graf niets ligt. Ik ga terug richting de bomen.' Ze veegde langs haar ogen. 'Ik red me wel.'

Nick stond op. 'Sophie, nu je ons dit hebt verteld, herinner ik me foto's uit oude geschiedenisboeken. Dit is een middeleeuws gebruik, hè? Een effigie op het graf leggen.'

Ze knikte, maar ze was nog altijd heel bleek. 'Ja. De vroegst bekende standbeelden dateren uit ongeveer 1100 en waren heel gebruikelijk in de renaissance.'

'Jongens.' Jen knielde neer op de rand van het graf. 'We hebben grotere problemen dan het zwaard van die vent.' Ze kwam overeind en klopte aarde van haar overall.

Vito en Nick keken in het graf, maar Johannsen bleef op afstand. Vito kon het haar niet kwalijk nemen. Wat hij zag, gaf hem de neiging zijn gezicht af te wenden, maar dat deed hij niet. Jen had het slachtoffer tot aan zijn kruis onthuld, en ze zagen dat er een akelig gat in zijn onderbuik zat. 'Allemachtig,' mompelde hij.

'Wat?' vroeg Johannsen van anderhalve meter verderop.

Jen zuchtte. 'Hij heeft geen ingewanden meer.'

'Die zijn eruit gerukt,' zei Johannsen. 'Een martelpraktijk die door de hele geschiedenis is toegepast, maar zeker in de middeleeuwen.'

'Marteling,' mompelde Nick. 'Kolere, Vito. Wat voor zieke figuur doet zoiets?'

Vito keek uit over de akker. 'En hoeveel meer heeft hij er hier nog neergelegd?'

*New York City, zondag 14 januari, 17:00 uur*

Bij de plop van een champagnekurk zwol het geluidsniveau aan tot gebrul. Van achter in de kamer zag Derek Harrington dat Jager van Zandt de schuimende fles bij zijn dure pak uit de buurt hield en toegejuicht werd door een jonge, gretige menigte.

'Vroeger waren we al blij met bier, als het maar koud was.'

Derek keek op naar Tony England en glimlachte spijtig. 'Ah, die goeie ouwe tijd.'

Maar Tony glimlachte niet. 'Ik mis die tijd, Derek. Ik mis onze oude kelder, en de hele nacht werken, en... T-shirts en spijkerbroeken. Toen alleen jij en ik en Jager er nog maar waren.'

'Ik weet het. Nu groeien we zo snel... Ik ken de helft van die lui niet.' Sterker nog, hij miste zijn vriend. De roem en het najagen van geld hadden Jager van Zandt veranderd in een man van wie Derek niet meer zeker wist of hij hem wel kende. 'Succes heeft dus toch een prijs, denk ik.'

Tony zweeg een tijdje. 'Derek, is het waar dat we naar de beurs gaan?'

'Ik heb geruchten gehoord.'

'Geruchten? Jij bent vicepresident, verdomme. Zou je niet wat betere informatie moeten hebben dan geruchten?'

Dat zou Derek inderdaad moeten hebben, maar hij had het niet. Hij hoefde echter niet te antwoorden, want Jager klom op een stoel en stak zijn champagneglas in de lucht. 'Heren. En dames. We zijn hier om iets te vieren. Ik weet dat jullie allemaal moe zijn aan het eind van een lang congres, maar het is voorbij en we hebben het goed gedaan. Onze hele productie van *Behind Enemy Lines* is gereserveerd. We hebben orders voor alle videogames die we de deur uit kunnen krijgen. We zijn uitverkocht, alweer!'

De jongelui juichten, maar Derek zweeg.

'Hij heeft zichzelf in de uitverkoop gedaan, bedoelt hij,' mompelde Tony.

'Tony,' mompelde Derek. 'Niet hier. Dit is niet de juiste plek of het juiste moment.'

'Wanneer en waar dan wel, Derek?' wilde Tony weten. 'Als we allebei jaknikkers van Jager zijn? Of ben ik de enige die bang moet zijn om een jaknikker te wórden?' Hoofdschuddend liep Tony de drukke zaal door en de deur uit.

Tony was altijd al theatraal aangelegd, wist Derek. Passie ging vaak hand in hand met artistiek genie. Derek wist niet zeker of hij nog wel passie had. Of genialiteit. Of kunst.

'Natuurlijk zien jullie allemaal een leuke beloning voor al die verkopen terug op jullie bonuscheque,' zei Jager, en er werd weer gejuicht. 'Maar voorlopig doen we het met een zoete beloning.' Twee obers rolden een lange, rechthoekige tafel naar binnen. Daarop stond een taart die bijna twee meter lang en anderhalve meter breed was, en die was versierd met het oRo-logo: een gouden draak met een enorme R op zijn borst. De draak hield de twee o's vast, een in elke klauw.

Hij en Jager hadden dat logo zorgvuldig ontworpen. Derek had de gouden draak gemaakt, en Jager had de bedrijfsnaam gekozen. De letters oRo waren symbolisch en verbonden aan Jagers moedertaal, het Nederlands. Het had Derek nooit dwarsgezeten dat de R vijf keer groter was dan de beide o's. Maar nu zat het hem wel dwars. Er zaten Derek tegenwoordig veel dingen dwars. Maar hij dwong zichzelf te glimlachen naar de andere medewerkers en nam een glas champagne aan.

'We gaan een nieuwe groeifase van oRo in,' zei Jager, 'en met het oog daarop hebben we wat veranderingen aan te kondigen. Derek Harrington krijgt promotie.'

Stomverbaasd rechtte Derek zijn rug en staarde de glimlachende Jager aan. Snel plakte hij zijn glimlach weer op, omdat hij niet de indruk wilde wekken dat hij hier niets van had geweten.

'Derek wordt executive art director.' Er klonk wat gejuich en Derek knikte met een bevroren glimlach. Nu begreep hij wat Jager had gedaan, en zijn verwachting werd bevestigd door wat Jager daarna zei. 'En als erkenning van zijn ongelooflijke bijdrage aan *Behind Enemy Lines* wordt Frasier Lewis bevorderd tot art director.'

De medewerkers applaudisseerden, terwijl Dereks moed hem in de schoenen zonk.

'Frasier kon hier vanavond niet zijn, maar hij doet jullie de groeten en wenst jullie succes bij de volgende onderneming. Hij heeft me gevraagd een toost voor hem uit te brengen, en die luidt: "*Behind Enemy Lines* heeft ons in een baan om de aarde gebracht. Dat *The Inquisitor* ons maar naar de maan mag lanceren!"' Jager hief het glas. 'Op oRo en op het succes!'

Met trillende handen glipte Derek de kamer uit. Er werd zo hartstochtelijk gejuicht dat niemand zelfs maar merkte dat hij weg was. In de gang leunde hij met zijn schouder tegen de muur terwijl zijn maag zich omkeerde. Die promotie was een leugen. Derek was niet bevorderd. Hij was op een zijspoor gezet. Frasier Lewis had oRo rijkdom en succes gebracht, maar Derek was bang voor zijn duistere methoden. Hij had geprobeerd Jager tegen te houden, om oRo op het juiste pad te houden.

Maar nu was het te laat. Hij was zojuist vervangen door Jagers jaknikker.

*Philadelphia, zondag 14 januari, 17:00 uur*

Het was erger dan ze zich ooit had kunnen voorstellen. Wat opwinding voor de jacht was geweest toen ze net was aangekomen, was abrupt omgeslagen in kille angst toen ze het gezicht van de dode man zag. Haar angst werd killer terwijl de middag verstreek. Ze bleef scannen en probeerde niet te denken aan de stokjes die ze in de grond had gezet. Aan de man die ze hadden gevonden. Iemand had hem gemarteld en vermoord. En anderen. Hoeveel anderen zouden er nog zijn?

Katherine was teruggekomen om het slachtoffer te onderzoeken en zij en Sophie hadden sober en zwijgend naar elkaar geknikt. Het was onnatuurlijk stil op de akker, en het legertje van agenten bewoog zich onder het werken efficiënt, maar geruisloos voort.

Sophie probeerde zich te richten op het registreren van voorwerpen onder de grond. Maar het waren geen voorwerpen. Het waren mensen, en ze waren dood. Ze probeerde daar niet bij stil te staan, zocht haar toevlucht in de routine van het scannen, van de precieze plaatsing van elk stokje.

Tot ze in haar zak graaide en merkte dat die leeg was. Ze had twee pakjes uit de voorraadkamer meegegrist voordat ze naar buiten was gegaan om op Vito te wachten. *Twaalf per pakje.* Vierentwintig stokjes. *Zes graven.* Ze had al zes graven gevonden. Het graf dat de politie had gevonden voordat zij hier aankwam, maakte er zeven van. *En ik ben nog niet klaar. Mijn god. Zeven mensen.*

Haar blik werd wazig en boos wreef ze met de rug van haar hand over haar ogen. TR zou wel iets hebben waarmee ze nog meer graven kon markeren. Ze keek op en speurde naar Jen McFain, maar bij een geluid achter zich verstijfde ze. Het was een rits, en het geluid ervan werd versterkt door de surrealistische stilte. Langzaam keek ze in de ogen van Katherine Bauer boven de lijkzak die ze net had dichtgeritst, en ze werd zestien jaar in de geschiedenis teruggesmeten. Katherines haar was toen donkerder en een stukje langer.

De lijkzak die ze had dichtgeritst was veel kleiner geweest.

De stilte vervaagde. Alles wat Sophie hoorde, was het gebons van haar eigen hart. Katherines ogen werden groot van besef en afgrijzen. Ze had destijds precies zo gekeken.

Sophie hoorde haar naam, maar alles wat ze zag, was het lichaam op de brancard, zoals het die dag was. *Zo ontzettend klein.* Die dag was ze te laat geweest en had ze alleen maar geschokt kunnen toekijken toen ze haar hadden weggereden. Een vlaag van verdriet steeg op, krachtig en plotseling. Hij werd gevolgd door bittere, kille woede. Elle was er niet meer, en niets kon haar terughalen.

'Sophie.'

Sophie knipperde met haar ogen toen iemand haar ineens bij haar kin pakte. Ze focuste op Katherines gezicht, op de lijntjes die daar door zestien jaar tijd waren ontstaan, en liet huiverend haar adem ontsnappen. Ze herinnerde zich waar ze was en sloot beschaamd haar ogen. 'Sorry,' mompelde ze.

De druk op haar kin werd opgevoerd tot ze haar ogen opendeed. Katherine keek bezorgd naar haar op. 'Ga naar mijn auto, Sophie. Je ziet spierwit.'

Sophie stapte achteruit. 'Het gaat wel.' Ze keek op en zag Vito Ciccotelli naast de grote lijkzak staan, en hij keek haar met samengeknepen, donkere ogen aan. Hij had daarstraks van haar de indruk gekregen dat ze onbeleefd en ongevoelig was. Nu dacht hij waarschijnlijk dat ze labiel was, of erger nog: zwak. Ze hief haar kin, rechtte haar schouders en beantwoordde zijn alerte ogen met een opstandige blik. Ze werd liever voor onbeleefd versleten.

Maar hij wendde zijn blik niet af en hield die donkere ogen gewoon op haar gericht. Van haar stuk gebracht keek Sophie weg van Vito. 'Het gaat wel. Echt.'

'Nee,' mompelde Katherine. 'Het gaat niet. Je hebt vandaag genoeg gedaan. Ik laat een van de agenten je wel naar huis brengen.'

Sophies kaak verstrakte. 'Ik maak af waar ik aan begonnen ben.' Ze bukte om het handvat van de GPR te pakken, dat uit haar handen was gevallen terwijl ze eventjes in haar herinneringen opging. 'In tegenstelling tot sommige andere mensen.' Ze wilde zich omdraaien, maar Katherine greep haar arm vast.

'Het was een ongeluk,' fluisterde Katherine, en Sophie wist dat ze daar oprecht in geloofde. 'Ik dacht dat je dat na al die tijd wel had geaccepteerd.'

Sophie schudde haar hoofd. De woede bleef in haar borrelen, en toen ze sprak, was dat op kille toon. 'Je was altijd te mild voor haar. Ik vrees dat ik niet zo ben, zo –'

'Vergevingsvol?' onderbrak Katherine haar scherp.

Sophie lachte blaffend, zonder een spoortje humor. 'Blind. Ik maak de klus af waarvoor je me gevraagd had te komen.' Ze trok zich los uit Katherines greep en stak haar hand in haar lege zak, en toen schoot het haar weer te binnen. Stokjes. Ze speurde naar Jen en zag dat het legertje grotendeels was blijven staan en met openlijke nieuwsgierigheid keek naar wat er zich tussen haar en Katherine afspeelde.

Ze wilde tegen hen schreeuwen dat ze zich met hun eigen zaken moesten bemoeien, maar onderdrukte die neiging. Ze zocht naar Jen, en weer keek ze recht in Vito Ciccotelli's donkere ogen. Hij had zijn blik geen moment afgewend. 'Ik heb geen stokjes meer. Heb jij nog iets om markeringen mee te maken?'

'Ik zoek wel iets.' Hij keek haar nog eens langdurig en onderzoekend aan voordat hij zich omdraaide en naar de TR-bus liep. Toen hij niet langer naar haar keek, ontsnapte haar een diepe zucht en besefte ze dat ze een hele tijd haar adem had ingehouden. Terwijl de zucht haar lichaam verliet, ging haar woede mee. Nu voelde ze alleen nog vermoeidheid, spijt en schaamte.

'Het spijt me, Katherine. Ik had niet uit mijn slof moeten schieten.' Ze zei niet dat ze fout was geweest. Ze had nog nooit tegen Katherine gelogen, en was niet van plan daar nu mee te beginnen.

Katherine glimlachte, als kalme aanvaarding van wat Sophie ongezegd liet. 'Ik weet het. Dat slachtoffer zien was al erg genoeg, maar je kreeg er nog een schok overheen. Het was nooit mijn bedoeling dat je met lijken geconfronteerd zou worden. Ik dacht dat je die scan zou doen en dan naar huis zou gaan. Daar had ik kennelijk niet helemaal goed over nagedacht.'

'Het geeft niet. Ik ben blij dat je me om hulp hebt gevraagd.' Sophie kneep in Katherines arm en wist dat de lucht tussen hen weer gezuiverd was. Het is maar goed dat Katherine vergevingsgezinder is dan ik, dacht ze spijtig. Aan de andere kant was vergeven gemakkelijker als je het verlies minder voelde. Elle was niet Katherines kind geweest. *Ze was van mij.* Sophie schraapte haar keel en haar stem klonk bruusk. 'Laat me nu weer aan het werk gaan, zodat al die agenten ophouden ons aan te gapen.'

Katherine keek om alsof ze zich nu pas realiseerde dat ze publiek hadden. Met slechts één opgetrokken wenkbrauw stuurde ze iedereen weer terug aan het werk. 'Agenten zijn zo bemoeiziek,' fluisterde ze. 'Nog ergere roddelkonten dan meiden.'

'Dat is gemeen.'

Sophie keek op en zag Vito achter hen staan, met een handvol gekleurde vlaggetjes, alsof het bloemen waren.

Katherine glimlachte naar hem. 'Nee, het is waar, en dat weet je best.'

Zijn mondhoek trok omhoog. 'Vervang "bemoeiziek" door "scherpzinnig", dan zijn we het eens.' Zijn uitspraak was gericht aan Katherine, maar hij keek naar Sophie, met net zulke indringende ogen als daarvoor. Hij stak de vlaggetjes uit. 'Alsjeblieft,' zei hij. Ze aarzelde voor ze ze van hem aannam, omdat de gedachte om hem aan te raken haar nerveus maakte. Belachelijk. Ze was een professional, en ze zou de klus afmaken waarvoor ze was gekomen.

Ze pakte de vlaggetjes aan en stak ze in haar zak. 'Ik hoop dat ik er niet zo veel nodig heb.'

Vito's flauwe glimlach verdween terwijl hij over de akker uitkeek. 'Ik help het je hopen.'

Katherine zuchtte. 'Amen.'

*Dutton, Georgia, zondag 14 januari, 21:40 uur*

Daniel Vartanian zat op zijn hotelbed en wreef over zijn voorhoofd, waarachter het begin van een migraineaanval op de loer lag. 'Dat is de situatie,' voltooide hij zijn betoog, en hij wachtte tot zijn baas zou antwoorden.

Chase Wharton zuchtte. 'Je hebt een behoorlijk gestoorde familie. Dat weet je toch wel?'

'Ja, dat weet ik inderdaad. En, kan ik vrij krijgen?'

'Weet je zeker dat ze echt op vakantie zijn? Waarom al die leugens?'

'Mijn ouders houden de schijn op, koste wat het kost.' Zijn ouders hadden veel familiegeheimen verborgen om de 'goede naam' van de familie hoog te houden. *Als de mensen eens wisten.* 'Dat ze niet wilden dat iemand iets wist over mijn moeders ziekte, hoort erbij.'

'Maar het gaat om kanker, Daniel, niet om een of ander vreselijk geheim zoals pedofilie of zoiets.'

Of zoiets, dacht Daniel. 'Kanker zou al genoeg zijn om de mensen te laten kletsen. Mijn vader zou dat niet trekken, zeker omdat hij er net mee had ingestemd om zich kandidaat te stellen voor het Congres.'

'Je hebt nooit verteld dat je vader politicus was.'

'Mijn vader was al een politicus vanaf de dag dat hij geboren werd,' zei Daniel bitter. 'Hij opereerde alleen vanuit de rechtbank. Maar ik wist niet dat hij zich kandidaat wilde stellen. Kennelijk had hij dat net toegezegd voordat hij vertrok.' Dit had hij gehoord van Tawny Howard, die de bestelling voor het diner van Frank en hem had opgenomen. Tawny had het gehoord van de secretaresse van Carl Sargent, de man die zijn vader de vorige keer dat hij in de stad was had bezocht. 'Ongetwijfeld ziet hij de ziekte van mijn moeder als voer voor de oppositie. En mijn moeder gaat mee in alles wat hij zegt.'

Chase zweeg, en Daniel kon zich zijn ongeruste gezicht wel voorstellen.

'Chase, ik wil gewoon mijn ouders zoeken. Mijn moeder is ziek. Ik...' Daniel blies zijn adem uit. 'Ik moet haar zien. Ik heb haar iets te vertellen, en ik wil niet dat ze overlijdt voordat ik de kans krijg. We hebben ruzie gehad en ik heb een paar harde dingen gezegd.' Hij had die dingen eigenlijk tegen zijn vader gezegd, maar de gevoelens van woede en walging... en schaamte... die hadden zich ook tot zijn moeder uitgestrekt.

'Had je het mis?' vroeg Chase zachtjes.

'Nee. Maar... ik had niet zoveel jaren voorbij moeten laten gaan met dit tussen ons in.'

'Neem dan maar vrij. Maar zodra je vermoedt dat er meer aan de hand is dan een gewone vakantie, laat je het los en stellen wij een echt onderzoek in. Ik wil niet op mijn lazer krijgen omdat er een gepensioneerde rechter wordt vermist en ik de procedures niet heb gevolgd.' Chase weifelde even. 'Wees voorzichtig, Daniel. En ik vind het heel erg van je moeder.'

'Bedankt.' Daniel wist niet waar hij moest beginnen, maar hij was ervan overtuigd dat er aanwijzingen te vinden waren op de computer van zijn vader. Morgen kwam een vriend van het GBI hem helpen de computerbestanden van zijn vader te doorzoeken. Daniel hoopte maar dat hij opgewassen zou zijn tegen wat hij daarin misschien zou aantreffen.

*New York City, zondag 14 januari, 22:00 uur*

Vanuit zijn stoel, in de duisternis van de zitkamer van hun hotelsuite, zag Derek Jager door de deur naar binnen komen zwalken. 'Je bent dronken,' zei hij vol walging.

Jager ging meteen rechtop staan. 'Godverdomme, Derek. Ik schrik me kapot.'

'Dan staan we quitte,' zei Derek bitter. 'Wat moest dat verdomme allemaal voorstellen?'

'Wat?' Het woord werd minachtend geuit, en Derek voelde zijn woede kolken.

'Je weet best wát. Wie heeft jou verdomme het recht gegeven om Lewis tot art director te bevorderen?'

'Het is maar een titel, Derek.' Jager keek hem vernietigend aan terwijl hij zijn stropdas onder zijn kraag vandaan rukte. 'Als je in de bar was gebleven om het samen met ons te vieren, in plaats van hierboven in het donker te gaan zitten mokken als een klein kind, dan had je het nieuws uit eerste hand kunnen horen. We hebben een stand op de Pinnacle.'

'De Pinnacle?' De Pinnacle was dé gamebeurs van het jaar. Op de hele wéreld. Dit was gigántisch nieuws. De Pinnacle was voor gameontwerpers wat Cannes voor de filmindustrie was. Hét belangrijkste evenement om te zien en gezien te worden. Om je kunst te laten bewonderen door de hele branche. Gamers stonden dagenlang in de rij voor een toegangskaartje. Stands werden alléén op uitnodiging toegekend. De Pinnacle was... het allerhoogste. Hij liet langzaam zijn adem ontsnappen en durfde amper te geloven dat het waar was. Nog niet in zijn stoutste dromen... 'Dat meen je niet.'

Jager lachte, maar het klonk akelig. 'Over zulke dingen maak ik geen grapjes.' Hij liep naar de bar en schonk zichzelf nog een borrel in.

'Jager, je hebt wel genoeg gehad,' begon Derek, maar Jager keek hem woedend aan.

'Hou je kop. Hou gewoon je kop. Ik word zo verrekte moe van je met je "doe dit niet" en "doe dat niet".' Hij nam een grote slok. 'Wíj gaan naar de Pinnacle omdat ík een risico heb genomen. Omdat ík het lef had om een gok te wagen. Omdat ík heb wat er voor succes nodig is.'

Derek klemde zijn kaken op elkaar van kille woede om wat hij onuitgesproken liet. 'En ik niet.'

Jager spreidde zijn armen. 'Jij zegt het,' – hij wendde zijn blik af – 'partner,' mompelde hij.

'Dat ben ik, weet je,' zei Derek zachtjes.

'Wat?'

'Je partner.'

'Gedraag je dan ook zo,' zei Jager vlak. 'En wees niet zo'n heilig boontje. Frasier Lewis' kunst is entertainment, Derek. Punt uit.'

Derek schudde zijn hoofd terwijl Jager naar zijn eigen kamer liep. 'Het is onfatsoenlijk. Punt uit.'

Jager bleef met zijn hand op de deurknop staan. 'Het verkoopt.'

'Het hoort niet, Jager.'

'Ik zie jou nog geen salaris weigeren. Je doet alsof je het geweld moreel verwerpelijk vindt, maar jij doet dit net zo goed voor het geld als ik. En als dat niet zo is, moet je eruit stappen.'

'Is dat een dreigement?' vroeg Derek zachtjes.

'Nee. Het is de realiteit. Neem jij maar contact op met Frasier en zeg hem dat hij moet opschieten met die vechtscènes die hij me al een maand belooft. Ik wil ze dinsdagochtend om negen uur hebben. Ik wil de vechtscènes uit *Inquisitor* vertonen tijdens de Pinnacle, dus hij heeft wat peper in zijn reet nodig.'

Derek was verdoofd en kon hem alleen maar aanstaren. 'Je hebt hem het nieuwe spel al gegeven.'

Jager draaide zich om, en zijn ogen stonden kil. 'Het is een entertainmentonderneming,' zei hij verbeten, 'en ja, ik heb Frasier het ontwerp voor *Inquisitor* maanden geleden al gegeven. Als ik het aan jou had overgelaten, zouden we eindigen met dezelfde zielige, saaie graphics die we al jaren hebben. Hij doet al maanden onderzoek en werkt aan de ontwerpen, terwijl jij op je kont hebt gezeten en strips hebt getekend.' Dat laatste klonk minachtend. 'Zie het onder ogen, Derek. Ik heb oRo naar een hoger niveau getild. Doe met ons mee of stap eruit.' Hij sloeg de deur achter zich dicht.

Derek bleef lange tijd roerloos naar de deur zitten staren. *Doe met ons mee of stap eruit. Stap eruit.* Hij kon er niet zomaar uit stappen. Waar moest hij dan naartoe? Hij had al zijn talent, heel zijn hart in oRo gestort. Hij kon niet zomaar weglopen. Hij had zijn salaris nodig. De studiekosten van zijn dochter waren niet gering. *Ik ben een hypocriet.* Hij was in opstand gekomen tegen Frasier Lewis' scènes omdat het geweld erin zo verkillend realistisch was. Maar Jager had gelijk. *Ik pak het geld aan. Ik heb het geld graag.*

Hij moest een keus maken. Als hij bij oRo wilde blijven, moest hij in het reine komen met zijn afkeer van Frasier Lewis' 'kunst'. *Of ik ben er moreel tegen, of niet.*

Hij zuchtte. Of hij moest concluderen dat Jager hem de waarheid had gezegd, hoe moeilijk dat ook te accepteren zou zijn. *Dezelfde zielige, saaie graphics.* Dat deed pijn. *Ben ik jaloers? Is Lewis de betere ontwerper?* En zo ja, kon hij dat dan accepteren en, belangrijker nog, met hem samenwerken?

Derek stond op en liep door de kamer, waarna hij bleef staan bij de bar. Hij schonk zichzelf een borrel in en ging weer in het donker zitten om na te denken.

# 4

*Philadelphia, zondag 14 januari, 22:30 uur*

Vito keek toe terwijl Katherine nog een lijk in een zak wegreed, het derde dat ze tot nu toe hadden gevonden. Het was een man en ongeveer even lang als de 'Ridder', zoals ze de eerste man hadden genoemd. Die naam was onvermijdelijk geweest zodra het team hoorde dat de handen van het slachtoffer volgens de archeoloog waren gepositioneerd alsof hij een zwaard vasthield. De vrouw die ze die ochtend hadden gevonden, was de 'Jonkvrouw' geworden.

Hij vroeg zich af hoe ze dit nieuwste slachtoffer zouden gaan noemen. Het derde lijk had met zijn armen langs zijn lichaam gelegen. Nou, min of meer. Zijn ene arm lag recht, maar de andere was bij de schouder gemangeld: nog amper bevestigd aan het gewricht, en zodanig gedraaid dat zijn handpalm naar buiten wees. Het hoofd van de man was er nog erger aan toe. Het weinige dat er van over was, was onherkenbaar.

'Het is al laat,' zei Vito. 'We hebben geüniformeerde politiemensen om de wacht te houden. Ik vind dat we er voor vandaag een punt achter moeten zetten.'

'Dus we zien elkaar hier morgenvroeg weer?' vroeg Nick.

Vito knikte. 'Dan beginnen we met het identificeren van de slachtoffers. Katherine zal morgenochtend haar eerste onderzoeken wel hebben afgerond. De lijkschouwingen kunnen dagen gaan duren.'

Jen keek om zich heen. 'Waar is Sophie?'

Vito wees naar zijn pick-up, waar Johannsen zijdelings op de passagiersstoel zat, met het portier wijd open. Ze zat er al ongeveer een halfuur. Hij was ongerust geweest omdat ze het wel ijskoud moest hebben, maar had toen geprobeerd haar uit zijn hoofd te zetten. Ze zou het portier wel dichtdoen als ze het te koud kreeg. Maar hij hád haar niet uit zijn hoofd kunnen zetten, of kunnen ophouden met naar haar te kijken. Tijdens het werken had hij steeds even naar haar gegluurd. Het zien van de Ridder had haar overstuur gemaakt. Toch was ze gestaag blijven doorwerken.

Maar er was nog iets anders gebeurd. Toen Katherine die lijkzak dichtritste, had Sophie ernaar gekeken alsof ze een spook zag. Wat voor herinnering het lijk ook had bovengehaald, het was belangrijk genoeg om Katherine naar haar toe te laten gaan. En de twee hadden boze woorden gewisseld, dat was wel duidelijk geweest.

Vanaf dat moment was hij haar nog meer in de gaten gaan houden. Het was gewoon nieuwsgierigheid, hield hij zich voor. Of misschien was bemoeizucht een beter woord, zoals Katherine had beweerd. Hij wilde weten wat er gebeurd was, zowel vandaag als op die dag die ze zich herinnerde.

Hij zou er wel nooit achter komen. Straks zou hij haar terugbrengen, en dat was dan dat. Maar toch, hoe ze daar in zijn pick-up zat; het maakte iets in hem los. Ze zat met haar knieën opgetrokken onder haar jas, zoals eerder die dag. Ze zag er jong en heel alleen uit.

'Zijn we klaar met haar?' vroeg Vito.

Jen knikte, kijkend naar de uitdraai van Sophies scan. 'Ze heeft geweldig werk verricht.' Stokjes en vlaggetjes stonden in vier rijen van vier graven, alle vlakken even groot, en de rijen waren met militaire precisie aangelegd. 'We hoeven alleen nog maar te graven.'

Toen Vito de pick-up naderde, zag hij dat ze de twee grote koffers in de achterbak had gelegd en had vastgesjord, helemaal alleen. Hij wist uit eigen ervaring dat die dingen loodzwaar waren. *Ze heeft kennelijk heel wat spieren onder die jas.* Hij dacht aan hoe ze had aangevoeld in de paar tellen dat ze tegen hem aan had geleund en vroeg zich af wat er nog meer onder die jas te vinden was, maar ook daar zou hij waarschijnlijk nooit achter komen.

Toen Vito bij Sophie in de buurt kwam, verkrampte hij. Er stroomden tranen over haar wangen terwijl ze naar de akker met stokjes en vlaggetjes staarde. Ze had dingen gezien waar de meeste ervaren politieagenten al door van streek zouden raken. Maar ze was tot het eind gebleven. Daar had hij bewondering voor.

Hij schraapte zijn keel, en ze draaide haar hoofd om hem aan te kijken. Ze veegde met haar mouw over haar wangen, maar deed geen poging haar tranen te verbergen of zich ervoor te verontschuldigen. Ook daar had Vito respect voor. 'Gaat het wel?' vroeg hij zachtjes.

Ze knikte en haalde beverig adem. 'Ja.'

'Je hebt het goed gedaan vandaag, Sophie.'

Ze snifte. 'Heeft Jen je de scan laten zien?'

'Ja, bedankt. Het is heel grondig en goed gedaan. Maar dat bedoelde ik niet. Je hebt je staande gehouden onder stressvolle omstandigheden. De meeste mensen hadden dat niet gekund.'

Haar lippen trilden en haar ogen vulden zich weer met tranen. Ze slikte moeizaam en keek naar de akker, zichtbaar vechtend om zich te vermannen. Geduldig wachtte hij, en toen ze sprak, klonk het als een hees gefluister. 'Toen Katherine me vandaag belde, had ik geen idee dat het zo zou zijn. Negen mensen. Mijn god. Het is niet te geloven.'

'Je hebt bij zeven graven aangegeven dat ze leeg zijn. Weet je dat zeker?'

Ze knikte terwijl haar tranen begonnen te drogen. 'Zeven zijn er leeg, maar ze zijn allemaal afgedekt met iets diks en stevigs. Waarschijnlijk hout.' Ze keek hem aan met ogen vol afgrijzen en pijn. 'Mijn god, Vito. Hij is van plan er nóg zeven te vermoorden.'

'Weet ik.' De scan had niet alleen een indeling van de akker opgeleverd, maar ook inzicht in de geest van een moordenaar. Vito wist dat dat inzicht waardevol zou zijn, als hij eenmaal voldoende slaap had gehad om erover na te denken. 'Ik ben kapot,' zei hij. 'Dat zul jij ook wel zijn. Ik zal je naar huis brengen.'

Ze schudde haar hoofd. 'Ik moet de apparatuur terugbrengen naar de universiteit en mijn fiets halen. Bovendien zal jij zelf ook wel plannen hebben voor vanavond. Een gezin dat op je wacht.'

Hij dacht aan de rozen, die inmiddels verwelkt waren. Hij zou wel een nieuw boeket kopen en volgende week naar de begraafplaats gaan. Het zou Andrea niet veel uitmaken. De bloemen en het bezoek, zo wist hij, waren eigenlijk voor hemzelf. 'Ik heb geen plannen.' Hij weifelde, maar liet de woorden toen komen. 'Of iemand die op me wacht.'

Hun blikken kruisten, en hij kon zien dat ze zijn woorden opvatte zoals hij ze had bedoeld. Haar keel bewoog krampachtig toen ze probeerde te slikken. 'Nou, dan ben ik klaar om te vertrekken.' Ze deed haar gordel om toen hij achter het stuur plaatsnam, groef in haar zak en haalde iets tevoorschijn wat in de schemerige auto leek op een sigaar. 'Wil jij er ook eentje?'

Hij startte de motor. 'Ik rook niet.'

'Ik ook niet,' zei ze somber. 'Niet meer, althans. Maar deze zul je moeilijk kunnen opsteken. Het is *beef jerky* – gedroogd vlees. Goed veldvoedsel. Bederft niet. En verrassend genoeg neemt het de smaak weg die ik al de hele dag in mijn mond heb.' Ze haalde haar schouders op. 'In ieder geval tijdelijk.'

Hij pakte een reep aan. 'Bedankt.'

Terwijl hij kauwde, groef ze weer in haar zak, en deze keer haalde ze er een pakje drinken uit, zoals zijn neefjes in hun lunchtrommel meenamen. Hij keek ernaar en trok een vies gezicht toen hij de letters op het label kon lezen. 'Chocolademelk? Bij beef jerky?'

Ze prikte een rietje in het pakje. 'Calcium is goed voor je botten. Wil je ook?'

'Nee,' zei hij met overtuiging. 'Dat is smerig, Dr. Johannsen.'

'Je zou het eens moeten proberen.' Ze zweeg een tijdje nadrukkelijk. 'Vito.' Onder het drinken staarde ze uit het raam. Toen de chocolademelk op was, stopte ze het pakje in een plastic zakje en stak dat weer in haar zak.

'Dus je veldjas is ook al een vuilnisbak?'

Ze keek hem beschaamd aan. 'Gewoonte. Je kunt geen rommel laten rondslingeren op een opgraving.'

'En wat voor eten heb je nog meer in je zakken?'

'Een paar chocoladekoekjes, maar die zijn een beetje geplet. Al smaken ze nog prima.'

'Je houdt dus van chocola.'

'Nogal logisch.' Ze keek hem behoedzaam aan. 'Zeg nou niet dat je dat niet lust. Ik begon je net aardig te vinden.'

Hij lachte, en was zelf verbaasd over het geluid. Hij had niet gedacht dat hij nog de energie had om te lachen. 'Ik taal er eigenlijk niet naar. Maar mijn broer Tino, die is er verslaafd aan. Melk, puur, wit, chocoladevlokken en paashazen, Tino inhaleert het spul.'

Ze glimlachte naar hem, en hij keek gebiologeerd toe. Zelfs met ogen die rood waren van het huilen was ze nog aantrekkelijk. 'Heb je een broer die Tino heet? Echt?'

Hij dwong zichzelf op de weg te letten. 'Ik heb drie broers, maar je moet beloven dat je niet gaat lachen.'

Haar ogen lachten, ook al trok ze een uitgestreken gezicht. 'Ik beloof het.'

'Mijn oudere broer heet Dino en mijn twee jongere broers heten Tino en Gino. Mijn zus heet Contessa Maria Teresa, maar we noemen haar Tess. Ze woont in Chicago.'

'Ik lach niet. En ik ga ook geen maffiagrapjes maken.'

'Dank je,' zei hij droog. 'En jij? Heb jij familie hier in de buurt?'

Ze zweeg, en hij wist dat hij een gevoelig punt had aangeroerd. 'Alleen mijn oma en oom Harry. En mijn tante Freya, natuurlijk.' Ze noemde die tante bijna terloops. 'En nog een paar neven en nichten, maar daar ben ik nooit erg hecht mee geweest.' Ze glimlachte weer, maar het zag er een beetje droevig uit. 'Jouw familie klinkt wel zo. Hecht, bedoel ik. Dat is fijn.'

Ze klonk eenzaam, en weer sloeg zijn hart over. 'Het is ook fijn, al is het soms wel luidruchtig. Mijn familie loopt mijn huis in en uit alsof het Grand Central Station is. Tino huurt zelfs het appartement in mijn kelder, dus hij is er altijd. Soms verlang ik wel eens naar stilte.'

'Ik denk dat als je echt stilte had, je weer zou verlangen naar lawaai,' mompelde ze.

Hij keek nog eens behoedzaam haar kant op. Zelfs in de duisternis van de auto kon hij de vermoeide eenzaamheid in haar gezicht zien, maar voor hij iets kon zeggen, rechtte ze haar rug en groef in haar zak naar nog een reep gedroogd vlees.

'Hoelang duurt het voordat ik... dát niet meer proef?' vroeg ze.

'Hopelijk nog maar een paar uur. Maar misschien wel tot morgen.'

'Wil jij er nog een?'

Hij grimaste. 'Nee, bedankt. Je hebt zeker niet toevallig een hamburger of friet in die zakken, hè?' voegde hij er op lichte toon aan toe, en hij was opgelucht toen ze glimlachte.

'Nee. Maar ik heb wel een mobiele telefoon, een fototoestel, een kompas, een doosje penselen, een liniaal, twee alarmpijlen, een zaklantaarn en... een doosje lucifers. Ik kan overal overleven.'

Hij merkte dat hij grinnikte. 'Het is een wonder dat je nog kunt lopen. Die jas weegt vast vijfentwintig kilo.'

'Bijna, ja. Ik heb hem al heel lang. Ik hoop dat ik hem nog schoon krijg.' Haar glimlach vervaagde en die geplaagde blik keerde terug. '*L'odeur de la mort,*' zei ze zachtjes. Hij wilde iets zeggen om haar te troosten, maar er kwamen geen woorden, dus zei hij helemaal niets.

*Zondag 14 januari, 23:15 uur*

Vito zette zijn auto voor het rare apenstandbeeld neer. 'Dr. Johannsen.' Hij schudde zachtjes aan haar schouder. 'Sophie.'

Ze werd met een ruk wakker, en in haar ogen zag hij een ogenblik van gedesoriënteerde angst voordat ze besefte waar ze was. 'Ik ben in slaap gevallen. Sorry.'

'Geeft niet. Ik wou dat ík kon slapen.'

Ze rekte zich uit en was al uit de pick-up gesprongen voor hij kon omlopen om haar te helpen. Maar haar schouders zakten weer omlaag. Hij pakte de twee koffertjes achter haar stoel vandaan. 'Ga jij de deur maar opendoen. Ik draag dit wel.'

'Normaal gesproken draag ik mijn eigen spullen, maar vanavond zeg ik dankjewel.' Hij liep achter haar aan naar de deur en dacht terug aan eerder die middag en aan hoe lang ze elkaar hadden aangekeken. Haar handen aarzelden toen ze de voordeur openmaakte, en hij hoopte dat zij er ook aan dacht. Maar ze opende de deur deze keer zonder problemen en drukte op een lichtschakelaar. 'Laat die koffers hier maar staan. Ik breng ze zelf wel naar beneden.'

'Laat maar gewoon zien waar je ze wilt hebben, Sophie,' zei hij. 'Daarna ga ik de andere twee halen.'

Er was een dunne scheidslijn tussen onafhankelijkheid en koppigheid, dacht Vito terwijl hij terugliep naar zijn auto om de twee grote koffers te halen. Het leek erop dat Sophie Johannsen aan de verstandige kant van die scheidslijn bleef, hoewel hij vermoedde dat het enkel uit uitputting voortkwam. Ze had hem de twee kleine koffers naar een opslagruimte in de kelder laten dragen, maar ze bleef erbij dat ze de apparatuur vanávond nog moest schoonmaken.

Hij haalde de twee grote koffers uit de laadbak en zette ze op de stoep. Hij had geen idee hoe lang het zou duren om de apparatuur schoon te maken, maar de campus was verlaten en hij was niet van plan haar hier alleen te laten. Bovendien waren er ergere dingen dan kijken naar Sophie Johannsen, dus zou hij wachten zolang het duurde.

Hij keek naar zijn modderige laarzen. Als hij dan toch moest wachten, dan kon hij het zich net zo goed gemakkelijk maken. Hij reikte achter zijn stoel, tastend naar zijn schoenen; en voelde de rozen weer. Ze zetten hem aan het denken. Deze keer had hij zich er in ieder geval niet aan geprikt.

Hij had ze gekocht voor de vrouw van wie hij ooit dacht dat hij voor altijd van haar kon houden, en die twee jaar geleden was overleden. Hij had twéé jaar gewacht. Dat was vast lang genoeg. Maar...

Vito zuchtte. Hij voelde zich tot Sophie Johannsen aangetrokken. Elke man met gevoel zou dat zijn. Maar het was niet die aantrekkingskracht die hem dwarszat. Het was de behoefte die hij de hele dag had gevoeld, op het veld, in de pick-up. Hij had haar zien werken en huilen en ze had hem naar haar doen verlangen. Misschien kwam al dat plotselinge verlangen inderdaad doordat het vandáág was. Vito wilde het liever niet geloven, maar hij was een voorzichtig man. Hij had al eerder te veel druk achter een relatie gezet, en de resultaten waren rampzalig geweest. Diezelfde fout wilde hij niet nog een keer maken.

Vito gooide de rozen achter de passagiersstoel en verruilde zijn laarzen voor zijn schoenen. Hij zou Sophie thuisbrengen, dan over een paar weken terugkomen en kijken of hij nog steeds naar haar verlangde. Als dat zo was, en zij voelde hetzelfde, dan zou hij zich niet meer laten weerhouden.

'Ik begon al te denken dat je verdwaald was,' zei ze toen hij de twee grote koffers in de opslagruimte zette. Ze stond over een werktafel gebogen en maakte met een tandenborstel een apparaat schoon. 'Dit kan wel even gaan duren. Ga naar huis, Vito. Ik red me hier wel.'

Vito schudde zijn hoofd. De reden dat hij haar bij de universiteit had opgehaald, was omdat ze geen auto had. Ze was op haar fiets, had Katherine gezegd. Hij was niet van plan haar zo laat op de avond op de fiets naar huis te laten gaan nadat ze de hele dag had gewerkt. 'Nee, ik breng je veilig thuis. Dat is het minste wat ik kan doen,' voegde hij eraan toe toen haar mond koppig vertrok. Hij probeerde een andere aanpak. 'Luister, ik heb een zus, en ik zou ook willen dat iemand háár thuisbracht.' Haar groene ogen knepen zich tot spleetjes terwijl ze hem geërgerd aankeek, dus liet hij de tact maar varen. 'Ik ben moe. Geef me nou maar gewoon mijn zin. Alsjeblieft.'

Haar frons ontspande en ze grinnikte. 'Nu klink je net als Katherine.'

Hij dacht aan het boze gesprek tussen de twee vanmiddag, en aan de manier waarop Katherine over Sophies haren had gestreken voordat ze haar weer aan het werk liet gaan. Hun relatie ging heel diep. 'Je kent haar al sinds je klein was.'

'Zij was de moeder die ik nooit heb gehad. Is,' corrigeerde ze zichzelf met een flauw glimlachje. 'Ze ís de moeder die ik nooit heb gehad.'

Haar gezicht was vuil en zat vol strepen van haar tranen. Haar haren zaten in de war en een paar lokken waren ontsnapt aan de strakke gevlochten knot in haar nek. Hij merkte dat hij de haren uit haar gezicht wilde strijken, net zoals Katherine had gedaan.

Maar niet om dezelfde reden. Hij duwde zijn handen in zijn zakken.

Zo lang en sterk. Met haar groene ogen en gouden haren was Sophie Johannsen een mooie vrouw met intelligentie en een fel karakter. Maar ook kwetsbaar. Ze intrigeerde hem. Het was lang geleden dat hij zo geïntrigeerd was geraakt door een vrouw. Twee weken, waarschuwde hij zichzelf. *Je wacht twee weken, Ciccotelli.*

Maar omdat hij voor zichzelf die twee weken al had teruggebracht tot één, dwong hij zich ertoe mentaal over te schakelen. Het zien van de lijkzak had haar extreme reactie veroorzaakt. Je hoefde geen politieman te zijn om uit te vogelen dat ze er al een keer eerder een gezien had.

'Wanneer is je moeder overleden?' vroeg hij.

Haar handen vielen stil en haar kaak verstrakte. 'Ze is niet dood,' zei ze uiteindelijk, en ze ging verder met haar werk.

'Maar... Dat snap ik niet,' zei Vito verbaasd.

Haar glimlach kwam snel, maar hij was vlak. 'Dat geeft niet. Ik ook niet.'

Het was een aardige manier om te zeggen dat hij zich met zijn eigen zaken moest bemoeien. Hij vroeg zich net af hoe hij verder moest hengelen toen ze haar werk onderbrak en haar jas openknoopte. Zijn hersens stopten met malen en hij besefte dat hij zijn adem inhield terwijl hij afwachtte wat er onder die wijde jas vandaan zou komen. Hij werd niet teleurgesteld. Ze schokschouderde de jas van zich af en onthulde een zachte, gebreide trui die zich naar al haar rondingen vormde. Hij liet zijn adem zo geruisloos mogelijk ontsnappen. Sophie Johannsen had heel wat rondingen.

Ze hing haar jas aan een haak aan de deur, draaide zich om naar de werktafel en rolde met haar schouders, en hij duwde zijn handen dieper in zijn zakken zodat hij haar niet zou aanraken. Ze keek naar hem op voordat ze verderging met haar werk. 'Je kunt echt wel gaan, hoor. Ik red me hier best in mijn eentje.'

De irritatie knaagde aan hem en vaagde een eventueel soepel vervolg dat hij had willen bedenken weg. 'Maar waar is je moeder dan, als ze niet dood is?'

Weer vielen haar handen stil, en ze draaide alleen haar hoofd om hem met een mengeling van koel amusement en ongeloof aan te kijken. 'Katherine had gelijk. Jullie agenten zijn inderdaad bemoeizuchtig.' Ze zei verder niets en concentreerde zich op het schoonmaken van het apparaat alsof ze met hersenchirurgie bezig was.

Haar terughoudendheid ergerde hem. 'Nou? Waar is ze?'

Ze keek hem waarschuwend aan en blies ongeduldig haar adem uit. 'Vertel eens wat meer over die broer van je die chocola inhaleert. Hem vind ik vast wél aardig.'

Hij had te zeer aangedrongen en wist echt niet waarom hij dat had gedaan. Normaal was hij niet zo onbeschoft. 'Waarmee je wilt zeggen: bemoei je met je eigen zaken,' zei hij berouwvol.

Ze grijnsde snel. 'Jullie rechercheurs zijn zo slim.' Ze maakte de volgende koffer open. 'Dus jij en je broer zijn gewoon twee vrijgezellen die het ervan nemen?'

'Jij bent ook bemoeizuchtig, alleen pak je het subtieler aan,' zei hij, en haar warme gegrinnik vertelde hem dat hij gelijk had. Het was al een tijd geleden dat hij dit dansje had gedaan, maar hij herinnerde zich de passen nog. Ze stelde grenzen vast, en dat betekende dat ze ook belangstelling voor hem had. 'Tino heeft even geen werk. Hij was commercieel ontwerper bij een duur reclamebureau, maar ze begonnen cliënten en projecten binnen te halen waar hij moreel niet achter kon staan. Dus heeft hij ontslag genomen. Hij kon zijn flat in Center City niet meer betalen...'

'Dus heb jij je huis beschikbaar gesteld,' zei ze zachtjes. 'Dat is aardig van je, Vito.'

Haar toon kalmeerde zijn woede, veegde die weg alsof hij er nooit was geweest. 'Hij is mijn broer. En mijn vriend.' En voor Vito was dat altijd reden genoeg geweest.

Hij deed er verder het zwijgen toe, verwarmd door het compliment dat ze met zoveel vanzelfsprekende oprechtheid had overgebracht, en plotseling was een week te lang. Het verlangen was nu veel sterker. Hij wilde opschieten, grijpen waar hij behoefte aan had voordat het verdween. *Eén dag, Chick. Slaap er in ieder geval een nachtje over.* Dat kon hij wel proberen.

Voorlopig stelde Vito zich er tevreden mee haar aan het werk te zien. Uiteindelijk rechtte ze haar rug en klopte haar handen af aan haar spijkerbroek. 'Klaar.'

Zijn handen jeukten om haar aan te raken, dus hield hij ze in zijn zakken en bood niet eens aan haar in haar jas te helpen. 'Laten we je fiets dan maar gaan halen.'

Ze keek hem een beetje vragend aan, alsof ze aanvoelde dat zijn stemming was omgeslagen. Maar kennelijk was ze niet zo bemoeizuchtig als hij. 'Die staat achter.'

*Zondag 14 januari, 23:55 uur*

Sophie keek behoedzaam op naar Vito Ciccotelli terwijl ze de deur van het Humanities-gebouw afsloot en hem voorging naar de parkeerplaats. Hij had naar haar gekeken met een intensiteit waar ze zo zenuwachtig van werd dat een schoonmaakklusje van een kwartier twee keer zo lang had geduurd.

Hij had naar haar gekeken zoals een grote kat naar zijn prooi loert, behoedzaam en indringend. Ze vroeg zich af waarom. Waarom was hij zo voorzichtig? Ze wist waarom ze de prooi was. Ze was wel gewend aan die blik van mannen. Als ze die blik in hun ogen kregen, wilden ze seks.

Soms kregen ze dat ook. Maar alleen wanneer zij er ook behoefte aan had.

En dat was niet zo vaak, en de laatste tijd al helemaal niet. De afgelopen zes maanden was ze ofwel aan het werk, of ze zat bij Anna, en daarvoor... Nou, het was moeilijk om onderweg iemand te leren kennen, en ze ging niet uit met mannen die ze kende van de opgraving. Het was een politiek domme actie, en zelfmoord voor je carrière. Zij kon het weten. Er was maar één domme, onnozele, idiote...

En jaren later werd er nog steeds gekletst. *Gemakkelijk te versieren, behoeftig... wanhopig*. In de jaren daarna had ze zich op haar carrière gericht en geprobeerd zo aseksueel mogelijk te zijn. Ze had op zoek moeten gaan naar mannen die nooit in aanraking kwamen met haar collega's, en dat kostte tijd. Dus was ze het grootste deel van haar leven alleen en betreurde ze dat ene spijtige moment dat ze in de gladde leugens was getrapt van een man van wie ze dacht dat hij haar zielsverwant was.

Niet alle mannen waren rotzakken, dat wist ze wel. Haar oom Harry was een uitstekend voorbeeld van een vriendelijke, goede man. Iets binnen in haar wilde geloven dat Vito Ciccotelli dat ook was. Hij gaf duidelijk om mensen, zowel levende als dode. Dat vond ze goed aan hem.

Ze stopte haar sleutel in haar zak en keek naar hem op. Hij staarde recht voor zich uit de nacht in, kennelijk denkend aan andere dingen. Alleen, dacht ze. Op dit moment zag hij er heel erg alleen uit.

Twee eenzame mensen zouden wel iets kunnen bedenken om niet meer alleen te hoeven zijn. Eventjes, althans. Het was iets om over na te denken. 'Gaat het wel?' vroeg ze. 'Je kijkt... grimmig.'

'Sorry. Ik was in gedachten.' Hij keek om zich heen. 'Pak je fiets, dan gooien we hem in de achterbak, en dan breng ik je even thuis.'

Sophie trok haar wenkbrauwen op. 'Mijn fiets in je achterbak? Ik dacht het niet.' Ze liep weg en hij volgde met een hoorbare zucht van frustratie.

Ze bleef bij haar fiets staan, en in het licht van de straatlantaarn zag ze zijn verbaasde uitdrukking. 'Is die van jou?'

'Ja.' Ze maakte haar helm los van het zadel. 'Hoezo?'

Sophie was opgelucht te zien dat zijn piekerbui verdwenen was, vervangen door iets van opwinding toen hij langzaam om haar motor heen liep. 'Katherine zei dat je op je fiets was. Ik dacht dat ze een gewone fiets bedoelde. Dit...' Hij streek vol ontzag over de motor. 'Dit is een prachtding.'

'Ik noem het voor de grap altijd mijn fiets. Rij je ook motor?'

'Ja. Een Harley Buell.'

Snel en gestroomlijnd. 'Ooo. Een wegracer.'

Hij keek op van zijn inspectie en grijnsde. 'Mijn moeder staat doodsangsten uit.'

Zijn uitgelatenheid was aanstekelijk, dus grijnsde ze terug. 'Jij rebelse jongen.'

Hij liep nog een rondje om de motor en bleef bij het voorwiel staan. 'Ik heb nog nooit zo'n model BMW gezien.'

'Het is een klassieker, uit 1974. Ik heb hem gekocht toen ik in Europa werkte. Van nul tot honderd in minder dan tien seconden.' Ze lachte. 'Dat geeft echt een kick.'

Hij werd weer even ernstig. 'Vergeet niet dat ik politieman ben, Sophie. Je rijdt toch niet te hard, hè?'

Haar grijns verdween. Ze wist niet zeker of hij het meende, maar besloot het voorzichtig aan te pakken. 'O, ik bedoelde honderd kilometer per uur, hoor. Dat is amper zestig mijl.'

Hij bleef nog even streng kijken, maar toen verscheen er een glimlach. 'Goeie redding. Die moet ik onthouden.'

Ze lachte beverig. 'Doe dat, Vito.' Ze zette de helm op en klopte op haar zakken. 'O, shit.' Snel doorzocht ze haar jas, maar ze vond alles behalve wat ze zocht. 'Ik ben mijn sleutels kwijt.'

'Die stop je net in je zak.'

'Dat was de sleutel van de universiteit. Daar heb ik een aparte bos voor. Ik ben hier maar één keer per week.' Ze deed haar ogen dicht. 'Als ik mijn sleutels ben verloren op de opgraving, ik bedoel de plaats delict...'

Vito's hand sloot zich om haar schouder en kneep er zachtjes in. 'Rustig, Sophie. Als je ze bent verloren op de plaats delict, zijn ze op de allerveiligste plek. We gaan elke centimeter van die akker nog met een vlooienkam uitpluizen. Dan vinden we ze wel.'

Ze dwong zichzelf te blijven ademen. 'Dat is mooi, maar ik heb ze eigenlijk nu nodig. Mijn fietssleutels, mijn huissleutels... en het Albright. Verdomme, Ted de Derde gaat door het lint.'

'Het Albright?'

'Het museum waar ik werk. Ted de Derde is mijn baas. We kunnen het niet zo goed met elkaar vinden.'

'Waarom niet?'

'Hij hangt graag de *historicus* uit,' zei ze, terwijl ze haar stem theatraal liet dalen. 'Van hem moet ik die stomme rondleidingen geven.' Ze trok een boos gezicht. 'Waarvoor ik me moet verkleden.'

'En daar hou je niet van?'

'Ik bén historica, verdomme. Ik doe niet alleen maar alsof. Tenminste, vroeger niet.'

'Waarom heb je die baan dan genomen?'

Ze zuchtte gefrustreerd. 'Ik had het geld nodig voor het verpleeghuis van mijn oma, en Ted de Eerste was een legende in de archeologie.'

'Ted de Eerste, was dat de opa van je baas?'

'Ja. Zijn collectie beslaat zo'n negentig procent van onze exposities.' Ze haalde haar schouders op. 'Ik dacht dat het goed voor mijn carrière zou zijn om voor de Albright Stichting te werken. Nu wacht ik alleen maar af tot er iets anders voorbijkomt.' Ze glimlachte berouwvol. 'Er zijn niet veel middeleeuwse kastelen in Philadelphia. En ik ben te trots om hamburgers te gaan bakken bij McDonald's.'

'Wanneer had je voor het laatst je sleutels in je handen?' vroeg hij zachtjes.

Ze deed haar ogen dicht en zag voor zich hoe ze haar sleutels pakte. Ze keek op en zag dat hij weer met een strakke blik naar haar keek. 'Dat heb je goed gedaan. Mijn paniek afleiden en mijn geest leegmaken. De laatste keer dat ik mijn sleutels had, was toen ik net bij jou instapte. Dat was dat gerinkel dat je hoorde. Misschien heb ik ze in je auto laten vallen.'

Hij graaide zijn autosleutels uit zijn zak en glimlachte naar haar, en haar hart deed een tapdansje. 'Laten we maar gaan kijken,' zei hij.

Sophie kreeg een droge mond, al haar zenuwen knetterden, en ze wist dat als ze niet oppaste, ze hem precies zou geven wat hij wilde. Want op dit moment had ze het meer dan nodig. En voor het eerst sinds lange tijd wilde ze het ook echt. Ze pakte zijn sleutels aan en stapte achteruit omdat ze wat ruimte nodig had. 'Nee, ik ga wel. Blijf jij maar hier.'

Ze draafde om het gebouw heen, langs de rare aap, naar zijn pick-up. Ze voelde langs de passagiersstoel en tastte over de vloer, maar ze vond geen sleutels. Toen dacht ze aan de hobbelweg naar de akker en stak haar hand onder de stoel, hopend dat de sleutels eronder terechtgekomen waren. Toen slaakte ze een zucht van verlichting; ze had ze gevonden. Maar ze zaten ergens aan vast.

Ze reikte achter de stoel en grimaste toen er doorns in haar handpalm prikten. Ze trok een boeket verwelkte rozen tevoorschijn en keek ernaar. Ze waren duidelijk voor iemand bestemd, want tussen de bloemen zat een wit kaartje. Voor ze weg kon kijken, drongen de handgeschreven woorden tot haar door.

*A, ik zal altijd van je houden. V.*

Die rozen konden voor zijn moeder zijn, dacht ze, maar mannen zeiden niet 'ik zal altijd van je houden' tegen hun moeder, niet op die manier. Geen mannen die zij wilde kennen, in ieder geval.

Dus hij was bezet. Oké. Maar het verraad stak in haar hart. Hij had de hele dag naar haar gekeken en hij... *Hij wát, Sophie?* Hij had gezegd dat er thuis niemand op hem wachtte. Maar dat was niet noodzakelijkerwijs een uitnodiging. *Doe normaal. Je hebt gehoord wat je wilde horen, omdat je droevig en behoeftig was. Wanhopig.* Ze wilde haar handen tegen haar oren drukken, maar het woord echode door haar hoofd. Ze dwong zichzelf redelijk te blijven. *Hij was aardig voor me.* En eigenlijk was dat alles. Hij had geen oneerbare voorstellen gedaan. Hij was alleen maar een heer geweest. En natuurlijk was hij bezet. Alle goeie mannen waren bezet.

Toen ze terugkwam zat hij op haar motor en leek weer in gedachten verzonken. Hij knipperde met zijn ogen toen ze naderde. 'Gevonden?'

Ze stak haar sleutelbos omhoog en gooide hem zijn autosleutels toe. 'Onder de stoel.'

'Oké.' Hij stapte af. 'Sophie, ik... Dank je. Je hebt ons enorm geholpen vandaag. Ik wou dat we je voor je tijd konden betalen. Maar ik had je wel een pizza beloofd.' Hij trok zijn wenkbrauwen op. 'Ik ken een tent die nog laat open is, als je er nu zin in hebt.'

Sophie slikte. *Hij is bezet.* Ze verlangde nog altijd naar hem... *Dus wat ben ik dan voor iemand?* Ze dwong zichzelf te glimlachen. 'Als je afdeling me echt wil belonen, geef me dan maar een kwitantie voor de volgende keer dat ik word aangehouden als ik te hard rij op mijn motor.'

Vito fronste. 'Ik had het niet over de afdeling. Ik had het over mezelf.' Hij haalde diep adem. 'Ik vroeg me af of je zin hebt om met me te gaan eten.'

Ze maakte met een harde ruk het riempje van haar helm onder haar kin vast. *Vraag me nou alsjeblieft niet mee uit. Wees toch alsjeblieft die aardige vent die ik denk dat je bent.* 'Als een-een-een afspraakje?' God, nu stotterde ze er zelfs van.

Hij knikte nuchter. 'Ja. Als een afspraakje.' Hij stapte naar voren en duwde met zijn vinger haar kin omhoog tot ze in zijn ogen keek. 'Zo iemand als jij heb ik al heel lang niet meer ontmoet. Ik wil niet zomaar weglopen.'

Ze kon zich niet bewegen, kon niet ademen, kon alleen maar in die donkere ogen staren en geloven wat hij zei, wanhopig verlangend naar iets waarvan ze wist dat ze het niet kon krijgen. Zijn duim streek over haar onderlip, en de rillingen liepen haar over de rug. 'Wat zeg je ervan?' mompelde hij zacht en overredend. 'Ik kan achter je aan naar huis rijden, zorgen dat je veilig thuiskomt. Onderweg een pizza halen. Dan kunnen we nog even praten.'

Hij kwam een centimeter dichterbij en ze wist dat ze op het punt stond gekust te worden. Ze wist ook dat het waarschijnlijk een van de meest verpletterende momenten van haar leven zou worden. 'Nou?' fluisterde hij, en ze voelde zijn warmte op haar huid.

*Ja, ja!* De woorden lagen op het puntje van haar tong. Toen kwam eindelijk haar brein in actie en werd de stem van Alan Brewster afgespeeld, die bijna exact hetzelfde had gezegd. Het gezonde verstand werkte als een mokerslag en ze zette een wankele stap achteruit, net op het moment dat hij zijn gezicht schuinhield om haar te kussen. 'Nee.' Hijgend liep ze achteruit, tot ze met haar benen tegen haar motor stond. Ze stapte woest op, maar of ze nu woedend was op hem omdat hij het probeerde, of op zichzelf omdat ze bijna weer de verovering van een man was geworden, wist ze niet. 'Nee, dank je. En nu moet ik echt weg...'

Hij stapte zonder nog iets te zeggen opzij en ze stampte op de kickstarter, zodat de honderdtien paardenkrachten van de motor brullend tot leven kwamen. Voordat ze de straat op reed, keek ze in haar zijspiegel en zag dat hij zich niet bewogen had. Hij stond stil als een standbeeld en keek haar na.

# 5

*Zondag 14 januari, 23:55 uur*

Hij ontwaakte uit een diepe slaap door het geluid van zijn mobiele telefoon. Met een grom graaide hij ernaar en tuurde op het schermpje. Harrington. Zelfingenomen, achterhaalde eikel. 'Wat?'

'Met Harrington.'

Hij ging zitten. 'Dat wéét ik. Waarom bel je me verdomme midden in de nacht?'

'Het is nog niet eens twaalf uur. Meestal werk je de hele nacht door, Lewis.'

Dat was meestal ook zo, maar hij was niet van plan dat toe te geven aan Harrington. Hij voelde niets dan minachting voor die kerel en zijn kinderlijke kijk op de wereld. Hij wilde die smeerlap wurgen, net zoals hij Claire Reynolds had gewurgd. Dat had hij altijd als hij die zeikstem van Harrington hoorde.

Harrington had doorlopend geprobeerd zijn kunst in de weg te staan, te beginnen bij zijn animatie van *Claire sterft*, een jaar geleden. Te duister, te gewelddadig. Te écht. Maar Van Zandt had verstand van zakendoen en van wat goed verkocht. De wurging van Clothilde was in *Behind Enemy Lines* gebleven, ook al had Harrington erover lopen klagen en drammen. Maar Harrington zou niet veel langer meer klagen en drammen.

Van Zandt werkte Harrington systematisch de deur uit, en die idioot had het niet eens in de gaten. 'Godverdomme, Harrington, ik lag te dromen.' Over Gregory Sanders. Zijn volgende slachtoffer. 'Zeg nou maar wat er zo belangrijk is, dan kan ik ermee verder.'

Het bleef lange tijd stil.

'Halló? Ben je daar nog, man? Ik zweer je, als je me voor niks hebt wakker gebeld...'

'Ik ben er nog,' zei Harrington. 'Jager wil dat je opschiet met die vechtscènes.'

Dus Van Zandt had eindelijk tegen Harrington gezegd dat hij eruit lag. *Het werd tijd.*

'Hij wil ze dinsdag hebben,' voegde Harrington eraan toe. 'Om negen uur 's morgens.'

De zoete smaak van voldoening verdween als mist voor de zon. 'Dínsdag? Wat róókt die gast?'

'Jager meent het.' En Harrington ook. Hij klonk alsof ieder woord hem moeite kostte. 'Hij zegt dat je al een maand te laat bent.'

'Genialiteit laat zich niet opjagen.'

Het bleef weer even stil, en hij dacht dat hij Harringtons tandengeknars kon horen. Het was altijd zo grappig om die vent op de kast te jagen. 'Hij wil een vechtscène en een *cut-scene* uit *Inquisitor* om op de Pinnacle te laten zien.' Weer een stilte. 'We hebben daar een stand.'

'De Pinnacle?' Een stand op de Pinnacle betekende prestige onder gamers. Respect. Praktisch gezien betekende het nationale distributie, en dat betekende dat zijn publiek zojuist was uitgebreid tot miljoenen mensen. Hij was nu helemaal klaarwakker. Dit veranderde de zaak. De Pinnacle kon niet wachten. Dit was een echte deadline. 'Als je me in de maling neemt, Harrington...'

'Nee, echt.' Harrington klonk bijna overstuur. 'Jager heeft vanavond de uitnodiging ontvangen. Ik moest je van hem zeggen dat hij die scènes dinsdag nodig heeft.'

Hij zou het voor elkaar krijgen, ook al was hij nog maar amper aan de vechtscènes begonnen. Hij was druk geweest met het maken van de kerkerscènes. 'Nou, dat heb je dan gezegd. Laat me nu maar weer slapen.'

'Heb je die vechtscènes dan voor Jager?' drong Harrington aan.

'Dat is tussen mij en Van Zandt. Maar je kunt hem zeggen dat ik er dinsdag zal zijn,' voegde hij er op zo neerbuigend mogelijke toon aan toe voordat hij ophing. Harrington verdiende het om de deur uit getrapt te worden. Hij stond stil en was allang passé.

Hij zette Harrington uit zijn hoofd en zwaaide zijn benen over de rand van het bed. Nadat hij smeermiddel over zijn stomp had aangebracht, greep hij zijn been en zette het op zijn plek met de onbewuste bewegingen van jarenlang oefenen. Een afspraak met VZ zou zijn planning in de war gooien. Hij zou Greg Sanders van dinsdagochtend naar het eind van de middag moeten verzetten, maar hij zou zijn volgende schreeuw nog altijd dinsdag om middernacht hebben. Hij ging aan zijn computer zitten en schreef een e-mail aan Gregory Sanders, waarin hij de afspraak verzette, en ondertekende met: 'Vriendelijke groet, E. Munch'.

Hij wist dat hij Van Zandts geduld niet op de proef kon stellen als het op de vechtscènes voor de Pinnacle aankwam. Van Zandt erkende dat hij een genie was, maar zelfs VZ zou de kunst opofferen voor een geanimeerde clip, als die maar op tijd was voor de Pinnacle. Hij moest iets hebben wat hij dinsdag aan VZ kon laten zien, al was het maar half af. VZ zou tevreden zijn, want zelfs half voltooide creaties van 'Frasier Lewis' waren oneindig veel beter dan alles wat Harrington kon maken.

Hij dacht na over de beelden die hij had gemaakt van Warren Keyes met een zwaard, en die van Bill Melville met de vlegel. Ondanks al zijn beweerde expertise in de vechtkunsten had Bill niet echt het ritme van de vlegel te pakken gekregen, en uiteindelijk had hij die zelf moeten demonstreren. Hij had gemerkt dat het in contact brengen van de vlegel met Bills mensenhoofd heel anders had aangevoeld dan de varkenskoppen waarop hij had geoefend. De varkens waren allang dood geweest, maar Bill... Hij pakte glimlachend de videoband uit de collectie die keurig op de planken stond. De bovenkant van Bills hoofd was er zó afgevlogen. Dat zou een geweldige 'entertainmentonderneming' worden.

Hij zou iets te eten gaan halen, de stekker uit de telefoon en internet trekken om niet te worden afgeleid. Dan zou hij gaan werken aan een vechtscène die VZ blij zou maken en waardoor Harrington te kakken zou worden gezet als de amateuristische prutser die hij was.

*Maandag 15 januari, 0:35 uur*

Doodmoe, uitgehongerd en nog steeds volslagen verward over Sophies reactie op de parkeerplaats, liep Vito de voordeur door en een oorlogsgebied binnen. Even bleef hij alleen maar staan kijken terwijl een spervuur van papierproppen vanuit zijn woonkamer op hem werd afgeschoten. Een nogal dure vaas stond angstvallig dicht bij het randje van een bijzettafel, van zijn plek geduwd doordat de bank was verschoven. Hij had geen verdere aanwijzingen nodig om te weten dat dit een invasie was.

Toen raakte een van de proppen hem tegen zijn slaap en knipperde hij verbaasd met zijn ogen. Hij pakte het projectiel op en fronste zijn wenkbrauwen toen hij er een zinkloodje uit zijn viskoffer in aantrof. De jongens hadden kennelijk hun munitie verbeterd. 'Jongens.' De proppen bleven door de kamer vliegen. 'Connor! Dante! Kappen! Nú.'

'Aah, man.' Die woorden kwamen uit de keuken, al snel gevolgd door zijn elfjarige neefje Connor, die zowel geërgerd als enigszins betrapt keek. 'Je bent thuis.'

'Ik kom de meeste avonden thuis,' zei Vito kalm, en hij kromp ineen toen een waas van blauw flanel zich op zijn benen stortte. 'Rustig.' Hij bukte en maakte de armen van de vijfjarige Pierce los van zijn benen, waarna hij hem met een verwonderde blik optilde. 'Wat heb je op je gezicht, Pierce?'

'Chocoladeglazuur,' zei Pierce trots, en Vito lachte terwijl een groot deel van zijn vermoeidheid verdween. Hij zwaaide Pierce op zijn heup en gaf hem een knuffel.

Connor schudde zijn hoofd. 'Ik zei nog dat hij het niet allemaal moest opeten, maar je weet hoe kinderen zijn.'

Vito knikte. 'Ja, ik weet hoe kinderen zijn. Er zit glazuur op je kin, Connor.'

Connors wangen kleurden. 'We hebben een taart gebakken.'

'Hebben jullie nog wat voor mij bewaard?'

Pierce trok een gezicht. 'Niet veel.'

'Nou, dat is jammer, want ik heb zo'n honger dat ik wel een koe op kan.' Vito keek Pierce aan. 'Of misschien een jongetje. Jij ziet er best smakelijk uit.'

Pierce giechelde; hij kende dit spelletje. 'Ik ben veel te pezig, maar Dante heeft vlees zat.'

Dante sprong op van achter de bank en liet zijn spierballen zien. 'Dat zijn spieren. Geen vlees.'

'Volgens mij is hij een en al ham,' zei Vito op een toneelfluistertoon, waarop Pierce weer ging giechelen. 'Dante, de veldslag is voor vandaag afgelopen. Jullie moeten naar bed.'

'Waarom?' jammerde hij. 'We waren gewoon een beetje aan het dollen.' Hij was negen en groot, bijna groter dan Connor. Hij rolde over de rugleuning van de bank, en Vito trok zijn schouders omhoog toen de vaas begon te wankelen. Dante dook van de bank af en ving de vaas op alsof het een voetbal was. 'Ciccotelli maakt een touchdown,' riep hij. 'En het publiek gaat uit z'n dak.'

'Het publiek gaat naar béd,' zei Vito. 'En die extra punt scoren kun je maar beter uit je hoofd zetten.'

Dante schoof grijnzend de vaas naar het midden van het tafeltje, om aan te geven dat dat precies was wat hij in gedachten had. 'Rustig nou maar, oom Vito,' berispte hij. 'Je bent veel te gespannen.'

Pierce rook aan hem. 'En je stinkt. Net als de hond als hij in iets doods heeft gerold. Mam stuurt ons altijd naar buiten om hem in bad te doen als hij dat heeft gedaan.'

Beelden van de lijken doemden voor hem op, maar hij zette ze van zich af. 'Ik ga zelf wel in bad. Maar dan binnen. Het is koud buiten. Wat doen jullie eigenlijk hier, jongens?'

'Pap heeft mama naar het ziekenhuis gebracht,' zei Connor plotseling serieus. 'Tino heeft ons opgehaald. We hebben slaapzakken bij ons.'

'Maar...' Vito zag Connors waarschuwende blik naar zijn twee broers en slikte zijn vraag weer in. Hij zou de details later wel horen. 'Moeten jullie morgen niet naar school?'

'Nee, want het is Martin Luther King-dag,' liet Pierce hem weten. 'Oom Tino zei dat we de hele nacht mochten opblijven.'

'Eh, nee, dat gaat niet door.' Vito woelde door de donkere haren van de jongen. 'Ik moet morgen vroeg op, en ik moet slapen. Dus moeten jullie ook slapen.'

'Bovendien,' zei Connor, 'Tino zei niet de héle nacht. Hij zei tot middernacht.'

'En dat is het al geweest,' zei Vito. 'Ga je tanden poetsen en rol je slaapzakken maar uit op de vloer in de woonkamer. Morgen ruimen jullie al die kanonskogels op en stoppen jullie mijn loodjes weer in de viskoffer. Oké?'

Dante grijnsde. 'Oké, maar die loodjes gaven de proppen wel een goeie balans.'

Vito wreef over zijn slapen, die nog altijd bonsden. 'Ja, weet ik. Waar is Tino?'

'Beneden, om te proberen Gus in slaap te krijgen,' antwoordde Connor terwijl hij Pierce overnam om zijn tanden te gaan poetsen. 'Hij heeft de wieg in zijn woonkamer gezet. En Dominic is ook beneden, om te leren voor een wiskundeproefwerk. Dom zegt dat hij wel bij Tino op de bank slaapt, zodat hij een oogje op Gus kan houden.'

Dominic was Dino's oudste zoon en heel verantwoordelijk. In ieder geval verantwoordelijker dan Vito op die leeftijd was. 'Ik ga douchen, en als ik terugkom wil ik drie bulten in slaapzakken zien en gesnurk horen. Oké?'

'We zullen zachtjes doen.' Dante liet als een martelaar zijn hoofd hangen. 'Beloofd.'

Vito wist dat ze het zouden proberen, maar hij had de kinderen van zijn broer vaak genoeg over de vloer gehad om te weten dat hun goede bedoelingen nooit lang standhielden. Hij rook aan zijn schouder en grimaste. Hij stonk inderdaad. Hij moest douchen, anders zou die stank hem de hele nacht wakker houden.

En hoewel hij er geen nachtje meer over zou hoeven slapen om Sophie Johannsen mee uit te vragen, moest hij wel slapen. Hij moest over minder dan zeven uur weer terug naar het diagram van vier bij vier graven.

*Maandag 15 januari, 0:45 uur*

Sophie ging oom Harry's huis binnen en sloot zachtjes de deur achter zich. De televisie in de woonkamer stond aan, met het geluid zacht, zoals ze had verwacht.

'Warme chocomel staat op het fornuis, Soph.'

Ze ging glimlachend op de armleuning van zijn stoel zitten, boog zich naar voren en kuste Harry's kalende hoofd. 'Hoe weet je dat toch altijd? Ik had niet gezegd dat ik zou komen.'

Ze was het ook niet van plan geweest. Ze was van plan geweest om te gaan douchen, eten en zich dan in bed te laten vallen. Maar het was te stil in Anna's huis en de spoken, zowel oude als nieuwe, waren te dichtbij.

'Ik zou kunnen zeggen dat ik helderziend ben,' zei Harry, zonder zijn blik van de flikkerende televisie af te wenden, 'maar eigenlijk hoor ik je motor al zodra je Mulberry op rijdt.'

Sophie kromp ineen. 'Daar klaagt mevrouw Sparks vast over.'

'Tuurlijk. Maar ik denk dat ze doodgaat als ze ophoudt met klagen, dus zie het maar als je goede daad van de dag.'

Sophie lachte zachtjes. 'Ik mag de manier wel waarop je denkt, oom Harry.'

Hij grinnikte en keek haar toen onderzoekend aan. 'Heb je parfum op?'

'Van oma. Te veel, zeker?' vroeg ze, en hij knikte.

'Bovendien ruik je als een vrouw van tachtig. Waarom heb je Anna's parfum op?'

'Laten we het er maar op houden dat ik in contact ben gekomen met iets heel vies. Het zat in mijn haar, zelfs nog toen ik het gewassen had; vier keer, maar liefst. Ik was wanhopig.' Ze haalde haar schouders op. 'Sorry. Maar geloof me, het is beter dan het alternatief.'

Hij greep haar nekharen vast en kneep erin. 'Je haar is nog kletsnat, Sophie. Je vat nog kou.'

Ze grijnsde naar hem. 'Ik ruik dan misschien naar oma, maar jij klinkt net als zij.'

Hij keek haar knorrig aan, maar toen lachte hij. 'Je hebt gelijk. Waarom ben je met nat haar helemaal hierheen gekomen, Sophie? Kon je niet slapen?'

'Nee. Ik hoopte dat je nog wakker zou zijn.'

'Ik en Bette Davis. *Now, Voyager*. Verdomd goeie film. Zo maken ze –'

'Ze tegenwoordig niet meer,' voltooide ze vol genegenheid, omdat ze die uitspraak van hem al honderden keren had gehoord. Sophie had al vroeg geleerd dat haar oom chronisch slapeloos was en in zijn leunstoel voor de televisie dommelde terwijl hij oude films bekeek. Het was een grote troost geweest te weten dat als ze hem ooit nodig had, hij hier elke nacht voor de televisie zat en altijd kon luisteren of raad kon geven. Of dat ze soms gewoon bij hem kon zijn.

En hij was er voor haar geweest. Altijd. 'De eerste keer dat ik hierheen kwam en jou hier zag zitten, keek je naar Bette Davis. Toen was het *Jezebel*. Verdomd goeie film,' plaagde ze, maar zijn gezichtsuitdrukking was veranderd, ernstiger geworden.

'Dat weet ik nog,' zei hij zachtjes. 'Je was vier en had een nachtmerrie gehad. Je zag er zo schattig uit toen je van de trap kwam in die pyjama met voeten.'

Ze herinnerde zich die droom levendig, en ook de angst toen ze wakker was geworden in een vreemd bed. Tot dat moment van haar leven waren de bedden altijd onbekend geweest. Harry, oma en Katherine hadden dat veranderd. Ze was hun heel veel verschuldigd.

'Ik was gek op die pyjama.' Die was eerst gedragen door haar nichtje Paula, en daarna door haar nichtje Nina. De voeten waren gestopt en het flanel was honderd keer gewassen, maar voor Sophie was het het meest super-de-luxe kledingstuk dat ze ooit had gehad. 'Hij was zo zacht, en zo lekker warm.'

Harry's ooghoeken trilden en zijn kaak verstrakte, en Sophie wist dat hij terugdacht aan de versleten katoenen pyjama die ze aanhad toen ze zo achteloos op zijn stoep was gedumpt. Het was die avond even koud als nu, en Harry was zo kwaad geweest. Jaren later begreep ze dat zijn woede volledig op haar moeder gericht was geweest.

'Ik besefte eerst niet eens dat je huilde. Pas toen ik je gezicht zag.'

Ze herinnerde zich die nacht dat ze voor het eerst de trap af was gekomen, angstig en bibberig van de droom, maar nog banger om lawaai te maken. 'Ik was bang dat ik iemand wakker zou maken.' Ze had geleerd haar moeder nooit 's nachts te storen. 'Ik was bang dat je boos zou worden en me weg zou sturen.' Ze wreef met haar duim over de rimpel in Harry's voorhoofd. 'Maar dat deed je niet. Je tilde me op, zette me op schoot, en we keken samen naar *Jezebel*.' En zo had Sophie voor het eerst van haar leven een veilige plek gevonden.

'Waarom haal je herinneringen op, Sophie? Wat is er vandaag gebeurd?'

*Waar moet ik beginnen?* 'Ik heb Katherine vandaag geholpen. Ik kan je geen details geven, maar het was "in professionele hoedanigheid".' Ze maakte met haar vingers aanhalingstekens in de lucht.

'Je hebt een lijk gezien.' Zijn stem verhardde. 'Nou, dat verklaart dat parfum. Dat was verdomde onverantwoord van Katherine. Geen wonder dat je niet kon slapen.'

'Ik ben een grote meid, oom Harry. Ik kan er wel tegen. Bovendien had Katherine niet verwacht dat ik echt een lijk zou zien. Ze vond het heel erg.' Sophie keek hem in de ogen en haalde diep adem. 'Ze vond het nog veel erger dat ik zag dat ze de lijkzak dichtritste.'

Harry's schouders zakten omlaag en de pijn was in zijn ogen te zien. 'O, lieverd, wat erg.'

Ze forceerde een glimlach. 'Het gaat wel. Ik kon alleen vannacht niet in dat huis blijven.'

'Dan slaap je maar hier, in je oude kamer. Ik ben morgen vrij. Ik maak wel wafels voor het ontbijt.'

Hij klonk zelf als een kind, en deze keer glimlachte ze echt. 'Verleidelijk, oom Harry, maar ik moet morgen vroeg de deur uit. Ik moet terug naar oma's huis om de honden uit te laten, en daarna moet ik de hele dag werken in het museum. Wat dacht je van het avondeten?'

'Je hoort niet te gaan eten met een ouwe man als ik. Je hoort afspraakjes te hebben, Sophie. Je bent al een halfjaar thuis. Heb je nog niemand gevonden die je leuk vindt?'

Ze zag Vito Ciccotelli's knappe gezicht voor zich. Ze vond hem leuk, verdomme. Ze had hem gerespecteerd. Erger nog, ze had naar hem verlangd, zelfs toen ze al wist dat ze hem niet kon krijgen. Nu kreeg ze van de gedachte aan hem bijna net zo'n vieze smaak in haar mond als van de lijken op de akker.

'Nee. Iedereen die ik heb ontmoet is ofwel getrouwd, of heeft een vriendin, of is een rat.' Ze kneep haar ogen tot spleetjes. 'En soms doen ze zelfs alsof ze aardig zijn en halen je over je beef jerky te delen.'

Hij keek haar geschrokken aan. 'Zeg me nou niet dat beef jerky een nieuw eufemisme is voor seks.'

Verward keek ze hem aan, maar toen moest ze zo hard lachen dat ze bijna van de stoelleuning viel. Snel sloeg ze haar hand voor haar mond zodat ze tante Freya niet zou wekken. 'Nee, oom Harry. Voor zover ik weet, is beef jerky nog steeds gewoon gedroogd vlees.'

'Jij bent de taalkundige. Jij zult het wel weten.'

Ze stond op. 'Dus wat dacht je van dat avondeten? Ik neem je mee naar Lou's.'

'Lou's?' Zijn mond vertrok terwijl hij erover nadacht. 'Broodjes biefstuk met kaas?'

'Nee, zemelen.' Ze draaide met haar ogen. 'Ja, natuurlijk broodjes biefstuk met kaas.'

Zijn ogen glansden. 'Met extra kaassaus?'

Ze kuste hem op zijn hoofd. 'Altijd. Ik kom je om zeven uur halen.'

Ze was al halverwege de trap op naar haar oude kamer toen ze zijn stoel hoorde kraken. 'Sophie.' Toen ze zich omdraaide, keek hij met een bedroefde blik naar haar op. 'Niet alle mannen zijn ratten. Op een dag vind je wel een goeie. Jij verdient de beste.'

Sophies kreeg een brok in haar keel, en ze slikte vastberaden. 'Ik ben te laat, oom Harry. Tante Freya heeft de beste al. De rest van ons moet het maar doen met wat er over is.'

*Maandag 15 januari, 0:55 uur*

Tino zat aan de keukentafel toen Vito uit de douche kwam. Zijn broer wees naar een bord vol pasta met rode saus. 'Ik heb het in de magnetron opgewarmd.'

Vito liet zich met een zucht in een stoel vallen. 'Bedankt. Ik heb nog niet de tijd gehad om te eten.'

Tino's blik was bezorgd. 'Ben je naar de begraafplaats geweest?'

Naast Nick was Tino de enige die wist wat voor dag het vandaag was en hoe Andrea was gestorven. Nick wist het omdat hij erbij was geweest. Tino wist het omdat Vito vandaag een jaar geleden te veel gedronken had en zijn hart had uitgestort. Maar zijn geheim was even veilig bij Tino als bij Nick.

'Ja, maar niet die jij bedoelt.' De akker van vandaag was heel iets anders dan de netjes onderhouden begraafplaats waar Andrea twee jaar geleden naast het graf van haar jongere broer ter aarde was besteld.

Tino keek verrast. 'Heb je vandaag graven gevonden?'

Vito keek om de hoek naar de jongens die op de vloer van de woonkamer lagen te slapen. 'Sst.'

Tino grimaste. 'Sorry. Erg?'

'Ja.' Hij verslond zwijgend twee borden pasta en schepte toen nog een derde keer op.

Tino keek in stomme verbazing toe. 'Wanneer had je voor het laatst gegeten, man?'

'Vanochtend.' Er schoot een beeld door zijn hoofd: Sophie Johannsen, met een gezicht vol strepen van het huilen, die aanbood haar chocolademelk, beef jerky en chocoladekoekjes met hem te delen. 'Dat is niet helemaal waar. Ik heb een uurtje geleden nog beef jerky gegeten.'

Tino lachte hardop. 'Beef jerky? Jij? Meneer Kieskeurig?'

'Ik had honger.' En dat hij ze uit Sophies hand had aangenomen, had de repen veel smakelijker gemaakt dan hij had verwacht. Ze had de hele weg naar huis door zijn hoofd gespookt, maar nu waren er dringender zaken. Hij liet zijn stem dalen. 'Ik heb geprobeerd Dino te bellen, maar zijn mobiele telefoon schakelde meteen door naar de voicemail. Wat is er vanavond gebeurd?'

Tino boog zich naar voren. 'Dino belde om een uur of zes,' mompelde hij. 'Molly had last van gevoelloosheid en toen viel ze ineens flauw. Ze denken dat het een lichte beroerte was.'

Verdoofd staarde Vito hem aan. 'Ze is pas zevenendertig.'

'Weet ik.' Tino boog zich nog wat verder naar voren. 'Dino heeft Dominic met de kleintjes naar de buren gestuurd, zodat ze de ambulance niet zouden zien, en vervolgens belde hij hierheen om te vragen of wij de kinderen konden komen halen. Hij klonk doodsbang. Dus ben ik ze gaan halen.'

Vito schoof zijn bord opzij. Hij had geen honger meer. 'Hoe gaat het nu met haar?'

'Pa heeft twee uur geleden gebeld. Ze is stabiel.'

'En pa?' Michael Ciccotelli had een zwak hart, en dat soort stress was niet goed voor hem.

'Hij was dolblij dat het goed ging met Molly, en ma zeurde dat hij rustig aan moest doen.' Tino keek hem even onderzoekend aan. 'Dus je bent niet meer op de begraafplaats geweest.'

'Nee, maar het geeft niet. Het is anders dan vorig jaar,' voegde Vito eraan toe. 'Het gaat wel. Echt.'

'Dus je loopt al een week door je slaapkamer te ijsberen omdat het wel gaat.' Hij trok een wenkbrauw op toen Vito zijn mond opendeed om te protesteren. 'Je slaapkamer is precies boven die van mij, man. Ik hoor elk kraakje van je vloer.'

'Nou, dat is dan alleen maar eerlijk. Ik hoor iedere "O, Tino".'

Tino had het fatsoen om te doen alsof hij zich schaamde. 'Ik heb al weken geen vrouw meer mee naar huis genomen, en het lijkt er ook niet op dat het binnenkort zal gebeuren. Maar het geeft niet. Ik moest toch een portret afmaken. Dankzij jouw geijsbeer heb ik mevrouw Sorrells portret vroeger dan gepland kunnen afmaken.' Hij keek veelbetekenend. 'Je weet wel welk schilderij ik bedoel.'

'Ja, dat weet ik,' zei Vito kortaf. Die vrouw had Tino ingehuurd om een portret van een boudoirfoto na te schilderen, als geschenk voor haar man. 'Die met die hele mooie...' hij hoorde iets ruisen in de woonkamer, 'truien,' voltooide hij, en Tino grijnsde.

'Hé, ik ben alleen maar blij dat het af was voordat de jongens vandaag kwamen. Die klus was beslist... voor volwassenen. Meneer Sorrell heeft maar geluk.'

Vito schudde zijn hoofd, voornamelijk om het beeld dat plotseling in zijn hoofd opkwam van Sophie Johannsen in haar strakke trui af te schudden. 'Tino, je komt nog eens in de problemen als je stoute schilderijen van andermans vrouwen blijft maken.'

Tino lachte. 'Dante heeft gelijk. Je bent echt veel te gespannen. Mevrouw Sorrell heeft nog een zus.'

Vito schudde zijn hoofd weer. 'Nee, bedankt.'

Tino was weer ernstig. 'Andrea is er al twee jaar niet meer,' zei hij meelevend.

*Andrea is er niet meer* was een veel te steriele uitdrukking, maar Vito had nu niet de energie om erover te discussiëren. 'Ik weet hoe lang het geleden is. Tot op de minuut.'

Tino zweeg een hele tijd. 'Dan weet je dat je er lang genoeg voor hebt geboet.'

Vito keek hem aan. 'Hoe lang is lang genoeg, Tino?'

'Om te rouwen? Weet ik niet. Maar om jezelf de schuld te geven... Vijf minuten was al te lang. Laat het los, Vito. Het is gebeurd. Het was een ongeluk. Maar je zult dat pas accepteren als je er klaar voor bent. Ik hoop alleen dat het niet te lang meer duurt, anders eindig je eenzaam.'

Daar had Vito niets op te zeggen, en Tino stond op en pakte een bord uit de koelkast. 'Ik heb een stuk taart van de jongens voor je bewaard. Ik heb toezicht gehouden tijdens het bakken, dus je kunt het veilig eten.'

Vito keek bedenkelijk naar het bord. 'Het is een en al glazuur. Waar is de taart?'

'Er is niet veel beslag in het bakblik terechtgekomen.' Hij haalde zijn schouders op en grijnsde. 'Toen ze hier aankwamen, waren ze ongerust over Molly. Ik dacht: wat kan het voor kwaad?'

Vito was verbaasd te merken dat zijn ogen prikten. Hij keek naar de taart en concentreerde zich op het afpellen van de folie die eroverheen zat. Hij schraapte zijn keel. 'Dat was aardig van je, Tino.'

Tino haalde zijn schouders nog eens op, gegeneerd door de lovende woorden. 'Het zijn onze kinderen. Familie.'

Vito dacht aan wat Sophie zo oprecht en ongekunsteld had gezegd. Toen had hij zich niet gegeneerd. Hij had zich warm en geborgen gevoeld, voor het eerst lange tijd. Vanuit zijn ooghoeken zag hij Tino opstaan.

'Ik ga naar bed. Morgen wordt een betere dag, voor iedereen.'

Plotseling raakte de behoefte om te praten hem als een mokerslag. Hij hield zijn blik op zijn met glazuur bedekte bord gericht en perste de woorden naar buiten. 'Ik heb vandaag iemand ontmoet.'

Tino ging weer zitten. 'O? Ook een politieagent?'

Nee. Nee, geen agenten meer. Nog niet in een miljoen jaar. 'Nee. Een archeologe.'

Nu knipperde Tino met zijn ogen. 'Een archeologe? Wat... zoals Indiana Jones?'

Vito grinnikte bij het beeld van Sophie Johannsen die zich met een machete een weg hakte door de jungle, met een stoffige tropenhoed op haar hoofd. 'Nee, meer als...' Hij realiseerde zich dat een snelle vergelijking niet zo gemakkelijk te vinden zou zijn. 'Ze heeft kastelen opgegraven in Frankrijk. Ze spreekt tien talen.' *Drie ervan zijn langer dood dan het lijk waar jij net vandaan komt.* Ze had zich geschaamd voor haar ongevoeligheid. Ze had dat later meer dan goedgemaakt. Wat was er dan in die laatste paar ogenblikken gebeurd?

'Dus ze heeft hersens. Heeft ze nog andere interessante kenmerken?'

'Ze is zo'n één meter tachtig lang. Goddelijke lippen. Blond haar tot op haar kont.'

'Ik geloof dat ik nu al verliefd ben,' plaagde Tino. 'En haar... truien?'

Er trok een trage glimlach over zijn lippen. 'Heel, heel mooi.' Toen kwam hij weer bij zinnen. 'En zij ook.'

'Interessante timing,' zei Tino bot. 'Ik bedoel, dat je haar nou uitgerekend vandaag leert kennen.'

Vito wendde zijn blik af. 'Ik was ook bezorgd dat ik alleen maar belangstelling had omdat het vandaag was. Ik had mezelf ervan overtuigd dat dit niet de dag was om overhaaste stappen te nemen. Dat het alleen maar hoop was, of een soort vlucht.'

'Vito, na twee jaar zal niemand het nog een vlucht noemen.'

Vito haalde zijn schouders op. 'Ik had me voorgenomen om over een paar weken terug te gaan, om te kijken of ik er dan nog net zo over dacht. Maar toen...' Hij schudde zijn hoofd.

'Toen?'

Vito zuchtte. 'Maar toen liep ik met haar mee naar de parkeerplaats. Verdomme, Tino, ze rijdt motor. Een Beemer, van nul tot honderd in nog geen tien seconden.'

Tino tuitte zijn lippen. 'Aantrekkelijke meid op een snelle motor. Nu weet ik zeker dat ik verliefd ben.'

'Het was een stomme reden om overhaast te werk te gaan,' zei Vito walgend.

Tino's ogen werden groot. 'Dus je hebt haar mee uit gevraagd? Dat is interessant.'

'Ik heb het geprobeerd, maar ik geloof dat ik het niet zo goed heb aangepakt.'

'Blauwtje gelopen, hè?'

'Ja. En vervolgens scheurde ze weg op die motor.'

Tino boog zich over de tafel en snoof. 'Misschien komt het door je unieke geurtje. Dat moet me nogal een begraafplaats zijn geweest.'

'Klopt. En ik moet morgen terug voor ronde twee.'

Tino zette de borden in de gootsteen. 'Dan kun je maar beter gaan pitten.'

'Doe ik ook.' Maar hij maakte geen aanstalten om op te staan. 'Zo meteen. Ik moet me eerst een beetje ontspannen. Bedankt dat je mijn eten hebt opgewarmd.'

Toen Tino weg was, legde Vito zijn hoofd tegen de muur achter zich, deed zijn ogen dicht en overdacht de laatste paar ogenblikken met Sophie. Hij had wel vaker een vrouw mee uit eten gevraagd, en eigenlijk had er nog nooit iemand geweigerd. Niet op die manier. Hij moest toegeven dat zijn ego er een beetje door gekwetst was.

Het zou gemakkelijker zijn om het af te doen als de gril van een vrouw, maar Sophie leek niet het type dat haar stemming zo snel liet omslaan. Daar leek ze hem te verstandig voor. Dus er was iets veranderd. Misschien iets wat hij had gezegd of gedaan... Maar hij was nu te moe om er verder over na te denken. Morgen zou hij het haar gewoon vragen. Dat was slimmer dan proberen te raden hoe een vrouw dacht, hoe verstandig ze ook leek.

Hij was opgestaan om het licht uit te doen toen hij een geluidje hoorde, zacht en snuffend, en het kwam van de bult in Pierce' slaapzak. Vito's hart kromp ineen. Het waren nog maar kleuters, eigenlijk. En ze moesten zo bang zijn geweest toen hun moeder ineens flauwviel. Hij hurkte bij Pierce' slaapzak en aaide over zijn rug.

Vito pelde de slaapzak omlaag en onthulde Pierce' betraande gezicht. 'Ben je bang?'

Pierce schudde zijn hoofd vurig, maar Vito wachtte, en tien seconden later knikte hij.

Connor ging overeind zitten. 'Hij is nog maar een kind. Je weet hoe kinderen zijn.'

Vito knikte wijs en zag dat ook Connors ogen een beetje dik waren. 'Ik weet het. Is Dante ook wakker?' Hij trok Dantes slaapzak een stukje omlaag en Dante keek knipperend naar hem op. 'Dus niemand slaapt, hè? Wat zou helpen? Warme melk?'

Connor trok een vies gezicht. 'Geintje zeker?'

'Dat doen ze op televisie altijd.' Hij ging op de vloer tussen Pierce en Dante in zitten. 'Wat zou dan wel helpen, want ik kan niet de hele nacht bij jullie blijven zitten. Ik moet over een paar uur weer aan het werk, en ik kan niet slapen als jullie alle drie klaarwakker zijn. Uiteindelijk gaan jullie toch vechten, en dan maken jullie mij weer wakker. Dus hoe lossen we dit op?'

'Mam zingt altijd,' mompelde Dante. 'Voor Pierce.'

Pierce keek Vito aan met een 'ja, hoor'-blik. 'Voor ons allemaal.'

Molly had een mooie stem, zuiver en perfect voor slaapliedjes. 'Wat zingt ze dan?'

'Veertien engelen,' antwoordde Connor zachtjes, en Vito wist dat het meer dan een slaapliedje zou zijn; het zou net lijken of Molly hier bij ze was.

'Uit *Hans en Grietje*.' Dat was altijd een van zijn favoriete opera's geweest, en ook die van zijn opa. 'Nou, ik ben je moeder niet, maar als jullie gaan liggen, zal ik mijn best doen.' Hij wachtte tot ze weer in hun slaapzakken gekropen waren. 'Opa Chick zong "Veertien Engelen" ook altijd voor je vader en mij, toen we zo oud waren als jullie,' mompelde hij, met een hand op Dantes rug en een hand op die van Pierce. Terwijl hij het zong, kwamen er goede herinneringen boven aan de grootvader van wie hij zo veel had gehouden, die hem al vanaf jonge leeftijd zijn liefde voor allerlei soorten muziek had bijgebracht.

's Avonds als ik slapen ga
volgen mij veertien engeltjes na
twee aan mijn hoofdeind
twee aan mijn voeteneind
twee aan mijn linkerzij
twee aan mijn rechterzij
twee die mij dekken
twee die mij wekken
twee die mij wijzen
naar de hemel paradijzen.

'Je zingt 't mooi,' fluisterde Pierce toen hij het eerste couplet had gezongen.

Vito glimlachte. 'Dank je,' fluisterde hij terug.

'Hij heeft ook gezongen op de bruiloft van tante Tess en bij onze doop,' fluisterde Connor. Hij slikte. 'Mam moest huilen.'

'Zo slecht was het niet,' plaagde Vito, en hij was opgelucht te zien dat Connor een beetje glimlachte. 'Ik wed dat je moeder nu aan jullie denkt. Ze zou willen dat jullie gaan slapen.' Het tweede couplet zong hij zachter, omdat Dante al sliep. Tegen de tijd dat hij klaar was, sliep Connor ook. Alleen Pierce was nog wakker, en hij zag er zo klein uit in die grote slaapzak. Vito zuchtte. 'Wil je bij mij slapen?'

Pierce knikte snel. 'Ik schop niet. En ik pik de dekens ook niet. Beloofd.'

Vito tilde hem met slaapzak en al op. 'Plas je ook niet in bed?'

Pierce weifelde. 'De laatste tijd niet meer.'

Vito lachte. 'Fijn om te weten.'

*Maandag 15 januari, 7:45 uur*

Het gerinkel van de telefoon naast zijn bed schudde Greg Sanders uit een diepe, door whisky geholpen slaap. Slaapdronken miste hij bij de eerste twee pogingen zijn oor. 'Ja?'

'Meneer Sanders.' De stem klonk ingetogen dreigend. 'Weet u met wie u spreekt?'

Greg rolde op zijn rug en onderdrukte een kreun toen de kamer woest om hem heen begon te draaien. Rottige katers. Maar hij had dit zo lang mogelijk ontlopen. Het was tijd om de duivel te betalen. Greg wilde liever niet nadenken over wat die 'betaling' zou zijn, maar hij was ervan overtuigd dat het gepaard zou gaan met een heleboel pijn. Hij slikte, maar zijn mond was droog. 'Ja.'

'U hebt ons ontlopen, meneer Sanders.'

Greg ging moeizaam rechtop zitten en legde zijn draaiende hoofd tegen de muur. 'Sorry, ik...'

'Wat?' Nu bespotte de stem hem. 'Hebt u ons geld?'

'Nee. Niet alles, in ieder geval.'

'Dat is niet best, meneer Sanders.'

Greg drukte zijn vingers tegen zijn bonzende slaap, en de wanhoop versnelde zijn hartslag. 'Wacht. Luister, ik heb werk. Morgen. Het levert vijfhonderd op. Dat krijgen jullie allemaal.'

'Alstublieft, meneer Sanders. Dat is net als pissen op een bosbrand. Veel te weinig, en veel te laat. We willen ons geld vanmiddag om vijf uur hebben. Het kan ons niet schelen wat u moet doen om het te krijgen. Het hele bedrag. Anders pist u nergens meer, want dan hebt u de... laten we zeggen de nodige apparatuur niet meer. Begrijpt u dat?'

Gregs maag kwam in opstand. Hij knikte, misselijk. 'Ja. Ik bedoel, ja, meneer.'

'Mooi. Een fijne dag nog, meneer Sanders.'

Greg zakte onderuit in zijn kussen, kwam toen weer overeind en smeet de telefoon tegen de muur. Er vloog pleisterwerk in het rond, en het glas van een van de muur gevallen fotolijst brak.

De slaapkamerdeur zwaaide met een knal open. 'Wat is hier aan de hand?'

Greg kreunde in zijn kussen. 'Ga weg.' Maar hij werd op zijn rug gedraaid en vertrok zijn gezicht toen een hand zijn wang raakte. Gregs hoofd voelde aan alsof het ontploft was. En om vijf uur vandaag zul je dat ook wensen, dacht hij.

'Doe je ogen open, klootzak.'

Met dikke ogen keek Greg op. Jill staarde woest op hem neer, haar ene hand had hem bij zijn T-shirt geklemd en de andere hield ze omhoog, met een vlakke handpalm.

'Niet slaan.' Het kwam er bijna jammerend uit.

'Jij...' Jill schudde haar hoofd in onthutste verontwaardiging. 'Ik heb je hier tegen beter weten in laten logeren, alleen omdat ik ooit zo stom ben geweest om van je te houden. Maar je bent niet meer de man die je bent geweest. Dat was híj, hè? Die kerel met die enge stem die steeds voor je belt. Je bent hem geld schuldig, hè?'

'Ja,' snauwde hij. 'Ik ben hem geld schuldig. Ik ben jou geld schuldig. Ik ben mijn ouders geld schuldig.' Hij deed zijn ogen dicht. 'En ook de creditcardbedrijven en de bank.'

'Ooit was je iemand.' Vol walging duwde ze zich van hem af, waardoor de hele kamer weer ging draaien. 'Nu ben je alleen maar een gore zuiplap. Je hebt al een jaar niet meer gewerkt.'

Hij sloeg zijn handen voor zijn ogen. 'Dat zegt mijn agent, ja.'

'Doe niet zo bijdehand. Je had een carrière. Verdomme, Greg, je gezicht is in bijna elke woonkamer in de stad terechtgekomen. Maar je hebt het allemaal vergokt.'

'En dit was je leven, Greg Sanders,' sneerde hij.

Jill ademde uit, al klonk het als een snik, en toen hij opkeek, zag hij tranen in haar ogen. 'Ze breken je benen, Greg,' fluisterde ze.

'Dat gebeurt alleen maar in de film. In het echt doen ze veel ergere dingen.'

Ze zette een stap achteruit. 'Nou, deze keer ruim ik de rotzooi niet op, en ik wil niet dat mijn huis nog verder wordt afgebroken.' Ze draaide zich om en liep weg, maar bleef bij de deur staan. 'Ik wil dat je hier vrijdag weg bent, hoor je?' Toen was ze weg.

Ik zou boos moeten zijn, dacht Greg. Maar dat was hij niet. Ze had gelijk. *Ik had alles, en ik heb het vergooid. Ik moet het terug zien te krijgen. Ik moet die schulden betalen en opnieuw beginnen.* Hij had geen cent, maar hij had nog wel zijn gezicht. Daarmee had hij ooit een aardige boterham verdiend. Dat moest weer lukken.

Voorzichtig stapte hij uit bed. Hij liet zich in de stoel voor zijn computer zakken. Morgen had hij vijfhonderd dollar. Maar dat was amper een tiende van de hoofdsom die hij schuldig was. Als hij daar de rente nog bij optelde... Hij had meer geld nodig, en snel. Maar hoe? Van wie? Mechanisch klikte hij op zijn e-mail, en vervolgens opende hij koortsachtig een mailtje van E. Munch.

De klus was gelukkig niet afgezegd, alleen maar een paar uur verzet. *Tot die tijd kan ik me verstoppen.* Maar waarom deed hij nog moeite? Vijfhonderd was inderdaad hetzelfde als pissen op een bosbrand. Hij kon beter naar Canada vluchten, zijn haar verven en zijn naam veranderen.

Of... Hij kreeg een idee. Munch was bereid vijfhonderd dollar contant te betalen, en in zijn eerste e-mail had hij gezegd dat hij tien rollen uit te delen had. Zelfs met zijn kater kon Greg dat nog uitrekenen. In Munch' profiel stond dat hij meer dan veertig jaar in de filmwereld had gewerkt. Dan was hij dus oud. Oude mensen verstopten op de raarste plekken geld. Oude mensen kon je met gemak aan.

*Nee.* Dat kon hij niet maken. Toen dacht hij aan het dreigement dat aan zijn... apparatuur was gericht. Ja, dat kon hij wél maken. En als Munch niet al het geld had... nou, dat zou hij wel zien als het zover was.

# 6

*Maandag 15 januari, 8:15 uur*

Inspecteur Liz Sawyer zat aan haar bureau en staarde peinzend naar de kaart met het diagram van vier bij vier graven. 'Dit is ongelooflijk.'

'Ja,' zei Vito. 'Maar de archeologe zegt dat er negen mensen op die akker begraven liggen. Tot nu toe heeft ze steeds gelijk gehad.'

Liz keek op. 'En je hebt bevestigd gekregen dat deze zeven leeg zijn?'

'Leeg, maar afgedekt met spaanplaat, zoals Sophie al zei,' antwoordde Nick.

'En wat is onze status nu?'

'Drie lijken in het mortuarium,' antwoordde Vito. 'De Jonkvrouw, de Ridder en de kerel met maar een half hoofd. De vierde is onderweg. Jen is bezig met nummer vijf.'

Nick nam het over. 'Het vierde lijk is een man, al wat ouder. De eerste drie zien eruit alsof ze rond de twintig waren. Deze man was misschien in de zestig. Geen duidelijke afwijkingen.'

'Geen geposeerde handen, ontbrekende ingewanden of afgerukte armen?' vroeg Liz sarcastisch.

Vito schudde zijn hoofd. 'Het vierde lijkt een standaard slachtoffer.'

Liz' stoel kraakte toen ze naar achteren leunde. 'Dus wat doen we nu eerst?'

'Wij gaan naar het mortuarium,' zei Nick. 'Katherine heeft beloofd ons voorrang te geven, en we moeten die mensen identificeren. Als we namen hebben, ontdekken we misschien een patroon.'

'Jen laat het lab een analyse van de grond maken,' voegde Vito eraan toe. 'Ze hoopt erachter te komen waar die vandaan komt. Het lab gaat door alle grafaarde heen om te kijken of ze iets kunnen vinden dat wijst op de dader, maar het lijkt er niet op dat hij iets heeft achtergelaten.'

Liz keek op de kaart. 'Waar zijn die lege graven voor? Ik bedoel, we kunnen er wel van uitgaan dat hij nog niet klaar is met zijn plan, wat dat dan ook is, maar waarom heeft hij deze twee leeg gelaten?' Ze wees naar de twee graven aan het uiteinde van de tweede rij. 'Hij heeft de hele eerste rij gevuld, en de eerste twee van de tweede rij. Dan springt hij naar rij drie.'

'We moeten maar aannemen dat hij een reden heeft,' zei Vito. 'Hij heeft dit tot in de puntjes uitgedacht. Ik denk niet dat hij zomaar twee graven heeft overgeslagen, maar we moeten alle lichamen daar weghalen voordat we theorieën kunnen formuleren.'

Liz gebaarde naar de deur. 'Hou me op de hoogte. Ik zal proberen een ander team vrij te maken, zodat zij verder kunnen werken met de aanwijzingen die jullie vinden. Nodeloos te zeggen dat de burgemeester ongeduldig is. Laat me niet afgaan, jongens.'

Vito pakte de kaart. 'Ik zal een kopietje voor je maken. Probeer te voorkomen dat de burgemeester meteen naar de pers stapt, oké?'

'Tot nu toe zit het ons mee,' zei Liz. 'De kranten zijn nog niet op de hoogte van onze geheime tuin, maar dat is alleen maar een kwestie van tijd. Als er te veel lijken bij het mortuarium aankomen en te veel technici van TR overuren gaan maken, ruikt een van die verslaggevers beslist onraad. Hou het voorlopig op "geen commentaar" en laat de rest maar aan mij over.'

Vito lachte grimmig. 'Dat is een bevel dat we graag opvolgen.'

*Maandag 15 januari, 8:15 uur*

Het Albright Museum was ondergebracht in een gebouw dat vroeger een chocoladefabriek was geweest. Dat had zeker meegewogen toen Sophie een halfjaar eerder over het aanbod van Ted de Derde had nagedacht. Het was haar lot, had ze gedacht. Het museum had een van de grootste privécollecties van middeleeuwse Europese voorwerpen in Noord-Amerika, en het zat in een chocoládefabriek. Wat kon er in vredesnaam misgaan als ze daar ging werken?

Dat was een van de grote vragen uit de menselijke geschiedenis, dacht ze duister toen ze de voordeur van het museum door liep. Net als het geheim van het leven of hoe lang het duurde voor je toverbal van kleur veranderde. De wereld zou het nooit weten.

Want het was natuurlijk misgegaan. Dat aanbod van Ted de Derde aannemen was een van de stomste dingen die ze ooit in haar leven had gedaan. En ik heb behoorlijk stomme dingen gedaan, dacht ze, nog somberder. Ze zag Vito Ciccotelli's knappe gezicht voor zich, maar ze zette hem uit haar hoofd. Ze had in ieder geval ontdekt dat hij overspelig was voordat ze iets echt doms had gedaan, zoals met hem naar bed gaan.

'Hallo?' riep ze.

'In het kantoortje!' Teds vrouw Darla zat achter het grote, volle bureau, met een potlood in haar grijzende haren gestoken. Darla deed de boekhouding, en dat betekende dat de belangrijkste taak in het museum – het overmaken van haar salaris – in goede handen was. 'Hoe was je weekend, lieverd?'

Sophie schudde haar hoofd. 'Dat wil je echt niet weten.'

Darla keek met een ongeruste blik op. 'Gaat het slechter met je oma?'

Dit was een van de redenen waarom Sophie Darla zo graag mocht. Ze was aardig, en ze trok zich het lot van anderen echt aan. En ze leek vrij normaal, wat haar een vreemde onder de Albrights maakte. Met uitzondering van Darla was Teds familie... gewoon raar.

Je had Ted zelf, met zijn bizarre benadering van het runnen van een historisch museum, en zijn zoon, die Sophie in gedachten altijd Theo de Vierde noemde. Theo was negentien en een chagrijnige, boze jongen die vaker spijbelde dan dat hij kwam opdagen. Normaal zou dat niet zo'n punt zijn geweest, maar het was Theo's nieuwe taak om de riddertoer te doen, en als hij spijbelde, dan moest Sophie de rondleiding geven. Zij was de enige die groot genoeg was voor het harnas. Darla was amper één meter zestig lang en Patty Ann, hun dochter, was nog kleiner.

Patty kwam uit het damestoilet in een conservatief blauw mantelpakje, en Sophie kneep haar ogen argwanend tot spleetjes. 'Wat ziet Patty Ann er vandaag mooi uit. Is daar een reden voor?'

Darla glimlachte zonder op te kijken. 'Ik ben allang blij dat het geen woensdag is.'

Woensdag was Patty Anns gothic-dag. Op alle andere dagen was het altijd weer een verrassing hoe ze op het werk zou verschijnen. Ze was beginnend actrice en had haar eigen persoonlijke stijl nog niet gevonden, dus imiteerde ze allerlei anderen. Meestal niet zo goed.

Sophie vroeg zich af of het wel verstandig was haar achter de receptie te zetten. Ook vroeg ze zich af hoeveel bezoekers na één blik op Patty Ann besloten om maar naar het Franklin Institute of een ander echt museum te gaan. Waarschijnlijk gebeurde dat vooral op woensdagen. Maar Sophie hield haar mond dicht, want hoezeer ze de rondleidingen ook haatte, de gedachte om vrolijk bezoekers te verwelkomen haatte ze nog meer. *Ik mis mijn stapels stenen.*

Darla keek aarzelend op. 'Theo is verkouden.'

Sophie sloeg haar ogen ten hemel. 'En er staat een riddertoer ingepland. Fijn. Verdorie, Darla... Sorry. Ik wilde zo graag wat echt werk doen vandaag.'

Darla keek onbehaaglijk. 'Die rondleidingen leveren een hoop geld op, Sophie.'

'Weet ik.' En ze vroeg zich af of ze zichzelf te grabbel gooide voor dat geld, door deel te nemen aan iets wat de geschiedenis goedkoop maakte. Maar zolang Anna nog leefde, had ze het geld nodig. Sophie hoopte dat ze het geld nog heel lang nodig zou hebben. 'Hoe laat moet ik?'

'De riddertoer begint om half één, de Vikingtoer om drie uur.'

*O, joepie. O, dolletjes.* 'Ik zal er zijn, in vol ornaat.'

*Maandag 15 januari, 8:45 uur*

'Het zit ons mee, jongens,' zei Katherine terwijl ze de koellade met het lichaam van de Ridder uitschoof. 'Deze vent heeft een tatoeage. Dat zal het misschien wat makkelijker maken hem te identificeren.' Ze trok het laken weg en liet de schouder van de man zien. 'Kunnen jullie raden wat het voorstelt?'

Vito hurkte neer en staarde met samengeknepen ogen naar de tatoeage. 'Een man.'

'Niet zomaar een man. Als je net zo goed kijkt als je gisteren deed naar Sophie, zie je het wel.'

Vito's wangen werden warm. Hij had niet beseft dat het zo overduidelijk was dat hij naar Sophie Johannsen had zitten kijken. Hij voelde zich ongemakkelijk en richtte zich weer op de schouder van het slachtoffer, nadat hij eerst Nicks geamuseerde blik had opgevangen. Het zou niet zo erg zijn geweest als Sophie zijn uitnodiging niet zo bruusk had afgeslagen. Dat deed nog altijd pijn. 'Het is een gele man,' zei Vito vlak.

Nick keek over Vito's schouder. 'Het is Oscar. Je weet wel, die van de filmprijs.'

Vito tuurde ernaar. 'Het is niet bijzonder goed gedaan, maar het zou kunnen.' Hij kwam overeind en keek Nick aan. 'Misschien is onze Ridder acteur?'

Nick haalde zijn schouders op. 'We moeten érgens beginnen. Dit scheelt als we de lijsten van vermiste personen moeten doorzoeken.'

Vito haalde zijn notitieboekje uit zijn zak. 'De doodsoorzaak was dat gat in zijn buik?'

'Waarschijnlijk wel. Ik begin vandaag met de secties. Tot nu toe heb ik alleen nog maar uitwendig onderzoek gedaan bij de drie slachtoffers van gisteren.' Ze keek om naar de Ridder en zuchtte. 'Maar deze heeft geleden, dat weet ik nu al.'

'Ja, het zal wel zeer doen als je ingewanden eruit worden gerukt,' merkte Nick sarcastisch op.

'Ik kan alleen maar hopen dat hij al dood was toen het gebeurde, maar ik denk van niet. Ik ben er vrij zeker van dat hij nog leefde toen alle grote botten in zijn lichaam uit de kom werden getrokken.'

Vito en Nick vertrokken allebei hun gezicht. 'Mijn god,' mompelde Vito. 'Hoe zou... Het is een grote kerel.'

'Eén meter negentig, honderd kilo,' bevestigde Katherine. 'En hij heeft zich verzet. Er zitten diepe krassen in zijn polsen en enkels, waar hij met touw vastgebonden heeft gezeten. En ja, ik heb touwvezels naar het lab gestuurd, maar daar verwacht ik weinig van, jongens. Op de uit de kom getrokken ledematen en de lege buikholte na, lijkt hij goed in vorm te zijn geweest.' Ze stak haar hand op. 'En ja, ik heb ook al een urineonderzoek aangevraagd. Ik kan me niet voorstellen dat hij is overmeesterd zonder gedrogeerd te zijn geweest. Ik zie geen hoofdwond.'

Nick blies zijn adem uit. 'Heb je al iets over die vrouw?'

'De officiële doodsoorzaak is een gebroken nek.' Ze trok nog een lade open. Daarin lag hun vrouwelijke slachtoffer, met het laken als een tentje over haar gevouwen handen.

'Je moet haar rug eens zien.' Katherine tilde het laken op en duwde zachtjes tegen de heup van de vrouw zodat de achterkant van haar bovenbeen zichtbaar werd. 'Een patroon van wondjes, op regelmatige afstanden en heel diep.' Ze keek met een grimmig gezicht op. 'Ik denk aan spijkers.'

Vito's ogen begonnen nu al te tranen. Knipperend richtte hij ze op het patroon in de huid van het slachtoffer. De gaatjes waren rond en klein. 'Zitten ze alleen op haar benen?'

'Nee.' Katherine schoof de lade weer naar binnen. 'Het diepste zijn ze achter op haar bovenbenen, maar hetzelfde patroon is ook zichtbaar op haar rug, kuiten en de achterkant van haar armen. Uit de diepte van de gaatjes in haar bovenbenen leid ik af dat ze rechtop zat, met heel haar lichaamsgewicht op de spijkers.'

Nicks gezichtsuitdrukking werd vreemd gespannen. 'Een spijkerstoel?'

'Of zoiets. Haar billen zijn ernstig verbrand. Er zit geen huid meer op.' Katherine hield met boze ogen haar hoofd schuin. 'En ze leefde al die tijd nog.'

Vito's maag protesteerde terwijl de afschuwelijke wreedheid van deze moordenaar tot hem doordrong. 'We hebben hier te maken met een creatieve sadist. Hoe komt iemand in godsnaam op het idee van een spijkerstoel?'

Nick ging achter Katherines computer zitten. 'Kom hier, Chick. Kijk hier eens naar.'

Vito keek naar het scherm. Het was de stoel zoals hij die zich had voorgesteld, vol spijkers. Er waren riemen aan de armleuningen en stoelpoten bevestigd. 'Wat moet dat voorstellen?'

'Ik kon vannacht niet slapen, want ik bleef maar denken aan de manier waarop hij hun handen had gepositioneerd. Dus ben ik opgestaan en gaan zoeken op middeleeuwse effigies. Sophie had trouwens gelijk. De poses van onze slachtoffers komen precies overeen met de grafeffigies die ik op internet heb gevonden.'

Vito wilde nu even niet aan Sophie denken. Hij had al meer dan genoeg aan haar gedacht terwijl hij afgelopen nacht lag te woelen. 'Dat is fijn,' zei hij met een boze blik op het scherm. 'Maar hoe zit het met die stoel? Zeg nou niet dat je die op eBay kunt kopen.'

Nick keek verontrust weer naar het scherm. 'Misschien wel. Maar dit is de site van een museum in Europa, dat zich specialiseert in middeleeuwse martelwerktuigen.'

'Een martelmuseum?' Dus het was echt. Die stoel bestond, in dat museum. En er was er ook eentje hier in Philadelphia. 'Ik kan me niet eens voorstellen hoe ze geleden moet hebben. Hoe ze allebei geleden hebben. En we zijn nog niet eens aan de anderen begonnen.' Hij drukte zijn vingers tegen zijn achterhoofd, waar hij hoofdpijn begon te krijgen. 'Hoe ben je op die site terechtgekomen?'

'Ik dacht aan wat Sophie had gezegd, dat ze in de middeleeuwen mensen martelden door hun ingewanden eruit te rukken. Ik ben gaan googelen op "middeleeuwse martelingen" en kreeg dit als een van de eerste resultaten. Die stoel heeft meer dan dertienhonderd spijkers.'

'Dat komt wel overeen met het wondpatroon bij het slachtoffer,' bevestigde Katherine grimmig.

Vito woelde met een hand door zijn haren. 'Dus we hebben poses van standbeelden van middeleeuwse graven, iemand zonder ingewanden en iemand die... op een rekbank is gelegd? Dit is niet normaal, mensen.'

'Een moordenaar met een thema,' overpeinsde Nick. 'Behalve dat lijk dat hierheen onderweg is. Daar leek verder niks raars mee aan de hand.'

Katherine stapte bij de computer vandaan. 'Ik dacht dat ik in mijn werk alles al had gezien, maar steeds blijkt weer dat ik het mis heb.' Ze rechtte haar schouders. 'Ik heb nog wel twee andere dingen.' Ze gaf Vito een glazen potje met witte korreltjes erin. 'Dit heb ik van het draad om de handen van het mannelijke slachtoffer geschraapt. En op de draden bij de vrouw heb ik zo op het oog diezelfde substantie gevonden.'

Vito hield het potje even tegen het licht en gaf het aan Nick. 'Wat denk je?'

'Ik heb een monster naar het lab gestuurd, maar het lijkt op iets uit de siliconenfamilie. Ik laat het je weten als ik de resultaten heb,' antwoordde Katherine.

'En dat tweede?' vroeg Nick.

'Alle drie de slachtoffers zijn grondig gewassen. Ze hadden onder het bloed moeten zitten, maar dat was niet zo. Dat zegt me dat er oorspronkelijk op de twee geposeerde slachtoffers veel meer van dat spul in het potje heeft gezeten.'

'We zullen in de lijsten van vermiste personen kijken of iemand die tatoeage van de Ridder heeft,' zei Vito. 'Bedankt, Katherine.'

'Laten we Sophie bellen,' zei Nick toen ze in de gang stonden. 'Ik wil meer weten over die martelwerktuigen. Als hij die gebruikt heeft, dan heeft hij ze ergens vandaan moeten halen, en misschien kan zij ons een idee geven waar we moeten beginnen met zoeken. We hadden Katherine om haar nummer moeten vragen.'

Het was een goed idee, moest Vito toegeven. Ze had gelijk gehad over die gepositioneerde handen. Kennelijk had ze er verstand van. En het zou hem misschien de kans geven uit te zoeken waaraan hij die flits van woede had verdiend die hij in haar ogen had gezien net voor ze was weggereden. Bovendien wilde hij haar gewoon weer zien. 'Ze werkt bij het Albright Museum. We kunnen daar naartoe als we bij Vermiste Personen zijn geweest.'

*Dutton, Georgia, maandag 15 januari, 10:10 uur*

'Dank je voor je komst,' zei Daniel, 'vooral op je vrije dag.'

Lukes ogen waren gefixeerd op het computerscherm van Daniels vader. 'Alles voor een vriend.'

'En het feit dat er een meer verderop ligt, met enorme baarzen erin, dat was een toevallige bonus,' zei Daniel laconiek. Luke grijnsde alleen maar. 'Heb je al iets gevonden?'

Luke haalde zijn schouders op. 'Hangt ervan af. Van vóór medio november zijn er geen e-mails.'

'Hoe bedoel je? Niet één? Bedoel je dat ze nooit bestaan hebben, of zijn ze gewist?'

'Gewist. Sinds november is er weer mail, vooral bevestigingen voor elektronisch betaalde rekeningen. Op de gebruikelijke spam na zijn de meeste echte mails van je vader antwoorden geweest naar ene Carl Sargent.'

'Sargent is voorzitter van de vakbond bij de papierfabriek waar de halve stad werkt. Pa heeft hem gesproken voordat hij wegging. Gisteren ontdekte ik dat mijn vader zich kandidaat ging stellen voor het Congres.'

Luke las vluchtig de overige e-mails. 'Sargent blijft je vader maar vragen zijn kandidatuur openbaar te maken, en je vader houdt steeds de boot af. Hier schrijft hij dat hij het zo druk heeft. Hierin staat dat hij een persconferentie zal beleggen zodra hij wat dringende zaken heeft afgehandeld.'

'Met mijn moeder,' mompelde Daniel. 'Ze heeft kanker.'

Luke grimaste. 'Wat erg voor je, Daniel.'

Weer overspoelde hem de behoefte om haar nog een keer te zien. 'Bedankt. Zie je iets van een reisschema? Iets wat me enig idee zou kunnen geven waar ze zijn?'

'Nee.' Luke toetste iets in en opende het scherm van internetbankieren. 'Als je je vader ziet, zeg hem dan dat hij zijn wachtwoorden niet in een Wordbestand op zijn harde schijf moet bewaren. Dat is net zoiets als de sleutel van je voordeur op een zilveren presenteerblaadje neerleggen voor inbrekers.'

'Alsof hij iets van mij zou aannemen,' mompelde Daniel.

Lukes mond vertrok meelevend. 'Mijn vader is net zo. Het lijkt er niet op dat je vader nog veel geld heeft gepind, tenminste niet in de afgelopen drie maanden. Dat zijn alle gegevens die ze online bewaren.'

'Wat ik niet begrijp, is waarom hij zijn e-mail en bankzaken op afstand afhandelt. Als hij waar hij zit een computer heeft staan, kan hij het toch ook van daaraf doen?'

'Misschien wilde hij onderweg toegang hebben tot documenten op zijn harde schijf.' Luke drukte op een paar toetsen. 'Dat is interessant.'

'Wat?'

'Zijn browsergeschiedenis is gewist.'

'Helemaal?'

'Nee, maar het is vrij goed gedaan.' Hij typte nog wat in. 'Het is verrassend grondig gewist. De meeste computertechnici zouden niet weten hoe ze hierlangs moeten komen.' Hij keek op met een ernstige blik. 'Danny, iemand heeft met de computer van je vader gerommeld.'

Daniel kreeg weer een onbehaaglijk gevoel. 'Misschien, maar misschien ook niet. Mijn vader heeft al heel lang iets met computers. Hij was ook altijd ontzettend paranoïde over veiligheid. Ik kan me wel indenken dat hij bang zou zijn om sporen achter te laten.'

'Als hij zich zo druk maakte over veiligheid, dan zou hij zijn wachtwoorden niet op de harde schijf opslaan. Bovendien dacht ik dat je vader rechter was.'

'Klopt. Elektronica is zijn hobby; amateurradio, modelraketten, maar vooral computers. Hij haalde ze uit elkaar, bouwde zijn eigen upgrades. Als iemand zou weten hoe hij zijn systeem schoon moest houden, dan is hij het wel.'

Luke keek weer op het scherm. 'Grappig hoe sommige dingen genetisch worden doorgegeven en andere niet. Jij hebt helemaal geen verstand van computers.'

'Nee, inderdaad,' mompelde Daniel. Al die expertise was naar een andere tak van de familiestamboom gegaan. Maar het was een onplezierige herinnering, dus sloot hij ferm de deur naar dat donkere hoekje van zijn geheugen. 'Maar kun je die gewiste gegevens nog terughalen?'

Luke keek beledigd. 'Natuurlijk. Dit is interessant. Met al die reisbrochures had ik wel een paar vakantiewebsites verwacht, maar er zit niets in zijn cache.'

'Welke sites heeft hij dan wel bezocht?'

'De weersvoorspelling voor Philadelphia, twee weken voor Thanksgiving. En... een zoekopdracht voor oncologen in de buurt van Philadelphia. Zat Philly ook bij de brochures?'

Daniel boog zich naar voren om beter op het scherm te kunnen kijken. 'Nee.'

'Nou, daar zou ik maar beginnen als ik jou was. Het lijkt erop dat ze voorbereid wilden zijn voor het geval je moeder een arts nodig had.' Hij keek Daniel meelevend aan. 'Ik heb een afspraak met een hengel en een baars. Wil je mee?'

'Nee, bedankt. Ik denk dat ik hier nog even blijf. Wat nader naar Philly kijken. Bedankt voor je hulp, Luke.'

'Geen punt. Succes, maat.'

*Philadelphia, maandag 15 januari, 10:15 uur*

'O, god.' Marily Keyes liet zich met een krijtwit gezicht op de rand van een verkleurde paisleybank zakken. 'O, Warren.' Ze drukte haar arm tegen haar buik, sloeg een trillende hand voor haar mond en wiegde heen en weer.

'Dus dit is uw zoon, mevrouw?' vroeg Vito zachtjes. Ze hadden meteen beet gehad in de bestanden van Vermiste Personen. Hun Ridder was Warren Keyes, eenentwintig jaar. Hij was acht dagen eerder door zijn ouders en zijn verloofde Sherry als vermist opgegeven.

'Ja,' knikte ze terwijl ze oppervlakkig ademde. 'Dat is Warren. Dat is mijn zoon.'

Nick zat naast haar. 'Kunnen we iemand voor u bellen, mevrouw Keyes?'

'Mijn man.' Ze drukte haar vingertoppen tegen haar slapen. 'Er zit een adresboekje... in mijn tas.' Ze wees naar de eetkamertafel, en Nick liep erheen om te bellen.

Vito nam Nicks plaats op de bank in. 'Mevrouw Keyes, het spijt me heel erg, maar ik moet u wat vragen stellen. Wilt u misschien een glaasje water?'

Ze haalde diep adem. 'Nee, dank u. Voordat u ernaar vraagt, Warren heeft vroeger een drugsprobleem gehad. Maar hij was al bijna twee jaar clean.'

Vito haalde zijn notitieboekje uit zijn zak. Het was niet wat hij had willen vragen, maar hij had lang geleden al geleerd maar gewoon in te gaan op wat er werd gezegd. 'Wat voor drugs, mevrouw Keyes?'

'Cocaïne en alcohol vooral. Hij... kwam op school in aanraking met wat verkeerde jongens. Begon te gebruiken. Maar hij hield ermee op toen hij Sherry had leren kennen, en daarna is hij veranderd.'

'Mevrouw Keyes, wat deed Warren voor de kost?'

'Hij is acteur.' Ze slikte. 'Was acteur.'

'Veel acteurs hebben bijbaantjes. Warren ook?'

'Hij werkte als ober bij een café in Center City. Soms deed hij modellenwerk. Ik kan zijn portfolio voor u pakken, als dat helpt.'

'Misschien.' Hij legde zachtjes zijn hand op haar arm toen ze wilde opstaan. 'Ik heb nog een paar vragen. Waar woonde Warren?'

'Hier. Hij en Sherry...' Vito zweeg toen ze haar handen voor haar gezicht sloeg en begon te huilen. 'Wie doet zoiets nou?' vroeg ze met gebroken stem, haar woorden gedempt door haar handen. 'Wie zou mijn zoon nou vermoorden?'

'Daar proberen we achter te komen, mevrouw,' zei Vito op vriendelijke toon. Nick kwam uit de keuken met een doos tissues in zijn ene hand en een foto in de andere.

'Meneer Keyes is onderweg,' mompelde hij.

Vito drukte de vrouw een tissue in haar hand. 'Mevrouw Keyes, wat wilde u zeggen over hem en Sherry?'

Ze droogde haar tranen. 'Ze waren aan het sparen voor hun bruiloft. Ze is een lief meisje.'

'Had u het idee dat Warren ongerust was, of bang voor iemand?' vroeg Nick.

'Hij had geldzorgen. Hij had al heel lang geen acteerwerk meer gedaan.' Haar lippen vertrokken in een gepijnigde glimlach. 'Zijn agent had hem gezegd dat hij meer dan genoeg werk zou vinden als hij naar New York verhuisde, maar Sherry's familie woont hier. Ze wilde niet weg, en hij wilde haar niet achterlaten.'

Nick draaide de foto om, zodat mevrouw Keyes hem kon zien. 'Zijn dit Warren en Sherry?'

Haar ogen vulden zich weer met tranen. 'Ja,' fluisterde ze. 'Op hun verlovingsfeestje.'

Vito stopte zijn notitieboekje weer in zijn zak. 'We willen zijn kamer graag even zien,' zei hij, 'en er vingerafdrukken nemen.'

Ze knikte verdoofd. 'Natuurlijk. Doet u maar wat nodig is.'

Hij stond op en wist dat hij niets kon zeggen om haar te troosten. Vóór Andrea zou hij haar gevraagd hebben of het wel goed met haar ging. Maar met deze rouwende moeder ging het niet goed. Ze had pijn, en dat zou nog wel een tijd zo blijven. Toen hij aan het einde van de gang was, keek hij achterom. Ze zat voorovergebogen met de foto van haar zoon tegen haar borst gedrukt en wiegde huilend heen en weer.

'Chick,' zei Nick zachtjes. 'Kom mee.'

Vito zuchtte diep. 'Ik weet het.' Hij deed de deur naar Warrens kamer open. 'Laten we maar aan het werk gaan.'

Ze bekeken Warrens spullen. 'Sportartikelen,' zei Nick vanuit de kast. 'Hockey, honkbal.' Er klonk een metalige bons. 'Hij tilde aardig wat gewicht.'

Vito vond Warrens portfolio. 'Knappe vent.' Hij bladerde door de pagina's vol foto's en tijdschriftartikelen. 'Zo te zien deed hij vooral advertenties in tijdschriften. Deze ken ik, voor een plaatselijke sportschool. Keyes was een grote, sterke kerel. Ik kan me niet voorstellen dat hij zich gemakkelijk zou laten overrompelen.'

'Kijk, Chick.' Nick had Warrens computer aangezet. 'Kijk hier eens naar.'

Vito ging achter hem staan en keek naar het lege scherm. 'Wat? Ik zie niks.'

'Dat bedoel ik. Er is niks. Als ik "Mijn documenten" open, niks. Niks in zijn e-mail. Niks in de Prullenbak.' Nick keek met opgetrokken wenkbrauwen over zijn schouder. 'De computer is schoongeveegd.'

*Maandag 15 januari, 12:25 uur*

'Weet je zeker dat Sophie hier werkt?' vroeg Nick. Hij stond bij de receptie van het museum en keek ongeduldig om zich heen. 'Ik geloof niet dat hier íémand werkt.'

Vito knikte, kijkend naar de foto's van de oprichter van het museum aan de muur in de lobby. 'Ja, ze werkt hier. Haar motor stond aan het eind van de parkeerplaats.'

'Was die van Sophie?'

Vito was een beetje geërgerd over de plotselinge belangstelling op Nicks gezicht. 'Ja. En?'

'Nou, dat was een mooi ding, Chick.' Nick glimlachte. 'Rustig maar, jongen.'

Vito draaide met zijn ogen, maar dankzij het belsignaal van zijn mobiele telefoon hoefde hij niet te antwoorden.

Nick werd weer serieus. 'Is dat Sherry?' Ze hadden nog geen contact kunnen krijgen met Warren Keyes' verloofde sinds ze het appartement van zijn ouders hadden verlaten. Ze was niet thuis, en ze hoefde ook pas om zeven uur in de fabriek te zijn waar ze werkte.

Vito keek op het schermpje en zijn hartslag versnelde. 'Nee, mijn vader.' Hij klapte de telefoon open en hoopte op goed nieuws. 'Pap. Hoe gaat het met Molly?'

'Ze is stabiel. Ze heeft weer wat kracht in haar benen en ze trilt minder erg. De dokter probeert uit te vissen waardoor die aanval kwam.'

'Ik dacht dat hij had gezegd dat ze een lichte beroerte had gehad.'

'Hij is van gedachten veranderd. Ze hebben hoge kwikconcentraties in haar bloed gevonden.'

'Kwik?' Vito was er bijna van overtuigd dat hij het verkeerd had verstaan. 'Hoe kan ze nou zijn blootgesteld aan kwik?'

'Dat weten ze niet. Ze denken dat er misschien iets in huis was.'

Zijn hart stond even stil. 'En hoe zit het met de kinderen?'

'Die hebben geen symptomen, maar hij wilde ze toch allemaal even onderzoeken, dus hebben je moeder en Tino ze gebracht. Ze waren behoorlijk angstig, vooral Pierce.'

Vito voelde een steek in zijn hart. 'Arm jochie. Wanneer weten we of alles goed met ze is?'

'Morgenochtend. Maar de dokter wil niet dat de jongens naar huis gaan voordat ze zeker weten waar Molly aan is blootgesteld. Dino wilde dat ik je vroeg of –'

'In godsnaam, pap,' onderbrak Vito hem. 'Je weet dat best dat de kinderen net zo lang bij mij kunnen logeren als nodig is.'

'Ja, dat zei ik ook al, maar Molly was bang dat je misschien last van ze had.'

'Zeg haar maar dat het prima gaat. Gisteravond hebben ze taart gebakken en oorlogje gespeeld in de woonkamer.'

'Tess komt jou en Tino helpen met voor ze te zorgen,' zei zijn vader, en ondanks zijn ongerustheid was Vito blij. Hij had zijn zus al maanden niet meer gezien. 'Dan kunnen je moeder en ik hier zijn voor Dino. Tess' vliegtuig landt om zeven uur. Ze huurt een auto, zodat ze vervoer heeft terwijl ze hier is, dus je hoeft haar niet van het vliegveld op te halen.'

'Kunnen we verder nog iets doen?'

'Nee.' Michael Ciccotelli haalde diep adem. 'Alleen bidden, jongen.'

Dat had hij al lang niet meer gedaan, maar die wetenschap zou zijn vader kwetsen, dus loog Vito. 'Tuurlijk doe ik dat.' Hij stopte de telefoon weer in zijn zak.

'Komt het goed met Molly?' vroeg Nick zachtjes.

'Weet ik niet. Mijn vader zegt dat we moeten bidden. Dat is dat nooit een goed teken, weet ik uit ervaring.'

'Nou, als je weg moet... ga dan gewoon, oké?'

'Doe ik. Kijk.' Dankbaar voor de afleiding die het werk hem gaf, wees Vito naar de muur, waarin een hoge deur openging. Een vrouw liep naar hen toe. Ze was tenger, halverwege de dertig, en ze droeg een mantelpakje met een rok tot op de knieën. Haar donkere haren waren opgestoken in een nette knot, waardoor ze er professioneel en... saai uitzag, besefte Vito. Ze kon wel een paar grote oorringen en een rode hoofddoek gebruiken. Ze liep naar de andere kant van de receptiebalie en keek hen duidelijk onderzoekend aan.

'Kan ik u helpen, heren?' vroeg ze met een kordaat Brits accent.

Vito liet haar zijn penning zien. 'Ik ben rechercheur Ciccotelli en dit is mijn partner rechercheur Lawrence. We komen voor Dr. Johannsen.'

In de ogen van de vrouw verscheen een speculerende blik. 'Heeft ze iets misdaan?'

Nick schudde zijn hoofd. 'Nee. Kunnen we haar spreken?'

'Nu?'

Vito beet op zijn tong. 'Nu zou fijn zijn,' hij keek naar haar naamplaatje, 'juffrouw Albright.' Van dichtbij zag Vito dat ze veel jonger was dan hij had gedacht, waarschijnlijk begin twintig. Kennelijk moest hij zijn leeftijdsradar opnieuw laten afstellen.

De vrouw tuitte haar lippen. 'Ze geeft momenteel een rondleiding. Als u mij wilt volgen?'

Ze leidde hen door de hoge deur naar een grote zaal waar zich een kleine menigte van vijf of zes gezinnen had verzameld. De wanden zelf bestonden uit donker hout, en aan een ervan hing een verkleurd tapijt. Aan de andere muur hingen grote banieren. De achterste muur was het indrukwekkendst, want die was behangen met gekruiste zwaarden. Onder de zwaarden stonden drie harnassen, wat bij elkaar een groots effect opleverde.

'Gaaf,' mompelde Vito. 'Mijn neefjes zouden dit prachtig vinden.' Het zou ze beslist afleiden van Molly. Hij besloot ze hier zo snel mogelijk eens mee naartoe te nemen.

'Kijk.' Nick wees onopvallend naar een vierde harnas dat aan de rechterkant van de zaal stond. Een jongen van Dantes leeftijd stond met een zuur gezicht nog geen halve meter voor het harnas en klaagde luidkeels over het lange wachten. Hij stampte kwaad op de grond.

'Dit is zo stom! Achterlijk harnas. Ik heb ze op de sloop beter gezien.' Hij wilde het harnas een schop geven, maar toen boog het zich plotseling rammelend naar voren. De jongen schrok zich een ongeluk en krabbelde met grote ogen en een bleek gezicht achteruit. De bezoekers vielen stil, en Nick grinnikte zachtjes. 'Ik zag hem net al bewegen. Eigen stomme schuld.'

Vito wilde net zeggen dat Nick gelijk had, toen er een galmende stem uit het harnas klonk. Even later besefte hij pas dat de ridder Frans sprak, maar je hoefde de taal niet te kennen om de bedoeling te begrijpen. De ridder was behoorlijk pissig.

De jongen schudde angstig zijn hoofd en zette twee stappen achteruit. De ridder trok met een theatrale zwier zijn zwaard en liep met het joch mee. De vraag werd op luidere toon herhaald, en Vito besefte dat het de stem was van een vrouw, niet van een man. Hij glimlachte. 'Dat is Sophie, in dat harnas. Ze zei al dat ze zich moest verkleden.'

Nick grijnsde. 'Mijn schoolfrans is wat roestig, maar volgens mij zei ze zoiets als: "Hoe heet jij, klein rotjoch?"'

De jongen deed zijn mond open, maar er kwam geen geluid uit.

Er kwam een man uit een zijdeur. Hij had het postuur van een footballspeler en droeg een donkerblauw pak met stropdas. Hij schudde zijn hoofd. 'Ho, ho. Wat is hier aan de hand?'

De gestalte in het harnas wees arrogant naar de jongen en zei iets pinnigs.

De man keek de jongen aan. 'Ze zegt dat je onbeleefd bent en dat je op plaatsen komt waar je niet hoort.'

Het gezicht van de jongen kleurde toen de andere kinderen lachten.

De man schudde zijn hoofd. 'Jeanne, Jeanne. Hoe vaak heb ik je nou al gezegd dat je de kinderen niet bang moet maken? Het spijt haar,' zei hij tegen de jongen.

De ridder schudde nadrukkelijk haar hoofd. *'Non.'*

De kinderen lachten nog harder, en alle volwassenen glimlachten. De man zuchtte theatraal. 'Ja, het spijt je wel. Laten we nu maar gewoon doorgaan met de rondleiding, *s'il vous plaît*.'

De ridder gaf de man haar zwaard en tilde de helm van haar hoofd, en het was inderdaad Sophie, met haar lange haren in een gouden kroon om haar hoofd gevlochten. Ze stopte de helm onder haar arm en gebaarde met de andere naar de muren.

*'Bienvenue au musée d'Albright de l'histoire. Je m'appelle Jeanne d'Arc.'*

'Jeanne,' onderbrak de man haar. 'Ze spreken geen Frans.'

Ze knipperde met haar ogen en keek naar de kinderen, die nu gebiologeerd naar haar op staarden. Zelfs het onbeschofte jongetje luisterde. *'Non?'* vroeg ze ongelovig.

'Nee,' zei de man, en ze ratelde nog een vraag.

'Ze wil weten welke taal jullie dan spreken,' vertelde hij hun. 'Wie kan haar dat vertellen?'

Een meisje van een jaar of vijf, met goudblonde krullen en grote ogen, stak haar hand op, en Vito zag Sophies gezicht verstrakken, zo lichtjes dat hij het zou hebben gemist als hij niet goed had gekeken. Maar ze herstelde zich snel toen het kind antwoordde: 'Engels. Wij spreken Engels.'

Sophie trok een komisch afgrijzend gezicht. Het was onderdeel van haar voorstelling, maar hij was ervan overtuigd dat haar gezichtsuitdrukking van zo-even dat niet was, en weer was zijn nieuwsgierigheid gewekt. En de rest van hem ook. Hij had niet beseft dat een vrouw met een zwaard zo opwindend kon zijn.

*'Anglais?'* vroeg Sophie, en ze greep in gespeelde woede haar zwaard vast. De ogen van het kleine meisje werden nog groter en de man zuchtte weer.

'Jeanne, we hebben het hier al eerder over gehad. Je moet de gasten niet bang maken. Als er Amerikaanse kinderen komen, spreek je Engels. En geen beledigingen deze keer, alsjeblieft. Gedraag je.'

Sophie zuchtte. 'Wat ik toch allemaal moet doen,' zei ze met een zwaar Frans accent. 'Maar... ik moet de kost verdienen. Zelfs ik, Jeanne d'Arc, moet mijn rekeningen betalen.' Ze keek de ouders aan. 'Jullie begrijpen rekeningen, ja? De huur en de boodschappen.' Ze haalde haar schouders op. 'En kabeltelevisie. De essentiële dingen van het leven, *non*?'

De ouders knikten en glimlachten, en weer merkte Vito dat hij geïntrigeerd was.

Ze keek de kinderen aan. 'Alleen, nou, weet je, we zijn in oorlog met de Engelsen. Dat woord, oorlog, begrijpen jullie toch wel, *petits enfants*?'

De kinderen knikten. 'Waarom zijn jullie in oorlog, juffrouw d'Arc?' vroeg een van de vaders.

Ze glimlachte charmant naar hem. '*S'il vous plaît*, zeg maar gewoon Jeanne,' zei ze. 'Nou, ik zal het uitleggen...' Op dat ogenblik zag ze Vito en Nick aan de zijkant van de zaal staan. De glimlach bleef op haar mond geplakt, maar hij verdween uit haar ogen, en Vito voelde de kilte zelfs op deze afstand. Ze keek naar de man in het pak. 'Monsieur Albright, we hebben bezoek. Kunt u ze helpen?'

'Wat heb je haar in vredesnaam aangedaan, Chick?' mompelde Nick.

'Ik heb geen idee.' Hij volgde haar met zijn blik toen ze de kinderen verzamelde en hen naar de muur met de banieren leidde om haar rondleiding te beginnen. 'Maar daar kom ik nog wel achter.'

De man in het pak kwam glimlachend naar hen toe. 'Ik ben Ted Albright. Waar kan ik u mee helpen?'

'Ik ben rechercheur Lawrence en dit is rechercheur Ciccotelli. We zouden Dr. Johannsen graag zo snel mogelijk spreken. Wanneer is de rondleiding afgelopen?'

Albright keek ongerust. 'Is er een probleem?'

'Nee,' stelde Nick hem gerust. 'Helemaal niet. We werken aan een zaak en hebben wat vragen aan haar. Het heeft iets met geschiedenis te maken,' voegde hij eraan toe.

'O.' Albrights blik klaarde op. 'Die kan ik ook beantwoorden.'

Vito herinnerde zich dat Sophie had gezegd dat Albright alleen maar deed alsof hij historicus was. 'Dat stellen we op prijs,' zei hij, 'maar we praten liever met Dr. Johannsen. Als de rondleiding meer dan een kwartier duurt, kunnen we wel even gaan lunchen en dan later terugkomen.'

Albright keek naar Sophie, die de kinderen vertelde over de zwaarden aan de muur. 'Een rondleiding duurt een uur. Daarna zou ze beschikbaar moeten zijn.'

Nick stopte zijn penning weer in zijn zak. 'Dan komen we straks terug. Dank u.'

# 7

*Dutton, Georgia, maandag 15 januari, 13:15 uur*

Daniel zat op het bed van zijn ouders. Een uur lang had hij naar de vloer gestaard en zichzelf geprobeerd te dwingen de vloerplank op te tillen waarvan hij wist dat zijn vaders kluisje eronder verborgen lag. Hij had er gisteren niet naar gekeken. Hij wilde niet dat Frank van de kluis wist, laat staan van de inhoud ervan.

Hij wist niet zeker wat hij er vandaag in zou aantreffen. Hij wist wel dat hij het niet wílde weten. Maar hij had het lang genoeg voor zich uit geschoven. Dit was de kluis waarvan zijn vader dacht dat niemand anders in de familie ervan op de hoogte was. Zijn vrouw niet, en zeker zijn kinderen niet.

Maar Daniel wist ervan. In een familie zoals die van hem loonde het om degene te zijn die wist waar de geheimen verstopt waren. En waar de pistolen lagen. Zijn vader had veel wapenkasten en veel kluizen, maar dit was zijn enige wapenkluis. Hier bewaarde hij de wapens waarvan Daniel vermoedde dat de serienummers eraf waren gevijld. Ze waren in ieder geval niet geregistreerd.

Arthurs ongeregistreerde wapens hadden niets te maken met de reden waarom ze misschien naar Philadelphia waren gegaan, maar Daniel had op geen enkele andere plek ook maar één aanwijzing kunnen vinden. Dus hier zat hij nu. *Doe het nou maar gewoon.*

Hij trok de plank opzij en keek naar de kluis. Hij had de combinatie gevonden, die o zo slim verborgen had gezeten in zijn vaders Rolodex, vermomd als de verjaardag van een allang overleden tante. Daniel herinnerde zich die tante en haar echte verjaardag, want die lag in de buurt van zijn eigen geboortedag.

Hij toetste de combinatie in en werd beloond met een klik. Hij was binnen.

Maar de pistolen zaten er niet in. In de kluis lagen alleen een chequeboekje en een memorystick voor een computer. Het chequeboekje was niet van de bank waar de familie Vartanian al generaties lang klant was. Zelfs voor Daniel het opendeed, wist hij al wat hij zou vinden.

Het ging om een geregelde reeks geldopnames, allemaal in het handschrift van zijn vader. Bij elke transactie ter waarde van vijfduizend dollar stond 'contanten'.

Dit ging beslist om chantage. Maar Daniel stond er niet van te kijken.

Hij vroeg zich af welk deel van Arthurs verleden nu was bovengedreven en hen nu allemaal achtervolgde. Hij vroeg zich af wat er op de memorystick stond waarvan zijn vader niet wilde dat iemand die zag. Hij vroeg zich af hoe laat de volgende vlucht naar Philadelphia ging.

*Maandag 15 januari, 13:40 uur*

Sophie rukte aan het klittenband waarmee haar harnas was bevestigd. 'Ted, voor de derde keer, ik weet niet waarom ze met me willen praten,' snauwde ze. Ted Albrights grootvader was als archeoloog een legende, maar op de een of andere manier was geen van die briljante genen overgegaan op Ted. 'Dit is een históriscb museum. Misschien hebben ze een históriscbe vraag. Kun je nu ophouden met je kruisverhoor en me helpen dat ding uit te trekken? Het weegt een ton.'

Ted tilde de zware borstplaat over haar hoofd. 'Ze hadden het mij ook kunnen vragen.'

*Alsof jij Napoleon van Lincoln kunt onderscheiden.* Ze hield haar gezicht in de plooi en antwoordde kalmpjes: 'Ted, ik ga wel met ze praten en kijken wat ze willen, oké?'

'Oké.' Hij hielp haar de beenkappen af te doen en ze ging zitten om de laarzen uit te trekken die ze over haar eigen schoenen droeg. Vito 'de Rat' Ciccotelli stond buiten te wachten. Dat ze nog liever Ted Albright zag dan hem, zei alles. Dat de twee agenten haar in haar kostuum hadden gezien, maakte het nog erger. Het was vernederend.

'Zorg jij de volgende keer dat je een riddertoer inplant maar dat Theo er is. Dat harnas weegt echt een ton.' Ze stond op en rekte zich uit. 'En het is heet daarbinnen.'

'Voor iemand die beweert zo gek te zijn op authenticiteit klaag je wel verdomde veel,' gromde Ted. 'Lekkere historica ben jij.'

Sophie onderdrukte een vinnig weerwoord. 'Ik ben na de lunch terug, Ted.'

'Blijf niet te lang weg,' riep hij haar na. 'Om drie uur ben je Viking.'

'Die Viking mag je in je...' mompelde ze. Toen draaide ze met haar ogen bij het zien van Patty Ann, die over de receptiebalie hing en schaamteloos met de twee rechercheurs flirtte.

Ze moest toegeven dat het knappe kerels waren. Allebei lang en breedgeschouderd; iedereen zou ze knap vinden. Met zijn rossige haren en eerlijke gezicht had Nick Lawrence de aantrekkelijke uitstraling van een boerenjongen, maar Vito Ciccotelli was... *Geef het maar toe, Sophie. Je weet dat je het denkt.* Ze zuchtte vermoeid. *Oké. Hij is een stuk, nou goed? Hij is een stuk en hij is een rat, net als alle anderen.*

Ze bleef staan bij de balie. 'Heren, waarmee kan ik u van dienst zijn?'

Nick keek haar opgelucht aan. 'Dr. Johannsen.'

Patty Anns gezicht betrok. Vervolgens trok ze haar overdreven geëpileerde wenkbrauw op. 'Het zijn rechercheurs, Sophie,' zei ze, en Sophie onderdrukte een zucht. Patty Ann had er vandaag kennelijk voor gekozen Brits te zijn. Nu kon ze dat nette blauwe mantelpakje ook beter plaatsen. 'Rechercheurs van Moordzaken,' voegde ze er onheilspellend aan toe. 'Ze willen jóú vragen stellen.'

Nick schudde zijn hoofd. 'We willen alleen even met u praten, Dr. Johannsen.'

Omdat hij geen rat was, glimlachte ze naar hem. 'Ik wilde net gaan lunchen. Ik heb maar een halfuurtje tijd.'

Vito hield de deur voor haar open. Hij had nog geen woord gezegd, maar die indringende blik bleef op haar gericht. Ze keek hem even dreigend aan, als Patty Ann háár had aangekeken, hoopte ze. Hij fronste zijn wenkbrauwen, dus ze nam aan dat het gelukt was.

De buitenlucht voelde heerlijk op haar huid. 'Als we dit kort kunnen houden, zou ik dat op prijs stellen. Ted heeft vandaag nog een rondleiding ingepland, en ik moet me nog omkleden.' Ze bleef op de stoep staan. 'Dus zeg het maar.'

Vito keek om zich heen. Het was rond lunchtijd, en er waren veel auto's en voetgangers. 'Kunnen we naar een plek gaan met wat meer privacy?' De uitdrukking op zijn gezicht klonk door in zijn stem. 'We hebben liever niet dat iemand ons hoort.'

'Mijn auto?' opperde Nick soepel, waarna hij hen voorging en het portier aan de passagierskant voorin opende. 'Ik wil niet dat iemand het verkeerde idee krijgt doordat ik je achterin laat stappen,' zei hij met een ontspannen glimlach, voordat hij snel op de achterbank schoof. Ze zag Vito een vuile blik in Nicks richting werpen voordat hij op de bestuurdersstoel naast haar plaatsnam. Nick trok alleen maar een wenkbrauw op, en Sophie wist dat ze werd gemanipuleerd.

Geërgerd greep ze de portierklink. 'Heren, ik heb geen tijd voor spelletjes.'

Vito pakte haar schouder vriendelijk maar ferm vast en hield haar tegen. 'Dit is geen spelletje,' zei hij grimmig. 'Alsjeblieft, Sophie.'

Met tegenzin liet ze de klink los, en Vito liet haar los. 'Waar gaat dit over?'

'Ten eerste wilden we je bedanken voor je hulp gisteren,' zei Nick. 'Maar een onderzoek van de lijken die we tot nu toe hebben geborgen, heeft nog meer vragen opgeroepen.' Hij leunde met zijn schouder tegen de achterkant van de bestuurdersstoel en liet zijn stem dalen. 'Bij een van de slachtoffers hebben we een vreemd patroon van gaatjes in de huid gevonden. Katherine denkt dat ze zijn veroorzaakt door spijkers of scherpe punten. De gaatjes beginnen in de nek en lopen over de achterkant van haar lichaam tot midden op de kuiten. Ook aan de achterkant van haar armen zitten de wondjes. We denken dat ze op een spijkerstoel is gezet.'

Ze schudde haar hoofd in automatische ontkenning. 'Dat is zeker een grapje? Zeg alsjeblieft dat je een grapje maakt.' Maar de herinnering aan het gezicht, de gepositioneerde handen en het van ingewanden ontdane lichaam van de dode man duwde die ontkenning weg. 'Je meent het.'

Vito knikte. 'Echt.'

Ze huiverde. 'De inquisitiestoel,' zei ze zachtjes.

'Nick heeft er een foto van gevonden op de website van een museum,' zei Vito. 'Dus die stoelen bestonden echt?'

Ze knikte, terwijl haar verbeelding haar afschuwelijke taferelen voorschotelde. 'O, ja, ze bestonden.'

'Vertel ons er eens iets over,' zei Vito. 'Alsjeblieft.'

Ze haalde diep adem en hoopte dat haar maag zou bedaren. 'Even kijken... Nou, ten eerste was die stoel een van de vele middelen die de inquisiteurs gebruikten.'

'Niemand verwacht de Spaanse Inquisitie,' mompelde Nick grimmig.

'De Spaanse Inquisitie is de tak die de meeste mensen kennen, maar er waren meer inquisities.' Een lezing geven was gemakkelijker dan aan de slachtoffers denken. 'De eerste was de middeleeuwse inquisitie. De stoel bestond tijdens de latere Spaanse periode en kan in de middeleeuwen bestaan hebben, maar daarover bestaat onenigheid onder historici. Als hij al werd gebruikt, dan niet zo vaak als de meeste andere martelmethoden of -werktuigen.'

Nick keek op van de notities die hij in zijn aanteken boekje krabbelde. 'Waarom niet?'

'Volgens verslagen uit die tijd hoefden de inquisiteurs die stoel meestal alleen maar aan de beschuldigde te laten zien. Hij ziet er verschrikkelijk uit, in het echt nog angstaanjagender dan op een foto.'

'Heb jij er eentje gezien?' vroeg Nick.

'Waar?' vroeg Vito toen ze knikte.

'In musea. Er zijn er een aantal in Europa met goede exemplaren.'

'En waar zou iemand tegenwoordig een inquisitiestoel vandaan moeten halen?' drong Vito aan.

'Het is niet zo moeilijk om een eenvoudige stoel zelf te maken, als iemand dat echt zou willen. Natuurlijk waren er zelfs in de middeleeuwen al uitgebreidere modellen. De meeste stoelen hadden gewone riemen, maar sommige waren voorzien van zwengels voor het aansnoeren van die riemen, waardoor de spijkers dieper doordrongen.' Ze zuchtte. 'Sommige waren voorzien van metalen platen die konden worden verhit, om de huid van de beschuldigde niet alleen te doorboren maar ook nog eens te verbranden.' Vito en Nick keken elkaar aan, en ze sloeg vol afgrijzen haar hand voor haar mond. 'Nee toch.'

'Waar zou iemand zo'n stoel vandaan kunnen halen?' herhaalde Vito. 'Alsjeblieft, Sophie.'

De realiteit van hun verzoek begon tot haar door te dringen, en een paniekgevoel verdreef het afgrijzen. Ze vertrouwden op haar kennis om een moordenaar te vinden, en plotseling voelde ze zich volkomen ontoereikend. 'Luister, jongens, ik ben gespecialiseerd in middeleeuwse forten en strategische oorlogsvoering. Mijn kennis over de hardware van de inquisitie is vrij basaal. Zal ik een expert bellen? Dr. Fournier aan de Sorbonne is wereldberoemd.'

Beide mannen schudden hun hoofd. 'Misschien later,' zei Vito, 'als het echt moet, maar we willen voorlopig dat zo weinig mogelijk mensen hiervan op de hoogte zijn. Jouw basiskennis kan in dit stadium wel eens genoeg zijn.' Hij keek haar in de ogen, en het tumult in haar hoofd begon te bedaren. 'Vertel ons gewoon wat je weet.'

Ze knikte en dwong haar gedachten tot voorbij de basisinformatie die op elke website te vinden was. Ze drukte haar vingers tegen haar slapen. 'Oké. Even denken. Hij heeft zijn instrumenten zelf gemaakt of ze kant-en-klaar gekocht. Als ze kant-en-klaar waren, dan zou het alles kunnen zijn, van een ruwe kopie tot een origineel stuk. Wat denken jullie?'

'Geen idee,' zei Nick. 'Blijf praten.'

'Hoe gelijkmatig was dat patroon van puntjes?'

'Verdomd gelijkmatig,' gromde Vito.

'Dus hij is zorgvuldig. Als hij die spullen heeft gemaakt, heeft hij aandacht voor details. Misschien heeft hij dan tekeningen of zelfs blauwdrukken gebruikt.'

Nick keek haar met evenveel walging aan als ze zelf ook voelde. 'Bestaan er blauwdrukken van?'

Vito boog zich naar voren. 'Waar zou hij die blauwdrukken vandaan moeten halen?'

Hij was zo dichtbij dat de geur van zijn aftershave in haar neus kriebelde en ze zijn dikke zwarte wimpers kon tellen. Toen knepen zijn ogen samen, werd zijn blik intenser en besefte ze dat ze naar hem toe geleund zat, als een mot die wordt aangetrokken tot een kaarsvlam. Beschaamd en walgend van zichzelf ging ze met een ruk achteruit en maakte meer ruimte tussen hen. 'Je zei dat ik moest blijven praten. Ik heb niet beloofd dat ik nuttige dingen zou zeggen.'

'Sorry,' mompelde Vito terwijl hij naar achteren leunde. 'Waar zou hij blauwdrukken kunnen vinden?'

Sophie dwong zichzelf te blijven ademen. 'Op internet, misschien. Ik heb er nooit naar gezocht. De musea met die stoelen hebben misschien ergens een tekening van het ontwerp staan. Of... hij kan gebruik hebben gemaakt van oude teksten. Er bestaan een paar dagboeken die door inquisiteurs zijn bijgehouden. Misschien zijn daar tekeningen bij. Hij zou dan echter toegang moeten hebben tot die oude teksten.'

'En hoe zou hij die kunnen krijgen?' vroeg Nick.

'Collecties van zeldzame boeken. En hij zou ze moeten kunnen lezen. De meeste zijn geschreven in middeleeuws Latijn. Een paar in oud-Frans of Occitaans.'

Nick noteerde het. 'Kun jij die talen lezen?'

'Ja, natuurlijk.'

'Natuurlijk,' mompelde Nick.

Vito keek haar nog altijd aan, nog indringender dan voorheen. 'En als hij die spullen heeft gekocht?'

'Als hij ze heeft gekocht, dan waren het ofwel kopieën, of echte artefacten. Je ziet heel vaak kopieën van harnassen en wapens op websites van hobbyisten. Op middeleeuwse festivals heb je vaak stands waar wapens van verschillende kwaliteit worden verkocht. Sommige daarvan zijn handgemaakt en andere zijn in massa geproduceerd, maar het zijn allemaal kopieën.'

'Wat voor wapens?' wilde Nick weten.

'Dolken, zwaarden, vlegels, bijlen. Ik heb alleen nog nooit martelwerktuigen te koop zien staan. Maar als het authentieke artefacten waren...' Ze haalde haar schouders op. 'Dan heb je het over particuliere verzamelaars.'

Nick knikte. 'Wat weet je daarover?'

'Net als bij alles zijn er onder hen ook goede en slechte. Legale verzamelaars kopen hun spullen van andere verzamelaars of van veilinghuizen zoals Christie's. Soms verschijnt er "nieuw" oud spul op de legale markt, maar dat is zeldzaam.'

'Zoals?' spoorde Nick haar aan.

'Zoals de Dordogne-zwaarden. In 1977 doken er zes zwaarden uit de vijftiende eeuw op bij een veiling van Christie's. Tot dan toe waren ze onbekend. Ze bleken uit een zeldzame vondst afkomstig; tachtig zwaarden uit die tijd waren halverwege de jaren zeventig ontdekt op de bodem van de rivier de Dordogne in Frankrijk. Ze waren vervoerd op een schip dat onderweg was naar soldaten in de Honderdjarige Oorlog. Het schip zonk, en de zwaarden hebben vijfhonderd jaar op de bodem gelegen. Maar dat soort vondsten is heel zeldzaam. Normaal wisselen alleen gecatalogiseerde artefacten van eigenaar. De meeste voorwerpen in onze exposities komen bijvoorbeeld uit de privécollectie van Theodore Albright de Eerste.'

Nick keek vragend. 'De vader van die vent die we binnen spraken?'

'Grootvader. Ted de Eerste was een van de beroemdste archeologen van de twintigste eeuw. Hij haalde veel van zijn spullen bij andere verzamelaars vandaan, maar...' Ze trok een schouder op. 'Ted de Eerste heeft in 1910 en begin 1920 opgravingen gedaan. Niemand weet het zeker, maar ik durf te wedden dat hij sommige voorwerpen in zijn collectie zelf heeft gevonden. Als dat te bewijzen was, zouden de Albrights gedwongen kunnen worden ze terug te geven.'

Nick knikte weer. 'Dus hij is niet altijd een legale verzamelaar geweest.'

'Nee, Albright de Eerste was een goeie vent. Zo ging het toen gewoon. Je kwam, je zag, je groef, je nam de buit mee naar huis. In feite hebben alle musea artefacten omdat iemand ze mee naar huis heeft genomen... in die tijd.'

'En nu?' drong Nick aan.

'Tegenwoordig steken de meeste overheden er een stokje voor dat oudheden uit het land van herkomst worden gehaald. Het wordt gezien als diefstal en daar wordt tegen opgetreden.'

'Dus nu gaan ze via de zwarte markt,' zei Vito.

'Er is altijd een zwarte markt geweest. Alleen zijn de prijzen gestegen sinds ze met die maatregelen zijn begonnen. Ik heb wel gehoord van particuliere verzamelaars die kunst, aardewerk en documenten hebben gekocht. Romeinse mozaïekvloeren, zelfs. Maar geen martelinstrumenten.'

'Maar het zou kunnen,' drong Vito aan.

'Natuurlijk zou het kunnen. Ik begeef me niet in die kringen, dus ik zou het niet weten.' Ze dacht aan enkele nogal schimmige archeologen die ze had gekend. 'Maar ik kan eens wat rondvragen.'

Vito schudde zijn hoofd. 'Wij stellen de vragen wel,' zei hij ferm. Toen ze met een ruk haar kin omhoog deed, stak hij zijn hand op. 'Dat is de procedure, Sophie.' Hij zuchtte vermoeid. 'Net zoals ik je gisteren niets over ons vermoeden over de graven vertelde voordat je ze vond.'

'Maar dat was om vooroordelen te voorkomen,' merkte ze op. 'Nu ken ik de details.'

'Dit is om ongelukken te voorkomen,' kaatste Vito terug. 'Voor jou. Dit is geen academisch project voor een proefschrift. Dit is een meervoudige moord waarbij de moordenaar zeven extra graven heeft gegraven. Ik wil jou niet in zo'n graf terugvinden.'

Sophie blies beverig haar adem uit. 'Daar zeg je wat. Ik zal een lijstje voor je maken.'

Vito's mondhoek kwam omhoog en er verscheen wat warmte in zijn donkere ogen. 'Dank je.'

Ze merkte dat ze teruglachte, maar besefte toen dat hij haar weer als een vis aan de haak binnenhaalde. *Ik ben zo goedgelovig als een forel.* Ze liet haar glimlach van haar gezicht verdwijnen en keek op haar horloge. 'Ik moet echt weg.'

Ze stapte uit, maar stak toen haar hoofd weer door het open portier naar binnen. Vito keek naar haar met lichtelijk samengeknepen en... gekwetste ogen. Ze voelde een steek in haar hart, maar stelde zich onverzettelijk op. Met opzet richtte ze zich tot Nick. 'Ik mail jullie wel een lijstje van contactpersonen die ik kan bedenken. Succes.' Ze was al op weg naar de deur van het museum toen ze een autoportier hoorde dichtslaan en vervolgens Vito haar naam hoorde roepen. Ze liep door in de hoop dat hij de hint zou snappen en haar met rust zou laten, maar zijn voetstappen klonken steeds luider en toen haalde hij haar in.

'Sophie. Wacht.' Hij greep haar arm en hield haar staande.

'Wat wil je nog meer, rechercheur?'

Hij trok aan haar arm. 'Ik wil dat je je omdraait en me aankijkt.'

Dat deed ze. Zijn gezicht was vlakbij, en hij keek haar aan met een verwarde blik. Vanuit haar ooghoeken zag ze Nick met een gelijksoortige uitdrukking tegen de auto leunen, en ze merkte dat ze aarzelde. Maar toen dacht ze aan het kaartje dat bij de rozen had gezeten. *A, ik zal altijd van je houden. V.* 'Laat me los.' Hij liet los maar stapte niet achteruit, dus deed zij dat. 'Wat wil je van me, rechercheur?'

'Wat is er gebeurd? Gisteravond hebben we nog gepraat en gelachen, maar toen ik je vroeg of je zin had in een pizza, werd je kwaad. Ik wil weten waarom.'

'Misschien wilde ik gewoon niet met je eten.'

'Nee. Als je me met een blik had kunnen doden, dan zou ik ter plekke zijn neergevallen. Ik wil weten waarom. En ik wil ook graag weten waarom je me nu ineens weer rechercheur noemt in plaats van Vito.'

Ze lachte vlak en blaffend. Hij klonk zo gekwetst. 'Jullie mannen zijn ook allemaal hetzelfde, hè? Luister, Víto, het spijt me dat je ego gekwetst is, maar het wordt tijd dat je leert dat niet alle vrouwen zich aan je voeten werpen. Ik zal je zo snel mogelijk die informatie geven, maar niet vanwege jou, dus knoop dat maar meteen in je oren.' Ze zette een stap bij hem vandaan en bleef staan. Hij stond daar nog steeds, met donkere ogen die fonkelden van woede, en plotseling eisten de vragen die ze zichzelf al te vaak had gesteld antwoorden.

'Zeg eens, Víto. Als je op de versiertoer bent, dénk je dan wel eens aan de vrouw thuis?'

'Waar heb je het over?' vroeg hij, met opzet langzaam.

'Nee, dus. En je doelwit? Denk je dat ze achterlijk is, dat ze er nooit achter zal komen dat ze alleen maar een verovering is? Denk je dat de vrouw thuis nooit zal ontdekken dat ze wordt bedrogen?'

'Ik weet niet waar jij je informatie vandaan haalt, maar ik heb geen vrouw thuis.'

Ze stampte op de grond. 'Die "vrouw thuis" is een metafoor. Het betekent dat je bezét bent.'

Zijn gezichtsuitdrukking veranderde niet. 'Ik heb niemand, Sophie.'

Ze bleef hem aankijken. 'Dus die rozen in je auto... die waren niet van jou?'

Zijn ogen knipperden. Hij deed zijn mond open, maar nu kwam er geen geluid uit.

Sophie glimlachte, al was het niet op een vriendelijke manier. Ze draaide zich abrupt om en liep zonder verder oponthoud door naar het museum. Toen ze bij de deur kwam, zag ze zijn spiegelbeeld in het glas. Hij stond daar nog steeds en keek haar na. Net als gisteravond.

*Maandag 15 januari, 14:15 uur*

Vito liet zich in de passagiersstoel zakken en negeerde Nicks nieuwsgierige blik. 'Rij maar gewoon.'

Nick stuurde de auto het verkeer in. 'Waarheen?'

'Laten we maar naar het mortuarium gaan. Jen zal er inmiddels nog wel een paar naartoe hebben gestuurd.'

'Jippieajee,' mompelde Nick. Hij zweeg een paar minuten terwijl Vito uit het raam staarde, denkend aan ridders en martelingen... en rozen.

'We zouden contact kunnen opnemen met een andere hoogleraar,' zei Nick uiteindelijk zachtjes. 'Bij andere universiteiten hebben ze ook archeologievakgroepen. Dat heb ik gisteren op internet opgezocht.'

'Je hebt gisteren nogal veel op internet opgezocht,' kaatste Vito terug, en zelfs hij hoorde de wrok in zijn stem. 'Sorry.'

'Geeft niet. Het is te stil in huis,' mompelde Nick. 'Ik vond het altijd verschrikkelijk dat Josie de hele nacht wakker bleef en keiharde muziek draaide, maar nu ze weg is... mis ik het.'

Vito keek zijn partner onderzoekend aan. 'Mis je haar?'

'Ik weet dat ze me bedrogen heeft, en ik weet het dom van me is. Maar, ja, ik mis haar.'

Het was een open deur, wist Vito. Nick praatte liever niet over zijn privéleven. Dat hij zo lang door zijn ex-vrouw was bedonderd was een heel gevoelig punt. Maar hij had die deur opengezet zodat Vito kon praten.

'Ze had de rozen gezien.'

Nick grimaste. 'Shit, zeg.'

'Ja. En dat is het wel zo'n beetje.'

'Heb je haar gezegd voor wie ze waren?'

'Dat zou te veel voor de hand liggen.' Vito zuchtte walgend. 'Nee, ik heb het niet gezegd. Ik kon het niet. Dus ging ze van het ergste uit. Het zal wel niet zo mogen zijn.'

'Wat een gelul, Vito. Vind je haar leuk?'

'Jij niet, dan?'

'Nou, ja, natuurlijk. Zelfs al spreekt ze Occitaans, wat dat dan ook is. Ze is grappig en leuk en...' Hij haalde met een berouwvolle grijns zijn schouders op.

'Een stoot,' vulde Vito somber aan.

'Dat is het wel zo'n beetje. Maar belangrijker nog, ze kan ons misschien helpen bij deze zaak.' Hij keek zijn partner aan, nu weer serieus. 'Dus zelfs als je niet persoonlijk meer achter haar aan wilt gaan, zeg haar dan toch de waarheid, zodat we van haar "basiskennis" gebruik kunnen maken.'

'Ik wil haar de waarheid niet vertellen.' *Ik wil niemand de waarheid vertellen.*

'Verzin dan maar een donders goeie leugen, want als we straks een andere expert moeten inhuren, zal Liz willen weten waarom. En ik neem je pak slaag niet voor je in ontvangst, Chick.'

Vito verbeet zijn frustratie. Nick had natuurlijk gelijk. Een kosteloos werkende consultant was te waardevol om die om persoonlijke redenen te laten vallen. 'Best. Ik ga morgen bij het museum langs.'

'Doe maar vanavond. Ik moet morgen naar de rechtbank, dus dan ben je alleen.'

Vito knipperde verbaasd. 'Wist ik dat?'

'Ik heb het je twee keer gezegd, en je een memo gestuurd. Je bent nogal afgeleid deze week.'

Door Andrea. Vito zuchtte. 'Sorry. Waarom moet je naar de rechtbank?'

Nicks kaak verstrakte. 'Diane Siever.'

Vito grimaste. Diane was een dertienjarig meisje uit Delaware dat drie jaar eerder als vermist was opgegeven. Nick was, toen hij nog voor de narcoticabrigade werkte, de onfortuinlijke agent die tijdens een inval bij een heroïnebende haar lijk vond. 'Krijg je nog steeds kaartjes van haar ouders?'

Nick slikte moeizaam. 'Elk jaar met kerst. Ik wou dat ze niet zo dankbaar waren.'

'Je hebt die ouders duidelijkheid verschaft. Nu weten ze het tenminste. Ik kan me niet voorstellen hoe verschrikkelijk het moet zijn om niets te weten.'

'Ik kan me niet voorstellen hoe het moet zijn om in een rechtszaal te zitten en de ellendige rotzak die je dochter heeft vermoord als een trotse pauw naar de getuigenbank te zien wandelen.' Nicks knokkels werden wit toen hij het stuur omklemde. 'Die klotedeals van de openbaar aanklager. Elke keer als je denkt dat ze aan onze kant staan, sluiten ze verdomme een deal met een moordenaar. Ik word er kotsmisselijk van.'

De betreffende ellendige rotzak was een junk die zijn partner had verlinkt, een plaatselijke drugsbaron in opkomst. De openbaar aanklager had die drugsbaron liever willen hebben dan de junk, en had hem strafvermindering aangeboden. 'Welke aanklager heeft die deal gesloten?'

'Lopez.' Nick spuugde de naam bijna uit.

'Maggy Lopez? Ónze Maggy Lopez?'

'En geen ander.'

Maggy Lopez was pas sinds kort lid van Liz Sawyers team bij Moordzaken, maar telkens als ze een van hun zaken onder handen kreeg, had Nick Vito de communicatie laten afhandelen. Nu snapte hij waar dat vandaan kwam. 'Je hebt nooit eerder iets over haar gezegd.'

Nick haalde alleen maar boos zijn schouders op. 'Had ik nu ook niet moeten doen. Bel het lab en vraag of ze al iets weten over Keyes' computer.'

'Oké.' Toen Vito belde, nam Jeff Rosenburg op. 'Hebben jullie al kans gezien om naar die computer te kijken die we vanochtend uit het huis van Warren Keyes hebben gehaald?'

'Droom maar lekker verder, Chick. De rij staat helemaal tot op de stoep.' Dat zei Jeff altijd.

'Kun je even kijken? Het is belangrijk.'

'Belangrijk,' zei Jeff tegelijk met hem, op sarcastische toon. 'Alles is belangrijk. Wacht even...' Even later kwam hij weer aan de lijn. 'Je hebt mazzel, Chick.' Dat zei Jeff ook altijd. 'We zijn ermee begonnen, maar alleen omdat een van de techneuten werkt aan een speciaal schijfwisproject.'

'Dus Keyes' harde schijf is inderdaad gewist?'

'Niet helemaal. Er is veel voor nodig om een schijf helemaal te wissen, maar er is genoeg verdwenen om er een uitdaging van te maken. Het is heel elegant gedaan.' Jeff leek onder de indruk. 'Het was een virus, bezorgd via de e-mail van je slachtoffer. Maar er zat een timer ingebouwd.'

'Een slapend virus?'

'Zoiets. De techneut probeert de code nog bij elkaar te sprokkelen om te ontdekken hoe lang het virus verborgen bleef voor het tot leven kwam en de bestanden van je slachtoffer opslokte. We bellen je als we nog meer ontdekken.'

Vito klapte peinzend zijn telefoon dicht. 'Gewist,' zei hij, 'maar op een elegante manier.' Hij vertelde Nick wat Jeff had gezegd. 'Dus we hebben een sadistische, obsessief-compulsieve moordenaar die met militaire precisie graven delft, die een gestoorde middeleeuwse obsessie heeft, en die beregoed is met computers.'

'Of die toegang heeft tot een computernerd,' zei Nick. 'Of misschien hebben we te maken met meer dan één moordenaar.'

'Dat kan. Laten we maar eens kijken wat Jen heeft gevonden.'

*Maandag 15 januari, 15:00 uur*

Toen ze binnenkwamen, stond Katherine röntgenfoto's te bekijken. Vito ging achter haar staan en kon gemakkelijk over haar hoofd kijken. Andrea was ook zo klein geweest. Soms was Vito wel eens bang geweest dat hij haar zou breken. Sophie Johannsen echter... Ze was maar een paar centimeter kleiner dan hij. Toen ze hem had aangesproken over die rozen waren die volle lippen van haar ongeveer ter hoogte van zijn kin geweest. Fysiek zou er veel voor nodig zijn om haar te breken, maar vanbinnen had ze een kwetsbaarheid die hem raakte. *Je bent net als alle anderen.* Iemand had haar pijn gedaan. Veel pijn. *En ze denkt dat ik net zo ben.*

Dat zat Vito dwars. Heel erg. Hij wilde dat ze wist dat hij niet net zo was als alle anderen. Al was het maar voor zijn eigen gemoedsrust.

'Wie is die kerel?' vroeg Nick, en Vito's aandacht keerde abrupt terug naar de röntgenfoto's waar hij niets ziend naar had staan staren. 'Heeft hij voorrang gekregen boven onze lijken?'

Vito bekeek de verlichte schedel op de lichtkast. 'Dat is er niet eentje van ons. Geen sporen van middeleeuwse martelingen. Deze vent heeft een kogel recht tussen zijn ogen gekregen.'

'Geen middeleeuwse wonden, en een kogel, inderdaad,' zei Katherine, 'maar dit is er wel eentje van jullie, jongens.' Ze stak haar hand uit. 'Dit is slachtoffer één-streepje-drie.'

'Hè?' zei Vito.

'Is dat er een van ons?' zei Nick op datzelfde moment.

'Wat betekent één-streepje-drie?' voegde Vito eraan toe.

'Ja, dit is er een van jullie. Eén-drie betekent dat hij uit het derde graf in de eerste rij komt. Hij was jong, rond de twintig. De doodsoorzaak was die kogel in zijn hoofd. Hij is misschien een jaar dood. Ik weet pas meer als ik eerst wat tests heb uitgevoerd.'

Ze liep naar de werkbank en pakte een vel papier. Daarop had ze een diagram van vier bij vier rechthoeken getekend en notities bij alle hokjes gemaakt, op drie na. 'Dit is wat jullie tot nu toe hebben. Zeven lege graven, negen gevulde. Jen heeft zes van de negen lichamen geborgen. Ze is nu bezig met het opgraven van lijk nummer zeven in rij één, graf vier, dus één-vier.'

'De vierde rij is leeg,' mompelde Nick. Hij las voor van het papier: 'Drie-één, blanke man, halverwege de twintig, letsel van stomp voorwerp aan hoofd en bovenlichaam. Letsel van onregelmatig gevormd voorwerp aan hoofd en rechterarm. Rechterarm bijna geamputeerd. Tijdstip van overlijden minstens twee maanden geleden. Beurse plekken op bovenlichaam en bovenarmen, rond van vorm, ongeveer een halve centimeter doorsnede.' Hij keek op. 'Dit is het derde lichaam dat we gisteravond hebben opgegraven.'

'Precies. Drie-twee is de vrouw met de gevouwen handen.'

'Sophie heeft ons verteld over de inquisitiestoel,' zei Nick met een stem die dik klonk van walging. 'Onze jongen heeft het luxemodel. Spijkers en metalen platen die kunnen worden verhit.'

Katherine zuchtte. 'Het wordt hoe langer hoe mooier. Drie-drie is jullie Ridder.'

'Warren Keyes,' zei Vito. 'Hij was acteur.'

'Dacht ik al. Ik ben trouwens klaar met zijn autopsie.' Ze gaf Vito het rapport. 'De doodsoorzaak was hartfalen veroorzaakt door bloedverlies. Zijn buikholte was leeg. Hij had geen hoofdwonden, maar de botten in zijn armen en benen waren allemaal uit de kom getrokken. Met laterale kracht, geen radiale.'

'Waarmee je bedoeld dat er getrokken was, en niet gedraaid,' zei Vito, kijkend naar het rapport.

'Ja.'

'Hij is op een rekbank gelegd,' mompelde Nick.

'Dat lijkt me een goede inschatting. Hij was in ieder geval gedrogeerd.'

'Zijn moeder zei dat hij clean was. Hij was naar een afkickcentrum geweest,' vertelde Vito.

'Dat is best plausibel. Hij had schade aan zijn neusslijmvliezen door de coke. En ik heb nog een hoop van dat witte mengsel in zijn neusholten gevonden.'

'En was dat spul dat je gevonden had siliconenvet?' vroeg Nick.

'Ja. Het lab gaat proberen er een merknaam bij te vinden. Maar er zat nog iets door de siliconen heen. Gips. Zijn hele neusholte zat er vol mee.'

Nick keek verbaasd. 'Gips en smeervet? Waarom?'

Maar er kwam een herinnering bij Vito boven. 'Toen ik nog klein was, hebben we met onze scoutinggroep een keer met Halloween maskers gemaakt door gipsafdrukken van ons gezicht te maken. We smeerden ons in met crème zodat het gips beter losliet. Hij heeft dodenmaskers gemaakt van Warren Keyes en die vrouw met de handen.'

'Dan heeft hij een afdruk gemaakt van het grootste deel van hun lichaam,' zei Katherine. 'Maar waarvoor?'

'Het heeft iets te maken met middeleeuwse effigies.' Vito schudde zijn hoofd. 'Omdat hij een tombe heeft gemaakt, misschien? Ik weet het niet. Ik begrijp het allemaal nog niet.'

Nick keek weer op het schema dat Katherine van de begraafplaats had gemaakt. 'En hoe zit het met die oudere man die vanochtend is binnengebracht?'

'Ah, hij.' Katherine tikte op de tweede rij van boven. 'In de tweede rij lagen twee lichamen, en twee graven waren leeg. De lichamen waren allebei al ouder, de een mannelijk en de ander vrouwelijk.' Ze trok haar wenkbrauw op. 'De vrouw was kaal.'

Vito knipperde met zijn ogen. 'Had hij haar hoofd kaalgeschoren?' vroeg hij, maar Katherine schudde haar hoofd.

'Ze had een borstamputatie gehad.'

'Heeft hij een vrouw met borstkanker vermoord?' Nick schudde zijn hoofd. 'Goeie god. Wat voor zieke smeerlap vermoordt er nou een oude vrouw met kanker?'

'Dezelfde smeerlap die zijn andere slachtoffers martelt en verminkt,' zei Katherine. 'Maar haar heeft hij niet gemarteld. Ze had een gebroken nek, maar verder geen verwondingen. Die oude man is echter een heel ander verhaal.'

'Het zou ook eens niet,' mompelde Vito terwijl ze drie andere röntgenfoto's ophing.

'De oude man in graf twee-twee heeft een gebroken kaak en uitgebreid letsel aan gezicht en bovenlichaam. Hij is heel hard geslagen, met een vuist denk ik. Zijn kaak is ontwricht en de jukbeenderen zijn verbrijzeld. Dit was een felle aanval met een heleboel kracht erachter.'

'Een grote vuist,' mompelde Vito. 'Onze moordenaar is een grote kerel. Dat moet ook wel, als hij met het lichaam van Warren Keyes wilde rondslepen, zelfs als hij hem had gedrogeerd.'

'Denk ik ook. De man heeft zes gebroken ribben. Zijn bovenbenen zijn bewerkt met iets groters en harders. Allebei de dijbenen zijn gebroken.' Ze draaide zich met opgetrokken wenkbrauwen om. 'Maar de *pièce de résistance...*'

'Shit.' Nick zuchtte. 'Wat?'

'Zijn vingertoppen zijn weg. Afgesneden.'

Vito en Nick keken elkaar aan. 'Iemand wilde dat die oude man onbekend bleef,' zei Vito, en Nick knikte.

'Dus staat hij waarschijnlijk in het systeem. Waren ze voor of na de dood afgesneden, Katherine?'

'Voor.'

'Uiteraard,' mompelde Vito. 'Tijdstip van overlijden?'

'Zeker twee maanden geleden, denk ik. De lichamen van het oudere stel waren ongeveer even ver ontbonden als drie-één, de man met de bijna geamputeerde rechterarm.'

'Die met de ronde plekken,' mompelde Vito. 'Enig idee waar die van zijn?'

'Nog niet, maar ik heb nog niet heel goed gekeken. Een van mijn techneuten heeft ze ontdekt en in het logboek ingeschreven.'

Nick wreef vermoeid over zijn nek. 'En nu hebben we één-drie met een kogel in zijn hoofd. Dat is dan weer modern.'

'Een jaar dood, niet een paar weken tot een paar maanden zoals de anderen,' voegde Vito eraan toe. 'Hier zit helemaal geen logica in.'

'Nog niet,' vond Nick ook. 'En we zullen er ook geen logica in ontdekken tot we meer slachtoffers identificeren. We hadden geluk bij Warren Keyes. Heb je in de gauwigheid iets gezien wat zou kunnen helpen bij het identificeren van de anderen?'

Katherine schudde haar hoofd.

'Shit,' mompelde Nick. 'Dus we hebben nu zes lijken, waarvan één geïdentificeerd. Vier van de zes zijn jong, twee oud. Eén acteur, één kankerpatiënt, en iemand die we hadden kunnen identificeren als we zijn vingerafdrukken hadden gehad.'

'En de moordenaar haatte hem,' voegde Vito eraan toe. 'En dát spoort niet met zijn profiel.'

Nick trok zijn wenkbrauw op. 'Ga door.'

'Hij heeft al die graven perfect aangelegd, allemaal precies hetzelfde. Hij is obsessief-compulsief. De slachtoffers in de derde rij zijn gemarteld, maar met hulpmiddelen, niet met zijn blote handen. De nieuwe vent met de kogel – ook weer gereedschap. De verwondingen van de oude man wijzen erop dat hij zich echt heeft laten gaan. Woede en passie zijn geen methoden van een obsessief-compulsieve dader.'

'Het was persoonlijk,' stemde Nick peinzend in. 'Als hij de oude man kende, is er een goeie kans dat hij de oude vrouw ook kende. Maar hij heeft op haar wel zijn handen gebruikt. Haar nek gebroken.'

'Maar hij heeft haar niet geslagen.'

Katherine schraapte haar keel. 'Jongens, dit is allemaal enorm fascinerend, maar ik sta de hele dag al en ik wil hier graag voor middernacht weg. Ophoepelen dus.'

'Aah, mam, maar we vinden het léúk in het mortuarium,' dramde Nick.

Grinnikend joeg ze hen naar buiten. 'Als jullie resultaten willen hebben, moeten jullie weg. Ik bel jullie nog wel. Wegwezen.'

# 8

*Maandag 15 januari, 16:05 uur*

Voor de spiegel boende Sophie de resten theatermake-up weg die koppig aan haar wangen bleven kleven. 'Stomme Vikingtoer,' mompelde ze. 'Beschilderd als een goedkoop hoertje.' De deur van de toiletruimte voor het personeel ging open en Darla kwam binnen met een minzaam geërgerde blik.

'Je moet niet zo hard schrobben, Sophie. Je maakt je huid nog stuk.' Ze pakte een potje uit het kastje onder de wastafel. 'Hoe vaak heb ik je al gezegd dat je gewoon een beetje crème moet gebruiken?' Ze smeerde een dikke laag op Sophies gezicht en begon voorzichtig te deppen.

'Een keer of duizend,' mokte Sophie, grimassend om de slijmerige kilte op haar huid.

'Waarom doe je het dan niet?'

'Ik vergeet 't altijd.' Het was een kinderlijk antwoord, en Darla glimlachte.

'Nou, onthou het dan. Het lijkt wel of je denkt dat als je huid eraf valt, Ted je geen make-up meer zal laten gebruiken. Maar ik kan je nu al zeggen dat hij dat toch niet doet.' Ze depte verder. 'Jij hebt verstand van geschiedenis, Sophie, maar Ted weet wat verkoopt. Zonder die rondleidingen zou het museum misschien wel moeten sluiten.'

'En wat wil je daar eigenlijk mee zeggen?'

'Sophie.' Darla pakte haar kin beet en trok haar naar voren tot ze voorovergebogen stond. 'Stilstaan. Ogen dicht.' Sophie deed dat, tot Darla losliet. 'Klaar.'

Sophie raakte haar huid aan. 'Nu ben ik vettig.'

'Nee, je bent onmogelijk, en dat is de hele dag al zo. Wat is er toch met je?'

*Een sadistische middeleeuwse moordenaar en een knappe agent die me aan het kwijlen maakt, al is hij dan een overspelige rat.* 'Vikingen en Jeanne d'Arc,' zei ze echter. 'Ted heeft me aangenomen als curator, maar ik heb geen tijd om aan exposities te werken omdat ik altijd die stomme rondleidingen moet geven.'

Achter hen spoelde een toilet door, en Patty Ann kwam uit een van de hokjes. 'Volgens mij heeft ze last van haar geweten,' zei ze onheilspellend toen ze bukte om haar handen te wassen. 'Sophie is vanmiddag ondervraagd door twee politieagenten. Een ervan sleepte haar bijna mee naar de politieauto.' Ze keek vanuit haar ooghoeken sluw naar Sophie. 'Je moet je er wel heel slim uit hebben gekletst, dat ze je hebben laten gaan.'

Darla keek haar geschrokken aan. 'Wat? Politie? Hier bij het Albright?'

'Ze hadden een paar vragen over geschiedenis, Darla. Dat was alles.'

'En die donkere?' drong Patty Ann aan. Sophie kon haar wel wurgen. 'Hij rende achter je aan naar het museum.'

'Hij rende niet achter me aan,' zei Sophie ferm terwijl ze de linten van haar lijfje losmaakte. Maar dat was precies wat Vito had gedaan, en haar hart begon sneller te slaan, telkens als ze daaraan dacht. Vito Ciccotelli had iets wat haar aantrok, haar verleidde, en dat was op zichzelf al schandelijk. Ze moest hem de informatie geven waarom hij had gevraagd, zodat ze hem niet meer zou hoeven zien. Verleiding weg. Zaak gesloten.

Ze kleedde zich om en ontsnapte naar het opslagkamertje dat Ted haar als kantoor had toebedeeld. Het was klein en stond vol dozen, maar er stonden ook een bureau, een computer en een telefoon. Een raam zou leuk zijn geweest, maar in deze fase moest ze prioriteiten stellen.

Ze liet zich in haar oude stoel zakken en deed haar ogen dicht. Ze was moe. Dat kwam ervan als je de hele nacht lag te woelen. *Concentreer je, Sophie.* Ze moest nadenken over schimmige archeologen en verzamelaars, zodat ze die lijst voor Ciccotelli kon opstellen.

Ze dacht aan de mensen met wie ze de afgelopen jaren had samengewerkt. De meesten waren ethische wetenschappers die even zorgvuldig met de feiten omgingen als Jen McFain op de plaats delict met de bewijzen was omgegaan. Maar onvermijdelijk dwaalden haar gedachten naar hem af. Alan Brewster. *De last van mijn leven.* Ze had nooit aandacht geschonken aan de rijke donateurs die hun opgravingen hadden gefinancierd, maar Alan kende iedereen. Hij zou een goede contactpersoon voor de rechercheurs zijn. Alleen...

Alleen zou Alan aan Vito vragen hoe die op hem was gekomen. Vito zou zeggen 'van Sophie' en Alan zou glimlachen als de overspelige rat die hij was. Ze kon zijn stem bijna horen, glad en gemanierd. 'Ah, Sophie,' zou hij zeggen. 'Een zeer váárdige assistente.' Dat zei hij altijd als ze... klaar waren. Ze had zelfs gedacht dat hij het liefkozend bedoelde, dat hij haar bijzonder had gevonden.

Haar wangen werden warm toen de schaamte en vernedering weer bovenkwamen, wat altijd gebeurde als ze aan hem dacht. Ze wist maar zo weinig, destijds. Nu wist ze een hele hoop meer.

Maar het schuldgevoel sloot zich aan bij de schaamte. 'Je bent een lafaard,' mompelde ze. Er waren negen mensen vermoord en Alan zou misschien kunnen helpen, maar ze liet haar ego in de weg staan. Ze schreef zijn naam op haar notitieblok, maar alleen al het zien ervan, zwart op wit, verkilde haar. Hij zou het vertellen. Hij vertelde het altijd. Dat was onderdeel van zijn plezier. Hij zou het Nick en Vito vertellen, en dan zouden zij het ook weten. *Wat kan jou het schelen wat ze van je vinden?* Maar het kon haar wel schelen. Het kon haar altijd schelen.

'Bedenk iemand anders,' zei ze tegen zichzelf. 'Iemand die even goed is.' Ze dacht diep na, tot er een ander gezicht bij haar opkwam, maar niet de naam van de man. Hij was een studiegenoot geweest, die op dezelfde opgraving met Alan Brewster had gewerkt. Terwijl zij Alan 'assisteerde' had die vent onderzoek gedaan naar gestolen antiquiteiten voor zijn proefschrift. Ze zocht naar het proefschrift op internet, maar vond niets. Die vent had een vriend gehad... Verdomme.

Zijn naam herinnerde Sophie zich nog wel. Clint Shafer. Met een zucht zocht ze in het telefoonboek en vond een nummer. Voor ze van gedachten kon veranderen, draaide ze het. 'Clint, met Sophie Johannsen. Je kent me misschien niet meer, maar –'

Hij onderbrak haar door te fluiten als een bouwvakker. 'Sophie! Kijk aan. Hoe gaat het ermee?'

'Prima,' zei ze. *Negen graven, Sophie.* 'Clint, weet je nog hoe die vriend van je heette, die onderzoek deed naar gestolen antiquiteiten?'

'Bedoel je Lombard?'

Lombard. Nu wist ze het weer. Kyle Lombard. 'Ja, die. Heeft hij dat proefschrift ooit afgemaakt?'

'Nee, Lombard is met de studie gestopt.' Het bleef even stil, en toen zei hij op sluwe toon: 'Dat was nadat jij bij het project wegging. Alan was er gewoonweg kapot van.'

Er klonk een lach door in zijn stem, en Sophie bloosde terwijl ze inslikte wat ze eigenlijk wilde zeggen. 'Heb je nog van hem gehoord?'

'Van wie, van Alan? Tuurlijk. We kletsen zo vaak. Jij komt vaak ter sprake.'

Ze beet nog wat harder op haar tong. 'Nee, ik bedoel Kyle. Waar is hij nu?'

'Weet ik niet. Ik heb al sinds Avignon niet meer van Kyle gehoord. Hij is gestopt met het programma en met Alans team meegegaan naar die Siberische opgraving. Dus je zit in Philly?'

Sophie vervloekte de nummerweergave. 'Noodgeval in de familie.'

'Nou, ik ben in Long Island, maar dat wist je al. We zouden eens... kunnen afspreken.'

*Eén stomme fout en ik boet er nog steeds voor.* Ze dwong zichzelf vrolijk te klinken en loog zonder blikken of blozen. 'Sorry, Clint, ik ben inmiddels getrouwd.'

Hij lachte. 'Nou, en? Ik ook. Dat heeft je vroeger ook nooit tegengehouden.'

Sophie ademde zachtjes uit. Toen hield ze op met op haar tong bijten en liet zich gaan. *'Foutre.'*

Clint lachte weer. 'Zeg maar waar en wanneer, schat. Alan noemt je nog steeds een van zijn vaardigste assistentes. Ik heb je al heel lang eens zelf willen beoordelen.'

Met trillende hand legde Sophie zorgvuldig de telefoon op de haak. Toen pakte ze het velletje papier waarop ze Alan Brewsters naam had geschreven en maakte er een strakke prop van in een nog steviger vuist. Er moest iemand ánders zijn met wie de politie contact kon opnemen.

*Maandag 15 januari, 16:45 uur*

'Hier. En niet meer zeggen dat ik je nooit iets geef.'

Vito keek op toen er een zak chips belandde op de uitdraai van vermiste personen die hij aan het bekijken was. Liz Sawyer leunde tegen zijn bureau en trok haar eigen zak chips open. Hij keek naar Nicks lege bureau, waar ze ook een zak had neergegooid. 'Nick heeft barbecuesmaak. Ík wilde barbecuesmaak.'

Liz boog zich naar voren en ruilde de zakken om. 'God, je bent nog erger dan mijn kinderen.'

Vito grijnsde en opende de zak chips. 'Maar toch hou je van ons.'

Ze snoof. 'Ja, tuurlijk. Waar is Nick?'

Vito ontnuchterde. 'Bij de openbaar aanklager. Hij moest erheen ter voorbereiding op morgen.'

Liz zuchtte. 'Helaas hebben we allemaal gevallen gehad zoals die zaak-Siever.' Ze kneep haar ogen tot spleetjes. 'Jij hebt er ook een gehad. Een paar jaar geleden. Zo rond deze tijd.'

Vito kauwde op zijn chips en hield zijn gezicht uitgestreken, ook al verkrampte zijn maag. Liz was aan het hengelen. Hij wist dat ze wel een vermoeden had gehad dat er iets niet klopte aan Andrea's dood, maar ze had er nooit rechtstreeks naar gevraagd. 'Zo ongeveer.'

Ze keek hem nog een paar tellen aan en haalde toen haar schouders op. 'Breng me eens op de hoogte van ons massagraf. Om twaalf uur is het op het nieuws geweest, en de telefoons bij PR staan sindsdien roodgloeiend. Op dit moment is het "geen commentaar" voor en na, maar dat kunnen we niet veel langer meer volhouden.'

Vito vertelde haar alles wat ze wisten en eindigde met een verslag van hun bezoek aan het mortuarium. 'Nu doorzoek ik de lijsten van vermiste personen om te proberen slachtoffers te identificeren.'

'Dat meisje met de gevouwen handen... Als Keyes acteur en model was, was zij dat misschien ook.'

'Dat dachten Nick en ik ook. Als we de vermiste personen hebben bekeken, gaan we in de cafés in de theaterbuurt langs, waar vaak acteurs rondhangen. Probleem is wel dat het gezicht van het slachtoffer te ver ontbonden is om er foto's van te laten zien.'

'Haal een tekenaar naar het mortuarium. Laat hem kijken naar de botstructuur en een poging wagen.'

Vito kauwde somber op zijn chips. 'Heb ik al geprobeerd. Allebei de tekenaars zijn druk met levende slachtoffers. Het zal dagen duren voor ze tijd hebben om een dood slachtoffer te schetsen.'

'Die rottige bezuinigingen,' mompelde Liz. 'Kun jij tekenen?'

Hij lachte. 'Harkpoppetjes, met een liniaal.' Toen vertrok zijn gezicht peinzend. 'Mijn broer wel.'

'Ik dacht dat je broer psychiater was.'

'Dat is mijn zus, Tess. Tino is de tekenaar. Hij heeft zich gespecialiseerd in gezichten.'

'Is hij goedkoop?'

'Ja, maar dat moet je niet tegen mijn moeder zeggen. Ze denkt dat al haar kinderen een soort heiligen zijn.' Hij trok zijn wenkbrauwen op. 'Kandidaten voor het priesterambt, zelfs.'

Liz lachte. 'Ik zal je geheim niet verklappen. Heeft je broer al eens zoiets gedaan?'

Hij dacht weer aan Tino. 'Nee. Maar het is een goeie kerel. Hij zal wel willen helpen.'

'Bel hem maar. Als hij wil, haal hem dan op en onderteken een goedkeuringsformulier. Je bent er de laatste tijd behoorlijk goed in om gratis hulp te vinden, Chick. Archeologen, tekenaars...'

Vito grijnsde geveinsd nonchalant. 'En wat krijg ik voor de moeite?'

Liz stak haar hand uit, greep Nicks chips en gooide die naar hem toe. 'Zoals ik al zei, niet meer zeggen dat ik je nooit iets geef.'

*New York City, maandag 15 januari, 16:55 uur*

'Derek, ik moet met je praten.'

Derek keek op van het scherm van zijn laptop. Tony England stond in de deuropening van zijn kantoor, met een gespannen gezicht en een boze vonk in zijn ogen. Derek leunde naar achteren in zijn stoel. 'Ik vroeg me al af wanneer je zou komen. Kom binnen. Doe de deur dicht.'

'Ik wilde vandaag al minstens twintig keer naar je kantoor lopen, maar ik was te kwaad.' Tony trok een schouder op. 'Ik ben nu nog te kwaad.'

Derek zuchtte. 'Wat wil je dat ik doe, Tony?'

'Wees een kerel en zeg een keer néé tegen Jager,' liet hij zich ontvallen. Hij wendde meteen zijn blik af. 'Het spijt me.'

'Nee, het spijt je niet. Je bent al vanaf het begin bij oRo. Jij hebt de regie gevoerd over de vechtscènes in de laatste drie games. Je had verwacht dat je op een dag mijn plek zou innemen. Dat je niet zou worden gedegradeerd en zou moeten werken onder een nieuwkomer.'

'Dat is allemaal waar, Derek. Jij en ik zijn een goed team. Zeg nee tegen Jager.'

'Kan niet.'

Tony trok zijn lip op. 'Omdat je bang bent dat hij je ontslaat?'

Derek liet het gaan. 'Nee, omdat hij gelijk heeft.'

Tony schrok op. 'Wat?'

'Hij heeft gelijk.' Hij gebaarde naar zijn laptop. 'Ik heb *Enemy Lines* eens vergeleken met alles wat we voorheen hebben gedaan. *Enemy Lines* is schitterend. Het werk dat we voor het laatste project hebben gedaan, is daarbij vergeleken maar net middelmatig. Als Frasier Lewis het kan –'

'Je bent overstag gegaan,' zei Tony mat. 'Ik had nooit gedacht dat jij...' Hij stak zijn kin omhoog. 'Ik neem ontslag.'

Dit had Derek zien aankomen. 'Ik begrijp het. Als je er een nachtje over hebt geslapen en van gedachten verandert, zullen we doen alsof we dit gesprek nooit hebben gehad.'

'Ik verander niet van gedachten. Ik wil niet voor Frasier Lewis werken.'

'Laat het me dan maar weten als je een referentie nodig hebt. Als je daar iets aan hebt.'

'Ooit zou ik daar heel veel aan hebben gehad,' zei Tony bitter. 'Nu... Ik waag het er wel op in mijn eentje. Geniet maar van het geld, Derek, want zodra Jager jou eruit werkt, is dat alles wat je nog hebt.'

Derek staarde naar de deur die Tony zachtjes achter zich sloot. Tony had gelijk. Jager werkte hem eruit. De signalen waren er al wekenlang, maar Derek had ze niet willen zien.

'Derek?' zei zijn secretaresse via de intercom. 'Ik heb Lloyd Webber voor je op lijn twee.'

Hij was niet in de stemming om met nog meer verslaggevers te praten. 'Zeg maar dat we geen commentaar hebben.'

'Hij is geen verslaggever. Hij is een vader en wil met je praten over *Enemy Lines*.'

Derek was ook niet in de stemming om naar nog meer woedende ouders te luisteren die *Enemy Lines* schokkend en gewelddadig vonden. 'Neem maar een boodschap aan. Ik bel hem morgen wel terug.'

*Maandag 15 januari, 18:00 uur*

Zijn timing was goed geweest, overpeinsde Vito toen hij Sophie uit het Albright Museum zag komen. Ze ziet er moe uit, dacht hij toen ze naar haar motor liep.

Hij liep om zijn pick-up heen terwijl zij haar helm van haar zadel pakte. 'Sophie.'

Ze slaakte een kreetje. 'Ik schrok me rot,' siste ze. 'Wat doe je hier?'

Vito aarzelde en was ineens onzeker over wat hij moest zeggen. Van achter zijn rug toverde hij een witte roos tevoorschijn, waarop ze haar ogen tot spleetjes kneep.

'Is dit een grapje?' vroeg ze, en haar stem klonk laag en hard. 'Want het is niet grappig.'

'Geen grapje. Het zat me dwars dat je dacht dat ik "net als alle anderen" was. Ik wil dat je weet dat ik dat niet ben.'

Even zei ze niets, toen schudde ze haar hoofd en bevestigde met elastieken haar rugzak op het zadel. 'Oké. Best. Je bent een prins,' zei ze sardonisch. 'Een heel aardige kerel.' Ze ging op haar motor zitten en stopte haar vlecht onder haar jas voordat ze haar helm opzette. 'Je had die lijst hoe dan ook wel gekregen.'

Vito draaide zenuwachtig de roos tussen zijn handen. Ze droeg een zwarte leren jas en had haar regenboogkleurige handschoenen verruild voor leren handschoenen zoals hij die zelf ook had. Met haar afwijzende gezicht en al dat zwarte leer zag ze eruit als een gevaarlijk bikermeisje, niet als de eclectisch geklede academica die hij de vorige dag had gezien. Ze trok het riempje onder haar kin aan en stond op om de motor te starten. Ze kon ieder moment wegrijden, maar hij had zijn missie nog niet volbracht.

'Sophie, wacht.'

Ze aarzelde, klaar om de kickstarter in te trappen. 'Wat?'

'Die bloemen waren voor iemand anders.' Haar oogleden trilden. Kennelijk had ze niet verwacht dat hij het zou toegeven. 'Ze waren voor iemand om wie ik gaf en die is overleden. Ik wilde ze gisteren op haar graf gaan leggen, maar ik had er door de zaak geen tijd voor. En dat is de waarheid.' Zoveel als hij wilde prijsgeven, in ieder geval.

Een lichte frons. 'De meeste mensen leggen in de winter anjers op een graf.'

Hij haalde zijn schouders op. 'Rozen waren haar lievelingsbloemen.' Zijn keel kneep zich samen toen hij dacht aan Andrea die haar neus in een boeket rozen stak. Ze waren bloedrood geweest en hadden een scherp contrast gevormd met haar getinte huid en zwarte haren. De kleuren bespotten hem. Haar zwarte haar dat het rode bloed absorbeerde toen het uit het kogelgat in haar slaap stroomde; het gat dat hij daar gemaakt had.

Hij schraapte zijn keel. 'Hoe dan ook, ik ging bloemen halen voor mijn schoonzus die in het ziekenhuis ligt, en ik zag die witte rozen staan. Ze deden me aan jou denken.'

Ze keek hem behoedzaam en onderzoekend aan. 'Of je bent een goeie acteur, of je spreekt de waarheid.'

'Zo'n goeie acteur ben ik niet. Maar ik ben nog nooit van mijn leven vreemdgegaan, en ik wilde niet dat jij dacht van wel.' Hij legde de roos op haar stuur. 'Bedankt dat je me hebt aangehoord.'

Ze staarde lange tijd neer op de bloem, en toen zakten haar schouders omlaag. Ze trok een handschoen uit en haalde een opgevouwen vel papier en een pen uit haar jaszak. Toen ze het papier had opengevouwen, schreef ze er iets onderaan en gaf het hem moeizaam slikkend aan. 'Hier is je lijst. Het is niet veel.'

Ze had een verslagen blik in haar ogen waar hij van schrok en die hem pijn deed. Er stonden twintig namen op het papier getypt, sommige met websites erbij. Ze had er nog een naam onder geschreven. 'Dit is best veel,' zei hij.

Ze haalde haar schouders op. 'De eerste achttien hebben stands op het middeleeuwse festival dat elk najaar wordt gehouden. Ze verkopen zwaarden en maliënkolders en zo. De meesten verkopen hun spullen ook op internet. Als er iemand vragen heeft gesteld over martelwerktuigen, dan zijn ze misschien als eerste naar een van die mensen gegaan.'

'En de anderen?'

'Etienne Moraux is mijn vroegere hoogleraar aan de universiteit in Parijs. Ik heb het onderzoek voor mijn proefschrift bij hem gedaan. Hij is een goed mens, met goeie contacten in de archeologische wereld. Als iemand recent een stoel heeft gevonden, zal hij het weten. Als er een is verkocht of wordt vermist uit een museum of legale particuliere verzameling, dan zal hij daar ook van op de hoogte zijn. Of hij veel kennis heeft van de zwarte markt betwijfel ik, maar je weet nooit of hij geruchten heeft opgevangen.'

'En Kyle Lombard?'

'Dat is een heel kleine kans. Ik weet niet eens waar hij is. Maar tien jaar geleden, toen we bij een opgraving in Zuid-Frankrijk waren, werkte hij aan een proefschrift. Hij deed onderzoek naar gestolen kunstvoorwerpen. Hij heeft zijn proefschrift nooit afgemaakt, en ik kon hem niet vinden in de lijsten van oud-studenten, maar jullie hebben zo je spionagemiddelen.'

'En onze geheugenwissers,' zei hij, hopend haar een glimlach te ontlokken. Haar ogen vulden zich echter met een droefheid die hij niet kon thuisbrengen. Maar ze wendde haar blik niet af.

'Soms denk ik dat zoiets heel goed van pas zou komen,' mompelde ze.

'Denk ik ook. En die laatste naam? Alan Brewster?'

Even fonkelde er een zo intense woede in haar ogen dat hij bijna achteruitdeinsde. Maar het was even snel verdwenen als het opgekomen was, alsof de lont van haar woede was uitgedoofd, en ze stond er weer vermoeid en verslagen bij. 'Alan is een van de beste archeologen in het noordoosten van het land,' zei ze zachtjes. 'Hij heeft goede contacten met rijke donateurs die een hoop opgravingen mogelijk maken, hier en in Europa. Als iemand zulke spullen heeft gekocht, zou hij ervan op de hoogte kunnen zijn.'

'Weet je waar ik hem kan vinden?'

Ze brak de steel van de roos en stopte voorzichtig de bloem in haar zak. 'Hij is het hoofd van de faculteit Middeleeuwse Studies aan het Shelton College.' Ze staarde naar de grond en weifelde. Toen ze weer opkeek, stonden in haar ogen wanhoop en grimmige aanvaarding te lezen. 'Als je mijn naam hierbuiten zou kunnen houden, zou ik dat op prijs stellen.'

Dus zij en Brewster hadden een nare geschiedenis. 'Waar ken je hem van, Sophie?'

Haar wangen kleurden en Vito voelde een steek van jaloezie, irrationeel maar onmiskenbaar. 'Hij was mijn adviseur toen ik afstudeerde.'

Hij slikte de jaloezie weg. Wat er ook was gebeurd, het deed haar nog altijd pijn. Hij sprak op vriendelijke toon. 'Ik dacht dat je was afgestudeerd bij Moraux.'

'Klopt, maar later.' De wanhoop in haar ogen maakte plaats voor een ingetogen verlangen dat hem bijna pijn deed. 'Je hebt waar je voor bent gekomen, rechercheur. Nu moet ik weg.'

Hij had waar hij voor was gekomen, maar nog niet alles wat hij nodig had. Aan de blik in haar ogen te zien, had zij het ook nodig. Snel vouwde hij het vel papier op en stopte het in zijn zak terwijl zij haar handschoen weer aantrok. 'Sophie, wacht. Nog één ding.' Voor hij zich kon bedenken, stapte hij over haar voorwiel heen, legde zijn handen om haar helm en bedekte haar mond met de zijne.

Ze verstijfde, en vervolgens kwamen haar handen omhoog en pakten zijn polsen vast. Maar ze trok zijn handen niet weg, en een paar kostbare momenten lang namen ze allebei waar ze behoefte aan hadden. Ze smaakte zoet, haar lippen waren zacht en haar geur zette zijn bloed in vuur en vlam. Hij had meer nodig. Hij prutste met het riempje onder haar kin en kreeg het los. Zonder het contact te verbreken duwde hij de helm van haar hoofd, liet die achter zich op de grond vallen en groef zijn vingers door de haren achter in haar nek. Hij trok haar naar zich toe zodat zijn lippen perfect op die van haar pasten, toen ze in beweging kwam en de kus plotseling van traag en zoet veranderde naar roekeloos en dringend.

Ze legde haar handen op zijn schouders, ging op haar tenen staan en knabbelde met hete, kleine beetjes op zijn lippen, terwijl een hongerig gekerm uit haar keel opsteeg. Hij had gelijk gehad. Die gedachte drong door de hitte heen terwijl hij haar lippen uiteen duwde en haar intenser kuste. Ze had dit evenzeer nodig gehad als hij. Misschien wel meer.

Haar vingers knepen in de schouders van zijn jas en zijn hart bonsde zo hard dat hij niets anders hoorde. Vito wist dat dit nog lang niet voldoende was om zijn behoefte te vervullen. Wat hij werkelijk nodig had, zou niet gaan gebeuren bij een motor op een parkeerplaats. Hij verliet de warmte van haar mond en streek met zijn lippen langs haar kaak omlaag naar de plek waar haar hartslag luid en snel pulseerde.

Vito ging net voldoende achteruit om in haar gezicht te kijken. Haar ogen waren groot, en daarin zag hij honger en behoefte en onzekerheid, maar geen spijt. Langzaam liet ze zich weer op haar voeten zakken, met haar handen over zijn armen strijkend tot ze bij zijn polsen kwam. Ze trok zijn handen uit haar haren en sloot haar ogen terwijl ze zijn handen nog even bleef vasthouden. Toen liet ze hem langzaam los en opende haar ogen. De blik van wanhoop was terug, sterker nu, en hij wist dat ze bij hem weg zou lopen.

'Sophie,' begon hij met een rauwe, knarsende stem. Ze legde haar vingers op zijn lippen.

'Ik moet weg,' fluisterde ze. Ze schraapte haar keel. 'Alsjeblieft.'

Hij pakte de helm die hij op de grond had laten vallen en keek toe terwijl ze het riempje weer vastmaakte. Hij wilde niet dat ze zo vertrok. Hij wilde helemaal niet dat ze vertrok. 'Sophie, wacht. Je hebt nog een pizza van me te goed.'

Ze glimlachte geforceerd naar hem. 'Kan niet. Ik moet naar mijn oma.'

'Morgen, dan?'

Ze schudde haar hoofd. 'Op dinsdag geef ik altijd een seminar voor studenten van Whitman.' Ze stak haar hand op om hem de mond te snoeren voor hij verder kon aandringen. 'Niet doen, Vito. Gisteren toen ik je leerde kennen hoopte ik dat je een fatsoenlijke kerel was, en ik was zo van streek toen ik dacht dat dat niet het geval was. Ik ben echt blij dat je dat wel bent. Dus...' – ze schudde met spijtige ogen haar hoofd – 'succes.'

Ze stond op, startte de motor en reed de parkeerplaats af. Terwijl hij haar nakeek, besefte hij dat dit al de derde keer in twee dagen was dat hij dat deed.

*Maandag 15 januari, 18:45 uur*

Sophie leunde met een gefrustreerde zucht naar achteren. 'Je moet eten, oma. De dokter zegt dat je hier nooit weg mag als je niet op krachten komt.'

Haar grootmoeder keek boos naar haar bord. 'Dit zou ik mijn honden nog niet voorzetten.'

'Je voert je honden filet, oma,' zei Sophie. 'Ik wou dat ík zo goed te eten kreeg.'

'Ze krijgen maar één keer per jaar filet.' Haar kin kwam omhoog. 'Op hun verjaardag.'

Sophie sloeg haar ogen ten hemel. 'O, nou, zolang het maar voor een speciale gelegenheid is.' Ze zuchtte weer. 'Oma, eet toch, alsjeblieft. Ik wil dat je sterk genoeg wordt om naar huis te komen.'

De opstandige blik verdween uit Anna's ogen en haar smalle schouders zakten tegen haar kussen. 'Ik kom nooit meer naar huis, Sophie. Misschien wordt het tijd dat we dat allebei accepteren.'

Sophie voelde een steek in haar borst. Haar grootmoeder was altijd kerngezond geweest, maar door haar beroerte was ze broos geworden en kon ze de rechterkant van haar lichaam niet meer gebruiken, en ze praatte zo onduidelijk dat vreemden haar niet konden verstaan. Pasgeleden had ze longontsteking gehad. Dat had haar nog meer kracht gekost en sindsdien deed ademhalen haar pijn.

Ooit was de hele wereld Anna's toneel geweest; Parijs, Londen, Milaan. Operafans kwamen van heinde en verre om haar *Orfeo* te horen. Nu was Anna's wereld gekrompen tot een kamertje in een verpleeghuis.

Maar toch, het laatste wat Anna nodig had was medelijden, dus verhardde Sophie haar stem. 'Gelul.'

Anna's ogen vlogen open. 'Sophie!'

'Alsof je dat woord zelf al niet honderd keer gebruikt hebt.' Per dag, voegde ze er in gedachten aan toe.

Er verschenen twee vlekken op Anna's bleke wangen. 'Maar toch,' gromde ze, en ze keek weer naar haar bord. 'Sophie, dit eten is smerig. Het is nog erger dan anders.' Ze trok haar linkerwenkbrauw op, de enige die ze nog kón optrekken. 'Proef maar.'

Sophie nam een hap en grimaste. 'Je hebt groot gelijk. Wacht even.' Ze liep naar de deur en zag een van de verpleegkundigen bij de balie staan. 'Zuster Marco? Hebben jullie een nieuwe diëtist?'

De verpleegkundige keek met een behoedzame blik op van haar status. 'Ja, hoezo?'

De meeste personeelsleden van het verpleeghuis waren geweldig, maar zuster Marco was nogal een stuk chagrijn. Mild uitgedrukt konden zij en Anna het niet met elkaar vinden, dus probeerde Sophie altijd bij haar oma op bezoek te gaan als zuster Marco dienst had. Gewoon om het beleefd te houden. 'Dit eten smaakt helemaal niet lekker. Zou u misschien iets anders voor Anna kunnen halen?'

Marco tuitte haar lippen. 'Ze heeft een streng dieet, Dr. Johannsen.'

'En dat volgt ze ook, echt.' Sophie glimlachte zo vriendelijk als ze kon opbrengen. 'Ik zou het niet vragen als het niet echt vies was. Alstublieft?'

Marco's zucht was diep en dramatisch. 'Goed dan. Het zal alleen wel een halfuurtje duren.'

Sophie ging weer naast Anna's bed zitten. 'Marco brengt je een nieuwe maaltijd.'

'Ze is gemeen,' mompelde Anna terwijl ze haar ogen sloot.

Haar oma zei dat soort dingen tegenwoordig steeds vaker, en Sophie wist nooit helemaal zeker wat ze moest geloven. Waarschijnlijk was het nukkigheid, door de frustratie van de hulpeloosheid en de pijn, maar Sophie maakte zich altijd zorgen dat er meer aan de hand kon zijn.

Het leek wel alsof ze zich de laatste tijd alleen maar zorgen maakte; over Anna, over de rekeningen, over de carrière die ze hoopte op een dag weer te kunnen hervatten. En vandaag had ze er een nieuwe zorg bij: wat Vito Ciccotelli van haar zou vinden als hij Alan Brewster eenmaal had ontmoet.

Ze raakte met haar vingertoppen haar lippen aan en dacht terug aan die kus. Haar hart sloeg opnieuw op hol. Ze had meer gewild, zo veel meer. En heel eventjes had ze zichzelf laten hopen dat ze het deze keer kon krijgen.

*Wat ben jij een stommeling.* Ze had eindelijk een echt aardige vent ontmoet die misschien alles was wat ze wilde, en toen had ze hem naar juist de man gestuurd die haar zeer waarschijnlijk zou afschilderen als een goedkope, nymfomane slet zonder moraal. *Misschien gelooft hij Alan niet.* Ha. Mannen geloofden Alan altijd, want ergens wílden ze geloven dat ze goedkoop was, dat ze met iedereen het bed in zou duiken.

*Negen graven, Sophie. Je hebt de beste keus gemaakt.* Maar waarom was de beste keus altijd zo klote? Met een zucht keek ze naar de slapende Anna.

*Maandag 15 januari, 18:50 uur*

'En hoe ging je voorbereiding bij de openbaar aanklager?' vroeg Vito toen hij in Nicks sedan stapte. Ze hadden afgesproken voor de fabriek waar Warren Keyes' verloofde Sherry werkte.

'Best.' Nick gooide hem een stokbroodje toe. 'Lopez denkt dat ze die drugsdealer kan pakken.'

'Dat is dan in ieder geval wát gerechtigheid,' zei Vito terwijl hij het broodje uitpakte. De geur van gehakt verspreidde zich door de auto. 'Een beetje gerechtigheid is een stuk beter dan niks.'

Nicks schouderophalen gaf aan dat hij het er niet mee eens was, maar geen zin had om erover te discussiëren. 'Wat heb ik gemist?'

'Ik ben door de uitdraaien van vermiste personen gegaan. Heb iedereen gemarkeerd die ook maar enigszins lijkt op onze slachtoffers. Ik heb toestemming van Liz om er een tekenaar bij te halen, zodat we iets hebben wat we kunnen laten zien.'

Nick floot. 'Heeft ze je geld gegeven?'

'Nee, joh. Ik heb Tino gevraagd.'

Nick scheen onder de indruk te zijn. 'Slim.'

'Hij zou zich nu ieder moment bij Katherine in het mortuarium moeten melden. Daarna ben ik bij het ziekenhuis langsgegaan om bij Molly te kijken. Het gaat beter met haar.'

'Je bent wel druk geweest. Weten ze al hoe Molly met kwik besmet is geraakt?'

'Ja. De milieumensen van de overheid hebben ontdekt dat hun gasmeter kapot was.'

'Maken ze nog steeds meters met kwik erin?'

'Nee, maar Dino's huis is oud en de meter is nog van een oud type. Pa zei dat de nutsbedrijven ze wel aan het vervangen zijn, maar ze waren nog niet aan Dino's buurt toegekomen. Ze hebben kwik gevonden in de modder onder de meter.'

'Maar meters gaan niet zomaar stuk.'

'Ze denken dat hij is geraakt door een bal of een steen of zoiets. Pa heeft het de jongens gevraagd, maar die wisten er niets van. Molly zei dat de hond afgelopen vrijdag onder de modder was binnengekomen. Ze had hem gewassen, en zo was ze in aanraking gekomen met dat kwik. De dierenarts heeft de hond nagekeken en bij hem ook kleine hoeveelheden aangetroffen, maar niet voldoende om kwaad te kunnen. Alleen heeft Molly nadat ze de hond in bad had gedaan ook nog gestofzuigd, waardoor het kwik zich door het hele huis heeft verspreid. Ze moeten alle vloerbedekking vervangen voordat ze er weer kunnen wonen, dus ik zal nog wel een tijdje logés hebben.'

'Nou, ik ben blij dat het beter met haar gaat. Dat is het belangrijkste.'

Vito haalde Sophies lijst uit zijn zak. 'En...' Hij zuchtte. 'Ik ben bij Sophie geweest.'

'Je bent écht druk geweest.' Hij bekeek de lijst. 'Verkopers van middeleeuwse spullen, maliënkolders...' Hij keek met glinsterende ogen op. 'De ronde plekken op die kerel met dat halve hoofd. Misschien droeg hij wel een maliënkolder.'

Vito knikte. 'Je hebt gelijk. De plekken hebben ongeveer die grootte. Goed bedacht.'

'Professor in Frankrijk,' vervolgde Nick. 'Kleine kans Lombard, verblijfplaats onbekend. En Alan Brewster. Waarom staat zijn naam er met de hand onder geschreven?'

'Die gaf ze me op het laatste moment nog. Ik denk dat ze niet zo'n fijne geschiedenis met hem heeft.'

Nick keek even op. 'Niet grappig bedoeld.'

Vito draaide met zijn ogen. 'Nee. Ik heb overwogen hem thuis te bellen, maar het leek me beter om hem persoonlijk een bezoekje te brengen.'

Nick dacht erover na. 'Die kerel heeft Sophie gekwetst, hè?'

'Het lijkt erop. Ze wil niet dat ik haar naam noem.'

'Waarom was ze van gedachten veranderd?'

'Ik heb haar de waarheid gezegd. Een deel ervan, in ieder geval,' verklaarde hij toen Nicks wenkbrauwen omhooggingen. Hij dacht aan de manier waarop ze zo voorzichtig die roos in haar zak had gestopt en aan de kus, waar hij nog altijd vol van was. 'Ze geloofde me. Toen gaf ze me die lijst en voegde Brewsters naam eraan toe.'

'Ga je er morgen heen?'

Vito knikte. 'Ik heb Tino gevraagd zich te richten op de vrouw met de gevouwen handen. Ik wil zijn tekening aan de acteurs laten zien die rondhangen in de buurt van de theaters, maar daar verschijnen ze toch pas aan het eind van de middag. Dan heb ik 's morgens tijd om bij Brewster langs te gaan. Hij kan ons misschien op het juiste spoor zetten. Als we kunnen achterhalen waar de moordenaar zijn instrumenten vandaan haalt, kunnen we het spoor van het geld volgen.'

'Nou, als we hier klaar zijn ga ik terug naar het bureau en een lijstje maken van mensen die Kyle Lombard heten. Ik kan net zo goed proberen hem op te sporen als ik morgen zit te wachten tot ik moet getuigen.' Nick keek plotseling op. 'Daar is ze. Sherry Devlin.' Hij wees naar een jonge vrouw die uit een roestige Chevette stapte. 'Ze ziet er afgepeigerd uit. Ik vraag me af waar ze is geweest.'

Vito pakte Sophies lijst weer aan, vouwde hem op en stopte hem in zijn zak. ‘Laten we dat maar eens gaan uitzoeken,’ zei hij. Ze stapten uit en liepen naar Sherry Devlin toe. ‘Juffrouw Devlin?’

Ze draaide zich abrupt naar hen om, met een van angst verkrampt gezicht.

‘Rustig maar,’ zei Vito. ‘Wij zijn rechercheurs van het politiebureau van Philadelphia. We doen u niets.’

Ze keek van Vito naar Nick, maar haar ogen stonden nog steeds een beetje wild. ‘Gaat dit over Warren?’

‘Waar was u de hele dag, juffrouw Devlin?’ vroeg Nick, in plaats van te antwoorden.

Sherry stak haar kin omhoog. ‘In New York. Ik dacht dat Warren dáár misschien naartoe was gegaan om werk te zoeken. Ik dacht dat als de politie me dan niet wilde helpen, ik hem zelf maar moest zoeken.’

‘En hebt u iets gevonden?’ vroeg Vito vriendelijk.

Ze schudde haar hoofd. ‘Nee. De bureaus waar hij vroeger voor heeft gewerkt hebben al heel lang niks meer van hem gehoord.’ Haar houding was gespannen, en Vito leidde eruit af dat Sherry wist waarvoor ze kwamen.

‘Juffrouw Devlin, ik ben rechercheur Ciccotelli. Dit is mijn partner, rechercheur Lawrence. We hebben slecht nieuws voor u.’

Ze werd lijkbleek. ‘Nee.’

‘We hebben Warrens lichaam gevonden, juffrouw Devlin,’ zei Nick zachtjes. ‘Het spijt ons heel erg.’

‘Ik wist wel dat hem iets vreselijks was overkomen.’ Ze keek verdoofd van verdriet op. ‘Ze zeiden dat hij was weggelopen, maar ik wist dat hij me nooit zou verlaten. Niet uit vrije wil.’

‘Laat uw auto hier maar staan. Wij brengen u wel thuis.’ Hij hielp haar op de achterbank en ging naast haar zitten. ‘Hoe wist u waar in New York u moest zoeken?’

Ze knipperde langzaam met haar ogen. ‘Uit Warrens portfolio.’

‘Wij hebben zijn portfolio ook gezien, juffrouw Devlin,’ zei Nick. ‘Er zat geen lijst van modellenbureaus in, alleen maar foto’s.’

‘Dat is zijn fotoportfolio,’ mompelde ze. ‘Zijn cv staat online.’

Vito voelde een elektrisch stroompje over zijn ruggengraat lopen. ‘Waar online?’

‘Bij UCanModel.com. Hij had daar een account.’

‘Wat voor account?’ vroeg Nick.

Ze keek hem verward aan. 'Voor modellen. Die zetten hun foto's en achtergrond op de site, en mensen die hen willen inhuren, kunnen via de website contact opnemen.'

Vito keek Nick aan. *Bingo.* 'Heeft Warren uw computer wel eens gebruikt?'

'Ja, hoor. Hij was vaker bij mij dan bij zijn ouders.'

Vito kneep in haar hand. 'Dan willen we uw computer graag meenemen naar ons lab.'

'Natuurlijk,' mompelde ze. 'Wat u maar nodig hebt.'

*Maandag 15 januari, 20:15 uur*

'Wakker worden, Sophie.'

Sophie knipperde met haar ogen en stelde scherp op Harry's gezicht. Ze was in de stoel naast Anna's bed in slaap gevallen. 'Wat doe jij hier?' Toen herinnerde ze het zich en trok een gezicht. 'Lou's, voor een broodje biefstuk. Ik was het vergeten. Verdorie, en ik heb ook honger.'

'Ik heb er eentje voor je meegebracht. Hij ligt in de auto.'

'Sorry dat ik je heb laten zitten. Ik heb een zware dag gehad.' Ze keek naar Anna's slapende gezicht. 'Marco heeft haar zeker al medicijnen gegeven. Ze wordt de rest van de nacht niet meer wakker, dus kan ik net zo goed gaan.'

'Kom dan je broodje eten en vertel me over je zware dag.'

In zijn auto keek Sophie onder het eten naar het verpleeghuis. 'Oma zegt steeds dat een van de zusters gemeen tegen haar is. Zegt ze dat ook tegen Freya?'

'Daar heeft Freya niets over gezegd.' Harry keek haar fronsend aan. 'Denk je dat Anna slecht behandeld wordt?'

'Weet ik niet. Ik laat haar alleen niet graag 's nachts hier achter.'

'We moeten wel. Of we moeten een particuliere verpleegster inhuren, en dat is duur. Ik heb het opgezocht.'

'Ik ook. Maar ik kan dit verpleeghuis al amper betalen, en binnenkort is Alex' geld op.'

Harry's mond werd een streep. 'Je moet je erfenis niet gebruiken voor de verpleging van Anna.'

Ze glimlachte naar hem. 'Waarom niet? Waar moet ik het anders voor gebruiken, Harry? Alles wat ik bezit, past in een rugzak.' Ze schopte er met haar voet tegen. 'En zo heb ik het ook graag.'

'Ik denk dat je jezelf dat alleen maar voorhoudt. Alex had je beter verzorgd moeten achterlaten.'

'Alex heeft me prima verzorgd achtergelaten.' Harry vond altijd dat haar biologische vader meer voor haar had moeten doen. 'Hij heeft mijn studie betaald zodat ik zelf de kost kon verdienen. Niet dat ik het wat dat betreft heel goed doe.' Ze fronste haar wenkbrauwen. *'S'il vous plaît.'*

'Laat me raden. Je was weer Jeanne vandaag.'

'Ja,' zei ze somber. 'En het enige wat erger is dan Jeanne zijn, is wanneer iemand die ik ken me zo ziet.' Ze had zich geschaamd toen Vito en Nick haar in haar harnas hadden gezien. Natuurlijk zou ze zich nog meer schamen als Vito erachter kwam hoe ze vroeger was geweest. Alan zou hem vast alles vertellen.

'Ik vind je een schattige Jeanne,' zei Harry. 'Maar wie heeft je dan gezien?'

'Gewoon een vent. Het was niks.' Nee, het was niet niks. Het was ongelooflijk geweest. Ze haalde haar schouders op. 'Ik dacht dat hij overspelig was, maar hij blijkt een heel aardige kerel te zijn.'

'Wat is dan het probleem, Sophie?' vroeg Harry vriendelijk.

'Het probleem is dat hij op het punt staat Alan Brewster te ontmoeten.'

Harry's gezicht betrok. 'Ik had gehoopt die naam nooit meer te horen.'

'Ik ook. Maar we krijgen niet altijd onze zin, hè? Ik twijfel er niet aan dat Vito al tijdens het gesprek zal denken dat ik een slet ben. Erger nog: een hypocriete slet, want ik heb hem uitgescholden omdat hij zijn vriendin bedroog, terwijl hij die niet eens heeft.'

'Als hij echt zo aardig is, zal hij niet luisteren naar de smerige roddels van een adder zoals Brewster.'

'Ik hoor je wel, oom Harry, maar ik weet beter. Als mannen horen over Brewster, word ik voor hen ineens een ander mens. Ik kan het de mensen hier schijnbaar niet laten vergeten.'

Harry keek droevig. 'Je gaat terug naar Europa als Anna overlijdt, hè?'

'Weet ik niet. Misschien. Maar ik denk niet dat ik in Philly kan blijven. Het grappige is dat het dáár gebeurd is, maar juist hier blijft het me maar achtervolgen. Alan en zijn vrouw laten het niet rusten, omdat ik zo nodig de held moest uithangen en mijn geweten moest volgen. Het opbiechten aan zijn vrouw. *Merde*. Stomme idioot die ik was,' mompelde ze. 'Opbiechten is niet goed voor de ziel, en er is een verdomd goeie reden voor dat de echtgenote het altijd pas als laatste hoort.'

'Sophie, dit is de eerste keer dat je niet meteen zegt dat Anna niet doodgaat.'

Sophie zweeg. 'Sorry. Natuurlijk wordt ze –'

'Sophie.' Zijn berisping klonk vriendelijk. 'Anna heeft een pracht van een leven gehad. Voel je niet schuldig omdat je denkt dat ze het niet redt. Of omdat jij je leven terugkrijgt als zij overleden is. Je hebt een heleboel opgegeven toen je naar huis kwam. Dat stelt ze op prijs. En ik ook.'

Ze slikte moeizaam. 'Ik kon toch ook niet anders, Harry?'

'Nee.' Hij klopte op haar knie. 'Ben je klaar met dat broodje? Want ik moet de bewijzen wegmoffelen. Freya mag niet weten dat ik naar Lou's ben geweest. Ik ben op dieet.'

'Ze ruikt de uien toch wel. Sorry, Harry. Je bent erbij.'

'Nou, het was het waard. Ik rij wel met de raampjes open naar huis.' Hij draaide zijn raampje omlaag terwijl Sophie haar rugzak en het afval pakte en uitstapte.

'Ik werk het bewijs wel weg,' zei ze op een toneelfluistertoon. 'Tot ziens, Harry.'

'Sophie, wacht.' Ze draaide zich om en leunde naar binnen. Zijn gezicht stond ernstig. 'Als die Vito een goeie vent is, dan zal hij zijn respect voor je niet verliezen, wat Brewster ook zegt.'

Ze kuste hem op zijn wang. 'Je bent zo lief. Naïef, maar lief.'

Hij trok een gezicht. 'Ik ben alleen bang dat de juiste man langskomt en dat jij er zo van overtuigd bent dat hij het ergste zal denken, dat je hem niet eens een kans geeft. Ik wil niet dat je je kans misloopt, Sophie. Ik weet niet hoeveel kansen we krijgen in het leven.'

# 9

*Maandag 15 januari, 21:00 uur*

'Daar is hij.' Vito bekeek de foto van Warren Keyes op UCanModel.com. Hij had zich op Warrens account aangemeld vanaf zijn eigen politiecomputer, met de gebruikersnaam en het wachtwoord dat ze van Sherry Devlin hadden gekregen. Sherry's computer stond in een doos op Nicks bureau. Een van Jeffs computertechneuten zou binnen een uur komen om ernaar te kijken.

'Nogal een gatenkaas, dat cv,' zei Nick, die achter hem stond. 'Hij heeft niet veel werk gekregen.'

Vito klikte op het statistiekgedeelte van Warrens accountpagina. 'Zo te zien is zijn cv de laatste tijd niet zo vaak bekeken. Zes keer in de afgelopen drie maanden. Maar kijk eens naar die laatste datum.'

'Drie januari. De dag voordat Sherry hem voor het laatst zag. Toeval?'

'Denk ik niet.' Vito ging naar het fotogedeelte en klikte door de verkleinde afbeeldingen die Warren Keyes' carrière vertegenwoordigden. 'Kijk deze eens.' Het waren twee foto's in één, allebei close-ups van Warrens biceps. Op de ene helft was de Oscar-tatoeage tot in detail te zien, en in de andere was hij onzichtbaar gemaakt met make-up. 'Iets aan die tattoo zit me al de hele tijd dwars.'

'Een Oscar? Lijkt me niet zo vreemd voor een jongeman die acteur wilde worden.'

'Nee, dat bedoel ik niet.' Vito schudde zijn hoofd. 'Ik ben een tijdje terug bij Tess in Chicago geweest, en we zijn toen naar een museum geweest waar de Oscars stonden die dat jaar bij de Academy Awards zouden worden uitgereikt.' Hij keek over zijn schouder. 'Het bedrijf dat de beeldjes maakt, zit in Chicago.'

'Oké,' zei Nick langzaam. 'En?'

Vito haalde zich het beeldje voor de geest en plotseling herinnerde hij het zich. 'Oscar is een ridder.'

'Hè?'

'Ja, hij is een ridder.' Geïnspireerd zocht Vito op Google en vond een close-up van het Oscarbeeldje zelf. 'Kijk naar zijn handen. Net zoals die van Warren waren gepositioneerd.'

Nick floot zachtjes. 'Krijg nou wat. Hij houdt een zwaard vast. Als Oscar op zijn rug lag, zou hij er precies hetzelfde uitzien als de jongen in het lijkenhuis.'

'Geen toeval,' zei Vito met overtuiging. 'Hij heeft Warren uitgekozen vanwege die tattoo.'

'Of hij heeft Warren zo gepositioneerd vanwége die tattoo.'

'Nee, dit heeft hij gepland. Hij had de handen van de vrouw al weken eerder gepositioneerd. God, Nick. Warren is uitgekozen vanwege die verdomde tatoeage van hem.'

'Shit.' Nick ging zitten. 'Ik vraag me af of de foto van dat meisje er ook op staat.'

'En die kerel met maar een half hoofd. En de jongen met de kogel tussen zijn ogen.' Vito keek op zijn horloge. 'Tino is al sinds zeven uur in het mortuarium. Misschien heeft hij inmiddels iets bruikbaars voor ons.'

Op dat moment pingelde het belletje van de lift en liep Tino de afdeling op. Vito grimaste. Zijn jongere broer zag er ontdaan en vermoeid uit, en zijn donkere ogen staken af tegen zijn bleke huid. 'Ik had dit niet van hem moeten vragen.'

'Hij overleeft het wel,' zei Nick, en hij stond op. 'Hé, Tino.' Hij trok een stoel bij. 'Ga zitten.'

Tino liet zich in de stoel vallen. 'Hoe doe je dat, Vito? Elke dag zulke mensen zien?'

'Je went eraan,' antwoordde Nick in Vito's plaats. 'Wat heb je voor ons?'

Tino stak een envelop uit. 'Ik heb geen idee of dit in de buurt komt. Ik heb mijn best gedaan.'

'Het is beter dan wat we eerst hadden,' antwoordde Vito. 'Sorry, Tino, ik had je niet moeten –'

'Hou maar op,' onderbrak Tino hem. 'Het geeft niet, en ja, je moest dit wél doen. Het was alleen intensiever dan ik had verwacht.' Hij dwong zichzelf te glimlachen. 'Ik overleef het wel.'

'Dat zei ik ook al.' Nick trok de tekening uit de envelop. Een ernstig vrouwengezicht keek hen aan, en Vito kon zien dat zijn broer de gezichtsstructuur van het meisje goed had weergegeven. Maar er lag een intense bedroefdheid in haar blik, waarvan Vito vermoedde dat het Tino's eigen gevoel was dat in zijn tekening tot uiting was gekomen. Het was mooi gedaan.

Nick bromde goedkeurend. 'Wauw. Hoe komt het dat jij niet zo kunt tekenen, Vito?'

'Omdat hij zingt,' antwoordde Tino vermoeid. 'En Dino onderwijst, Gino bouwt, en Tess ziet eruit als een godin.' Hij zuchtte diep. 'En nu ga ik naar huis, Vito. Tess zal er inmiddels wel zijn met de jongens. Ik ga eens kijken of ze iets te eten voor me wil maken.' Hij likte afkerig langs zijn lippen. 'Alles om die smaak uit mijn mond te krijgen.'

Vito dacht aan Sophies gedroogde vlees. 'Laat Tess het pittig maken, en bewaar wat voor me. O, en zeg dat ze mijn kamer neemt. Ik slaap wel op de bank.'

Tino stond op. 'Jullie lijkschouwer heeft me de andere lijken ook laten zien, Vito. Ik denk niet dat ik iets kan doen met die vent...' Hij grimaste. 'Je weet wel. Zonder hoofd. En dat joch met de kogel is te ver heen. Dat geldt ook voor het joch met die scherven. Je zult –'

'Ho even.' Vito stak zijn hand op. 'Wat voor scherven?'

'De lijkschouwer noemde hem één-vier.'

'Scherven? Wat zullen we nou krijgen?' vroeg Nick verbaasd.

'Volgens mij hebben we wat in te halen bij het mortuarium,' zei Vito grimmig. 'Sorry, Tino, ga door.'

'Ik wilde zeggen dat je een forensisch antropoloog nodig zult hebben om die gezichten te reconstrueren. Maar de twee oude mensen kan ik misschien wel doen. Ik kan morgen terugkomen.'

Vito was trots op zijn broer. 'Dat zouden we op prijs stellen.'

Tino ritste zijn jas dicht en grijnsde scheef naar hem. 'Ik heb liever een aanbeveling. Misschien heb ik wel een nieuwe carrière gevonden. Kunst betaalt slecht, dat weet iedereen.'

'Waar is die stapel rapporten van vermiste personen?' vroeg Nick toen Tino vertrokken was. 'We kunnen de site van UCanModel vergelijken met de vermiste personen die overeenstemmen met het profiel van het meisje, en dan de foto's vergelijken met Tino's tekening.'

'Lijkt me een goed idee.'

*Maandag 15 januari, 21:55 uur*

Nick smeet walgend de uitdraaien van vermiste personen op Vito's bureau. 'Dat was de laatste.' Hij staarde naar de site van UCanModel op het computerscherm. 'Ze zit er niet bij.'

'Of ze zit dáár niet bij.' Vito wees naar de uitdraai. 'Misschien is ze niet als vermist opgegeven. Of misschien komt ze niet vanhier. Warren kwam uit Philly, maar dat hoeft niet te betekenen dat zij daar ook vandaan kwam. Ik wil het nog niet opgeven.'

'Shit,' gromde Nick. 'Het zou zo mooi zijn geweest als we haar snel hadden gevonden.'

'Ga naar huis,' zei Vito. 'Ik zoek nog even verder terwijl ik wacht op Jeffs computerexpert die de harde schijf van Sherry gaat doorzoeken. Als het moet, ga ik de modellen één voor één langs.'

'Er staan wel vijfduizend namen op die site. Dan zit je hier de hele nacht.'

'Misschien niet.' Vito liet de cursor langs de diverse snelkeuzemenu's gaan. 'Ik kan me niet voorstellen dat fotografen die een model zoeken alle foto's stuk voor stuk gaan bekijken. Je kunt vast zoeken op blond of donker haar, groot of klein en zo.'

Nick ging wat meer overeind zitten. 'Dan kun je het zoekveld verkleinen. Je weet dat ze één meter zestig was, met kort bruin haar en blauwe ogen.'

'De ogen en het haar kun je veranderen. Ze kan altijd contactlenzen of een pruik dragen. Maar de lengte verandert niet.' Vito tuurde op het scherm. 'Je kunt eerst zoeken, en dan sorteren op fysieke kenmerken. Dus zoeken we op één meter zestig en sorteren dan eerst op haarkleur en vervolgens op de kleur van de ogen.' Hij vulde de velden in en klikte op Zoeken. 'Ga maar, ik blijf wel hier.'

'Ben je gek? Het wordt net weer interessant. Bovendien kun je op die site vast leuke meiden vinden. Zelfs hun cupmaat staat vermeld. Wat wil je nog meer?'

'Nick.' Vito sloeg hoofdschuddend zijn ogen ten hemel.

'Hé, ik ben weer vrijgezel, en ik heb geen tijd voor cafés.' Hij trok een sluw gezicht. 'En ik heb geen dames zoals Sophie Johannsen die belangstelling voor me hebben.'

Ze had belangstelling. Vito slikte. Als ze nog meer belangstelling had gehad, had iemand hem moeten reanimeren. Maar ze wilde geen belangstelling hebben. Ze had hem afgewimpeld, alweer. Gisteravond was het om een misverstand geweest. Vanavond, zo vermoedde hij, had ze het maar al te goed begrepen, ook al deed hij dat zelf dan niet. Dus negeerde hij Nick en keek naar het scherm. 'Maar honderd resultaten. Het is mooi voor ons dat ze klein was. De meeste modellen zijn lang.'

'Zoals Sophie.'

'Nick,' knarste Vito, 'kop dicht.'

Nick keek hem vragend aan. 'Je meent het, hè? Ik dacht gewoon –'

'Nou, dat heb je dan verkeerd gedacht. En ik ga het deze keer niet overhaasten.'

Nick scheen daar even over te peinzen. 'Oké. Laten we dan maar aan het werk gaan.'

Vito klikte door de pagina's van modellen, stopte en knipperde met zijn ogen. 'God, Tino is goed.' Het gezicht dat hen aankeek, leek als twee druppels water op dat wat Tino had getekend.

'Zeg dat wel.' Nick boog zich naar voren om het beter te kunnen zien en was weer een en al ernst. 'Brittany Bellamy. Verdomme, Chick, ze was nog geen twintig. Klik eens op Contact.'

Dat deed Vito, maar het was een e-mailformulier. 'Ze geven geen telefoonnummers of zelfs informatie over de woonplaats, en ik wil geen e-mail sturen. Als we gelijk hebben, zal ze er toch niet op antwoorden.'

'Omdat ze dood is,' mompelde Nick. 'En als we het mis hebben, dan geven we mogelijk waardevolle informatie prijs over de werkwijze van de moordenaar. Maar je kunt morgenochtend navraag doen bij haar vroegere cliënten.' Hij stond op. 'Ik ga naar huis. Ik bel je morgen als ik uit de rechtbank weg ben.'

'Succes,' zei Vito, en vervolgens belde hij Liz Sawyer thuis. 'Hé, met Vito.'

'Wat heb je?'

'Mogelijke identiteit van het meisje met de handen.' Hij bracht haar op de hoogte. 'Ik zal het morgen proberen te bevestigen.'

'Goed werk, Vito. Echt. En bedank je broer voor me.'

Liz gaf niet vaak complimenten, dus als ze het deed, voelde het extra goed. 'Bedankt, zal ik doen.'

'Ik heb wat werkroosters omgegooid en Riker en Jenkins vrijgemaakt. Die zijn vanaf morgenochtend beschikbaar om je te helpen aanwijzingen en identiteiten na te trekken.'

Daar was Vito blij mee. Tim Riker en Beverly Jenkins waren goede agenten. 'Fulltime?'

'Een paar dagen. Meer kon niet.'

'Ik ben allang blij. Ik zal ze morgen vragen Brittany Bellamy na te trekken via haar cliënten. Ik heb een paar namen van de archeoloog gekregen. Een van die mensen kan ons misschien helpen de instrumenten na te speuren die die kerel gebruikt. Ik wil een geldspoor zien te vinden.'

'Volg altijd het geld,' beaamde Liz. 'Plan een briefing in voor acht uur morgenochtend.'

'Doen we. Hé, ik moet ophangen. Die vent van IT is hier.'

Een jongeman met een laptop kwam naar zijn bureau toe. 'Ben jij Ciccotelli?'

'Ja. Ben jij Jeffs mannetje?'

Een opgetrokken mondhoek. 'Brent, als je het niet erg vindt.' Hij drukte Vito de hand. 'Brent Yelton. En gewoon ter informatie: als je ons "Jeffs mannetjes" noemt, zul je niet veel vrienden maken op onze afdeling.'

'Ik zal eraan denken,' zei Vito met een grijns. 'De computer zit in die doos daar. Bedankt dat je bent gekomen.'

Brent knikte. 'Ik heb ook de computer bekeken die jullie uit Keyes' kamer hadden gehaald. Ik had Jeff gezegd dat hij me moest bellen als er nog iets boven water kwam in deze zaak. Dan zou ik komen.'

Vito fronste zijn voorhoofd. 'En ik moest Jeff omkopen om iemand te sturen door me erop te beroepen dat hij me nog wat schuldig was. Die rotzak.'

Brent lachte terwijl hij Sherry's computer op zijn laptop aansloot. 'Nog een reden dat ik niet met hem geassocieerd wil worden.' Hij ging in Nicks stoel zitten en werkte vijf minuten lang in stilte. Uiteindelijk keek hij op. 'Nou, deze machine is niet schoongeveegd. Geen spoor van het virus waarmee de computer van het slachtoffer is gewist. Iemand heeft alleen wel met de geschiedenis zitten rommelen.'

Vito ging achter hem staan. 'Hoe bedoel je?'

'De browser van het slachtoffer was gewist met een virus. Dit hier is een volslagen amateuristische poging. Iemand wilde niet dat te zien zou zijn dat hij op bepaalde sites kwam, en hij heeft ze uit zijn geschiedenis gewist. Maar daarmee zijn ze nog niet van de harde schijf af.' Hij keek op. 'Grote vergissing die mensen begaan als ze hun bedrijfscomputer gebruiken om te surfen naar pornosites. Ze maken de geschiedenis leeg, maar die staat nog steeds op de schijf, en elke IT'er die zijn geld waard is, kan hem terugvinden.'

'Goed om te weten,' zei Vito droog. 'En welke sites had onze amateur gewist?'

Brents hoofd ging met een ruk achteruit en weer naar voren. 'Dit heb ik nog niet eerder gezien. Iemand verbergt bezoekjes aan medievalworld.com, medievalhistory.com, fencing.com... Hier is er eentje voor kleren uit de middeleeuwen, meer van hetzelfde, blabla blabla, en... hmm. Een site voor cruises in de Cariben.'

Vito zuchtte. 'Hun huwelijksreis. Warren en Sherry wilden gaan trouwen. Ze zei dat hij wat hints had laten vallen over een cruise, om te kijken of haar dat wat leek.'

'En die middeleeuwse dingen?'

Vito staarde broedend naar de lijst. 'Het past allemaal, ik weet alleen nog niet helemaal hoe.'

'Bel me als je nog meer schoongeveegde browsers tegenkomt. Ik vind het wel interessant, moet ik zeggen. Dat virus had een van de geniepigste codes die ik ooit had gezien. Hier is mijn kaartje, met mijn mobiele nummer.' Hij grijnsde en pakte zijn laptop. 'Zo hoef je niet eerst langs Jeff.'

'Bedankt, man.' Vito stopte Brents kaartje in zijn zak en belde Jen McFains mobiele nummer.

'McFain.' De verbinding was slecht, maar Jens vermoeidheid kwam luid en duidelijk door.

'Jen, met Vito. Hoe staat het ervoor?'

'Net het achtste lijk naar het mortuarium gestuurd, weer een oudere vrouw. Niks aparts.'

'Geen kogels, geen scherven, geen kanker, geen vreemde wonden of gevouwen handen, dus.'

'Inderdaad. We zijn nu met het laatste graf bezig. Eerste rij, eerste graf.'

'Nou, we hebben de identiteit van de Ridder zeker, en misschien van de Jonkvrouw ook.'

'Wauw.' Ze leek onder de indruk. 'Dat is snel.'

'Bedankt. Je hebt het zelf ook niet slecht gedaan. Zes lijken op één dag.'

'Het was ons niet gelukt zonder Sophies kaart. Het echte werk begint morgen, als we al het zand dat we hebben meegenomen moeten zeven.'

'Over morgen gesproken, er is om acht uur een briefing. Kun je er zijn?'

'Als jij koffie en donuts meebrengt van die bakkerij aan het eind van je straat, dan ben ik er. Wacht even. Mijn team roept.' Even later kwam ze weer aan de lijn. 'De laatste is blootgelegd.' Ze klonk nu energieker. 'Jonge vrouw. En Vito, ze heeft maar één been.'

Vito trok een gezicht. 'Bedoel je dat hij haar been heeft afgehakt?'

'Nee, ze had een geamputeerd been. En, o gut, als ik me niet vergis... Vito, dit is goed. Heel goed. Ze heeft een plaat in haar hoofd. O, man, dit is goud.'

Vito knipperde met zijn ogen. 'Heeft ze een gouden plaat in haar hoofd? Jen, dat slaat nergens op.'

Ze pufte gefrustreerd. 'Verdomme, Vito, word eens wakker.'

'Sorry, ik ben gewoon moe. Probeer het nog eens.'

'Nou, ik heb hier ook geen tuinfeestje gehad. Let op. Haar schedel is ontbonden, en daardoor is een metalen plaat zichtbaar geworden. Die is er kennelijk in gezet na letsel of een operatie op enig moment in haar leven. Nu ze ontbindt, is hij zichtbaar.'

'O.' Hij fronste zijn wenkbrauwen. 'Ik snap nog steeds niet wat daar zo goed aan is.'

'Vito, een implanteerbare metalen plaat is een medisch hulpmiddel van klasse drie. Alle medische hulpmiddelen van klasse drie zijn voorzien van unieke, traceerbare serienummers.'

Hij begreep het en rechtte zijn rug. 'Waarmee we haar kunnen identificeren.'

'En de hoofdprijs gaat naar de man die net wakker is geworden.'

Vito grijnsde bijna uitgelaten om deze meevaller. 'Ik zal Katherine bellen, zodat ze morgenochtend als eerste met dat meisje begint. Ik zie je om acht uur.'

*Maandag 15 januari, 22:15 uur*

Daniel staarde niets ziend naar CNN op de hoteltelevisie toen zijn telefoon ging. 'Luke? Waar heb jij gezeten?'

'Ik was aan het vissen,' zei Luke droogjes. 'Dat doe je meestal bij een visuitstapje. Ik heb je berichtje nu pas gekregen. Wat is er? Waar zit je?'

'In Philadelphia. Luister, nadat jij vanmorgen was vertrokken heb ik een memorystick gevonden. Ik heb hem in mijn laptop gestoken, maar zag alleen een lijst bestanden met PST als extensie.'

'Dat zijn e-mailbestanden. Het zal het reservebestand van je vader wel zijn, van sinds hij alles van voor november van zijn computer had gewist.'

Daniel haalde de memorystick uit zijn zak. 'Hoe kan ik zien wat erop staat?'

'Steek die stick in je pc. Ik leg het je wel uit. Het is niet moeilijk.'

Daniel volgde Lukes instructies op, en even later keek hij naar de e-mails van zijn vader. 'Ik heb ze.' Een paar jaar aan e-mails, maar liefst. Maar Daniel wilde liever niet dat Luke wist wat er op die memorystick stond, net zoals hij Frank Loomis niets wilde laten weten over zijn vaders geheime kluis. 'Ik ga even kijken. Bedankt, Luke.'

Enkele minuten later stuitte Daniel op het bericht dat zijn hart bijna tot stilstand bracht. Het kwam van 'RunnerGirl' en was van juni, anderhalf jaar eerder. Er stond alleen maar: 'Ik weet wat je zoon heeft gedaan'.

Daniel dwong zichzelf te blijven ademen, na te denken. Dit zou helemaal niet fraai worden.

*Dinsdag 16 januari, 0:45 uur*

Het was verdomde goed. Op zijn computerscherm streed de inquisiteur tegen zijn vijand, de koene ridder. Beide karakters vochten met een zwaard in de ene hand en een strijdvlegel in de andere. Elke stap was vloeiend, elke uithaal van een zwaard of boog van de vlegel een realistisch samenspel van spierbewegingen. Het was een meesterwerk.

Van Zandt zou er blij mee zijn. Weldra zouden honderdduizenden mensen van overal ter wereld staan te springen om dít te ervaren. Van Zandt vond hem een animatiegenie, maar hijzelf vergat nooit dat de computeranimaties alleen maar een middel waren. Het doel was om zijn schilderijen tentoongesteld te krijgen in de beste galerieën; dezelfde galerieën die hem eerder geweigerd hadden.

Hij keek op naar het zevende schilderij van *Warren sterft*. Het moment dat Warren Keyes ophield te bestaan. Misschien hadden die galerieën gelijk gehad. Zijn werk van voor Claire en Warren en alle anderen was generiek geweest. Standaard. Maar deze – Warren, Claire, Brittany, Bill Melville terwijl de vlegel zijn hoofd doorhakte – waren geniaal.

Hij stond op en rekte zich uit. Hij had slaap nodig. Morgenochtend had hij een lange rit voor de boeg. Hij wilde om negen uur in Van Zandts kantoor zijn en om twaalf uur weer vertrekken. Dan had hij nog voldoende tijd voor zijn afspraak met Gregory Sanders om drie uur. Morgen om middernacht zou hij *Gregory sterft* en een heel nieuwe schreeuw hebben.

Hij zette een paar stramme passen en wreef over zijn rechterbovenbeen. Dit oude huis was te tochtig. Hij had het uitgekozen vanwege de geïsoleerde ligging en het gemak van... de verwerving ervan, maar elke vlaag winterwind kwam binnen. Philadelphia in de winter was de hel. Het deed hem verlangen naar magnolia's en perzikbloesems. Hij klemde zijn kaken op elkaar. Hij was al veel te lang van huis verbannen, maar dat zou weldra afgelopen zijn. De greep die de oude man op hem had, was gebroken.

Hij grinnikte. En de oude man zelf ook. Gebroken. Hij liep naar zijn bed aan de andere kant van de studio. Zittend op de rand keek hij naar het prikbord dat hij aan de muur naast zijn bed had gehangen, zodanig dat hij het altijd meteen kon zien als hij wakker werd. Het prikbord waarop hij het diagram had gehangen. Vier bij vier.

Zestien blokken, negen ervan met foto's erop van het slachtoffer op dat cruciale moment van de dood. Al was een ervan een foto van een schilderij. Hij had het niet gefilmd toen hij Claire Reynolds had gewurgd, maar kort na haar dood had hij *Claire sterft* gemaakt en had hij geweten dat zijn leven onomkeerbaar was veranderd. In de dagen daarna had hij dat moment waarop hij Claires leven had beëindigd steeds opnieuw herleefd.

In die tijd had hij ervan gedroomd om het steeds opnieuw te doen. En in die tijd had hij zijn plan geformuleerd, dat nu uitstekend verliep. Sommige mensen zouden zijn succes toeschrijven aan het geluk, maar alleen stommelingen geloofden in het geluk. Geluk was voor luie mensen die het niet verdienden. Hij geloofde in intellect en in vaardigheid. En het lot.

Hij had niet altijd in het lot geloofd, dat de lotsbestemming van de ene persoon onvermijdelijk overlapte met die van de andere. Hij geloofde er nu wel in. Hoe kon je anders verklaren dat hij een jaar geleden het stamcafé van Jager van Zandt was binnengelopen, slechts enkele uren nadat de man een vernietigende recensie over zijn laatste game had gelezen? 'Minder spannend dan Pong,' had de recensent beweerd, en Van Zandt was net dronken genoeg om alle details te spuien, van zijn frustratie over Derek Harrington tot de angst dat de game die hij nu wilde gaan lanceren, *Behind Enemy Lines*, even rampzalig zou zijn.

Hoe kon hij anders de plotselinge verschijning van Claire Reynolds de dag erna uitleggen, Claire met haar brutale, maar slecht uitgevoerde chantagepoging? Dat was het lot geweest.

Zijn intellect stelde hem in staat Claires onfortuinlijke einde met Van Zandts onfortuinlijke heden te combineren tot een nieuwe lotsbestemming die aan zijn eigen behoeften tegemoet zou komen. Maar niets daarvan zou zijn gebeurd zonder zijn talenten. Hij had de unieke gave om Van Zandt precies te geven wat hij wilde, in precies de vorm die hij wilde. Maar weinig anderen konden beelden en werelden scheppen met zowel pixels als verf. Maar weinig anderen hadden de computerexpertise om ze leven te geven.

*Maar ik wel.* Hij had de virtuele wereld van de boosaardige inquisiteur geschapen, een geestelijke in de veertiende eeuw die de uitschakeling van ketters zag als een soort vijandige overnamekans, en de dood van heksen als de poort naar ultieme macht. Hoe meer rijke ketters en echte heksen de inquisiteur opspoorde en doodde, hoe machtiger hij zou worden, tot hij uiteindelijk koning werd.

Een fantasierijk verhaal, en gamers zouden genieten van het politieke gekonkel en de leugens die nodig waren om vooruit te komen. Je kon punten scoren met slimme misleiding en duivels ingewikkelde folteringen. Hij had de meeste hoofdrollen ingevuld: de machtige heks die de marteling van de stoel ondergaat voordat ze de bron van haar grote macht onthult, de koene ridder die wordt verslagen met de strijdvlegel, de koning zelf die op een zeer oneervolle manier zijn ingewanden en zijn leven verliest.

Natuurlijk hadden al die karakters ook bijrollen gespeeld. Hij had de folteringen zorgvuldig getimed, zodat hij zoveel mogelijk gebruik kon maken van elk van de modellen, zowel voor geluids- als beeldopnames.

Met een paar kleine wijzigingen konden die extra folteringen worden geconverteerd tot minstens twintig extra bijrollen, die gamers aan hun collectie konden toevoegen.

Gregory Sanders zou de rol spelen van een eerlijke geestelijke, die moest proberen de boosaardige inquisiteur tegen te houden. Natuurlijk zou dat de geestelijke niet lukken en zou Gregory Sanders bijzonder bitter en pijnlijk aan zijn einde komen, waarna hij in het laatste graf in de derde rij begraven kon worden. Dan was de derde rij klaar.

De eerste rij was al klaar, want daar lagen de slachtoffers van *Behind Enemy Lines*: Claire en Jared en Zachary. En die arme mevrouw Crane. Crane was... gevolgschade, helaas een slachtoffer van zijn acquisitie van het onroerend goed. Spijtig, maar onvermijdelijk.

De vierde rij was nog leeg en gereserveerd voor het opruimwerk als *Inquisitor* voltooid was. In de vierde rij zouden zijn bronnen komen te liggen, de enige mensen die konden bewijzen dat de beelden in zijn middeleeuwse fantasiewereld meer waren dan het voortbrengsel van een actieve verbeelding. Zij waren de enigen die wisten dat de martelinstrumenten echt waren, die op de hoogte waren van zijn grote belangstelling voor wapens en oorlog in de middeleeuwen. Ze zouden een dreiging vormen als *Inquisitor* op de planken kwam te liggen, dus moesten zij voor die tijd uit de weg worden geruimd.

De drie verkopers van illegale antiquiteiten, daar zou hij geen probleem mee hebben. Het waren arrogante stommelingen die hem veel te veel hadden laten betalen. Simpel gezegd mocht hij ze geen van drieën. Maar de historica... Zij zou een betreurenswaardig verlies zijn. Hij had eigenlijk niets tegen haar. Ergens... mocht hij haar zelfs wel. Ze was intelligent en vaardig. Een einzelgänger. *Net als ik.*

Toch had ze te vaak contact met hem gehad. Hij kon haar niet laten leven. Net als bij de twee oude vrouwen zou hij het zo pijnloos mogelijk maken. Niets persoonlijks. Maar de historica zou sterven en te ruste worden gelegd in het laatste graf in de vierde rij.

Hij keek met kille onverzettelijkheid op naar de tweede rij. Twee graven waren gevuld. Twee bleven er over. Anders dan de andere was deze rij graven zeer persoonlijk.

*Dinsdag 16 januari, 1:15 uur*

Daniel staarde al uren naar het plafond en stelde uit wat hij wist dat hij moest doen. Het was waarschijnlijk te laat, in meerdere opzichten. Maar ze had het recht het te weten, en het was zijn taak om het haar te vertellen.

Ze zou boos worden. Terecht. Met een zucht ging Daniel zitten en reikte naar de telefoon, waarna hij een nummer koos dat hij lang geleden uit zijn hoofd had geleerd, maar nog nooit eerder had gebeld.

Ze nam meteen op. 'Hallo?' Ze klonk wakker en alert.

'Susannah? Met mij... Daniel.'

Het bleef lange tijd stil. 'Wat wil je, Daniel?' Haar stem had een klank waarvan hij ineenkromp. Maar hij nam aan dat hij het verdiende.

'Ik ben in Philadelphia. Naar ze op zoek.'

'In Philadelphia? Waarom zouden ze daarheen gaan?'

'Susannah, wanneer heb jij ze voor het laatst gesproken?'

'Ik heb mam vorig jaar met kerst nog gebeld. Pa heb ik al vijf jaar niet meer gesproken. Hoezo?'

'Frank belde me omdat hij dacht dat ze misschien vermist waren, maar het leek alsof ze alleen maar op vakantie waren. Toen vond ik een e-mail op pa's computer. Er staat in: "Ik weet wat je zoon heeft gedaan."'

Weer viel er een stilte. 'Wat heeft zijn zoon dan gedaan?'

Daniel deed zijn ogen dicht. 'Weet ik niet. Het enige wat ik weet, is dat een van hen op internet heeft gezocht naar oncologen in Philadelphia en dat de laatste die ze echt gesproken hebben, oma was. Ik ben hier om ze te zoeken, en ik ben bereid om bij elk hotel in de stad langs te gaan, maar het zou wel helpen als ik wist vanaf welk nummer ze oma hebben gebeld.'

'Waarom vraag je niet iemand bij het GBI om dat voor je uit te zoeken?'

Daniel weifelde. 'Dat doe ik liever niet. Mijn baas wilde al dat ik ze als vermist opgaf. Ik zei dat ik dat zou doen als ik bewijs had dat dit meer was dan zomaar een vakantie.'

'Je baas heeft gelijk,' zei ze kil. 'Je moet dit volgens de regels doen.'

'Doe ik ook, zodra ik ervan overtuigd ben dat ze echt vermist zijn, en niet op vakantie. Kun jij de telefoongegevens van oma achterhalen?'

'Ik zal mijn best doen. Bel me niet nog eens. Ik bel jou, als en wanneer ik iets vind.'

Daniel grijnsde toen ze ophing. Eigenlijk was het veel beter gegaan dan hij had verwacht.

*Dinsdag 16 januari, 1:15 uur*

Degenen in de tweede rij waren heel persoonlijk. De oude man en zijn vrouw lagen er al. Binnenkort zouden in de lege graven de nakomelingen van de oude man liggen. Hoe passend was het dat de familie de eeuwigheid samen zou doorbrengen... *op mijn begraafplaats.* Hij grijnsde. *Hoe passend dat ik de enige ben die in het familiegraf achter de kleine doopsgezinde kerk in Dutton, Georgia ligt.*

Hij had niet om de confrontatie gevraagd. Artie en zijn vrouw hadden die naar hem toe gebracht, tot recht voor zijn deur. Hij was altijd wel van plan geweest deze oorlog te voeren, maar pas nadat hij naam had gemaakt. Nadat hij zijn doelen had bereikt. Als hij werkelijk succes had. Om de oude man een poepie te kunnen laten ruiken. Als hij kon zeggen: *Jij zei dat er nooit iets van me terecht zou komen. Je had het mis.*

Daar was het te laat voor. Hij zou nooit kunnen zeggen: 'Je had het mis.' Artie was ermee begonnen, maar nu hij in de strijd verwikkeld was, zou hij die voor eens en voor altijd afmaken. De oude man had geboet voor zijn misdaden. Zijn nakomelingen zouden snel volgen.

Arties dochter zou de laatste hoofdrol in zijn game spelen; zij zou de koningin worden, de enige die nog tussen de inquisiteur en de troon in stond. Ze zou natuurlijk worden vernietigd. Op een pijnlijke manier.

Arties zoon zou een simpele boer spelen die stroopte op de landerijen van de koning. Een kleine rol in het spel. *Maar zijn dood zal een belangrijk hoofdstuk in mijn leven afsluiten.* Hij liep met doelgerichte stappen zijn studio door, niet langer vermoeid. Hij opende een kast en haalde er zorgvuldig het gereedschap uit dat hem de wraak zou brengen. Jarenlang had hij het bewaard, wachtend op dit moment. Hij zette het toestel op zijn bureau, duwde de scherpe stalen kaken open en stelde de val scherp. Met vaste hand liet hij een potlood tussen de kaken zakken en tikte op de ontgrendeling. De kaken klapten dicht en het vermorzelde potlood viel in stukken uit zijn hand.

Hij knikte goedkeurend. Arties zoon zou pijn kennen: intense, ondraaglijke, onvoorstelbare pijn. Arties zoon zou schreeuwen om hulp, om bevrijding, en uiteindelijk om de dood. Maar niemand zou hem horen. Niemand zou hem redden. *Ik heb ze allemaal vermoord.*

*Dinsdag 16 januari, 6:00 uur*

Vito liep wankel de keuken in, gelokt door de geur van koffie en knisperend bacon. Hij glimlachte toen hij zijn zus Tess aan de keukentafel zag zitten, waar ze de kleine Gus voerde. Of althans, dat probeerde ze.

Gus duwde zijn kom havermout van zich af. 'Wil taart,' zei Gus, niet mis te verstaan.

'Wie niet?' antwoordde Tess droog. 'Maar we krijgen niet altijd onze zin, en ik weet zeker dat je mama je geen taart bij het ontbijt geeft.'

Gus hield zijn hoofd schuin en nam haar sluw op. 'Tino taart.'

Vito glimlachte. Taart was sinds de jongens hier logeerden Tino's oplossing geweest voor alle opvoedkundige calamiteiten. 'We zijn erbij, denk ik.'

Ze draaide zich met grote ogen om. Maar haar geschrokken blik maakte snel plaats voor een prachtige glimlach toen ze door de kleine keuken draafde om hem te omhelzen. 'Vito.'

'Hé, zus.' Er was iets mis. Haar glimlach was oprecht, maar haar lichaam was gespannen, voelde hij. 'Wat is er? Is er iets met Molly?'

'Nee, het gaat weer beter met haar. Je maakt je te veel zorgen, Vito. Ga zitten. Ik zal een bord voor je pakken.'

Nog altijd argwanend ging hij zitten. 'Ik heb gisteravond dat kliekje gevonden dat je in de koelkast had gezet. Bedankt.'

Ze keek over haar schouder terwijl ze zijn bord vol schepte met eieren en bacon. 'Dat was een hele raviolischotel, geen kliekje. Maar het is je gegund.' Ze zette het bord op tafel voor hem neer en ging in de andere stoel zitten. 'Hoe laat ben je vannacht thuisgekomen?'

'Het was bijna één uur.' Onderweg naar huis was hij bij het café langsgegaan waar Warren Keyes ober was geweest. Gesprekken met Warrens baas en collega's hadden niets opgeleverd. Niemand had iets ongewoons of onbekende personen gezien. 'Ik wilde je niet wakker maken.'

'Ik ben ook niet wakker geworden. De jongens hebben me gisteravond uitgeput.' Ze kietelde onder Gus' voeten. 'Deze jongen hier rent veel te snel op die kleine beentjes, en jij hebt te veel dingen rondslingeren die kapot kunnen. Zodra ik Gus en de rest eindelijk in slaap had, ben ik ingestort.'

Vito trok een verbaasd gezicht. 'Dante was nog wakker toen ik thuiskwam. Hij zat te huilen op de veranda aan de achterkant.'

Tess' ogen werden groot. 'Op de veranda? Daar is het ijskoud.'

Vito's veranda was omsloten door glas, maar er was geen verwarming en het was er inderdaad ijskoud geweest. 'Weet ik. Hij had zijn slaapzak om zich heen, maar toch. Ik schrok me rot toen ik thuiskwam en zag dat hij niet in de woonkamer lag te slapen. Ik geloof dat hij even hard schrok toen ik hem achter aantrof. Hij zei dat hij alleen wilde zijn.'

'Hij was overstuur vanwege Molly,' zei Tess. 'Dat is begrijpelijk.'

Vito had zijn twijfels gehad, maar hij had niet aangedrongen. 'Misschien. Ik heb hem naar binnen gehaald, maar hou toch maar een oogje op hem.' Hij keek Tess over zijn mok heen aan. 'Dus wat is er aan de hand?'

Ze grinnikte kort. 'Je bent bemoeizuchtig, wist je dat?'

Hij dacht aan Sophie en voelde een steek in zijn hart. 'Dat is me gezegd, ja.'

Tess keek hem vragend aan. 'Als jij vertelt, doe ik het ook.'

'Ik had het kunnen weten: waarom probeer ik een psycholoog uit te horen? Oké, maar jij eerst.'

Ze haalde haar schouders op. 'Het valt me zwaar om die kinderen te zien. Aidan en ik proberen al een tijd...' Ze sloeg haar blik neer. 'We komen allebei uit een gezin van vijf kinderen, en wij kunnen er niet eens één krijgen.'

'Misschien moeten jullie het gewoon wat tijd geven.'

Ze keek op en hij kon het verdriet in haar ogen moeilijk aanzien. 'We proberen het al anderhalf jaar. We beginnen al te praten over artsen en behandelingen en adoptie.'

Hij pakte haar hand en kneep erin. 'Wat erg voor je, zus.'

Ze glimlachte droevig. 'Ja. En nu ben jij aan de beurt. Hoe heet ze?'

Hij lachte proestend. 'Sophie. En ze is heel mooi, heel slim en ik mag haar graag, maar ze wil mij niet aardig vinden. Ze heeft me min of meer gevraagd om haar met rust te laten, dus dat doe ik dan maar.'

'Dat is verstandig vanuit het standpunt dat je geen stalker moet worden, maar voor jou is het helemaal nieuw. Ik geloof dat je nog nooit zomaar een vrouw hebt laten lopen als je eenmaal echt interesse in haar had.'

Dat was inderdaad zo, tot Andrea. Ze had aanvankelijk nee gezegd, maar hij was verliefd geweest. Hij had aangedrongen, totdat ze van gedachten was veranderd. En uiteindelijk bleek dat het slechtste wat hun beiden had kunnen overkomen. 'Misschien ben ik wel volwassen geworden.'

'Uh-huh.' Ze knikte, duidelijk niet overtuigd. 'Ja, ja.'

Hij stond op. 'Nou, hoe dan ook, ik moet weg. Ik moet nog langs de bakker en het lijkenhuis voor ik naar mijn werk ga.'

Tess trok een gezicht. 'Bakker en lijkenhuis zijn twee woorden die je niet samen in één zin zou moeten gebruiken, Vito. Ben je met het eten thuis?'

'Weet ik nog niet.' Hij kuste haar op het voorhoofd. 'Ik bel je nog wel.'

'Ik moet de jongens naar school sturen.' Ze keek om zich heen in de keuken. 'En dan denk ik dat Gus en ik maar eens gordijnen gaan kopen. Je ramen zien er droevig uit.'

Tess was degene die er droevig uitzag, maar Vito kon daar niets aan doen, net zoals hij de vorige avond niets had kunnen doen aan de droevige blik op Sophies gezicht.

*Dinsdag 16 januari, 8:01 uur*

'Hmm.' Jen McFain zette haar tanden in een gesuikerde donut. 'Neem er ook een.' Ze duwde de doos naar Beverly Jenkins toe, een van de rechercheurs die Liz aan Vito's zaak had toegewezen.

Beverly keek mismoedig naar de doos. 'Hoe blijf je zo mager, McFain?'

'Snelle stofwisseling.' Jen grijnsde. 'Maar ik kan je misschien troosten, want mijn moeder zegt dat mijn stofwisseling op mijn veertigste knarsend en piepend tot stilstand komt en dat elke hap die ik dan nog neem meteen op mijn kont terechtkomt.'

Beverly glimlachte. 'God bestaat dus toch.'

Liz kwam binnen met Katherine en Tim Riker, Beverly's partner. 'Hoe staan we ervoor, Vito?' vroeg Liz toen ze waren gaan zitten en de doos met donuts hadden doorgegeven.

'Liz heeft jullie gisteren al van het meeste op de hoogte gebracht,' zei Vito tegen Riker en Jenkins. 'We hebben één slachtoffer met zekerheid geïdentificeerd, en gisteravond hebben we nog twee mogelijke identiteiten gevonden.' Hij liep naar het whiteboard waarop hij Katherines schets van het diagram had getekend. In elke rechthoek had hij een korte beschrijving van het slachtoffer geschreven, samen met de doodsoorzaak en de geschatte datum van overlijden.

'We hebben Warren Keyes geïdentificeerd, en mogelijke identificaties van deze vrouwen.' Hij wees naar graf drie-twee en één-één. 'De vrouw met de gevouwen handen zou Brittany Bellamy kunnen zijn.' Hij tikte op haar foto langs de zijkant van het bord. 'Brittany was model. Haar foto en een lijst van haar cliënten zitten in het infopakket dat ik voor jullie heb samengesteld. We weten niet waar ze woont. Haar naam staat niet in de lijsten van vermiste personen of in de kentekenregistratie. Misschien komt ze niet hier vandaan.'

'En de andere vrouw?' vroeg Liz.

'Dat is Claire Reynolds,' vertelde Katherine. 'Ze had een metalen plaat in haar hoofd en haar rechterbeen was boven de knie geamputeerd. Ik was hier al om zes uur en heb contact opgenomen met de fabrikant van de metalen plaat. Ze konden het serienummer ervan koppelen aan Claire Reynolds. Die plaat was in haar hoofd gezet na een auto-ongeluk. Claire woonde op dat moment in Georgia, en ze is geopereerd in Atlanta. Ik neem aan dat haar been tijdens datzelfde ongeluk beschadigd is geraakt. Ik weet het zeker als ik haar medische dossier krijg.'

Vito nam het over. 'Claire was zo'n vier jaar geleden naar Philly verhuisd. Haar laatst bekende baan was bij een van de filialen van de bibliotheek. Haar ouders hebben haar ongeveer veertien maanden geleden als vermist opgegeven. Hun beschrijving komt overeen met het lichaam dat we hebben gevonden.'

'En de tijdschatting klopt met de staat van ontbinding,' voegde Katherine eraan toe. 'Ik ben nog niet met een sectie op haar begonnen, maar ik heb wel röntgenfoto's van haar gemaakt terwijl die man zijn administratie doorzocht om haar naam te vinden. Haar nek was gebroken. Geen andere duidelijke verwondingen.'

Vito tikte op haar foto op het whiteboard, naast de rechthoek van haar graf. 'Ik heb deze foto uit de kentekenregistratie. Haar ouders moeten nog op de hoogte worden gebracht.'

Beverly maakte aantekeningen. 'Dat kunnen wij wel doen. We zullen ook kijken of we een haarmonster of zoiets kunnen krijgen, zodat we haar DNA kunnen natrekken.'

'De vrouw met de gevouwen handen stond op dezelfde modellensite waar Warren Keyes ook was ingeschreven,' zei Tim. 'Was Claire ook model, en is het mogelijk dat we daar nog andere slachtoffers terugvinden?'

'Ik heb niet gekeken of Claire ook model was. Het lijkt onwaarschijnlijk, maar het kan natuurlijk best. Het is het nakijken waard.'

'Ik betwijfel of die drie ouderen model waren,' zei Liz. 'Waarschijnlijk zul je er eerder de drie jongere mannen vinden: de hoofdwond, de kogelwond en de scherven.'

Vito fronste zijn wenkbrauwen. 'Tino zei dat er niet genoeg van de andere jongemannen over was om een schets te maken, en de forensisch antropoloog is tot volgende week op een congres.'

'Tino?' herhaalde Beverly met een vragende uitdrukking op haar gezicht.

'Mijn broer, alias de gratis tekenaar. Hij heeft deze tekening gemaakt van het meisje met de gevouwen handen. Daarmee konden we Brittany Bellamy op de modellensite terugvinden.' Vito haalde Tino's tekening uit zijn map en schoof hem naar het midden van de tafel. 'Hij denkt dat hij wel schetsen kan maken van het oudere stel, maar niet van de anderen.'

'Hij is goed,' zei Tim, die de schets vergeleek met de foto van Brittany. 'Maar als hij geen schetsen voor ons kan maken, kunnen we proberen hun lichamelijke kenmerken te vergelijken met die van de lijst van vermiste personen.'

'Het is een poging waard,' vond Vito ook. 'Maar eerst moeten we bevestigen of ons slachtoffer echt Brittany Bellamy is. Als jullie de ouders van Claire Reynolds op de hoogte hebben gebracht, kunnen jullie dan Brittany's cliënten bellen en kijken of jullie een adres kunnen achterhalen?'

Jen trok een wenkbrauw op. 'En jij gaat...'

'Ik ga de instrumenten opsporen die hij tijdens de laatste foltermoorden heeft gebruikt. Ik wil een geldspoor zien te vinden. Sophie Johannsen heeft me een lijst van mensen gegeven die reproducties verkopen of die op de hoogte zijn van de handel in authentieke artefacten. Ik zoek een stoel, een rekbank, een zwaard en een maliënkolder.' Hij keek Katherine aan. 'Nick denkt dat de ronde plekken die je had gevonden van een maliënkolder afkomstig zijn.'

'Dat zou best kunnen. Iemand zou hem dan wel met heel veel kracht hebben moeten slaan om dat soort plekken te veroorzaken,' zei ze peinzend. 'Misschien met een hamer.'

'Maar dat verklaart het andere letsel nog niet,' zei Liz. Ze haalde de foto's van slachtoffer drie-één dichterbij. 'Het voorwerp waarmee hij op zijn hoofd en arm is geslagen, was zwaar en scherp. Kartelig, zelfs.'

'De klap op zijn hoofd kwam vanuit een horizontale hoek,' voegde Katherine eraan toe. 'Zo hard dat de bovenkant van zijn hoofd eraf was. De klap op zijn arm is vanuit een verticale stand gekomen.'

'Warren had op enig moment een zwaard in zijn handen,' opperde Jen. 'Misschien heeft hij dat gebruikt.'

Katherine schudde haar hoofd. 'We zoeken iets stomps, maar tegelijkertijd scherp.'

'En middeleeuws.' Jen grimaste. 'Misschien zo'n ketting, met een bal met punten eraan? Als je daar hard genoeg mee slingert, zou je zo'n harde klap kunnen uitdelen.'

'Een strijdvlegel,' zei Tim met een vies gezicht. 'God.'

'Ik zal een vlegel op mijn lijst zetten. Oké. We weten dat Warrens cv is bekeken op de dag voordat hij verdween. Op die modellensite kunnen potentiële opdrachtgevers via e-mail contact opnemen met de modellen. We weten niet wie hem een e-mail heeft gestuurd, want er is een virus meegestuurd om zijn harde schijf te wissen.'

'Misschien kunnen we iets vinden op Brittany's computer,' zei Liz. 'Breng hem naar IT, zodat ze hem kunnen testen. En open haar account om te zien of er in de afgelopen maand iemand bij haar heeft gekeken.'

Beverly knikte. 'Doen we. Weet je, Vito, er is één ding dat me dwarszit.'

'Eén maar?' vroeg Vito. Ze glimlachte droog.

'De vingertoppen van de oude man. In je verslag staat dat je denkt dat dit de enige *crime passionel* van het stel is, en dat is ook logisch. Maar waarom heeft de moordenaar zijn vingertoppen eraf gehaald? Het lijkt me dat hij wist dat die man kon worden geïdentificeerd aan de hand van zijn vingerafdrukken, maar dat zou alleen gevaarlijk zijn als het lijk werd gevonden. Hij dacht kennelijk niet dat zijn andere slachtoffers zouden worden gevonden. Hij heeft geen pogingen ondernomen om hen onherkenbaar te maken.'

'Het was onderdeel van de aanval,' zei Katherine. 'De vingerhuid is eraf gesneden terwijl de oude man nog leefde. Wie die man ook was, de moordenaar haatte hem echt.'

'Laat Tino hun gezicht dan maar tekenen,' stelde Vito voor, 'en kijken of er iets bovenkomt. Hoe zit het met de oude dame in de eerste rij?'

'Daar heb ik nog helemaal niet naar gekeken. Ik doe de autopsie vandaag.' Katherine keek Jen aan. 'Heb je al iets over die kogel die ik uit één-drie had gehaald?'

'Ja. Hij komt uit een Duitse Luger,' zei Jen met een tevreden hoofdknik. 'De man van ballistiek denkt dat het een oude is, uit ongeveer 1940. Hij gaat er vandaag nog wat meer onderzoek naar doen.'

Liz haalde haar schouders op. 'Het zijn vrij veelvoorkomende wapens, zelfs de oude. Het zal wel niet te traceren zijn.'

Maar Tim knikte. 'Ja, maar het is wel veelzeggend, als je nagaat dat hij naast een vent ligt met scherven in zijn buik. Het zal interessant zijn te ontdekken welke granaat er op hem is gebruikt. En als het pistool oud is, dan is dat alleen maar weer een aanwijzing dat die kerel waar mogelijk voor authentiek gaat.' Tim keek Vito aan. 'Je hebt hier twee historische thema's, allebei gerelateerd aan oorlogvoering.'

'Je hebt gelijk. We moeten alleen uitzoeken waarom. Jen, wat weten we over die akker?'

'Ik zou wel willen weten waarom nou juist díé akker,' overpeinsde Liz. 'Wat heeft hem naar díé akker geleid?'

'Goed punt.' Vito schreef het op. 'We zullen eens gaan kijken naar de tante van Harlan P. Winchester. Ze is inmiddels overleden, maar het land was nog van haar toen het eerste graf werd gegraven. Wat nog meer?'

'Ik verwacht vanmiddag een labrapport over dat siliconenmiddel,' zei Katherine.

'Mooi.' Vito stond op. 'Dan zijn we voorlopig klaar. We hebben allemaal ons to-do-lijstje. Laten we om vijf uur weer hier samenkomen. Hou contact, en pas goed op jezelf.'

# 10

*Dinsdag 16 januari, 8:35 uur*

Patty Ann zat niet achter de receptie toen Sophie het museum in ging. Theo de Vierde zat er, en Sophie was blij hem te zien. 'Je bent er weer. Nu kun jij mooi het harnas dragen.'

Hij schudde zijn hoofd. 'Niet vandaag. Ik ben er voor de eerste rondleiding niet.'

'Theo! Je moet blijven. Die riddertoer is een ellende.'

'Waarvoor mijn vader je goed betaalt,' zei Theo ijzig.

Sophie wilde hem het liefst slaan, maar Theo was een heel grote jongeman en gebouwd als een rotsblok. 'Dan zal ik je eens wat vertellen, jongen. Je vader betaalt...' Ze brak haar zin af. Haar magere salaris was geen geschikt onderwerp voor een gesprek met de zoon van de eigenaar. Ze draaide zich om en liep naar haar kantoor.

'Sophie, er is een pakketje voor je.' Theo gebaarde naar een doosje op de balie.

Geërgerd omdat ze boos op de jongen was geworden griste Sophie het doosje van de balie en nam het mee naar haar kantoor, waar ze de deur achter zich sloot. Met abrupte rukken trok ze het papier van de doos en wipte het deksel open.

Toen liet ze het doosje vallen en sloeg haar handen voor haar mond om haar gil te dempen.

Er rolde een dode muis uit de doos. Zijn kop volgde niet. Onder in de doos lag de muizenval waarmee het beestje was terechtgesteld.

Hijgend liet ze zich in haar stoel zakken, met haar hand nog steeds stevig over haar mond geslagen. Ze kokhalsde, maar hield het in. Ze wist precies wie die muis had gestuurd en waarom, want tien jaar eerder had ze er ook eentje gekregen.

Van de vrouw van Alan Brewster. Amanda Brewster hield er niet van als andere vrouwen met haar man naar bed gingen, zelfs al waren die vrouwen daarvoor misleid. Clint Shafer had kennelijk geen tijd verspild en had Alan meteen verteld dat Sophie gisteravond had gebeld. Amanda had het klaarblijkelijk gehoord.

*Ik zou de politie moeten bellen.* Maar dat zou ze niet doen, net zomin als ze dat de vorige keer had gedaan, want diep vanbinnen wist ze dat Amanda Brewster terecht kwaad was. Dus schepte ze de muis op en deed het deksel weer op het doosje. Even overwoog ze hem in de vuilnisbak te gooien, maar ze wist dat ze dat niet kon, net zoals ze gisteravond Alans naam niet voor zich had kunnen houden. Ze zou hem later wel begraven.

*Dinsdag 16 januari, 9:15 uur*

Daniel Vartanian had de pagina's met telefoonnummers van hotels uit het telefoonboek gescheurd dat in het nachtkastje op zijn hotelkamer had gelegen. Gewapend met foto's van zijn ouders was hij van plan eerst langs de hotelketens te gaan waar ze meestal logeerden, en dan van daaruit verder.

Hij was bezig zijn stropdas om te doen toen zijn mobiele telefoon ging. Het was Susannah. 'Hallo.'

'Het was een netnummer uit Atlanta,' zei Susannah zonder te groeten. 'Een mobiele telefoon, op naam van ma.'

Dat had hem gerust moeten stellen. 'Dus ze heeft oma met haar eigen telefoon gebeld om te zeggen dat ze naar jou toe gingen. Weet je waar die telefoon zich bevond toen ze belde?'

Susannah zweeg lange tijd. 'Nee. Maar ik zal proberen erachter te komen. Dag.'

Hij aarzelde, en toen zuchtte hij. 'Suze... Het spijt me.'

Hij hoorde Susannah zachtjes uitademen. 'Dat geloof ik best, Daniel, maar je bent een jaar of elf te laat. Hou me op de hoogte.' Toen hing ze op.

Ze had natuurlijk gelijk. Hij had zo veel fouten gemaakt. Hij ging verder met het strikken van zijn das, met onvaste handen. Misschien kon hij deze keer eens iets goed doen.

*Dinsdag 16 januari, 9:30 uur*

Dr. Alan Brewsters kantoor was een minimuseum, dacht Vito toen Brewsters assistente hem binnenliet. Brewsters assistente echter... nou, niets aan haar was mini. Ze was lang en blond, met de maten van een barbiepop, en Vito dacht meteen aan Sophie. Kennelijk had Brewster ze graag jong, lang, blond en mooi.

Het model van dit jaar was Stephanie, die bij elke stap seks uitstraalde. 'Alan komt eraan. Hij zei dat u het zich gemakkelijk moest maken,' voegde ze er met een veelbetekenende glimlach aan toe, die Vito uitnodigde het zich bijzonder gemakkelijk te maken. 'Kan ik u iets aanbieden? Koffie? Thee?' Mij?, dacht Vito toen hij de geamuseerde fonkeling in haar ogen zag.

Vito hield afstand. 'Nee, bedankt.'

'Nou, als u van gedachten verandert, dan zit ik om de hoek.'

Toen hij weer alleen was, nam Vito de ingetogen weelde in ogenschouw. Brewsters mahoniehouten bureau was kolossaal en keurig opgeruimd, met op het glanzend gewreven oppervlak alleen een foto in een lijstje van een vrouw met twee tienerjongens. Mevrouw Brewster en de kinderen.

Eén muur was behangen met planken vol spulletjes van overal ter wereld. Een andere muur hing vol foto's. Van dichtbij zag Vito dat één man op bijna al die foto's stond. *Alan Brewster, neem ik aan*. De foto's overspanden twintig jaar, maar op allemaal zag Brewster er slank, gebruind en gesoigneerd uit.

Veel foto's waren gemaakt op opgravingen en voorzien van de plaats en datum. Rusland, Wales, Engeland. Op alle foto's stond Brewster naast een lang, blond, mooi meisje. Vito bleef staan bij een foto met het onderschrift 'Frankrijk', want het meisje daarop was Sophie. Ze was op de foto tien jaar jonger en stond naast Brewster in haar camouflage-veldjas en met haar rode bandana om. En met een glimlach die op veel meer wees dan alleen plezier in het werk. Ze was verliefd geweest.

En Brewster was getrouwd geweest. Vito vroeg zich af of ze het had geweten, maar die gedachte zette hij van zich af. Natuurlijk had ze dat niet geweten, en nu snapte hij ook wat ze de vorige dag had gezegd. Hij keek op bij een licht geluidje achter zich en zag in het glas van de foto een zwijgende Brewster achter zich staan.

Vito keek nog een paar tellen naar de foto uit Frankrijk en besteedde toen evenveel tijd aan de foto's van Italië en Griekenland, alsof hij nog steeds dacht dat hij alleen was. Uiteindelijk schraapte Brewster zijn keel en draaide Vito zich om. 'Dr. Brewster?'

Brewster deed de deur achter zich dicht. 'Ik ben Alan Brewster. Ga toch zitten.' Hij gebaarde naar een stoel en nam zijn plek achter het enorme bureau in. 'Hoe kan ik u van dienst zijn?'

'Ten eerste wil ik u verzoeken mijn vraag vertrouwelijk te behandelen.'

Brewster spreidde zijn handen en maakte een dakje van zijn vingers. 'Natuurlijk, rechercheur.'

'Dank u. We hebben een zaak waarin we vermoeden dat gestolen goederen van eigenaar zijn veranderd,' begon Vito, en Brewsters wenkbrauwen kropen omhoog.

'En u verdenkt een van mijn studenten? Hebben we het over televisies, stereo's? Examens?'

'Nee. De voorwerpen die wij gevonden hebben, lijken antiek. Middeleeuws, eigenlijk. We hebben op internet gezocht naar hoogleraren geschiedenis en archeologie, en uw naam kwam tevoorschijn als een van de experts op dat terrein. Ik zou graag uw professionele mening willen horen.'

'Ik begrijp het. Om wat voor soort voorwerpen gaat het?'

Vito woog zijn opties af. Hij mocht Brewster niet, maar hij had hem al niet gemogen voor hij hier naar binnen was gelopen. Dat die vent zijn vrouw bedroog, betekende nog niet dat hij geen goede bron was. 'We hebben verschillende wapens. Zwaarden en vlegels, bijvoorbeeld.'

'Gemakkelijk na te maken, natuurlijk. Ik zal graag uw vondsten verifiëren. Wapens en oorlogsvoering zijn mijn vakgebied.'

'Dank u. Misschien komt dat goed van pas.' Hij dacht even na. Hij moest een keer naar die stoel vragen. Dat kon hij net zo goed nu doen. 'We hebben ook een stoel gevonden.'

'Een stoel,' herhaalde Brewster een beetje minachtend. 'Wat voor stoel?'

'Een stoel met spijkers. Een heleboel spijkers,' antwoordde Vito, en hij zag Brewsters gezicht vertrekken in wat echte geschoktheid kon zijn voordat zijn gebruinde wangen kleurden.

De man herstelde zich snel. 'U denkt dat u een inquisitiestoel hebt gevonden? Hebt u die in uw bezit?'

'Ja,' loog Vito. 'We vroegen ons af hoe iemand daaraan zou kunnen komen.'

'Dergelijke artefacten zijn heel zeldzaam. Wat u hebt is bijna zeker een kopie. Dat zouden we kunnen nagaan. Als u hem hierheen bracht, zou ik graag helpen.'

Als Pasen en Pinksteren op één dag vallen, dacht Vito. 'Maar als hij authentiek is, waar zou hij dan vandaan kunnen zijn gekomen?'

'Europa, oorspronkelijk, maar er zijn er nog maar heel weinig over. Ze worden maar zelden particulier of op een veiling aangeboden.'

'Dr. Brewster, zullen we er maar geen doekjes om winden? Ik heb het over de zwarte markt. Als iemand een echt oud stuk zou willen kopen, zoals die stoel, waar zou hij dan naartoe gaan?'

Brewsters ogen fonkelden. 'Ik heb geen flauw idee. Ik ken niemand die handelt in illegale spullen, en als ik zo iemand kende, zou ik hem meteen aangeven.'

'Het spijt me,' zei Vito, en het vuur in Brewsters ogen doofde. Als hij acteerde, dan was hij heel goed. Vito dacht aan Sophie. Brewster moest wel een verdomd goeie acteur zijn. 'Ik wilde niet insinueren dat u bij illegale zaken betrokken was. Maar als zo'n stoel ineens zou opduiken, zou u daar dan over horen?'

'Zeer zeker, rechercheur, maar dat is niet gebeurd.'

'Kent u particuliere verzamelaars die interesse zouden kunnen hebben voor zulke spullen, als ze legaal te koop werden aangeboden?'

Brewster deed zijn bureaula open, haalde er een notitieblok uit en schreef een paar namen op. 'Dit zijn mannen die ik hoog heb zitten. Ik ben er dan ook van overtuigd dat zij u net zomin kunnen helpen als ik.'

Vito stak het vel papier in zijn zak. 'U hebt vast gelijk. Dank u voor uw tijd, Dr. Brewster. Als u iets mocht horen, bel me dan alstublieft. Hier is mijn kaartje.'

Brewster veegde het kaartje samen met zijn notitieblok in de la. 'Stephanie zal u uitlaten.' Vito was al bij de deur toen Brewster eraan toevoegde: 'Doe Sophie de groeten van me.'

Vito bedwong zijn ontsteltenis en draaide zich met een geforceerd verbaasd gezicht om. 'Pardon?'

'Alstublieft, rechercheur. We hebben allemaal zo onze bronnen. Ik heb de mijne en u hebt... Sophie Johannsen.' Hij glimlachte, met een sluwe glans in zijn ogen waardoor Vito de neiging kreeg de man zijn ogen uit te prikken. 'Er staat u veel goeds te wachten. Sophie was een van mijn vaardigste assistentes.'

Vito trok één schouder omhoog en kon met veel moeite de primitieve neiging onderdrukken om over het bureau heen te springen en Brewsters kop eraf te trekken. Maar hij schudde zijn hoofd. 'Sorry, Dr. Brewster. Ik weet echt niet waar u het over hebt. Misschien is die Sophie Johnson –'

'Johannsen,' corrigeerde Brewster gladjes.

'Wat dan ook. Misschien heeft ze met mijn baas gesproken, maar...' Vito haalde zijn schouders op. 'Niet met mij.' Hij glimlachte zogenaamd samenzweerderig. 'Hoewel ik kennelijk iets bijzonders heb gemist.'

Brewster kneep zijn ogen een beetje samen. 'Dat klopt, rechercheur. Dat klopt.'

*Dinsdag 16 januari, 10:30 uur*

Het was, zo moest Vito toegeven, een professioneel onproductief uitstapje geweest. Brewster had niets van werkelijke waarde opgeleverd, en Vito dacht ook niet dat de namen die hij had gekregen hem van nut zouden zijn. Al zou hij ze natuurlijk wel natrekken om te kijken wat hij nog kon uitvissen.

Zijn mobiele telefoon trilde en Rikers nummer verscheen op het schermpje. 'Vito, met Tim. We zijn net klaar bij het huis van Claire Reynolds' ouders. Ze hadden alle spullen van Claire in dozen in de kelder staan. Bev heeft wat haar uit Claires oude borstel gehaald, zodat we haar DNA kunnen achterhalen. Haar ouders zeiden dat ze een jaar geleden net voor Thanksgiving nog naar haar appartement zijn gegaan, toen ze steeds maar niet terugbelde, maar daar was ze al een hele tijd niet geweest. Toen zijn ze bij haar werk langsgegaan en ontdekten ze dat de bibliotheek waar ze werkte vijftien maanden eerder een ontslagbrief had ontvangen. De moeder is ervan overtuigd dat de handtekening op die brief niet die van Claire is, dus we zullen die brief ook meenemen.'

'Hmm. Iemand wilde dus niet dat ze als vermist werd opgegeven en dat er naar haar gezocht werd.'

'Dat dachten wij ook. Maar het mooiste komt nog. In de doos met haar spullen vonden we twee kunstbenen, de een om hard te lopen en de ander voor watersport. En...' – hij zweeg theatraal – 'een fles siliconensmeervet.'

Vito ging rechtop zitten. 'Echt waar? Dat is interessant.'

'Ja.' Er klonk een triomfantelijke glimlach in Rikers stem door. 'Deze was nog niet opengemaakt. Claires moeder zei dat ze dat middel op haar been smeerde en dat ze flesjes bewaarde in haar flat, haar auto en haar sporttas. De familie heeft haar auto of sporttas niet gevonden, dus misschien had Claire een paar flesjes bij zich toen ze werd vermoord.'

'Een heel praktisch souvenir voor onze moordenaar.'

'Ja. We zullen het door het lab laten vergelijken met de monsters die Katherine van de twee slachtoffers heeft gehaald.'

'Uitstekend. En Claires computer?'

'Haar ouders zeiden dat ze die niet had. Als we klaar zijn bij het lab, gaan we bellen en kijken of we Brittany Bellamy kunnen vinden.'

'Dan hebben we er drie klaar, en nog zes te gaan. Ik heb een paar namen van particuliere verzamelaars gekregen van de hoogleraar bij wie ik vanmorgen langs ben geweest, en die ga ik nog na. Nu ik weet dat de Luger een oud wapen was, ben ik er nog meer van overtuigd dat onze man de meest authentieke wapens gebruikt die hij kan vinden. Maar voor het geval dát, ga ik ook nog langs bij een paar dealers die reproducties verkopen op middeleeuwse festivals. We zullen zien wat eruit komt. Hou contact.'

Vito klapte zijn telefoon dicht en bleef ermee in zijn hand geklemd zitten, starend naar het winkeltje waar hij voor geparkeerd stond. Andy's Attic was de enige verkoper op Sophies lijst die ook een echte winkel had. Alle anderen verkochten alleen via internetsites. Voorlopig wilde Vito zijn gesprekken met mensen beperken tot degenen die hij in de ogen kon kijken, zodat hij hun reactie kon peilen.

Net zoals hij Brewster in de ogen had gekeken. Glibberige, nare vent. Maar hoe had Brewster geweten dat Sophie zijn bron was? Hij nam aan dat ze niemand had gebeld en hem alleen maar de namen had gegeven. Fronsend belde hij Sophies mobiele nummer.

Ze nam op behoedzame toon op. 'Met Sophie.'

'Sophie, met Vito Ciccotelli. Sorry dat ik je weer lastigval, maar...'

Ze zuchtte. 'Maar je hebt Alan Brewster gesproken. Heeft hij je iets gegeven?'

'De namen van drie collega's, van wie hij ervan overtuigd is dat ze ethisch en legaal zijn. Maar Sophie, hij wist dat jij me zijn naam had gegeven. Ik heb geprobeerd me eruit te kletsen, maar iemand had het hem verteld voordat ik daar kwam. Met wie heb je nog meer gesproken?'

Ze zweeg een tijdje. 'Een kerel die net als ik met zijn afstudeeropdracht bezig was, die zomer dat ik voor Brewster werkte. Hij heet Clint Shafer. Ik wilde niemand bellen, maar ik kon me Kyle Lombards naam niet meer herinneren, en hij en Kyle waren in die tijd vrienden.'

'Heb je nog iemand anders gebeld?'

'Alleen mijn studieadviseur, die ik op de lijst heb gezet. Ik heb Etienne gisteravond gebeld voordat ik jou zag en een voicemail ingesproken om te vertellen dat hij met je moest praten als je belde. Hij heeft me gisteravond laat teruggebeld.'

Ze was van afstudeerprogramma veranderd toen ze bij Brewster weg was, dacht hij. Ze klonk defensief, alsof ze verwachtte dat hij boos zou worden, dus hield hij zijn toon vriendelijk. 'Heeft je oude adviseur nog iets nuttigs gezegd?'

'Ja.' Iets van de spanning in haar stem ebde weg. 'Ik heb je erover gemaild.'

Zodat ze niet met hem hoefde te praten. Ze had geweten wat Brewster hem zou vertellen, en toch had ze hem die naam gegeven. 'Ik heb mijn mail nog niet gezien. Wat staat erin?'

'Het zijn allemaal geruchten, Vito. Etienne had het gehoord tijdens een feestje.'

Hij pakte zijn notitieblok. 'Soms zijn geruchten waar. Vertel op.'

'Hij zei dat hij had gehoord dat een van hun donateurs, Alberto Berretti, was overleden. Die vent woonde in Italië en had een grote verzameling zwaarden en harnassen, maar er werd al jaren gefluisterd dat hij ook martelinstrumenten verzamelde. Zijn familie heeft pasgeleden de collectie laten veilen, maar minder dan de helft van de zwaarden en niets van die zogenaamde martelinstrumenten werd te koop aangeboden. Etienne vertelde dat een paar mensen discreet hadden geïnformeerd, maar dat de familie zei niets anders gevonden te hebben dan wat er was geveild.'

'Geloofde je leraar die familie?'

'Hij zei dat hij ze niet kende, en dat hij niet wilde speculeren. Maar het belangrijkste is dat er daarbuiten dus ergens antieke spullen moeten zijn. Die kunnen met je zaak te maken hebben, maar het hoeft niet. Sorry, Vito, dat is alles wat ik weet.'

'Je hebt me erg geholpen, Sophie,' zei hij. 'Over Brewster.'

'Ik moet weg,' zei ze gespannen. 'Ik heb werk te doen. Dag, Vito.'

Vito keek nog een volle minuut naar zijn telefoon toen ze had opgehangen. Hij zou naar haar moeten luisteren. De vorige keer dat hij achter een vrouw aan had gezeten, was het zo vreselijk misgegaan. Het zou nu ook weer mis kunnen gaan.

Of het ging goed en hij kreeg het enige wat hij ooit echt had gewild. Iemand die aan het eind van een lange dag op hem wachtte. Iemand thuis. Misschien zou dat Sophie Johannsen zijn, en misschien niet. Maar hij zou het nooit weten als hij geen poging waagde. En deze keer zou hij ervoor moeten zorgen dat het goed ging. Hij toetste geconcentreerd een nummer op zijn mobiele telefoon in. 'Hé, Tess. Met Vito. Je moet iets voor me doen.'

*New York City, dinsdag 16 januari, 10:45 uur*

'Wauw.' Van Zandts blik liet geen moment het computerscherm los terwijl zijn personage vocht tegen de koene ridder, met een zwaard in de ene hand en een strijdvlegel in de andere. Van Zandts knokkels waren wit op de joystick en zijn gezicht was een en al concentratie. 'Mijn god, Frasier, dit is ongelooflijk. Hierdoor komt oRo helemaal bovenaan te staan, naast Sony.'

Hij glimlachte. Sony was het bedrijf dat ze wilden overtreffen. Games van Sony hadden hun weg gevonden naar miljoenen huishoudens. Miljoenen. 'Ik dacht wel dat je het mooi zou vinden. Dit is het eindgevecht. Op dit moment is de inquisiteur almachtig geworden en heeft hij de koningin ontvoerd. De ridder zal sterven in een poging haar te bevrijden, omdat hij... nou ja, nu eenmaal een ridder is.'

'De prachtige mythe van de ridderlijkheid.' Er trilde een spiertje in VZ's kaak terwijl hij zich inspande. 'De kunstmatige intelligentie is schitterend. Die ridder is verdomde moeilijk dood te krijgen. Ga dan dood, man,' zei hij met opeengeklemde kiezen. 'Kom op. Ga dood. Voor mij, toe. Ja!' De ridder zakte op zijn knieën en viel voorover toen VZ de genadeslag uitdeelde met de vlegel.

VZ fronste zijn wenkbrauwen. 'Maar het is zo'n... anticlimax. Ik hoopte op een beetje meer...' hij gebaarde vaag, 'páh.'

Omdat hij zo'n reactie had verwacht, haalde Frasier Lewis een opgevouwen vel papier uit zijn zak en smeet dat op Van Zandts bureau. 'Hier. Probeer het eens zo.'

Met ogen die glansden als die van een kind voerde Van Zandt de code in en opende de alternatieve spelmogelijkheid die Frasier had gecreëerd. '*Yes,*' siste hij toen het hoofd van de koene ridder werd gekliefd en hersens en bot door de lucht vlogen. 'Híér hoopte ik op.' Hij keek vanuit zijn ooghoeken opzij. 'Wel slim om er een *easter egg* van te maken. Als de gamers de code binnen een halfjaar na publicatie nog niet hebben gevonden, laten we die lekken. Binnen twee uur staat hij overal op het net en hebben we heel effectieve, goedkope publiciteit.'

'En dan worden de moeders, predikanten en leraren dol en kunnen ze protesteren tegen het zinloze geweld in onze samenleving.' Frasier glimlachte. 'Waardoor de jongelui alleen maar nog meer games van ons gaan kopen.'

Van Zandt grijnsde. 'Precies. Je zou er ook nog een paar naaktscènes in kunnen stoppen. Als het geweld ze niet gek maakt, doet een beetje bloot dat wel. Expliciete seks is nog beter.'

Hij dacht aan de scènes die hij met Brittany Bellamy had gemaakt. Zij was helemaal naakt geweest. Er zat geen seks in, maar het geweld was zo rauw dat hij wist dat VZ ermee ingenomen zou zijn. Hij was niet van plan geweest Van Zandt vandaag al de kerker te laten zien, maar het leek het juiste moment. Hij haalde een cd uit zijn laptoptas. 'Wil je een kijkje nemen in de kerker?'

Van Zandt stak zijn hand uit, en zijn gezicht straalde van gretigheid. 'Geef op.'

Hij boog zich naar voren met de cd, en Van Zandt griste die uit zijn hand. 'Zo zal de kerker er uiteindelijk uitzien,' legde hij uit terwijl VZ het schijfje in de computer stopte. 'De inquisiteur begint klein, door landeigenaren te beschuldigen van hekserij, dan arresteert hij ze en vermoordt ze met conventionele wapens zoals zijn zwaard en dolk en zo. Hij eigent zich hun bezittingen toe, en daarmee koopt hij groter en beter folterspeelgoed.'

Toen de intro begon, bewoog de camera door de mist naar het kerkhof op het terrein van een kerk, een perfecte kopie van een Franse abdij in de buurt van Nice.

Van Zandt keek hem verbaasd aan. 'Heb je je kerker in een kérk ondergebracht?'

'Eronder. Een lange neus naar het middeleeuwse establishment. En dat was de kerk.'

Van Zandt glimlachte. 'Ik zou liever niet naast je staan als het onweert.' De camera ging de kerk binnen en passeerde de crypte. Van Zandt floot zachtjes. 'Heel fraai, Frasier. Vooral de standbeelden op de graven. Heel authentiek.'

'Bedankt.' De gipsafdrukken hadden hem een goed werkmodel opgeleverd. Alleen zou hij nu weer smeervet voor zijn been moeten bestellen. Hij had Claires voorraad opgebruikt en had wat van zijn eigen spul moeten gebruiken. De camera ging de trap af en de grot in waar Brittany Bellamy op haar lot wachtte. 'Dit is Brianna. Ze wordt verdacht van hekserij. Maar de inquisiteur weet dat ze echt een heks is en wil dat ze hem haar geheimen vertelt. Ze is een heel koppige gevangene.'

'Stil. Laat me kijken.' Dat deed hij, en zijn geamuseerde gezichtsuitdrukking maakte plaats voor afgrijzen toen de inquisiteur de gillende vrouw in de inquisitiestoel drukte. 'Mijn god,' fluisterde hij terwijl Brianna's gekrijs uit de luidsprekers galmde. 'Mijn god.' Net als Warren had Brittany Bellamy mooi geleden en waren haar schreeuwen prachtig. Hij had gewoon het geluidsbestand van haar geschreeuw overgezet naar de door de computer gegenereerde animatie.

Toen de inquisiteur de stoel begon te verhitten, krijste Brittany van pijn. Van Zandt verbleekte werkelijk. Zodra de scène eindigde, met een close-up van Brianna's ogen op het moment van haar dood, liet Van Zandt zich achterovervallen in zijn stoel en parelden er zweetdruppeltjes op zijn voorhoofd. Hij staarde naar het scherm, waar het beeld was vervaagd en het logo van de oRo-draak te zien was.

Nadat er een volle minuut in stilte was verstreken, haalde hij diep adem en bereidde zich voor om zijn kunst te verdedigen. 'Ik ben niet van plan het te veranderen, VZ.'

Van Zandt stak zijn hand op. 'Stil. Ik moet nadenken.'

Vijf volle minuten verstreken voordat Van Zandt zijn stoel bijdraaide en hem aankeek. 'Splits de scènes op.'

Hij voelde dat hij boos werd. 'Ik ga mijn scènes niet versnijden, VZ.'

Van Zandt draaide met zijn ogen. 'Heb je dan geen geduld? We doen de stoelscène mee met de eerste release, maar houden hem verborgen. We geven de code voor de gruwelijkere ridderscènes vrij als gratis publiciteit. We volgen die gratis publiciteit op door bekend te maken dat er een code is voor de stoel... maar die kost geld. Het ontgrendelen van dat deel van de kerker kost onze klant nog eens 29,99 dollar.'

De basisrelease kostte al 49,99 dollar. Van Zandts plan zou zorgen voor extra omzet zonder extra kosten en de winst verhogen met vierhonderd procent. 'Jij kapitalist,' mompelde hij, en Van Zandt keek met een doordringende blik op.

'Natuurlijk. Daarom is de letter R de grootste in oRo.'

Hij herinnerde zich de kleine lettertjes in het logo onder de drakenklauwen. 'Rijkdom?'

Van Zandts glimlach was messcherp. 'Daarom ben ik hier. En daarvoor zou jij ook hier moeten zijn.' Hij stak zijn hand uit. 'Geef me de rest.'

Hij schudde zijn hoofd omdat hij plotseling aarzelde. 'Ik heb je genoeg gegeven voor de Pinnacle.'

'Dus Derek heeft je over onze Pinnacle-kans verteld?'

Hij glimlachte. 'Ja.'

Van Zandt trok zijn wenkbrauw op. 'Staat de Pinnacle je niet aan?'

'Derek staat me niet aan.' Hij sprak de woorden langzaam uit, als imitatie van de zware tongval van Van Zandt.

'Derek heeft zijn doel gediend, maar hij wil niet met ons mee naar het volgende niveau. Van jou, Frasier, heb ik hoge verwachtingen.' Hij had zijn hand niet teruggetrokken. 'Geef me de rest. Nu.'

Met grimmige voldoening sloeg hij nog een cd in Van Zandts hand. 'Dit is koning William. Als de koene ridder verslagen is, probeert William zijn koningin nog te redden. Maar inmiddels is de inquisiteur een heel machtige tovenaar geworden. Zelfs de koning kan niet tegen zijn duistere magie op en wordt gevangengenomen.'

Van Zandts glimlach werd scherp. 'En wat doet de inquisiteur met koning William?'

Hij dacht aan Warren Keyes, aan hoe hij had geschreeuwd. Hij kreeg er nog altijd de rillingen van. 'Hij legt hem op de rekbank en ontdoet hem vervolgens van zijn ingewanden.'

Van Zandt lachte zachtjes. 'Help me onthouden dat ik je nooit kwaad maak, Frasier Lewis.'

# 11

*Philadelphia, dinsdag 16 januari, 11:30 uur*

'Dit klopt nog steeds niet,' mompelde Vito terwijl hij met zijn vinger over de maliënkolder streek die Andy op de toonbank had gelegd. Hij was veel te grof. Andy's Attic was een algemene kostuumwinkel. Vito stelde zich voor dat hun moordenaar dergelijke armzalige reproducties met minachting zou bekijken.

'Ik heb u alle maliënkolders laten zien die ik heb,' zei Andy stijfjes. 'Wat zoekt u?'

'Iets fijners. Ongeveer een halve centimeter doorsnee.'

'Dat had u dan meteen moeten zeggen,' gromde Andy. 'Die kwaliteit heb ik niet hier in de winkel liggen, maar ik kan het wel bestellen.' Hij bladerde door een catalogus. 'Waar u het over hebt is van een veel betere kwaliteit, maar het is ook duurder.' Hij wees naar een foto van een man met een maliënkap en -hemd. 'Deze hauberk met coif kost achttienhonderd.'

Vito knipperde met zijn ogen. 'Dollar?'

Andy keek beledigd. 'Ja, dollar. Het heeft een GCA-merk. U weet wel, van het Genootschap voor Creatieve Anachronismen. U weet niks van dit soort spul, hè? Is het een cadeau?'

Vito kuchte. 'Ja. Dus dit setje kost achttienhonderd. Hoeveel voor alleen het hemd?'

'De hauberk kost twaalfenhalf.'

'Verkoopt u deze wel eens vanuit de winkel?'

'Niet vaak. Meestal verkoop ik ze via mijn website.'

'Hebt u ze recent nog verkocht? Voor de kerst, ongeveer?'

'Ja. Voor kerst heb ik negen hauberks verkocht. Maar afgelopen zomer, ongeveer een maand voor het middeleeuwse festival, waren het er vijfentwintig. Serieuze deelnemers van steekspelen willen graag voor het evenement al wennen aan de maliën,' – Andy sloeg de catalogus dicht en gaf hem aan Vito – 'rechercheur.'

Vito grimaste. Gesnapt. 'Sorry.'

Andy's glimlach was meewarig. 'Ik zal niks zeggen. Ik dacht het eigenlijk al wel toen u binnenwandelde. Mijn oom was politieman, dertig jaar lang. Wat zoekt u nog meer, rechercheur...'

'Ciccotelli. Een zwaard, ongeveer zo lang, met een zo groot gevest.' Vito gebaarde. 'En een vlegel.'

Andy's ogen werden groot. 'Tering. Nou, laten we maar eens kijken wat we kunnen vinden.'

*Dinsdag 16 januari, 11:45 uur*

Van Zandt stopte de cd's in zijn bureaula en deed die op slot. 'Dit is goed werk, Frasier.'

Lewis stond op. 'Aangezien je klaar bent voor de Pinnacle, ga ik maar weer eens. Ik heb nog een hoop te doen.'

Van Zandt schudde zijn hoofd. 'Ik wil nog een paar dingen met je bespreken. Ga nog even zitten.'

Fronsend gehoorzaamde hij. 'Zoals?'

'Je moet leren geduldig te zijn, Frasier. Je bent nog jong. Je hebt zeeën van tijd.'

Waarom stelden ouwelui jeugdigheid altijd gelijk aan de noodzaak van geduld? Alleen omdat hij zeeën van tijd hád, betekende dat nog niet dat hij zeeën van tijd wílde wachten. 'Zoals?' herhaalde hij, deze keer met opeengeklemde kiezen. Hij had om drie uur een afspraak met Gregory Sanders.

Van Zandt zuchtte. 'Zoals de koningin. Heb je haar gezicht al?'

Hij dacht aan de dochter van de oude man. 'Ja.'

'En? Hoe gaat ze eruitzien?'

Haar gezicht verscheen voor zijn geestesoog. 'Knap. Tenger. Brunette. Net zoiets als Bri– Brianna.' *Shit.* Hij had bijna 'Brittany' gezegd. *Concentreer je.*

'Nee, ik denk niet dat zo'n personage voldoende dramatische schoonheid heeft. Je koningin zou statig moeten zijn. Groter. Je Brianna lijkt me amper langer dan anderhalve meter.'

Brittany Bellamy was één meter zestig geweest. Hij had haar juist uitgekozen om haar kleine postuur. Zijn stoel was aan de kleine kant, en hij wilde hem er groter uit laten zien ten opzichte van de vrouw die erin zat. 'Wil je een andere koningin?'

'Ja.' Van Zandt trok zijn wenkbrauwen op alsof hij protest verwachtte.

Hij dacht erover na. Van Zandt had oog voor wat werkte. Wat verkocht. Hij kon wel eens gelijk hebben. Dit zou rommelig worden. Hij wilde de derde rij op de akker vol maken met Gregory Sanders en de vierde vullen met zijn bronnen, en de nakomelingen van de oude man moesten ook nog dood. Als hij nog meer modellen voor zijn game gebruikte, zou hij aan een nieuwe rij moeten beginnen. Maar ach, het was een grote akker. 'Ik zal erover nadenken.'

'Je gaat het doen,' corrigeerde Van Zandt hem mild, en hoewel er een weerwoord op zijn tong brandde, zei Frasier niets. Hij had VZ voorlopig nog nodig. 'En dan de vlegelscène.'

Hij kneep zijn ogen tot spleetjes. 'Wat is daarmee? Die is klaar.'

'Nee, hij is niet klaar. De scène die je erin hebt gestopt is zo tam. Hij... mept alleen maar. Het is een anticlimax. Waarom maak je de basisscène niet zo dat zijn hoofd openklapt, en dan voor de verborgen scène iets nog opwindenders? Misschien moet zijn hoofd wel ontploffen, of moet hij helemaal onthoofd worden. Het is –'

'Nee. Zo werkt het niet. De schedel ontploft niet, en het hele hoofd vliegt er ook niet af.' Hij was nogal teleurgesteld geweest toen hij dat ontdekte.

Van Zandts ogen waren samengeknepen. 'Hoe weet je dat?'

*Pas op je tellen*. 'Ik heb onderzoek gedaan. Met artsen gepraat. Dat is wat ze zeggen.'

Van Zandt haalde zijn schouders op. 'Nou, en? Maakt het uit wat er in het echt zou gebeuren? Het is toch allemaal fantasie. Maak de basisscène opwindender.'

Vanbinnen telde hij tot tien. *Denk eraan dat dit een middel is, en geen doel. Het is niet voor altijd. Straks kun je weglopen en hoef je nooit meer aan Van Zandt en oRo Entertainment te denken*. 'Oké, ik zal het wat oppeppen.' Hij stond op, maar VZ hield hem tegen.

'Wacht. Nog één ding. Ik zat te denken over je kerker. Er ontbreekt iets.'

'Wat dan?'

'Een ijzeren maagd.'

*O, in godsnaam. Wat amateuristisch en afgezaagd.* Zijn opinie over Van Zandt zakte snel naar een dieptepunt. 'Nee.'

'Waarom niet, Frasier?' wilde Van Zandt geërgerd weten.

'Omdat het niet klopt met de periode. Maagden verschenen pas in de zestiende eeuw. Ik zet geen ijzeren maagd in míjn kerker.'

'Al onze gamers zullen een maagd verwachten in hún kerker.'

'Weet je hoelang het zou duren om zo'n ding te...' Hij haalde adem. Hij had bijna 'bouwen' gezegd. Er waren geen ijzeren maagden te koop. Als hij er een wilde hebben, zou hij hem zelf moeten bouwen, en dat was hij niet van plan. 'Jager, ik ga op zoek naar een nieuwe koningin. Ik zal de vlegelscène oppeppen, maar ik zet geen nepstuk in míjn kerker.'

Met kille blik boog Van Zandt zich opzij en pakte een vel briefpapier uit zijn postvakje. 'Ik zie hier mijn naam als directeur op het papier staan. Ik zie jouw naam niet, Frasier. Nergens.' Hij smeet het papier weer in het bakje. 'Dus doe het gewoon.'

Zijn wrok verbijtend griste hij zijn laptoptas van de vloer. 'Best.'

*Dinsdag 16 januari, 11:55 uur*

'Meneer!'

Derek bleef op de trap staan die van de straat naar het kantoorgebouw van oRo leidde, met een ingepakte lunch van de broodjeszaak in zijn hand. Er was een man met een koffertje uit een taxi gestapt. Hoewel hij goedgekleed was, zag hij eruit alsof hij al een paar nachten niet had geslapen. 'Ja?'

'Bent u Derek Harrington?'

'Ja. Hoezo?'

De man kwam met een blik van vermoeide wanhoop naar hem toe. 'Ik wil alleen even met u praten. Alstublieft. Het gaat om mijn zoon en uw spel.'

'Als u niet wilt dat uw zoon *Behind Enemy Lines* speelt, dan kan ik daar niets aan doen.'

'Nee, nee, u begrijpt me verkeerd. Mijn zoon speelt uw spel niet. Ik denk dat mijn zoon ín uw spel zit.' Hij haalde een pasfoto uit zijn zak.

'Ik ben Lloyd Webber, uit Richmond, Virginia. Mijn zoon Zachary is iets meer dan een jaar geleden van huis weggelopen. In zijn briefje schreef hij dat hij naar New York ging. We hebben nooit meer iets van hem gehoord.'

'Het spijt me, meneer Webber, maar ik begrijp niet wat dat met mij te maken heeft.'

'In uw spel zit een scène waarin een jonge Duitse soldaat door zijn hoofd wordt geschoten. Die jongen lijkt als twee druppels water op mijn Zachary. Ik dacht dat hij misschien model had gestaan voor uw ontwerpers, dus heb ik uw bedrijf opgezocht. Alstublieft. Als u gegevens hebt over de modellen die u hebt gebruikt, kijk dan alstublieft of hij daarbij was. Misschien is hij wel hier in New York.'

'We gebruiken geen modellen, meneer Webber. Sorry.' Derek wilde weglopen, maar Webber ging voor hem staan en versperde hem de weg.

'Kijk even naar zijn foto. Alstublieft. Ik heb geprobeerd u te bellen, maar u wilde niet aan de telefoon komen. Dus ben ik vanochtend naar het vliegveld gegaan en heb een ticket gekocht. Alstublíéft.' Hij stak de foto uit, en zuchtend van medeleven pakte Derek die aan.

En hij voelde alle lucht uit zijn longen ontsnappen. Het was dezelfde jongen. *Exact hetzelfde gezicht.* 'Hij is... het is een knappe jongen, meneer Webber.' Hij keek op en zag dat Webbers ogen vol stonden met tranen.

'Weet u zeker dat hij niet bij u in de studio is geweest?' fluisterde hij.

Derek voelde zich licht in zijn hoofd. Hij had meteen toen hij Frasier Lewis' werk had gezien het idee gehad dat er een element van realisme in zat dat de grens van het fatsoen overschreed, maar de gedachten die nu door zijn hoofd gingen... 'Mag ik die foto lenen, meneer Webber? Ik kan hem aan de andere personeelsleden laten zien. We gebruiken nooit modellen, maar misschien heeft iemand hem ergens gezien. In een restaurant of misschien in de bus. We halen onze ideeën en personages van zo veel plekken.'

'Alstublieft. Hou de foto maar; het is een extra afdruk, en ik kan er nog meer laten maken. Laat hem aan iedereen zien als u denkt dat het kan helpen.' Hij stak met trillende hand zijn visitekaartje uit en Derek pakte het met net zo bevende hand aan. 'Mijn mobiele nummer staat erop. Belt u alstublieft, wanneer u wilt, dag of nacht. Ik blijf nog een paar dagen in de stad, tot u iets weet.'

Derek staarde naar de foto en het kaartje. Frasier Lewis was nog hier, hij zat binnen met Jager te praten. Hij kon het hem op de man af vragen. Maar hij wist niet zeker of hij het antwoord wel wilde horen. *Wees een kerel, Derek. Maak je eens ergens hard voor.*

Hij keek op en knikte. 'Ik bel u hoe dan ook. Beloofd.'

Er waren dankbaarheid en hoop in Webbers ogen te zien. 'Dank u wel.'

*Dinsdag 16 januari, 12:05 uur*

Zijn sluimerende woede bereikte een kookpunt toen hij Derek Harrington bij de uitgang van het gebouw zag staan wachten. Zijn vuist omklemde het handvat van zijn laptoptas, maar hij zou zijn vuist liever voor bevredigender dingen gebruiken, bijvoorbeeld om Harringtons gezicht te bewerken. Maar daar was een tijd en een plaats voor. *Niet hier, nog niet.* Zonder een woord van begroeting of herkenning liep hij langs Harrington de deur uit.

'Lewis, wacht.' Harrington volgde hem naar buiten. 'Ik moet met je praten.'

'Ik heb haast,' siste hij, en hij liep de trap naar de straat af. 'Later.'

'Nee, nu.' Harrington pakte hem bij zijn schouder en hij wankelde gevaarlijk, zodat hij bijna zijn evenwicht verloor en van de trap viel. Hij herstelde zich en greep zich vast aan de ijzeren leuning. De woede kwam naar boven en hij duwde Harringtons hand van zich af.

'Blijf van me af,' brulde hij bijna.

Derek zette een stap achteruit, zodat hij twee treden hoger stond. Nu stonden ze oog in oog. Er was iets nieuws in Harringtons ogen te zien, iets opstandigs.

'Of anders?' vroeg Derek zachtjes. 'Wat zou je dan doen, Frasier?'

*Niet hier. Nog niet.* Maar de tijd zou wel komen. 'Ik heb haast. Ik moet weg.'

Hij draaide zich om, maar Derek liep achter hem aan, passeerde hem op de trap en wachtte hem beneden op. 'Wat zou je dan doen?' herhaalde hij met meer nadruk. 'Me slaan?' Hij stapte een tree omhoog en keek vanuit zijn ooghoeken op. 'Me vermoorden?' mompelde hij.

'Je bent gek.' Hij liep de trap verder af, maar Harrington greep zijn arm. Deze keer was hij erop voorbereid en stond hij stevig, met zijn gewicht op zijn goede been.

'Zou je me vermoorden, Frasier?' vroeg Harrington op diezelfde lage toon. 'Zoals je Zachary Webber hebt vermoord?' Hij haalde een foto uit zijn jaszak. 'De gelijkenis met je Duitse soldaat is ongelooflijk, hè?'

Hij keek naar de foto en hield zijn gezicht uitgestreken, ook al sloeg de angst hem om het hart. Want vanaf die foto staarde Zachary Webbers gezicht naar hem op, zoals hij was geweest op de dag dat hij de liftende jongen had opgepikt op de I-95 buiten Philadelphia. Zachary was onderweg geweest naar New York, om acteur te worden. Zijn vader had hem gezegd dat hij te jong was, dat hij eerst zijn school moest afmaken. Zachary had zijn vader veracht. *Ik zal het hem eens laten zien*, had hij gezegd. *Als ik beroemd ben, zal hij zijn woorden moeten terugnemen.*

Die dag had die uitspraak door zijn hoofd gespookt. Hij had hetzelfde gezegd toen hij zo oud was als Zachary. De ontmoeting met Zachary was het lot geweest, net als Warren Keyes' tatoeage.

'Ik zie het niet,' zei hij achteloos. Hij stapte de straat op en draaide zich om naar Derek. Hij keek de oudere man die nog op de trap stond, in de ogen. 'Je moet oppassen met dat soort beschuldigingen, Harrington. Die kunnen je gaan achtervolgen.'

*Dinsdag 16 januari, 13:15 uur*

Ted Albright had een denkrimpel op zijn voorhoofd. 'Je was vlak vandaag, Jeanne.'

Sophie keek hem boos aan terwijl ze de pantserlaarzen uittrok. 'Ik had je al gezegd dat je Theo die riddertoer moest laten doen. Ik heb pijn in mijn rug.' En haar hoofd. En haar trots. 'Ik ga even lunchen.'

Ted pakte haar arm toen ze wegliep, maar in een verrassend vriendelijk gebaar. 'Wacht.'

Langzaam draaide ze zich om, voorbereid op weer een discussie. 'Wat?' snauwde ze, maar ze bond in toen ze de blik op zijn gezicht zag. Marta had gelijk, Ted Albright was een heel knappe man, maar op dit moment hingen zijn brede schouders omlaag en zag hij er afgepeigerd uit. 'Wat?' zei ze, veel zachter dan de eerste keer.

'Sophie, ik weet hoe je over me denkt.' Hij glimlachte scheef toen ze niets zei. 'En geloof het of niet, ik respecteer het dat je dat nu niet ontkent. Je hebt mijn grootvader nooit ontmoet. Hij was al dood voordat jij geboren werd.'

'Ik heb alles gelezen over zijn archeologische carrière.'

'Maar in de boeken staat niet hoe hij echt was. Hij was geen dorre historicus.' Zijn stem daalde bij dat laatste woord. Toen glimlachte hij. 'Mijn opa was... leuk. Hij overleed toen ik nog klein was, maar ik weet nog goed dat hij dol was op tekenfilms. Bugs Bunny was zijn favoriet. Hij liet me paardjerijden op zijn rug en was een enorme fan van de Stooges. Hij lachte graag. Hij hield ook van het theater, en dat doe ik ook.' Hij zuchtte. 'Ik probeer hier een plek van te maken waar kinderen graag komen en... dingen kunnen ervåren, Sophie. Ik probeer hier een plek van te maken die mijn opa graag zou hebben bezocht.'

Sophie bleef even staan en wist niet wat ze moest zeggen. 'Ted, ik denk dat ik nu een beter idee heb van wat je probeert te doen, maar... verdorie. Ik ben wél een dorre historica. Dat ik aan die verkleedpartijtjes mee moet doen, dat is vernederend.'

Hij schudde zijn hoofd. 'Je bent niet dor, Sophie. Je ziet de gezichten van die kinderen niet als jij begint te vertellen. Ze luisteren zo graag naar je.' Hij zuchtte diep. 'Ik heb de komende weken elke dag rondleidingen geboekt staan. We hebben die inkomsten nodig. Heel hard nodig,' voegde hij er zachtjes aan toe. 'Alles wat ik bezit, heb ik in dit gebouw geïnvesteerd. Als het museum niet loopt, zal ik de collectie moeten verkopen. Dat wil ik niet. Het is alles wat ik nog van hem heb. Het is zijn erfgoed.'

Sophie deed haar ogen dicht. 'Ik zal erover nadenken,' mompelde ze. 'Ik ga lunchen.'

'Vergeet niet dat je om drie uur de Vikingtoer hebt,' riep Ted haar na.

'Nee, hoor,' mompelde ze, schommelend tussen schuldgevoel en wat ze nog steeds als gerechtvaardigde woede zag.

'Hé, Soph. Hiero.'

De begroeting kwam van Patty Ann, die bij de receptiebalie stond en luidruchtig kauwgom stond te kauwen.

Sophie liep zuchtend de lobby door. Patty Ann had zich vandaag een nep-Brooklyn-accent aangemeten. Sophie leunde tegen de balie en zei: 'Niks zeggen. Je gaat voor die rol bij *Guys and Dolls*.'

'Ik heb die rol in mijn zak, en jij hebt een pakketje.' Patty Ann schoof het naar de rand van de balie. 'Dat zijn twee pakketjes op één dag. Je wordt nogal populair hier.'

Sophie was meteen op haar hoede. 'Heb je gezien wie het heeft gebracht?'

Patty Ann glimlachte gemaakt verlegen. 'Tuurlijk. Het was een dame.'

Sophie onderdrukte de neiging om het meisje te wurgen. 'Had die dame ook een naam?'

'Jazeker.' Patty Ann blies een kauwgombel. 'Een hele lange: Ciccotelli-Reagan.'

Opgelucht en stomverbaasd tegelijk knipperde Sophie met haar ogen. 'Echt waar?'

'Erewoord.' Patty Anns glimlach werd sluw. 'Ik vroeg of ze toevallig familie was van een grote, knappe politieman, en ze zei dat hij haar broer was. Toen vroeg ze of ik Sophie was.'

Sophie kromp ineen. 'Zeg alsjeblieft dat je nee hebt gezegd.'

'Natuurlijk heb ik nee gezegd,' pufte Patty Ann verontwaardigd. 'Ik wil alleen maar interessánte rollen spelen. Niet rottig bedoeld, Sophie, maar zo interessant ben je niet.'

'Ah... dank je, Patty Ann. Mijn hele dag is weer goed.'

Het meisje hield nadenkend haar hoofd schuin. 'Grappig. Dat zei zij ook. Die dame.'

Sophie mocht Vito's zus nu al. 'Bedankt, Patty Ann.' Toen ze in haar kleine, donkere kantoortje aankwam, deed ze de deur dicht en grinnikte. Patty Ann was best een aardige meid. Jammer dat het harnas haar niet paste. Ze zou een goeie Jeanne zijn. Nog altijd glimlachend ging ze aan haar bureau zitten en opende het pakketje. Ze staarde in het doosje. *Wat krijgen we nou?* Het was een pen. *Nee, toch niet.*

De glimlach verdween van haar gezicht toen ze besefte waar ze eigenlijk naar keek. Ze pakte het zilverkleurige cilindertje eruit en drukte met haar duim op het knopje aan de zijkant. De bovenkant klapte open, een blauw lichtje flikkerde, en een heel klein sirenetje loeide.

Het was een speelgoedreproductie van een geheugenwisser uit *Men in Black*, en ze slikte even toen ze besefte wat dit betekende. Vito Ciccotelli had haar weer een kans geboden om opnieuw te beginnen.

Er zat een briefje in het doosje. Het handschrift was vrouwelijk, maar de tekst was dat niet. *Brewster is een eikel. Vergeet hem en laat het achter je. V.* Sophie moest glimlachen om de PS. *Vergeet niet je paarse zonnebril af te zetten voor je jezelf bestraalt, anders werkt het niet.* Een kriebelig pijltje wees naar de andere kant van het papiertje, dus draaide ze het om. *Je hebt nog steeds een pizza van me te goed. Het restaurantje twee straten van je gebouw op het Whitman College heeft goeie. Als je nog honger hebt, dan ben ik daar vanavond na je les.*

Sophie stopte het briefje en het speeltje weer in de doos en ging zitten peinzen. Ze wilde die pizza wel. Maar ze was Vito Ciccotelli nog veel meer schuldig. Ze keek op haar horloge. Tussen de Vikingtoer en haar seminar van vanavond had ze niet veel tijd, maar ze zou doen wat ze kon.

Vito had niets nuttigs van Alan Brewster gekregen, en dat had Sophie ook niet verwacht. Ze had hem die naam eerder gegeven om haar eigen geweten te sussen, niet omdat ze dacht dat Alan echt kon helpen bij Vito's onderzoek. Maar Etienne Moraux had haar een goede aanwijzing gegeven. Ergens op de wereld zwierven vermiste antieke martelinstrumenten rond. Ze waren waarschijnlijk nog in Europa. Maar stel dat dat niet zo was? Stel dat ze hier waren?

Etienne had de overleden man of de andere hoofdspelers in de Europese kunstwereld niet gekend. Hij was niet het type dat rijkdom en invloed opmerkte, net zomin als zij. Maar ze kende mensen die daar wel oog voor hadden.

Sophie dacht aan haar biologische vader. Alex had goede connecties gehad op een aantal sociale en politieke niveaus, al had ze er altijd tegenop gezien gebruik te maken van zijn positie en invloed. Voor een deel kwam die gereserveerdheid voort uit de overduidelijke afkeer die haar stiefmoeder had van het Amerikaanse bastaardkind van haar man. Maar haar aarzeling had vooral te maken met de hele bizarre kluwen van Anna en Alex en de rest van de familie, en dus schakelde ze haar familie alleen in als het essentieel was.

Maar dit wás essentieel. Dit ging om gerechtigheid. Dus zou ze de invloed van haar vader weer gebruiken. Ze hield zich graag voor dat hij het ermee eens zou zijn geweest. Alex' vrienden kenden misschien de overleden man wiens collectie nu verdwenen was. Ze kenden misschien zijn familie, zijn relaties. Als er één ding was dat ze in haar leven door schade en schande had geleerd, dan was het dat je roddels nooit moest onderschatten. Goede niet, en slechte ook niet.

Ze sloeg haar telefoonklapper open op de pagina waar Alex Arnaud de telefoonnummers van zijn vrienden had opgeschreven, zodat Sophie niet 'alleen' zou zijn in Europa als hij er niet meer was. Tegen die tijd was zijn handschrift door zijn ziekte krabbelig en zwak geworden, maar ze kon de namen en nummers nog lezen. Ze kende al die mensen al sinds ze klein was, en ze hadden allemaal talloze keren hun hulp aangeboden. Vandaag zou ze die aannemen.

*Dinsdag 16 januari, 13:30 uur*

Zijn hart ging nog altijd tekeer toen hij zuidwaarts in de richting van Philadelphia reed, over hetzelfde stuk van de I-95 waar hij een jaar eerder Zachary Webber had opgepikt. Hij was overstuur, en dat maakte hem kwaad. De dag was niet zo gelopen als hij had verwacht.

Ten eerste de onredelijke eisen van Van Zandt. IJzeren maagden, nieuwe koninginnen en ontploffende hoofden. Hij had gedacht dat Van Zandt de waarde van authenticiteit inzag. Uiteindelijk was hij toch net als alle anderen.

En toen Harrington. Hoe was hij verdomme aan die foto gekomen? Ach, het maakte niet uit. Niemand kon bewijzen dat hij Zachary Webber ooit had ontmoet, laat staan een Duitse Luger uit 1943 tegen zijn hoofd had gehouden en de trekker had overgehaald. Harrington had maar wat gegokt, en hij schoot met losse flodders.

Toch zat die drammende rotzak op dit moment waarschijnlijk in VZ's kantoor om te proberen hem ervan te overtuigen... *Om wat te doen? Me te ontslaan? Me aan te geven bij de politie?* Van Zandt zou dat nooit doen. Hij had een uitnodiging voor de Pinnacle, en daar kon hij niet met lege handen aankomen. *Hij heeft me nodig.* Helaas had hij Van Zandt ook nodig. Voorlopig.

Harrington, echter, moest worden aangepakt, en snel ook. Hij zou gaan zeuren bij Van Zandt, maar uiteindelijk zou hij ergens anders naartoe gaan met zijn verhaal, naar iemand die misschien echt zou luisteren. Van Zandt had al gezegd dat Harrington niet langer meer van nut was.

Hij grinnikte. Van Zandt had geen idee hoe profetisch zijn uitspraak zou worden. Hij zou afrekenen met Harrington, maar eerst moest hij naar een afspraak.

*Dinsdag 16 januari, 13:30 uur*

Er was anderhalf uur verstreken voor Derek naar Jagers kantoor was geroepen. Die tijd had hij gebruikt om te overwegen hoe hij zijn partner zou confronteren met zijn vermoedens over Frasier Lewis, zonder over te komen als een gestoorde. Toen hij uitgesproken was, was er op Jagers voorhoofd een diepe denkrimpel verschenen. Maar in zijn ogen zag Derek verveelde onverschilligheid.

'Wat jij oppert, Derek, is heel ernstig.'

'Natuurlijk is het ernstig, Jager. En zeg nou niet dat jij de gelijkenis niet ziet tussen die vermiste jongen en het personage in Lewis' animatie.'

'Ik ontken niet dat er een zekere gelijkenis is. Maar dat is heel iets anders dan een medewerker beschuldigen van een koelbloedige moord.'

'Lewis gaf niet eens toe dat er een gelijkenis was. Hij is een kille smeerlap.'

'Wat had je dan verwacht dat hij zou zeggen? Je had hem net van moord beschuldigd. Dacht je dat hij zou zeggen: "Je hebt gelijk. Ik heb Zachary Webber ontvoerd, een pistool tegen zijn hoofd gezet, zijn kop eraf geschoten en vervolgens een personage in een game van hem gemaakt"?' Hij hield verwonderd zijn hoofd schuin. 'Of vind je dat voor de hand liggen?'

Nee, als je het zo expliciet stelde lag het niet voor de hand. Maar er klopte iets niet. Derek voelde het aan zijn water. 'Hoe verklaar je dit dan?' Hij tikte op de foto. 'Dat joch wordt vermist, en duikt dan ineens op in *Behind Enemy Lines*.'

'Hij had hem gewoon ergens gezien. Jezus, Derek, waar haalde jíj dan je inspiratie vandaan?'

Haalde. Verleden tijd. Er kwam een wanhopig gevoel in Dereks borst omhoog. 'Je weet helemaal niks van Lewis. Wat had hij geproduceerd voordat jij hem voor oRo inhuurde?'

'Ik weet wat ik moet weten.' Jager smeet een vel papier over zijn bureau.

Derek staarde naar een foto van Jager, vol zelfvertrouwen, met daarboven de kop: ORO SCOORT EEN COUP – NIEUWELING VERWERFT STAND OP DE PINNACLE.

'Dus je hebt het gemaakt,' zei Derek mat.

'Ja, ík wel.'

Met nadruk op 'ik'. 'Je wilt dat ik ontslag neem.'

Jager trok ergerlijk kalm zijn wenkbrauwen op. 'Dat heb ik nooit gezegd.'

Plotseling verdween de wanhoop en wist Derek wat hij moest doen. Langzaam stond hij op. 'Nou, bij deze dan.' Hij bleef bij de deur staan en keek om naar de man die hij ooit een van zijn beste vrienden had genoemd. 'Heb ik je eigenlijk ooit wel echt gekend?'

Jager bleef kalm. 'De beveiliging loopt met je mee naar je bureau, zodat je je spullen kunt pakken.'

'Ik zou je succes kunnen wensen, maar ik zou het niet menen. Ik hoop dat je krijgt wat je toekomt.'

Jagers ogen werden kil. 'Nu je niet langer bij dit bedrijf werkt, zal ik elke poging om mijn medewerkers in diskrediet te brengen opvatten als laster en er ferm tegen optreden.'

'Met andere woorden: Blijf bij Frasier Lewis uit de buurt,' zei Derek bitter.

Jagers glimlach was misselijkmakend. 'Je kent me dus toch.'

*New Jersey, dinsdag 16 januari, 14:30 uur*

Vito reed door het rustige buurtje in Jersey, volgens de routebeschrijving die hij van Tim Riker had gekregen. Hij had Andy van Andy's Attic opgedragen te zoeken naar bonnetjes van de verkoop van zwaarden en vlegels en sloot zich nu aan bij Tim en Beverly, die op de stoep op hem stonden te wachten.

'Brittany Bellamy's huis?' vroeg hij toen hij uitstapte, en Beverly knikte.

'Haar ouders wonen hier. Het enige adres dat Brittany bij al haar baantjes opgaf, was een postbus in Philly. Als ze hier niet woont, kunnen haar ouders ons misschien haar adres geven.'

'Hebben jullie haar ouders al gesproken?'

'Nee,' zei Tim. 'We hebben op jou gewacht. Een van de fotografen op haar cv zei dat hij Brittany afgelopen lente had ingehuurd voor een folder van een plaatselijke juwelier.'

'Het was een advertentie voor ringen.' Beverly's blik betrok. 'Alleen haar handen kwamen op de foto.'

'Nick en ik denken dat de moordenaar Warren heeft uitgekozen vanwege zijn tattoo. Misschien heeft hij Brittany gekozen omdat ze handmodel was, aangezien hij haar handen heeft gepositioneerd. Was ze als vermist opgegeven?'

'Nee,' zei Tim fronsend. 'Dus misschien is dit niet ons slachtoffer.'

'Laten we maar gaan kijken.' Vito ging hen voor naar de deur en belde aan. Even later deed een meisje open. Ze was een jaar of veertien, ongeveer even groot als hun slachtoffer, en haar haren hadden dezelfde donkerbruine kleur. Ze had een doos tissues in haar hand.

'Ja?' vroeg ze met verstopte neus. Haar stem klonk gedempt door het glas van de stormdeur.

Vito liet haar zijn penning zien. 'Ik ben rechercheur Ciccotelli. Zijn je ouders thuis?'

'Nee,' zei ze snuffend. 'Die zijn allebei naar hun werk.' Haar donkere ogen vernauwden zich. 'Hoezo?'

'We zoeken Brittany Bellamy.'

Het meisje hief haar kin en snufte nog eens. 'Mijn zus. Wat heeft ze gedaan?'

'Niks. We willen alleen met haar praten. Weet je waar ze woont?'

'Niet hier. Niet meer.'

Beverly stapte naar voren. 'Kun je ons dan vertellen waar wel?'

'Weet ik niet. Luister, jullie kunnen beter met mijn ouders praten. Die zijn na zessen thuis.'

'Kun je ons dan een telefoonnummer van het werk van je ouders geven?' drong Beverly aan.

De slaperige blik in haar ogen maakte plaats voor angst. 'Wat is er met Brittany gebeurd?'

'Dat weten we niet zeker,' zei Vito. 'We moeten echt even met je ouders praten.'

'Wacht hier.' Ze deed de deur dicht, en Vito hoorde dat ze het nachtslot erop deed. Twee minuten later ging de deur weer open en verscheen het meisje met een draadloze telefoon. Ze gaf die aan Vito. 'Mijn moeder is aan de lijn.'

'Spreek ik met mevrouw Bellamy?'

'Ja.' De stem van de vrouw klonk tegelijkertijd angstig en boos. 'Wat hoor ik over de politie? Wat heeft Brittany gedaan?'

'U spreekt met rechercheur Ciccotelli, van het politiebureau in Philadelphia. Wanneer hebt u Brittany voor het laatst gezien?'

Er viel een gespannen stilte. 'O, god. Is ze dood?'

'Wanneer hebt u haar voor het laatst gezien, mevrouw Bellamy?'

'O, God. Ze is dood.' De stem van de vrouw werd hysterisch. 'O, God!'

'Mevrouw Bellamy, alstublieft. Wanneer...' Maar de vrouw huilde te hard om hem te horen. De ogen van het meisje vulden zich met tranen toen ze de telefoon uit Vito's hand pakte.

'Ma, kom naar huis. Ik bel pa wel.' Ze verbrak de verbinding en hield de telefoon met beide vuisten tegen haar borst, een beetje zoals Warren Keyes het denkbeeldige zwaard had vastgehouden. 'Het was na Thanksgiving. Zij en mijn vader hadden vette ruzie omdat ze met haar tandartsopleiding was gestopt om actrice te worden.' Ze knipperde met haar ogen en de tranen stroomden over haar wangen. 'Ze is van huis weggegaan, zei dat ze het in haar eentje wel zou redden. Dat was de laatste keer dat ik haar heb gezien. Ze is dood, hè?'

Vito zuchtte. 'Hebben jullie een computer?'

Ze keek hem vragend aan. 'Ja, een splinternieuwe.'

'Hoe nieuw?' vroeg Vito.

'Een maandje oud of zo.' Ze aarzelde. 'Net nadat Brittany wegging, ging de oude stuk. Mijn vader was zo kwaad. Hij had geen back-ups gemaakt.'

'We hebben toestemming van je ouders nodig om in haar kamer te kijken.'

Ze wendde met trillende lippen haar blik af. 'Ik zal mijn vader bellen.'

Vito wendde zich naar Beverly en Tim. 'Ik blijf wel hier,' mompelde hij. 'Ga terug naar het bureau en zoek op UCanModel.com naar het derde slachtoffer in de rij.'

'Vlegelvent,' zei Tim grimmig. 'Maar we hoeven er niet op te rekenen dat zijn naam op de lijsten van vermiste personen zal staan. Zelfs als Brittany als vermist was opgegeven, dan was ze misschien niet in de lijsten in Philly terechtgekomen, als ze helemaal hier in Jersey zat.'

'Je kunt de database doorzoeken op fysieke kenmerken. Als jullie er niet uit komen, bel Brent Yelton van IT dan. Zeg maar dat ik jullie gestuurd heb. Kijk ook of hij een lijst kan maken van iedereen die op de site is bekeken op dezelfde dagen als de cv's van Warren en Brittany zijn bekeken. Ik wed dat die vent niet zomaar mazzel had met het eerste model met wie hij contact opnam. Misschien kunnen we iemand vinden die met hem heeft gesproken, en die nog leeft en een ongeschonden computer heeft.'

Bev en Tim knikten. 'Doen we.'

Het meisje was teruggekomen naar de stormdeur. 'Mijn vader is onderweg.'

Er stond een katholiek altaartje tegen het huis. 'Hebben jullie een priester?' vroeg Vito.

Ze knikte mat. 'Ja, die zal ik ook bellen.'

*Dinsdag 16 januari, 15:20 uur*

Munch was laat. Gregory Sanders keek voor de tiende keer in tien minuten op zijn horloge, en hij voelde zich veel te zichtbaar in het café waar hij met Munch had afgesproken. Hij wist alleen dat hij moest uitkijken naar een oudere man die met een stok liep.

De serveerster kwam bij zijn tafeltje staan. 'Je kunt hier niet blijven zitten als je niks bestelt.'

'Ik wacht op iemand. Breng me maar een gin-tonic.'

Ze hield haar hoofd schuin en keek hem onderzoekend aan. 'Ik heb jou eerder gezien. Ik weet het zeker.' Ze knipte met haar vingers. 'Sanders Sanitaire Service.' Ze grijnsde. 'Geweldige reclame.'

Hij hield zijn beleefde glimlach dapper in stand toen ze wegliep. Hij had mooie reclames gemaakt voor nationale campagnes, maar iedereen die in Philadelphia was opgegroeid herinnerde zich hem uit die stomme reclame waartoe zijn vader zijn zes zoons had gedwongen. Hij zou nooit serieus worden genomen door iemand die dat reclamefilmpje kende. En hij had het nodig om serieus te worden genomen. Ed Munch moest hem aannemen voor die klus.

Greg betastte de stiletto die hij in zijn mouw had verstopt. Wat hij echt nodig had, was dat hij die oude man zou weten te verrassen, zodat hij hem van al zijn geld kon ontdoen. Maar hij kon niet veel langer hier in het zicht van iedereen blijven zitten. Die kerels wilden hun geld, en ze wilden het nu.

Zijn mobiele telefoon trilde in zijn zak en hij keek snel om zich heen en vroeg zich af of hij gesnapt was. Maar het was een prepaid mobieltje, en alleen Jill had het nummer. 'Ja?' Toen hij Jill hoorde huilen, rechtte hij zijn rug. 'Wat is er?'

'Verdomme, man,' snikte ze in de telefoon. 'Ze zijn hier geweest, in mijn huis. Ze hebben alles kort en klein geslagen, op zoek naar jou. Ze hebben aan me gezeten!'

Ze was hysterisch en krijste zo hard dat het pijn deed aan zijn oren. 'Wat hebben ze gedaan?' vroeg hij, terwijl de angst aan zijn ingewanden klauwde. 'Verdomme, Jill, wat hebben die smeerlappen gedaan?'

'Ze hebben me geslagen. Twee tanden kapot.' Ze bedaarde plotseling. 'En ze zeiden dat ze morgen nog ergere dingen zouden doen, dus nu moet ík me ergens gaan verstoppen. God mag me bijstaan, je kunt maar beter hopen dat ze je vinden, want als ik je eerst vind, vermoord ik je zelf.'

'Jill, ik voel me zo'n klootzak.'

Ze lachte op rauwe toon. 'Ja, dat ben je ook. Net zoals mijn vader altijd zei. En die van jou.' Ze hing op, en Greg ademde langzaam uit. Als ze hem vonden, zouden ze hem ook in elkaar slaan. En als hij dat door een of ander wonder overleefde, zou zijn gezicht zo in puin liggen dat hij wekenlang niet zou kunnen werken. Hij moest geld zien te krijgen. Vandaag nog.

Munch was al bijna een halfuur te laat. Die ouwe kwam niet. Greg stond op en liep het café uit, niet zeker waar hij nu naartoe moest, alleen dat hij geld nodig had. Terwijl hij overwoog een supermarkt te overvallen, liep hij naar de stoeprand om de bus te nemen. Waar hij heen moest wist hij niet. Weg uit Philadelphia, in ieder geval.

'Meneer Sanders?'

Greg draaide zich met bonkend hart om. Maar het was maar een oude man met een stok. 'Munch?'

'Het spijt me oprecht, meneer Sanders. Ik werd opgehouden. Bent u nog geïnteresseerd in mijn documentaire?'

Greg peilde de oude man. Ooit was hij een grote vent geweest, maar nu was hij gebogen en broos. 'Betaalt u nog contant?'

'Natuurlijk. Hebt u een auto?'

Die had hij allang verkocht. 'Nee.'

'Dan nemen we de mijne. Ik sta een straat verderop.'

Zodra hij zijn geld had, kon hij de auto van die ouwe vent stelen en ervandoor gaan. 'Laten we dan maar gaan.'

*Dinsdag 16 januari, 16:05 uur*

Sophies kantoortelefoon ging toen ze na de Vikingtoer terugkwam. Ze rende erheen om op te nemen. Het was in Europa al na tienen. De mensen die ze had gebeld, zouden nu net zo'n beetje klaar zijn met eten. 'Hallo?'

'Dr. Johannsen.' Het was een hooghartige, beschaafde stem die ze eerder had gehoord.

Sophie haalde diep adem. Niks Europa. Het was Amanda Brewster. 'Ja.'

'Weet je met wie je spreekt?'

Ze keek naar het doosje met de muis en voelde een vlaag van woede over zich heen spoelen. Ze was van plan het arme diertje na haar werk fatsoenlijk te begraven. 'Je bent een gestoord wijf.'

'En jij hebt een slecht geheugen. Ik heb je al een keer gezegd dat je bij mijn man uit de buurt moest blijven.'

'En jij hebt slechte oren. Ik heb je al gezegd dat ik je man niet wil hebben. Ik wil hem nooit meer zien. Je hoeft je over mij geen zorgen te maken, Amanda. Als ik jou was, zou ik me meer zorgen maken over de nieuwe blonde "assistente van de dag" van je man.'

'Als jij mij was, zou je Alan hebben,' zei ze zelfingenomen, en Sophie draaide met haar ogen.

'Je moet je eens laten nakijken.'

'Waar ik behoefte aan heb,' knarste Amanda met opeengeklemde kiezen, 'is dat al die hoeren met hun poten van mijn man afblijven. Ik zei de vorige keer dat ik je betrapte al –'

'Je hebt me niet betrapt,' onderbrak Sophie haar geërgerd. 'Ik ben naar jou toe gekomen.' En dat was, behalve geloven dat Alan Brewster echt van haar had gehouden, Sophies tweede grote fout geweest. Ze was zo dom geweest om te denken dat een echtgenote het moest weten als haar man vreemdging, maar Amanda Brewster had toen niet geluisterd, en dat was ze ook nu niet van plan.

'...Dat ik je te gronde zou richten,' vervolgde Amanda onverstoorbaar.

Dat laatste was toen niet nodig geweest. Alan en zijn kornuiten hadden dat zelf wel gedaan, met hun seksuele toespelingen. En ze waren er weer mee begonnen.

Daarvan werd ze pas echt kwaad. Ze pakte het speelgoedje dat Vito haar had gestuurd en wenste dat het door de telefoon zou werken, dat ze het hele incident voor altijd kon uitwissen. Maar dat ging niet gebeuren, en het werd tijd dat ze er iets aan deed. Ze was jaren geleden bij Alan weggevlucht, beschaamd over wat ze had gedaan en bang voor Amanda's dreigementen ten aanzien van haar carrière. Ze schaamde zich nog steeds, maar ze was niet meer van plan te vluchten.

'Zoek hulp, Amanda. Ik ben niet meer bang voor je.'

'Dat is stom. Kijk maar waar je nu bent,' krijste Amanda. 'Je werkt in een derderangs museum voor een idioot. Denk je dat je carrière nu al in het slop zit?' Ze lachte, en het klonk niet zo'n beetje hysterisch. 'Je graaft latrines tegen de tijd dat ik met je klaar ben.'

Sophie grinnikte verbaasd. 'Latrines graven' was precies wat Amanda tien jaar geleden ook al had gezegd. Op haar tweeëntwintigste had Sophie haar geloofd. Op haar tweeëndertigste herkende ze het als getier van een geestelijk labiele vrouw. Ze zou eigenlijk medelijden met Amanda Brewster moeten hebben. Misschien zou ze dat over een jaar of tien ook wel krijgen.

'Je gelooft toch niks wat ik over Alan zeg, maar dit kun je geloven. Stuur me nog zo'n pakketje als vanochtend, en dan bel ik écht de politie.'

Ze hing op en keek om zich heen in haar piepkleine, vensterloze kantoortje. Amanda had over één ding gelijk: Sophie werkte inderdaad in een derderangs museum.

Maar dat hoefde het niet te zijn. Amanda had het op één punt mis: Ted was geen idioot. Sophie had vanmiddag bij haar rondleiding op de gezichten van de bezoekers gelet. Ze hadden zich vermaakt en ze hadden iets geleerd. Ted had gelijk. Hij hield het erfgoed van zijn grootvader in ere op de beste manier die hij kon bedenken. *En hij heeft mij aangenomen om hem te helpen.* Tot nu toe had ze hem niet erg geholpen.

Omdat ze het afgelopen halfjaar alleen maar medelijden met zichzelf had gehad. De grote, belangrijke archeologe die was gedwongen de opgraving van haar leven achter zich te laten. 'Sinds wanneer ben ik zo'n snob?' vroeg ze zich hardop af. Dat ze nu niet aan het graven was in Frankrijk, wilde nog niet zeggen dat ze hier geen belangrijk werk kon doen.

Ze keek naar de dozen in haar kantoor, die van vloer tot plafond opgestapeld stonden. De meeste ervan bevatten stukken uit de collecties van Ted de Eerste, waarvoor Ted en Darla geen plek hadden kunnen vinden in het museum zelf. Zij zou er een plekje voor zoeken.

Ze keek naar haar hand en besefte dat ze nog altijd Vito's geheugenwisser omklemde. Zorgvuldig legde ze hem weer in de doos. Haar privéleven zou ze weer op orde brengen als ze Vito zag in het restaurant. Haar professionele leven was nu eerst aan de beurt.

Ze trof Ted in zijn kantoor aan. 'Ted, ik heb ruimte nodig.'

Hij kneep zijn ogen tot spleetjes. 'Wat voor ruimte? Sophie, ga je bij ons weg?'

Ze keek hem verbaasd aan. 'Nee, ik ga niet weg. Ik wil meer tentoonstellingsruimte. Ik heb een paar ideeën voor nieuwe exposities.' Ze glimlachte. 'Leuke exposities. Waar kan ik die maken?'

Ted glimlachte terug. 'Ik heb er de perfecte plek voor. Alhoewel, het is nog niet perfect, maar ik heb er alle vertrouwen in dat je er wel wat mee kunt.'

*Dinsdag 16 januari, 16:10 uur*

Munch had Greg Sanders tijdens het eerste halfuur van de rit verteld over de documentaire die hij aan het maken was. Het was een frisse kijk op het dagelijks leven in middeleeuws Europa.

God, dacht Greg. Wat een saaie zooi. Dit zou nog erger voor zijn carrière zijn geweest dan Sanders Sanitaire Service. 'En de andere acteurs?'

'Die ga ik volgende week schieten.'

Dan zouden ze dus alleen zijn. En Munch had nog niemand anders betaald. Hij had vast een hoop contanten in huis. 'Hoeveel verder is het nog naar uw studio?' wilde Greg weten. 'Volgens mij hebben we al tachtig kilometer gereden.'

'Niet veel verder,' antwoordde Munch. Hij glimlachte, en Greg voelde een koude rilling over zijn rug lopen. 'Ik stoor mijn buren liever niet, dus woon ik op een plek waar niemand last van me heeft.'

'Hoe kunnen ze nou last van u hebben?' vroeg Greg, al wist hij niet zeker of hij het antwoord wel wilde horen.

'O, ik organiseer spelen en middeleeuwse bijeenkomsten.'

'Wat, steekspelen en dat soort shit?'

Munch glimlachte weer. 'En dat soort shit.' Hij ging de snelweg af. 'Dat is mijn huis.'

'Mooi huis,' mompelde Greg. 'Klassiek victoriaans.'

'Ik ben blij dat u het mooi vindt.' Hij reed de inrit op en stapte uit. 'Kom binnen.'

Greg volgde Munch en werd ongeduldig van de oude man, die zo langzaam liep met zijn stok. Binnen keek hij om zich heen en vroeg zich af waar die ouwe het geld bewaarde.

'Deze kant op,' zei Munch, en hij leidde Greg een kamer vol kostuums in. Sommige hingen op hangers, andere werden gedragen door etalagepoppen zonder gezicht. Het leek wel een middeleeuws warenhuis. 'Dit gaat u dragen.' Munch wees naar een monnikspij.

'Betaal me eerst.'

Munch keek hem geërgerd aan. 'U krijgt betaald als ik tevreden ben. Kleed u om.' Hij draaide zich om en wilde vertrekken, en Greg wist dat het nu of nooit was.

*Doe het.* Snel haalde hij zijn mes tevoorschijn, stapte achter de oude man en haakte zijn arm om Munch' nek, waarna hij de scherpe rand tegen zijn keel drukte. 'Je betaalt me nu, ouwe. Loop langzaam naar waar je het geld hebt liggen, dan gebeurt je niks.'

Munch bleef stilstaan. Met een plotselinge beweging greep hij Gregs duim en draaide die om. Greg gaf een schreeuw van pijn toen zijn mes kletterend op de vloer viel. Zijn arm werd achter zijn rug gedraaid en een tel later lag hij op de grond, met Munch' knie in zijn rug.

'Gladde rotzak,' zei Munch, maar dit was niet de stem van een oude man.

Greg kon hem amper horen door het gebons in zijn hoofd. De pijn was verschrikkelijk. Zijn arm, zijn hand, ze stonden in brand. *Plop.* Greg schreeuwde toen zijn pols brak. Hij kreunde toen ook zijn elleboog brak.

'Dat was omdat je me wilde beroven,' zei Munch. Hij greep een handvol van Gregs haar en sloeg zijn hoofd tegen de grond. 'En dat was omdat je me ouwe noemde.'

Hij voelde zich misselijk toen Munch opstond en zijn mes in zijn zak stopte. *Bel iemand.* Hij schoof zijn hand in zijn zak en friemelde met zijn linkerhand zijn mobiele telefoon open. Hij had alleen de tijd om één knop in te drukken voordat Munch' laars met een klap tegen zijn nierstreek belandde.

'Handen uit je zak.' Hij duwde zijn laars in Gregs maag en draaide hem op zijn rug. Greg kon alleen in afgrijzen toekijken toen Munch zijn grijze pruik afzette. Munch was niet oud. Hij was niet grijs. Hij was volkomen kaal. Munch trok zijn geitensik af en legde die naast de pruik. Daarna verdwenen de wenkbrauwen, en Gregs maag verkrampte toen zijn paniek plaatsmaakte voor een kille, rauwe angst. Munch had geen wenkbrauwen. Hij had helemaal geen haar.

*Hij gaat me vermoorden.* Greg hoestte en proefde bloed. 'Wat ga je doen?'

Munch keek glimlachend op hem neer. 'Vreselijke dingen, Greg. Vreselijke, vreselijke dingen.'

*Schreeuw dan.* Maar toen hij het probeerde, kwam er alleen wat zielig gekraak naar buiten.

Munch spreidde zijn armen. 'Schreeuw zoveel je wilt. Niemand kan je horen. Niemand zal je redden. Ik heb ze allemaal vermoord.' Hij bukte zo diep dat Greg alleen zijn kille, woedende ogen nog kon zien. 'Ze dachten allemaal dat ze leden, maar hun leed was niets vergeleken met wat ik met jou ga doen.'

# 12

*Dinsdag 16 januari, 17:00 uur*

Met ernstige gezichten verzamelden ze zich voor de briefing. Vito zat aan het hoofd van de tafel, Liz rechts van hem en Jen links. Naast Jen zaten Bev en Tim. Katherine zat naast Liz, met een gespannen uitdrukking op haar gezicht. Vito overpeinsde dat zij degene was die sectie moest verrichten op al die lijken. Zij had waarschijnlijk de zwaarste klus van hen allemaal.

Hoewel het ook niet bepaald een pretje was geweest om een gezin te vertellen dat hun dochter van negentien dood was. 'Nick is onderweg vanaf de rechtbank,' zei hij tegen Liz. 'De zitting is net geschorst.'

'Heeft hij al getuigd?'

'Nog niet. Lopez verwacht dat dat morgen gebeurt.'

'Laten we het hopen. Nou, breng ons op de hoogte, zodat we hier weg kunnen.'

Vito keek op zijn horloge. 'Ik verwacht Thomas Scarborough ook nog.'

Jen McFains wenkbrauwen kwamen omhoog. 'Mooi. Scarborough is een uitstekende profielschetser. Maar hoe heb je hem zo snel tot je beschikking gekregen? Ik hoorde laatst nog dat hij een wachtlijst van maanden had.'

'Dat heb je aan Nick Lawrence te danken.' Een lange man met brede schouders en golvend kastanjebruin haar stapte de kamer in, en vanuit zijn ooghoeken zag Vito dat zowel Beverly als Jen wat rechter ging zitten. De meeste vrouwen zouden Dr. Thomas Scarborough niet knap als een filmster noemen, maar zijn aanwezigheid vulde meteen de kamer. Hij boog zich naar voren en drukte Vito de hand. 'Jij moet Chick zijn. Ik ben Scarborough.'

'Bedankt voor uw komst, Dr. Scarborough.'

'Thomas,' zei hij terwijl hij plaatsnam. 'Maggy Lopez heeft me vanmorgen bij de rechtbank aan je partner voorgesteld. We stonden te wachten om te getuigen. Nick vroeg me naar daders die hun slachtoffer folteren, en het leek me een interessante zaak.'

Vito stelde de anderen voor en liep vervolgens naar het bord, waar hij die ochtend het diagram van graven op had getekend. 'We weten nu zeker dat de Jonkvrouw Brittany Bellamy is. We hebben vingerafdrukken uit haar slaapkamer vergeleken met die van het slachtoffer. Zij is het.'

'Dus dan hebben we er drie van de negen geïdentificeerd,' zei Liz. 'Wat hebben ze met elkaar gemeen?'

Vito schudde zijn hoofd. 'Dat weten we niet. Warren en Brittany stonden op die modellensite, maar Claire niet. Warren en Brittany zijn gemarteld. De moordenaar heeft Claires nek gebroken, maar verder niets. Er zat minstens een jaar tussen de moorden.'

'Het enige wat ze wel gemeen hebben, is dat ze allemaal op die akker zijn begraven,' zei Jen. 'Ik dacht al dat de grafaarde niet van die akker kwam, en ik had gelijk. De akker bestaat voornamelijk uit klei. De aarde die was gebruikt om de graven te vullen, is zanderiger en komt waarschijnlijk van een afgraving.'

'En in Pennsylvania barst het van de afgravingen,' verzuchtte Tim.

Liz fronste haar wenkbrauwen. 'Maar waarom heeft hij grafaarde van elders gebruikt? Waarom niet gewoon de aarde uit het gat zelf?'

'Die vraag is eigenlijk niet zo moeilijk te beantwoorden,' zei Jen. 'De aarde van de akker wordt klonterig als het nat wordt. De aarde uit een afgraving is zanderig, dus absorbeert het niet zo veel water. Het water vloeit er makkelijker doorheen. Het is gemakkelijker om een lichaam te begraven in zand dan in klonterige klei.'

'Weten we waar die aarde precies vandaan is gekomen?' vroeg Beverly haar.

'Ik heb een geoloog gebeld. Zijn team is de minerale samenstelling aan het bekijken om ons een idee te geven van waar die aarde normaal voorkomt, maar dat zal een paar dagen duren.'

'Kunnen we dat niet versnellen?' wilde Liz weten. 'Er meer mankracht aan laten besteden?'

Jen stak haar handen omhoog. 'Ik heb het geprobeerd, maar tot nu toe zegt iedereen dat ze niet sneller kunnen werken, dat dit de maximale middelen zijn die ze hebben. Maar ik kan het nog een keer proberen.'

Liz knikte. 'Doe maar. Het patroon van de graven geeft aan dat hij nog niet klaar is. Hij kan nu wel bezig zijn met een volgend slachtoffer. Twee dagen zouden veel verschil kunnen maken.'

'Vooral nu we zijn routine hebben verstoord,' zei Thomas zachtjes. 'Die moordenaar is ongelooflijk obsessief-compulsief. Hij heeft één graf aan het eind van de derde rij leeg gelaten, en als zijn huidige patroon aanhoudt, zal hij nu ieder moment gaan zoeken naar een volgend slachtoffer. Als hij merkt dat jullie zijn zorgvuldig voorbereide begrafenislocatie hebben ontdekt... Dat zal hem dwarszitten. Hij zal boos zijn, misschien gedesoriënteerd.'

'Misschien maakt hij dan een fout,' opperde Beverly.

Thomas knikte. 'Dat is mogelijk. Het is ook mogelijk dat hij zich terugtrekt, onderduikt en zijn plannen bijstelt. Er zat bijna een jaar tussen de eerste moorden en de recente. Hij zou weer een jaar kunnen wachten. Of langer.'

'Of hij gaat op zoek naar een andere akker en legt daar weer een diagram van graven aan,' zei Jen vlak.

'Dat kan ook,' erkende Thomas. 'Wat hij nu gaat doen, hangt af van de reden waarom hij dit doet. Waarom hij moordt. Waardoor is hij begonnen? En waarom wacht hij een jaar tussen de moorden?'

'We hoopten eigenlijk dat jij ons daarbij kon helpen,' zei Vito droogjes.

Thomas glimlachte al even droog. 'Ik zal mijn best doen. Een van de dingen die we moeten vaststellen is hoe hij zijn slachtoffers uitkiest. De laatste twee kwamen van een modellenwebsite.'

'Misschien de laatste drie wel,' zei Tim Riker. 'Ik heb gezocht op alle mannelijke modellen op UCanModel met dezelfde lengte en gewicht als Vlegelvent.'

'Zo moet je hem niet noemen,' snauwde Katherine, en meteen tuitte ze gespannen haar lippen. 'Alsjeblieft.'

Er klonk een rauwe wanhoop door in haar stem waardoor iedereen haar aankeek.

'Sorry, Katherine,' zei Tim. 'Het was niet respectloos bedoeld.'

Ze knikte aangedaan. 'Geeft niet. Laten we hem maar gewoon drieéén noemen, want dat is het nummer van zijn graf. Ik ben net klaar met de sectie op die man. Brittany Bellamy en Warren Keyes hebben vreselijk geleden, maar alles wijst erop dat hun beproeving niet meer dan een paar uur heeft geduurd. Drie-één is over een periode van enkele dagen gemarteld. Zijn vingers en duimen zijn gebroken. Zijn armen en benen zijn gebroken en zijn rug is opengegeseld.' Ze slikte. 'En zijn voeten zijn verbrand.'

'De voetzolen?' vroeg Liz zachtjes.

'Nee, zijn hele voet. De verwonding zit rondom en heeft een duidelijke afbakening. Als een sok.'

'Of een laars,' zei Nick grimmig, terwijl hij binnenliep. Hij kneep bemoedigend in Katherines schouder voor hij naast Scarborough plaatsnam. 'Het was een van de martelinstrumenten op de websites die ik heb gevonden. De inquisiteurs goten hete olie in een laars, meestal bij één voet tegelijk. Het was een heel effectieve methode om mensen alles te laten zeggen wat ze wilden horen.'

'Maar wat zou onze moordenaar die mensen dan in godsnaam hebben willen laten zeggen?' vroeg Beverly gefrustreerd. 'Het waren modellen, acteurs.'

'Misschien wilde hij niet dat ze iets zeiden. Misschien wilde hij ze alleen maar zien lijden,' zei Tim zachtjes.

'Nou, dat hebben ze gedaan,' antwoordde Katherine bitter.

Vito deed zijn ogen dicht en dwong zichzelf het tafereel voor zich te zien, hoe afgrijselijk het ook was. 'Maar Katherine, er klopt iets niet. Zoals zijn hoofd was gekliefd, moet hij rechtop hebben gezeten. Als hij had gelegen, zou zijn schedel volgens mij verbrijzelen, niet worden doorsneden. Als die vent er zo vreselijk aan toe was voordat hij met een vlegel – of wat dan ook – werd geslagen, hoe heeft hij dan kunnen zitten voor die klap?'

Katherines blik verstrakte. 'Ik heb touwvezels in de huid van zijn bovenlichaam gevonden. Ik denk dat hij rechtop was vastgebonden. Het patroon van ronde plekken zat boven op de vezels.'

Het bleef even stil terwijl iedereen de nieuwste verschrikking overpeinsde. Vito schraapte zijn keel. 'Wat heb je gevonden in de database van UCanModel, Tim?'

'Honderd namen, min of meer, maar het helpt om te weten dat zijn voeten waren verbrand. Brittany Bellamy was handmodel, en de moordenaar heeft haar handen gepositioneerd. Warren had de tattoo van Oscar met het zwaard, en zijn handen waren op diezelfde manier gepositioneerd.' Tim haalde een stapeltje papier uit zijn dossier en bekeek de lijst. 'Er zijn drie voetmodellen bij.' Hij keek op naar Katherine. 'Welke schoenmaat had het slachtoffer?'

'Vijfenveertig.'

Snel bladerde Tim door de pagina's, stopte en bekeek iets. 'Ja.' Hij keek triomfantelijk weer op. 'Er is er maar één met schoenmaat vijfenveertig. William Melville. Roepnaam Bill. Hij heeft vorig jaar een fotoshoot voor een voetspray gedaan.'

Vito's hartslag versnelde een beetje. 'Goed werk, Tim. Heel goed werk.'

Tim knikte nuchter en keek Katherine aan. 'Nu heeft hij een naam.'

'Dank je,' mompelde ze. 'Dat helpt.'

'Als we klaar zijn, trekken we het na,' zei Vito. 'Nick en ik zullen op zoek gaan naar een adres van Bill Melville. Tim, ik wil graag dat jij en Beverly verdergaan met de database. Ik wil nog steeds weten welke personen onze moordenaar heeft geprobeerd in te huren en bij wie het mislukt is. Ik wil ook weten met wie hij de laatste tijd contact heeft gehad. We moeten hem opsporen voordat hij die rij vol maakt.'

'We hebben na deze bespreking een afspraak met Brent Yelton van IT,' zei Beverly. 'Hij zei dat hij zou proberen vanaf de gebruikerskant te werken, maar dat hij waarschijnlijk hulp nodig zou hebben van de hosts van de websites zelf.' Ze grimaste. 'En daarvoor hebben we een bevelschrift nodig.'

'Geef me de gegevens maar,' zei Liz, 'dan regel ik dat bevel.'

'Dus ten minste drie slachtoffers zijn uitgekozen op basis van een lichamelijk kenmerk,' zei Thomas peinzend. 'Op die modellensite kon hij zoeken naar de kenmerken die hij wilde. Er zit ook een zeker drama in het positioneren van handen enzovoort. Modellen zijn het gewend rollen te spelen voor een camera.'

'Filmt die vent dit misschien allemaal?' vroeg Nick verwonderd.

'Dat zou kunnen.' Vito schreef het op het whiteboard. 'Laten we het in ons achterhoofd houden en verdergaan. Computers. Warrens harde schijf was getorpedeerd. Die van de familie Bellamy ook. Maar Claire had geen computer.'

'Dus heeft hij haar niet gevonden via de website,' zei Tim. 'Behalve als ze een openbare computer heeft gebruikt. Ze werkte wel bij een bibliotheek.'

Vito zuchtte. 'Een internetsessie van vijftien maanden geleden op een openbare computer zal moeilijk terug te vinden zijn. Dat kan wel eens op niets uitdraaien.'

'Wat hebben jullie ontdekt over waar hij misschien zijn instrumenten vandaan heeft?' vroeg Nick. 'Hebben Sophies contactpersonen iets opgeleverd?'

'Niet veel.' Vito ging weer zitten. 'Die maliënkolder was van goede kwaliteit. Eentje met zulke kleine ringetjes kost meer dan duizend dollar.'

'Zooo,' zei Nick. 'Dus onze jongen is niet onbemiddeld.'

'Maar de maliënkolders zijn te krijgen bij een aantal verschillende webwinkels.' Vito haalde zijn schouders op. 'Net als het zwaard en de vlegel. Het zal lastig worden één aankoop na te gaan, maar dat zullen we toch moeten doen. Sophie heeft me wel verteld dat een van haar hoogleraren had gehoord dat er een collectie van martelinstrumenten is zoekgeraakt. Daar ga ik morgen nader naar kijken. Het was in Europa, dus ik zal Interpol moeten inschakelen.'

'En dat kost weer extra tijd,' gromde Liz. 'Kan je archeologe niet nog wat graven?'

Jen grijnsde. 'Niet grappig bedoeld.'

'Ik zal het haar vragen,' antwoordde Vito. *Als ik haar vanavond zie.* Als ze niet kwam... Hij dacht dat hij het eigenlijk zou moeten opgeven, maar hij wist niet zeker of hij dat wel kon. Hij voelde zich tot haar aangetrokken zoals hij zich al heel lang niet meer tot iemand aangetrokken had gevoeld. Misschien wel nooit. *Alsjeblieft, Sophie, kom alsjeblieft.* 'Jen, wat heb je nog meer gevonden op de plaats delict?'

'Niks.' Ze trok haar wenkbrauw op. 'Maar dat is eigenlijk ook iets. We zijn nog steeds bezig met het zeven van de grafaarde, en dat zal ook nog wel een paar dagen duren, maar er mist iets van die plek.'

'Het zand dat uit de gaten kwam,' vulde Beverly aan, en Jen legde haar vinger tegen haar neus.

'We hebben die bossen uitgekamd en nergens een spoor gevonden van de aarde die hij heeft uitgegraven.'

'Misschien heeft hij het uitgespreid,' zei Tim twijfelend.

'Dat zou kunnen, en misschien heeft hij dat gedaan, maar dat zou een hele hoop werk zijn. Zestien graven leveren een hoop aarde op. Het zou gemakkelijker zijn om het gewoon op een berg te gooien.'

'Of weg te brengen. Hij moet een pick-up of een busje hebben,' zei Vito.

'Of toegang tot zo'n wagen. Misschien kunnen we zien wat voor merk. We hebben een bandenspoor van de toegangsweg naar de akker. Dat ligt bij het lab.' Jens mondhoeken trokken omlaag terwijl ze nadacht. 'Die ontslagbrief die Claires ouders aan Bev en Tim hebben gegeven, was maar een kopie. We hebben het origineel nodig. Wie heeft dat?'

Er ging een telefoon, en iedereen keek meteen op zijn eigen toestel. Katherine stak die van haar in de lucht. 'De mijne,' zei ze. 'Pardon.' Ze stond op en liep naar het raam.

'De bibliotheek waar Claire werkte had de brief,' zei Tim. 'We hebben die vandaag opgevraagd, maar ze zeiden dat ze "door de juiste kanalen" moesten. Ze hoopten hem morgen te hebben.'

Jen glimlachte scherp. 'Mooi. Eens kijken of er fatsoenlijke vingerafdrukken op zitten.'

Katherine klapte haar telefoon dicht en draaide zich met fonkelende ogen om naar de groep. 'Dat siliconenvet dat jullie bij Claires spullen hebben gevonden...'

'Het smeermiddel voor haar kunstbeen,' zei Vito behoedzaam. 'Wat is daarmee?'

'Het komt overeen met het monster dat ik van het draad om Brittany's handen had gehaald.'

Vito sloeg met zijn hand op tafel. 'Mooi zo.'

'Maar,' zong Katherine bijna, 'het komt niet overeen met het monster dat we van Warren hebben gehaald. Het smeervet op Warrens handen leek er qua samenstelling op, maar het was niet helemaal hetzelfde. Het lab heeft de fabrikant gebeld, en die zeiden dat ze twee hoofdformules hebben, maar dat ze vaak mengsels samenstellen voor klanten met allergieën.'

Vito keek peinzend naar de tafel. 'Dus het monster op Warrens handen was een speciaal mengsel.' Hij keek op. 'Kocht Claire ook een aangepast mengsel?'

Katherine haalde haar schouders op. 'Niet volgens de gegevens van de fabrikant.'

'Dus het was van iemand anders?' vroeg Beverly.

'Misschien had ze het elders gekocht, of heeft iemand het voor haar gekocht,' waarschuwde Liz. 'Doe geen aannames tot je het zeker weet.'

Katherine knikte. 'Klopt. De fabrikant zei dat haar bestellingen binnenkwamen via ene Dr. Pfeiffer. Je kunt hem vragen of ze iets speciaals heeft gekocht. Maar als dat niet zo is, dan heeft of zij het van iemand anders, of de moordenaar had het van iemand anders.'

'Nu komen we ergens.' Vito wreef in zijn handen. 'Thomas, wat denk jij van de moordenaar nu je dit allemaal hebt gehoord?'

'En hebben we het over één dader?' voegde Nick eraan toe.

'Dat is een heel goed punt.' Thomas leunde naar achteren in zijn stoel en sloeg zijn armen over elkaar. 'Maar ik denk dat hij alleen werkt. Hij is jong, bijna zeker mannelijk. Intelligent. Hij heeft een emotieloos vermogen tot wreedheid. Welhaast... mechanisch. Hij is duidelijk obsessief. Dat zal ook merkbaar zijn op andere vlakken van zijn leven: zijn beroep, zijn relaties. Zijn vaardigheid met computervirussen past daarbij. Hij is waarschijnlijk meer op zijn gemak met machines dan met mensen. Ik wed dat hij alleenstaand is. Hij zal in zijn puberteit geweld hebben gepleegd, klasgenoten in elkaar hebben geslagen of dieren hebben mishandeld. Hij is... procesgeoriënteerd. En hij is efficiënt. Hij had twee mensen kunnen vermoorden om ze voor zijn effigies te gebruiken, maar hij heeft dat gecombineerd met de martelexperimenten die hij kennelijk eerst moest uitvoeren.'

'Dus hij is een gefixeerde, geobsedeerde, kille einzelgänger die twee keer meet en één keer snijdt,' zei Jen zuur, en Thomas grinnikte.

'Mooi samengevat, brigadier. Voeg er nog "theatraal" aan toe, en dan hebben we het wel.'

Vito stond op. 'Nou, Nick en ik en Bev en Tim hebben dingen te doen. Thomas, kunnen we je inschakelen als het nodig is?'

'Absoluut.'

'Dan zien we elkaar morgen om acht uur weer,' zei Vito. 'Wees voorzichtig en pas goed op jezelf.'

*Dinsdag 16 januari, 17:30 uur*

Nick liet zich in zijn stoel zakken en legde zijn voeten op zijn bureau. 'Ik zweer het je, bij die rechtbank zitten wachten is vermoeiender dan gewoon een hele dag werken.'

'Heb je al vooruitgang geboekt bij het opsporen van Kyle Lombard?'

'Nee. Ik heb al een stuk of vijfenzeventig Kyle Lombards aan de telefoon gehad terwijl ik vandaag bij de rechtbank was. Heeft me niks opgeleverd behalve een lege accu in mijn mobieltje. Niks.'

'Morgen kun je het opnieuw proberen.' Vito pakte een briefje van zijn bureau. 'Tino is hier geweest. Hij is naar het mortuarium om het oude stel uit de tweede rij te schetsen.'

'Hopelijk kan hij weer een wonder verrichten,' zei Nick. 'Hij heeft in ieder geval de spijker op zijn kop geslagen met Brittany Bellamy.' Vito ging achter zijn computer zitten, opende de website van UCanModel en zocht Bill Melvilles cv en foto op. 'Hier, maak eens kennis met meneer Melville.'

Nick kwam achter hem staan. 'Grote, gespierde kerel, net als Warren.'

'Maar op het postuur na zijn er geen overeenkomsten.' Warren was blond geweest, terwijl Bill donker haar had en er nogal grimmig uitzag. 'Hij heeft ervaring met vechtsporten.' Vito keek Nick aan. 'Waarom zou de moordenaar in vredesnaam met opzet een slachtoffer uitkiezen dat hem tot pulp zou kunnen slaan?'

'Lijkt me niet al te slim,' vond Nick ook. 'Behalve als hij dacht die vaardigheden nodig te hebben. Warren was geïnteresseerd in schermen en is geposeerd alsof hij een zwaard vasthield. Bill is vermoord met een strijdvlegel.' Nick ging op de rand van Vito's bureau zitten. 'Ik heb niet geluncht. Laten we wat te eten gaan halen voordat we Melvilles laatst bekende adres nagaan.'

Vito keek op zijn horloge. 'Ik heb al ergens afgesproken om te eten.' *Hoop ik.*

Nick grijnsde traag. 'Afgesproken om te eten?'

Hij voelde zijn wangen branden. 'Kop dicht, Nick.'

Nicks grijns werd alleen maar breder. 'Vergeet het maar. Ik wil details.'

Vito keek woest naar hem op. 'Er zijn geen details.' *Nog niet, in ieder geval.*

'Dit is nog beter dan ik dacht.' Hij lachte gnuivend toen Vito met zijn ogen draaide. 'Er valt ook niks te lachen met jou, Chick. Oké dan, wat heb je bij die Brewster ontdekt?'

'Dat hij een klootzak is die van lange blonde meisjes houdt en zijn vrouw bedriegt.'

'O. Nou snap ik Sophies reactie op die bloemen ook. Je zei dat ze je de namen van mogelijke verzamelaars had gegeven.'

'Allemaal eerlijk en rechtschapen, en een van hen is boven de zestig. Niet echt in staat om zestien gaten te graven en zware kerels zoals Keyes en Melville te verslepen. Ik ben in hun financiën gedoken, voor zover mogelijk zonder bevelschrift, maar heb niks verdachts gevonden.'

'En Brewster zelf?'

'Die is jong genoeg, neem ik aan. Zijn kantoor ziet eruit als een museum, maar het is allemaal boven tafel.'

'Misschien heeft hij een geheime voorraad.'

'Dat zou kunnen, maar hij was niet in het land in de week dat Warren net vermist was.' Vito keek Nick treurig aan. 'Ik heb hem met Google opgezocht toen ik terugkwam van de familie Bellamy. Het eerste wat ik zag, was een congres in Amsterdam waar hij op 4 januari een voordracht heeft gehouden. Volgens de gegevens van de luchtvaartmaatschappij zijn meneer en mevrouw Brewster eersteklas van Philly naar Amsterdam gevlogen.'

'Eersteklas is duur. Zoveel verdienen hoogleraren niet. Misschien handelt hij.'

'Zijn vrouw barst van het geld,' gromde Vito. 'Opa was een kolenbaron. Dat heb ik ook gecontroleerd.'

Nicks mond vertrok medelevend. 'Je wilde echt dat hij het was.'

'Heel, heel graag. Maar behalve als hij een handlanger is, is Brewster alleen schuldig aan het feit dat hij een klootzak is.' Vito opende de database van de kentekenregistratie op zijn scherm. 'Melville was tweeëntwintig. Laatst bekende adres in noordelijk Philly. Ik rij wel.'

*Dinsdag 16 januari, 17:45 uur*

Sophie stond tot haar enkels in het zaagsel in de oude opslagruimte achter in de fabriekshal die ze hadden omgebouwd tot de hoofdzaal van het museum. Ted had gelijk: de opslagruimte was niet perfect, maar Sophie zag de mogelijkheden ervan. En hier en daar rook ze nog chocolade als ze erop lette. Dat moest voorbestemd zijn.

Ze keek rond op de toekomstige locatie van haar interactieve 'opgraving'. Ze was al heel lang niet meer zo tevreden geweest. Nou, misschien was 'tevreden' niet het juiste woord. Ze voelde zich energiek en alert, denkend aan alle geweldige dingen die ze kon doen met deze enorme lege ruimte met een plafond van tien meter hoog. Haar hersens werkten koortsachtig.

En haar zenuwuiteinden tintelden ook. Ze zou Vito Ciccotelli vanavond zien. Ze was opgewonden. Verlangde naar hem. En ze voelde haar zelf opgelegde seksuele onderdrukking maar al te goed. Ze had zichzelf nooit meer een relatie met een collega toegestaan, en dat betekende dat ze een man moest vinden buiten de opgravingen, in de stad. Die relaties waren altijd oppervlakkig geweest, eigenlijk niet meer dan een manier om aan haar trekken te komen als ze het er te kwaad mee kreeg. Maar naderhand dacht ze altijd 'one night stand' en walgde ze van zichzelf. Vito zou anders zijn. Dat voelde ze gewoon. Misschien zou de droogte binnenkort ophouden.

Alles op z'n tijd. Nu stond ze te popelen om de inhoud te bekijken van de kratten die ze uit haar kantoor had gesleept. Ze had al een paar ongelooflijke schatten gevonden.

Al die tijd dat ze in haar donkere kantoortje had gewerkt, was ze omgeven geweest door middeleeuwse relikwieën, zonder het te beseffen. Met een breekijzer opende ze een krat en schepte nog meer zaagsel op de vloer tot ze de kleinere kist die erin zat vond.

Ze hoorde voetstappen achter zich, en een tel later een stem. 'Die krijg je niet.'

Ze slaakte een kreetje en draaide zich om, met het breekijzer hoog boven haar hoofd. Toen ademde ze uit. 'Theo, ik zweer je, vandaag of morgen doe ik je wat.'

Theodore Albright de Vierde stond vanuit de schaduw naar haar te kijken, met een verbeten trek om zijn mond. Stram sloeg hij zijn armen over zijn brede borst. 'Die dingen krijg je niet. Er komen hier ook kinderen, en dan maken ze ze stuk.'

'Ik ben niet van plan om waardevolle dingen open en bloot neer te leggen. Ik laat plastic replica's maken en breek die in stukken om in het zand te verbergen, zodat de bezoekers ze kunnen zoeken. Zoals je gebroken aardwerk vindt tijdens een opgraving.'

Theo keek om zich heen. 'Wil je dit er laten uitzien als een echte opgraving?'

'Dat is de bedoeling. Ik weet dat de schatten van je grootvader kostbaar zijn. Daar zal niets mee gebeuren.'

Hij ontspande zijn brede schouders. 'Sorry dat ik je liet schrikken.' Hij keek naar haar hand, en ze besefte dat ze het breekijzer nog vasthield. Ze bukte en legde het op de vloer.

'Geeft niet.' Amanda Brewsters cadeautje en telefoontje hadden haar meer op de zenuwen gewerkt dan ze had gedacht. 'Maar... kom je ergens voor?'

Hij knikte. 'Er is telefoon voor je. Een of andere oude man uit Parijs.'

*Maurice.* 'Parijs?' Ze pakte zijn arm al en troonde hem mee de deur uit. 'Waarom zei je dat niet meteen?' wilde ze weten terwijl ze de opslagruimte achter hen op slot deed.

In haar kantoor deed ze de deur dicht, greep de telefoon en schakelde haar geest om naar het Frans. 'Maurice? Met Sophie.'

'Sophie, lieverd! Je oma? Hoe is het met haar?'

Ze hoorde de angst in zijn stem en besefte dat hij dacht dat ze had gebeld omdat ze slecht nieuws over Anna had. 'Ze houdt zich goed. Maar dat is eigenlijk niet de reden waarom ik had gebeld. Sorry, ik had het meteen moeten zeggen, zodat je je geen zorgen zou maken.'

Hij liet zijn adem ontsnappen. 'Ja, dat had je beter wel kunnen doen, maar ik kan moeilijk boos worden omdat je niet belt met slecht nieuws, hè? Waarom had je dan wel gebeld?'

'Ik doe een onderzoek, en ik hoopte dat jij me wat informatie kon geven.'

'Ah.' Zijn stem klaarde op, en Sophie glimlachte. Maurice was altijd een van de grootste roddelkonten in de kliek van haar vader geweest. 'Wat voor informatie?'

'Nou, het zit zo...'

*Dinsdag 16 januari, 20:10 uur*

'Dus het slachtoffer is Bill Melville?' vroeg Liz aan de telefoon terwijl Vito zijn pick-up de weg op stuurde.

'Zijn vingerafdrukken komen overeen met de afdrukken die de TR uit zijn appartement heeft gehaald. Niemand had hem sinds Halloween meer gezien. Jongelui in het gebouw zeiden dat hij zich dan altijd verkleedde en snoep uitdeelde.'

'Lijkt een aardige vent.'

'Dat weet ik niet. Hij verkleedde zich als ninja. De jongelui dachten dat hij dat deed om hun te laten weten dat hij met wapens kon omgaan. Nunchako's, vechtstokken. Het was zijn manier om de orde te handhaven. Maar hij deelde royaal snoepgoed uit, dus iedereen scheen er blij mee te zijn.'

'Waarom was er nog niemand in zijn appartement gaan kijken?'

'Melvilles huisbaas was er geweest, maar hij had niets gevonden. We hadden trouwens geluk. De huisbaas had al een bevel tot uitzetting aangevraagd. Als we twee dagen later waren geweest, hadden al Melvilles spullen in de container gelegen.'

'Was zijn computer gewist?'

'Ja. Maar,' zei Vito grimmig, 'Bill had een paar e-mails afgedrukt. Die lagen nog op de printer. Hij was benaderd door een vent die Munch heet, voor een historische documentaire.'

'Heb je zijn e-mailadres?'

'Nee. Op de afdruk stond alleen "E. Munch". Als we de e-mail op de computer zelf hadden, hadden we via zijn naam zijn e-mailadres kunnen vinden, maar de bestanden zijn weg. Positief is dat we nu een naam hebben, die we kunnen voorleggen aan de modellen van UCanModel van wie de cv's in dezelfde dagen als die van onze slachtoffers zijn bekeken.'

'Dus Beverly en Tim hebben de gegevens van de website kunnen inzien?'

'Ja. De eigenaren van de site verlenen alle medewerking. Ze willen niet dat al hun klanten zich terugtrekken vanwege een moordenaar. Ze hebben nog geen algemene lijsten overhandigd, maar ze werken met Bev en Tim samen op basis van afzonderlijke personen. Bev en Tim gaan morgen contact opnemen met de modellen die zijn benaderd door Munch.'

'Hoewel dat waarschijnlijk niet zijn echte naam is. Ben je onderweg terug naar het bureau?'

'Nee, ik ben thuis.' Hij had zijn auto achter de huurwagen van Tess gezet, naast een auto die hij nog niet eerder had gezien. 'Mijn neefjes logeren bij mij en ik heb ze nog amper vijf minuten gezien. Ik ga mijn zus helpen om iedereen in te stoppen, en dan ga ik wat eten.' En als hij geluk had... Zijn gedachten dwaalden af naar die ene kus. Die had hem de hele dag geplaagd, hem afgeleid, zijn gedachten laten ontsporen. Stel dat ze niet kwam? Stel dat hij het moest opgeven? Dat hij die volle lippen nooit meer zou proeven? *Sophie, kom alsjeblieft.*

Vito stapte uit de truck en keek door het raampje van de vreemde auto. De vloer voor de achterbank lag bezaaid met verpakkingen van McDonald's en afgetrapte gymschoenen. Tiener, nam hij aan. Toen hij zijn voordeur opendeed, zag hij dat hij deels gelijk had.

Er zaten meerdere tieners om een computer heen die iemand in zijn woonkamer had gezet. Een van hen zat in Vito's leunstoel, met zijn voeten op een bankje voor het beeldscherm en een toetsenbord op schoot. Dominic stond achter de stoel en keek met een frons op zijn knappe gezicht toe.

'Hé,' riep Vito terwijl hij de voordeur dichttrok. 'Wat is dit allemaal?'

Dominic knipperde met zijn ogen. 'We waren bezig met een schoolproject, maar we hebben even pauze.'

'Wat voor project?' vroeg hij.

'Natuurkunde,' zei Dominic. 'De aarde en de ruimte,' verhelderde hij.

De jongen met het toetsenbord keek met een spottende blik op. 'We moesten leven scheppen,' zei hij grappend, en de anderen grinnikten.

Behalve Dom, die zijn klasgenoot een boze blik toezond. 'Kappen, Jesse. Laten we weer aan het werk gaan.'

'Zo meteen, misdienaartje,' kaatste Jesse lijzig terug.

Doms wangen werden dieprood en Vito besefte dat zijn oudste neefje werd gepest met zijn goede manieren. Hij liep naar Dom toe. 'Wat is dat voor spel?'

'*Behind Enemy Lines*,' vertelde Dom. 'Het is een vechtgame over de Tweede Wereldoorlog.'

Op het scherm was de binnenkant van een munitiebunker te zien, waar al elf dode soldaten met swastika's op hun uniform lagen. De camera keek over de loop van een geweer heen. 'De hoofdpersoon is een

Amerikaanse soldaat,' legde Dom uit. 'Je kunt zelf de nationaliteit van je personage en het wapen kiezen. Het is de nieuwste rage.'

Vito keek naar het scherm. 'Echt waar? De graphics lijken me een jaar of twee, drie oud.'

Een van de jongens keek hem behoedzaam aan. 'Speelt u ook?'

'Een beetje.' Hij was op zijn vijftiende recordhouder met *Galaga* geweest, maar hij dacht niet dat het slim was om dat feit bekend te maken; ze zouden hem alleen maar een fossiel vinden. Hij trok zijn wenkbrauw op. 'Misschien leer ik nog een paar dingen over het vangen van slechteriken of over snelle achtervolgingen met auto's.'

De jongen die had gesproken, grijnsde goedgeluimd. 'Nou, van dit spel leert u niks. Het is vrij doorsnee.'

'Dit is Ray,' zei Dom. 'Hij is gamer. En Jesse ook.'

'Wat is er dan zo interessant aan dit spel?' wilde Vito weten.

Ray haalde zijn schouders op. 'Alles in het spelgedeelte is een samenraapsel van de laatste vijf games van dit bedrijf. Fysieke kenmerken, omgevingen, AI...'

'Dat staat voor "kunstmatige intelligentie",' mompelde Dom.

'Weet ik,' mompelde Vito terug. 'Maar nogmaals, wat is er dan zo bijzonder aan? De personages zijn vlak en de AI is waardeloos. Ik bedoel, Jesse hier heeft net tien vijanden met hakenkruizen uitgeschakeld, en niet een van hen heeft hém geraakt. Wat is daar voor uitdaging aan?'

'We spelen het ook niet voor het spel,' zei Jesse, die kennelijk niet beledigd was. 'We spelen het voor de *cut-scenes*.' Hij lachte zachtjes. 'Tering, die zijn echt ongelooflijk, man.'

Dom keek bezorgd om zich heen. 'Jesse, mijn kleine broertjes zijn hier.'

'Alsof ze dat ook niet van je vader horen,' zei Jesse verveeld.

'Nee, dus. Laten we nu maar weer aan het werk gaan.'

'Nog eventjes,' zei Vito zachtjes, met zijn blik op het scherm. Hij liet dit doorgaan omdat hij nieuwsgierig was, zowel naar Doms klasgenoten als naar wat kinderen tegenwoordig speelden. De huidige trends konden altijd van pas komen in de verhoorkamer. Hij had behoorlijk wat tieners verrast door te doen alsof hij hun interesses deelde. Maar zodra Vito's nieuwsgierigheid bevredigd was, zou hij Jesse de deur uit smijten.

Op het scherm laadde de Amerikaanse soldaat zijn wapen bij en mompelde: 'Dit was een valstrik. Ze heeft me verraden, die hoer.' Hij stopte zijn wapen weg. 'Daar zal ze nog spijt van krijgen.' Het beeld veranderde en de soldaat stond voor de deur van een klein Frans huisje.

'Wat is het verhaal hier?' vroeg Vito aan Ray.

'Dit is... de *cut-scene*.' Hij zei het alsof het de Sixtijnse Kapel was of zoiets. Toen Vito fronste, keek Ray teleurgesteld. 'Een *cut-scene* is –'

'Ik weet wat een *cut-scene* is,' onderbrak Vito hem. De *cut-scene* was een geanimeerd filmpje waarin de hoofdpersoon met andere mensen sprak, geheimen ontdekte of gewoon gratis dingen kreeg. 'De meeste die ik gezien heb, waren gewoon saai en hielden alleen maar je spel op. Wat ik wilde weten, was wat er zo bijzonder was aan deze.'

Ray grijnsde. 'Dat ziet u wel. Dit is het huis van Clothilde. Ze zei dat ze bij het Franse verzet zat, maar ze heeft onze soldaat verraden. Daarom liep hij in die bunker in een hinderlaag. Het is tijd voor wraak. En Jesse heeft gelijk: dit is echt ongelooflijk.'

Op het scherm ging de deur van het huisje open terwijl het spel overvloeide in de *cut-scene*. Weg waren de korrelige personages en de houterige bewegingen. Toen de Amerikaanse soldaat de deur door liep en de woning begon te doorzoeken, waren de beelden heel realistisch. Uiteindelijk vond de soldaat Clothilde, die zich in een kast had verstopt. Hij sleurde haar eruit en duwde haar tegen de muur. 'Smerige teef,' grauwde hij. 'Jij had ze verteld waar ik was. Wat hebben ze je gegeven? Chocola? Zijden kousen?'

De wulpse Clothilde keek spottend naar hem op, ook al waren haar ogen groot van angst.

'Kijk naar haar ogen,' fluisterde Ray.

'Zeg op.' De soldaat schudde de vrouw woest door elkaar.

'Mijn leven,' spoog Clothilde. 'Ze zeiden dat ze me niet zouden vermoorden als ik het vertelde. Dus heb ik het verteld.'

'Ik heb daar vijf vrienden verloren. Door jou.' De Amerikaan legde zijn handen om haar keel en Clothildes ogen werden nog groter. 'Je had je moeten laten vermoorden door die Duitse rotzakken. Nu doe ik het.'

'Nee. Alsjeblieft, nee!' Terwijl ze zich verzette, werd het scherm gevuld met haar gezicht en zijn handen. De angst in haar ogen...

'Verbluffend,' fluisterde Ray naast hem. 'De ontwerper is echt steengoed. Het is net of je naar een film kijkt. Amper te geloven dat dit door iemand is bedacht.'

Maar iemand hád het bedacht. Verontrust voelde Vito zijn spieren samentrekken. Iemand had dit getekend. En kinderen keken ernaar. Hij duwde Dom opzij. 'Ga bij je broertjes kijken.'

Vanuit zijn ooghoeken zag Vito dat Doms gezicht ontspande van opluchting. 'Oké.'

Op het scherm snikte en smeekte Clothilde voor haar leven. 'Ben je klaar om te sterven, Clothilde?' spotte de soldaat, en ze gilde, luid en langdurig. Wanhopig. Te echt. Vito's mond vertrok en hij keek naar de gezichten van de kinderen, die gebiologeerd toekeken. Met grote ogen en hun mond een stukje open. In afwachting.

De gil eindigde en er viel een lange stilte. Toen lachte de soldaat zachtjes. 'Schreeuw maar, Clothilde. Niemand kan je horen. Niemand komt je redden. Ik heb ze allemaal vermoord.' Zijn handen verstrakten en zijn duimen schoven naar de holte van haar keel. 'En nu vermoord ik jou.' Zijn handen knepen harder, en Clothilde begon te kronkelen.

Vito had genoeg gezien. 'Zo is het welletjes.' Hij boog zich naar voren en drukte op de knop van de monitor, waardoor het scherm zwart werd. 'De voorstelling is afgelopen, jongens.'

Jesse duwde de voetensteun van de stoel omlaag en stond op. 'Hé. Dat gaat zomaar niet.'

Vito trok het netsnoer van de computer uit het stopcontact. 'Hé. Let maar eens op. Speel die troep maar in het huis van je ouders, maar niet hier. Pak je spullen, maat.'

Jesse woog zijn opties af. Uiteindelijk draaide hij zich vol afkeer om. 'Kom, we gaan.'

'Joh.' Een van de jongens vertrok zijn gezicht. 'Zonder het natuurkundeproject van Dom hebben we niks.'

'We hebben hem niet nodig.' Jesse nam de computer onder zijn arm. 'Noel, pak de monitor op. Ray, neem de cd's mee.'

Noel schudde zijn hoofd. 'Ik moet nu echt een voldoende halen. Jij hebt Doms project misschien niet nodig, maar ik wel.'

Jesse kneep zijn ogen tot spleetjes. 'Best.' De anderen volgden, en alleen Ray en Noel bleven nog over.

Ray grijnsde naar Vito. 'Zijn ouders willen hem dat spel thuis ook niet laten spelen.'

Vito keek over zijn schouder. 'Zal Jesse problemen veroorzaken voor Dominic?'

'Neuh. Jesse kan Dom niet aan. Dom is de aanvoerder van het jeugdworstelteam.'

Vito was onder de indruk. 'Wauw. Dat heeft hij me nooit verteld.'

Dominic kwam de kamer weer in, met Pierce op zijn rug. De vijfjarige in zijn Spiderman-pyjama was net in bad geweest en zijn haar was vochtig. Vito was blij dat hij die rommel had uitgezet voordat die kleine het had gezien.

Dom keek naar de twee overgebleven jongens. 'Is Jesse weg?'

Ray grijnsde weer. 'De sheriff heeft hem met pek en veren de stad uit gejaagd.'

'Bedankt, Vito,' zei Dom zachtjes. 'Ik wilde niet dat hij hier naar dat spul keek.'

Vito draaide Pierce zijn rug toe, en de kleine jongen sprong met een schreeuw naar hem toe. 'Zeg de volgende keer gewoon dat hij weg moet gaan.'

'Dat had ik ook gezegd.'

'Nou... grijp hem dan bij kop en kont en smijt hem eruit, als het moet.'

'Ooo!' riep Pierce. 'Oom Vitoooo. Je mag geen "kont" zeggen, oom Vito.'

Vito grimaste. Hij was vergeten dat de jongens geen grove taal mochten gebruiken. 'Sorry, knul. Denk je dat tante Tess nu mijn mond gaat uitspoelen met zeep?'

Pierce sprong op en neer. 'Ja, ja!'

'Ja, ja,' zei Tess vanuit de gang. Haar haren hingen in vochtige slagen omlaag. Zo te zien was zij even nat geworden als Pierce. 'Vito, pas op je woorden.'

'Oké, oké.' Hij knikte nog een keer naar Dom. 'Goed gedaan, jongen. De volgende keer doe je het nog beter.' Hij draafde naar Tess toe om Pierce een ritje te geven.

'En? Heeft ze het ontvangen?' Ze bedoelde het cadeautje dat ze voor Sophie had bezorgd.

'Weet ik nog niet. Haar les is bijna afgelopen, dus ik zal het straks wel horen. Maar bedankt dat je het hebt geregeld. Waar heb je trouwens een geheugenwisser opgeduikeld?'

'Feestwinkel aan Broad Street. Die vent adverteert ermee dat hij alle Happy Meal-speelgoedjes heeft die ooit verkocht zijn. De wisser was kennelijk nogal populair toen die film uitkwam.' Ze trok haar wenkbrauw op. 'Ik krijg tweehonderd dollar van je, voor dat ding en de gordijnen.'

Vito liet Pierce bijna vallen. 'Wat? Wat voor gordijnen heb je gekocht? Van goud?'

Ze haalde haar schouders op. 'De gordijnen waren maar dertig dollar.'

'Heb je honderdzeventig dollar betaald voor een speeltje uit een Happy Meal?'

'Hij zat nog in de originele verpakking.' Ze glimlachte fijntjes. 'Ik hoop dat ze het waard is.'

Vito slaakte een zucht. 'Ik ook.'

# 13

*Dinsdag 16 januari, 21:55 uur*

'Is er iets, Dr. J?'

Sophie keek op en zag Marta de parkeerplaats achter het Humanities-gebouw van Whitman oversteken. 'Mijn motor wil niet starten.' Ze stapte af en zuchtte vermoeid. 'Voor de les deed hij het nog prima. Nu probeert hij wel te starten, maar hij sputtert alleen maar.'

'Balen.' Marta beet op haar lip. 'Er zit toch wel benzine in, hè? De laatste keer dat mijn auto niet wilde starten, stond ik er al tegen te schelden voor ik eraan dacht dat ik was vergeten te tanken.'

Sophie onderdrukte haar ongeduld. Marta probeerde haar alleen maar te helpen. 'Ik heb vanmorgen nog getankt.'

'Wat is er?' Spandan kwam naar haar toe, samen met de meeste andere studenten die haar dinsdagavondseminars bijwoonden. Dit semester onderwees ze basiskennis opgravingen aan een volgepakte zaal, en hoewel ze normaal nog even zou zijn gebleven om vragen te beantwoorden, was ze vanavond meteen na het hoorcollege vertrokken. Vito wachtte op haar bij Peppi's Pizza, en tijdens de les had ze de hele tijd alleen maar aan die kus gedacht.

'Mijn motor wil niet starten, en nu ben ik laat.'

Marta keek haar belangstellend aan. 'Voor een afspraakje?'

Sophie draaide met haar ogen. 'Als ik daar niet snel ben, dan niet.'

De deur achter hen ging weer open en John kwam de rolstoelhelling af. 'Wat is er?'

'Dr. J's motor is stuk, en ze is laat voor haar afspraakje,' zei Bruce.

John stuurde zijn stoel om de groep heen en boog zich naar voren om naar de motor te turen. 'Suiker.' Hij tikte met zijn handschoen op de tank.

'Wat?' Sophie boog zich ook naar voren en zag meteen dat hij gelijk had. Er lagen suikerkorreltjes om de dop van de tank, die fonkelden in het licht van de straatlantaarn. 'Verdomme,' siste ze. 'Ik zweer je, deze keer zal dat mens boeten.'

'Weet je wie dit gedaan heeft?' vroeg Marta met grote ogen.

Dat de saboteur Amanda Brewster was geweest, was bijna zeker. 'Ik heb wel een vermoeden.'

Bruce had zijn mobiele telefoon gepakt. 'Ik bel de campusbeveiliging.'

'Niet nu. Ik meld het wel, maak je niet druk,' voegde ze eraan toe toen Spandan wilde protesteren. Ze maakte haar rugzak weer los van het zadel. 'Maar ik ga nu niet op ze staan wachten. Ik ben al laat. Het is zeker een kwartier lopen naar het restaurant.'

'Ik breng je wel,' zei John. 'Ik ben met de auto.'

'Eh...' Sophie schudde haar hoofd. 'Bedankt, maar ik loop wel.'

John hief zijn kin. 'Er zit een joystick in. Ik kan goed rijden, hoor.'

Ze had hem beledigd. 'Dat is het niet, John,' zei ze haastig. 'Alleen... ik ben je lerares. Ik wil geen rare indruk wekken.'

Hij keek haar schuin aan door zijn altijd warrige haren. 'Het is een lift, Dr. J. We gaan niet trouwen.' Zijn ene mondhoek kwam omhoog. 'Bovendien ben je mijn type niet.'

Ze lachte. 'Oké, bedankt. Ik moet naar Peppi's Pizza.' Ze zwaaide naar de anderen. 'Tot zondag.' Ze liep naast zijn stoel mee naar het witte bestelbusje waar hij in reed. Hij opende haar portier en activeerde daarna de lift voor zijn stoel. Handig zwaaide hij zich uit de rolstoel en achter het stuur.

Hij zag haar kijken, en zijn kaak verstrakte. 'Ik heb veel oefening gehad.'

'Hoelang zit je al in die stoel?'

'Sinds ik klein was.' Hij klonk afgemeten. Ze had hem weer beledigd. Zwijgend stuurde hij het busje van de parkeerplaats af.

Omdat ze niet goed wist wat ze moest zeggen, koos Sophie een onderwerp waarvan ze hoopte dat het neutraler was. 'Je hebt het eerste deel van de les gemist. Ik hoop dat er niks aan de hand was.'

'Ik werd opgehouden in de bibliotheek. Ik was zo laat dat ik bijna helemaal niet meer ben gekomen, maar ik moest je iets vragen. Ik probeerde je nog aan te klampen na de les, maar je rende meteen weg.'

'Dus je had bijbedoelingen toen je me een lift aanbood.' Ze glimlachte. 'Wat wil je weten?'

Hij glimlachte niet terug, maar dat deed John dan ook maar zelden. 'Ik moet morgen een opstel inleveren voor een andere les. Het is bijna klaar, maar ik had wat moeite om goede referentiebronnen te vinden voor een deel ervan.'

'Waar gaat het over?'

'Een vergelijking tussen moderne en middeleeuwse theorieën over misdaad en straf.'

Sophie knikte. 'Dan volg je vast de lessen Middeleeuws Recht bij Dr. Jackson. Wat was je vraag?'

'Ik wilde een vergelijking invoegen tussen het middeleeuwse gebruik van brandmerken en de moderne registratie van seksmisdadigers. Maar ik kon geen consistente informatie over brandmerken vinden.'

'Interessant onderwerp. Ik weet wel een paar naslagwerken waar je iets aan hebt.' Ze diepte haar notitieblok uit haar rugzak op en begon te schrijven. 'Hoe laat moet je opstel klaar zijn?'

'Morgenochtend vroeg.'

Ze trok een gezicht. 'Dan zul je op internet referenties moeten nazoeken, behalve als de bibliotheek langer openblijft dan vroeger. Ik weet dat er een paar online te vinden zijn. De andere vind je misschien alleen in ouderwetse boeken. O, Peppi's is hier vlak om de hoek.' Ze scheurde het vel papier uit het notitieblok en gaf het hem terwijl hij de parkeerplaats van het restaurant op reed. 'Bedankt, John. Succes met je opstel.'

Hij pakte het vel papier met een ernstige knik aan. 'Tot zondag.'

Sophie bleef staan toen hij wegreed, en hield haar adem in terwijl ze de parkeerplaats afspeurde naar Vito's pick-up. Langzaam blies ze uit. Hij was er nog.

Nu ging het gebeuren. Ze zou dat restaurant in lopen en... haar leven zou veranderen. En plotseling was ze doodsbang.

*Dinsdag 16 januari, 22:00 uur*

Daniel zat uitgeput op de rand van zijn hotelbed. Hij was sinds het ontbijt bij meer dan vijftien hotels langs geweest, en hij was niets opgeschoten met het vinden van zijn ouders. Aangezien ze allebei gewoontedieren waren, was hij begonnen bij hun lievelingshotels, de dure. Hij was verdergegaan met de grote ketens. Niemand had hen gezien of herinnerde zich hen.

Vermoeid schopte hij zijn schoenen uit en liet zich achterovervallen op de matras. Hij was moe genoeg om zo in slaap te vallen, met zijn das nog om en zijn voeten nog op de vloer. Misschien waren zijn ouders toch niet naar Philadelphia gegaan. Misschien was dit allemaal voor niets geweest. Misschien waren ze al dood.

Hij deed zijn ogen dicht en probeerde ondanks het gebons in zijn hoofd na te denken. Misschien moest hij de plaatselijke politie bellen, de lijkenhuizen afgaan.

Of de artsen. Misschien waren ze bij een van de oncologen geweest op de lijst die hij van zijn vaders computer had uitgeprint. Maar geen enkele arts zou hem iets vertellen; ze zouden zich beroepen op hun beroepsgeheim.

Hij schrok volledig wakker van zijn mobiele telefoon. Susannah.

'Hallo, Suze.'

'Je hebt ze nog niet gevonden.' Het was meer een verklaring dan een vraag.

'Nee, en ik ben de hele stad door gelopen vandaag. Ik begin me af te vragen of ze hier wel echt naartoe zijn gekomen.'

'Ze zijn hier geweest,' zei Susannah vlak. 'Ma heeft met haar mobiele telefoon vanuit Philadelphia naar oma gebeld.'

Daniel ging rechtop zitten. 'Hoe weet je dat?'

'Ik heb iemand gebeld die me nog iets schuldig was en het nummer laten natrekken. Ik dacht dat je het moest weten. Bel me als je ze vindt. Anders niet. Dag, Daniel.'

Ze wilde ophangen. 'Suze, wacht.'

Hij hoorde haar zuchten. 'Wat is er?'

'Ik heb het verkeerd aangepakt. Niet dat ik ben weggegaan. Ik moest weg. Maar ik had je moeten vertellen waarom.'

'En dat wil je me nu gaan vertellen?' Haar stem klonk hard, en hij voelde een steek.

'Nee. Want het is veiliger voor je om het niet te weten. Dat was de enige reden waarom ik het je destijds niet heb verteld... en nu. Vooral nu.'

'Daniel, het is al laat. Je spreekt in raadsels en ik heb geen zin om te luisteren.'

'Suze... Vroeger vertrouwde je me.'

'Vroeger.' Dat ene woord klonk definitief.

'Vertrouw me dan nu weer, alsjeblieft, alleen wat dit aangaat. Als je het wist, zou je dat schaden. Het zou je carrière schaden. Je hebt te hard gewerkt om te komen waar je bent, en ik wil je niet omlaagtrekken alleen om mijn schuldige geweten te luchten.'

Ze zweeg zo lang dat hij op het schermpje keek om te zien of ze nog aan de lijn was. Dat was zo. Uiteindelijk mompelde ze: '"Ik weet wat je zoon heeft gedaan." Weet jij het ook, Daniel?'

'Ja.'

'En je wilt dat ik je vergeef.'

'Nee. Dat verwacht ik niet van je. Ik weet niet wat ik wil. Misschien gewoon dat je me weer Danny noemt.'

'Je was mijn grote broer, en ik had toen je bescherming nodig. Maar ik heb geleerd voor mezelf te zorgen. Ik heb je bescherming niet meer nodig, Daniel, en jou ook niet. Bel me als je ze vindt.'

Ze hing op en Daniel bleef op de rand van het vreemde hotelbed zitten, starend naar zijn telefoon en zich afvragend hoe alles zo vreselijk in het honderd had kunnen lopen.

*Dinsdag 16 januari, 22:15 uur*

'Schat, als je niet gaat bestellen, moet je vertrekken. De keuken sluit over een kwartier.'

Vito wierp een blik op zijn horloge voor hij de serveerster aankeek. 'Doe dan maar een grote, met alles erop en eraan,' zei hij. 'En stop hem maar in een doos. Ik neem hem wel mee.'

'Ze komt niet, hè?' vroeg de serveerster meelevend terwijl ze de menukaart van hem aanpakte.

Sophie had hier al meer dan een halfuur geleden moeten zijn. 'Het lijkt er niet op.'

'Nou, een man als jij zou geen moeite moeten hebben om wat beters te vinden.' Klakkend met haar tong liep ze naar de keuken om zijn bestelling door te geven, en Vito legde zijn hoofd tegen de muur achter zich en deed zijn ogen dicht. Hij probeerde niet te denken aan het feit dat Sophie niet was op komen dagen en probeerde zich te richten op de dingen die hij wel kon veranderen.

Ze hadden vier van de negen slachtoffers geïdentificeerd. Nog vijf te gaan.

*Rozen*. Hij rook rozen en voelde het bankje bewegen toen iemand er vanaf de andere kant op schoof. Ze was er toch. Maar hij bleef zitten en hield zijn ogen dicht.

'Pardon,' zei ze, en hij opende zijn ogen. Ze zat tegenover hem, gekleed in haar zwarte leren jas. Ze droeg enorme gouden ringen in haar oren en haar haren hingen naar één kant over haar schouder. 'Ik wacht op iemand, en ik denk dat u dat misschien bent.'

Vito grinnikte. Ze had hem herinnerd aan het moment waarop ze elkaar voor het eerst hadden ontmoet. 'Die geheugenwisser werkt beter dan ik dacht. Misschien moet ik hem ook eens proberen.'

Ze glimlachte naar hem, en hij voelde iets van zijn spanning wegebben. 'Zware dag?' vroeg ze.

'Dat kun je wel zeggen. Maar ik wil niet over mijn dag praten. Je bent er.'

Ze trok haar schouder op. 'Filmattributen zijn moeilijk te weerstaan. Bedankt.'

Ze kneep haar handen zo stevig in elkaar dat haar knokkels wit werden. Hij haalde diep adem, reikte over de tafel en trok haar handen van elkaar, waarna hij ze vasthield. 'Het was moeilijk voor je om me zijn naam te geven, maar je hebt het toch gedaan, om ons te helpen.'

Haar handen spanden aan en haar ogen schoten weg van die van hem. 'En al die moeders, vrouwen, echtgenoten en zoons. Ik wilde eerst niet dat je met Alan praatte, omdat ik me schaamde. Maar ik zou me meer hebben geschaamd als ik je zijn naam niet had gegeven.'

'Ik meende wat er in dat briefje stond. Brewster is een eikel. Je moet het van je af zetten.'

Ze slikte. 'Ik wist niet dat hij getrouwd was, Vito. Ik was jong en heel erg dom.'

'Ik begreep het allemaal toen ik hem zag. Ik denk dat je dat ook wel wist.'

'Misschien.' Ze keek op, vastberaden, vond hij. 'Ik heb iets voor je.' Ze haalde een opgevouwen vel papier uit haar zak en gaf het hem.

Vito vouwde het open en lachte. Ze had een raster van vier bij vier getekend. Bovenaan stonden de kopjes *Frans, Duits, Grieks* en *Japans*. Langs de zijkant stond: *verdomme, klote, klootzak* en *eikel*. In de vakjes had ze, naar hij aannam, de vertalingen ingevuld. 'Dit diagram vind ik een stuk leuker dan die waar ik al twee dagen naar staar.'

Ze grijnsde naar hem, en hij voelde nog meer gewicht van zijn schouders glijden. 'Ik had beloofd je wat nieuwe scheldwoorden te leren. Ik heb de fonetische spelling er ook bij gezet. We kunnen niet hebben dat je het verkeerd uitspreekt. Dat verpest het effect.'

'Geweldig. Maar ik mis "kont". Daarvoor kreeg ik vanavond van mijn neefje op mijn kop.'

Met opgetrokken wenkbrauwen pakte ze het papier uit zijn handen en haalde een pen uit weer een andere zak, waarna ze het woord met de bijbehorende vertalingen opschreef. Ze gaf het hem terug, hij vouwde het op en stopte het in zijn jaszak. 'Dank je.' Hij pakte haar handen weer beet en was opgelucht te merken dat ze zich had ontspannen. 'Ik wist niet zeker of je wel zou komen.'

'Ik had pech met mijn fiets. Ik heb een lift gekregen van een student van me.'

Hij keek haar bezorgd aan. 'Met je motor? Wat was ermee?'

'Hij wou niet starten. Iemand had suiker in de tank gegooid.'

'Wie doet er nou zoiets?' Hij boog zich naar haar toe. 'Wie valt je lastig, Sophie?'

'O, Brewsters vrouw. Ze is gek. Stuurde me een... dreigbriefje. Zoiets.'

'Sophie,' waarschuwde hij.

Ze draaide met haar ogen. 'Ze had me een dode muis gestuurd, en later belde ze me om te zeggen dat ik mijn handen thuis moest houden. Ze had Alan zeker met Clint horen praten. Dat mens is echt gestoord. Ze denkt dat alle vrouwen zich aan Alans voeten werpen.'

'Zijn huidige assistente waarschijnlijk wel.' Hij zuchtte. 'Maar het spijt me dat ze dat van jou denkt.'

'Het geeft niet. Echt niet. Ik loop al heel lang op mijn tenen als het op Alan aankomt, en dit heeft me gedwongen het onder ogen te zien. Het is allemaal in orde.' Ze keek bedenkelijk. 'Behalve mijn fiets. Daar ben ik kwaad om.'

Dat was een kans die hij niet kon laten liggen. 'Ik breng je wel naar huis.'

Zijn stem klonk lager en suggestiever dan zijn bedoeling was geweest. Haar wangen kleurden en ze sloeg haar ogen neer, maar net daarvoor zag hij dat haar pupillen groot werden van verlangen en er sloeg een golf van warmte door zijn lichaam.

'Graag,' zei ze zachtjes. 'O, dat vergeet ik bijna.' Ze trok haar hand terug en haalde nog een vel papier uit haar zak. 'Ik heb wat meer informatie voor je over die man die in Europa is overleden: Alberto Berretti.'

Op de lijst stonden de namen van Berretti's kinderen en hun advocaten. Er stonden ook namen van zijn huispersoneel, medewerkers en zijn belangrijkste debiteuren. Hier zou hij veel aan hebben als hij Interpol de volgende dag ging bellen. 'Hoe kom je hieraan?'

'Etienne... je weet wel, mijn oude hoogleraar. Hij wist niets meer dan Berretti's naam en dat gerucht. Maar mijn vaders oude vriend kent een heleboel rijke mensen, en als hij ze niet persoonlijk kent, dan kent hij wel iemand die ze kent. Ik heb hem gebeld, en hij heeft me die informatie gegeven.'

Vito onderdrukte zijn ergernis. 'Ik dacht dat je had gezegd dat je verder niemand zou bellen.'

'Ik heb niemand gebeld van wie ik dacht dat ze misschien handelden in dat spul.' Ze was geërgerd en stak het niet onder stoelen of banken. 'Ik ken Maurice al sinds ik klein was. Hij is een heel goed mens.'

'Sophie, ik ben je dankbaar. Ik wil alleen niet dat je iets overkomt. Als je hem kent, zal hij wel in orde zijn.'

'Dat is hij ook,' zei ze koppig. Maar ze trok haar hand niet onder de zijne vandaan, en Vito zag dat als een goed teken. Hij pakte haar andere hand ook, en ze ontspande zich weer.

'En... je vader. Leeft hij nog?'

Ze schudde droevig haar hoofd. 'Nee, hij is bijna twee jaar geleden overleden.'

Ze had dus een goede relatie gehad met haar vader. Anders dan met haar moeder. 'Het moet moeilijk voor hem zijn geweest dat jij zo'n tijd zo ver weg in Europa zat.'

'Nee, hij woonde in Frankrijk. Ik heb hem aan het eind van zijn leven vaker gezien dan toen ik klein was.' Ze keek hem schuins aan. 'Mijn vader heette Alex Arnaud.'

Vito's voorhoofd plooide in rimpels. 'Ik weet zeker dat ik die naam eerder heb gehoord. Nee, niets zeggen.'

Ze keek hem geamuseerd aan. 'Ik zou er echt van staan te kijken als je hem kende.'

'Ik heb die naam vrij kortgeleden nog gezien.' De herinnering kwam bij hem boven en hij staarde haar aan. 'Jouw vader was Alexandre Arnaud, de acteur?'

Ze knipperde met haar ogen. 'Heel indrukwekkend. Niet veel Amerikanen kennen zijn naam.'

'Mijn zwager weet alles van films. De laatste keer dat ik bij hem op bezoek was, was hij op de Franse filmtoer, en een paar daarvan waren niet slecht. Niet rottig bedoeld.'

'Geen punt. Welke heb je dan gezien?'

'Krijg ik een bonusprijs als ik ook de filmtitel goed heb?' Weer kleurden haar wangen, en hij besefte dat er evenveel verlegenheid als verlangen in haar ogen te zien was. Dit was nieuw voor haar, zo flirten, en dat wond hem nog meer op dan al het andere. Bijna al het andere, vulde hij aan. Hij wist dat wat ze onder die zwarte jas verborg al meer dan opwindend genoeg was. 'Ik ben blij dat ik zo'n goed geheugen heb,' plaagde hij. Hij liet met tegenzin haar handen los toen de serveerster met een veelbetekenende grijns de pizza op tafel zette.

'Wil je hem nog steeds meenemen?' vroeg ze. 'Ik kan wel even een doos halen.'

'Ik ben uitgehongerd,' gaf Sophie toe. 'Gaan jullie al snel sluiten?'

De serveerster klopte op haar hand en knipoogde naar Vito. 'Als je klaar bent, lieverd.'

Vito knipte met zijn vingers. '*Soft Rain*,' zei hij. 'De film van je vader.'

Sophie zette grote ogen op en stopte met kauwen. 'Wauw. Je bent echt goed.'

Vito schoof een pizzapunt op zijn bord. 'En wat is mijn bonusprijs?'

Haar blik verplaatste zich, veranderde, en hij zag bij haar de zinderende, verwachtingsvolle spanning toen ze op haar onderlip beet. 'Dat weet ik nog niet.'

Vito slikte moeizaam terwijl zijn hart tekeerging. Hij kon amper de neiging weerstaan om haar weg te sleuren bij de tafel en zelf op die lip te bijten. 'Maak je niet druk. Ik verzin vast wel iets. Maar doe me een lol en eet een beetje door, oké?'

*Dinsdag 16 januari, 23:25 uur*

Het was goed. Verrekte goed. Niet zo goed als *Warren sterft*, maar nog altijd beter dan negenennegentig komma negen procent van de rotzooi die in galerieën terechtkwam.

Hij keek achterom naar de foto's en toen weer naar zijn schilderij van het moment van Gregory Sanders' dood. Er was iets met Sanders' gezicht. Zelfs in de dood zag het er op film beter uit dan in werkelijkheid. Hij glimlachte. Die jongen had waarschijnlijk een ster kunnen worden.

Nou, als het aan hem lag, zou Gregory dat ook worden. Maar nu moest hij eerst wat opruimwerk doen. Hij zou het lijk afspoelen in de ondergrondse studio. Zijn kerker. Gregory was passend onder de indruk geweest. Passend bang.

En terecht ook. 'Proberen van mij te stelen,' mompelde hij. De jongeman had gesmeekt om vergeving. Om genade. Die had hij niet gekregen.

Hij had een paar goede scènes uit de beelden kunnen halen die hij van Gregory had gemaakt. Diefstal was een veelvoorkomende misdaad geweest in de middeleeuwen, met een verscheidenheid aan straffen. Het was niet de foltering geworden die hij gepland had, maar het had al met al goed gewerkt.

Zodra het licht was zou hij naar buiten gaan om het lijk te begraven, en daarna hier terugkeren om verder te werken aan de game. Tegen de ochtend zou hij wel antwoord hebben op de e-mail die hij, voordat hij vanmiddag naar Gregory was gegaan, aan de lange blondine van UCan-Model had verstuurd. Hij zou een passend einde verzinnen voor de statige koningin, zodat Van Zandt er blij mee zou zijn. En daarna moest hij nog het hoofd van die stomme ridder laten ontploffen. Hij wist nog niet helemaal hoe hij dat moest aanpakken, maar daar kwam hij wel uit.

*Dinsdag 16 januari, 23:30 uur*

Sophies handen trilden toen ze probeerde de sleutel in het slot van Anna's voordeur te krijgen. Ze hadden gezwegen op weg naar huis, op haar afgemeten routebeschrijving na. Al die tijd had hij haar hand vastgehouden, al had hij er af en toe zo hard in geknepen dat ze bijna grimaste. Maar het was een welkome pijn, als zoiets bestond. Voor het eerst sinds heel lang voelde Sophie zich alsof ze echt leefde. En klunzig. Ze vloekte zachtjes toen de sleutel voor de derde keer langs het sleutelgat schampte.

'Geef maar hier,' droeg hij haar zachtjes op. Hij kreeg de deur meteen open, waarop de honden schril blaffend aan kwamen rennen. De blik op zijn gezicht zou komisch zijn geweest als ze niet zo ongeduldig was. Hij staarde met mild afgrijzen neer op Lotte en Birgit.

'Wat moet dat nou voorstellen?'

'De hondjes van mijn oma. Tante Freya laat ze tussen de middag uit, dus nu zijn ze ongeduldig. Kom maar, meisjes.'

'Ze zijn... gekleurd. Net als je regenbooghandschoenen.'

Sophie keek met een scheef gezicht naar de honden. 'Ja, dat was een experiment. Ik moet ze uitlaten. Ben zo terug.' Ze nam de honden mee door de keuken en ging op de veranda aan de achterkant van het huis staan, met haar armen tegen zich aan gedrukt en wiebelend op haar tenen terwijl de honden aan het gras en elkaar snuffelden. 'Schiet op,' beet ze hun toe. 'Anders krijgen jullie een maand lang alleen maar droge brokken.'

Het dreigement scheen te werken, of misschien kregen de honden het ook koud, want het duurde niet lang. Sophie tilde ze op en drukte hun harige koppen tegen haar wang voordat ze ze in de keuken neerzette. Ze deed het nachtslot op de deur, draaide zich om en zoog haar adem naar binnen. Vito was op enkele centimeters afstand uit het niets verschenen, met donkere, roekeloze ogen, en haar knieën werden week. Hij had zijn jas en handschoenen al uit en met die van haar wist hij ook wel raad.

Zijn blik zakte omlaag naar haar borsten, nog bedekt met meerdere lagen kleding. Hij bleef er nog een tijdje naar kijken voordat zijn blik die van haar vond, en een paar hartslagen lang leek het alsof ze niet kon ademhalen. Haar borsten voelden strak aan, haar tepels bijna pijnlijk gevoelig, en door het gebons tussen haar benen wenste ze dat hij zou opschieten.

Maar dat deed hij niet. Gekmakend traag streek hij met zijn vingertoppen over haar onderlip, tot ze huiverde. Zijn lippen krulden om en zijn glimlach was scherp. Roofdierachtig. 'Ik verlang naar je,' zei hij. 'Ik zou liegen als ik iets anders beweerde.'

Ze hief haar kin, wensend dat hij haar zou aanraken. Nerveus omdat hij dat niet deed. 'Doe dat dan niet.'

Zijn ogen fonkelden en hij bleef nog een tijdje staren, alsof hij wachtte tot ze nog meer ging zeggen. Toen kropen zijn handen wild door haar haren en lag zijn mond op de hare, en zij kreunde omdat het zo fijn aanvoelde. Zijn kus was roekeloos en heet en veeleisend, en ze wilde er meer van. Ze wilde meer van hem.

Ze drukte haar handen tegen zijn borst, voelde de staalharde spieren onder zijn overhemd en kreunde bijna weer toen die spieren zich spanden onder haar handpalmen. Ze haakte haar vingers in zijn overhemd en trok hem dichterbij. Ze moest die harde borstkas tegen haar gespannen borsten voelen. Ze sloeg haar armen om zijn nek en ging op haar tenen staan, net voldoende om hun lichamen tegen elkaar te laten passen, omdat ze zijn hardheid overal wilde voelen.

Hij stelde niet teleur, en even later duwde hij haar rug tegen de deur en wreef de harde richel in zijn spijkerbroek tegen de plek waar dat het lekkerste voelde. De deur tegen haar rug was ijskoud, maar Vito brandde warm tegen haar voorkant terwijl ze zich tegen hem aan drukte. Zijn handen pakten eindelijk haar borsten, plukkend en plagend tot ze weer kreunde.

Zijn heupen en handen kwamen abrupt tot stilstand en hij maakte zijn mond van haar los.

'Nee.' Het klonk jammerend, maar ze was te opgewonden om er iets om te geven.

'Sophie, kijk me aan.' Ze opende haar ogen. Hij was zo dichtbij dat ze elk wimperhaartje kon zien. 'Ik heb je gezegd wat ik wilde. Dat moet jij ook doen. Zeg me wat je wilt.'

Hij zou haar dwingen het te zeggen. 'Jou.' Die ene lettergreep kwam knarsend naar buiten. 'Ik wil jou.'

Hij liet huiverend zijn adem ontsnappen. 'Het is heel lang geleden voor me. Deze keer kan ik het niet lang laten duren.'

*Deze keer*. 'Doe dat dan ook niet.'

Hij knikte langzaam, liet zijn handen naar de zoom van haar trui zakken en trok hem over haar hoofd. Toen lachte hij ademloos, want de trui raakte verstrikt in haar haren. Samen bevrijdden ze haar, en hij kwam weer wat bij zinnen, starend naar het dunne witte kant van haar beha.

Hij slikte moeizaam. 'God, je bent mooi.' Hij streek met zijn vingers langs de geschulpte randjes en onder haar borsten langs, waarbij hij op een haar na, maar met opzet, haar tepels ontweek, die nu tegen het kant priemden. Maar zijn handen trilden.

Haar hart bonsde zo luid dat hij bijna uit haar borstkas sprong. 'Raak me aan, Vito. Alsjeblieft.'

Weer fonkelden zijn ogen, en in een snelle beweging had hij het kant opzij door de sluiting aan de voorzijde open te doen. Even voelde ze koude lucht op haar huid, maar toen bedekte hij haar ene borst met zijn warme hand en de andere met zijn nog warmere mond. Ze groef met haar vingers door zijn golvende, donkere haren en hield hem vast, sloot haar ogen en stond zichzelf toe te voelen. En het voelde zo fijn. Zo noodzakelijk.

Te snel kwam hij weer overeind. 'Sophie, kijk me aan.'

Ze opende haar ogen. Zijn mond was vochtig, zijn ogen waren levende kooltjes. 'Waar staat je bed?'

Er trok een huivering door haar heen en ze keek op naar het plafond. 'Boven.'

Hij grijnsde ondeugend. 'Naar boven, dus.' Hij boog zich naar voren om haar weer te kussen en haar vingers prutsten aan de knoopjes van zijn overhemd, en die van hem aan de rits van haar broek. Ze liepen achteruit de keuken in en lieten gehaast kledingstukken vallen terwijl ze richting de trap schuifelden. Hij stopte bij de eerste tree en drukte haar tegen de muur. Zij was naakt, maar hij droeg zijn boxershort nog. Zijn ogen gingen goedkeurend van haar gezicht omlaag over haar lichaam. Zijn borstkas rees en daalde, alsof hij elke ademtocht uit zijn longen moest persen. 'Je bent prachtig.'

Dat had ze eerder gehoord. Ze wilde het nu zo graag geloven. Maar woorden waren niet meer dan dat. Woorden. Het was de daad die telde. Haast wanhopig trok ze zijn hoofd omlaag en kuste hem vurig. Met een diepe grom nam hij het initiatief over, verdiepte de kus en streek met zijn handen over haar rug. Hij kneedde haar billen, trok haar tegen zich aan. Ze voelde zijn erectie tegen haar aan kloppen en draaide wrijvend met haar heupen, maar ze had meer nodig. 'Vito, alsjeblieft. Nu.'

Zijn lichaam huiverde onbeheersbaar, ook al brandde zijn huid onder haar handen en wist ze dat hij even opgewonden was als zij. Hij stapte achteruit en pakte haar hand om haar de trap op te leiden, maar ze schoof haar handen onder het elastiek van zijn boxershort en trok die over zijn heupen omlaag. Weer stelde hij niet teleur, en ze vouwde haar hand om hem heen en kneep, waardoor hem een diepe kreun ontsnapte.

'Sophie, wacht.'

'Nee. Hier. Nu.' Ze leunde tegen hem aan en beet in zijn lip, met haar hand midden op zijn borst, duwend tegen zijn keiharde spieren. Ze hield zijn blik vast, nu op bekend terrein. Dit was seks. Dit kende ze. 'Nu.'

Ze duwde hem naar achteren en liet zich over zijn heupen zakken terwijl hij op de traptreden neerzonk.

'Sophie, niet op –'

Ze snoerde hem de mond door hem te kussen en liet zich zakken, waarbij ze hem haar lichaam in geleidde. Hij was heet en hard en groot, en ze sloot haar ogen bij het gevoel dat hij haar vulde. 'Je verlangt naar me.'

'Ja.' Zijn handen grepen haar heupen vast en knepen in haar vlees.

'Neem me dan.' Ze kromde haar rug, waardoor hij dieper naar binnen drong, opende haar ogen en zag die van hem langzaam dichtzakken, de donkere stoppels op zijn gespannen kaak, zijn prachtige lichaam dat zich helemaal aanspande. Toen begon ze te bewegen, eerst langzaam, toen wilder en sneller terwijl ze haar eigen hoogtepunt voelde naderen.

Met een kreet kwam ze en zakte ze naar voren, waarbij ze haar handen liet steunen op de tree boven hem. Ze kuste hem hard en hij kreunde in haar mond terwijl zijn heupen woest kronkelden. Toen werd zijn rug stram en bewoog hij zijn heupen in de korte stoten van zijn eigen climax.

Hijgend alsof hij hardgelopen had liet hij zich achteroverzakken op zijn ellebogen en liet zijn hoofd op de traptree rusten. Een paar tellen lang zwegen ze allebei. Toen rolde Sophie van hem af en ging op de tree onder hem zitten. Ze voelde zich ontspannen en... verrekte goed. Ze klopte op zijn bovenbeen, maar hij verstijfde en schoof opzij. Ze draaide zich om en keek hem aan, en hij staarde haar aan, niet in voldoening maar in rauwe woede.

'Wat,' zei hij hees, 'moest dat verdomme voorstellen?'

# 14

*Woensdag 17 januari, 0:05 uur*

Sophies mond viel open. 'Hè?'

'Je hebt me wel gehoord.' Hij kwam overeind en zij bleef naakt op de trap naar hem zitten staren. Hij griste zijn boxershort van de vloer en trok hem aan, en verdween vervolgens naar de keuken. Toen hij terugkwam, had hij zijn broek aan en haar kleren bij zich. Hij smeet ze naar haar toe, maar ze maakte geen aanstalten ze te vangen.

Haar hele lichaam was verdoofd, maar niet langer van genoegen. 'Waarom ben je zo kwaad?'

Hij keek met zijn handen in zijn zij op haar neer. 'Dat is zeker een geintje?'

'Je verlangde naar me. Je hebt me gekregen.' Een vlaag van woede drong langs het verdoofde gevoel en ze kwam wankel overeind. 'Wat is jouw probleem? Was het niet goed genoeg voor je?' Dat laatste voegde ze er snerend aan toe, want de pijn kwam nu naar boven en duwde haar woede opzij.

'Het was verdomde goed. Maar dát' – hij wees naar de trap – 'was niet wat ik wilde. Dat was...' Zijn lippen werden een streep, en zijn stem klonk vlak. 'Dat was neuken.'

Zijn grove bewoording kwam hard bij haar aan. 'En je voelt je zo gebruikt? Je hebt gekregen waarvoor je bent gekomen, Vito. Als de levering niet naar wens was, nou, het was in ieder geval gratis.'

Hij aarzelde. 'Sophie, ik ben hier niet gekomen voor... Ik was hier om...' Hij haalde onbehaaglijk zijn schouders op. 'Om de liefde met je te bedrijven.'

Die woorden klonken bespottelijk. 'Je houdt niet van me,' zei ze bitter.

Hij slikte moeizaam en scheen zijn woorden af te wegen. 'Nee. Nee, dat klopt. Nog niet. Maar op een dag... Op een dag zou het kunnen. Sophie, heb je nog nooit de liefde bedreven?'

Ze hief haar kin en de tranen dreigden te komen. 'Waag het niet me uit te lachen.'

Hij liet zijn adem ontsnappen, bukte en pakte haar ondergoed. 'Trek aan.'

Ze slikte de brok in haar keel weg. 'Nee. Ik wil dat je gaat.'

'En ik ga niet weg tot we hebben gepraat.' Hij klonk weer vriendelijk. 'Sophie.' Hij schudde zijn hoofd en stak haar ondergoed uit. 'Trek aan, anders doe ik het voor je.'

Ze twijfelde er niet aan dat hij dat zou doen, dus rukte ze de kledingstukken uit zijn hand. Ze trok ruw haar slip omhoog over haar heupen en stak haar handen uit, nog altijd naakt op het slipje na. 'Tevreden?'

Hij kneep zijn ogen tot spleetjes. 'Bij lange na niet.' Hij trok de trui over haar hoofd alsof ze een kind van vijf was. Ze duwde met haar ellebogen zijn handen weg.

'Ik kan het zelf wel,' siste ze. Ze trok haar armen door de mouwen en deed haar broek aan. 'Zo, aangekleed. En nu oprotten.'

Hij trok haar mee naar de woonkamer. 'Hou op met tegenstribbelen.' Hij duwde haar naar de bank.

'Hou op de klootzak uit te hangen,' kaatste ze terug. Toen viel ze uit. 'Wat wilde je verdomme dán van me?'

'Blijkbaar niet iets waarvan jij weet hoe je het moet geven. Nog niet, in ieder geval.'

Woest veegde ze over haar wangen. 'Ik ben niet met veel mannen naar bed geweest. Sta je daarvan te kijken?'

Hij stond nog altijd met zijn handen in zijn zij. Hij was nog steeds boos, maar nu leek zijn woede niet meer op haar gericht te zijn. *Nou, en.* Ze was nog wel kwaad op hém.

'Nee,' mompelde hij. 'Daar sta ik niet van te kijken.'

'Maar geen enkele klánt is ooit ontevreden geweest over de seks. Tot nu toe.'

Daar grimaste hij van. 'Het spijt me. Ik verlangde naar je en het was lang geleden en... Sophie, wat wij net hebben gedaan was ongelooflijk. Maar het was... gewoon seks.'

Ze haalde vastberaden adem. 'En wat had je dan verwacht? Maanlicht? Muziek? Dat je me naderhand zou knúffelen en beloften zou fluisteren die je toch niet van plan bent na te komen? Nee, dank je.'

Zijn ogen fonkelden. 'Ik doe geen beloften die ik niet van plan ben na te komen.'

'Wat ridderlijk van je.' Ze liet haar hoofd tegen de rugleuning zakken, plotseling heel vermoeid. 'Je zei dat je het snel wilde, dus deed ik het snel. Het spijt me als je teleurgesteld bent.'

Hij ging naast haar zitten, en ze schrok toen hij met zijn duim over haar wang streek. 'Ik zei dat het niet langzaam kón.' Hij groef zijn vingers door haar nekharen en trok haar naar zich toe, zodat ze hem moest aankijken. Het diepe timbre van zijn stem raakte haar, maar ze weigerde haar ogen open te doen. 'Dat is iets anders dan door te denderen naar het eind omdat dat alles is.' Hij kuste haar oogleden en vervolgens haar beide mondhoeken. 'Er waren zo veel dingen die ik met je wilde doen. Voor je wilde doen.' Zijn mond bedekte die van haar. Zoet, geduldig. Ze huiverde en voelde hem tegen haar lippen glimlachen. 'Wil je niet weten wat die dingen zijn?' plaagde hij. Ze voelde zich weer warm worden.

'Misschien,' fluisterde ze, en hij grinnikte.

'Sophie, iedereen kan zomaar seks hebben. Ik mag je. Heel graag. Ik wilde meer.'

Ze slikte moeizaam. 'Misschien kan ik je niet meer geven.'

'Ik denk van wel,' fluisterde hij. 'Sophie, kijk me aan.' Ze dwong zichzelf op te kijken, vrezend wat ze zou zien. Sarcasme en spot kon ze wel aan. Dat kende ze. Medelijden zou moeilijker te verdragen zijn. Maar haar adem stokte in haar keel, want wat ze in zijn ogen zag, was verlangen, getemperd met tederheid en zelfs een beetje zelfspot. 'Laat me je het verschil leren tussen neuken als de beesten en de liefde bedrijven.'

Diep vanbinnen had ze wel geweten dat er meer moest zijn, dat ze nooit echt had beleefd wat mensen in echte relaties hadden. Maar ze had ook geweten dat zij alleen... ze moest bijna lachen. Ze had geneukt als een beest. Op een of andere manier was het altijd simpeler geweest om het daarbij te laten. Maar ze had altijd het verschil willen weten.

Hij knabbelde aan haar onderlip. 'Kom op, Sophie. Het zal je beter bevallen.'

Sophie keek naar de trap. 'Beter dan dát?'

Hij glimlachte toen hij zijn overwinning bespeurde. 'Ik garandeer het je.' Hij stond op en stak zijn hand uit.

Ze keek ernaar. 'Stel dat ik niet volledig tevreden ben?'

'Ik doe geen beloften die ik niet van plan ben na te komen.' Hij trok haar overeind. 'Als je niet tevreden bent, dan zal ik moeten doorgaan tot je dat wel bent.' Hij legde zijn hand onder haar kin en streek met zijn lippen over die van haar. 'Kom mee naar bed, Sophie. Ik moet je dingen laten zien.'

Ze haalde beverig adem. 'Oké.'

*Woensdag 17 januari, 5:00 uur*

Vito schoof uit Sophies bed, waar zij opgerold als een jong katje lag te slapen. Een heel mooi, leergierig katje. Hij draaide met zijn schouders. Een katje met klauwen. Die ze de laatste keer in zijn rug had geslagen, toen hij haar naar zo'n hoogtepunt had gevoerd... Hij huiverde bij de herinnering. Hij zou niets liever willen dan die scherpe klauwen weer te voelen. Maar hij moest naar huis, om zich om te kleden en de werkdag te beginnen.

Weer een dag van lijken identificeren. Van rouwende families slecht nieuws brengen. Van proberen een moordenaar te vinden voordat er nog meer lijken of rouwende families volgden. Vito trok zijn kleren aan en drukte een kus op Sophies slaap. Hij had in ieder geval één tevreden klant.

Hij keek om zich heen, zoekend naar iets om op te schrijven, want hij wilde niet weggaan zonder afscheid te nemen. Hij had de indruk dat ze dat in het verleden al vaak genoeg had meegemaakt, van mannen die hadden genomen wat ze hebben wilden en met hun leven waren doorgegaan. Zij had dan ook gedacht dat dat alles was.

Er lag geen papier op haar nachtkastje, als hij de snoeppapiertjes tenminste niet meetelde. Maar zijn blik viel op een foto in een lijstje. Hij liep ermee naar het raam en hield hem in het licht van de straatlantaarns. Het was een foto van jonge vrouw met lang donker haar en grote ogen, ergens in de jaren vijftig gemaakt. Ze zat gedraaid, kijkend over de rugleuning van een stoel, voor een spiegel die leek op die je in kleedkamers zag. Vito dacht aan Sophies vader, een Franse filmster met wie ze niet veel contact had gehad tot vlak voor het eind van zijn leven. Hij vroeg zich af of dit haar moeder was, maar hij betwijfelde of ze de foto dan naast haar bed zou hebben gezet.

'Mijn oma.' Ze zat rechtop in bed, met haar knieën opgetrokken.

'Was zij ook actrice?'

'Min of meer.' Ze trok haar wenkbrauw op. 'Dubbele bonusprijs als je weet wie zíj is.'

'Ik vond de vorige bonusprijs al dik in orde. Krijg ik een hint?'

'Nee. Maar ik zal wel een ontbijtje voor je maken.' Ze grijnsde. 'Dat is wel het minste wat ik kan doen.'

Hij grijnsde terug, pakte een andere foto en deed het licht aan. Het was dezelfde vrouw, met een man die hij wel herkende. 'Kende jouw oma Luis Albarossa?'

Sophie stak met een stomverbaasd gezicht haar hoofd door haar trui. 'Wat is het toch met jou? Je kent Franse acteurs, en nu ook al Italiaanse tenors?'

'Mijn grootvader was een operafan.' Hij aarzelde. 'En ik ook.'

Ze stond gebukt om een joggingbroek aan te trekken en bleef stilstaan, en haar haren vielen als een gordijn voor haar gezicht. Ze hield ze met één hand opzij en keek ertussen door. 'Wat is er mis met opera?'

'Niks. Alleen vinden sommige mensen het niet erg...'

'...mannelijk? Dat is gewoon machogelul dat inherent is aan een patriarchale samenleving.' Ze rukte de broek omhoog en streek haar haren uit haar gezicht. 'Opera of Guns N' Roses, je wordt door geen van beide minder man. Bovendien ben ik wel de laatste aan wie jij je mannelijkheid nog hoeft te bewijzen.'

'Vertel dat mijn vader en broers maar.'

Ze keek geamuseerd. 'Wat, dat je geweldig bent in bed?'

Geschrokken lachte hij. 'Nee, dat opera mannelijk is.'

'Ooo. Duidelijkheid is altijd goed. Dus opa was gek van opera?'

'Telkens als er een voorstelling in de stad was, kocht hij kaartjes, maar niemand behalve ik wilde mee naar de concerten. We hebben toen ik tien was Albarossa in *Don Giovanni* gehoord. Onvergetelijk.' Hij keek peinzend. 'Geef eens een hint. Wat was de achternaam van je oma?'

'Johannsen,' zei ze grijnzend. 'Lotte, Birgit! Gaan jullie mee?' De hondjes kwamen blaffend een van de andere slaapkamers uit rennen. Ze liep de trap af, en hij volgde.

'Eén hint, Sophie.'

Ze grijnsde nog een keer en liep met de twee belachelijk gekleurde honden de achterdeur uit. 'Je weet al te veel. Je moet wel wérken voor een dubbele bonus.'

Grinnikend liep Vito de woonkamer in en ging op onderzoek uit. Een dubbele bonusprijs moest je niet licht opvatten. Bovendien, gaf hij voor zichzelf toe, was hij nieuwsgierig. Sophie Johannsen was op zichzelf al een verrekt interessante vrouw, maar kennelijk zaten er wat unieke aftakkingen in haar stamboom.

Hij vond wat hij zocht en liep ermee naar de keuken. Ze was alweer binnen en haalde potten en pannen uit de kastjes.

'Kun je koken?' vroeg hij, weer verbaasd.

'Natuurlijk. Een vrouw kan niet alleen van beef jerky en chocoladekoekjes leven. Ik kan goed koken.' Ze keek naar het ingelijste programma in zijn hand en zuchtte. 'Nou, wie is ze?'

Vito leunde tegen de koelkast, onder de indruk, maar ook zelfvoldaan in de wetenschap dat hij de dubbele bonusprijs had verdiend. 'Je oma is Anna Shubert. Mijn god, Sophie, mijn opa en ik hebben haar *Orfeo* horen zingen in de Academie in het centrum. Haar *Che faro...*' Hij herinnerde zich de tranen op de wangen van zijn grootvader. En de zijne. 'Na haar aria waren er geen droge ogen meer te bekennen in de zaal. Ze was heel bijzonder.'

Sophie glimlachte bedroefd. 'Ja, dat klopt. *Orfeo* hier in Philly was haar laatste optreden. Ik zal haar zeggen dat je haar kent. Dat vindt ze geweldig.' Ze duwde hem aan de kant, pakte eieren en een bakje room uit de koelkast en zette ze op het aanrecht. Toen liet ze haar schouders zakken. 'Het is zo moeilijk om haar te zien afglijden, Vito.'

'Wat erg voor je. Mijn vader heeft een zwak hart. We zijn dankbaar voor elke dag die hij nog bij ons is.'

'Dan begrijp je het.' Ze blies omhoog langs haar voorhoofd. 'Er liggen een paar fotoalbums in de woonkamer. Als je van opera houdt, is het echt iets voor jou.'

Gretig ging hij ze halen en bracht ze mee naar de keuken tafel. 'Die albums zijn vast veel geld waard.'

'Voor oma, ja, en voor mij.' Ze zette een kop koffie voor hem neer.

'Dat is het operagebouw van Parijs. De man naast oma is Maurice. Hij is degene die me die informatie over de overleden verzamelaar heeft gegeven,' voegde ze eraan toe voordat ze terugliep naar het fornuis.

'Ik dacht dat je zei dat Maurice een vriend van je vader was.'

Ze trok een gezicht. 'Hij was ook bevriend met Alex. Het is nogal ingewikkeld. Nogal een schunnig verhaal, eigenlijk.'

Ze verwees naar haar vader bij zijn voornaam. Interessant. 'Sophie, pest me niet zo.'

Ze grinnikte. 'Maurice en Alex waren studiegenoten. Allebei rijke playboys. Anna was in de veertig en op de top van haar carrière, op tournee door Europa. Ze was toen al lange tijd weduwe. Ze zal wel eenzaam zijn geweest. Alex had een paar kleine rolletjes in films gespeeld. Maurice werkte voor het operagebouw in Parijs, en daar heeft hij Anna ook leren kennen. Het operagenootschap gaf een feest en Maurice nodigde mijn vader uit, stelde ze aan elkaar voor, en' – ze trok een schouder op – 'ik heb gehoord dat het liefde op het eerste gezicht was.'

Vito grijnsde. 'Je oma en je vader? Dat is... jakkes.'

Ze klopte een paar eieren. 'Technisch gesproken was ze mijn oma nog niet en was hij mijn vader nog niet. Ik was nog niet in beeld.'

'Maar toch...'

'Ik zei toch al dat het schunnig was? Nou, ze hadden een hartstochtelijke affaire.' Ze keek fronsend in de pan terwijl ze de eieren erin goot. 'Toen ontdekte ze dat hij getrouwd was. Ze gaf hem de bons.'

Vito begon een patroon te ontdekken. 'Ik snap het.'

Ze keek hem uitgestreken aan. 'Alex niet. Anna was geboren in Hamburg, maar opgegroeid in Pittsburgh. Ik heb gehoord dat hij er behoorlijk kapot van was toen Anna vertrok.'

'Wie heeft je dat allemaal verteld?'

'Maurice. Hij is nogal een roddelkont. Daarom wist ik ook dat hij me alle interessante weetjes over Alberto Berretti zou kunnen geven.'

'En hoe ben jij... in beeld gekomen?'

'Ah. Nu wordt het nog schunniger. Anna heeft twee dochters. Freya de Goede en Lena.'

'De Slechte?'

Sophie haalde enkel haar schouders op. 'Laten we het erop houden dat Lena en Anna niet met elkaar overweg konden. Freya was ouder en al getrouwd met mijn oom Harry. Lena was zeventien, koppig en opstandig. Ze wilde een eigen zangcarrière. Ze werd kwaad toen Anna geen kruiwagen voor haar wilde spelen. Ze hebben fikse ruzie gehad. Toen maakte Anna het uit met mijn vader.'

Ze schepte de eieren op twee borden en zette die op tafel. 'Zoals ik al zei, Alex was er kapot van en hij dronk veel in die tijd. Geen excuus, maar... Op een avond werd hij aan de bar benaderd door een jonge vrouw, die hem verleidde. Lena.'

'Lena verleidde hem, gewoon om wraak te nemen op haar moeder? Dan was ze echt Lena de Slechte.'

'Het wordt nog erger. Lena en Anna kregen er ruzie over. Lena liep weg, en Anna kwam naar huis in Pittsburgh om haar wonden te likken. Ik denk dat Anna echt van Alex hield en had verwacht dat ze met hem zou trouwen.' Ze speelde met het eten op haar bord. 'Negen maanden later kwam Lena thuis met een baby.' Ze draaide met haar vork. 'Voilà. En zo kwam ik in beeld.'

'Een kind uit een clandestiene affaire, die plaatsvond vanwege een andere clandestiene affaire,' zei Vito zachtjes. 'En toen ontmoette je Brewster en deed je onbewust wat je moeder en Anna ook hadden gedaan.'

'Ik ben niet zo moeilijk te doorgronden. Maar ik kan wel goed koken. Je eten wordt koud.'

Ze had de deur naar haar leven weer gesloten, maar telkens bleef hij wat langer openstaan. Hij wist nog steeds niet wat er met haar moeder was gebeurd en hoe Katherine Bauer de 'moeder die ze nooit had gehad' was geworden, of wat die lijkzak voor haar betekende, maar Vito had geduld. Hij schoof zijn lege bord aan de kant. 'Wat ga je doen aan je motor?'

'Ik laat hem wel ophalen. Ken jij een goeie monteur?'

'Tuurlijk, maar je moet wel aangifte doen bij de politie, ook van die dode muis. Brewsters vrouw kan je niet zomaar ongestraft terroriseren.'

Ze maakte een spottend geluid. 'Verwed je dubbele bonus er maar onder dat ik haar ga aangeven. Vroeger was ik bang voor dat mens, maar nu ben ik er klaar mee.'

'Goed zo. En hoe kom je vanochtend op je werk?'

'Ik kan de auto van oma gebruiken tot mijn fiets gerepareerd is.' Ze trok haar neus op. 'Het is een prima autootje, maar hij ruikt naar Lotte en Birgit.'

Toen ze hun namen hoorden, kwamen de honden kwispelend met

hun regenboogkleurige staarten aanrennen, bedelend om hapjes. Vito lachte zachtjes. 'Lotte Lehman en Birgit Nilsson. Operalegenden.'

'De idolen van oma. Het was de grootste eer die ze kon bedenken om deze twee meiden naar hen te vernoemen. Die hondjes zijn net oma's kinderen. Ze verwent ze vreselijk.'

'Heeft zij ze geverfd?'

Sophie zette de borden in de gootsteen. 'Nee, dat was een foutje van mij. Ik had oma na haar beroerte thuisgebracht uit het revalidatiecentrum; voordat ze longontsteking kreeg en naar het verpleeghuis moest. Ze zat vaak bij het raam om de honden buiten te zien spelen, maar haar ogen waren slecht. Toen ging het sneeuwen, en omdat de hondjes wit waren, kon ze ze helemaal niet meer zien.' Ze liet haar stem wegsterven. 'Het leek toen een goed idee. Het was maar voedingskleurstof. Het is al een heel stuk vervaagd.'

Vito lachte. 'Je bent ongelooflijk.' Hij liep naar de gootsteen, duwde haar haren opzij en streek met zijn lippen over haar nek. 'Ik zie je vanavond.'

Ze rilde. 'Ik ga vanavond naar oma. Het is bingoavond bij Freya.'

'Dan ga ik met je mee. Hoe vaak krijg ik de kans om een legende te ontmoeten?'

*Woensdag 17 januari, 6:00 uur*

Er was iets veranderd. Er klopte iets niet. Hij reed over de snelweg naar zijn akker, met het lijk van Gregory Sanders in een plastic zak onder het dekzeil in de laadbak van zijn pick-up. Normaal gesproken kwam hij nooit auto's tegen op deze weg. Maar hij had er nu al twee gezien. Het leek hem het beste om langs de toegangsweg te rijden zonder vaart te minderen, en zijn hart stond stil bij wat hij daar zag. Er had maagdelijke sneeuw moeten liggen op de plek waar de toegangsweg aan de snelweg ontsprong, maar hij zag er vele bandensporen, wat bewees dat er meerdere voertuigen gereden hadden.

De gal kwam omhoog in zijn keel, en hij stikte er bijna in. Ze hadden zijn begraafplaats gevonden.

Op de een of andere manier had iemand zijn begraafplaats gevonden. *Maar hoe? En wie? De politie?*

Hij dwong zichzelf te blijven ademhalen. Vrijwel zeker de politie.

*Ze zullen me vinden. Ze gaan me arresteren.* Hij haalde diep adem. *Rustig. Hoe kunnen ze je vinden? Ze kunnen geen van die lijken identificeren.*

En zelfs al konden ze dat wel, dan was er niets wat de lijken met hem in verband bracht. Zijn hart bonsde wild, en hij veegde met een trillende hand over zijn mond. Hij moest hier weg. Het lijk van Gregory Sanders lag achter in zijn auto. Als hij om wat voor reden dan ook werd aangehouden... Zelfs hij kon zich er dan niet uit kletsen.

*Dus blijf rustig. Ademhalen. Nadenken. Je moet dit slim aanpakken.*

Hij was zo voorzichtig geweest. Hij had handschoenen gedragen, ervoor gezorgd dat niets van zijn lichaam in contact kwam met de slachtoffers. Zelfs geen haar. Dus zelfs als ze al die slachtoffers identificeerden, dan nog zouden ze niet aan hem denken. Hij was veilig.

Hij haalde diep adem. En hij dacht na. Als eerste moest hij zich ontdoen van Gregory. Daarna moest hij uitvissen wat de politie wist en hoe ze het ontdekt hadden. Als ze dicht bij een oplossing van de zaak stonden, zou hij vluchten.

Hij wist hoe hij moest verdwijnen. Dat had hij al eerder gedaan.

Hij reed tien kilometer door. Niemand volgde hem. Hij ging de weg af en zette zijn auto achter een groepje bomen. En wachtte met ingehouden adem. Er reden geen politieauto's voorbij. Helemaal geen auto's.

Hij stapte uit, voor het eerst dankbaar voor de kilte van een ochtend in Philadelphia op zijn verhitte huid. Het terrein langs de weg daalde steil af naar een greppel. Dit was een even goede plek als alle andere om Sanders te dumpen.

Snel liet hij de laadklep zakken, trok het dekzeil opzij en greep de plastic zak met zijn handschoenen vast. Hij sleurde de zak de sneeuw in en duwde ertegen met zijn voet tot hij begon te glijden. Het lijk raakte een boom en rolde vervolgens verder naar beneden. Er was een zichtbaar spoor in de sneeuw achtergebleven, maar als hij geluk had ging het vanavond weer sneeuwen en zou de politie Sanders pas vinden als het in de lente ging dooien.

Dan zou hij allang weg zijn. Hij stapte weer in de auto en ging terug in de richting van waaruit hij gekomen was, zich afvragend of hij dit wel goed had aangepakt.

Ja, hij had het goed aangepakt. Er stonden nu twee politiewagens bij de inrit naar zijn toegangsweg, de een met de neus van de weg af en de andere naar de weg toe. Wisseling van de wacht, dacht hij. Hij was daarnet op een haar na langs hun wisseling van de wacht gekomen. Toen hij naderde, stapte er een agent uit de auto.

Zijn eerste neiging was om gas te geven en de agent aan te rijden, maar dat zou dom zijn. Het zou eerst genoegdoening geven, maar uiteindelijk zou het dom zijn. Hij stopte. Fronste verwonderd zijn wenkbrauwen toen hij beleefd zijn raampje opendraaide.

'Waar gaat u heen, meneer?' vroeg de agent zonder te glimlachen.

'Naar mijn werk. Ik woon verderop langs de weg.' Hij deed alsof hij turend langs de politieauto wilde kijken. 'Wat is daar loos? Ik zie maar auto's komen en gaan.'

'Dit is een afgesloten terrein, meneer. Als u een andere route kunt nemen, doe dat dan.'

'Er is geen andere route,' zei hij. 'Maar ik kan wel doen alsof ik niks zie.'

De agent haalde zijn notitieblok uit zijn zak. 'Mag ik uw naam noteren, meneer?'

Hier loonde zijn langetermijnplanning, en hij leunde vol zelfvertrouwen naar achteren. 'Jason Kinney.' Dat was de naam waarop zijn kenteken geregistreerd stond, want die wijziging had hij zelf een jaar geleden bij de kentekenregistratie ingediend. Jason Kinney was slechts één van de rijbewijzen die hij in zijn portefeuille had. Het loonde altijd om grondig te zijn.

De agent liep naar de achterkant van de pick-up en schreef het kenteken op. Hij keek onder het dekzeil voor hij terugkwam en tegen de rand van zijn hoed tikte. 'Nu we weten dat u in deze buurt woont, hoeven we u niet nog eens lastig te vallen.'

Hij knikte. Alsof hij ooit nog deze kant op zou komen. *Echt niet.* 'Dank u, agent. Fijne dag nog.'

*Woensdag 17 januari, 8:05 uur*

Jen McFain fronste haar voorhoofd. 'We hebben een probleem, Vito.'

Vito nam plaats in zijn stoel aan het hoofd van de tafel, nog altijd een beetje buiten adem van zijn gehaaste tocht van vanochtend. Nadat hij bij Sophie was weggegaan, was hij naar huis gescheurd, had gedoucht en zich uitgebreid verontschuldigd bij Tess omdat hij zonder te bellen de hele nacht was weggebleven. Toen was hij naar zijn werk gegaan, maar bij de deur van het bureau was hij besprongen door een horde verslaggevers met flitsende camera's.

'Ik heb vanochtend al allerlei problemen gehad, Jen. Wat is jouw probleem?'

'Geen donuts. Wat voor vergadering denk je hier eigenlijk te houden?'

'Ja, Vito,' zei Liz. 'Wat voor vergadering begint er nou zonder donuts?'

'Jij hebt nog nooit eten meegebracht,' zei Vito tegen Liz, en ze grijnsde.

'Klopt, maar jij wel, op de eerste dag. Eerste regel van teamleiderschap: nooit precedenten scheppen die je niet wilt volhouden.'

Vito keek naar de anderen aan tafel. 'Heeft er nog iemand anders irritante eisen?'

Liz keek geamuseerd, Katherine ongeduldig. Bev en Tim zagen er moe uit. Jen keek hem alleen maar boos aan. 'Vrek,' mompelde ze, en Vito draaide met zijn ogen.

'We hebben de identiteit van een volgend slachtoffer kunnen bevestigen. Bill Melville is slachtoffer drie-één. Ik heb hem ingetekend op de kaart. We hebben ook een naam: E. Munch. Nick heeft er gisteren nadat hij terug was uit Melvilles appartement in het systeem naar gezocht, maar daar is niets uit gekomen.'

'Hij zal ook heus niet zijn echte naam gebruiken,' zei Jen. 'Maar ik wed om dónuts,' zei ze met een betekenisvolle blik, 'dat die naam iets betekent.'

'Je zou best eens gelijk kunnen hebben. Heeft iemand daar ideeën over?'

'Ik zal er eens over nadenken,' antwoordde Jen.

'Dank je.' Hij wendde zich tot Katherine. 'En heb jij nog nieuws?'

'We hebben gisteravond sectie verricht op het oude stel uit de tweede rij. We hebben niets nieuws gevonden waarmee je ze kunt identificeren, maar Tino heeft wel schetsen gemaakt. Mijn assistent zei dat hij pas na middernacht bij het mortuarium wegging.'

Vito was zijn broer enorm dankbaar omdat die zonder zich te bedenken meteen zo goed had geholpen. Als dit voorbij was, zou hij hem met iets bijzonders moeten bedanken. 'Ja, en die schetsen kunnen we vergelijken met de gegevens van vermiste personen.' Uit zijn dossier haalde Vito kopieën van de tekeningen die hij die ochtend op zijn bureau had gevonden. Hij gaf ze aan Liz. 'Dit heeft Tino ervan gemaakt. Hij heeft van de vrouw een paar tekeningen gemaakt, met verschillende kapsels. Het is moeilijk je voor te stellen hoe ze eruit heeft gezien, zonder haar.'

'Nu is het mijn beurt,' zei Jen. 'We hebben gisteravond twee nieuwe dingen ontdekt. Ten eerste hebben we de resultaten van de bandafdruk die we de eerste dag van de plaats delict hebben gelicht. Onze jongen rijdt in een Ford F150, net zo een als jij hebt, Vito.'

'Geweldig,' mompelde Vito. 'Wat fijn om iets gemeen te hebben met een psychopathische moordenaar. Laten we dat signalement verspreiden. Het is een kleine kans, maar dan houdt iedereen tenminste zijn ogen open. Heb je ook voetsporen bij die bandafdruk gevonden?'

'Geen bruikbare. Sorry. Het tweede is de granaat die we uit de buik van het laatste slachtoffer in de eerste rij hebben gehaald. Het is een oude MK2-granaat, type ananas, van ergens voor 1945. Het zal bijna onmogelijk worden hem na te trekken, maar het is weer een stukje van de puzzel. Die vent gebruikt echte spullen.'

'En over echte spullen gesproken...' Vito bracht hen op de hoogte van Sophies informatie. 'Dus we hebben één mogelijke bron voor zijn middeleeuwse wapens. Ik wil Interpol bellen voordat ik bij Claire Reynolds' arts en de bibliotheek waar ze werkte, langsga. En ik moet Bill Melvilles ouders nog opsporen. Ze weten nog niet dat hij dood is.'

'Geef mij Interpol maar,' zei Liz. 'Ga jij bij die arts en zijn ouders langs.'

'Bedankt.' Vito keek Bev en Tim aan. 'Jullie zijn stil.'

'We zijn moe,' antwoordde Tim. 'We zijn bijna de hele nacht bezig geweest om samen met de eigenaren van UCanModel gegevens door te bladeren. En toen raakten er advocaten bij betrokken.'

'Shit,' mompelde Vito.

'Ja.' Tim wreef over zijn ongeschoren wangen. 'De eigenaren willen wel meewerken, maar hun advocaten zeggen dat ze een privacybeleid voor alle abonnees hebben. Het gaat langzaam. We zijn om drie uur gestopt en naar huis gegaan.'

'De eigenaar moet contact opnemen met alle modellen die e-mails hebben ontvangen voordat wij met ze kunnen praten.' Bev zuchtte. 'We hebben afgesproken dat we ze over een uur zouden bellen.'

Vito was zelf ook pas om drie uur gaan slapen, maar dat was om een heel andere reden, en hij verwachtte niet dat die sympathie zou wekken. 'Katherine, wat ga jij nu doen?'

'Sectie verrichten op de laatste vier. Heb je nog voorkeur voor waar ik begin? Oud, jong, kogel of granaat?'

'Begin maar bij Claire Reynolds. Ik kom bij je langs zodra ik haar arts heb gesproken. En doe dan daarna de oude vrouw. Zij is de enige die niet bij de anderen past.' Vito stond op. 'Dat is het wel voor vanochtend. Laten we hier om vijf uur vanmiddag weer bij elkaar komen.'

*Woensdag 17 januari, 9:05 uur*

Ze was overleden. Die oude mevrouw Winchester was overleden. Hij leunde naar achteren op zijn stoel en keek peinzend naar zijn computer. Ze was overleden en had haar grondstuk nagelaten aan een neef die bijna even oud was als zij. Wie zou de lijken dan hebben gevonden? Maar de wetenschap dat ze dood was, hielp een beetje. Als haar neef van plan was geweest het land te verkopen had iemand het misschien geïnspecteerd, of het was al verkocht en iemand wilde het gaan bebouwen.

Zo hadden de lijken aan het licht kunnen komen. Hij nam aan dat de politie ze allemaal gevonden had. Slechts één persoon kon worden geïdentificeerd aan de hand van zijn vingerafdrukken, en die had hij verwijderd. Alle anderen... het kostte de politie al weken om met een zaklantaarn hun eigen achterwerk te vinden. Dat ze de andere lijken sneller zouden kunnen identificeren, was een belachelijke gedachte.

Hij voelde zich al beter. Maar er waren nog steeds losse eindjes. Een van de lijken op die akker was Webber, en op de een of andere manier was Derek aan een foto van dat joch gekomen. Hij zou zich vandaag met Derek bezighouden. Hij moest...

Zijn mobiele telefoon ging, en hij keek automatisch op het schermpje. Het was zijn... antiekhandelaar, bij gebrek aan een betere benaming. 'Ja,' zei hij. 'Wat heb je voor me?'

'Wat heb je verdómme gedaan?' was het woedende antwoord.

Zijn eigen woede begon te borrelen. 'Waar heb je het over?'

'Ik heb het over een inquisitiestoel. En de politie, verdomme.'

Hij deed zijn mond open, maar even kwam er niets naar buiten. Snel herstelde hij zich. 'Ik heb echt geen idee waar je het over hebt.'

'De politie heeft een stoel.' De man sprak zijn woorden met nadruk traag uit. 'In hun bezit.'

'Nou, niet de mijne. Mijn stoel staat bij de collectie. Ik heb hem vanochtend nog gezien.'

Het bleef even stil aan de andere kant van de lijn. 'Weet je dat zeker?'

'Natuurlijk weet ik dat zeker. Wat is er allemaal aan de hand?'

'Er kwam gisteren een agent vragen stellen. Hij deed onderzoek naar gestolen artefacten en handel op de zwarte markt. Zei dat hij een stoel met spijkers had. Een heleboel spijkers. Hij was van Moordzaken.'

Zijn hart begon voor de tweede keer die dag tekeer te gaan, maar hij hield zich koel. Hij wist dat ze de graven hadden gevonden. Dat de politie Brittany's lijk in verband zou brengen met een inquisitiestoel had hij niet van ze verwacht. Hij liet voldoende verwarring in zijn stem doorklinken om geloofwaardig te zijn. 'Nogmaals, ik heb geen idee waar je het over hebt.'

'Je weet niks over een massagraf op de akker ten noorden van de stad? Want dezelfde agent die hier was, heeft de leiding over dat onderzoek.'

*Shit.* Hij lachte ongelovig. 'Ik weet ook niks over een massagraf. Ik weet alleen dat ik mijn spullen gewoon nog heb. Als de politie een stoel heeft, dan is het waarschijnlijk zo'n handgemaakte van die idioten van de middeleeuwse spelen. Maar ik moet toegeven dat ik wel een beetje nieuwsgierig ben. Hoe wist de politie bij wie ze vragen moesten stellen?'

'Ze hebben een bron. Een archeoloog.'

Dat was logisch. Dat was immers ook hoe hij aanvankelijk zijn dealer had gevonden. 'Hoe heet hij, die archeoloog?'

'Zíj heet Sophie Johannsen.'

Zijn hart stond even stil, maar toen nam de woede het over en ging zijn hartslag pijlsnel omhoog. 'Juist.'

'Ze geeft elke dinsdagavond les op Whitman College in Philly. Ze werkt ook nog overdag, in het Albright. Ik heb ook haar privéadres.'

Hij ook. Hij wist dat ze alleen woonde, met twee gekleurde poedels die geen enkele bedreiging vormden. Toch pufte hij en deed alsof hij beledigd was. 'Ik wil haar niet gaan opzoeken, man. Ik was gewoon nieuwsgierig.'

Het bleef even stil en toen de man weer sprak, deed hij dat kalm maar met een luide en duidelijke dreiging in zijn stem. 'Als ik jou was, zou ik wel meer zijn dan alleen maar nieuwsgierig. Wat ons aangaat: ik ben niet van plan betrokken te raken bij wat jij dan ook hebt uitgevreten, en als het erop aankomt, zullen we onze eigen belangen beschermen. Bel ons niet meer. We willen je klandizie niet meer.'

Er klonk een klik, gevolgd door stilte. Die vent had opgehangen. Hij legde ontdaan zijn mobiele telefoon op het bureau. Hij moest de gaten in de dijk stoppen. En snel ook. Verdomme. Hij had haar voor onderzoeksdoeleinden achter de hand willen houden tot hij klaar was met zijn game.

Hij zou naar een andere bron moeten gaan zoeken.

*Woensdag 17 januari, 9:30 uur*

'Dr. Pfeiffer is momenteel bij een patiënt, rechercheur.' Stacy Savard, de receptioniste, keek hem streng aan vanaf haar kant van het glas dat de praktijk scheidde van de wachtkamer. 'U zult moeten wachten, of later terug moeten komen.'

'Mevrouw, ik ben van Moordzaken. Ik kom alleen langs als er mensen dood zijn die niet dood horen te zijn. Kunt u de dokter vragen zo snel mogelijk tijd voor me te maken?'

Haar ogen werden groot. 'M-moordzaken? Wie?' Ze boog zich naar voren. 'U kunt het wel zeggen, rechercheur. Hij vertelt me toch alles.'

Vito glimlachte zo geduldig als hij kon opbrengen. 'Ik wacht hier wel even.' Een paar minuten later kwam er een oudere man naar de deur.

'Rechercheur Ciccotelli? Juffrouw Savard zei dat u me wilde spreken.'

'Ja. Kunnen we even ergens praten?' Hij liep met de arts mee naar zijn praktijkruimte.

Pfeiffer deed de deur dicht. 'Dit is bijzonder verontrustend.' Hij nam plaats achter zijn bureau. 'Naar wie van mijn patiënten doet u onderzoek?'

'Claire Reynolds.'

Pfeiffers gezicht betrok. 'Het spijt me dat te horen. Juffrouw Reynolds was een mooie jonge vrouw.'

'Kende u haar dan al lang?'

'O, ja. Ze komt al... zo'n vijf jaar bij me.'

'Kunt u beschrijven wat voor persoon ze was? Extrovert? Verlegen?'

'Heel extrovert. Claire deed mee aan de Paralympics en was heel actief in de gemeenschap.'

'Wat voor prothese gebruikte Claire, Dr. Pfeiffer?'

'Dat weet ik niet meer uit mijn hoofd. Momentje.' Hij haalde een dossier uit een la en bladerde het door.

'Dik dossier,' merkte Vito op.

'Claire deed mee aan een experimenteel onderzoek dat ik uitvoer: een upgrade voor de microprocessor in haar kunstknie.'

'Microprocessor? Zoals in een computerchip?'

'Ja. Oudere prothesebenen zijn niet zo stabiel als de patiënt de trap op en af loopt of met grote passen loopt. De microprocessor evalueert doorlopend de stabiliteit en compenseert die steeds.' Hij hield zijn hoofd schuin. 'Zoals ABS in de auto.'

'Dat begrijp ik. Hoe wordt zo'n ding gevoed?'

'Door een accu. Patiënten kunnen die 's nachts opladen. De meeste gaan zo'n dertig uur mee voordat ze weer moeten worden opgeladen.'

'Dus Claire had een vernieuwde microprocessor in haar knie?'

'Ja. Ze moest eigenlijk regelmatig langskomen voor controles.' Hij sloeg beschaamd zijn ogen neer. 'Ik had tot nu toe niet beseft hoe lang het al geleden is dat ik haar voor het laatst heb gezien.'

'Wanneer is ze voor het laatst geweest?'

'Twaalf oktober, een jaar geleden.' Hij fronste zijn wenkbrauwen. 'Ik had haar eerder moeten missen. Waarom heb ik dat niet gedaan?' Hij bladerde door nog wat papieren en leunde opgelucht naar achteren. 'O, ik zie het al. Ze was verhuisd naar Texas. Ik had een brief gekregen van haar nieuwe arts, Dr. Joseph Gaspar in San Antonio. In haar gegevens staat dat we de week erna een kopie van haar dossier hebben verstuurd.'

Dat was al de tweede brief die iemand had gekregen in verband met de verdwijning van Claire Reynolds. Eerst de ontslagbrief bij de bibliotheek, en nu dit. 'Mag ik die brief hebben?'

'Natuurlijk.'

'Dokter, kunt u me iets vertellen over siliconensmeervet?'

'Wat wilt u weten?'

'Hoe wordt het gebruikt? Waar haalt u het? Zijn er verschillende soorten?'

Pfeiffer pakte een flacon ter grootte van een shampoofles van zijn bureau en gaf die aan Vito. 'Dit is siliconenvet. Probeer het maar eens.'

Vito kneep een paar druppels op zijn duim. Het was geurloos, kleurloos, en liet een glad laagje op zijn huid achter. De monsters die Katherine van Warren en Brittany had gehaald waren wit geweest omdat ze waren vermengd met gips. 'Waar gebruik je dit voor?'

'Mensen bij wie het been boven de knie is geamputeerd, zoals juffrouw Reynolds, gebruiken doorgaans twee verschillende methoden om suspensie te bereiken; dat is het bevestigen van het been. De eerste is met een liner. Die ziet er zo uit.' Pfeiffer haalde iets uit zijn la wat leek op een reuzencondoom met een metalen pen aan het uiteinde. 'De patiënt rolt de liner heel strak over de stomp. De metalen pin valt in een koker in de prothese. Sommige patiënten gebruiken een smeermiddel onder de liner, vooral als ze een gevoelige huid of wondjes hebben.'

'Gebruikte Claire Reynolds die methode ook?'

'Soms, maar meestal gebruiken jongere patiënten zoals Claire de vacuümmethode. Het woord zegt het al: het kunstbeen wordt met zuiging op zijn plek gehouden en losgemaakt door middel van een luchtventiel. Daardoor komt de huid rechtstreeks in contact met de kunststof van de prothese. Bijna iedereen die deze methode toepast, gebruikt een smeermiddel.'

'Waar halen uw patiënten dit?' vroeg Vito, terwijl hij de arts de fles teruggaf.

'Rechtstreeks bij mij of bij de distributeur. De meeste distributeurs hebben webwinkels.'

'En soorten? Zijn daar veel van?'

'Een of twee veel verkochte. Maar veel kleinere fabrikanten bieden speciale mengsels aan, met kruiden en zo.' Hij pakte een tijdschrift van zijn bureau en bladerde naar een van de laatste bladzijden. 'Zoals deze.'

Vito pakte het tijdschrift aan en bekeek de advertenties vluchtig. 'Mag ik deze houden?'

'Jazeker. Ik zal juffrouw Savard u ook een monster van het smeermiddel mee laten geven.'

'Dank u, dokter. Ik weet dat u juffrouw Reynolds al een jaar niet meer hebt gezien, maar ik vroeg me af of u zich haar gemoedstoestand nog kunt herinneren. Was ze vrolijk of bedroefd, boos of ongerust misschien? Had ze een vriend?'

Pfeiffer keek onbehaaglijk. 'Nee, ze had geen vriend.'

'O, ik begrijp het. Een vriendin dan misschien?'

Pfeiffers ongemak nam toe. 'Zo goed kende ik haar niet, rechercheur. Maar ik weet wel dat ze vaak in demonstraties meeliep. Ze heeft dat een paar keer gezegd als ze hier kwam om haar been te laten nakijken. Ik denk eigenlijk dat ze me gewoon een reactie wilde ontlokken.'

'Oké, en wat vond u van haar gemoedstoestand?'

Pfeiffer vouwde zijn vingers tot een tentje onder zijn kin. 'Ik weet dat ze piekerde over geld. Ze was bang dat ze niet genoeg zou hebben voor de upgrade van de microprocessor.'

'Dat snap ik niet. Ik dacht dat ze meedeed aan uw studieprogramma en de nieuwe processor al had.'

'Dat klopt allebei, maar als het programma afgelopen was, zou ze hem moeten kopen. De fabrikant biedt de microprocessor wel tegen kostprijs aan, maar dat was nog altijd meer dan Claire zich kon veroorloven. Daar was ze erg ongerust over.' Zijn gezicht stond bedroefd. 'Ze dacht dat die upgrade haar een voorsprong zou geven tijdens de Paralympics.'

Vito stond op. 'Dank u, dokter. U hebt me enorm geholpen.'

'Laat u het me weten als u ontdekt wie dit gedaan heeft?'

'Ja, dat zal ik doen.'

'Mooi.' De dokter stond op en deed de deur open. 'Stacy?' De receptioniste kwam snel naar zijn praktijkruimte lopen. 'Stacy, de rechercheur is hier vanwege Claire Reynolds.'

Stacy's ogen werden groot toen ze de naam plaatste. 'Claire? Maar...' Ze leunde tegen de deur en haar schouders zakten omlaag. 'O, nee.'

'Kende u Claire Reynolds goed, juffrouw Savard?'

'Niet héél goed.' Ze keek op naar Vito en leek geschokt en overstuur. 'Ik kletste altijd met haar als ze voor controles kwam. Feliciteerde haar als ze een wedstrijd had gewonnen en zo. Ze was altijd vrolijk.' Stacy's ogen vulden zich met tranen. 'Claire was heel aardig. Waarom zou iemand haar iets aandoen?'

'Daar moet ik achter zien te komen. Dokter?' Vito keek naar het dossier dat de man in zijn hand hield.

De dokter vermande zich. 'O ja. Stacy, maak even een kopietje van de brief van Dr. Gaspar in Texas voor rechercheur Ciccotelli.'

'Eigenlijk heb ik het origineel nodig.'

Pfeiffer knipperde met zijn ogen. 'Natuurlijk. Dom van me. Stacy, bewaar die kopie maar voor ons eigen bestand en help de rechercheur verder met alles wat hij nodig heeft.'

# 15

*Woensdag 17 januari, 11:10 uur*

‘Daaag!’ De klas vol achtjarigen zwaaide terwijl ze de deur uit werden gedirigeerd.

‘Dat was geweldig.’ Hun leraar keek Sophie en Ted de Derde stralend aan. ‘Normaal worden de kinderen hangerig en vervelend in een museum, maar jullie hebben het leuk gemaakt, met dat kostuum en dat acteren en die bijl. En uw haar! Het ziet er allemaal zo echt uit.’

Sophie verschoof de strijdbijl die ze op haar schouder liet rusten nadat ze ermee had gezwaaid tijdens de Vikingtoer. De ogen van de kinderen waren bijna uit hun hoofd gevallen. ‘Dat haar is echt,’ zei ze glimlachend. ‘De rest is... voor de lol. We willen de geschiedenis graag tot leven brengen.’

‘Nou, ik zal het zeker doorgeven aan de andere leerkrachten.’

‘Dat stellen we enorm op prijs,’ zei Sophie warm.

Ted trok een behoedzaam gezicht. ‘U zou haar als Jeanne d’Arc moeten zien. Die is nog beter, vind ik.’

‘Hij probeert me alleen maar te paaien omdat het harnas zo zwaar is. Kom gauw nog eens terug.’

‘Je was aardig tegen ze,’ zei Ted toen de leraar vertrokken was. ‘Wat is er met je?’

Sophie grimaste. ‘Dat had ik wel verdiend. Ik had gisteren een inzicht, Ted. Je doet hier goeie dingen. En ik ben niet zo aardig geweest.’

Hij keek haar verbaasd aan. ‘Ik dacht dat het onderdeel was van je act,’ zei hij droog. ‘Bedoel je dat je me dan écht in tweeën wilde hakken met je bijl?’

Een spottend lachje. ‘Niet altijd.’ Ze werd weer ernstig. ‘Het spijt me, Ted.’

‘We waren blij toen je hier kwam werken, Sophie,’ zei Ted, nu ook serieus. 'Je hebt groot respect voor het werk van mijn grootvader. Ik weet dat je het niet gelooft, maar dat geldt ook voor mij.'

'Ja, Ted, dat geloof ik wel. Dat was een deel van mijn inzicht.'

Hij keek door het raam naar de laatste kinderen die in een gele bus stapten. 'Ik wist niet dat je Noors sprak. Die taal stond niet op je cv.'

Hij wilde niet verder op het andere onderwerp doorgaan, besefte ze. Ze zouden gewoon vanaf hier verdergaan. 'Doe ik ook niet. Maar zij ook niet.' Ze grinnikte. 'Ik ken alleen Noorse scheldwoorden, omdat mijn oma die vroeger gebruikte. Ik geloof dat dat alles is wat ze van mijn opa heeft opgepikt.'

Ted zette grote ogen op. 'Heb je Noorse scheldwoorden gebruikt bij kínderen?'

'Goeie god, nee.' Het stak haar dat hij dat zelfs maar dacht. 'Ik spreek een beetje Deens en wat Nederlands. De rest was een imitatie van de Zweedse chef van de *Muppet Show*.' Ze glimlachte. 'Bork-bork-bork.'

Ted keek tegelijkertijd opgelucht en geroerd. 'We maken nog wel een actrice van je, Sophie Johannsen.' Hij liep weg. 'Vergeet niet dat je om twaalf uur Jeanne moet spelen.'

'Dat harnas is nog steeds te zwaar,' riep ze hem na, maar met aanzienlijk minder rancune dan eerder. Ze liep naar de toiletten om de make-up van haar gezicht te halen voordat ze er uitslag van kreeg. Zo mocht Vito haar vanavond niet zien.

Ze huiverde, ondanks het zweet dat over haar rug druppelde door het zware kostuum. Vito had woord gehouden, meerdere keren de afgelopen nacht. Er was een groot verschil tussen de liefde bedrijven en neuken als de beesten. Ze stelde zich voor dat het nog beter zou worden als het ooit echt iets zou worden tussen hen twee. Ze overwoog oom Harry ernaar te vragen, maar toen lachte ze hardop bij de gedachte aan het afgrijzen op zijn gezicht.

'Pardon, juffrouw.'

Nog altijd glimlachend kwam Sophie in de lobby tot stilstand bij de oude man die voorovergebogen over zijn wandelstok naar foto's van Ted de Eerste stond te kijken. 'Ja, meneer?'

'Ik heb een stukje van uw rondleiding gehoord. Geeft u ook privérondleidingen?'

Iets in zijn ogen beviel haar niet. *Geile ouwe bok, probeert me te versieren.* Met samengeknepen ogen verstrakte ze haar vuist om het handvat van de strijdbijl. 'Hoe privé?'

Hij keek even verward, toen geschokt. 'O, gut. Nee, nee, nee. Ik woon in een bejaardenhuis waar het vaak saai is, dus heb ik het op me genomen om een soort van sociaal coördinator te zijn. Ik vroeg me af of we een rondleiding konden boeken.'

Sophie lachte beschaamd en opgelucht. 'Natuurlijk, met alle plezier. Ik weet hoe mijn oma zich verveelt als ze de hele dag niets te doen heeft.'

'Uw oma mag natuurlijk gerust met ons mee.'

Sophies glimlach vervaagde. 'Dank u, maar nee. Ze is niet gezond genoeg om op een rondleiding mee te gaan. U kunt een datum reserveren bij de receptie.'

Er verscheen een denkrimpel in zijn voorhoofd. 'Bij dat meisje in het zwart? Ze ziet er een beetje gevaarlijk uit.'

'Patty Ann kleedt zich elke woensdag als een goth. Maar ze is eigenlijk heel aardig, hoor. Ze regelt graag een rondleiding voor u. Als u me nu wilt verontschuldigen, ik moet die make-up van mijn gezicht halen voordat ik opzwel.'

Hij keek haar na en volgde elke soepele stap die ze zette. Hij kende haar al maanden, maar tot vandaag had hij haar eigenlijk nooit goed bekeken. Hij had nooit vermoed wat voor een magnetische aantrekkingskracht ze bezat, tot hij haar zó had gezien; een blondine van één meter tachtig die met een strijdbijl zwaaide, haar groene ogen fonkelend als een soort mythische Walkure. Ze had de kleine groep kinderen en leraren meer dan een uur weten te boeien.

*En mij ook.* Laat die modellen van de website maar zitten. Hij had zijn nieuwe koningin gevonden. Van Zandt zou opgetogen zijn. En Dr. Sophie Johannsen zou niet langer een los eindje zijn. Het was zo lekker als hij twee vliegen in één klap kon slaan.

*Woensdag 17 januari, 11:30 uur*

Barbara Mulrine, bibliothecaresse en vroegere bazin van Claire, schoof een envelop over de balie. 'Dit is de originele ontslagbrief die we van Claire Reynolds hebben gekregen.'

Marcy Wiggs knikte. Ze was ongeveer van Claires leeftijd en scheen het nieuws over Claires dood zwaarder op te nemen dan haar pragmatische baas, die in de vijftig was. 'We hebben hem moeten opvragen bij het hoofdkantoor, omdat ze al meer dan een jaar niet meer in ons systeem staat.' Marcy's lip trilde. 'Die arme, lieve meid. Ze was nog niet eens dertig.'

Vanuit zijn ooghoeken zag Vito dat Barbara met haar ogen draaide, en meteen was zijn belangstelling voor de mening van de oudere vrouw gewekt. Hij maakte de envelop open en keek erin. De brief was afgedrukt op gewoon papier, en hij vermoedde dat ze er geen bruikbare vingerafdrukken op zouden vinden, maar toch vroeg hij het. 'Kunt u me een lijst geven van iedereen die deze brief in handen heeft gehad?'

'Ik kan het proberen,' zei Barbara, en Marcy zuchtte.

'We vinden het allemaal zo vreselijk wat er is gebeurd. We hadden destijds iets moeten vermoeden, misschien iemand moeten bellen, maar...'

Vito stopte de envelop in zijn dossier. 'Maar?'

'Maar niks,' zei Barbara scherp. 'Je had geen reden om iets te vermoeden, Marcy. En Claire was geen lieve meid. Dat zeg je nu alleen maar omdat ze dood is.' Ze keek Vito geërgerd aan. 'Mensen herinneren zich de doden altijd beter dan ze waren, vooral als ze vermoord zijn. En als ze vermoord zijn en ook nog een handicap hadden... nou, dan kun je net zo goed meteen de paus bellen en om een heiligverklaring vragen.'

Marcy's lippen vertrokken tot een streep, maar ze zei niets.

Vito keek van de ene vrouw naar de andere. 'Dus Claire was niet zo aardig?'

Marcy keek nukkig opzij, en Barbara zuchtte gefrustreerd. 'Nee, niet echt. Toen we haar ontslagbrief kregen, hebben we een feestje gehouden.'

'Barbara,' siste Marcy.

'Nou, het is toch zo? Als hij het gaat navragen, zal iedereen het beamen.' Barbara keek Vito weer aan. 'Over dat feestje, en over dat ze niet zo aardig was.'

'Wat deed ze dan?'

'Het kwam gewoon door haar houding,' antwoordde Barbara vermoeid. 'We wilden haar aardig vinden, wij allemaal. Maar ze was kortaf en onbeleefd. Ik werk hier al twintig jaar. Ik heb medewerkers gehad met allerlei soorten beperkingen en handicaps. Claire was niet onaardig omdat ze een been miste, maar gewoon omdat ze dat leuk vond.'

'Gebruikte ze drugs, of dronk ze?'

Barbara keek hem ontdaan aan. 'Niet dat ik ooit heb gezien. Claires lichaam was haar tempel. Nee, dit was meer een gevoel van rechtvaardiging. Ze kwam laat binnen, ging vroeg weer naar huis. Haar werk was altijd af, maar alleen hetgeen ik gevraagd had, en niets meer. Dit was maar een baantje voor haar.'

'Ze was schrijfster,' zei Marcy. 'Ze werkte aan een boek.'

'Ze was altijd aan het werk op die laptop van haar,' zei Barbara. 'Haar roman ging over een atleet in de Paralympics, semiautobiografisch neem ik aan.'

Marcy zuchtte. 'Alleen was de hoofdpersoon aardig. Barbara heeft gelijk, rechercheur. Claire was niet zo aardig. Misschien wilde ik dat alleen maar graag.'

Vito fronste zijn wenkbrauwen. 'Had ze een laptop?'

De vrouwen keken elkaar aan. 'Ja,' antwoordde Barbara. 'Een mooie nieuwe.'

Marcy beet op haar lip. 'Ze had die nieuwe ongeveer een maand voor... voor ze overleed gekocht.'

'Haar ouders hebben geen laptop gezien,' zei Vito. 'Ze zeiden dat ze geen computer had.'

Barbara trok een gezicht. 'Er waren een heleboel dingen die Claire haar ouders niet vertelde, rechercheur Ciccotelli.'

'Zoals?' vroeg Vito, maar hij dacht dat hij het wel wist.

Marcy tuitte haar lippen weer. 'Nou, we velden geen oordeel, maar –'

'Claire was lesbisch,' onderbrak Barbara haar nuchter.

'En zouden haar ouders daar moeite mee hebben gehad?'

Barbara knikte. 'Ja. Die waren heel conservatief.'

'Ik snap het. Heeft ze het dan misschien over een partner of vriendin gehad?'

'Nee, maar we hebben wel een keer een foto gezien,' zei Barbara. 'In de krant. Hij was gemaakt op zo'n gay pride-dag. Claire kussend met een andere vrouw. Claire was er woest over. Dacht dat haar ouders hem zouden zien, dat de hel zou losbarsten en dat ze haar huur niet meer zouden betalen. Ze heeft de krant gebeld om te klagen.' Ze grimaste. 'En nu wilt u natuurlijk weten welke krant dat was. Maar dat weet ik niet meer, sorry.'

'Geeft niet. Was het een plaatselijke krant, of een grote zoals de *Enquirer* van Philly?'

'Ik denk een plaatselijke,' zei Marcy onzeker.

Barbara zuchtte. 'En ik dacht juist een grote. Sorry, rechercheur.'

'Maakt niet uit. Jullie hebben me enorm geholpen. Als jullie nog iets te binnen schiet, bel me dan alsjeblieft.'

*Woensdag 17 januari, 12:30 uur*

Vito zette zijn pick-up stil voor de rechtbank en Nick stapte in. 'En?'

Nick trok zijn stropdas losser. 'Het is gebeurd. Ik was de laatste getuige voor de aanklager. Lopez wilde dat ik als laatste ging, om een beeld te schetsen van het vermoorde meisje. Zo zou de jury in beraad gaan met niet alleen maar de drugs in gedachten, maar met het beeld dat er een meisje was overleden.'

'Lijkt mij een goeie strategie. Ik weet dat je moeite hebt met Lopez, maar ze is verdomde goed als aanklager. Soms moet je samenwerken met een demon om de duivel te vangen. Het is niet fraai, maar het gaat om het totaalplaatje. Ik hoop dat de ouders van dat meisje dat begrepen.'

Nick wreef vermoeid met zijn handen over zijn gezicht. 'Eigenlijk waren zij degenen die dat tegen me zeiden. Ik wilde mijn verontschuldigingen al aanbieden omdat Lopez de aanklacht tegen de moordenaar van hun dochter had verminderd tot doodslag, zodat ze de drugsdealer kon grijpen, maar zij zeiden dat door Lopez' aanpak nu beide mannen zouden boeten en die drugsdealer nooit meer het kind van een ander iets kon aandoen. Ze waren heel dankbaar.' Hij zuchtte. 'En ik voelde me zó klein. Ik ben Maggy Lopez mijn excuses schuldig.'

'Ik zou al blij zijn als ze deze zaak wil aannemen. Als we die klootzak hebben gevonden, dan.'

'Trouwens,' zei Nick, 'waar gaan we eigenlijk naartoe?'

'Naar Bill Melvilles ouders, om te vertellen dat hij dood is. Dat mag jij doen.'

'Goh, bedankt, Chick.'

'Hé, ik heb het de familie Bellamy verteld. Het is alleen maar eerlijk...' Zijn mobiele telefoon ging. 'Dat is Liz,' zei hij tegen Nick. Hij luisterde aan de telefoon en zuchtte. 'We zijn al onderweg.' Vito draaide zijn auto weer om.

'Waar gaan we heen?'

'Niet naar de Melvilles,' zei Vito grimmig. 'We gaan naar de akker van Winchester.'

'Nummer tien?'

'Nummer tien.'

*Woensdag 17 januari, 13:15 uur*

Jen was al ter plaatse om alles te coördineren. Ze liep naar Vito en Nick toe toen ze uit de pick-up stapten. 'De dienstdoende agent kreeg het signalement van de F150 en besefte dat hij vanmorgen nog zo'n auto had staande gehouden. Toen hij het kenteken natrok, zag hij dat de naam die die vent had opgegeven wel overeenkwam met de registratie, maar toen hij het telefoonnummer belde dat bij het adres stond, klopte dat niet. Hij is de weg af gereden tot hij de bandensporen in de sneeuw zag.' Ze wees naar een grote plastic zak in de greppel. 'Toen zag hij dat.'

'Hij weet dat we hem op het spoor zijn,' zei Nick. 'Verdomme, ik had gehoopt dat we meer tijd zouden hebben.'

Vito trok zijn laarzen aan. 'Nou, niet dus. Heb je al gekeken, Jen?'

'Ja, het is een man.' Ze liep de helling af. 'Ik heb de zak nog niet opengemaakt. Het is niet fraai.'

Wat ze zagen toen ze onder aan de helling aankwamen, zou Vito nog heel lang bijblijven. Het plastic zat strak over het gezicht van de man, zodat het leek alsof hij probeerde zich te bevrijden. Doordat de zak vrij ondoorzichtig was, was alleen de mond van de man te zien, die grotesk ver open stond, alsof hij was bevroren in een schreeuw die niemand kon horen.

'Verdomme,' fluisterde Nick.

Vito blies beverig zijn adem uit. 'Ja.' Hij hurkte bij het lijk en bekeek het snel. Het lichaam was niet in één zak verpakt, maar in twee. 'Eén zak voor het hoofd en bovenlichaam, een tweede voor de benen en voeten. Aan elkaar gebonden.' Hij trok met zijn handschoenen aan de knoop. 'Eenvoudige knoop. Wil je dat ik hem openmaak?'

Jen hurkte met een mes aan de andere kant van het lijk neer en sneed voorzichtig door het plastic naast de knoop, zodat de zakken van elkaar loslieten, maar de knoop zelf intact bleef. Toen sneed ze de voorkant van de zak open en haalde diep adem. 'Pak een rand, Chick.'

Samen trokken ze het plastic van elkaar, en Vito moest wat gal wegslikken. 'O, god.' Hij liet het plastic weer zakken en wendde zijn gezicht af.

'Gebrandmerkt,' zei Nick.

'En opgehangen,' voegde Jen eraan toe. 'Kijk maar naar de striemen om zijn keel.'

Jen hield haar kant van het plastic nog omhoog, waardoor de linkerkant van het lichaam van het slachtoffer en zijn gezicht te zien waren. Op zijn linkerwang stond een gebrandmerkte letter D. Vito zette zich schrap en trok zijn helft van het plastic opzij om ook de rechterkant te onthullen.

'Zijn hand,' was alles wat hij kon uitbrengen. *Of eigenlijk het gebrek daaraan.*

'O, jee... O...' Jen zoog scherp haar adem tussen haar tanden door.

'Shit.' Nick kwam wankel overeind. 'Wat bezielt die kerel toch?'

Vito tuitte zijn lippen en keek langs de zak, wetend dat het nog erger zou worden. 'Snij die onderste zak ook open, Jen. Helemaal tot aan zijn voeten.'

Dat deed ze, en toen stonden zij en Vito op, elk met een stuk plastic in hun hand. 'Hij heeft ook zijn voet afgehakt,' zei ze zachtjes.

'Rechterhand, linkervoet.' Vito liet voorzichtig de zak omlaagzakken. 'Dat betekent iets.'

Ze knikte. 'Net zoals E. Munch iets betekent.'

Sonny Holloman, Jens fotograaf, kwam glibberend de helling af. 'Jezus.'

'Ja, zover waren we al,' zei ze vermoeid. 'Maak foto's vanuit alle hoeken, Sonny.'

Een paar minuten lang was het geklik van Sonny's camera het enige geluid.

Jen keek naar het gezicht van de dode man. 'Vito, ik ken die vent. Ik weet het zeker.'

Vito tuurde geconcentreerd naar het slachtoffer. 'Ik ook. Shit. Het ligt op het puntje van mijn tong.'

Sonny liet zijn camera zakken. 'Shit,' herhaalde hij vlak. 'Sanders Sanitaire Service. Het is dat joch van Sanders. De oudste, die aan het eind van de rij stond, met zo'n ellendige blik.'

Jens ogen werden groot toen ze zich tot haar afgrijzen realiseerde dat ze naar iemand keek die ze kende. 'Je hebt gelijk.'

'Waar hebben jullie het in vredesnaam over?' vroeg Nick, maar Jen snoerde hem de mond.

'Laat me even nadenken. Sanders Sanitaire Service slurpt septische systemen...'

'Superschoon,' zeiden Vito en Sonny allebei tegelijk, maar met grimmige gezichten.

'Waar hebben jullie het verdomme over?' wilde Nick weten.

'Jij komt niet hier vandaan,' zei Vito, 'dus weet jij het niet. Die vent heeft in een reclamespotje gezeten.'

Jen schudde haar hoofd. 'Niet zomaar een reclamespotje. Dit was een...'

'...waar cultuurfenomeen,' vulde Vito aan. 'Nick, hadden jullie vroeger geen reclame die zo slecht was dat iedereen in de stad hem kende, hem onthield?'

'Er grappen over maakte?' vulde Sonny aan.

'Ja. We hadden Gekke Phil, die auto's verkocht als een boerenpummel die high was van de crack. Hij bleek later ook inderdaad crack te gebruiken. Dus dit is jullie Gekke Phil?'

'Nee, deze vent had de pech dat hij de zoon was van Gekke Phil,' zei Vito. 'Sanders had een schoonmaakservice voor septische tanks en wilde adverteren, maar hij was te vrekkig om acteurs in te huren.'

'Dus zette hij alle zes zijn zoons op een rijtje.' Jen zuchtte. 'Ze moesten die slogan opzeggen en doen alsof ze blij waren. Ik had altijd medelijden met ze. Vooral met de oudste. Hij was een heel leuke vent om te zien, en hij had elk meisje kunnen krijgen dat hij wilde, als hij die stomme reclamespot niet had gedaan... Wacht. Deze man is niet oud genoeg om de oudste zoon van Sanders te zijn. De oudste is van onze leeftijd. Hij moet een van de jongere zoons zijn.'

'Nou, ze lijken allemaal op elkaar,' zei Sonny. 'Net als de Osmonds.' Hij keek met een medelijdende blik naar het slachtoffer. 'Zes zoons van Sanders.'

'Kende je die jongens echt?' vroeg Nick, en Jen schudde haar hoofd.

'Nee, joh. Heel veel mensen aan de buitenranden van de stad hadden septische tanks. Sid Sanders verdiende goed. Ze woonden in de duurdere buurt, de jongens gingen naar particuliere scholen en alles. De slogan van Sanders werd enorm populair, en mensen gingen voor de grap proberen hoe snel ze hem konden opzeggen. Jong, oud, in restaurants, bij de kruidenier...'

'Vooral op feestjes waar veel gedronken werd,' vulde Sonny schouderophalend aan. 'Hé, ik had een oudere broer die destijds bij een studentenvereniging zat. Ik hoorde de wilde verhalen alleen maar naderhand.'

'Ik vraag me af of onze dader wist dat dit een van de zoons van Sanders was,' zei Nick peinzend. 'Ik bedoel, zou hij hem hebben vermoord en hier hebben gedumpt als hij had geweten dat hij zo gemakkelijk te herkennen was? Jullie drieën hadden binnen tien minuten in de gaten wie hij was.'

Jens ogen glansden. 'Dus E. Munch komt misschien niet hier vandaan.'

Vito zuchtte. 'Maar nu weten we in ieder geval waar we moeten zijn om de ouders van die jongen op de hoogte te stellen.'

Nick keek hem aan. 'En dat brandmerk? En die hand en voet?'

Vito knikte. Sophie zou wel weten wat het betekende. 'Ook daarvoor weet ik waar ik moet zijn.'

*Woensdag 17 januari, 14:30 uur*

Sid Sanders zat op de bank en hield de hand van zijn vrouw vast. 'Weet u het zeker?' vroeg hij hees.

'We moeten hem nog formeel identificeren, maar we zijn er vrij zeker van,' mompelde Vito.

'We weten dat dit moeilijk is,' voegde Nick er zachtjes aan toe, 'maar we moeten zijn computer zien.'

Sid schudde zijn hoofd. 'Die staat hier niet.'

Zijn vrouw keek op. 'Hij had hem waarschijnlijk allang verkocht.'

Haar stem klonk gelaten, maar daaronder hoorde Vito ook iets van schuldgevoel. 'Hoezo?' Met nadruk keek hij rond in de luxueuze woonkamer. 'Had hij geld nodig?'

Sids kaak verstrakte. 'We hadden de kraan dichtgedraaid. Gregory was een junk. Alcohol, drugs, gokken. We hebben hem zo lang mogelijk geholpen en hem vaker uit de nesten gehaald dan verstandig was. Uiteindelijk moesten we hem loslaten. Dat was de ergste dag van ons leven. Tot vandaag.'

'Waar woonde hij dan?' vroeg Nick.

'Hij had een vriendin,' mompelde mevrouw Sanders. 'Zij had hem ook de deur uit gezet, maar ze belde me ongeveer een maand geleden om te zeggen dat ze hem weer binnen had gelaten om af te kicken. Ze wilde niet dat we ons zorgen maakten.'

Vito noteerde haar naam. 'Dus jullie mochten zijn vriendin graag?'

De ogen van mevrouw Sanders vulden zich met tranen. 'Nog steeds. Jill zou een goeie schoondochter zijn geweest, en ook al waren we verdrietig omdat ze het uitmaakte, we wisten dat het voor haar het beste was. Gregory sleurde haar mee omlaag.'

'We hebben die jongen alles gegeven, maar hij wilde altijd meer.' Sid deed zijn ogen dicht. 'En nu heeft hij niks.'

*Woensdag 17 januari, 15:00 uur*

Nick stond midden in Jill Ellis' woonkamer en overzag de verwoesting. 'Het lijkt wel of hier een orkaan doorheen is geraasd.'

Vito stopte zijn telefoon in zijn zak. 'Jen stuurt een team van TR.' Hij keek de huisbaas aan, die hen met zijn loper had binnengelaten. 'Hebt u juffrouw Ellis onlangs nog gezien?'

'Nee, al sinds vorige week niet meer. Ze hield het hier altijd supernetjes. Dit is niet best, rechercheur.'

'Kunt u haar huurcontract voor ons opzoeken?' vroeg Nick. 'Misschien staat daar een nummer in dat we kunnen bellen.'

'Tuurlijk. Ben over tien minuutjes terug.' Hij bleef met een boze blik bij de deur staan. 'Het komt door die nietsnut van een vriend van haar. Richie Rich.'

Vito keek de man aan. 'U bedoelt Gregory Sanders?'

De huisbaas snoof minachtend. 'Ja. Verwend rijkeluisjoch. Jill werkte hard, en ze heeft hem er zelfs een keer uitgeschopt. Maar hij kwam weer terug, smekend of hij nog een kans kon krijgen. Ik zei nog dat ze de deur voor zijn neus dicht moest smijten, maar zij zei dat ze medelijden met hem had.'

'U zegt "werkte". Denkt u dat haar iets is overkomen?' vroeg Nick.
De man weifelde. 'U niet?'
Vito keek hem onderzoekend aan. 'Wat weet u, meneer?'
'Ik zag hier gisteren een paar kerels weggaan, rond een uur of drie. Ik was buiten om kattenbakkorrels op de stoep te strooien. Ik wilde niet dat iemand zou uitglijden over de ijzel en me zou aanklagen.'
'En die kerels?' spoorde Nick hem behoedzaam aan.
De huisbaas zuchtte. 'Het waren er twee. Ze stapten in een gepimpte auto; met neonverlichting, hydraulische schokbrekers en zo. Ik was van plan om naar boven te gaan om bij Jill te gaan kijken, maar ik werd gebeld door mevrouw Coburn van 6-B. Ze is oud en ze was gevallen, had last van haar heup. Tegen de tijd dat ik thuiskwam nadat ik haar bij de spoedeisende hulp had afgezet, was het al laat.' Hij wendde zijn blik af. 'Ik was Jill vergeten.'
'U zorgt kennelijk nogal goed voor uw huurders,' zei Vito vriendelijk.
De huisbaas kreeg een schuldbewuste blik in zijn ogen. 'Niet zo goed als had gemoeten. Ik zal dat contract even halen.'
Toen hij weg was, ging Nick achter Jill Ellis' computer zitten. 'Deze dag wordt almaar beter.' Hij klikte met de muis. 'Schoon als babybilletjes.'
'Ik verwachtte ook niet anders. Het lijkt erop dat ze gistermiddag is gebeld. Er knippert een lampje op haar antwoordapparaat.' Vito drukte op een knop. Toen fronste hij zijn wenkbrauwen. 'Nick, kom eens hier.'
Nick was al halverwege naar de slaapkamer, maar hij liep terug. 'Wat is er?'
'Ik weet het niet.' Vito spoelde terug en speelde het bandje nog eens af, met het volume voluit. 'Ik hoor een man praten, maar het klinkt gedempt.'
'Dat klonk als een kreun.' Nick spoelde terug en legde deze keer zijn oor tegen de luidspreker voordat hij het bandje afspeelde. 'Lijkt alsof hij "vreselijke, vreselijke dingen" zegt.'
'Zoals?'
Nick keek op. 'Nee, dat zegt hij.' Hij legde zijn oor weer tegen het apparaat. 'Daar is de kreun... *Schreeuw zoveel je wilt. Niemand kan je horen. Niemand zal je redden. Ik heb ze allemaal vermoord.*' Grimmig kwam

Nick overeind, net toen de stem luid en goed verstaanbaar werd. Ze staarden naar het apparaat. Toen hoorden ze hem.

De stem klonk spottend maar verfijnd. En duidelijk met een zuidelijk accent.

*'Ze dachten allemaal dat ze leden, maar hun leed was niets vergeleken met wat ik met jou ga doen.'*

Er viel een stilte, gevolgd door een vervormde stem. Hij was moeilijk te verstaan, maar de toon was glashelder. De andere man was doodsbang. In paniek. *'Nee, alsjeblieft. Het spijt me. Ik doe alles wat je wilt, alleen... O, god, nee.'* Er klonk nog een kreun, toen een lach, gevolgd door een slepend geluid, en vervolgens klonk de zuidelijke stem gedempt.

Weer legde Nick zijn oor tegen de luidspreker. *'We gaan een ritje maken, meneer Sanders. Ik noem het mijn tijdmachine. Nu zul je eens zien wat er met dieven gebeurt.'*

Nick keek op, en zijn gezicht stond even stomverbaasd als Vito zich voelde. 'Dat is E. Munch.'

*Woensdag 17 januari, 15:25 uur*

Daniel Vartanian was voor de lunch even gestopt om een broodje biefstuk te halen. Het zou waarschijnlijk het hoogtepunt van zijn dag zijn, want in zijn zoektocht had hij geen succes gehad. De plaatselijke bewoners, zo had hij ontdekt, aten hun broodje biefstuk met extra kaassaus. Het eten was heerlijk en dampend heet, en dat was mooi, want hij was uitgehongerd en had het ijskoud.

Hij dacht niet dat hij het ooit eerder zo koud had gehad. Hij kon zich niet voorstellen dat Susannah gewend was geraakt aan de winters in het noorden, maar hij wist dat het zo was. Ze hadden elkaar al jaren niet meer gesproken, maar hij had haar carrière gevolgd. Ze was een rijzende ster op het kantoor van de openbaar aanklager in New York. Hij glimlachte grimmig. Samen waren ze Recht en Gezag. Je hoefde geen psychiater te zijn om te weten waarom.

*Ik weet wat je zoon heeft gedaan.* Daniel had er zijn leven aan gewijd om goed te maken wat Arthur Vartanians zoon had gedaan en Arthur had nagelaten. Susannah had datzelfde gedaan. Zijn moeder had er tussenin gezeten, maar zij had haar eigen keuzes gemaakt. De verkeerde.

Zijn mobiele telefoon ging. Het was Chase Wharton. Zijn baas wilde vast een update. Hij zou eerlijk zijn. Grotendeels. 'Hé, Chase.'

'Hé. Heb je ze gevonden?'

'Nee, en er zijn verdomd veel hotels in Philadelphia.'

'Philadelphia? Ik dacht dat je naar de Grand Canyon ging.'

'Ik vond op de pc van mijn vader dat hij had gezocht naar oncologen in Philadelphia, dus ik nam aan dat ze hier hun vakantie waren begonnen.'

'Je zus woont maar een paar uur verderop,' zei Chase zachtjes.

'Weet ik.' Hij wist ook waar Chase op doelde. 'En ja, ze zouden rustig op twee uur afstand ergens logeren en niet bij ons langskomen. Zoals je al zei, ik heb een gestoorde familie.'

'Maar geen tekenen van misdaad?'

*Ik weet wat je zoon heeft gedaan.* 'Nee, Chase, daar heb ik geen bewijzen van gevonden. Als dat zo is, ren ik sneller naar de plaatselijke politie dan jij "broodje biefstuk" kunt zeggen.'

'Oké. Wees voorzichtig, Daniel.'

'Doe ik.' Daniel hing op en walgde van zichzelf, walgde van de hele situatie. Het was heel goed mogelijk dat hij van zijn hele leven walgde. Hij pakte zijn broodje in en smeet het in een papieren zak. Hij was zijn eetlust kwijt. Hij had nog nooit tegen Chase gelogen. Nog nooit tegen een van zijn bazen gelogen. *Ik weet wat je zoon heeft gedaan.* Hij had gewoon nooit de hele waarheid verteld.

En als hij zijn ouders vond... in leven... nou, dan zou hij er ook niet mee hoeven te beginnen. Hij startte de auto en reed naar het volgende hotel.

*New York City, woensdag 17 januari, 15:30 uur*

Derek Harrington bleef voor de trap van zijn bovenwoning staan en voelde zich ellendig. Hij had een leven gehad. Werk waar hij van hield, een vrouw die hij verafgoodde, een dochter die hem met trots in haar ogen aankeek. Nu kon hij zichzelf niet eens in de ogen kijken. Vandaag was hij naar een nieuw dieptepunt gezakt. Hij was vijf keer langs het politiebureau gelopen, maar was niet naar binnen gegaan. Volgens zijn contract zou hij een premie krijgen als hij ooit besloot ontslag te nemen. Die premie zou hij voor de studie van zijn dochter gebruiken. Zijn zwijgen zou de toekomst van zijn dochter zeker stellen.

Lloyd Webbers zoon had geen toekomst meer. Hij wist dat die jongen dood was, en ook dat hij de politie zijn vermoedens over Frasier Lewis moest vertellen. Maar de macht van het geld was groot en had hem stevig in de greep. *De macht van het geld.* Hij liep de trap op. oRo. Hij en Jager hadden die bedrijfsnaam goed gekozen. Hij had zijn sleutel al in het slot gestoken toen hij schrok van een scherpe por in zijn nieren. Een pistool. Jager of Frasier Lewis? Derek dacht niet dat hij het wilde weten.

'Niks zeggen. Gewoon doen wat ik zeg.'

Nu wist Derek wie dat pistool vasthield. En hij wist dat hij ging sterven.

*Philadelphia, woensdag 17 januari, 16:45 uur*

Vito draafde van zijn pick-up de trap naar de bibliotheek op. Hij hoopte maar dat dit iets opleverde. Hij had de bespreking van vijf uur naar zes uur moeten verzetten, en nu zou hij te laat komen voor zijn afspraak met Sophie in het verpleeghuis van haar oma.

Maar het telefoontje dat hij van de bibliothecaresse, Barbara Mulrine, had gekregen, klonk alsof het weer een doorbraak kon zijn. Hij had Nick met het antwoordapparaat van Jill Ellis afgezet bij het bureau. Nick wilde de techneuten nog vóór zes uur laten proberen de opname op te schonen.

Barbara en Marcy wachtten bij de balie op hem. 'We hebben geprobeerd hem naar het bureau te sturen, maar hij wilde niet,' zei Barbara zonder te groeten.

'Waar is hij?' vroeg Vito.

Marcy wees naar een oude man die de vloer aan het vegen was. 'Hij is bang voor de politie.'

'Waarom?'

'Hij is Russisch,' zei Barbara. 'Hij is hier legaal, dat weet ik zeker, maar hij heeft veel meegemaakt. Hij heet Yuri, en hij is nog geen twee jaar in Amerika.'

'Spreekt hij Engels?'
'Een beetje. Ik hoop dat het genoeg is.'

Binnen vijf minuten had Vito in de gaten dat 'een beetje' bij lange na niet genoeg was. De oude Rus had gesproken met 'een man' over 'juffrouw Claire'. Wat volgde, was een falende communicatie in twee talen. Dit zou langer gaan duren dan hij had verwacht.

'Het spijt me,' zei Barbara zachtjes. 'Ik had moeten zeggen dat u een tolk mee moest brengen.'

'Het geeft niet. Ik regel het wel.' Vito zuchtte. Het duurde al zo lang om een Spaanse tolk te krijgen; een Russische tolk zoeken zou helemaal uren gaan duren. Het leek er niet op dat hij vanavond nog archeologen of operalegenden zou gaan ontmoeten. Hij zou de oude man mee moeten nemen naar het bureau om daar op de tolk te wachten. Dan kon hij in ieder geval nog wat ander werk afmaken. 'Meneer, u moet met me meekomen.' Hij stak zijn hand uit, maar de ogen van de oude man werden groot van angst.

'Nee.' Yuri greep de bezemsteel stevig vast, en toen pas zag Vito zijn misvormde knokkels. De man had zijn handen ooit gebroken, zo te zien jaren geleden.

'Rechercheur,' mompelde Barbara, 'doe dit alstublieft niet. Dwing hem niet om mee te gaan.'

Vito stak sussend beide handen omhoog. 'Oké. U mag hier blijven.'

Yuri keek Barbara aan, die knikte. 'Hij dwingt je nergens toe, Yuri. Je bent hier veilig.'

Behoedzaam draaide Yuri zich om en ging verder met vegen.

'U zou niets uit hem krijgen als u hem dwong om mee te gaan naar het bureau,' zei Barbara. 'U kunt wel gaan. Ik blijf wel bij hem tot u een tolk kunt krijgen.'

Vito glimlachte treurig. 'Dat kan uren duren. En u bent hier al de hele dag.'

'Ik vind het niet erg. Ik mocht Claire Reynolds niet, maar ik wil niet dat haar moordenaar ongestraft blijft. En ik heb Yuri heel lang geleden beloofd dat hij hier veilig zou zijn.'

Vito's achting voor de bibliothecaresse steeg nog wat meer. 'Ik zal mijn best doen u te helpen u aan die belofte te houden.' Hij haalde zijn mobieltje uit zijn zak. 'En nu moet ik een afspraakje afzeggen.'

Ze keek hem droevig aan. 'Dat is jammer.'

Vito dacht aan zijn dubbele bonusprijs. 'U weet nog niet half hoe jammer.' Hij liep naar het raam en belde Sophies mobiele nummer. Ze nam meteen op. 'Sophie, met Vito.'

'Wat is er aan de hand?'

Hij had gedacht dat de spanning niet aan zijn stem te horen was. 'Niks. Nou ja, wel iets. Luister, ik heb mogelijk een doorbraak in de zaak en ik moet erop blijven zitten. Misschien kan ik later nog naar je toe komen, maar het ziet er nu niet goed uit.'

'Kan ik ergens bij helpen?'

Mijn dubbele bonusprijs, dacht hij, maar hij dwong zichzelf zich te concentreren. 'Eigenlijk wel. We willen van je weten welke straffen er in de middeleeuwen op diefstal stonden.'

'Dat kan ik je wel vertellen. Moet ik naar het bureau komen?'

Vito draaide zich om en keek naar de oude man. 'Misschien. Ik zit voorlopig nog wel even ergens anders, te wachten...' Er schoot hem iets te binnen. 'Sophie, spreek jij Russisch?'

'Ja.'

'Goed, of alleen de scheldwoorden?'

'Goed,' zei ze behoedzaam. 'Hoezo?'

'Kun je naar Huntington Library komen?' Hij gaf haar het adres. 'Ik leg het wel uit als je er bent. Dag.' Hij hing op, belde Liz en praatte haar bij.

'En weer heb je een gratis consultant,' grapte Liz. 'Je beseft wel dat iedereen dit dus van nu af aan van je gaat verwachten. Je krijgt nooit meer budget toegewezen.'

'Technisch gesproken is Sophie maar één consultant,' zei hij droog. 'Zeg het team dat ik kom zodra ik kan, maar het wordt wel na zessen. En kun je Katherine een foto laten afdrukken van dat brandmerk op de wang van Sanders? Ik breng Sophie mee als we hier klaar zijn om ernaar te kijken. Ze heeft al een lijk gezien, en ik wil niet dat ze naar het mortuarium moet.'

'Doen we. Hé, ik heb weer van Interpol gehoord. We hebben misschien beet.'

Vito rechtte zijn rug. 'Geweldig. Wie?'

'Ik wacht op een fax met een foto. Hopelijk heb ik die als je hier aankomt. Ik hou iedereen hier voor de meeting om zes uur.'

'Bedankt, Liz.'

# 16

*Woensdag 17 januari, 17:20 uur*

Sophie rende hijgend de bibliotheek in. Vito stond aan de andere kant van de lobby te praten met een vrouw in een donkere trui. Hij keek op en glimlachte, en haar hart sloeg driemaal over. Ze redde het nog de lobby met enige waardigheid door te komen, al wilde ze eigenlijk in zijn armen springen en verdergaan waar ze vanmorgen waren gebleven.

Aan de fonkeling in zijn donkere ogen te zien, dacht hij hetzelfde. 'En, wat is het grote mysterie?' vroeg ze, met wat ze hoopte dat niet de stralende glimlach van een groupie was.

'Ik heb je nodig als vertaler. Sophie, dit is Barbara Mulrine, de bibliothecaresse.'

Ze knikte naar de vrouw. 'Aangenaam. Wat moet je vertaald hebben?'

Barbara wees naar een oude man die de ramen aan het lappen was. 'Hem. Hij heet Yuri Chertov.'

'Hij is een getuige,' zei Vito. 'Zorg dat hij weet dat hij niet in de problemen zit.'

'Oké.' Ze liep naar de oude man toe en merkte meteen zijn handen op. *O, nee.* Ze hield een respectvolle glimlach op haar gezicht terwijl ze zich instelde op het Russisch. 'Hallo. Ik ben Sophie Alexandrovna Johannsen. Hoe gaat het met u?'

Hij keek Barbara aan, die bemoedigend glimlachte. 'Het is goed,' zei ze.

'Hebt u een kantoortje met een gezellige bank erin, of in ieder geval een plek die er niet uitziet als een verhoorkamer?' vroeg Sophie aan de bibliothecaresse.

'Marcy, blijf even bij de balie. Deze kant op.' Ze leidde hen naar achteren.

Toen ze met hun vieren in Barbara's kantoor waren, schakelde Sophie weer om naar het Russisch. 'Laten we even gaan zitten,' zei ze. 'Ik weet niet hoe het met u is, maar ik heb een lange dag gehad.'

'Ik ook. Dit is mijn tweede baan. Als ik hier klaar ben, ga ik naar de derde.'

Zijn Russisch was van een hogere klasse. Deze man was bijzonder goed geschoold. Sophie kon alleen maar raden hoe hij in een situatie van drie slecht betaalde baantjes was beland. 'U werkt hard,' zei ze, en ze koos haar formulering zorgvuldiger. 'Maar hard werken is goed voor de ziel.'

'Heel goed voor de ziel, Sophie Alexandrovna. Ik ben Yuri Petrovich Chertov. Laat je rechercheur zijn vragen maar stellen. Ik zal ze zo goed mogelijk beantwoorden.'

'Vraag hem of hij Claire Reynolds kende,' zei Vito toen ze hem liet weten dat hij kon beginnen.

De man knikte, maar zijn blik verduisterde. 'Claire was geen goed mens.'

Sophie vertaalde het, en Vito knikte. 'Vraag hem waarom niet.'

Yuri fronste zijn voorhoofd. 'Ze behandelde Barbara respectloos.'

'En jou ook, Yuri Petrovich?' vroeg Sophie hem, en zijn blik verduisterde nog meer.

'Ja, maar ik was niet haar werkgever. Barbara is een vriendelijke persoon, heel loyaal. Claire maakte vaak misbruik van Barbara's vertrouwen. Ik zag haar een keer geld uit Barbara's tas pakken. Toen Claire zag dat ik het had gezien, dreigde ze míj aan te geven voor de diefstal.'

Terwijl Sophie vertaalde, viel Barbara's mond open. 'Hoe wist ze waarmee ze u kon bedreigen, en waarom was u bang?' wilde Vito weten. 'Barbara zegt dat u hier legaal bent.'

Sophie vertaalde Vito's vraag, maar de schok van de bibliothecaresse behoefde geen vertaling. Yuri keek naar zijn handen. 'Claire had haar computer bij zich en gebruikte zo'n vertaalsite om haar dreigement over te brengen. Het was een heel ruwe vertaling, maar ik begreep het wel. En wat mijn angst voor de politie aangaat...' Hij haalde zijn schouders op. 'Ik neem geen risico's.' Hij keek Barbara droevig aan toen Sophie klaar was. 'Het spijt me, juffrouw Barbara,' zei hij in het Engels.

Barbara glimlachte. 'Geeft niet. Het kan niet veel geld zijn geweest. Ik heb het niet gemist.'

'Omdat ik het teruggestopt heb,' zei Yuri toen Sophie haar antwoord had vertaald.

Barbara's ogen werden vochtig. 'O, Yuri. Dat had je niet moeten doen.'

Vito leek ook geroerd. 'Vraag hem naar de man met wie hij gesproken heeft.'

Dat deed Sophie. 'Hij was ongeveer van mijn leeftijd,' antwoordde Yuri. 'Ik ben tweeënvijftig.'

Sophie kon haar verbazing niet onderdrukken. *Tweeënvijftig*. Hij leek even oud als Anna, die bijna tachtig was. Sophies wangen kleurden toen hij haar verbazing zag. Ze sloeg haar ogen neer. 'Het spijt me heel erg, Yuri Petrovich. Ik wilde niet onbeschoft zijn.'

'Het geeft niet. Ik weet dat ik er veel ouder uitzie. Die man die jullie zoeken was bijna twee meter lang, misschien honderd kilo zwaar. Dik, golvend grijs haar. Hij had een robuuste gezondheid.'

Sophie keek Vito aan. 'Bijna twee meter lang, honderd kilo, in de vijftig. Dik grijs, golvend haar. En... gezond.' Ze draaide zich nieuwsgierig weer naar Yuri om. 'Waarom viel zijn gezondheid je op?'

'Omdat zijn vrouw er ziek uitzag. Doodziek, bijna.'

Vito's ogen fonkelden toen ze hem die informatie doorgaf. Hij haalde twee schetsen uit zijn map. Vito had haar verteld dat zijn broer Tino enkele slachtoffers had getekend. Sophie wist dat ze nu naar twee van de negen slachtoffers keek. 'Zijn dit de mensen die hij heeft gezien?' vroeg Vito.

Yuri pakte met zijn misvormde handen onhandig de schetsen aan. 'Ja. Haar haren waren anders. Langer en donkerder, maar de gezichten lijken heel goed.'

'Vraag hem wanneer ze geweest zijn, wat ze zeiden, en of ze hun namen gezegd hebben.'

'Ze waren hier voor Thanksgiving,' zei Yuri toen ze de vraag vertaald had. Hij glimlachte kort. 'Ze zeiden nogal veel, maar ik begreep er maar heel weinig van. De man was steeds aan het woord. De vrouw ging even zitten. Hij vroeg naar Claire Reynolds. Of ik haar had gezien. Of ik haar kende. Hij had een accent. Hoe zeg je dat...' Hij gebruikte een woord dat Sophie niet kende.

'Wacht.' Ze pakte haar Russische woordenboek uit haar rugtas. Ze zocht het woord op en keek verwonderd weer naar Yuri op. 'Hij had een gevaarlijk accent?'

'Niet gevaarlijk.' Yuri blies gefrustreerd zijn adem uit. 'Hij zei "yawl". Net als... Daisy Duke.'

Sophie knipperde met haar ogen en begon te lachen. 'O, "hazardous", zoals in de *Dukes of Hazzard*.'

Yuri knikte met glanzende ogen. 'Ik heb de film ervan gezien. Jij bent veel knapper dan Jessica Simpson.'

Sophie glimlachte. 'Je bent heel aardig.' Ze keek op naar Vito. 'Het waren zuiderlingen.'

'Hebben ze hun naam gezegd?'

Yuri dacht even na. 'Ja. Het was bijna hetzelfde als D'Artagnan van *De drie musketiers*, maar dan met een V. Hij zei dat hij Arthur Vartanian heette, uit Georgia. Ik herinner me dat goed, omdat ik zelf uit Georgië kom.' Hij trok ironisch zijn wenkbrauw op. 'Kleine wereld, hè?'

Vito glimlachte scheef terwijl hij de naam van de man en de staat Georgia erbij schreef. Yuri's Georgië lag natuurlijk een halve wereld verderop, zowel geografisch als filosofisch. 'Inderdaad een kleine wereld,' zei ze tegen Yuri. 'Als ik te veel doorvraag moet je het zeggen, maar wat deed je in Georgië?'

'Ik was chirurg. Maar in mijn hart was ik een patriot, en daarvoor heb ik twintig jaar in Novosibirsk gezeten. Toen ik werd vrijgelaten, ben ik naar Amerika gekomen, met de hulp van sponsors zoals Barbara.' Hij hield zijn verminkte handen omhoog. 'Ik heb een hoge prijs betaald voor mijn vrijheid.'

Sophies keel kneep dicht en ze merkte dat ze geen woorden kon vinden. Novosibirsk lag in Siberië, berucht om zijn gevangenissen en kampen. Ze kon zich niet voorstellen wat hij daar allemaal had doorstaan.

Hij zag haar droefheid en klopte onhandig op haar knie. 'En wat doe jij, Sophie Alexandrovna, waardoor je zo goed bent in mijn taal?'

*Ik ben archeoloog, linguïst, historica.* Maar wat naar buiten kwam, was geen van die dingen, want in gedachten zag ze plotseling de gebiologeerde gezichten van de kinderen die ze tijdens Teds rondleidingen over de middeleeuwse geschiedenis onderwees. De geschiedenis van deze man was minstens even relevant. Nee, dacht ze, kijkend naar zijn handen. *Relevanter.*

'Ik werk in een museum. Het is klein, maar er komen veel bezoekers. We proberen de geschiedenis tot leven te brengen. Zou jij voor de mensen willen komen praten over je ervaringen?'

Hij glimlachte naar haar. 'Ja, dat wil ik graag doen. Je rechercheur lijkt graag te willen vertrekken.'

Sophie kuste hem op beide wangen. 'Hou je goed, Yuri Petrovich.'

Vito pakte voorzichtig Yuri's hand. 'Dank u.'

'Die twee mensen,' zei Yuri in het Engels, wijzend naar Vito's map. 'Het gaat niet goed met ze?'

Vito schudde zijn hoofd. 'Nee, het gaat helemaal niet goed met ze.'

*Woensdag 17 januari, 18:25 uur*

Vito wachtte terwijl Sophie haar auto parkeerde bij het politiebureau. Zodra ze was uitgestapt, liet hij zijn hand door haar haren glijden en kuste haar, wat hij al had willen doen sinds ze de lobby van de bibliotheek binnen was komen lopen. Toen hij zich van haar losmaakte, zuchtte ze.

'Ik was al bang dat ik me het had ingebeeld.' Ze ging op haar tenen staan en kuste hem lichtjes. 'Jou.'

Ze stalen nog een paar momentjes om gewoon naar elkaar te kijken, maar toen dwong Vito zichzelf door te lopen. 'Dank je. Je hebt me uren wachten op een tolk bespaard.' Hij pakte haar hand en leidde haar mee naar de ingang van het bureau.

'Het was me een genoegen. Yuri Petrovich heeft beloofd dat hij in mijn museum zijn verhaal aan de bezoekers zou vertellen.'

Vito keek haar verrast aan. 'Ik dacht dat het Albrights museum was, en dat jij alleen maar wachtte tot je wat beters kon vinden,' zei hij, en ze glimlachte.

'Soms veranderen dingen. Weet je, Vito, tolken krijgen goed betaald. Overuren, zelfs.'

'Ik zal proberen wat geld in het budget te vinden.' *Als dat niet lukt, betaal ik haar zelf wel.*

Ze keek hem onder het lopen aan. 'Ik zei dat het een genoegen was om je te helpen.' Haar wenkbrauwen kwamen omhoog. 'Ik hoopte dat mijn betaling dat ook zou zijn.'

Vito grinnikte. 'Ik kan vast wel iets bedenken. Maar vertel eens over je dag, Sophie Alexandrovna. Nog akelige cadeautjes gehad van Brewsters vrouw?'

'Nee.' Ze trok een nadenkend gezicht. 'Eigenlijk was het een heel leuke dag.'

'Vertel eens?' Dat deed ze, en hij grinnikte om haar verhalen over de rondleidingen toen de lift op zijn verdieping stopte. 'Hé,' zei Vito tegen Nick toen hij en Sophie de kantoortuin in liepen. 'We hebben de jackpot gewonnen bij de bibliotheek. We hebben de namen van het oude stel.'

'Mooi,' zei Nick, maar zijn stem klonk mat. 'Hoi, Sophie.'

'Hallo, Nick,' zei ze behoedzaam. 'Leuk je weer te zien.'

Nick probeerde te glimlachen. 'Ik zie dat je deze keer officieel hier bent. Die badge,' voegde hij eraan toe.

Sophie keek naar de tijdelijke badge die ze beneden bij de receptie had gekregen. 'Ja, nu ben ik ook lid van de club. Ik krijg het wachtwoord te horen, én de geheime handdruk.'

'Dat is mooi,' zei Nick zachtjes, en Vito trok een gezicht.

'Zeg nou niet dat er nóg een lijk is gevonden. Dan zou mijn dag helemaal verpest zijn.'

'Nee, althans, niet dat wij weten. Het komt door dat bandje van het antwoordapparaat. Het is vreselijk.'

'Vreselijk in de zin van niet te verstaan?'

'Nee. Vreselijk als in juist wel te verstaan,' antwoordde Nick bedrukt. 'Je hoort het gauw genoeg.' Hij ging overeind zitten en forceerde een glimlach op zijn gezicht. 'Nou, hou me niet langer in spanning. Wie zijn twee-één en twee-twee?'

Vito had de afdeling Archieven gebeld terwijl ze hierheen reden vanaf de bibliotheek. 'Arthur en Carol Vartanian, uit Dutton in Georgia. En hou je vast: hij was een gepensioneerde rechter.'

Nick knipperde met zijn ogen. 'Zooo.'

'Ga zitten,' zei Vito tegen Sophie terwijl hij een bureaustoel voor haar bijschoof. 'Ik zal kijken of we die foto hebben van het brandmerk op de wang van het slachtoffer. Daarna kunnen we naar je oma.'

Ze pakte Vito bij zijn mouw toen hij wegliep. 'En dan?'

Nicks gezicht klaarde op toen ook hij vroeg: 'En dan?'

Vito keek glimlachend naar Sophie en negeerde Nick volkomen. 'Hangt ervan af hoe laat ik hier weg kan komen. En ik wil je oma nog ontmoeten, als het kan.'

'Een ontmoeting met oma,' zei Nick. 'Bedoel je daar iets dubbelzinnigs mee?'

Sophie lachte. 'Je praat net als mijn oom Harry.'

Liz kwam haar kantoor uit. 'Ah, je bent terug. En u moet Dr. Johannsen zijn.' Ze drukte Sophie stevig de hand. 'We zijn heel dankbaar voor alles wat u hebt gedaan.'

'Noem me alstublieft Sophie. En ik was blij dat ik kon helpen.'

'Heb je die foto van de wang van het slachtoffer, Liz?'

'Nee. Katherine zei dat ze hem mee zou brengen naar de bespreking. Ze wachten allemaal op ons in de vergaderkamer, dus laten we maar gaan. Sophie, kun jij in de kantine op ons wachten? Die is op de eerste verdieping. Hopelijk kan Vito de vergadering kort houden. Mijn babysitter rekent overuren.'

'Tuurlijk. Ik heb mijn mobiel bij me, Vito. Bel maar als je klaar bent om me die foto's te laten zien.'

Sophie liep naar de lift, en Liz keek met een meesmuilend lachje naar Vito op. 'Je had niet verteld dat ze zo jong was.'

'En mooi,' plaagde Nick zangerig.

Vito wilde hun een boze blik toewerpen, maar hij merkte dat hij alleen maar grijnsde. 'Ja, hè?'

*White Plains, New York, woensdag 17 januari, 18:30 uur*

Het was een lonende dag geweest. Misschien waren er aan het begin wat hobbels geweest, maar het einde zag er prima uit. Hij was de dag begonnen met losse eindjes. Nu had hij die allemaal afgeknipt, op één na. Slechts één persoon kon een geheim bewaren, zoals zijn antiekhandelaar die ochtend glashelder had gedemonstreerd. Hij had er geen spijt van dat hij van de diensten van de handelaar gebruik had gemaakt. Je kon immers niet zomaar een supermarkt binnenwandelen en een authentiek slagzwaard uit omstreeks 1422 kopen. Voor speciale aankopen had je speciale connecties nodig. Helaas had zijn handelaar ook weer een keten van toeleveranciers, en dat stelde hem aan veel meer gevaar bloot.

En aangezien maar één man een geheim kon bewaren, moest de hele keten verdwijnen. Ze hadden netjes en zonder moeilijk te doen het veld geruimd. Mocht de politie nu doorgaan met vragen stellen over stoelen met veel spijkers, dan zouden ze geen antwoorden krijgen. Zijn dealer was het zwijgen opgelegd.

'Hoe gaat het daarachter, Derek?' riep hij naar de achterbank van zijn busje, maar er kwam geen antwoord. Het zou ook een wonder zijn als Harrington wakker was. Achteraf had hij misschien Dereks dosis moeten verlagen. Hij had hem evenveel gegeven als Warren, Bill en Gregory, maar die waren twee keer zo fors geweest als Derek. Hij hoopte maar dat Derek niet dood was. Hij had plannen met hem.

Net als met Dr. Johannsen. Haar wilde hij zeker niet vermoorden, althans niet meteen. Ze zou wel sterven, maar op een moment en manier die hij zou kiezen. Ze was groot genoeg, dus over de dosis hoefde hij zich geen zorgen te maken. Tegen middernacht zouden alle losse eindjes zijn afgeknipt en zou hij zijn koningin in handen hebben, zodat hij zich op belangrijkere dingen kon richten.

Zijn game afmaken. Van oRo, en daardoor van zichzelf, een naam maken die iedereen kende. Zijn dromen waren eindelijk binnen handbereik.

*Woensdag 17 januari, 18:45 uur*

'Sorry, mensen,' zei Vito terwijl hij de deur achter zich sloot. Ze waren er allemaal: Jen, Scarborough, Katherine, Tim en Bev. Brent Yelton van IT had zich ook bij hen aangesloten, en Vito hoopte dat het goed nieuws betekende. 'Bedankt voor het wachten.'

Jen keek op van haar laptop. 'Heb je de identiteit van het oude stel?'

'Ja, eindelijk.' Vito liep naar het whiteboard en schreef hun namen in de eerste twee blokken van rij twee in het grafdiagram. 'Arthur Vartanian en zijn vrouw Carol. Zesenvijftig en tweeënvijftig jaar oud. Ze komen uit Dutton, een stadje in Georgia.'

'En hij was rechter, nota bene,' voegde Nick eraan toe, terwijl hij zich in de stoel naast Jen liet zakken.

'Interessant,' zei Scarborough. 'Arthur Vartanian was de enige passiemoord. Misschien heeft hij de moordenaar ooit tot de gevangenis veroordeeld.'

'Maar waarom heeft hij ze hier vermoord, en niet in Dutton, Georgia?' wilde Katherine weten. 'En waarom heeft hij die twee graven leeg gelaten?'

Vito zuchtte. 'Die vragen voegen we toe aan de lijst. Laten we eerst dat bandje behandelen.'

'Daarvoor ben ik hier,' zei Scarborough. 'Nick wilde dat ik het hoorde.'

Nick gaf Jen een cd, die ze in haar laptop stopte. Ze zette de luidsprekertjes neer die ze erop had aangesloten en draaide de laptop naar Nick toe. 'Ik heb hem al vier of vijf keer gehoord,' zei Nick. 'Er zitten stukken met stilte tussen, dus die spoelen we door. Met elektronica is de opname zo duidelijk mogelijk gemaakt. Een deel van de ruis komt doordat het een mobiele telefoon was. En bovendien zat het toestel ergens in, waarschijnlijk in een jaszak.'

'We hebben de telefoongegevens van Jill Ellis opgevraagd,' zei Jen. 'Ze heeft gisteren om 15:30 uur naar Gregs mobiele telefoon gebeld. Deze oproep kreeg ze om 16:25 uur.'

Nick drukte op PLAY en de cd begon met een diepe kreun waardoor iedereen grimaste.

*'Schreeuw zoveel je wilt. Niemand kan je horen. Niemand zal je redden. Ik heb ze allemaal vermoord.'* Het ging door. De moordenaar beloofde dat hij Greg zou laten lijden, en Greg smeekte deerniswekkend. *'Het is tijd voor je ritje in mijn tijdmachine. Nu zul je eens zien wat er met dieven gebeurt.'*

Nick spoelde verder. 'Hij versleept hem een stukje en dan klinkt er een knal, als een deur die te hard wordt opengerukt. En dan dit.' Hij speelde de cd weer af en ze hoorden gepiep dat zachtjes werd weerkaatst. 'Nu volgt er zo'n vijf minuten lang niks. En dan...' Hij drukte weer op PLAY.

Er klonk een schrapend geluid, en vervolgens de stem van de moordenaar: *'Welkom in mijn kerker, meneer Sanders. Je zult het hier niet prettig vinden.'*

Nog een bons, en het volume verlaagde. 'We denken dat hij op dit moment Greg zijn jas uittrekt en die naast hem neergooit. De verbinding met Gregs mobiele telefoon staat nog open, maar hier en daar wordt het moeilijk te verstaan.'

'Je bent een dief en... onderworpen aan straffen... wet.' Meer gesleep en gebons en koortsachtige smeekbeden van Greg Sanders waar Vito misselijk van werd. Toen nog meer gepiep.

'Hij rolt met iets,' zei Nick. Hij deed zijn ogen stijf dicht en wachtte af.

Na de schreeuw parelde het zweet op Vito's voorhoofd. 'Wat was dat, verdomme?'

'Maak je niet druk,' zei Nick grimmig. 'Je hoort het nog wel een keer.'

En dat klopte, want Greg Sanders schreeuwde opnieuw. *'Jij smeerlap. Vuile smeerlap! O, god.'* Een harde klap, en Gregs geschreeuw ging over in gekreun.

*'Kijk nou waar je me toe gedwongen hebt. Wat een puinhoop. Ga zitten. Ga rechtop zitten.'* Er klonk geschraap, nog wat gesleep en ingespannen ademhaling. *'Nu kunnen we verder.'*

*'Jij... vuile smeerlap.'* Het was Gregs stem, heel zwak. *'Mijn hand... Mijn...'* Een gebroken snik van pijn.

*'En... voet. Zie je, je... gewone dief... gestolen... kerk... speciale straf.'*

Er werd nog meer gezegd. Vito boog zich naar voren om het te verstaan, maar hij schoof met een ruk achteruit toen Greg weer krijste. Het was een afgrijselijk gejammer, deels van pijn en deels in doodsangst. Het klonk niet eens menselijk.

Liz stak haar handen op. 'Nick, zet maar uit. Zo is het wel genoeg.'

Nick knikte en zette het geluid af, waarna er een diepe stilte bleef hangen die alleen werd verbroken door het geluid van hun eigen zware ademhaling. 'Hier eindigt het wel zo'n beetje,' zei Nick. 'Greg schreeuwt nog wat, en dan valt hij flauw, denk ik. Na vijf minuten stilte eindigt de opname. Een van de jongens bij Elektronica probeert de geluiden, dat gepiep en gebons, thuis te brengen.'

Scarborough blies zachtjes zijn adem uit. 'Ik ben al twintig jaar psycholoog, maar zoiets als dit heb ik nog nooit gehoord. Die moordenaar toonde geen enkel berouw, en buiten het lawaai dat hij maakte, hoorde ik geen echte woede in zijn stem. Alleen maar minachting en laatdunkendheid.'

Jen haalde haar hand voor haar mond weg, die ze daar tijdens het grootste deel van de opname tegenaan gedrukt had gehouden. 'Hij zei "gestolen... kerk",' zei ze met beverige stem. 'Heeft Greg gestolen uit een kerk, van een kerk? Misschien heeft hij Greg in een kerk vermoord?'

'Voordat hij Gregs voet afhakte, liep hij te zingen. Ik hoorde het woord "*ecclesia*",' merkte Tim op.

'Dat hoorde ik ook. Het is Latijn voor "kerk",' zei Vito. 'Ik ben misdienaar geweest,' voegde hij eraan toe toen Nick hem verbaasd aankeek. 'Echt.'

Tim depte zijn voorhoofd met zijn zakdoek. 'Ik ook. Ik heb dat woord tijdens de mis vaak genoeg gehoord. De vraag is, waarom gebruikte hij het?'

'Ik zou wel willen weten wat hij met Gregs hand en voet heeft gedaan,' zei Katherine zachtjes. 'Die lagen niet bij het lijk.'

'Of elders op de locatie,' voegde Jen eraan toe. 'Ik heb er zelfs nog kadaverhonden bij gehaald.'

Vito keek Thomas aan. 'Hij zei dat Greg een ritje ging maken in zijn tijdmachine, en verwelkomde hem toen in zijn kerker. Is hij gek?'

Thomas schudde nadrukkelijk zijn hoofd. 'In klinisch opzicht vrijwel zeker niet. Hij heeft martelinstrumenten aangeschaft, of misschien zelf gemaakt. Hij heeft zijn slachtoffers met een vooropgezet plan gelokt. Hij is niet gek. Ik denk dat die verwijzing naar de tijdmachine deel uitmaakt van zijn... plezier.'

'Plezier,' zei Vito bitter. 'Ik wil die vent zó graag vinden.'

'Het is zeker te veel gevraagd om te hopen dat Gregs telefoon GPS had, hè?' vroeg Liz.

Nick schudde zijn hoofd. 'Prepaid. Zijn oude mobiele nummer was afgesloten vanwege een betalingsachterstand.'

Beverly schraapte haar keel. 'Hij heeft Greg gevonden via die modellensite. Gregs cv staat erop, maar daarin staat niets over zijn reclames voor Sanders Sanitaire Service. Ik denk dat hij er niet zo trots op was.'

'Dus wist Munch niet dat hij een plaatselijke beroemdheid was,' zei Nick. 'In combinatie met zijn charmante accent kunnen we aannemen dat hij niet hier uit de buurt komt.'

Vito knikte. 'Munch heeft een zuidelijk accent, net als de Vartanians. Toeval?'

'Met het risico dat ik mezelf nu verdacht maak,' zei Nick droog, 'nee, dat is vast geen toeval.'

'De Vartanians kwamen uit Georgia,' zei Katherine, en ze had denkrimpels in haar voorhoofd van concentratie. 'Claire Reynolds ook.'

'Je hebt gelijk,' zei Vito. 'Wederom geen toeval. Eigenlijk is het ons eerste echte verband tussen de slachtoffers, op de website van UCan-Model na. Misschien kan de familie Vartanian ons vertellen of Claire, Arthur en Carol elkaar kenden. Hoe zit het met de autopsieverslagen?'

'Ik heb sectie verricht op Claire Reynolds en de oudere vrouw in de eerste rij. Maar ik heb verder niets meer kunnen vinden dat helpt bij het identificeren van de oude vrouw. Ze had een gebroken nek, net als Carol Vartanian en Claire. Ik heb wel het uiteindelijke rapport van het lab gekregen over dat siliconenmiddel. Het is een speciaal mengsel. Ze wisten niet wie het had gemaakt.'

Vito haalde het tijdschrift dat hij die ochtend van Dr. Pfeiffer had gekregen uit zijn dossier. 'Claires dokter zei dat bedrijven hier achterin adverteren met hun lotions. Claire zou zeker lotion hebben gebruikt, maar haar arts zei dat ze dat bij hem kocht.'

Jen pakte het tijdschrift aan. 'Misschien heeft ze het ook een keer bij zo'n bedrijf gekocht. Ik zal de speciale formule proberen te herleiden naar een van die fabrikanten.'

'Bedankt. Hier zijn de brieven van Claire. De een komt van Pfeiffer, de andere van de bibliotheek.'

Jen pakte ook de brieven aan. 'Ik zal ze naar het lab sturen, samen met voorbeelden van Claires handschrift. We zullen zien of er wat uitkomt.'

'Mooi. Bev en Tim, wat hebben jullie gevonden bij UCanModel.com?'

'Een tijdlang niks,' zei Bev. 'We zochten naar modellen van wie ofwel de cv's waren bekeken, of die mail van E. Munch hadden gekregen. Interessant genoeg heeft Munch maar naar vier mensen gemaild: Warren, Brittany, Bill en Greg. Niemand anders.'

'Dat is moeilijk te geloven. Hoe kon hij zeker weten dat ze op zijn voorstel in zouden gaan?' zei Vito.

'Het lijkt wel of hij nog iets anders wist,' overpeinsde Nick.

'Iets financieels, waarschijnlijk,' zei Brent Yelton. 'Alle slachtoffers stonden rood, waren duizenden dollars schuldig op hun creditcards en stonden te boek als slechte betalers.'

'Dus we hebben nog steeds niks,' zei Nick duister, maar Beverly glimlachte.

'Nee, we zeiden dat hij niemand anders had gemaild als Munch,' zei ze, 'maar we dachten aan wat Jen vanochtend zei. Dat E. Munch iets betekende. Dus zijn we gaan Googelen, en we hebben dit gevonden.' Ze haalde een kunstboek tussen de uitdraaien vandaan. Het lag open bij een schilderij dat Vito herkende.

Het was een surrealistische, spookachtig uitziende figuur met een angstaanjagend ver opengesperde mond. Net als die van Greg Sanders vanmiddag. '*De schreeuw*,' zei Vito.

'Edvard Munch,' voegde Scarborough eraan toe. 'Wat toepasselijk, gezien de manier waarop hij Gregory liet schreeuwen. Die kerel is een heel enge, heel grondige sociopaat.'

Beverly bladerde naar een andere afbeelding, een nog onheilspellendere in middeleeuwse stijl, met demonen die op afschuwelijke, macabere manieren verderf zaaiden onder verloren zielen. 'Dit is de *Tuin der aardse lusten* van Hiëronymus Bosch. Een model genaamd Kay Crawford heeft gistermiddag een mail gekregen van ene H. Bosch. Ze had nog niet geantwoord.'

'En wij hebben haar computer in handen gekregen voor hij gewist kon worden,' voegde Brent er tevreden aan toe. 'Bosch wilde haar inhuren voor een documentaire.'

'Ze heeft beloofd ons te zullen helpen,' zei Tim. 'We kunnen een valstrik opzetten voor die klootzak.'

Er kroop een glimlach over Vito's gezicht. 'Dat bevalt me wel. Dat bevalt me heel goed. Ik denk dat ze voornamelijk kan helpen door te zwijgen, maar vraag haar of ze morgenvroeg hier naartoe wil komen. Kun jij intussen, als je haar computer toch hebt, die mail beantwoorden en zeggen dat ze die klus aanneemt?'

Brent knikte. 'Ik heb een volledige image gemaakt van de harde schijf van Kay Crawford, dus als de virustimer wordt geactiveerd als ze die mail beantwoordt, zoals ik vermoed, dan hebben we nog een reservekopie.'

'Uitstekend. En Liz,' Vito wendde zich tot haar, 'jij zei dat je iets had van Interpol.'

'Voor ons betekent het misschien niks.' Ze haalde een paar doorgefaxte foto's uit een map. 'Die vent in Europa die was overleden, Alberto Berretti... Hij had een enorme belastingschuld aan de Italiaanse overheid en ze hielden ten tijde van zijn dood zijn bezittingen in de gaten. Ze verwachtten dat zijn kinderen zouden proberen een deel van zijn collectie te verduisteren om die zelf te verkopen. Berretti's volwassen kinderen werden al een tijdje in de gaten gehouden. Dit is een van Berretti's zoons, met een onbekende Amerikaan.'

Vito bekeek de foto's. 'Zijn gezicht is goed te zien, maar tot iemand hem identificeert, hebben we hier niets aan. Maar het is een begin.'

Bev en Tim verzamelden hun uitdraaien. 'Vito, wij gaan naar huis,' zei Tim. 'We hebben vannacht niet geslapen, en we zien dubbel van al die papieren.'

'Bedankt. Kun je dat kunstboek nog even hier laten? Daar wil ik straks graag nog even naar kijken.'

'Ik zal een uitgebreid profiel voor je schrijven,' zei Thomas. 'Deze moordenaar gebruikt heel specifieke bewoordingen. Ik zal eens kijken of er documentatie is van dergelijke patiënten.'

'En ik richt me morgen op de slachtoffers met de kogel, de scherven en Greg Sanders,' zei Katherine. 'O, hier is die foto die je wilde hebben, van het brandmerk op Sanders' wang.'

Vito pakte hem aan en legde hem op tafel. 'Bedankt, Katherine. Ik wilde liever niet met Sophie naar het mortuarium.'

'Want hij vindt haar leuk,' zei Nick sluw, en Katherine glimlachte.

'Natuurlijk vindt hij haar leuk. Ze is mijn kleine meid.' Ze keek schuin naar Vito op. 'Vergeet dat niet, Vito. Ze is mijn kleine meid.' Met die waarschuwing vertrok Katherine samen met Thomas.

'Ik zal Sophie hierheen halen om die foto te bekijken, en dan vertrekken we,' zei Vito. Hij liep naar de deur en bleef daar ineens staan. 'O, shit.'

*Woensdag 17 januari, 19:10 uur*

Sophie en Katherine zaten naast elkaar op een bankje in de gang bij de vergaderkamer.

Vito hurkte voor Sophie neer, die bleek zag. 'Wat is er gebeurd?'

Ze keek hem met grote ogen aan. 'Ik was onderweg naar de kantine toen mijn mobiele telefoon ging, iets wat je moest weten. Toen ik hierheen liep en wilde aankloppen' – ze schokschouderde – 'hoorde ik dat geschreeuw. Het gaat wel weer. Ik ben alleen geschrokken.'

Vito pakte haar handen en voelde dat ze koud waren. 'Sorry. Dat was vast vreselijk voor je.'

Katherine hielp haar opstaan. 'Kom mee, lieverd. Ik breng je wel thuis.'

'Nee, ik moet naar oma.' Ze zag de anderen kijken en wendde beschaamd haar blik af. 'Hou op. Ik ben alleen maar geschrokken, hoor. Waar is die foto die ik moest bekijken?'

'Sophie, dat hoef je vanavond niet te doen,' zei Katherine.

'Hou op, Katherine,' snauwde Sophie. 'Ik ben geen vijf meer.' Ze besefte dat ze snauwde en zuchtte. 'Sorry, maar je moet me niet als een kind behandelen. Alsjeblieft.' Ze maakte zich los en liep de vergaderkamer in, en Katherine bleef met een gekwetste en verloren blik staan.

'Het is moeilijk als je kinderen groot worden,' mompelde Liz, en Katherine grinnikte zwakjes.

'Misschien behandel ik haar inderdaad alsof ze vijf is, maar zo herinner ik me haar ook het best.' Ze keek Vito aan. 'Ik heb scherpe instrumenten. Dwing me niet ze te gebruiken.'

Vito grimaste. 'Ja, mevrouw.' Hij liep de vergaderkamer in, waar Sophie stond te kijken naar de foto van Interpol. 'Dat is Sanders niet.' Hij wilde de juiste foto van tafel pakken, maar ze sloeg haar hand als een bankschroef om zijn pols.

'Vito, ik ken die man. Dat is Kyle Lombard. Weet je nog, maandagavond? Behalve Brewsters naam had ik je ook die van Lombard gegeven.'

'Weet ik. We hebben hem gezocht, maar nog niet gevonden. Liz,' riep hij, 'kom even hier, alsjeblieft. Weet je het zeker, Sophie?'

'Ja. En daarom kwam ik ook naar boven. Eigenlijk ben ik twee keer gebeld. Eerst door Amanda Brewster. Ze krijste dat ze wist dat Alan bij mij was. Kennelijk was hij niet thuisgekomen voor het eten. Ik heb opgehangen. Nog geen twee minuten later ging mijn telefoon weer. Deze keer was het Kyles vrouw.'

'Kyles vrouw?'

'Ja.' Sophie zuchtte. 'Ze beschuldigde me ervan dat ik een affaire had met Kyle.'

Vito kneep zijn ogen tot spleetjes. 'Wát?'

'Ze zei dat ze Kyle aan de telefoon over mij had horen praten, en dat ze mocht hangen als ze me haar man zou laten afpikken zoals ik bij Amanda Brewster had geprobeerd.' Ze haalde haar schouders op toen hij vragend zijn wenkbrauwen optrok. 'Amanda was altijd heel luid en duidelijk over de sloerie die had geprobeerd haar goede huwelijk te verwoesten. Er... eh... waren niet veel mensen die het niet wisten. Kyles vrouw zei dat Amanda haar gisteren had gebeld om te vertellen dat ik weer in beeld was. Ze hebben de gelederen gesloten om hun gelukkige huwelijken te redden.'

'Dus Kyle en Clint hebben veel meer van Alan Brewster geleerd dan alleen archeologie,' zei Vito droog, en hij werd beloond met een flauw glimlachje van Sophie.

'Ik heb Clint Shafer maandag gesproken. Jij hebt Alan dinsdag gezien. Vandaag is Kyle niet thuisgekomen voor het eten, dus heeft zijn vrouw in zijn mobiele telefoon gekeken en gezien dat hij Clint had gesproken. Ze heeft Clints vrouw gebeld, die in de mobiele telefoon van Clint heeft gekeken, en vervolgens heeft ze Kyles vrouw mijn nummer bij het museum gegeven. De vrouw van Kyle zei trouwens dat Clint ook niet thuis was gekomen voor het eten.'

'Maar allebei de vrouwen belden jou op je mobiel.'

Ze zweeg even. 'Je hebt gelijk. Hoe zijn ze aan mijn mobiele nummer gekomen? Nou, dat mag jij uitzoeken. Wat ik bedoel, is dat jij nu een foto hebt van Kyle Lombard. Waar is die gemaakt?'

'Bergamo in Italië, volgens Interpol,' antwoordde Liz achter hen.

'Dat is minder dan een halfuur van waar Berretti woonde. Jullie hebben nu Kyles foto, die twee dagen nadat ik vragen stel niet thuiskomt. Toeval?'

'Nee.' Vito keek Nick en Liz aan. 'Laten we een opsporingsbevel uitvaardigen voor Clint Shafer in...'

'Long Island,' vulde Sophie aan.

'En eentje voor Kyle Lombard, waar die ook uithangt.'

'Zijn vrouw belde vanaf netnummer 845,' zei Sophie. 'Maar als je Kyle niet kunt vinden via het nummer van zijn vrouw, dan misschien via de telefoongegevens van Clint.'

Vito knikte geestdriftig. 'Goed, Sophie. Heel goed.'

'Nee, Vito.' Nick schudde zijn hoofd. 'Slecht. Heel slecht. Als Lombard terug te voeren is naar Sophie en Lombard is terug te voeren naar Berretti of de vermiste middeleeuwse martelinstrumenten, én als Lombard niet op het versierderspad is maar misschien ergens in een greppel ligt...'

Vito kreeg het koud. 'Shit.'

Sophie ging abrupt zitten. 'O, nee. Als Kyle erbij betrokken is en nu echt vermist wordt...'

'Dan kan die moordenaar van jou op de hoogte zijn,' zei Vito grimmig.

'We zullen je moeten laten beschermen, Sophie,' zei Jen.

Liz knikte. 'Daar zorg ik wel voor.' Ze kneep in Katherines arm. 'Ademhalen, Kat.'

Katherine liet zich in de stoel naast die van Sophie zakken. 'Ik had je nooit moeten –'

'Katherine,' zei Sophie met opeengeklemde kiezen. 'Hou op.'

'Dat kán ik niet. Dit heeft niks te maken met of je nu vijf bent of vijfenvijftig. Het gaat erom dat het monster dat dít heeft gedaan nu jóú in het vizier heeft.' Ze pakte de foto van Sanders terwijl de tranen over haar wangen biggelden. 'Een monster dat negen anderen die nu in mijn mortuarium liggen heeft gemarteld en vermoord.'

Sophies gezichtsuitdrukking veranderde ogenblikkelijk en ze sloeg haar armen om Katherine heen terwijl de schouders van de lijkschouwer schokten. Vito en Nick keken elkaar onthutst aan. Ze hadden Katherine nog nooit eerder een traan zien laten, hoe schokkend de lijken soms ook waren om te zien.

Maar dit was geen lijk. Dit was haar kleine meid, en Vito begreep haar angst.

Sophie klopte Katherine op haar rug. 'Ik red me wel. Vito past op me. En ik heb Lotte en Birgit.' Ze keek naar Vito. 'Bij nader inzien denk ik dat ik het alleen van jou moet hebben.'

Katherine duwde haar woedend van zich af. 'Dit is niet grappig, Sophie Johannsen.'

Sophie veegde Katherines tranen weg. 'Nee, het is niet grappig. Maar het is ook niet jouw schuld.'

Katherine greep Vito's overhemd vast en rukte hem omlaag met een kracht waarvan hij stond te kijken. 'Je kunt maar beter zorgen dat haar niets overkomt, anders mag God me bijstaan...'

Vito staarde naar de vrouw die hij zo goed had gedacht te kennen. Katherine staarde terug, serieus en heel boos. Té boos. Ze wist van Andrea, wat hij had gedaan. Hij maakte haar vingers los van zijn hemd en ging rechtop staan. 'Begrepen.'

Katherine haalde beverig diep adem. 'Gewoon voor de duidelijkheid.'

'Het is duidelijk,' zei Vito gespannen.

Sophie staarde naar hen allebei. 'Heb je hem nu net bedreigd, Katherine?'

'Ja,' zei Vito. 'Dat klopt.'

# 17

*Woensdag 17 januari, 20:30 uur*

Sophie stapte op de parkeerplaats van het verpleeghuis uit haar auto en wachtte tot Vito zijn auto had geparkeerd. Hij was stil, broedend en boos geweest toen ze het bureau verlieten. Terwijl hij achter haar aan naar het verpleeghuis reed, was hij zo dicht op haar bumper blijven kleven dat hij op haar zou zijn gebotst als ze plotseling had moeten stoppen. Onderweg was ze in gedachten de confrontatie tussen Vito en Katherine nog eens langsgegaan, want dat was een stuk minder verontrustend dan de gedachte dat er misschien wel een moordenaar op haar loerde. Er was iets gebeurd met iemand die Vito had moeten beschermen. Sophie herinnerde zich de rozen. Ergens wist ze dat die twee dingen met elkaar te maken hadden.

Vito sloeg het portier van zijn pick-up dicht en kwam naar haar toe.

'Je gaat me vertellen waar dat allemaal om ging,' zei ze.

'Ja. Maar niet nu. Alsjeblieft, Sophie, niet nu.'

Onder de zachte gloed van de straatlantaarns keek ze onderzoekend in zijn gezicht. Ze zag pijn in zijn ogen, in zijn gespannen kaken. En schuldgevoel. Schuldgevoel kende ze. Ze wist ook dat Katherine haar nooit met Vito had laten vertrekken als ze er niet van overtuigd was dat hij inderdaad op haar kon passen. 'Oké. Maar kalmeer eerst even. Anders maak je Anna bang, en dat kan ze nu niet gebruiken.' Ze verstrengelde haar vingers met die van hem. 'En ik ook niet.'

Hij haalde een paar keer diep adem, en zijn gezicht stond weer kalm toen ze bij de balie aankwamen. Sophie ondertekende het gastenboek. 'Hoe is het vandaag met oma, zuster Marco?'

Marco zond haar een blik toe. 'Hetzelfde als altijd. Gemeen en koppig.'

Sophie blikte terug. 'Hartelijk bedankt. Deze kant op, Vito.' Ze leidde hem door de steriele gangen, zich bewust van de nieuwsgierige blikken van de verpleegkundigen. *Niks nieuwsgierig.* Ze loerden. Kwijlden, zelfs. 'Maak geen oogcontact,' mompelde Sophie, 'anders storten ze zich meteen op je. Ze zien niet elke dag zo'n lekkere hap.'

Hij grinnikte, en dat brak de spanning. 'Bedankt, maar dat is geen plaatje dat ik in mijn hoofd wilde hebben.'

'Geen dank.' Ze kwam tot stilstand voor Anna's kamerdeur. 'Vito, ze ziet er heel anders uit dan vroeger. Dat moet je weten.'

'Ik begrijp het.' Hij kneep in haar hand. 'Kom.'

Anna lag te dommelen. Sophie ging naast het bed zitten en pakte haar hand. 'Oma, ik ben er.'

Anna's ogen gingen open en één kant van haar mond glimlachte trillend. 'Sophie.' Ze keek op, en nog verder op toen ze Vito zag. 'Wie is dit?'

'Dit is Vito Ciccotelli. Mijn... vriend. Vito is dol op opera, oma.'

Anna's blik veranderde, verzachtte. 'Ahh. Ga zitten, alsjeblieft,' zei ze met vervormde stem.

'Ze vraagt je te gaan zitten.'

'Ik versta haar wel.' Vito ging zitten en pakte Anna's hand vast. 'Ik heb u in *Orfeo* gehoord, in de Academy in het centrum toen ik klein was. Mijn opa moest huilen bij uw *Che faro*.'

Anna keek hem strak aan. 'En jij? Heb jij ook gehuild?'

Vito glimlachte naar haar. 'Ja, maar dat is ons geheimpje, oké?'

Anna glimlachte traag terug. 'Je geheim is veilig bij me. Praat met me, Vito.'

Sophies keel kneep dicht toen Vito over de opera vertelde en er een lichtje in Anna's ogen verscheen dat er lange tijd niet meer was geweest. Veel te snel kwam zuster Marco binnen.

'Ze moet haar avondmedicijnen hebben, Dr. Johannsen. Tijd om te gaan.'

Anna blies nukkig haar adem uit. 'Dat mens.'

Vito hield nog altijd Anna's hand vast. 'Ze doet alleen maar haar werk. Het was fijn om u te ontmoeten, mevrouw Shubert. Ik kom graag nog een keer.'

'Dat mag, maar alleen als je me Anna noemt.' Haar goede oog kneep een beetje samen. 'Of oma.'

Sophie draaide met haar ogen. 'Oma.'

Maar Vito lachte. 'Mijn opa zou nu zo jaloers op me zijn, dat ik hier bij de grote Anna Shubert zit. Ik kom zo gauw mogelijk weer langs.'

Sophie boog zich naar voren en kuste Anna op haar wang. 'Wees aardig voor zuster Marco, oma. Vito heeft gelijk, ze doet alleen maar haar werk.'

Anna's lippen vertrokken tot een streep. 'Ze is gemeen, Sophie.'

Sophie wierp een ongeruste blik naar Vito en zag dat hij peinzend zijn hoofd schuin hield.

'Hoezo, Anna?' vroeg hij.

'Ze is gemeen en hatelijk. En wreed.' Meer had Sophie nooit uit haar kunnen krijgen.

Sophie hield het plotselinge trillen van haar hand onder controle. Dat Vito het niet weggelachen had, zat haar erg dwars. 'Ga slapen, oma. Ik zal kijken wat ik aan zuster Marco kan doen.'

'Je bent een lieve meid, Sophie.' Anna's stemming veranderde weer en ze plooide haar mond tot een halve glimlach. 'Kom snel terug, Sophie, en neem je vriend mee.'

'Doe ik. Ik hou van je, oma.' Ze kuste Anna op de wang en haastte zich naar buiten. Ze stopte pas toen ze bij de auto stond, en Vito had haar al die tijd bijgehouden.

'Je hebt niet met de verpleegster gepraat,' zei hij zachtjes.

'Wat moet ik dan zeggen? Mishandelt u mijn grootmoeder?' Sophie hoorde de hysterie haar stem binnenkruipen en zuchtte, dwong zichzelf rustig te blijven. 'Dan zegt ze toch nee.'

'Heb je bewijzen van mishandeling gevonden?'

'Nee. Oma is altijd schoon en schijnt haar medicijnen op tijd te krijgen. Ze is altijd gekoppeld aan een hartmonitor en een paar verpleegkundigen hebben ervaring op de intensive care. Dit is een goed verpleeghuis, Vito. Ik heb zorgvuldig onderzoek gedaan, maar... Ze is mijn oma.'

'Je zou...' Hij weifelde.

'Wat zou ik?'

'Je zou een camera kunnen gebruiken,' zei hij langzaam.

'Zoals een nanny-cam, om je kinderoppas te controleren?' vroeg Sophie.

Hij glimlachte. 'In dit geval een granny-cam.'

Sophie lachte en voelde zich al wat beter. 'Weet jij iets van zulke camera's af?'

Hij grijnsde. 'Ja. Mijn zwager Aidan heeft er verstand van. Ik zal het hem vragen.'

'Bedankt. Als ik een betaalbare camera zou kunnen krijgen, dan zou ik die meteen in haar kamer hangen, gewoon om Harry en mij wat gemoedsrust te geven.' Ze glimlachte naar hem. 'En bedankt voor dat daarbinnen. Je hebt oma zo blij gemaakt. Ik wou dat ik er eerder aan gedacht had, mensen mee te nemen die met haar konden praten over haar muziek. Nu moet ik naar huis. Wanneer zie ik je weer?'

Vito keek haar ongelovig aan. 'Nou, wat dacht je van elke keer dat je in de achteruitkijkspiegel kijkt? Ik laat je vannacht niet alleen, Sophie. Heb je niet geluisterd? Munch of Bosch of hoe hij dan ook heet houdt je misschien wel in de gaten.'

'Ik heb wel geluisterd, maar ik zit niet te wachten op een lijfwacht, Vito. Dat is gewoon niet praktisch.'

Vito's ogen fonkelden, en ze verwachtte dat hij zou protesteren. Toen werden zijn ogen net zo sluw als die van haar oma. 'Je bent me nog een dubbele bonusprijs schuldig, van vanochtend.'

'Ja, maar jij bent míj nog wat schuldig voor het tolken.'

Hij grijnsde. 'Ik geloof dat ze dat rente op rente noemen.'

Ze slikte toen haar lichaam al begon te tintelen bij het vooruitzicht. 'Ik zie je thuis.'

*Woensdag 17 januari, 21:25 uur*

Ze had een escorte, en dat was heel jammer. Hij fronste terwijl hij Sophie Johannsen zag wegrijden in de auto van haar oma, op korte afstand gevolgd door de pick-up met de man erin die met haar mee naar buiten was gelopen. Hij zou moeten wachten tot ze alleen was.

Hij had geweten dat ze hierheen zou komen. Lang geleden had hij haar financiën doorgelicht en ontdekt dat ze regelmatig cheques uitschreef aan het verpleeghuis. Ze betaalde er veel voor. Hij had wel gehoord dat de kosten voor gezondheidszorg stegen, maar zelfs hij was hier verbaasd over geweest. Hij zou nooit zo veel betalen voor zijn ouders. Maar hij had geen ouders meer, dus dat maakte niet uit.

Hij wou dat hij had kunnen horen wat er was gezegd. De volgende keer zou hij zich beter voorbereiden. Hij had al die losse eindjes in één keer willen afknippen, maar dat ging vanavond niet gebeuren. Geen punt. Hij had nog andere dingen te doen. Hij zette zijn busje in de versnelling en keek over zijn schouder naar Derek Harrington, die vastgebonden en met een prop in zijn mond achterin lag.

'Je wilde weten waar ik mijn inspiratie vandaan haalde,' zei hij. 'Daar kom je straks achter.'

Hij zou morgen terugkomen voor Sophie Johannsen.

*Donderdag 18 januari, 4:10 uur*

Vito werd langzaam wakker. Hij had diep geslapen, uitgeput als hij was door vier lange dagen werken en twee korte nachten waarin hij Sophie de fijne kunst van het bedrijven van de liefde had bijgebracht. Ze leerde snel en kon alles wat hij haar had geleerd samenvoegen tot bewegingen waardoor hij volkomen werd uitgeput. Maar nu was hij opgeladen en verlangde hij weer naar haar. Hij stak zijn hand uit... en voelde een leeg bed.

Vito's ogen schoten open. Ze was weg. Hij sprong met een bonkend hart uit bed. In de deuropening van de slaapkamer bleef hij staan luisteren, opgelucht toen hij beneden het zachte geluid van de televisie hoorde. Hij trok zijn broek aan en dwong zichzelf de trap met twee treden tegelijk af te rennen in plaats van in één keer naar beneden te springen.

Ze lag opgerold op de bank, met een mok in haar handen. Aan haar voeten lagen de honden te slapen; het waren net twee regenboogkleurige pruiken. Ze draaide met een ruk haar hoofd toen ze hem hoorde. Zij was dus ook schrikkerig. 'Ik werd wakker, en je was er niet,' zei hij.

'Ik kon niet slapen.'

Hij bleef staan bij de salontafel, met zijn dossier en Bevs kunstboek erop. Het boek lag open bij *De schreeuw*, en Sophie keek hem aan.

'Het was niet mijn bedoeling om erin te snuffelen. Ik wist niet dat het een boek voor je zaak was. Ik wilde niet denken aan... Hoe dan ook, er zat een boekenlegger bij die bladzijde. Het hoort bij het geschreeuw, hè?'

Vito voelde zich schuldig. Hij had geslapen als een baby terwijl de herinnering aan dat verschrikkelijke geschreeuw haar wakker had gehouden. 'We denken van wel. Het spijt me, Sophie. Ik wou dat je dat niet had gehoord, of had gezien wat je hebt gezien.'

'Maar dat is nu eenmaal gebeurd,' zei ze zachtjes. 'Ik kom er wel overheen.'

Hij ging naast haar zitten en legde zijn arm om haar schouders, en was blij toen ze tegen hem aan kroop. Ze bleven in stilte zitten kijken naar de film op televisie. Het was een Franse film zonder Engelse ondertitels, dus na een tijdje verloor hij zijn belangstelling en snoof aan de mok in haar handen. 'Warme chocolademelk?'

'Goeie Duitse cacao,' bevestigde ze. 'Recept van de familie Shubert. Wil je ook?'

'Misschien straks. Is dit een film van je vader?'

'*En Garde*. Hij is lang niet zo goed als *Soft Rain*, die jij hebt gezien.' Haar blik was weemoedig. 'Alex was geen geweldige acteur, maar hij is vaak in beeld in deze film. Het is een avonturenfilm, en hij deed mee aan schermwedstrijden toen hij nog op school zat. Daar heb je hem.'

Alexandre Arnaud liep over het scherm, met een zwaard in zijn hand. Hij was een lange man met goudblond haar en Vito zag onmiddellijk de gelijkenis. 'Je moest hem zien.'

'Ik zei toch al dat ik niet zo moeilijk te doorgronden ben? Ik vind het niet prettig om alleen te zijn in dit huis. Als jij er niet was geweest, was ik naar oom Harry gegaan om samen met hem naar films met Bette Davis te kijken.'

*In dit huis*. Ze klonk somber toen ze het zei, maar telkens als ze over haar oom sprak, was dat met genegenheid, dus dacht hij dat Harry een goed onderwerp was om mee te beginnen. Hij liet zijn stem achteloos klinken. 'Woonde je hier of bij je oom, toen je klein was?'

Haar uitgestreken gezicht liet hem weten dat ze zijn misleiding doorzag. 'Vooral hier bij oma. Ik begon bij Harry en Freya, maar zij hadden vier kinderen, en hier had ik mijn eigen kamer.'

'Maar je zei dat je liever niet alleen was.'

Ze ging een stukje achteruit en keek hem doordringend aan. 'Ondervraag je me, Vito?'

'Nee. Ja. Zoiets. Ik heb liever dat je me blijft zien als bemoeiziek. Dat klinkt minder streng.'

'Inderdaad. Ik heb tot mijn vierde bij mijn moeder gewoond, maar ze werd me beu en dumpte me bij oom Harry. Harry heeft me mijn eerste echte thuis gegeven.'

'Een nog betere reden om een hekel aan je moeder te hebben dan haar affaire met je vader.'

Haar stem werd kil. 'O, nee. Ik heb een nog veel betere reden om mijn moeder te haten, Vito.' Ze richtte haar blik op de tv, maar ze keek niet echt. 'Anna was nog op tournee in dat eerste jaar, maar als ze thuis was, woonde ik bij haar in Pittsburgh. Als ze weg was, logeerde ik bij Harry. Toen ik naar de kleuterschool ging, verkocht oma haar huis in Pittsburgh en verhuisde ze hiernaartoe, zodat ik niet heen en weer hoefde te reizen.'

Het beeld van de kleine Sophie die heen en weer werd gezeuld en nergens thuis was, deed hem pijn. 'Wilde Freya je niet?' vroeg hij, en ze keek verrast op.

'Jou ontgaat ook niks. Freya had zo de pest aan Lena. Ik herinnerde haar aan Lena, en dat viel haar zwaar.'

Wat egoïstisch, dacht Vito, maar hij hield het voor zich. 'En je vader dan? Alex?'

'Alex heeft heel lang niet van mijn bestaan geweten.'

'Anna had het hem niet verteld.'

'Ze had het nog geen jaar voordat ik geboren werd met hem uitgemaakt, en volgens Maurice deed het haar nog steeds pijn. Harry zei dat ze doodsbang was dat mijn vader me zou komen ophalen.'

'En hoe heb je hem dan uiteindelijk ontmoet?'

'Ik vroeg heel vaak naar mijn vader, maar er praatte nooit iemand over hem, dus ben ik op een dag met de bus naar de rechtbank gegaan en naar de balie gelopen, en heb ik om mijn geboorteakte gevraagd.'

'Ondernemend. Gaven ze je dat?'

'Gezien het feit dat ik pas zeven was, nee.'

Vito staarde haar aan. 'Zeven? Je reed alleen in een bus rond toen je zeven was?'

'Ik wisselde op mijn vierde bij de winkel op de hoek al lege bierflesjes in voor chocoladekoekjes en beef jerky,' zei ze vlak. 'Hoe dan ook, die vrouw bij de rechtbank vroeg naar mijn naaste familie. Voor ik het wist, stond oom Harry daar, en hij was helemaal overstuur. Hij vertelde oma dat ik het recht had om te weten wie mijn vader was. Daar voelde oma niets voor, en Harry protesteerde niet meer. Ik dacht dat daarmee de kous af was. Ik was al bezig met een nieuw plan om aan mijn geboorteakte te komen toen Harry op een dag bij mijn school stond, met paspoorten en twee tickets naar Parijs.'

'Heeft hij je zomaar meegenomen naar Parijs?'

'Ja. Hij had een briefje voor Freya achtergelaten, zodat zij het aan Anna kon vertellen. Ik geloof dat oom Harry toen hij terugkwam een hele tijd op de bank heeft moeten slapen. Dat doet hij trouwens nog steeds.'

'En wat gebeurde er toen jullie in Frankrijk aankwamen?'

'De taxi zette ons bij een voordeur af die vijf meter hoog was. Ik kneep zo hard in oom Harry's hand. Ik had alleen maar mijn vader willen leren kennen, en plotseling was ik doodsbang. Harry bleek dat ook te zijn. Hij was bang dat Alex me niet zou willen kennen, of erger nog, me zou willen houden. Het bleek een formeel bezoekje, maar wel met de uitnodiging om in de zomer terug te komen.'

'Heb je dat gedaan?'

'O, ja. De uitnodiging was door de advocaat van de familie Arnaud rechtstreeks aan oma verstuurd. In feite was het een dreigement dat als ze me die zomer niet stuurde, Alex zou strijden voor voogdijrechten. Dus bracht ik mijn zomers door op een landhuis in Frankrijk, met een privéleraar en een kok. Die kok heeft me de kunst van de Franse *cuisine* bijgebracht. De leraar moest me Franse les geven, maar ik pikte het zo snel op dat hij doorging naar Duits, Latijn enzovoort.'

'En de linguïst was geboren,' zei hij glimlachend.

'Ja. Bij Alex logeren was net een sprookje. Soms nam hij me mee naar zijn filmvrienden. Toen ik acht was, waren ze in de zomer een film aan het maken bij de ruïnes van een kasteel, en ik mocht mee.' De herinnering eraan was op haar gezicht te zien. 'Het was ongelooflijk.'

'En de archeoloog was geboren.'

'Ik denk het. Alex heeft me in de loop van de tijd geholpen met introducties, connecties.'

'Maar hield hij van je?' De opwinding verdween van haar gezicht, en zijn hart verkrampte.

'Op zijn eigen manier. En na een paar zomers begon ik van hem te houden, maar niet zoals ik van Harry hou. Harry is mijn echte vader.' Ze slikte moeizaam. 'Ik geloof niet dat ik hem dat ooit heb verteld.'

Hij wilde vragen wat Katherine met dit alles te maken had, maar die vraag hield hij in. Als hij over Katherine begon, bracht hij de confrontatie op het bureau weer boven. Daarom vroeg hij ook niet naar de andere reden waarom ze haar moeder haatte. Hij nam aan dat Sophie dan ook zou willen dat hij zijn geheimen prijsgaf.

In plaats daarvan wees Vito naar de hoek van de kamer, waar een rommelige stapel cd's en elpees stond. 'Hou je uitverkoop?'

Ze keek hem peinzend aan. 'Nee. Toen ik jou vanavond bij oma zag, dacht ik ineens dat ze misschien wel een paar oude favorieten zou willen horen. Anna heeft een uitgebreide platenverzameling. Heel kostbaar. Maar ze zijn allemaal weg, ook de opnames van Anna in concert. Zelfs *Orfeo*.'

'Kan het zijn dat je tante of oom ze heeft verplaatst?'

'Misschien. Ik zal het ze vragen voordat ik me erover ga opwinden. Ik wilde zo graag morgen iets voor haar meebrengen, maar ik vind wel iets, al is het op eBay.'

Vito dacht aan zijn eigen platencollectie, waarvan hij het meeste van zijn grootvader had geërfd. Hij vermoedde dat er misschien wel een elpee van Anna Shubert in de doos zat, maar hij wilde Sophie geen valse hoop geven, dus bewaarde hij die gedachte voor later.

Sophie stond op. 'Ik ga nog een beetje cacao maken. Wil jij ook?'

'Lekker.'

Ze bleef in de deuropening staan. 'Ik weet dat je nog meer vragen hebt, Vito. En ik denk dat je weet dat ik die ook heb. Maar voorlopig zullen we het maar hierbij laten.' Ze vertrok zonder op antwoord te wachten. Vito, die plotseling weer rusteloos was, stond op en begon te ijsberen.

Hij kwam echter steeds weer terug bij het open boek op tafel. Uiteindelijk ging hij met het boek zitten, deed zijn ogen dicht en haalde de herinnering naar boven.

*Schreeuw zoveel je wilt. Niemand kan je horen. Niemand zal je redden. Ik heb ze allemaal vermoord.* Toen echoden de woorden in een andere stem door zijn hoofd. *Ben je klaar om te sterven, Clothilde?*

'Shit.' Vito sprong overeind toen de puzzelstukjes op hun plek vielen. 'Godallemachtig, verdomme.'

'Wat?' Sophie rende binnen met twee mokken in haar handen. 'Wat is er?'

'Waar is de telefoon?'

Ze wees met de mok. 'In de keuken. Wat is er?'

Maar hij was al in de keuken en belde Tino's mobiele telefoon. 'Tino?'

'Vito? Weet je wel hoe laat het is?'

'Maak Dominic wakker. Het is belangrijk.' Hij keek naar Sophie. 'Het is een spél, verdomme.'

Ze zei niets, ging aan tafel zitten en dronk chocolademelk terwijl hij als een waanzinnige ijsbeerde. Eindelijk kwam Dom aan de telefoon. 'Vito?' Hij klonk bang. 'Gaat het over mama?'

Hij voelde zich schuldig omdat hij die jongen zo had laten schrikken. 'Het gaat prima met haar, Dom. Ik moet praten met dat joch dat gisteravond bij ons was. Die onbeschofte met dat spel. Jesse nog wat.'

'Nú?'

'Ja, nu. Heb je zijn nummer?'

'Ik ga nooit met hem om, Vito. Dat heb ik je al gezegd. Ray heeft het misschien.'

'Geef me dan Rays nummer.' Vito schreef het op en belde vervolgens naar Nick.

'Wat?' Nick klonk chagrijnig, alsof hij uit een diepe slaap was gewekt.

'Nick, er waren gisteravond een paar tieners bij mij thuis. Ze speelden een videogame over de Tweede Wereldoorlog, en daar zit een scène in waarin een vrouw wordt gewurgd. Nick, luister goed. De kerel die haar vermoordt, zegt: "Niemand kan je horen. Niemand komt je redden."'

'O, god. Wil je zeggen dat dit een spél is?'

'Zo niet, dan heeft het in ieder geval met elkaar te maken. Kom over een uur naar het bureau. Ik ga proberen een exemplaar van dat spel te krijgen. Bel Brent, Jen en... Liz. Laat ze ook daarheen komen.'

Toen hij de telefoon had opgehangen, drukte hij een ferme kus op Sophies lippen en likte over de zijne. 'Die chocola smaakt goed. Help me straks herinneren waar we waren gebleven. Ga je nu aankleden.'

'Pardon?'

'Ik laat je hier niet achter met alleen die twee pruiken om je te beschermen.'

Ze zuchtte diep. 'Je bent me echt wat schuldig, jongen.'

Vito nam even de tijd om haar een respectabele kus te geven, waarna ze beiden stonden te hijgen. 'Rente op rente. En nu aankleden.'

*Donderdag 18 januari, 7:45 uur*

'Het spel heet *Behind Enemy Lines*,' vertelde Vito aan Liz, Jen en Nick terwijl Brent de game speelde tot bij de wurgscène. Ze hadden zich rond Brents computer geschaard in de kantoortuin van IT, die heel anders was dan die van Moordzaken. Vito had niet minder dan zes actiefiguren uit *Star Trek* op de bureaus zien staan terwijl ze naar Brents hokje waren gelopen. Brent zelf had de set van de originele bemanning van de *Enterprise*. Mr. Spock zat nog in de oorspronkelijke doos. Brent was daar heel trots op.

Vito vond het nogal verontrustend, maar nu richtte hij zich op het spel. 'Het is een first-person schietspel dat zich afspeelt in de Tweede Wereldoorlog. Je bent een Amerikaanse soldaat die vastzit achter het front van de vijand. Het doel is om vanuit Duitsland door bezet Frankrijk naar Zwitserland te komen.'

'Dit is een heel populair spel,' vertelde Brent. 'Mijn jongere broertje wilde het voor kerst hebben, maar in alle winkels was het uitverkocht.'

Jen trok een gezicht. 'Wat een lelijke graphics. Zo jaren negentig.'

'Jongelui kopen het niet om het spel zelf,' zei Brent. 'Hij kan, Vito.'

Vito wees naar het scherm. 'Op dit punt heb je een bunker in puin gelegd en ben je op zoek naar de vrouw die je heeft verraden. Als Brent de laatste nazi doodschiet, gaat het spel naar de *cut-scene*.'

Brent vuurde het laatste schot af, en de scène maakte plaats voor de beelden die Vito dinsdagavond samen met de tieners had gezien. Op het scherm legde de Amerikaan zijn handen om de keel van de Française, en de vrouw vocht voor haar leven.

'Nee. Alsjeblieft, nee!' Terwijl zij zich verzette, werd het scherm gevuld met haar gezicht en zijn handen. Ze snikte en smeekte voor haar leven. Vito kreeg het koud van de angst in haar ogen. De eerste keer dat hij het had gezien, had hij het al veel te echt gevonden. Nu wist hij waarom.

Jen zoog haar adem naar binnen. 'Mijn god. Dat is Claire Reynolds.'

'Ben je klaar om te sterven, Clothilde?' spotte de soldaat terwijl zij ijzingwekkend gilde. De soldaat lachte. 'Schreeuw maar, Clothilde. Niemand kan je horen. Niemand komt je redden. Ik heb ze allemaal vermoord. En nu vermoord ik jou.'

Zijn handen verstrakten, en Clothilde begon te kronkelen. De handen kwamen omhoog tot haar voeten niet langer de vloer raakten. Haar handen grepen die van hem, en haar nagels krabden over zijn huid. Er was paniek in haar ogen te zien toen ze naar adem snakte.

Toen veranderde er iets in haar ogen: afgrijzen gecombineerd met de overtuiging dat ze ging sterven. Haar handen klauwden, haar mond gaapte open terwijl ze wanhopig om adem streed. Uiteindelijk verstijfde ze en werden haar ogen ineens leeg, en haar handen lagen slap op de nu bloedige polsen van de soldaat. De soldaat schudde haar nog een keer woest door elkaar en smeet haar toen op de grond. Terwijl haar lichaam daar lag, zoomde de camera in op haar ogen. Wijd open en dood.

'Clothilde is Claire,' herhaalde Jen zachtjes. 'We hebben net Claire zien sterven.'

'Er is ook een scène waarin de soldaat een jongeman door zijn hoofd schiet met een Luger,' vertelde Vito. 'En nog een waarin hij een man opblaast met een granaat.'

Liz liet zich in een stoel zakken. 'Heeft hij al die mensen vermoord voor dit spel?'

'Niet allemaal,' zei Vito. 'Tenminste, niet voor dít spel. Maar je zou moeten zien waar dit bedrijf binnenkort mee komt. Brent, ga eens naar hun website.'

Brent typte iets, en het scherm vulde zich met een vliegende gouden draak in een nachthemel. De draak landde op een berg en werd omringd door de letters O-R-O. De R belandde op de geschubde borst van de draak, terwijl hij de twee O's in zijn klauwen opving.

'Wauw,' zei Nick. 'Indrukwekkend.'

'Dit is de website van oRo,' zei Brent. 'Ze waren nog net geen tweederangs gameleverancier op het randje van het faillissement voordat *Behind Enemy Lines* uitkwam. Hun nettowaarde is in het afgelopen halfjaar drie keer verdubbeld.' Hij klikte op een knop en het gezicht van een forse veertiger vulde het scherm. 'Dit is Jager van Zandt. Jager is de directeur en hoofdeigenaar van oRo. Hij is geboren in Nederland en woont al zo'n dertig jaar in Amerika.' Brent klikte nog eens, waarop het magere gezicht van een andere man verscheen. Hij was ongeveer even oud als Van Zandt, maar met gemak een derde kleiner. 'Dit is Derek Harrington, oRo's onderdirecteur en art director.'

'Heeft hij de graphics gemaakt?' vroeg Jen ongelovig. 'Hij ziet er niet fors genoeg uit om onze moordenaar te zijn.'

'Harrington heeft die vliegende draak gemaakt,' antwoordde Brent. 'Hij is goed in cartoonfiguren en flitsende draken. Zijn gezichten lijken nergens op. Harrington heeft die *cut-scenes* niet gemaakt.'

'Misschien weet hij wie wel,' opperde Nick grimmig.

'Hun hoofdkantoor zit in New York City,' zei Vito. 'Als we hier klaar zijn, gaan we een reisje maken. Laat ze het persbericht zien, Brent.'

Brent klikte en leunde naar achteren. 'Lees maar.'

'"Introductie van nieuw spel van oRo bij de New York Gaming Expo",' las Liz hardop voor. '"*Behind Enemy Lines* blijft alle verkoopverwachtingen overstijgen," zegt directeur Jager van Zandt aan het eind van een presentatie van hun nieuwe game tegen een bomvolle zaal. "Onze volgende onderneming is *The Inquisitor*, een game met zwaarden, toverij en middeleeuwse gerechtigheid. Daarin komt heel prominent de kerker aan bod, waar gamers bonuspunten kunnen verdienen voor originaliteit en effectief gebruik van hun wapenarsenaal."' Liz blies kwaad haar adem uit. 'Zoek die lui op en plet ze als insecten.'

Vito's glimlach was angstaanjagend. 'Het zal me een genoegen zijn.'

'Maar, Brent,' zei Jen, 'hoe komt het dat je dat allemaal over oRo weet?'

'Ik ben een oude gamer, dus ik hou alle nieuwe bedrijven bij. Mijn broertje is pas echt goed. Hij studeert gameontwerp aan Carnegie-Mellon.'

Liz keek hem stomverbaasd aan. 'Kun je dat studéren?'

'Een van de populairste studierichtingen die er is. Mijn broertje en ik hebben de branche in de gaten gehouden omdat hij volgend jaar afstudeert en zoekt naar bedrijven om zijn cv heen te sturen. oRo is naar nummer één op zijn lijstje geschoven nadat *Behind Enemy Lines* uitkwam, omdat ze mensen zoeken.'

'Is je broer computertechneut?' vroeg Vito.

'Nee, hij houdt zich bezig met de physics van games: hoe je de figuren vloeiend moet laten bewegen, en dat is trouwens ook Jagers afdeling. Maar vorig jaar moet Jager eindelijk onder ogen hebben gezien dat zijn graphics waardeloos waren, want hij heeft een goeie physics-expert weggelokt bij een ander bedrijf. Ik hou de branche altijd in de gaten met het oog op beleggingskansen. Volgens de geruchten gaat oRo binnenkort naar de beurs. Maar nu kan ik hun aandelen niet meer kopen.'

'Als ze gearresteerd worden, zijn die aandelen waardeloos,' zei Liz. 'Je zou alles kwijtraken.'

'Als zowel Harrington als Van Zandt erbij betrokken zijn, ja. Maar als het maar om één van die twee gaat, stijgen die aandelen als een dolle. Ik zou met mijn veertigste met pensioen kunnen gaan, maar daar zou ik niet mee kunnen leven.' Hij haalde de cd uit de computer. 'Hier zijn mensen voor vermoord. Daar kan ik niet van profiteren.'

Dat zette iedereen aan het denken, en Vito rechtte zijn schouders. 'We moeten zorgen dat niemand hiervan profiteert, dus laten we maar aan het werk gaan. Ik verwacht om een uur of tien dat model voor wie we hebben geantwoord op Munch' mail. Liz, kun jij met haar praten, aangezien wij naar New York gaan? Zeg dat ze rustig blijft en niet naar haar e-mail kijkt.'

Liz schudde haar hoofd. 'Ik heb om tien uur een persconferentie, en ervoor en erna vergaderingen met de hoge heren.'

'Ik praat wel met haar,' zei Brent. 'Ik wil niet profiteren van oRo, maar ik wil best een model ontmoeten. Bovendien heb ik haar gisteren al gesproken, samen met Bev en Tim.'

Liz grinnikte. 'Je prioriteiten zijn prijzenswaardig, Brent. Maar ik vraag me toch af: als Harrington en Van Zandt in New York City wonen, waarom komen alle slachtoffers dan uit Philly?'

'Noch Harrington, noch Van Zandt had zelf de capaciteiten om dit werk te doen,' zei Brent. 'Iemand die voor hen werkte had die wel, en diegene hoeft niet vanuit hun hoofdkantoor te werken.' Hij pakte het cd-hoesje op. 'Hoe ben je midden in de nacht aan die game gekomen, Vito? Het is nu bijna goud, tot oRo er meer van uitbrengt.'

'Een klasgenoot van mijn neefje kwam er dinsdagavond mee naar mijn huis. Gisteravond hadden zijn ouders het spel gevonden en afgepakt, en ze hadden er helemaal geen moeite mee het aan mij te geven. Ze wilden het hun huis uit hebben; ze hebben nog jongere kinderen en wilden niet dat die het zagen.'

Liz keek bedenkelijk. 'Ik wil niet dat onze belangstelling voor het spel uitlekt, Vito.'

'De vader van dat joch is dominee. Ik denk niet dat hij wil dat iemand weet dat zijn zoon die game speelde, net zoals wij niet willen dat hij erover praat.'

Ze knikte. 'Mooi. Ik wil niet dat Van Zandt lucht krijgt van ons onderzoek en ervandoor gaat. Terwijl jij onderweg bent naar hun kantoor, zal ik de politie in New York op de hoogte brengen. Misschien kunnen zij ons wat tijd besparen als we een huiszoekingsbevel nodig hebben. Ik zal zeggen dat ze rechtstreeks met jou contact moeten opnemen, Vito. Nick, ben jij helemaal klaar met die zaak-Siever; geen bezoekjes aan de rechtbank meer?'

'Ik ben klaar. Ik denk niet dat Lopez me nog nodig heeft.'

'Ik zal haar toch op de hoogte stellen.' Liz klapte in haar handen. 'Nou, blijf daar niet zo staan. Aan de slag.'

# 18

*Donderdag 18 januari, 8:15 uur*

Sophie zoog bewonderend haar adem naar binnen toen Vito de kantoortuin binnenliep, waarbij haar hele lichaam begon te tintelen.

Hij glimlachte naar haar terwijl hij samen met Nick naar haar toe kwam.

'Ben je niet meer boos op me?' vroeg ze.

'Neuh. Ik overleef het wel. En dat was ook de bedoeling, neem ik aan.' Ze had zich bij de situatie neergelegd. 'Waar ga je heen?' vroeg ze toen hij zijn jas aantrok.

'New York City,' antwoordde Vito. 'Het gaat om het spel.' Hij legde de cd op zijn bureau en zij pakte hem op. 'Wees daar voorzichtig mee. Brent zegt dat hij goud waard is.'

Ze hield haar hoofd schuin terwijl ze de achterkant bekeek. 'En dat bedrijf ook.'

Nick keek haar aan. 'Brent bedoelde dat je dat spel niet meer in de winkel kunt krijgen.'

'Daar weet ik niks van. Maar de bedrijfsnaam is oRo. Dat betekent goud, in het Spaans en het Italiaans.' Sophie tuurde ernaar. 'oRo is een acroniem. Onder het logo staat tekst, maar de lettertjes zijn te klein. Heb je een grotere afbeelding van hun logo?'

Vito opende de website van het bedrijf op zijn computer en Sophie boog zich dicht naar het scherm toen de draak langsvloog. 'Dit is geen Spaans of Italiaans. Dit is Nederlands.'

'Zou kunnen,' zei Vito. 'Hun directeur is een Nederlander. Wat staat er?'

'Nou, de R staat voor "rijkdom". De grotere van de twee O's staat voor "onderhoudend", dus vermaak of plezier. De kleinste O...' Ze tuurde naar het scherm. 'Overtreffen.' Ze keek op naar Vito. 'Misschien overstijgen, meer worden dan ze zijn.'

'R is de grootste letter,' merkte Vito op. 'Ik neem dus aan dat we weten wat bij oRo de prioriteiten zijn.'

'Hoelang blijven jullie weg?' vroeg ze.

Hij keek zijn dossiers door. 'Waarschijnlijk alleen vandaag.'

'Wat moet ik doen terwijl jullie weg zijn? Ik kan niet de hele dag hier blijven.'

'Weet ik,' mompelde hij, maar hij kwam niet met antwoorden terwijl hij zijn dossiers opstapelde.

'Om tien uur ben ik Jeanne d'Arc,' voegde ze er droog aan toe. 'En om één uur en halfvijf de Vikingkoningin.'

'Je hebt een nieuw repertoire nodig,' zei Nick terwijl hij zijn jas dichtritste. 'Het wordt vervelend.'

'Weet ik. Ik dacht aan Marie-Antoinette, voordat ze haar hoofd kwijtraakte natuurlijk. Of misschien Boudiccea, de Keltische strijdkoningin.' Ze zoog haar wangen naar binnen. 'Zij vocht topless.'

Vito's handen op de dossiers verstrakten. 'Dat is vals, Sophie.'

'Ja,' zei Nick zwakjes. 'Heel vals.'

Ze lachte. 'Nu staan we quitte omdat je me zo vroeg het huis uit hebt gejaagd.' Ze werd weer ernstig. 'Vito, ik wil niet achterlijk doen, maar ik heb verantwoordelijkheden. Ik zal uitkijken. Ik zal bellen voordat ik vertrek en als ik aankom. Maar ik kan niet de hele dag hier blijven zitten.'

'Ik zal Liz vragen je door iemand naar het museum te laten brengen. Wacht tot ze dat kan regelen. Alsjeblieft, Sophie, alleen maar tot we Lombard of zijn vriendje Clint hebben gevonden.'

'Of Brewster,' mompelde ze. 'Ze kunnen het allemaal zijn geweest.'

Vito gaf haar een kus. 'Wacht op Liz, oké? O, en als je de kans krijgt, Liz heeft de foto van die Sanders. Hij had een brandmerk op zijn wang. Een letter D.'

'Oké.' Toen fronste ze haar voorhoofd. 'Je bent al de tweede in twee dagen tijd die me naar brandmerken vraagt.'

Vito was al onderweg naar de deur, maar hij bleef staan en draaide zich langzaam om. 'Hè?'

Ze haalde haar schouders op. 'Niks bijzonders. Een van mijn studenten vroeg me om wat onderzoeksbronnen over brandmerken, voor een opstel dat hij moest schrijven.'

Ze zag Vito en Nick elkaar aankijken. 'Hoe heet die student?'

Sophie schudde haar hoofd. 'Vergeet hem maar. Hij heet John Trapper, maar... nee, echt niet. Ik ken John al maanden. En hij is verlamd en zit in een rolstoel. Hij heeft dit met geen mogelijkheid kunnen doen.'

Vito's mond verstrakte. 'Ik hou niet van toeval, Sophie. We gaan er toch even nader naar kijken.'

'Vito...' Ze zuchtte. 'Oké. Het is tijdverspilling, maar ik weet dat je het moet doen.'

Vito klemde zijn kiezen op elkaar. 'Beloof me dat je nergens in je eentje naartoe gaat.'

'Ik beloof het. Ga nu maar. Ik red me wel.'

*Donderdag 18 januari, 9:15 uur*

'Ik schaam me rot,' mompelde Sophie.

'Dat is beter dan dood zijn,' zei agent Lyons vriendelijk.

'Weet ik. Maar dat u me hierheen brengt in een politiewagen, en nu meeloopt naar de deur... Iedereen zal denken dat ik in de nesten zit,' gromde ze.

'Bevel van inspecteur Sawyer. Ik kan wel een briefje voor u schrijven, als dat helpt.'

Sophie lachte. Ze had inderdaad geklonken als een chagrijnige puber. 'Dat hoeft niet.' Ze bleef voor de deur van het Albright staan en drukte Lyons de hand. 'Dank u.'

Hij tikte tegen zijn pet. 'Bel het kantoor van Sawyer maar als ik terug moet komen.'

Patty Anns ogen werden groot toen Sophie binnenkwam. 'Ben je hier met de politie?'

Gothic-woensdag was voorbij. Patty Ann was weer in Brooklyndracht, en Sophie herinnerde zich dat de try-outs voor *Guys and Dolls* vanavond waren. 'Succes bij je auditie, Patty Ann.'

'Wat is er?' vroeg Patty met wat misschien haar normale stem was. Sophie had die zo lang niet gehoord dat ze er niet zeker van was. 'Waarom brengt de politie je naar je werk?'

'Politie?' Ted stapte fronsend zijn kantoor uit. 'Was de politie weer hier?'

'Ik help ze bij een zaak,' zei ze, maar toen wenste ze dat ze Lyons toch dat briefje had laten schrijven, want Ted en Patty Ann leken niet overtuigd. 'Ik ga uit met een rechercheur, en mijn auto wilde niet starten, dus heeft hij een agent geregeld om me een lift te geven.' Min of meer waar.

Patty Ann ontspande zich en haar blik werd sluw. 'De donkere of de rossige?'

'De donkere. Maar die rossige is te oud voor je, dus vergeet het.'

Ze pruilde. 'Shit.'

Ted stond haar nog steeds bezorgd aan te staren. 'Eerst je motor en nu je auto? We moeten praten.'

Ze liep met hem mee zijn kantoor in en hij deed de deur dicht voor hij achter zijn bureau plaatsnam. 'Ga zitten.' Hij boog zich met een ongerust gezicht naar voren. 'Sophie, zit je in de problemen? Wees alsjeblieft eerlijk.'

'Nee. Wat ik zei, was waar. Ik help de politie en ga uit met een agent. Dat is alles, Ted. Waarom maak je er zo'n punt van?'

Hij keek haar grimmig aan. 'Ik kreeg gisteravond een telefoontje van een politieagent in New York. Ze zei dat ze je moest spreken. Dat het een officiële zaak was.'

Lombards vrouw had gebeld vanaf een netnummer in het gebied van New York. 'Jij hebt haar mijn mobiele nummer gegeven.'

Ted hief zijn kin. 'Ja.'

Sophie klapte haar telefoon open en zocht in de belgegevens de oproep van Lombards vrouw op. 'Is dit het nummer van degene die je gisteren heeft gebeld?'

Ted pakte het toestel van haar aan en vergeleek het nummer met zijn eigen telefoongegevens. 'Ja.'

'Dat was geen politieagent. Je kunt de politie in New York bellen en het nagaan als je wilt.'

Ted begon zich te ontspannen. Hij gaf haar de telefoon terug. 'Wie was ze dan?'

'Dat is een lang verhaal, Ted. Het is een jaloerse echtgenote die denkt dat ik haar man wil afpakken.'

Zijn wantrouwen sloeg om in verontwaardiging. 'Dat zou jij nooit doen, Sophie.'

Ze glimlachte onwillekeurig. 'Bedankt. Luister, ik heb wat ideeën die ik je vanochtend voor de rondleiding nog even wilde voorleggen.' Ze schoof wat naar voren en vertelde hem over Yuri. 'Hij zei dat hij wel bereid was om hier te komen praten met de bezoekers. Ik zat te denken dat we een expositie kunnen maken over de Koude Oorlog en het communisme. Het is niet de periode die je opa bestudeerde, maar...'

Ted knikte langzaam. 'Het bevalt me wel. Te weinig mensen zien dat als geschiedenis.'

'Ik weet niet of ik dat zelf tot gisteren wel deed. Het kwam door zijn handen, Ted. Die zetten me aan het denken.'

Ted keek haar onderzoekend aan. 'Je denkt veel na de laatste tijd. Dat bevalt me ook wel.'

Omdat ze niet zeker wist hoe ze daarop moest reageren, stond Sophie op. 'Weet je, we hadden gisteren een bezoeker die zei dat hij in een bejaardenhuis woonde en zocht naar een interessant uitje voor zijn medebewoners. Het lijkt me dat zij ook graag bereid zouden zijn om hierheen te komen en een praatje te houden voor leerlingen. Beperk het niet tot oorlogen. Laat ze praten over radioprogramma's, televisie en uitvindingen, en wat er door ze heen ging toen Neil Armstrong voet zette op de maan.'

'Weer een goed idee. Heb je de naam van die man?'

'Nee, maar hij zei dat hij bij Patty Ann een rondleiding zou reserveren. Zij zal zijn naam wel hebben.' Sophie opende de deur en bleef met haar hand op de deurkruk staan. 'Hoe zou je het vinden als ik nog een paar extra rondleidingen zou doen? Jeanne en de Vikingkoningin worden een beetje vervelend.'

Ted keek blij en verbaasd, zowel over het voorstel als het lijzige accent dat ze van Nick Lawrence had geleend. 'Sophie, je zegt altijd dat je archeologe bent, geen actrice.'

Sophie grijnsde. 'Maar het acteren zit me in het bloed. Mijn vader was acteur, weet je nog.'

Ted knikte. 'Weet ik. En je oma was een operadiva. Heb ik altijd geweten.'

Sophies grijns vervaagde. 'Dat heb je nooit gezegd.'

'Ik hoopte dat jij dat zou doen,' zei Ted. 'Blij je eindelijk te leren kennen, Sophie.'

Sophie voelde zich zowel welkom als terechtgewezen. 'Wat vind je van Marie-Antoinette?'

Ted glimlachte. 'Voor- of nadat ze haar hoofd kwijtraakte?'

*New York City, donderdag 18 januari, 9:55 uur*

'Rotverkeer,' mopperde Nick. 'Ik haat New York.'

Ze waren eindelijk weer in beweging gekomen nadat ze met een slakkengangetje door de Holland Tunnel waren gekropen. 'Dit was niet de beste tijd om te gaan,' zei Vito. 'We hadden de trein moeten nemen.'

'Hadden we moeten doen,' gromde Nick. 'Wat is dat nou weer?'

Vito trok zijn zoemende mobiele telefoon uit zijn zak. 'Hou op met zeuren. Het is mijn mobieltje maar. Ik heb een paar oproepen gemist.' Hij keek achterom. 'Daarbinnen had ik zeker geen bereik.' Toen fronste hij zijn voorhoofd. 'Liz heeft binnen twintig minuten vier keer gebeld.' Hij belde terug terwijl zijn hartslag versnelde. 'Liz, met Vito. Wat is er? Is er iets met Sophie?'

'Nee.' Liz klonk geërgerd. 'Ik heb haar door een agent naar het museum laten brengen, en hij is zelfs meegelopen tot aan de deur. Ik heb Tino's nummer nodig.'

'Hoezo?'

'Een uur geleden kwam er een vrouw het bureau binnen, op zoek naar degene die de leiding had over het Greg Sanders-onderzoek.' Liz praatte snel. 'Ze zei dat ze serveerster was en dat ze Greg dinsdag nog had gezien. Hij wachtte in haar café op een man.'

'Munch. Goed! Heeft ze die man gezien?'

'Ze heeft *een* man gezien. Ze zei dat Greg wegging zonder te betalen. Toen werd hij gevolgd door een oude man die aan de bar had gezeten. De serveerster is ze allebei achterna gelopen, maar toen ze op de hoek aankwam, reden ze net weg. Ik heb de afdelingstekenaar gebeld, maar die is vandaag vrij. Ik wil niet wachten en het risico lopen dat de serveerster het gezicht van die oude man straks vergeten is. Dus... verdomme, ik ben laat. Bel Tino voor me. Vraag of hij zo snel mogelijk kan komen.'

*Donderdag 18 januari, 11:15 uur*

'Meneer Harrington is er vandaag niet. En meneer Van Zandt zit in vergadering en kan niet worden gestoord.'

Vito legde zorgvuldig zijn handen op het bureau van Van Zandts secretaresse en boog zich naar voren. 'Mevrouw, we zijn van Moordzaken. Hij wil ons echt wel spreken. Nu.'

De ogen van de vrouw werden groot, maar ze hief opstandig haar kin. 'Rechercheur...'

'Ciccotelli,' zei Vito. 'En Lawrence. Uit Philadelphia. Bel hem nog een keer. Zeg hem dat we over een minuut aankloppen.'

Haar lippen werden een streep toen ze de telefoon pakte, zich naar voren boog en haar hand om de hoorn legde, alsof Vito op een halve meter afstand toch niet elk woord kon verstaan. 'Jager, twee heren die zeggen dat ze van de politie zijn... Ja, Moordzaken. Ze zijn erg hardnekkig.' Ze knikte ferm. 'Hij komt er zo dadelijk aan.'

De deur van Van Zandts kantoor ging open, en de man stapte naar buiten. Hij leek precies op zijn foto. Hij was groot en stoer, en even dacht Vito dat misschien...

Maar toen sprak hij. 'Ik ben Jager van Zandt,' zei hij, en zijn stem klonk heel anders dan de stem van de opname. 'Wat kan ik voor u doen?' Hij keek hen aan met een koele afstandelijkheid waarvan Vito dacht dat die eerder defensief dan arrogant was. Maar ook arrogant.

'We hebben belangstelling voor uw spel, meneer Van Zandt,' zei Vito. '*Behind Enemy Lines.*'

Er was geen reactie in de ogen of het gezicht van de man te zien toen hij zijn hoofd scheefhield en knikte. 'Kom maar even binnen.' Hij sloot de deur achter hen en gebaarde naar twee stoelen voor een enorm bureau. Het deed Vito denken aan Brewsters kantoor. 'Neemt u toch plaats.'

Jager ging achter zijn bureau zitten en hield zijn hoofd schuin, wachtend tot ze van wal zouden steken.

Van tevoren hadden Nick en Vito afgesproken niets te zeggen over de "niemand kan je horen"-uitspraak in de opname. In plaats daarvan liet Vito hem een uitdraai zien van de Franse vrouw die in het spel werd gewurgd.

Van Zandt knikte. 'Clothilde.'

'Ze wordt in een van de scènes gewurgd,' zei Vito.

'Ja.' Van Zandt trok zijn wenkbrauw op. 'Neemt u misschien aanstoot aan het geweld? Of dat het geweld wordt gepleegd door een Amerikaan? In het spel, natuurlijk.'

'Nou, ja, we nemen inderdaad aanstoot aan het geweld,' zei Nick.

'Maar daarvoor zijn we hier niet. Wie heeft dat personage getekend, meneer Van Zandt?'

Van Zandt bleef onbewogen. 'Mijn art director is Derek Harrington. Hij kan u informatie geven over de afzonderlijke ontwerpers.'

'Hij is er vandaag niet,' zei Vito. 'Dat zei uw secretaresse. Enig idee waarom?'

'We zijn zakenpartners, rechercheur, meer niet.'

Vito was Brent in stilte dankbaar en glimlachte. 'Ik las dat u al sinds de universiteit met elkaar bevriend bent.'

'Hebben jullie ruzie gehad?' vroeg Nick, en voor het eerst was er iets van een reactie in Van Zandts gezicht te zien. Een heel kleine fonkeling van woede in zijn ogen, die meteen weer werd gedoofd.

'We zijn het de laatste tijd niet eens. Dereks smaak is... gewelddadig geworden.'

Vito knipperde met zijn ogen. 'Echt waar? En hij ziet er zo aardig uit op die foto op jullie website.'

'Schijn kan bedriegen, rechercheur.'

Vito haalde nog een foto uit zijn map. 'Ja, dat klopt. Misschien kunt u ons helpen iets te verduidelijken.' Hij schoof de foto van Claire Reynolds naast de screenshot van Clothilde. Maar er kwam niets. Niets in zijn gezicht wees erop dat het Van Zandt ook maar iets deed. Verbazing zou de natuurlijke reactie zijn geweest, maar er was niets te zien.

'Het is een opvallende gelijkenis, vindt u ook niet?' vroeg Nick.

'Ja. Maar ze zeggen dat iedereen wel op iemand lijkt.' Eén kant van zijn mond kwam omhoog. 'Ze zeggen van mij dat ik op Arnold Schwarzenegger lijk.'

'Dat komt alleen maar door het accent,' zei Vito, en Van Zandts glimlach verdween. 'We willen meneer Harrington graag spreken. Kan uw secretaresse ons zijn adres geven?'

'Natuurlijk.' Hij pakte de telefoon. 'Raynette, zoek Dereks privéadres even op voor de agenten. En laat ze dan even uit.' Ondertussen bleef hij Vito opstandig en kil aankijken. 'Anders nog iets, rechercheur?'

'Niet op dit moment. Bent u hier vanmiddag nog, voor het geval we nog vragen hebben voordat we naar huis gaan?'

Hij keek in de agenda op zijn bureau. 'Ik ben hier. Als u me nu wilt excuseren...' Hij stond op en opende de deur van zijn kantoor. 'Mijn secretaresse zal u verder helpen.'

Vito stond op en liet expres de foto van Claire Reynolds op het bureau van Van Zandt liggen. De deur ging met een ferme klik achter hen dicht. Van Zandts secretaresse keek hen woest aan. 'Het adres van meneer Harrington.' Ze hield een velletje papier vast.

Vito schoof het in zijn map. 'Wanneer is meneer Harrington voor het laatst op kantoor geweest?'

'Dinsdag,' zei ze ijzig. 'Hij ging meteen na de lunch weg en is niet teruggekomen.'

Vito zei niets meer tot hij en Nick buiten op de stoep stonden. 'Wat een adder.'

'"Iedereen lijkt wel op iemand",' deed Nick de man na, in zijn beste imitatie van Arnold Schwarzenegger.

'Hij verwachtte ons,' zei Vito toen ze naar Nicks auto liepen.

'Ja, dacht jij dat ook al? Zijn secretaresse zei niet dat we van Moordzaken waren toen ze ons aankondigde, alleen dat we rechercheurs waren, maar toen zei ze: "Ja, Moordzaken".'

'Alsof hij haar dat gevraagd had,' overpeinsde Vito. 'Ik vraag me af welk slachtoffer hij in gedachten had.'

'Ik wed er ons eerste rondje na afloop op dat we Derek niet op dat adres zullen vinden.'

'Dat is zo klaar als een klontje, Nick,' zei Vito terwijl Nick achter het stuur stapte.

'Shit. Ik hoopte dat je zo verblind was door de liefde dat je erin zou stinken.'

Vito grinnikte. 'Rij nou maar.'

Nick reed weg van de stoep en trok zijn wenkbrauw op. 'Je protesteerde niet. Dus wat is er gaande tussen jou en Sophie? Bén je verblind door de liefde?' Dat laatste zei hij op een plagerige toon die de serieuzere vraag eronder niet verborg.

*Je houdt niet van me.* Haar bittere woorden na die eerste rampzalige, onvergetelijke... copulatie kwamen weer bij hem boven, en nu dacht hij ze wat beter te begrijpen. Vito vroeg zich af of er ooit wel echt iemand van Sophie gehouden had, behalve Anna en haar oom. Haar moeder had haar verwaarloosd, en haar vader was nogal kil geweest. Haar tante was egoïstisch, en haar eerste minnaar was een overspelige klootzak geweest. Nogal een cast aan figuranten.

'Vito?' Nicks stem onderbrak zijn gedachtestroom. 'Ik vroeg je wat.'

'En ik probeer een antwoord te bedenken. Sophie is... Ze is...'
'Slim, grappig, verdomde sexy?'
Ja. Al die dingen. *Maar nog meer.* 'Belangrijk,' zei Vito uiteindelijk. 'Ze is belangrijk. Harrington woont ten westen vanhier, dus je moet daar de hoek om.'

*Donderdag 18 januari, 11:45 uur*

Er waren een heleboel hotels in Philadelphia. Nadat hij bij meer dan dertig hotels de foto van zijn ouders had laten zien, kwam Daniel Vartanian eindelijk een receptionist tegen die zijn moeder herkende.
'Ze was ziek, man,' zei Ray Garrett. 'Ik was bang dat de schoonmaaksters haar op een dag dood in bed zouden vinden. Ze hoorde in het ziekenhuis.'
'Kun je kijken wanneer ze hier logeerden?'
'Mag niet. Ik wou dat ik kon helpen, maar als ik geen politiepenning zie, kan ik ontslagen worden.'
*Ik weet wat je zoon heeft gedaan.* Hij was niet aan het werk, maar Daniel trok toch zijn insigne tevoorschijn. 'Ik ben van het Georgia Bureau of Investigation,' zei hij. 'Ik stel prijs op alle hulp die je me kunt geven. Die vrouw is ziek en moet door een arts worden onderzocht.'
Ray keek hem lange tijd aan. 'Ze is je moeder, hè?'
Daniel weifelde. Hij deed even zijn ogen dicht. 'Ja.'
'Oké. Onder welke naam waren ze ingeschreven?'
'Vartanian.' Daniel spelde het.
Ray schudde zijn hoofd. 'We hebben geen gegevens over een Vartanian. Sorry.'
'Maar je hebt haar gezien.'
'Ik ben er vrij zeker van. Zo'n zieke vrouw vergeet je niet licht. Sorry, man.'
'Kun je even kijken onder Beaumont?' Dat was de meisjesnaam van zijn moeder.
'Niks. Sorry.'
Zo dichtbij. 'Kan ik je personeel spreken? Misschien weet een van hen nog iets.'
Ray keek hem vriendelijk aan. 'Wacht even.' Een paar minuten later

kwam hij terug met een kleine Latino vrouw in een uniform. 'Dit is Maria. Ze herinnert zich je moeder nog.'

'Uw moeder was heel ziek, ja? Maar ze was aardig tegen ons. Wilde geen last veroorzaken.'

'Weet u nog hoe u haar noemde?'

'Mevrouw Carol.' Ze haalde haar schouders op. 'Haar man noemde haar ook zo.'

Ray typte al. 'Hier is het. De heer Arthur Carol.'

Het was een simpele maar elegante misleiding, vond Daniel. Carol was de voornaam van zijn moeder. 'Dank je, Maria,' zei Daniel. 'Heel erg bedankt.' Toen ze weg was, wendde Daniel zich tot Ray. 'Wanneer zijn ze ingecheckt?'

'Ze zijn aangekomen op 19 november, vertrokken op 1 december. Hebben contant betaald. Verder nog iets?'

Hij dacht aan de vloer in de slaapkamer van zijn ouders. 'Hebben jullie een kluis?' Rays oogleden trilden. 'Ze hadden spullen in de kluis laten leggen, hè?'

Ray haalde zijn schouders op. 'Die liggen er nog. Volgens dit hier hebben ze de spullen niet meegenomen toen ze vertrokken. Na negentig dagen doen we volgens beleid alles weg.'

'Kun je nog even kijken? Dan weet ik zeker of ik een bevel moet regelen.'

'Oké, maar dit is het laatste.' Twee minuten later kwam Ray terug met een envelop, en zijn gezicht stond verbaasd. 'Er lag een brief in, aan jou gericht.'

Op de envelop stond: 'Voor Daniel of Susannah Vartanian'. Het handschrift was dat van zijn moeder. Daniel haalde diep adem. 'Bedankt, Ray.'

'Sterkte,' zei Ray zachtjes.

Zodra Daniel in zijn auto was gestapt, maakte hij de envelop open. Er zat een velletje hotelbriefpapier in met daarop een adres en een postbusnummer, weer in zijn moeders handschrift. Daniel pakte zijn mobiele telefoon en koos een nummer. Zijn zus nam bij de derde keer op, met een bruuske stem.

'Kantoor van de openbaar aanklager. Met Susannah Vartanian.'

'Suze, met Danny.'

Susannah blies uit. 'Heb je ze gevonden?'

'Nee, maar wel iets anders.'

*Donderdag 18 januari, 12:00 uur*

Johannsen bleef voorzichtig. Ze had zich de hele ochtend met mensen omringd. Het zou lastig worden haar ergens mee naartoe te slepen, want die vrouw was een ware amazone. Hij wilde haar in de buurt van zijn auto krijgen en dan snel uitschakelen, maar hij moest haar eerst ergens alleen zien te krijgen. Hij was van plan te wachten tot haar lunchpauze voor hij in actie kwam.

Hij had het goed getimed. Haar Vikingtoer was net afgelopen. Hij liep in haar richting toen de deur opengingen en er een andere oude man binnenkwam, die zich een weg tussen de kinderen van de rondleiding door zocht. Met haar handen verwelkomend uitgestoken haastte Johannsen zich naar de oude man toe, die, zo verbaasde het hem te zien, ook niet echt oud was. Zijn lichaam was beschadigd, waarschijnlijk door herhaaldelijke mishandeling. De verminkte handen van de man bevestigden die aanname.

Hij vroeg zich af hoeveel martelingen die man had doorstaan en hoelang het zou duren om zoveel schade aan te richten. Hij zou de ogen van die man wel willen schilderen. Hij nam aan dat hij een verdomd hoge pijndrempel had en veel langer zou standhouden dan de modellen.

Johannsen en de oude man praatten met elkaar in een taal die klonk als Russisch. Terwijl ze met de Rus meeliep naar de voordeur, stapte hij naar voren.

Toen ging zijn mobiele telefoon. Enkele mensen keken op en hij wendde snel zijn gezicht af en boog zich over zijn wandelstok. Aandacht trekken was geen onderdeel van zijn missie. Hij haastte zich zo snel het museum uit als hij dacht dat passend was voor een oude man, en klapte zijn toestel open toen hij er ver genoeg uit de buurt was. Het was het rechtstreekse nummer van Van Zandt. Fronsend belde hij terug. 'Met Frasier Lewis.'

'Frasier,' zei Van Zandt. 'Ik moet je spreken.'

'Ik kan over een paar dagen komen. Misschien volgende week dinsdag.'

'Nee. Ik moet je vandaag nog spreken. Frasier, Derek heeft gisteren ontslag genomen.'

Dat had hij zeker. Op meer dan één manier. 'Echt? Waarom?'

'Hij wilde de artistieke controle niet uit handen geven. Ik heb een contract voor je liggen. Ik ben later vanmiddag in Philadelphia. Kom om zeven uur naar het restaurant. Dan kun je het tekenen en vertrek ik weer.'

'Executive art director?' vroeg hij, en Van Zandt lachte.

'Dat staat in het contract. Ik zie je later.'

*New York City, dinsdag 18 januari, 12:30 uur*

'Ik zei toch dat het zo klaar als een klontje was,' mompelde Vito zachtjes.

Nick knikte en sloeg zijn armen over elkaar terwijl ze beiden stonden te kijken naar twee rechercheurs van de New Yorkse politie, die alle plekken nakeken waar iemand zich zou kunnen verstoppen. Of verstopt kon worden. 'En nu?'

'Een opsporingsbevel regelen, denk ik. Het lijkt erop dat ze hier klaar zijn.'

De twee agenten kwamen de woonkamer weer in. Ze heetten Carlos en Charles. Bijna net zo goed als Nick en Chick, dacht Vito, maar niet helemaal.

'Hij is er niet,' zei Carlos. 'Sorry.'

'Bedankt,' zei Vito. 'We hadden ook niet echt verwacht dat we hem hier zouden vinden, maar...'

Charles knikte. 'Jullie hebben daar tien lijken. Wij zouden ook langs zijn gegaan.'

'En wat willen jullie nu doen?' vroeg Carlos. 'Is die kerel een verdachte?'

'We denken niet dat hij onze moordenaar is,' antwoordde Nick. 'Maar hij heeft misschien een idee van wie het wel is.'

'We kunnen een opsporingsbevel voor jullie regelen,' bood Charles aan.

'Graag.' Vito pakte een ingelijste foto op: Harrington met een vrouw en een tienermeisje. 'Hij is getrouwd en heeft een dochter. Kunnen we die vrouw vinden?'

'We geven het door aan het bureau,' zei Carlos. 'Verder nog wat?'

Nick haalde zijn schouders op. 'Misschien weten jullie een goed tentje waar we kunnen lunchen?'

*Philadelphia, donderdag 18 januari, 14:15 uur*

'Kan ik u helpen?' De jongen achter de kassa leek amper oud genoeg om zich te hoeven scheren.

Dat mag ik wel hopen, dacht Daniel. Het adres dat zijn moeder op het hotelbriefpapier had geschreven, was van een postbus aan de andere kant van de stad.

Hij had een tijdje buiten gezeten, overpeinzend of hij zijn baas moest bellen en hier een officieel onderzoek van moest laten maken. Maar 'ik weet wat je zoon heeft gedaan' bleef door zijn hoofd spoken. Dus was hij hier, op het punt om zijn insigne te gebruiken om de wet weer te omzeilen. 'Ik moet een postbus inzien.'

De jongen knikte professioneel. 'Kunt u zich legitimeren?'

Daniel toonde hem zijn insigne en zag de ogen van de jongen groot worden.

'Ik zal even kijken... Special Agent Vartanian.'

De jongen was er zo van onder de indruk dat hij van het GBI was, dat hij niet afwachtte om te horen welke postbus Daniel wilde zien. De jongen typte zijn naam in en keek op. 'Een momentje, meneer.'

*Wacht*, wilde Daniel zeggen, maar hij slikte het in. Zijn naam stond in hun computer. Hij had voor deze week nog nooit een voet in deze stad gezet. Gespannen wachtte hij af. Even later keerde de jongen terug met een dikke beige envelop die was dubbelgevouwen.

'Alleen dit, meneer,' zei de jongen.

'Dank je,' wist Daniel uit te brengen. 'Maar dat is niet de enige reden waarvoor ik hier ben. Ik werk aan een zaak, en een van de aanwijzingen is een postbus van jullie. Ik heb de verantwoordelijkheid genomen voor de opvolging omdat ik hier toch langs moest. Kun je me zeggen van wie bus 115 is?'

*Het was veel te gemakkelijk.* Zowel het uitspreken van de leugen als het bedotten van die jongen. Maar hij kreeg wat hij nodig had. 'Hij staat op naam van Claire Reynolds. Hebt u haar adres nodig?'

'Alsjeblieft.'

De jongen schreef het op, en Daniel liep met de envelop in zijn hand terug naar zijn auto. Hij sneed met zijn zakmes voorzichtig de bovenkant open en haalde de inhoud eruit.

Even kon hij alleen maar in afgrijzen en ongeloof staren. Toen rukten de jaren hem als een getijdenstroom achteruit. 'O, god,' fluisterde hij. 'Pa, wat heb je gedaan?'

Dit was erger dan zijn grootste angst. *Ik weet wat je zoon heeft gedaan.* Nu wist Daniel ook wat zijn vader had gedaan. Hij wist niet zeker of hij kon vragen waarom.

Toen hij weer kon ademhalen, belde hij Susannah.

'Heb je ze gevonden?' vroeg ze meteen.

Hij kon amper iets uitbrengen. 'Je moet komen.'

'Daniel, ik kan niet...'

'Alsjeblieft, Susannah.' Zijn stem klonk rauw. 'Je moet komen. Alsjebliéft.' Hij wachtte met bonzend hart.

Uiteindelijk zuchtte ze. 'Oké. Ik neem de trein wel. Ik ben er over drie uur.'

'Ik haal je op bij het station.'

'Daniel, gaat het wel?'

Hij staarde naar de papieren in zijn handen. 'Nee.'

*New York City, donderdag 18 januari, 14:45 uur*

'Harrington is ofwel ondergedoken, of hij is dood,' zei Vito aan de telefoon tegen Liz. 'We zijn in zijn kantoor, zijn appartement, en dat van zijn vrouw geweest. Niemand heeft hem gezien. Zijn auto staat niet op de parkeerplaats. Zijn vrouw zegt dat ze hem al een halfjaar niet meer heeft gezien. Ze hebben een dochter aan de universiteit van Columbia, die zegt dat ze hem ook niet heeft gezien.'

'Waarom hebben hij en zijn vrouw ieder een eigen appartement?'

'Ze zei dat ze van tafel en bed gescheiden waren. Hij was steeds depressiever en "melancholieker" geworden, zei ze, maar nooit gewelddadig. De politie hier in New York heeft een opsporingsbevel uitgevaardigd, en nu zitten we in de buurt van oRo te lunchen. We gaan zo meteen terug om te kijken of we een personeelslijst van Van Zandt kunnen krijgen, en anders blijven we buiten rondhangen tot een van de medewerkers met ons praat. Brent zei dat Harrington de graphics niet maakte, maar iemand daar heeft het gedaan. We hebben maar één persoon nodig die bereid is namen te noemen.'

'Mooi. Hou vol. Ik heb nieuws over de Vartanians. Ik heb de sheriff in Dutton, Georgia gebeld. De Vartanians zijn al een tijd niet meer gezien, met Thanksgiving waren ze al weg.'

'Dat klopt met wat Yuri gisteravond zei.'

'Weet ik. En dan nog wat. De sheriff heeft de zoon van de Vartanians afgelopen weekend laten weten dat zijn ouders misschien vermist zijn. De zoon zit bij het Georgia Bureau of Investigation, en de dochter werkt voor de openbaar aanklager in New York. Geen van beiden zijn ze op hun werk. Daniel, die jongeman die bij het GBI werkt, is al sinds afgelopen maandag vrij. Zijn zus, Susannah, heeft vanmiddag ineens vrij genomen. Ik heb voor allebei een boodschap achtergelaten met het verzoek of ze me willen bellen.'

Maar er was nog meer, kon Vito aan haar stem horen, en het was erger. 'Vertel het maar gewoon, Liz.'

'De politie in White Plains, New York, heeft Kyle Lombard in zijn antiekwinkel gevonden.'

Vito's hart sloeg over. 'Dood?'

'Kogel tussen zijn ogen. Het lijkt erop dat die van een Duits wapen is gekomen, een oud wapen. Ze sturen de kogel naar ons op zodat we die kunnen vergelijken met die uit de jongen in de eerste rij. De plaatselijke politie heeft zijn winkel doorzocht en verstopt onder de vloer allerlei illegaal verkregen middeleeuwse speelgoedjes gevonden. Je Sophie zou zich er goed mee vermaken.'

Vito dwong zijn maag rustig te worden. *Zijn Sophie* was nu officieel in gevaar. 'En die andere twee? Shafer en Brewster?'

'Shafer is met Lombard mee, zogezegd. Ook een kogel tussen zijn ogen. Allebei waren ze vastgebonden op een stoel en daar in de winkel doodgeschoten. Brewster wordt nog vermist.'

'Als Lombard spullen verkocht, moeten we in zijn verkoopregistratie kijken. Misschien vinden we daar een aanwijzing over onze man.'

'Dat gaat niet gebeuren. Lombards computer is gewist, en de papieren bestanden lagen door het hele kantoor verspreid. En om alles nog extra bureaucratisch te maken: de winkel en Lombards inventaris zijn ingevorderd door de FBI. Ook al waren ze zestig tot zeshonderd jaar oud, Lombard smokkelde wapens. Ik verwacht dat er vroeg of laat druk op ons zal worden uitgeoefend om deze hele zaak aan de FBI over te dragen.'

Vito fronste zijn wenkbrauwen. 'Maar dat laat je toch niet gebeuren?'

'Voor zover ik er iets tegen kan doen niet. Maar als ik je baas was, en dat ben ik, dan zou ik je zeggen dat je heel snel terug moet komen en die zaak moet oplossen, anders krijg je straks hulp die je niet wilt hebben.'

'Godver.' Vito haalde diep adem. 'Weet Sophie dat van Lombard en Shafer?'

'Ik heb haar al gebeld. Ze is een intelligente vrouw, Vito. Ze zei dat ze niet alleen naar buiten zou gaan en een van ons zou bellen om haar op te halen als ze klaar was met haar werk.'

'Oké. Dat is goed.'

'En is met jóú alles goed?' vroeg Liz.

'Nee, niet echt. Als ze maar oppast... Wij moeten alleen die kerel grijpen.'

'Doe dat dan. Ik zie je binnenkort.'

Met een zucht hing Vito op en staarde op naar het gebouw van oRo. 'Lombard en Clint Shafer. Luger, tussen de ogen.'

'Shit,' mompelde Nick. 'Daar gaan die losse eindjes dus.'

Vito wilde uit de auto stappen. 'Laten we nog maar even met Van Zandt gaan praten.'

Maar Nick hield hem tegen. 'Eerst moet je eten. Dan moet je kalmeren. Als je ze bang maakt, raken we hem kwijt, en zoals ik al eerder zei: ik neem je pak slaag niet voor je in ontvangst.'

'Best.'

'Misschien moet ik deze keer maar het woord doen,' zei Nick.

Vito scheurde boos het plastic van zijn sandwich. 'Best.'

*New York City, donderdag 18 januari, 15:05 uur*

'Meneer Van Zandt is er niet.'

Vito gaapte de pruilende secretaresse aan. 'Wat?'

Nick schraapte zijn keel. 'Meneer Van Zandt had gezegd dat hij vanmiddag beschikbaar zou zijn.'

'Hij kreeg onverwachts een telefoontje van een klant en moest weg.'

'En... hoe laat was dat?' vroeg Nick.

'Twaalf uur ongeveer.'

Nick knikte. 'Juist. Nou, kunt u ons dan een personeelslijst geven?'

Vito beet op zijn tong toen de secretaresse hem met een akelig tevreden blik een envelop overhandigde. Hij wist dat ze geen van allen verwachtten dat die de informatie zou bevatten die ze wilden hebben.

Nick haalde er een vel briefpapier van oRo uit, met een korte boodschap erop. '"Regel maar een huiszoekingsbevel",' las Nick voor. 'Ondertekend met "Jager A. van Zandt". Nou, dat doen we dan maar.' Nick pakte een leeg vel papier van de printer. 'Kunt u hier uw naam voor me opschrijven? Ik wil zeker weten dat we hem goed spellen op het bevelschrift. En dan ondertekenen, graag.'

Plotseling was ze niet meer zo opstandig. Ze schreef haar naam op en gaf hem het papier aan. 'U weet de weg naar buiten.'

'Zelfde als de weg naar binnen,' kaatste Nick met een gladde glimlach terug. 'Fijne dag nog.'

Buiten op de stoep vouwde Nick het papier van de secretaresse op en stopte het samen met de envelop in zijn zak. 'Handschriftmonsters,' zei hij. 'Om te vergelijken met die brieven van Claire.'

'Goed werk. Bedankt, Nick. Ik was te kwaad om na te denken.'

'Je bent vaak genoeg voor mij in de bres gesprongen. Volgens mij zit het wel goed.'

'Pardon!'

Een man haastte zich met een ongerust gezicht naar hen toe. 'Zijn jullie bij oRo geweest?'

'Ja, meneer,' antwoordde Vito. 'Maar we werken er niet.'

'Ik probeer al sinds gisteren een afspraak te krijgen met Derek Harrington, maar ze zeggen dat hij er niet is.'

'Waarom wilde u Harrington spreken?' vroeg Nick.

'Het gaat over mijn zoon. Hij had beloofd dat hij een foto van mijn zoon aan zijn collega's zou laten zien.'

Vito kreeg een akelig voorgevoel. 'Waarom, meneer?'

'Mijn zoon wordt vermist, en iemand in dat gebouw heeft hem gezien. Ze hebben hem als model gebruikt. Ik wil weten wanneer en waar. Dan weet ik tenminste waar ik moet beginnen met zoeken.'

Vito haalde zijn penning uit zijn zak. 'Ik ben rechercheur Ciccotelli, en dit is mijn partner rechercheur Lawrence. Hoe heet u, en hebt u een foto van uw zoon?'

De man tuurde naar het insigne. 'Philadelphia? Ik ben Lloyd Webber.' Hij gaf Vito een foto aan. 'Dit is mijn zoon Zachary.'

Het was de jongeman die door zijn hoofd was geschoten. 'Eén-drie,' mompelde hij.

'Wat? Wat betekent dat?' wilde Webber weten.

'Ik ga Carlos en Charles bellen,' zei Nick zachtjes, en hij liep een eindje weg.

Vito keek Webber in de ogen. 'Het spijt me, meneer, maar ik denk dat we het lichaam van uw zoon hebben.'

Ontkenning en bitter besef streden om voorrang in Webbers gezicht. 'In Philadelphia?'

'Ja, meneer. Als dit inderdaad uw zoon is, dan is hij al ongeveer een jaar dood.'

Webbers schouders zakten omlaag. 'Ik wist het. Ik wilde het alleen niet geloven. Ik moet mijn vrouw bellen.'

'Het spijt me,' herhaalde Vito.

Webber knikte onbehaaglijk. 'Ze zal me vragen hoe hij is overleden. Wat moet ik haar vertellen?'

Vito aarzelde. Liz zou hiervan zoveel mogelijk stil willen houden, maar die vader verdiende het om te weten wat er met zijn zoon was gebeurd, en daar zou Liz het ongetwijfeld mee eens zijn. 'Hij is doodgeschoten.'

Webber keek woedend op naar het gebouw. 'Door zijn hoofd?'

'Ja, maar als u dat voorlopig voor u zou kunnen houden, zouden we dat op prijs stellen.'

Hij knikte verdoofd. 'Dank u. Ik zal niet tegen haar zeggen hoe het is gebeurd.'

Vito keek toe terwijl de man drie meter wegliep en zijn vrouw belde. Hij slikte moeizaam toen Webbers schouders begonnen te schokken. 'Verdomme,' fluisterde Vito woest, toen hij Nick achter zich hoorde aankomen. 'Ik wil die gast echt pakken.'

'Weet ik. Charles en Carlos vroegen of we hier wilden wachten terwijl zij een huiszoekingsbevel regelen. Ze gaan proberen de hele administratie van oRo in beslag te nemen.'

Achter hen sloeg een autoportier dicht, en Vito en Nick draaiden zich om. Een man met een grimmig vastberaden gezicht stapte uit een taxi. 'Zijn jullie de rechercheurs uit Philly?'

'Ja,' antwoordde Nick. 'En u bent?'

De man bleef voor hen staan, met zijn handen in zijn jaszakken. 'Ik ben Tony England. Tot twee dagen geleden werkte ik voor oRo. Derek Harrington was mijn baas.'

'Wat is er gebeurd?' vroeg Nick.

'Ik heb ontslag genomen. Derek werd door Jager overgehaald om dingen te doen waar hij het niet mee eens was. Waar ík het niet mee eens was. Ik kon niet blijven toekijken hoe Jager alles verwoestte.'

'Hoe wist u dat we hier waren?' vroeg Vito.

'oRo is een klein bedrijfje. Binnen een halve minuut nadat jullie naar binnen waren gelopen, wist iedereen het. Een oude vriend belde me, zei dat jullie hier waren en vroegen naar Derek. Ik ben meteen gekomen, maar toen waren jullie al weg.' England keek met samengeknepen ogen naar Webber, die had opgehangen en met zijn rug naar hen toe zachtjes stond te huilen. 'Wie is dat?'

Vito keek Nick aan, en Nick knikte. Vito liet hem de foto zien. 'De vader van deze jongen. Hij heet Zachary en hij is dood.'

Alle kleur trok uit Englands magere gezicht weg. 'Godver. Godverdomme. Dat is...' Hij staarde in afgrijzen naar de foto. 'O, god. Wat hebben we gedaan?'

'Weet u wie die jongen in de game heeft getekend, meneer England?' vroeg Nick zachtjes.

England kneep zijn ogen tot spleetjes. 'Frasier Lewis. Ik hoop dat jullie hem te grazen nemen en dat hij in de hel zal branden.'

# 19

*Philadelphia, donderdag 18 januari, 17:15 uur*

Ze zag er nog hetzelfde uit, dacht Daniel toen ze door de draaideur van het treinstation naar buiten kwam. Tenger en breekbaar. De mannen in hun huis waren groot geweest, de vrouwen klein. *Ik had toen je bescherming nodig.*

Hij was ervan overtuigd geweest dat hij haar beschermde. Kennelijk had hij zich daarin vergist. Hij stapte uit zijn huurauto en bleef staan wachten tot ze hem zag. Ze vertraagde haar pas, en zelfs van deze afstand kon hij zien hoe stram ze haar schouders hield.

Hij liep om de auto en opende het portier. Ze bleef voor hem staan en keek op. Ze had gehuild. 'Dus je weet het,' mompelde hij.

'Mijn baas belde me op mijn mobiel toen ik al in de trein zat.'

'Mijn baas heeft mij ook gebeld. Hij was door een inspecteur Liz Sawyer gebeld. Ik heb het adres van haar kantoor.' Hij zuchtte. 'Ik was te laat.'

'Maar je weet iets wat zal helpen de dader te vinden?'

Hij trok een schouder op. 'Of wat ons allebei zal verwoesten. Stap in.'

Daniel ging achter het stuur zitten en stak zijn sleutel in het contact, maar ze legde haar hand over die van hem heen. Haar grijze ogen stonden wijd open en spoten vuur. 'Zeg op.'

Hij knikte. 'Goed.' Hij gaf haar de envelop die in de postbus op hem had liggen wachten en keek toe terwijl ze de inhoud op haar schoot liet glijden.

Ze haalde geschrokken adem en bekeek toen langzaam, mechanisch alle bladzijden. 'O, god.' Ze keek naar hem op. 'Wist jij hiervan?'

'Ja.' Hij startte de auto. '"Ik weet wat je zoon heeft gedaan",' citeerde hij zachtjes. 'Nu weet jij het ook.'

*Donderdag 18 januari, 17:45 uur*

Sophie stond midden in het pakhuis met haar handen in haar zij. Ze had al tien kratten uitgepakt sinds inspecteur Sawyer die middag had gebeld. Door druk bezig te blijven had ze niet kunnen stilstaan bij het feit dat Kyle en Clint dood waren.

Dat Kyle en Clint iets te maken hadden met de moordenaar, was boven alle twijfel verheven. Ze waren vermoord met hetzelfde wapen waarmee een van de negen slachtoffers op de akker was neergeschoten.

Dat de moordenaar misschien van háár op de hoogte was, had ze vanochtend, toen ze zich door een gewapende politieman naar het museum had laten brengen, alleen nog maar vaag beseft. Nu was het meer dan een mogelijkheid, maar nog altijd geen waarschijnlijkheid. Maar hoe ze ook probeerde de gedachte met zorgvuldig gekozen bewoordingen te nuanceren, het bleef doodeng. Dus was ze hard aan het werk gegaan tot Liz iemand kon vrijmaken om haar terug te brengen naar het bureau. Naar Vito.

Ze hoopte dat hij vandaag succes had gehad. Nu meer dan ooit.

'Sophie.'

Met een kreetje draaide ze zich om en drukte haar hand tegen haar borst. Theo de Vierde stond in de schaduw. In zijn hand had hij een bijl, achteloos, alsof het een veertje was. Ze hield haar ademhaling in bedwang en onderdrukte de neiging om een pas achteruit te doen. Om er gillend vandoor te gaan. *Schreeuwend.* Ze deed haar ogen dicht en vermande zich. Toen ze ze weer opendeed, stond hij nog steeds met een uitdrukkingsloos gezicht naar haar te kijken. 'Wat is er?'

'Mijn vader zei dat je wel wat hulp kon gebruiken bij het openen van een stel kratten. Ik kon het breekijzer dat je gisteren had niet vinden, dus heb ik deze gepakt.' Hij stak de bijl omhoog. 'Welke kratten moeten er open?'

Ze ademde zo geruisloos mogelijk uit. *Hou je rustig, Sophie.* Ze zag nu overal gevaar. 'Deze hier. Ik denk dat Ted de Eerste die spullen heeft meegebracht van zijn reizen door Zuidoost-Azië. Ik overweeg een expositie samen te stellen over de Koude Oorlog en het communisme, en wilde zijn voorwerpen van het Koreaanse schiereiland en Vietnam daarin opnemen.'

Theo de Vierde stapte het licht in, en zijn donkere ogen stonden merkwaardig geamuseerd. 'Ted de Eerste?'

Sophies wangen kleurden. 'Sorry. Zo denk ik aan al jullie Theodores.'

'Ik dacht dat je een interactieve expositie wilde maken. Een opgraving.'

'Doe ik ook, maar dit pakhuis is groot genoeg voor drie of vier exposities. Ik denk dat de Koude Oorlog de mensen meer zal raken. Je weet wel. Vrijheid is niet gratis.'

Hij zei verder niets maar haalde de deksels van de kratten alsof ze van crêpepapier in plaats van dik hout gemaakt waren. 'Zo. Klaar.' Daarna vertrok hij even geruisloos als hij was gekomen.

Sophie huiverde. Die jongen was ofwel heel diepzinnig, of gewoon raar. Hoe 'raar' kon hij zijn? Hoeveel wist ze eigenlijk van Theo of van Ted?

Ze lachte zichzelf uit. 'Doe normaal, Sophie,' zei ze hardop. Het was toch tijd om te gaan. Liz had gezegd dat haar lift om zes uur voor het museum zou staan. Het was nu bijna zes uur. Ze deed de deur van het pakhuis op slot en bleef bij de voordeur staan wachten, maar ze moest lachen toen ze zag dat Jen McFain grijnzend op haar afstevende.

'Tot morgen, Darla!' riep Sophie. Ze duwde de deur open. 'Dus jij bent mijn lijfwacht?' vroeg ze, terwijl ze omlaag keek naar de kleine Jen.

Jen keek naar haar op. 'Dat klopt, Xena. Had je daar problemen mee?'

Sophie ritste grinnikend haar jas dicht. 'Het lijkt nogal raar. Ik zou jou moeten beschermen.'

Jen trok de revers van haar jasje opzij. 'Een negen millimeter voegt een hoop centimeters toe, Xena.'

'Noem me niet steeds Xena,' zei Sophie terwijl ze bij Jen in de auto stapte. Ze wachtte tot Jen was ingestapt en deed haar gordel om. '"Uwe majesteit" is wel voldoende.'

Jen lachte. 'Laten we dan maar gaan, uwe majesteit. Uw prins wacht.'

Sophie kon een glimlach niet onderdrukken. Haar hele gelaat lichtte op. 'Is Vito terug?'

Jens glimlach werd grimmig. 'Ja, ze zijn terug.'

'Wat is er?'

'De twee mannen naar wie ze op zoek waren, worden vermist, maar ze hebben de naam achterhaald van een van de andere slachtoffers van de begraafplaats. En' – Jen blies haar adem uit – 'ze hebben iemand gevonden die weet welke klootzak dit allemaal begonnen is.'

*Donderdag 18 januari, 18:25 uur*

'Tino.' Vito greep de arm van zijn broer vast in een verkorte omhelzing. 'Nogmaals bedankt.'

'Geen punt. Ben je ergens gekomen met de tekening van die oude man in het café?'

Vito schudde zijn hoofd. 'Die heb ik nog niet eens gezien. Nick en ik zijn net een kwartier geleden teruggekomen uit New York.'

'Hier is er nog een. Ik ben naar huis gegaan en heb nog wat aan de schaduwen gewerkt. Hij is beter dan de snelle schets die ik vanmorgen voor je inspecteur heb gemaakt.'

Vito staarde naar de man die Greg Sanders op dinsdagmiddag had ontmoet. 'Man, hij is echt oud. Voorovergebogen. Moeilijk te geloven.'

'Zo zag de serveerster hem, maar je weet best hoe nauwkeurig ooggetuigen níét zijn.'

'Ja, ik wilde alleen zo graag dat ze gelijk had. Maar ik heb misschien iets beters; ik heb een kerel meegenomen uit New York die de vent kent die de *cut-scenes* van *Behind Enemy Lines* heeft gemaakt. Hij zit in de vergaderkamer. Ik hoopte dat jij...'

Tino grijnsde. 'Wijs de weg maar.'

Vito leidde hem naar de vergaderkamer, waar Nick met Tony England zat te wachten. 'Tony, die is mijn broer Tino. Hij is tekenaar.'

'Ík ben tekenaar,' zei Tony gefrustreerd, 'maar ik krijg niet meer uit mijn kop dan dát.' Hij wees naar een vel papier op tafel. 'Mijn hersens zijn bevroren of zo.'

Het was een vage schets die nagenoeg iedereen kon voorstellen. Bovendien had de tekening een cartoonachtig uiterlijk waardoor Vito terugdacht aan wat Brent over Harringtons expertise had gezegd: cartoons en draken. Van Zandt had er een kundiger iemand dan hem bij gehaald voor de graphics. Misschien had hij die Frasier Lewis gekozen omdat hij beter in gezichten was dan Harrington en England.

Tino sloeg zijn schetsboek open. 'Soms moet je iets eerst aan iemand anders beschrijven om het goed in beeld te krijgen.'

Vito liet hen achter bij Nick en liep terug naar zijn bureau. Jen en Sophie waren er weer, zag hij toen hij de kantoortuin in liep. Jen was Liz' kantoor in gestapt en Sophie stond bij zijn bureau, met haar rug naar hem toe. Met een hart dat bonsde als dat van een tiener versnelde hij zijn pas, van plan haar te verrassen met een kus op de zijkant van die lange hals van haar. Dat vond ze fijn, had hij ontdekt. Binnen twee nachten had hij veel plekken gevonden waar ze graag werd gekust. Ze sprong op toen zijn lippen haar huid raakten, maar vlijde zich toen tegen hem aan.

'Alles goed?' mompelde hij.

'Ja. Ik ben braaf geweest, bij mijn lijfwachten gebleven. Zelfs bij Klein Duimpje daar.'

Vito grinnikte. 'Jen is klein, maar ze heeft pit.' Hij stapte met tegenzin achteruit. 'Wacht hier. Ik moet even met Liz praten, maar ik ben zo terug.' Hij was nog maar een paar stappen bij haar vandaan toen ze hem riep, met een vreemde stem.

'Vito, wie is dit?' Ze hield de tekening in haar hand die Tino van de oude man had gemaakt.

De onrust klauwde aan zijn maag. 'Hoezo?'

Zijn onrust sloeg bij haar om in angst. 'Omdat ik hem gezien heb. Wie is dit?'

Jen had in de deuropening naar Liz' kamer gestaan en draaide zich om toen ze de paniek hoorde die in Sophies stem was gekropen. Even later stond Liz bij Jen en keek ongerust toe.

'We denken dat dat de man is die dinsdag met Greg Sanders heeft gesproken,' zei Liz langzaam.

Sophie liet zich in de stoel bij Vito's bureau zakken. 'O, god,' fluisterde ze.

Vito hurkte voor haar neer. 'Waar heb je die man gezien, Sophie?'

Ze hief haar ogen naar hem op, groen en angstig, en zijn bloed stolde. 'In mijn museum. Hij was in het Albright. Hij hield me staande en vroeg om een privérondleiding.' Ze perste haar lippen op elkaar. 'Vito, hij was even dicht bij me als jij nu.'

*Ademhalen. Nadenken.* Hij pakte haar handen in de zijne. Ze waren ijskoud. 'Wanneer, Sophie?'

'Gisteren, na mijn Vikingtoer.' Ze deed haar ogen dicht. 'Ik had al een naar gevoel over hem. Maar ik lachte erom. Hij was maar een oude man.' Ze deed haar ogen weer open. 'Vito, ik ben bang. Eerst was ik alleen maar nerveus, maar nu ben ik doodsbang.'

Hij ook. 'Ik verlies je niet uit het oog,' zei hij schor. 'Nog geen tel.'

Ze knikte onzeker. 'Oké.'

'Vito.'

Toen Vito zich omdraaide, zag hij Tino de kantoortuin in komen draven. Hij hield zijn schetsboek omhoog, zodat Vito kon zien wat hij had getekend. 'Vito, Frasier Lewis is de oude man. Zijn ogen zijn hetzelfde als die van de oude man die de serveerster bij Greg Sanders had gezien.'

Vito knikte. Hij had het gevoel alsof alle lucht uit zijn longen was gezogen. 'Ik weet het.' Hij stapte opzij en onthulde Sophie, die nog steeds achter hem zat. 'Dit is Sophie. Die oude man is gisteren bij haar in het museum geweest.'

Tino liet zijn adem ontsnappen. 'Shit, Vito.'

'Ja,' mompelde Vito. Hij keek naar Liz. 'Nog iemand iets te verzinnen, als toegift?'

Liz schudde grimmig haar hoofd. 'Ik denk niet dat ik er nog iets bij kan hebben.'

'Waar is Tony England?' vroeg Vito aan zijn broer.

'Op weg naar beneden met Nick. Nick regelt voor hem een taxi naar het station.'

Liz ging op de rand van Nicks bureau zitten. 'Laten we de troepen optrommelen, Vito. We moeten het een en ander bespreken. Maar laten we eerst allemaal diep ademhalen. Sophie is veilig, en we kennen nu het gezicht van onze moordenaar. Dat is verdomd veel meer dan we vanochtend hadden.'

Een volle minuut lang deed iedereen wat ze had opgedragen, rustig ademend en zich concentrerend. Toen werd de rust weer ruw verstoord. 'Pardon. Ik zoek inspecteur Liz Sawyer.'

Er stond een stel in de deuropening. Zij was één meter vijfenzestig en donker. Hij was één meter vijfennegentig en blond. De man had gesproken.

Liz stak haar hand op. 'Dat ben ik.'

'Ik ben Special Agent Daniel Vartanian van het Georgia Bureau of

Investigation. Dit is mijn zus, Susannah Vartanian, van de openbaar aanklager in New York. We begrijpen dat u onze ouders hebt. We denken te weten wie hen heeft vermoord.'

Het bleef even stil. Toen zuchtte Liz. 'Daar is je toegift.'

*Donderdag 18 januari, 19:00 uur*

Van Zandt zat al aan tafel toen hij in het chique visrestaurant in zijn hotel aankwam. 'Frasier, neem plaats. Wil je een glas wijn? Of misschien ook de kreeft? Hij is heerlijk.'

'Nee, ik heb het druk. Ik werk aan je nieuwe koningin en wil ermee verder.'

Van Zandts mond vervormde tot een vreemde glimlach. 'Interessant. Vertel me eens, Frasier, waar háál je je inspiratie toch vandaan?'

Als hij nekharen had gehad, zouden die overeind zijn gekomen. 'Hoezo?'

'Nou, ik zat toevallig net te denken dat je kunst zo realistisch is. Ik vroeg me af of je je personages misschien op iemand baseerde. Levende modellen, misschien?'

Hij ging achteroverzitten en bekeek Van Zandt door samengeknepen oogleden. 'Nee. Hoezo?'

'Ik zat te denken dat als je levende modellen zou gebruiken, het wel heel dom zou zijn om plaatselijke gezichten te kiezen. Dat een echt wijs man elders zou kijken. Bangkok of Amsterdam, om maar wat te noemen. Cultureel divers. Interessante cliëntèle op de Wallen in Amsterdam. Het schijnt me toe dat een kunstenaar daar veel keuze zou hebben uit een populatie van modellen die niemand zou missen.'

Hij haalde diep adem. 'Jager, als je iets te zeggen hebt, doe dan gewoon je bek open.'

Van Zandt knipperde met zijn ogen. '"Doe je bek open"? Frasier, dat klinkt zo... provinciaal. Goed dan.' Hij gaf hem over de tafel een grote envelop aan. 'Kopieën,' zei hij. 'Natuurlijk.'

Het waren foto's. De eerste was Zachary Webber. 'Die heeft Derek je gegeven. Hij is gek.'

'Misschien. Kijk verder.'

Verbeten pakte hij de volgende foto van het stapeltje en bleef roerloos zitten. Claire Reynolds' gezicht staarde hem aan. *Van Zandt wist het.*

Van Zandt nipte van zijn wijn. 'Een opvallende gelijkenis, vind je ook niet?'

'Wat wil je?'

Van Zandt grinnikte. 'Kijk verder.'

Bij de volgende foto ging zijn hart tekeer, maar van woede. 'Vuile smeerlap.'

Van Zandts glimlach was akelig zelfingenomen. 'Ik weet het. Ik wilde eigenlijk alleen maar dat Derek in de gaten werd gehouden. Als hij naar de politie wilde gaan... over jou... dan zou mijn beveiligingsman hem alleen proberen te ontmoedigen. Stel je mijn verbazing voor toen ik dat zag.'

Hij was het zelf, op de foto bij Derek. Hij was vermomd als de oude man, maar hij stond rechtop. Op de foto was het niet te zien, maar hij had op dat moment zijn pistool tegen Dereks rug gedrukt. Zorgvuldig stopte hij de foto's terug in de envelop. 'Ik herhaal: wat wil je?' *Voordat je sterft.*

'Ik ben niet alleen gekomen, Frasier. Mijn beveiligingsmannetje zit aan een van de andere tafels, klaar om de politie te bellen.'

Hij haalde gefrustreerd adem. 'Wat... wil... je?'

Van Zandts kaak verstrakte. 'Ik wil meer van wat je me al hebt gegeven. Maar ik wil dat het niet te traceren is.' Hij draaide met zijn ogen. 'Wat voor idioot vermoordt er nu mensen die geïdentificeerd kunnen worden?' Hij haalde een kleinere envelop uit zijn jaszak. 'Hierin zitten een cheque en een ticket naar Amsterdam voor morgenmiddag. Zorg dat je in dat vliegtuig zit. En als je daar aankomt, verander je alle gezichten in *The Inquisitor*, anders doen we geen zaken meer.' Hij schudde zijn hoofd, woedend nu. 'Ben je zo arrogant? Dacht je dat niemand erachter zou komen? Je hebt alles wat ik bezit in gevaar gebracht met je stommiteit. Los het op.' Hij dronk zijn wijnglas leeg en zette het met een klap op tafel. 'Dat... is... wat... ik... wil.'

Hij moest wel lachen, ondanks de woede die binnen in hem kolkte. 'Je zou goed hebben kunnen opschieten met mijn vader, Jager.'

Van Zandt glimlachte niet. 'Dus we zijn het eens?'

'Tuurlijk. Waar moet ik tekenen?'

*Donderdag 18 januari, 19:35 uur*

'Ga toch zitten.' Vito Ciccotelli gebaarde naar een grote tafel in de vergaderkamer. Daniel telde snel de aanwezigen. Zes mensen zaten er al. Ciccotelli deed de deur dicht en schoof een stoel onder de tafel vandaan voor Susannah, die nog altijd trilde als een rietje.

Daniel had aangeboden hun ouders te identificeren, maar Susannah had erop gestaan dat ze bij hem wilde zijn, en dat had ze gedaan. De lijkschouwer was met hen mee teruggelopen vanuit het mortuarium en zat nu aan het uiteinde van de tafel, naast de lange blondine die Ciccotelli had geïntroduceerd als hun consultant, Dr. Sophie Johannsen.

'Hebt u meer tijd nodig?' Dit vroeg Ciccotelli's partner, Nick Lawrence.

'Nee,' mompelde Susannah. 'Laten we dit maar doen.'

'U hebt onze aandacht, agent Vartanian,' zei Ciccotelli. 'Wat weet u?'

'Ik had mijn ouders al jaren niet gezien. Ons gezin is... was... van elkaar vervreemd.'

'Hoeveel leden telt uw gezin?' vroeg Sawyer.

'Nu alleen nog Susannah en ik. We hadden elkaar een tijd niet gesproken, tot afgelopen week. De sheriff in de woonplaats van mijn ouders belde en zei dat ze op reis waren gegaan, maar niet terug waren gekomen. De oncoloog van mijn moeder had gebeld toen ze een aantal afspraken had gemist. Het was de eerste keer dat mijn zus en ik iets hoorden over haar kanker.'

'Lekkere manier om daarachter te komen,' mompelde Nick. Hij zou wel de goeie agent zijn, dacht Daniel.

'Ja. Maar goed, de sheriff en ik hebben het huis doorzocht. Mijn ouders hadden alles afgesloten en hun koffers meegenomen. Ik vond vakantiebrochures in het bureau van mijn vader, voor bestemmingen in het westen. Ik dacht dat het de laatste reis was die mijn moeder wilde maken voordat ze overleed.' Hij probeerde het beeld van zijn moeder op die metalen tafel in het lijkenhuis uit zijn gedachten te bannen. Susannah kneep in zijn hand.

'Wilt u even pauze?' vroeg Jen McFain vriendelijk.

'Nee. De sheriff en ik stonden op het punt te vertrekken toen ik besefte dat de computer van mijn vader nog aanstond; dat hij zelfs op dat moment van buitenaf werd bediend.' Hij had Ciccotelli in de gaten gehouden en werd beloond met een fonkeling van belangstelling in de donkere ogen van de man.

'Waarom hebt u hen toen niet als vermist opgegeven?' vroeg Sawyer.

'Dat heb ik ook bijna gedaan. Maar de sheriff vond dat mijn moeder recht had op haar privacy, en het leek erop dat ze echt op vakantie waren.'

'En dat de computer van een afstand werd bediend, dat baarde u geen zorgen?' vroeg Nick Lawrence.

'Niet zozeer, op dat moment. Mijn vader wist veel van computers. Hij hobbyde graag met netwerken en moederborden en zo. Dus... nam ik een tijdje vrij. Ik wilde hen zoeken, zeker weten dat het goed ging met mijn moeder.' Hij slikte. 'Haar nog een keer zien.'

Hij vertelde over zijn zoektocht en eindigde bij de hotelkluis en de postbus, maar hij zei niets over de envelop die zijn moeder voor hem had achtergelaten. Hij wist niet zeker of hij daarover kon praten. 'Ik wist dat ik die chantage moest aangeven. Susannah vond dat ook. Dus hier zijn we.'

'En wanneer had uw vader voor het laatst geld opgenomen?' vroeg Sawyer.

'Zestien november.'

Ciccotelli schreef het op. 'Wat deed u toen u bij die postbus kwam?'

'Meer dan ik had moeten doen, minder dan ik wilde. Ik dacht dat als ik wist wie de chanteur was... Ik vroeg de jongen achter de balie wie de postbus had gehuurd. Eigenlijk wilde ik de inhoud van de bus hebben, maar ik wist dat ik al te ver ging.'

Ciccotelli maakte een ongeduldig handgebaar. 'Tromgeroffel, agent Vartanian?'

'De postbus stond op naam van Claire Reynolds. Zij chanteerde mijn ouders en heeft ze waarschijnlijk vermoord. Dat is alles wat ik weet.'

Deze keer deden Ciccotelli's ogen meer dan fonkelen. Hij knipperde een keer, leunde naar achteren en keek achtereenvolgens naar zijn partner en zijn baas. Sawyer trok een schouder op. 'Jouw beslissing, Vito,' zei ze. 'Ik ben ze nagegaan terwijl jullie in het mortuarium waren. Ze zijn allebei wie ze beweren te zijn. Ik zou het ze maar vertellen.'

Daniel keek de anderen onderzoekend aan. 'Wat? Wat is hier aan de hand?'

'Claire Reynolds is een probleem,' antwoordde Ciccotelli.

Susannah verstijfde. 'Waarom? Ze chanteerde onze ouders, en nu zijn ze dood. Waarom zoeken jullie haar niet op om haar te arresteren?'

'Haar zoeken is het probleem niet. Claire Reynolds arresteren voor de moord op jullie ouders is dat wel,' zei Ciccotelli. 'Ze is dood. Al meer dan een jaar.'

Stomverbaasd keek Daniel Susannah aan en schudde zijn hoofd. 'Dat is onmogelijk. Ze chanteert mijn vader al meer dan een jaar. En de medewerker van dat postbussenbedrijf zei dat ze haar rekening vorige maand op tijd heeft betaald. Contant.'

Ciccotelli zuchtte. 'Nou, wie haar rekening ook heeft betaald, het was niet Claire Reynolds. Weet u niet iemand anders die mogelijk uw vader chanteerde?'

Susannah schudde haar hoofd. 'Geen idee.'

'Weten jullie dan hoe of waarom?' vroeg Lawrence zachtjes.

Daniel schudde verdoofd zijn hoofd. Maar dat was niet waar. Hij wist het wel. Het was zo erg dat het hem plaagde. Dus hield hij zijn mond. Bovendien wist hij dat Ciccotelli hém ook niet alles vertelde, en tot hij dat wel deed, en misschien zelfs dan, wilde Daniel niet onthullen wat de grootste schande van zijn vader had moeten zijn.

*En via hem die van mij.*

Ciccotelli haalde een schets uit zijn dossier en schoof die over tafel. 'Kent u deze man?'

Daniel tuurde naar de tekening. De man had een hard gezicht, een gespannen kaak, prominente jukbeenderen. Zijn neus was messcherp, zijn kin stomp. Maar zijn ogen gaven Daniel de rillingen. Ze waren kil, en de tekenaar had er een wreedheid in gelegd die Daniel maar al te goed kende uit zijn jaren als wetsdienaar. Toch was er iets bekends aan die ogen. De postbus had alle oude geesten uit het verleden opgedregd. Maar het waren geesten. Deze man was echt, had zijn ouders vermoord en ze laten wegrotten in een naamloos graf. 'Nee,' zei hij uiteindelijk. 'Ik ken hem niet. Het spijt me. Suze?'

'Nee,' zei ze. 'Ik hoopte van wel, maar nee.'

'Ze moeten de geluidsopname eigenlijk horen,' zei Nick. 'Misschien herkennen ze zijn stem.'

'Goed, maar alleen het eerste gedeelte, Jen,' antwoordde Ciccotelli.

McFain klapte haar laptop open. 'Dit gedeelte is niet erg luid, dus jullie moeten goed luisteren.'

*'Schreeuw zoveel je wilt.'*

Daniel werd ijskoud vanbinnen. Hij staarde opnieuw naar de schets. Naar de ogen van de man. En hij wist het. Maar het was onmogelijk.

Susannahs hand werd slap, maar hij hoorde haar hijgen en besefte dat zij het ook wist.

*'Niemand kan je horen. Niemand komt je redden. Ik heb ze allemaal vermoord.'*

Hij deed zijn ogen dicht en graaide naar de ontkenning. 'Onmogelijk,' mompelde hij. Want hij was dood. Ze hadden hem begraven, in godsnaam.

*'Ze dachten allemaal dat ze leden, maar hun leed was niets vergeleken met wat ik met jou ga doen.'*

Maar hij was het. *Goeie god.* De gal kwam omhoog in zijn keel.

'Stop,' snauwde Susannah. 'Zet dat ding uit.'

Jennifer McFain deed het meteen, en Daniel voelde dat iedereen naar hem keek. Het was plotseling te warm in de kamer, en zijn stropdas zat te strak. 'We hebben niet gelogen,' zei Daniel hees. 'We zijn nu nog maar met ons tweeën over. Maar we hadden een broer. Hij is overleden. We hebben hem begraven in het familiegraf.'

'Hij heette Simon,' fluisterde Susannah, en het afgrijzen deed haar stem trillen.

'Hij is al twaalf jaar dood. Maar dat was zijn stem. En dat zijn zijn ogen.' Daniel keek in Ciccotelli's donkere ogen en dwong de woorden naar buiten langs de angst die zijn keel dichtkneep. 'Als dat echt Simon is op die opname, dan hebben jullie te maken met een monster. Hij is tot zo ongeveer alles in staat.'

'Dat weten we,' zei Ciccotelli. 'Dat weten we.'

*Donderdag 18 januari, 20:05 uur*

Vito streek met zijn handen over zijn gezicht, en de stoppels krasten langs zijn huid. Daniel Vartanian had hun verteld dat zijn broer was omgekomen toen zijn auto na een ongeluk in brand was gevlogen, en dat hij daarna was begraven. Dat hun broer een wreed mens was geweest, die het leuk vond om dieren te martelen, maar ook een begaafd student met een verscheidenheid aan talenten: op het gebied van kunst, literatuur en geschiedenis tot wetenschap, wiskunde en computers.

Simon Vartanian leek net iemand uit de renaissance, maar dan in de eenentwintigste eeuw. Maar nu hij dat allemaal wist, was hij nog niet dichter bij het arresteren van dat monster.

'Ik denk dat we meer nieuwe vragen dan antwoorden hebben,' mompelde Vito.

'Maar nu kennen we zijn echte naam,' zei Nick. 'En zijn gezicht.'

'Hij ziet er niet meer zo uit als vroeger,' merkte Daniel op.

'Maar zijn ogen zijn nog hetzelfde,' vulde zijn zus aan, nog altijd starend naar Tino's schets met een gezichtsuitdrukking die een mengeling was van pijn, afgrijzen en verdriet.

Vito stopte de schets weer in zijn map. 'We zullen de kist moeten opgraven die in jullie familiegraf ligt.'

Daniel knikte. 'Ik weet het. En ergens wil ik niet weten wat erin zit. Mijn vader heeft alles geregeld toen Simon "overleed". Hij heeft het lichaam geïdentificeerd, de kist gekocht, Simon laten afleggen en hem naar huis gehaald om te worden begraven.'

'Het was een begrafenis met dichte kist,' vertelde Susannah Vartanian. Ze was angstaanjagend bleek, maar ze zat rechtop in haar stoel, met geheven kin alsof ze verwachtte dat de volgende klap persoonlijk zou zijn, en Vito vroeg zich af wat die twee nog voor hem verborgen hielden.

'Dat is normaal wanneer een lichaam verminkt is,' zei Katherine. 'Deze man had een auto-ongeluk gehad en was ernstig verbrand. Als jullie zijn lichaam hadden gezien, hadden jullie misschien ook gedacht dat het jullie broer was.'

Daniel toonde een zweem van een glimlach. 'Dank u. Maar ik ben niet zozeer bezorgd om het lijk dat we zullen aantreffen.'

Nick kon zijn verbazing niet verbergen. 'U bent bang dat de kist leeg zal zijn, dat uw vader wist dat uw broer niet echt dood was.'

Daniel trok alleen zijn wenkbrauwen op. Zijn zus, naast hem, verstijfde nog wat meer. Dit was de klap die ze had verwacht, dacht Vito.

'Waarom zou uw vader een hele begrafenis in scène zetten?' wilde Jen weten.

Daniel glimlachte bitter. 'Mijn vader had de gewoonte om Simons rommel op te ruimen.'

Vito had zijn mond al opengedaan om door te vragen, toen Thomas Scarborough zijn keel schraapte.

'U zei dat uw gezin van elkaar vervreemd was,' zei Thomas. 'Waarom?'

Daniel keek zijn zuster aan voor steun, voor begeleiding. Voor toestemming zelfs, dacht Vito.

Susannahs knikje was amper te zien. 'Vertel het ze maar,' mompelde ze. 'In godsnaam, vertel ze alles. We hebben lang genoeg in Simons schaduw geleefd.'

*Donderdag 18 januari, 20:15 uur*

Van Zandt dacht dat hij slim was, door hem vanaf het restaurant te laten volgen door zijn bodyguard. Natuurlijk kon hij het niet gebruiken dat VZ zijn echte adres zou ontdekken. Dat gaf de Nederlander alleen maar nóg iets om boven zijn hoofd te houden.

*Foto's van mij maken...* Van Zandt had verdomd veel lef. Hoewel het ergens ook heel ironisch was, vond hij.

Van Zandts mannetje stond in een steeg geparkeerd, met zijn blik gefixeerd op de deur van het Chinese restaurant aan de overkant waar hij naar binnen was gegaan, wachtend tot hij weer naar buiten naar zijn auto zou lopen. In plaats daarvan naderde hij de man van achteren en klopte op het raampje aan de bestuurderkant. Geschrokken draaide VZ's medewerker zich om en keek hem aan. Hij ontspande zich en draaide het raampje omlaag. 'Wat moet je, vriend?'

De man klonk agressief, maar hij glimlachte alleen maar. 'Sorry dat ik u lastigval, meneer, maar mijn organisatie verkoopt kalenders voor –'

'Geen belangstelling.' De man wilde zijn raampje weer omhoogdraaien, maar was een tel te laat. Zijn mes had al doel getroffen, en nu bloedde Jagers beveiligingsman als een rund. De ogen van de man werden groot, knipperden en werden glazig, waardoor hij nog eens werd getrakteerd op het moment van de dood.

'Geeft niet,' mompelde hij. 'Het was toch de kalender van vorig jaar.' Hij liet zijn mes achter en liep het steegje uit naar zijn vervoermiddel, dat, heel handig, net voor de voordeur van het Chinese restaurant stond. Hij navigeerde met gemak door de straat, langs alle arme automobilisten die gedwongen waren om vele straten verderop te parkeren. Nog een voordeel van zijn huidige... persoonlijke vervoermiddel.

Hij bevond zich een eind onder de zichtlijn van iedereen die later zou kunnen worden gevraagd of ze iets gezien hadden dat te maken kon hebben met de dood van de man in de steeg. *Als iemand me kan beschrijven, dan alleen in zeer algemene bewoordingen.*

Niet dat hij zich zorgen hoefde te maken. Er keek maar zelden iemand in zijn ogen als hun blik zijn kant op dwaalde. Mensen keken weg als ze zijn handicap zagen. Waardoor hij vrij was om zich te verplaatsen hoe hij wilde.

*Donderdag 18 januari, 20:30 uur*

Daniel staarde lange tijd naar zijn handen voordat hij sprak. 'Simon was altijd al een wrede rotzak. Ik heb hem een keer tegengehouden toen hij een kat wilde verdrinken, en hij was woest. Ik probeerde hem in elkaar te slaan, maar hij sloeg me verrot. Hij was tien.'

Katherine fronste haar wenkbrauwen. 'Kon Simon u al aan toen hij tien was? U bent geen kleine man, agent Vartanian.'

'Simon is groter,' zei Susannah veel te zachtjes.

Daniel keek naar haar met een mengeling van strak ingehouden woede en pijn in zijn ogen. Maar hij vervolgde: 'De tijd verstreek en het werd erger met Simon. Mijn vader werd aangesteld als rechter. Simons activiteiten waren gênant voor zijn carrière, dus gebruikte pa zijn invloed om de boel glad te strijken. U zou ervan staan te kijken wat mensen door de vingers willen zien voor een beetje geld. Toen Simon achttien was, liep hij weg. Toen hoorden we van dat auto-ongeluk.'

'En hebben we hem begraven,' voltooide Susannah.

'En hebben we hem begraven,' herhaalde Daniel zuchtend. 'Ik verhuisde naar Atlanta en werd politieman, maar toen kwam ik nog regelmatig thuis. De laatste keer dat ik mijn ouders zag, was ik naar huis gekomen voor Kerstmis.' Hij zweeg een tijdje en liet zijn schouders zakken. 'Toen ik binnenkwam, trof ik mijn moeder huilend aan. Ze huilde niet vaak. De laatste keer was op Simons begrafenis geweest. Maar ze had foto's gevonden. Tekeningen die Simon had gemaakt.'

'Van dieren die hij had gemarteld?' vroeg Scarborough.

'Een paar. Maar de meeste van mensen. Hij had foto's uit echt keiharde, gewelddadige tijdschriften geknipt. Van die plaatjes had hij tekeningen gemaakt. Simon was een begaafd kunstenaar, maar hij had altijd al een duistere kant. Hij had ook posters van naargeestige schilderijen aan de muren in zijn slaapkamer hangen.'

'Zoals?' vroeg Vito.

Daniel fronste zijn voorhoofd. 'Weet ik niet meer.' Hij keek naar Susannah. 'Dat schilderij, *De schreeuw*.'

'Munch,' zei ze. 'En hij hield van Hiëronymus Bosch. Hij had ook een poster van Goya, van een slachtpartij. En nog een van een zelfmoord. Dorothy nog wat.'

Daniel knikte. 'En die poster van Warhol. "Kunst is wat je kunt flikken". Dat is wel treffend voor Simon.'

'Wat hem typeerde,' mompelde Susannah, 'was wat hij onder zijn bed bewaarde.'

Daniels ogen werden groot. 'Heb je de foto's gezien?'

Ze schudde haar hoofd. 'Geen foto's. Ik heb geen idee waar hij díé verstopte.'

'Wat, mevrouw Vartanian?' vroeg Vito op scherpe toon. 'Wat lag er onder zijn bed?'

'Zijn exemplaren van de kunst van seriemoordenaars. John Wayne Gacy's clownschilderijen. En nog meer.'

Simon Vartanian had de tekeningen van andere mensen overgeschilderd, aanbad duistere kunstenaars. Nu creëerde hij zijn eigen kunst. En zijn eigen slachtoffers. Er hing spanning om de tafel, en Vito wist dat de anderen het ook begrepen. Even was hij bang dat iemand zijn mond voorbij zou praten. Maar tot Vito's opluchting zei niemand iets. Er waren nog altijd dingen die de Vartanians hun niet hadden verteld. Tot ze dat deden, kon de informatiestroom niet compleet zijn.

'Waarom hebt u niemand iets verteld, mevrouw Vartanian?' vroeg Thomas Scarborough vriendelijk.

Haar kin kwam weer omhoog, maar in haar ogen was schaamte te zien. 'Daniel woonde niet meer thuis, en ik moest ook een keer slapen. Toen ging Simon dood en verdwenen de schilderijen. Ik wist niets van de foto's uit tijdschriften of zijn tekeningen daarvan. Tot vanavond, dan.'

'Agent Vartanian, uw moeder had die tekeningen en tijdschriftfoto's gevonden. Waarom had u dan ruzie met uw vader?' vroeg Vito.

Daniel keek naar zijn zus. 'Vertel maar, Daniel,' zei ze gespannen.

'Er waren nog meer foto's. De foto's uit de tijdschriften waren in scène gezet, maar andere zagen er echt uit. Vrouwen die verkracht werden... Simon had daar ook tekeningen van gemaakt.'

Het bleef even stil, en toen schraapte Jen haar keel. 'Ik sta ervan te kijken dat Simon die foto's niet had meegenomen,' zei ze. 'Waar had uw moeder ze gevonden?'

'In een van de kluizen van mijn vader. Hij had er verschillende in huis verstopt.'

'Dus uw vader wist van Simons geheime verzameling?' vroeg Jen.

'Ja. Mijn moeder confronteerde hem ermee, en hij gaf toe dat hij ze in Simons kamer had gevonden nadat die was weggelopen. Nu vraag ik me af of die tekeningen niet de oorzaak waren van Simons vertrek. Misschien had mijn vader er eindelijk genoeg van. Ik zal het nooit weten. Zodra ik die foto's zag, zei ik dat we ze aan de politie moesten geven. Dat de mensen op die foto's slachtoffers waren. Mijn vader was woest. Waarom moesten we alles oprakelen, vroeg hij. Simon kon nu niet meer gestraft worden. Hij was dood. Het zou alleen maar schande over de familie brengen.'

Zijn zus legde haar hand over die van hem heen, in grimmige acceptatie van wat er ging komen, maar Daniels uitdrukking was afstandelijk bij de herinnering.

'Ik was zo kwaad. Het was alsof al die jaren waarin ik had toegekeken hoe mijn vader de troep voor Simon opruimde tot een kookpunt kwamen en er iets in me knapte. Ik ging bijna met mijn vader op de vuist, dus ging ik naar buiten om een eindje te lopen. Toen ik terugkwam, besloot ik die foto's te pakken en er zelf mee naar de politie te gaan, maar ik was te laat. Ik vond de as in de open haard.'

Nick schudde ongelovig zijn hoofd. 'Uw vader – een réchter – had bewijzen vernietigd?'

Daniel keek met van spot vertrokken lippen op. 'Ja. Ik was ongelooflijk kwaad, en toen heb ik hem wel geslagen. En hij sloeg terug. We hebben elkaar die dag een beetje toegetakeld. Ik ging weg en beloofde dat ik nooit meer terug zou komen. En dat heb ik ook niet gedaan, tot afgelopen zondag.'

'Wat deed u aan die foto's?' vroeg Liz.

Hij haalde zijn schouders op. 'Wat kon ik doen? Ik heb er dagen over lopen piekeren. Uiteindelijk deed ik niks. Ik had geen bewijs. Ik had alleen maar een glimp van die foto's gezien. Ik wist niet eens zeker of er een misdaad was gepleegd, en of die foto's in scène gezet of echt waren. En uiteindelijk was het mijn woord tegen het zijne.'

'Maar uw moeder had ze ook gezien,' opperde Jen voorzichtig.

'Zij zou niets doen om mijn vader te dwarsbomen,' zei Susannah. 'Dat hoorde gewoon niet.'

'Denkt u dat Claire Reynolds die foto's gebruikte om uw vader te chanteren?' vroeg Vito.

'Dat schoot me aanvankelijk te binnen, maar ik zou niet weten hoe ze ervan af had moeten weten, en ik vroeg me af of er geen andere dingen waren, waar zelfs ik niets van wist. Ik moest weten waar die chantage om ging. De carrière van mijn zus kon erdoor geschaad worden.'

Susannah keek fel op. 'Mijn carrière kan bogen op mijn eigen verdiensten. En die van jou ook.'

'Weet ik,' zei hij. 'Toen ik bij dat postbussenbedrijf kwam, zag ik dat mijn moeder daar een postbus voor me had geopend. Ze had dit achtergelaten.' Hij haalde een dikke envelop uit zijn laptoptas.

Vito wist wat erin zou zitten. Toch kromp hij ineen toen hij de foto's en tekeningen zag die een jongere Simon Vartanian had gemaakt. 'Uw vader had ze niet vernietigd.'

Daniel keek grimmig. 'Kennelijk niet. En ik weet niet waarom hij ze had bewaard.'

Vito gaf de foto's aan Liz en wreef over zijn nek. 'Laten we eens kijken wat we hebben. Ten eerste Claire Reynolds. Waarvan kende ze uw ouders?'

'Weet ik niet,' antwoordde Daniel. 'Geen van beiden herinneren we ons die naam uit Dutton.'

'Ze kwam niet uit Dutton,' zei Katherine. 'Ze kwam uit Atlanta.'

'Mijn vader ging af en toe naar Atlanta,' vertelde Susannah. 'Hij was rechter.'

Jen fronste haar voorhoofd. 'Maar dat verklaart niet hoe Simon erbij betrokken raakte. Kende hij haar?'

'Het enige waarvoor Simon naar Atlanta is geweest, was om zijn prothese te passen,' zei Daniel. 'Zijn been was geamputeerd, en zijn orthopeed zat in Atlanta.'

'Ja,' fluisterde Jen. 'Claire had ook een geamputeerd been.'

'Waarom zei u dat niet eerder?' vroeg Liz.

Daniels kaak verstrakte. 'Ik vermoedde tot een uur geleden niet eens dat hij nog leefde.'

'Sorry,' mompelde Liz. 'Dit moet een schok voor u zijn geweest.'

Daniels ogen fonkelden woedend. 'Denkt u?' vroeg hij sarcastisch.

Susannah kneep in zijn hand. 'Daniel, alsjeblieft. Dus Claire kende Simon van de orthopeed. Maar hoe zou ze moeten weten van mijn vader? En die foto's?'

'Bovendien is daar nog de kwestie dat Claires chantage nog een jaar nadat ze al dood was doorging,' merkte Vito op.

Nick grimaste. 'Dat is een probleempje. Misschien is Simon doorgegaan nadat hij haar vermoord had. Misschien wilde hij geld van uw ouders hebben.'

'Maar die vent bij dat postbussenbedrijf zei dat een vrouw de rekening had betaald,' zei Daniel. 'En we kunnen de beveiligingsopnamen van dat bedrijf niet bekijken. Die bewaren ze maar dertig dagen.'

'Handlanger?' vroeg Jen.

Thomas schudde zijn hoofd. 'Past niet in het profiel. Ik zou ervan staan te kijken als Simon daar iemand genoeg voor vertrouwde. Een hulpje, misschien, maar geen handlanger.'

'Dus moeten we uitzoeken wie die andere vrouw is,' zei Liz.

Vito had een passend stukje van de puzzel gevonden. 'Claire had een vriendin. Dr. Pfeiffer en Barbara van de bibliotheek vertelden dat Claire lesbisch was.'

'En natuurlijk wisten de dames van de bibliotheek geen naam,' vulde Liz aan.

Vito voelde zijn energie weer wat opleven. Hij kwam weer op gang. 'Nee, maar er heeft een foto in de krant gestaan, van Claire die een andere vrouw kuste. Als we die foto kunnen vinden...'

'Je weet zeker niet in welke krant, hè?' vroeg Jen.

'Nee, maar hij was gemaakt tijdens een protestmars. Claire verhuisde pas vier jaar geleden hierheen, en ze is al een jaar dood. Hoeveel marsen kunnen er in drie jaar tijd zijn geweest?'

'Dus Claire kwam toevallig bij dezelfde orthopeed hier in Philadelphia terecht?' vroeg Susannah. 'Het is natuurlijk mogelijk, maar de kans lijkt me klein.'

'Pfeiffer rekruteerde patiënten voor een onderzoek naar een upgrade van een microprocessor in kunstknieën,' vertelde Vito. 'Misschien is dat wat die twee heeft samengebracht.'

Daniel knikte. 'Als Claire Simon kende van de arts in Atlanta, dan wist ze dat hij dood hoorde te zijn. Er waren andere patiënten van Pfeiffer op de begrafenis.'

'Ze moet Simon ook hebben gechanteerd,' zei Katherine. 'Daarom heeft hij haar vermoord.'

'En die andere vrouw ging verder waar Claire was opgehouden.' Nick schudde zijn hoofd. 'Kil, man.'

'Waarom nu?' vroeg Thomas Scarborough. 'Wie die tweede chanteur ook is, ze ging nog een jaar nadat Claire was overleden door. Waarom heeft uw vader een jaar gewacht voordat hij hierheen kwam?'

'Hij stelde zich kandidaat voor een openbaar ambt,' antwoordde Daniel, op een manier waardoor Vito het idee kreeg dat hij die vragen al dagen eerder voor zichzelf had beantwoord. 'Hij had het nog niet bekendgemaakt. In feite bleef hij in zijn e-mails de man op afstand houden die wilde dat hij zich kandidaat stelde. Ik denk dat hij wist dat zodra hij zijn kandidatuur bekendmaakte, de prijs van de chantage zou stijgen.'

'En wie bediende dan afgelopen zondag de computer van uw vader?' vroeg Jen. 'Simon of chanteur nummer twee? We moeten die computer bekijken om daarachter te komen.'

Daniel knikte. 'Ik zal een koerier regelen. Hoe kunnen we u verder nog helpen, rechercheur?'

Vito ging in gedachten langs de gebeurtenissen. Verschillende dingen klopten niet. 'Uw vader kwam naar Philly om de chanteur te zoeken. Maar waarom is uw moeder meegekomen?'

Katherine knikte. 'Goeie vraag. Uw moeder was ernstig ziek. Geen enkele dokter zou haar toestemming hebben gegeven om te reizen.'

'Ik weet het niet,' antwoordde Daniel. 'Dat heb ik me zelf ook afgevraagd.'

'Voor Simon zou ze wel zijn gekomen,' zei Susannah vlak. 'Het draaide altijd allemaal om Simon.' Haar woorden waren doorspekt met een broos cynisme. 'Arme, arme Simon.'

'Hoe is Simon zijn been kwijtgeraakt?' vroeg Katherine.

Daniel schudde zijn hoofd. 'Mijn ouders vertelden iedereen dat het een ongeluk was.'

'Maar wij wisten beter,' zei Susannah. 'We woonden ver buiten de stad. Ongeveer anderhalve kilometer achter ons woonde nog een oude man in een klein huisje. Hij had een verzameling antieke vallen. Op een dag was hij een berenval kwijt. We wisten allemaal dat Simon die gestolen had, maar hij kon zich overal uit praten en overtuigde iedereen ervan dat hij er niets van af wist.'

'En hij kwam er zelf in terecht,' concludeerde Vito. 'Wie heeft hem gevonden?'

Daniel wendde zijn blik af. 'Ik. Hij was al een dag weg, en we zijn hem gaan zoeken. Ik vond hem, bloedend en met vreselijk veel pijn. Simon had geen stem meer over. Hij had urenlang geschreeuwd, maar niemand had hem kunnen horen.'

Vito voelde een rilling over zijn rug lopen. Daar was het verband.

'En hij gaf mij de schuld,' vervolgde Daniel somber. 'Tot de dag dat hij vertrok, was hij ervan overtuigd dat ik had geweten waar hij was en hem had laten lijden. Dat was niet zo, maar niemand kon hem van de waarheid overtuigen. Simon was al gemeen voordat hij zijn been kwijtraakte, maar daarna...'

Susannah deed haar ogen dicht. 'Daarna werd Simon een monster. Hij had het voor het zeggen bij ons thuis. Mijn moeder wijdde zich geheel aan hem, wat ik nooit helemaal heb begrepen. Maar ik weet zeker dat als ze dacht dat hij nog leefde, ze zou smeken om naar hem toe te worden gebracht, hoe ziek ze ook was.'

'Wat betekent dat uw ouders ofwel al die tijd al wisten dat Simon niet echt dood was, of ze daarachter kwamen en vervolgens op reis gingen.' Vito keek naar de gezichten van de Vartanians. 'Maar u denkt dat in ieder geval uw vader wist dat Simon nog leefde, anders zou u zich geen zorgen maken over wat we in zijn kist zullen vinden als we die opgraven.'

'Ja,' antwoordde Daniel vlak. 'Nu zijn we moe. Als er verder niets meer is –'

'Ik heb twee vragen.'

Vito boog zich naar voren om naar Sophie aan het uiteinde van de tafel te kijken. Ze had de hele tijd nog geen woord gezegd. 'Wat is er, Sophie?'

'Agent Vartanian denkt dat zijn vader hier kwam op zoek naar de chanteur. Mevrouw Vartanian denkt dat haar moeder hierheen kwam op zoek naar Simon.'

Daniel keek haar oplettend aan. 'Ja.'

Susannah had haar ogen tot spleetjes geknepen, alsof ze nu pas besefte dat Sophie er was. 'Wat is uw relatie tot dit onderzoek, Dr. Johannsen?'

'Ik heb de lichamen van uw ouders gevonden en de politie geholpen bij het vaststellen van hun identiteit.'

Daniels kaak verstrakte. 'Goed. En wat hebt u te vragen?'

'U zei dat uw ouders in het hotel waren ingecheckt onder uw moeders naam.'

'Ze wilden kennelijk niet dat iemand wist dat ze op zoek waren naar Claire Reynolds,' zei Susannah stijfjes.

'Dat zou ik ook denken, maar een paar dingen kloppen niet. Ten eerste zei u dat het hotelpersoneel zich nog herinnerde dat uw moeder veel tijd alleen op de kamer had doorgebracht.'

'Ze was ziek,' zei Daniel geërgerd. 'Zij bleef daar, en hij zocht naar Claire.'

'Ze bleef niet in het hotel toen uw ouders naar de bibliotheek gingen, waar Claire ooit had gewerkt. En daar gaf uw vader zijn echte naam toen hij naar Claire vroeg. Alleen stelde hij zijn vragen niet aan de bibliothecaresse of iemand anders die hem had kunnen helpen, maar hij koos een oude man uit die amper Engels sprak. Mijn eerste vraag is: waarom stelde uw vader zijn vragen over Claire Reynolds aan een oude Russische man, en waarom heeft hij alleen aan die Russische man zijn echte naam bekendgemaakt?'

Vito kon haar wel zoenen. In plaats daarvan vroeg hij rustig: 'En je tweede vraag?'

'Waarom heeft hij de foto's meegenomen naar Philadelphia? Als hij werd gechanteerd met die foto's, waarom nam hij ze dan mee met het risico dat iemand ze zou zien? Waarom heeft hij ze niet thuisgelaten in zijn kluis? En wat dat betreft, waarom heeft hij zich er nooit van ontdaan?'

Er verschenen donkere vlekken op Susannah Vartanians wangen. 'Wilt u suggereren dat onze ouders Claire Reynolds hebben vermoord?'

Zeg niets over de game, Sophie, dacht Vito. Zeg niets over Clothilde.

'Helemaal niet, mevrouw Vartanian. Ik suggereer dat uw vader niet wilde dat iemand wist dat hij op zoek was naar Claire, en dat hij daarom zijn identiteit verborgen hield. En ik suggereer dat hij wilde dat uw moeder dacht dat hij openlijk zocht.'

Er daagde begrip in Susannahs ogen. 'Ma wist niets van die chantage,' zei ze stug. 'Ze dacht dat ze alleen maar op zoek waren naar Simon.'

'Maar uw vader had niet de bedoeling om ze met elkaar in contact te brengen,' mompelde Vito.

'Omdat hij al die tijd had geweten dat Simon nog leefde, en niet wilde dat Simon dat tegen ma zou zeggen,' voltooide Daniel grimmig. 'En het heeft iets te maken met die foto's.'

'Maar ze heeft Simon wel gezien,' fluisterde Susannah. 'Want hij heeft haar vermoord. Mijn god.'

Vito keek Liz aan, met zijn wenkbrauwen opgetrokken in een zwijgende vraag. Ze knikte, dus schraapte hij zijn keel. 'Eh... er is nog één ding dat jullie moeten weten. Toen we jullie ouders vonden, vonden we naast hen twee lege graven. Op dat moment wisten we niet zeker wat daarachter zat. Nu...'

Susannah verbleekte. 'Daniel.'

Daniel legde zijn arm om haar schouders. 'Het geeft niet, Suze. Nu weten we het. We kunnen op onze tellen passen.' Hij keek Vito aan. 'Mogen we die tekening nog een keer zien?'

Vito legde de schetsen van de oude man en Frasier Lewis naast elkaar voor de Vartanians op tafel. 'Ik zal een kopietje voor jullie maken.'

'Bedankt,' zei Daniel. 'Dat stellen we –' Maar Susannah onderbrak hem met een geschokte ademteug.

Met trillende handen pakte ze de tekening van de oude man op. 'Ik ken hem.' Ze keek op met een nu lijkbleek gezicht. 'Daniel, ik laat iedere ochtend en avond de hond uit in een parkje tegenover mijn huis. Die man...' Ze wees naar de schets. 'Hij zit er soms op een bankje.' Haar stem trilde. 'We kletsen wel eens. Hij aait de hond. Daniel, hij is even dicht bij me geweest als jij nu.'

Vito keek Sophie aan. Haar gezicht stond gepijnigd en begripvol. Hij keek Susannah Vartanian weer aan. 'Hoelang al? Hoelang kent u hem al?'

Ze deed haar ogen dicht. 'Minstens een jaar. Hij houdt me al een jaar in het oog.'

'We kunnen jullie beschermen,' zei Liz. 'Het enige wat we moeten hopen, is dat hij niet weet dat jullie weten dat hij nog leeft. Kom mee. Ik zal jullie ergens onderbrengen voor vannacht.'

*Donderdag 18 januari, 21:15 uur*

'Vito, wacht.'

Vito bleef bij de voordeur van het bureau staan. Katherine stond daar te rillen, en hij zette zich schrap. Hij had haar sinds de vorige avond weten te ontlopen, maar kennelijk waren de omtrekkende bewegingen voorbij. 'Hoelang sta je hier al te wachten?'

'Sinds het eind van de bespreking. Ik nam aan dat je vroeg of laat wel beneden zou komen.'

Vito keek over zijn schouder naar Sophie, die met Nick en Jen in de hal stond.

Katherine volgde zijn blik. 'Je verliest haar niet uit het oog.'

'Nee. Telkens als ik eraan denk dat hij naar het museum is gegaan en haar heeft aangeraakt...'

'Vito, het spijt me. Ik had dat gisteren niet moeten zeggen.'

'Nergens voor nodig. Je was bang. En je had gelijk.'

'Nee, ik had geen gelijk, en dat ik bang was is geen excuus. Ik zei dat het me spijt. Ik zou het op prijs stellen als je me vergeeft.'

Vito wendde zijn blik af. 'Katherine, ik heb het mezelf niet eens vergeven.'

'Dat weet ik, en dat moet veranderen. Je hebt niks verkeerd gedaan. Wat met Andrea is gebeurd was tragisch, maar het was niet jouw schuld en je had het ook niet kunnen voorkomen.'

Hij staarde naar zijn schoenen. 'Hoe wist je het?'

'Ik was erbij toen je de resultaten van het rapport over de kogel zag. Ik zag de blik in je ogen toen je besefte dat ze geraakt was door een kogel van jou. Ik zag hoe je naar haar keek toen ze het mortuarium in werd gebracht. Vito, je hield van haar en ze ging dood.' Katherine zuchtte. 'Maar dat is tussen jou en je ziel. Ik had geen recht om het tegen je te gebruiken.'

'Je was bang,' herhaalde hij. 'Sophie is je kleine meid.'

Katherines lippen beefden. 'Ik ken dat meisje al sinds haar vijfde.'

'Hoe heb je haar leren kennen? Waarom ben jij de moeder die ze nooit heeft gehad?'

Katherines ogen vulden zich met tranen. 'Heeft ze dat gezegd?'

'Ja. Nou?'

'Ze was het beste vriendinnetje van mijn dochter Trisha op de kleuterschool. Op een dag kwam Trisha huilend thuis. Er zou een moeder-en-dochter-feestje worden gehouden, en Sophie zou niet komen. Ze had geen moeder om mee te nemen.'

Vito slikte even. 'En haar oma of tante dan?'

'Anna was op tournee. Freya had die avond iets te doen met een van haar eigen dochters, en dat was Freya's prioriteit. Harry wilde wel met haar mee, maar hij hoorde niet thuis in dat hele moeder-dochter-gebeuren, dus bood ik mezelf aan. Ik zat daar met Trisha op de ene knie en Sophie op de andere. Sindsdien is Sophie van mij.'

'En haar oma?'

'Anna kortte haar tourschema een heel stuk in en kocht een huis in Philly, zodat Sophie dicht bij Harry kon zijn. Maar pas jaren later gaf Anna haar carrière helemaal op, dus Sophie kwam vaak bij mij.'

'Waarom stopte Anna uiteindelijk met touren?'

'Ze had zo veel van haar eigen dochters gemist. Ik denk dat ze eindelijk besefte dat ze met Sophie en Elle nog een kans had gekregen.'

'Elle?'

Katherines ogen werden groot van schrik. Toen schudde ze haar hoofd. 'Ze moet je zelf maar over Elle vertellen. Vito, ik heb alle ups en downs van dat meisje meegemaakt. Ik doe alles om over haar veiligheid te waken. En haar geluk.'

Hij keek weer naar Sophie. 'Ze is nu veilig. En ik denk graag dat ze ook gelukkig is.'

'Je bent een goed mens, Vito. Ik heb jou ook heel wat zien meemaken. We zijn vrienden. Ik hoop dat die ene stomme opmerking van mij al die goeie jaren niet uitwist.'

'Dat is ook niet zo. Ik zou nog eerder zelf een kogel opvangen dan haar iets laten overkomen.'

'Dat moet je niet zeggen. Het is niet grappig.'

'Zo was het ook niet bedoeld. Wat was dat met die lijkzak, Katherine?'

'Dat zal ze je ook zelf moeten vertellen.' Ze ging op haar tenen staan en kuste hem op zijn wang. 'Bedankt dat je me vergeeft. Ik zal niet zo stom zijn om onze vriendschap nog eens op het spel te zetten.'

'Duitse chocoladetaart zou veel goedmaken,' zei hij, en ze lachte.

'Als dit allemaal voorbij is, bak ik twee taarten voor je. En nu ben ik uitgeput. Ik ga naar huis.'

'Ik loop wel even mee naar je auto,' zei Vito. 'Jij moet ook oppassen.'

Katherine keek hem gealarmeerd aan. 'Ik neem aan dat dat ook niet grappig bedoeld was.'

'Nee. Kom mee.'

# 20

*Donderdag 18 januari, 21:55 uur*

'Wauw.' Sophie keek met knipperende ogen naar de auto's op Vito's oprit. 'Wat is hier aan de hand?'

'Ik heb een mini-familiebijeenkomst georganiseerd,' zei Vito toen hij haar hielp uitstappen.

'Dit is een míni-familiebijeenkomst? Hoezo?'

'Verschillende agendapunten.' Hij speurde met samengeknepen ogen de straat af, en Sophie huiverde. Hij deed dat al de hele weg vanaf het bureau en had zich geen moment ontspannen. Maar ze had hem zien praten met Katherine. Ze hadden vrede gesloten.

Katherine had hem echter iets verteld. De vragen in zijn donkere ogen, telkens als hij naar haar keek, waren overduidelijk. Maar Sophie had zelf ook vragen, en ze hadden nog geen tijd gehad om te praten sinds ze die ochtend om vier uur wakker waren geworden. Zelfs op de rit terug naar zijn huis had hij zojuist nog mobiel zitten bellen met Liz en Nick.

De verkeersdienst van de staat was de laatste paar uur druk geweest. Ze hadden het pad van oRo-directeur Jager van Zandt via camera's op tolhokjes en medewerkers getraceerd over de I-95. Vito had dat heel interessant gevonden en Sophie ook, het gaf haar een welkome afleiding. Het zette haar verstand aan het werk en zo had Sophie weten te voorkomen dat ze afgleed naar pure angst. Aan angst had niemand iets.

'Welke agendapunten?' vroeg ze, en hij leidde haar mee de oprit op.

'Die minibus is van mijn broer Dino. Hij is hier op bezoek bij zijn vijf zoons, die al sinds zondag bij mij logeren. Hoe lang ze nog blijven, dat is een van de punten op de agenda.'

'Vijf zoons?'

Vito knikte. 'Ja, vijf. Het is interessant, tot nu toe.'

Ze trok haar wenkbrauw op. 'Nu begrijp ik een stuk beter waarom je bij mij wilde slapen. Je wilde gewoon een ononderbroken nachtrust.'

'Alsof we die gehad hebben. Dino's vrouw ligt al een tijdje in het ziekenhuis, dus een volgend agendapunt is een update over wanneer ze naar huis mag. Die oude Volkswagen is van Tino. De Chevy heeft Tess gehuurd. Die Buick is van mijn vader, en hij is hier om jou te ontmoeten.'

Sophies ogen werden groot. 'Is je vader hier? Moet ik kennismaken met je vader? Ik zie er verschrikkelijk uit.'

'Je bent prachtig. Alsjeblieft. Mijn vader is een aardige kerel en hij wil je ontmoeten.'

Sophie aarzelde nog steeds. 'En waar staat jouw motor?'

Zijn wenkbrauwen kwamen omhoog. 'In de garage bij mijn Mustang. Als je lief bent, gaan we straks wel even kijken.' Hij aarzelde. 'Sophie, als die moordenaar je in de gaten houdt, heeft hij mij ook gezien. Ik moet er zeker van zijn dat mijn familie veilig is. Dat is het laatste agendapunt.'

'Daar had ik nog niet aan gedacht,' mompelde ze. 'Je hebt gelijk.'

'Natuurlijk heb ik gelijk. En nu heb ik het ijskoud, dus laten we maar naar binnen gaan.'

Sophie werd een huis in getroond dat vol was met mensen. In de keuken stond een vrouw met lange donkere krullen bij het fornuis, terwijl een lange man met wat grijs bij de slapen een peuter op zijn arm wiegde. Aan tafel zat een tiener met zijn neus in de boeken. Op de bank zat een forse man met zilvergrijs haar en een kind op zijn knie televisie te kijken; het toestel stond keihard aan. Een ander kind lag op zijn buik op de vloer van de woonkamer, met zijn blik aan het scherm geplakt, en een derde zat in zijn eentje overduidelijk te mokken.

De enige die Sophie herkende was Tino, die eruitzag zoals Sophie zich altijd had voorgesteld dat kunstenaars uit de renaissance eruitzagen: met lang golvend haar en gevoelige ogen.

Toen Vito de deur dicht deed, was het ineens stil. Het was net alsof ze onder een spotlight was gestapt.

'Hè, hè.' De vrouw kwam met een lepel in haar hand en een glimlach op haar gezicht naar de keukendeur lopen. 'Dus dit is de beroemde Sophie. Ik ben Vito's zus Tess.'

Sophie kon een glimlach niet onderdrukken. 'Pakketjesbezorgster. Dank je.'

'Op een dag moet je me eens vertellen wat dat speelgoedje te betekenen had en wat er aan de hand is met jullie receptioniste. Maar voorlopig hou ik het op "welkom".' Tess trok haar mee naar de woonkamer en stelde haar snel aan iedereen voor. Daar waren Dino en Dominic. De kleine jongen was Pierce, de grotere was Connor, en de mokkende was Dante.

Toen stond de grote man van de bank op en leek de kamer ineens een stuk kleiner. 'Ik ben Michael, Vito's vader. Tino's schets heeft je geen recht gedaan.'

Sophie knipperde met haar ogen. 'Wat voor schets?'

'Hij wilde niet ophouden met zeuren tot ik een tekening van je had gemaakt,' zei Tino terwijl hij haar hand pakte. 'Hoe gaat het met je, Sophie? Je hebt een grote schok te verwerken gehad.'

'Veel beter inmiddels, dank je.' Ze wendde zich weer tot Vito's vader. 'Uw zoons zijn getalenteerde en aardige mensen. U mag wel trots op ze zijn.'

'Ben ik ook. Ik ben ook blij om Vito eindelijk met een vrouw te zien. Ik begon me al zorgen te maken dat –'

'Pa,' waarschuwde Vito, en Sophie schraapte haar keel.

'Getalenteerde, aardige en mánnelijke mannen,' corrigeerde ze, en ze hoorde Tess achter zich grinniken.

Michael glimlachte en Sophie wist meteen waar Vito zijn filmsterrenuiterlijk vandaan had. 'Ga zitten en vertel me over je familie.'

Tess leunde tegen Vito's arm terwijl hun vader Sophie naar de bank begeleidde, zo statig als betrof het een troon. 'Je bent goed de pineut. Tegen de tijd dat jullie weggaan heeft hij haar alle mogelijke informatie ontfutseld. En dan ontfutsel ik alles weer aan hem.'

Vito merkte dat het hem eigenlijk niet uitmaakte. 'Sophie redt zich wel. We moeten praten, Tess.'

De glimlach in haar ogen verdween. 'Ik weet het. Tino zei dat de moordenaar die jullie zoeken gisteren bij Sophie is geweest. Ze zal wel op zijn van de zenuwen.' Ze gingen aan tafel zitten met Tino, Dino en Dominic. 'Vertel, Vito.'

'Jullie hebben allemaal het nieuws gezien. We hebben een akker gevonden met een heleboel lijken. De man die daar verantwoordelijk voor is, houdt Sophie al een tijdje in de gaten. Ik verlies haar niet uit het oog.'

Dino knikte met een grimmig gezicht. 'En mijn jongens? Zijn die in gevaar?'

'Er zijn geen aanwijzingen dat de moordenaar aandacht besteedt aan politieagenten. Maar hij is slim en weet dat we hem op de hielen zitten, dus ik kan niet met zekerheid nee zeggen. Ik zal hier wegblijven tot dit achter de rug is.'

Dino keek verloren. 'Wij kunnen pas weer naar ons eigen huis als elk stukje vloerbedekking is vervangen. Ik kan wel op zoek gaan naar een huurhuis tot die tijd, maar dat zal me nog een paar dagen kosten. Niemand anders in de familie heeft een huis dat groot genoeg is voor ons allemaal.'

'Ik weet dat pa en ma hun huis moesten verkopen, maar ik wou dat ze er nog even mee hadden gewacht,' gromde Tino. 'We hadden daar wel tien kinderen in kunnen onderbrengen.'

Maar het oude huis waar ze waren opgegroeid had een trap, en de bungalow van zijn ouders was gelijkvloers, waardoor Michael zijn energie kon sparen. Hopelijk zouden alle beetjes helpen om het leven van zijn vader te verlengen, en Vito wenste dat zijn vader lang genoeg zou leven om zijn eigen kinderen te zien, die in Vito's gedachten blond haar en felgroene ogen hadden.

'We kunnen ook naar een hotel,' zei Dino weifelend.

'Nee. Ik denk dat jullie hier goed zitten, Dino, echt. En als Molly uit het ziekenhuis komt, kunnen jullie de bovenverdieping van het huis nemen. Ik verkas wel naar beneden, bij Tino.'

'Hij heeft gelijk,' zei Tino. 'Tess en Dom en ik houden wel een oogje op de jongens, en binnenkort redt Vito de wereld en kunnen we allemaal terug naar de normale waanzin.'

'En ik blijf hier tot Molly helemaal beter is,' zei Tess. 'Dus maak je geen zorgen.'

'Je praktijk,' protesteerde Dino. 'Je patiënten.'

'Mijn patiënten worden overgenomen door iemand anders. Ik heb er niet eens meer zoveel. Ik had er al een paar doorverwezen.'

Omdat ze zelf al een tijd probeerde zwanger te worden, besefte Vito spijtig. Tess zou een geweldige moeder zijn. Als er gerechtigheid bestond, zou ze het gezin krijgen dat ze zo graag wilde.

En Sophie ook. Vito stond op. 'Ik ga wat spullen pakken. Dino, trek hier maar in wanneer je wilt.'

Tino glimlachte sluw. 'Misschien is onze grote broer zo graag bereid zijn dak aan te bieden omdat hij weet dat hij binnenkort een nieuw onderdak heeft.'

'Ze is mooi, Vito,' voegde Dino er grijnzend aan toe. Hij porde Dom in zijn ribben. 'Vind je ook niet?'

Dominic bloosde. 'Hou op joh,' mompelde hij.

'Hij heeft een oogje op een meisje op school,' zei Dino, en Dominic wierp zijn vader een kwade blik toe.

Tess klopte Dominic op zijn arm. 'Rustig Dom, en wen er maar aan. Je moet maar hopen dat je opa er geen lucht van krijgt, anders krijg je pas echt een kruisverhoor.'

'Kruisverhoor waarover?' vroeg Michael, die de keuken in kwam wandelen. Zonder op een antwoord te wachten begon hij in lades te rommelen en overal een puinhoop van te maken.

'Wat zoek je, pa?' vroeg Vito.

'Houten lepels met lange handvatten en die puntige dingen voor maïskolven. Sophie laat de jongens zien hoe ze een blijde moeten maken.'

'Alsof ze nog meer manieren nodig hebben om dingen naar elkaar te smijten,' gromde Dino, maar hij stond op om zijn vader te helpen zoeken. 'Een blijde, hè? Dat is best gaaf, eigenlijk.'

Tino trok zijn wenkbrauw op. 'Ze heeft een snelle motor, ze kan middeleeuwse aanvalswapens maken van keukenspullen, en ze heeft mooie... truien.'

Dino lachte. 'Dat lijkt me er eentje die je moet zien vast te houden, Vito.'

'Tijd dat ik vertrek. Tino, zou je me even willen helpen?' Vito wilde iets vragen over een granny-cam en wilde dat niet doen waar Tess bij was. Ze had een begrijpelijke aversie tegen verborgen camera's, aangezien ze daar een paar jaar geleden onvrijwillig slachtoffer van was geworden.

Toen Vito terugkeerde, zat zijn vader op de bank iets uit een blok hout te snijden. Sophie zat op de vloer en hielp de jongens bij het bouwen van een fort van boeken die ooit netjes op de planken hadden gestaan. Pierce keek met een van opwinding verhit gezicht op. 'We bouwen een kasteel, oom Vito, met een slotgracht en alles.'

'Ik heb het niet over een slotgracht gehad, Pierce,' zei Sophie. 'Je oom wil vast niet dat zijn woonkamer blank komt te staan, dus daar beginnen we niet aan.' Vito grimaste. Connor dumpte nog een stapel boeken bij Sophie, maar zij glimlachte alleen maar vriendelijk naar de jongen. 'Dank je, Connor. Schiet het al op met dat contragewicht voor de blijde, Michael?'

Zijn vader keek beledigd. 'Kwaliteit kost tijd, Sophie.'

'Eduard de Eerste had maar een paar maanden nodig om de grootste blijde aller tijden te bouwen,' zei ze droog. 'Die kon gewichten van honderdveertig kilo wegslingeren. Hier lanceren we alleen maar popcorn, dus schiet een beetje op.'

'We moeten gaan,' zei Vito. 'Het is bedtijd voor de jongens.' En voor mij, hoopte hij.

'Aah, oom Vitooooo,' jammerde Pierce. 'Nog een paar minuutjes.'

'Ja, oom Vitoooo,' echode Sophie. Haar klaagzang klonk nog beter dan die van Pierce, en de twee samenzweerders proestten van het lachen. 'Laat ons nog even de muur rondom de buitenste vestingmuur afmaken.' Ze keek hem geamuseerd aan. 'Het zou sneller gaan als je hielp.'

Ze zag er zo blij uit dat Vito niet kon weigeren. Hij vouwde zich op de vloer op en keek om zich heen. 'Waar is Dante? Hij zou ook moeten helpen.'

'Hij wilde niet,' zei Pierce. 'Hij zei dat hij zich niet lekker voelde.'

'Is hij ziek? Moet hij weer naar de dokter? Misschien is hij aan meer kwik blootgesteld dan jullie dachten.' Vito wilde opstaan, maar zijn vader schudde zijn hoofd.

'Lichamelijk gaat het prima met Dante. Hij heeft alleen wat kopzorgen.'

'Dante had de gasmeter kapotgemaakt,' zei Pierce nuchter.

Vito herinnerde zich de wanhoop op het gezicht van de jongen toen hij hem een paar avonden geleden huilend op de veranda had aangetroffen. 'Ik dacht al zoiets. Hoe is het gebeurd?'

'Sneeuwballengevecht met ijsballen in het midden om ze zwaarder te maken,' zei Michael. 'Een van de buurjongens vertelde het aan zijn ouders, en toen moest Dante het wel opbiechten. Hij heeft aanvankelijk gelogen, zei dat hij niet wist hoe het gebeurd was, maar aan de andere kant: alles komt in orde met Molly, en Dante heeft een toekomst bij het honkbalteam. Die jongen heeft een verdomd sterke arm.'

'Hij heeft twee armen, opa,' zei Pierce. 'En je mag geen "verdomd" zeggen.'

'Goeie sterke armen,' herhaalde Michael. 'En je hebt gelijk, ik mag geen "verdomd" zeggen. Sorry Pierce, ik zal het nooit meer doen. Hier is je contragewicht, Sophie.'

Ze had hen nieuwsgierig aan zitten kijken. 'Praat je me later nog bij?' vroeg ze aan Vito.

Hij blies zijn adem uit. 'Over een heleboel dingen.'

*Donderdag 18 januari, 23:35 uur*

'Wat aardig van Tess om ons een maaltijd mee te geven,' zei Sophie terwijl ze haar bord leegschraapte. Ze zat naakt op bed terwijl Vito tegen de kussens leunde en naar haar keek, gewoon omdat het kon. Ze likte haar vork af. 'Zelfs koud is het lekker.'

'Het zou niet koud zijn geworden als we waren gaan eten zodra we hier aankwamen,' plaagde Vito. 'Maar nee, jij bent een aan seks verslingerde demon, en je moest me zo nodig aan mijn haar mee de trap op sleuren.'

Ze grijnsde en wees met haar vork naar hem. 'Ik krijg jou nog wel.'

Hij keek haar wellustig aan. 'Altijd maar die beloftes. Kom hier en maak ze waar.'

Sophies grijns trok weg. Ze zette zorgvuldig haar bord aan de kant, en Vito wist dat het tijdstip van de afrekening was gekomen. 'Over waarmaken gesproken: het is tijd om de kaarten op tafel te leggen, Ciccotelli. Ik wil weten hoe het met die rozen zit. Ik denk dat we wel lang genoeg hebben gewacht.'

'Weet ik.' Hij zuchtte. 'Ze heette Andrea.'

Sophies wangen kleurden. 'En je zult altijd van haar houden.'

Het zou niet goed zijn het te ontkennen. 'Ja.'

Sophie slikte. 'Hoe is ze overleden?'

Hij aarzelde, maar liet het toen komen. 'Ik heb haar gedood.'

In Sophies ogen was eerst geschoktheid te zien, maar toen schudde ze haar hoofd. 'Vertel me het hele verhaal, Vito. Begin bij het begin.'

'Ik leerde Andrea kennen bij een zaak, de moord op een tiener. Andrea's broertje.'

'O.' Ze keek hem droevig aan. 'Het is heel erg om zo familieleden te verliezen.'

Vito dacht aan Elle, de naam die Katherine zich had laten ontvallen, en vroeg zich af wie dat was. Maar het was nu zijn beurt. 'Nick en ik werkten aan de zaak, en ik viel op Andrea. Zij viel ook op mij, maar aanvankelijk verzette ze zich ertegen.'

'Waarom?'

'Deels omdat ze nog in de rouw was. Ze was bang dat ze zich alleen tot mij aangetrokken voelde omdat ze emotioneel instabiel was. Maar er waren nog andere complicaties. Niet alleen was ze betrokken bij een actieve zaak, ze was ook politieagente, en ik stond hoger in rang dan zij. Maar ik drong aan en bleef achter haar aan zitten.'

Sophie trok een mondhoek op. 'Ik geloof dat ik dat zelf ook heb meegemaakt.'

'En ik heb heel lang nagedacht voor ik je dat cadeautje stuurde. Ik wilde je niet onder druk zetten als je dat echt niet wilde. Maar je fascineerde me, Sophie.'

'Je deed het precies goed. Je liet het allemaal aan mij over. Maar dit gaat niet over mij, dus vertel verder.'

'Uiteindelijk drong ik zozeer aan dat Andrea door de knieën ging, maar ze was bang dat haar baas erachter zou komen. We besloten het stil te houden tot we eruit waren hoe diep onze relatie zou gaan. Dan zouden we beslissingen moeten gaan nemen over onze carrière. Het leek ons niet de moeite waard om deining te veroorzaken tot we wisten of het tussen ons iets blijvends zou zijn.'

'Maar je dacht van wel.'

'Ja. Na een paar maanden besloten we het op te biechten aan onze bazen. Liz was mijn baas, en ik vertrouwde erop dat ze ons zou helpen de beste oplossing te zoeken. Andrea's baas was minder grootmoedig, en Andrea verwachtte problemen. Tijdens dit alles hadden Nick en ik aan de moord op haar broertje gewerkt. Uiteindelijk bleek dat haar oudere broer het had gedaan. Andrea was wanhopig.'

'Waarom zou de ene broer de andere vermoorden?'

'Drugs. Grote broer gebruikte methadon, kleine broer stond in de weg. Die avond dat ze overleed, was ik net van haar huis terug toen ik een telefoontje van de centrale kreeg. Een buurman had Andrea's oudere broer zien thuiskomen en had het alarmnummer gebeld.' Hij zuchtte. 'Later ontdekten we dat Andrea hem geld had gegeven.'

Sophie trok een gezicht. 'Ze hielp hem ontkomen.'

'Ja, maar Nick en ik wisten dat niet. Ik had het ook nooit voor mogelijk gehouden. We kwamen bij haar huis aan, lieten agenten de uitgangen in de gaten houden. Andrea had daar niet eens moeten zijn. Ze was tegelijk met mij het huis uit gegaan, want ze had dienst.'

'Maar ze was daar wel.'

Vito deed zijn ogen dicht terwijl de herinnering hem maar al te helder voor ogen stond. 'Ja. Ze was daar. Andrea's broer hoorde het toen wij binnenkwamen en ons aankondigden. We denken dat Andrea hem zover probeerde te krijgen dat hij zich overgaf, en toen hij dat niet wilde, ze haar wapen getrokken heeft. Maar hij sloeg haar met een stoel op haar hoofd. We vonden de stoel met haar haar en bloed er nog aan. Ook pas later. We evacueerden de buren en bestormden het appartement. Haar broer begon te schieten.'

'Hij had haar wapen gepakt.'

'Ja. Het was inmiddels nacht, en we drukten hem in een hoek in het trappenhuis. Hij schoot het licht uit en het was... heel donker. Nick deed zijn zaklantaarn aan, waarop dat smerige stuk tuig meteen op hem schoot. Het was een schampschot in Nicks schouder, en Nick deed het licht weer uit. Die broer bleef schieten. Toen onze ogen aan het donker gewend waren, zagen we zijn gestalte, dus schoten we terug. Even later stopte hij met schieten en deden we onze zaklantaarns weer aan. Hij was dood. Zij ook.'

Ze wreef over zijn arm. 'O, Vito. Had hij zijn eigen zus als schild gebruikt?'

'Dat wisten we niet. We wisten niet eens dat ze in het pand was. Hij had haar bewusteloos geslagen en was bezig haar de trap af te slepen. Ik denk dat hij haar als gijzelaar wilde gebruiken. Als ik hem naar buiten had laten komen, hadden we haar wel gezien.'

'Als je hem naar buiten had laten komen, had hij een heleboel meer doelwitten gehad, Vito. Al die geëvacueerde buren en eventuele nieuwsgierige voorbijgangers. Jullie hebben hem ingesloten. Ik kan me niet voorstellen dat iemand vond dat het jullie schuld was.'

'Nee, dat vonden ze ook niet. Er is wel een onderzoek geweest, maar dat gebeurt altijd als je je wapen afvuurt. Dit was diepgaander omdat er mensen bij omgekomen waren. Een agent was omgekomen.'

'Heeft niemand het ontdekt, van jou en Andrea?'

'Nee. We waren heel discreet geweest. Alleen Nick wist het, omdat ik iets had gezegd toen ik haar op de trap zag liggen.' Onder het bloed.

'Tino weet het ook, omdat ik het hem vorig jaar heb verteld toen het een jaar geleden was. Ik had het helemaal gehad.'

'Dat kan ik me wel voorstellen.'

'Liz vermoedde het. Ik had tot gisteravond geen idee dat Katherine het wist.'

Sophie zuchtte. 'Voor wat het waard is, ze zou het nooit ter sprake hebben gebracht als ze niet doodsbang om mij was geweest. Ze kan heel goed geheimen bewaren. Zo safe als een kluis.'

Vito trok zijn wenkbrauw op. 'Dat valt wel mee. Ze heeft Elle genoemd.'

Sophie draaide met haar ogen. 'Dan is die kluis toch niet zo safe.'

'Elle is overleden,' zei Vito. 'Ze was je... zus?'

'Hoe raad je het zo?'

'Katherine zei dat Anna uiteindelijk ophield met touren toen ze besefte "dat ze met Sophie en Elle nog een kans had gekregen".' Hij haalde zijn schouders op. 'Bovendien ben ik natuurlijk wel politieagent.'

'Je bent alleen niet zo goed in blijdes bouwen, maar dat zie ik door de vingers.'

Hij streek met zijn hand over de fijne lijn van haar kaak. 'Wie was Elle, Sophie?'

'Mijn halfzusje. Ze is geboren toen ik twaalf was. Ik was die zomer in Frankrijk geweest, en toen ik thuiskwam, was iedereen opgewonden. Oma was op tournee toen Lena nog een wolk van een baby in Harry's armen dropte. Elle was nog niet eens een week oud.'

'Je moeder heeft de moederinstincten van een krokodil.'

'Krokodillen zorgen veel beter voor hun jongen. Op dat moment ging Anna echt met pensioen. Ze zegde al haar optredens af, behalve *Orfeo*, want dat was in Philly.'

'Dus ik had echt geluk dat ik haar toen nog zag.'

'Ja, dat klopt.'

'En Anna heeft Elle opgevoed.'

'Anna en ik. Vooral ik. Anna was nooit zo'n moederlijk type. "Doe eens iets met die baby", brulde ze dan als ik uit school kwam. Maar ik vond het niet erg, want Elle was van mij.'

'De eerste keer dat je echt iets van jezelf had?'

Ze glimlachte heel droevig. 'En weer blijkt dat ik niet zo moeilijk te doorgronden ben. Elle had wat gezondheidsproblemen, waaronder een heel ernstige voedselallergie, dus hield ik haar als een havik in de gaten. Vooral die keren dat Lena kwam binnenwaaien. Ze was nooit voorzichtig met Elle.'

'Kwam Lena terug?'

'Af en toe. Ze voelde zich een beetje schuldig, kwam terug, hield Elle vast en vertrok dan een dag of twee later weer. Aanvankelijk hoopte ik dat Elle voldoende zou zijn om te zorgen dat Lena het eindelijk rustig aan ging doen, ook al had ze dat voor mij niet gedaan. Maar dat gebeurde niet. De tijd verstreek. Elle groeide.' Sophies lippen krulden op. 'Ze was een mooi kind. Zag eruit als een engeltje van Botticelli, met pijpenkrulletjes en van die grote blauwe ogen. Mijn haar was steil als een plank en ik was lang en slungelig, maar Elle was echt prachtig. Mensen bleven soms staan om naar haar te kijken. En haar dingen te geven.'

'Dingen? Zoals?'

'Meestal onschadelijke dingen zoals stickers of een poppetje ofzo. Soms gaven ze haar snoepjes, en dan werd ik bang omdat ze zo allergisch was. We moesten alle etiketten lezen.'

Vito vermoedde dat hij al een idee had hoe dit verhaal zou aflopen. 'Dus op een dag kwam Lena terug toen jij er niet was en gaf haar iets verkeerds te eten.'

'De avond van mijn eindbal op school. Ik had nooit veel vriendjes. Ik had het altijd te druk met Elle. Ik ging zelfs niet meer naar Frankrijk in de zomer. Maar het was mijn eindbal. En ik ging met Mickey DeGrace.'

'Hij was iets bijzonders, zo te horen,' zei Vito droog.

'Ik had al die tijd op school al kwijlend naar Mickey DeGrace gekeken. Hij had nooit aandacht aan me besteed, maar Trisha, Katherines dochter, kreeg het in haar hoofd dat ik een make-over nodig had. Het werkte, en voor het eerst in mijn leven keek Mickey ook kwijlend naar mij. De avond van het bal brak aan, en we... nou, we waren weggeglipt bij het dansen. Mickey kende alle goeie plekjes om te vrijen op school. Ik was zo blij dat hij belangstelling voor me had, dat ik meeging.'

Dit was zeker niet best, dacht Vito. Schuldgevoel over een dood zusje, en daarbovenop het schuldgevoel van seksuele experimenten. 'Wat gebeurde er, Sophie?'

'We waren... nou, je weet wel. Toen werd ik op mijn schouder geklopt en dacht ik: "Ze sturen me van school." Ik zag mijn hoop op een universitaire studie al vervliegen door één domme zet.'

'Je was nog maagd,' zei hij, en ze knikte.

'Ik denk dat dat zo aantrekkelijk was voor Mickey. Hij had alle andere meisjes al gehad. Ik was vers vlees. Hoe dan ook, ik stond te overwegen hoe ik dit moest uitleggen... Toen zag ik het gezicht van de lerares en... ik wist het. Ze merkte niet eens dat Mickey zijn broek optrok.'

'Het ging om Elle. Lena was thuisgekomen.'

'Lena was thuisgekomen en had Elle meegenomen om een ijsje te eten. De lerares bracht me snel naar de ijssalon, maar het was te laat. Katherine was er, en ze huilde.' Sophie zuchtte diep. 'Ze ritste net de zak dicht toen ik aan kwam rennen, nog altijd in mijn baljurk. Ze keek op en zag me en...' Sophie huiverde.

'Net als afgelopen zondag,' zei Vito, en ze knikte.

'Net zo. Het volgende wat ik me herinner, is dat ik hier bijkwam. Oom Harry lag daar te slapen.' Ze wees naar een stoel. 'Elle was dood. Lena had een sorbet met extra nootjes voor haar besteld. Haar keel was opgezwollen en ze was gestikt. Lena had haar vermoord.' Ze keek met bittere woede in haar ogen op. 'Ik zou zeggen dat ik een verdomd goeie reden heb om mijn moeder te haten, Vito.'

'Wist Lena van die allergie?'

Sophies ogen fonkelden. 'Ze had het kunnen weten als ze zich wat meer in ons had verdiept. Ik weet niet wat Lena wist, maar ze had Elle niet zomaar mogen meenemen. Ze was van *míj*.'

Vito herinnerde zich wat Katherine de zondag ervoor op de plaats delict had gezegd. 'Het was een ongeluk,' had ze gezegd. Vito besloot wijselijk om, ook al was hij het ermee eens, niet dezelfde fout te maken en dat tegen Sophie te zeggen. 'Wat vreselijk, lieverd.'

Ze zuchtte nog eens diep. 'Dank je. Het helpt zelfs, het vertellen. Toen ze dood was, was ik zo depressief. Ik kon het niet verdragen om hier in huis te zijn. Alles deed me aan Elle denken. Dus stuurde Harry me naar mijn vader. Alex haalde me over om in Frankrijk te blijven, naar de universiteit in Parijs te gaan. Daar heb ik Etienne Moraux ontmoet. Alex had connecties en geld om mijn studie te betalen. Ik haalde goede cijfers, sprak vloeiend Frans en had een dubbele nationaliteit. Ik was een goede assistente voor Etienne, een van de meest vooraanstaande archeologen in Frankrijk.'

'En hoe kwam Brewster dan in beeld?'

'Anna wilde dat ik naar huis kwam, dus meldde ik me aan bij het Shelton College om daar af te studeren. Alan Brewster was al een legende, en onder hem afstuderen zou heel, heel prestigieus zijn geweest.' Ze grimaste. 'Dat bedoelde ik niet als grapje. Onder hem.'

'Dat dacht ik ook niet,' zei Vito. 'Dus je studeerde bij Brewster en...'

'...werd tot over mijn oren verliefd. Telkens als ik met een jongen van mijn eigen leeftijd uitging, dacht ik aan Mickey DeGrace, en dan aan Elle, dus ging ik met niemand uit. Tot Alan. Hij was de eerste man die me niet aan Mickey deed denken. Ik dacht dat hij van me hield. We waren op een opgraving in Frankrijk en Alan besteedde veel aandacht aan me. Weldra lagen we tussen de lakens in zijn tent. Toen ontdekte ik dat Alan getrouwd was, dat hij met al zijn assistentes het bed in dook en... dat hij erover kletste. Vrijuit. Maar hij gaf me wel een tien,' voltooide ze bitter. 'Ik was een "zeer vaardig assistente".'

Hij herinnerde zich die woorden van Brewster en wenste dat hij die smeerlap een optater had gegeven toen hij de kans had. En nu werd Brewster vermist. Vito zou er waarschijnlijk iets meer om moeten malen. 'Zoals ik al zei: hij is een eikel. Laat het achter je.'

'Heb ik ook gedaan, min of meer. Ik vluchtte terug naar Etienne, die een plekje voor me vond in zijn afstudeerprogramma. Ik studeerde af en Anna wilde dat ik naar huis kwam. Ik kreeg een baan bij een college hier in Philly, maar dankzij Amanda en Alan werd ik ofwel genegeerd of uitgelachen. Dus ging ik terug naar Frankrijk, waar dit niet speelde. Ik werkte er al maanden voor om mee te mogen naar de opgraving van kasteel Mont Vert, toen Harry belde om te vertellen dat Anna een beroerte had gehad. Ik heb alles uit mijn handen laten vallen en ben eindelijk naar huis gekomen.' Ze trok haar wenkbrauwen op. 'Ik kreeg een baan bij Ted en als lerares. En ik leerde jou kennen.'

'Maar je vader was rijk. Waarom heb je het geld zo hard nodig?'

'Alex heeft me wel iets nagelaten, maar ik heb het meeste al uitgegeven aan verpleeghuizen. Dat is alles.'

'Dank je dat je me dit verteld hebt.' Hij stak zijn armen uit en ze kroop tegen hem aan.

'Jij ook bedankt. Wat er ook met ons gebeurt, Vito, ik zal niemand over Andrea vertellen, ook al heb je niks om je voor te schamen. Zij had haar keuze gemaakt. Jij deed je werk.'

Hij fronste zijn wenkbrauwen. Hij had al besloten wat hij wilde dat er ging gebeuren. Hij wilde haar al vanaf het moment dat hij haar voor het eerst had ontmoet. Dat hij haar voor altijd wilde wist hij toen hij zag hoe ze zijn neefjes aan het lachen maakte door popcorn weg te schieten met een blijde gemaakt van een houten lepel, een mandje en het contragewicht dat zijn vader had gesneden.

Dat zij onzeker was, zat hem dwars. Maar daar zou hij zich later wel druk over maken. Hij drukte een kus op haar slaap en deed het licht uit. 'Laten we maar gaan slapen.'

'Aah, oom Vitooooo,' jammerde ze in het donker. 'Moet dat echt?'

Hij grinnikte. 'Nog vijf minuten dan.' Hij zoog zijn adem naar binnen toen haar hand langs zijn lichaam omlaaggleed en hem omvatte. 'Of tien.' Haar hoofd verdween onder de lakens en hij deed afwachtend zijn ogen dicht. 'Weet je, neem eigenlijk maar gewoon de tijd.'

*Vrijdag 19 januari, 7:15 uur*

'Hallo?' riep Sophie toen ze de voordeur van het Albright opende. 'Is er iemand thuis?'

'Het is hier eng in het donker,' fluisterde Vito. 'Al die zwaarden en harnassen. Ik verwacht ieder moment dat Fred en Velma met Scooby-Doo opduiken.'

Ze porde met haar elleboog in zijn ribben en glimlachte tevreden toen ze hem hoorde grommen. 'Sst.'

Darla kwam het kantoor uit en ze keek verbaasd toen ze Vito zag. 'Wie is dat?'

Sophie ritste haar jas open en deed het licht aan. 'Darla, rechercheur Ciccotelli. Vito, Darla Albright, Teds vrouw. Wil je Darla even vertellen dat ik geen last heb met de politie?'

Vito gaf Darla een hand. 'Aangenaam, mevrouw Albright.' Hij boog zijn hoofd een stukje lager. 'Sophie heeft geen last met de politie. Ze is zelf alleen een lastpak.'

Darla grinnikte. 'Daar weet ik alles van. Sophie, waarom word je hier steeds door allerlei mensen afgezet?'

'Autopech,' zei Sophie, en Darla leek al evenmin overtuigd als Ted was geweest.

'Uh-huh. Aangenaam kennis met u te maken, rechercheur. Sophie, er is een pakketje voor je. Ik zat bij de receptie toen het aankwam.' Ze wees naar de balie en keerde terug naar haar kantoor.

Sophie keek naar het kleine bruine doosje en vervolgens naar Vito. 'Ik heb deze week een leuk en een naar pakketje gehad. Moet ik het openmaken, of kijken wat er achter deurtje twee zit?'

'Ik maak hem wel open,' zei Vito, die een paar dunne handschoenen aantrok. Hij vouwde het kaartje open en knipperde met zijn ogen. 'Dit is geheimschrift, of Russisch.'

Sophie glimlachte toen ze het kaartje las. 'Het is Cyrillisch. Dit komt van Yuri Petrovich. "Voor je tentoonstelling." Maak maar open.' Dat deed Vito, en Sophie hield geschokt en verheugd haar adem in. 'Vito.'

'Het is een pop,' zei hij.

'Een matroesjka.'

'Is hij kostbaar?'

'Niet in financiële zin.' Ze opende de eerste pop en vond een briefje waarvan ze een brok in de keel kreeg. 'Qua sentimentele waarde is hij onbetaalbaar. Deze was van zijn moeder. Het is een van de weinige dingen die hij heeft meegenomen uit Georgië. Ik mag hem lenen voor mijn expositie over de Koude Oorlog. Hij was hier gisteren om me te bedanken, maar ik had nooit durven dromen dat hij me dit zou geven.'

'Waarom kwam hij je bedanken?'

'Ik had hem via Barbara en de bibliotheek een fles heel goeie wodka gestuurd. Die stond nog bij oma en was nooit opengemaakt. Ik dacht dat hij er meer van zou kunnen genieten dan zij.'

'Je hebt kennelijk nogal indruk op hem gemaakt, Sophie Alexandrovna,' plaagde Vito, en toen kuste hij haar zachtjes. 'Maar je hebt ook indruk op mij gemaakt.'

Ze glimlachte en stopte de pop weer in de doos. 'Wil je een rondleiding?'

'Geen tijd. Maar,' – hij dacht even na – 'ik wil wel dat je me laat zien waar je Simon bent tegengekomen.'

Sophie leidde hem naar de muur met foto's van de expedities van Ted de Eerste. 'Hij stond hier.'

Vito knikte. 'En wat zei hij precies?'

Ze vertelde het hem. Toen schudde ze haar hoofd, kijkend naar de plek waar Simon had gestaan.

'Wat is er?' vroeg hij. 'Herinner je je nog iets anders?'
'Ja, maar niet over Simon.'
'Wat dan, Sophie?' vroeg hij zachtjes. 'Vertel.'
'Er doet een verhaal de ronde over Annie Oakley, de scherpschutter. Ze gaf demonstraties voor de koningen in Europa. Op een dag koos Annie een vrijwilliger uit het publiek en schoot de as van het uiteinde van de sigaar die hij tussen zijn tanden hield. Hij bleek de man te zijn die later keizer Wilhelm zou worden. Dat deel is echt gebeurd. Volgens het verhaal wenste Annie vervolgens dat ze de sigaar gemist had, dat ze op die manier de Eerste Wereldoorlog had kunnen voorkomen.'
'Vast niet,' zei Vito. 'Die oorlog is niet door één man begonnen.'
'Nee, dat is waar. Maar ik denk dat ik wel een beetje kan begrijpen hoe Annie zich voelde. Toen ik Simon zag, was ik net klaar met mijn Vikingtoer,' zei ze zachtjes. 'Ik had een strijdbijl over mijn schouder liggen en toen hij naar me keek, verstrakte ik echt even mijn greep op het handvat. Ik vond hem eng. Ik hield mezelf natuurlijk in bedwang. Nu wou ik dat ik dat niet had gedaan.'
Vito pakte haar schouders vast en draaide haar naar zich om. 'Hij heeft zo veel mensen vermoord, Sophie. Daar had je niets tegen kunnen doen. En ik zou niet willen dat je moest leven met het beeld van jouw bijl in zijn hoofd. Laat ons hem vangen. Daarna kun je hem aanstaren tussen de tralies van de gevangenis door, oké?'
'Oké,' mompelde ze, maar eigenlijk vond ze het beeld van een bijl in het hoofd van de man die zo veel mensen had vermoord verdomd aantrekkelijk.

*Vrijdag 19 januari, 8:00 uur*

Vito kwakte de doos met donuts op tafel. 'Ik hoop dat je tevreden bent.'
Jen tuurde in de doos. 'Deze komen niet van de bakker bij jou in de buurt.'
Vito keek haar scherp aan. 'Moet ik je slaan, Jen?'
Ze grijnsde naar hem. 'Ik had nooit gedacht dat je echt weer donuts mee zou brengen. Ik wilde je alleen maar een beetje stangen.'
'Vrede, mensen,' zei Nick terwijl hij zich in een stoel liet zakken. 'Ik kom net van de jongens bij Elektronica vandaan, die bezig zijn met de

achtergrondgeluiden in de opname. Dat geluid dat klinkt als een spookachtig, knarsend wiel... Ze denken dat het de lier is in een liftschacht.'

'Dus we zoeken een gebouw dat een kerk zou kunnen zijn en een lift zou kunnen hebben.' Jen pakte een donut met glazuur erop. 'Dat kan een beetje helpen.'

De rest van het team kwam binnen en zocht plekjes aan tafel. Liz, Nick en Jen zaten aan de ene kant, Katherine en Thomas Scarborough aan de andere. Vito liep naar het whiteboard en schreef 'Zachary Webber' in de derde rechthoek van de eerste rij, waarna hij aan het hoofd van de tafel plaatsnam. 'Nu zijn er nog maar twee slachtoffers die moeten worden geïdentificeerd.'

'Niet gek, Vito,' zei Liz. 'Ik had nooit gedacht dat je er zeven van de negen al binnen een week zou kunnen identificeren. Aangezien je de identiteit van bijna alle slachtoffers hebt, heb ik Bev en Tim weer aan andere dingen gezet. Ik had nog andere zaken die lagen te wachten.'

'Ze hebben ons uitstekend geholpen,' zei Nick. 'En we zullen ze missen,' voegde hij er somber aan toe. Maar toen klaarde zijn gezicht op. 'Maar aangezien zij er niet zijn, hebben *wij* meer donuts.'

'Een man naar mijn hart,' zei Jen grijnzend. Ze likte haar vingers af en schoof een vel papier naar Vito toe. 'Volgens de geologen bij het ministerie van Landbouw zijn dit de terreinen in een omtrek van honderdvijftig kilometer waar dezelfde aarde voorkomt als die we in de graven hebben gevonden.'

Vito schudde zijn hoofd, kijkend op de kaart. 'Hiermee komen we niet verder. Het is een gigantisch gebied.'

'Inderdaad,' zei Jen. 'Sorry, Vito, beter kunnen we het op dit moment niet krijgen.'

'En hoe zit het met dat smeermiddel?' vroeg Vito.

Jen haalde haar schouders op. 'Ik heb de formule gestuurd naar elke hobbywinkel achter in dat tijdschrift dat je van Dr. Pfeiffer had gekregen. Ik heb nog van niemand iets gehoord, maar ik ga er vandaag achteraan.'

'Katherine?'

'Ik heb een aanvraag naar de lijkschouwer in Dutton gestuurd voor de overlijdensakte van Simon Vartanian. En ik heb de procedure in werking gezet om zijn graf te laten openmaken.'

'Wanneer beginnen ze met graven?' vroeg Liz.

'Hopelijk vanmiddag. Agent Vartanian heeft gisteravond voordat ze vertrokken nog geholpen de weg vrij te maken door wat telefoontjes te plegen.'

Vito keek naar de anderen. 'Daniel en Susannah Vartanian. Wat vinden jullie?'

'Ze waren echt geschokt toen ze ontdekten dat Simon nog leefde,' zei Thomas. 'Maar ik vond het wel vreemd dat ze geen vragen stelden over waar we hun ouders gevonden hadden.'

'Misschien dachten ze dat we dat toch niet zouden vertellen,' antwoordde Jen.

Nick schudde zijn hoofd. 'Zelf zou ik het beslist hebben gevraagd. Vooral met alle krantenartikelen over deze zaak. Het is geen geheim dat we daar een lading lijken hebben gevonden. Zelfs nadat we een dekkleed over de graven hadden gelegd, zijn er vliegtuigjes overgekomen en zijn er luchtfoto's op het journaal vertoond, en Daniel is al een paar dagen in Philly. Als ik hem was, zou ik willen weten of mijn ouders daar ook gevonden zijn. Maar de Vartanians vroegen er niet eens naar.'

'Ik zou het ook hebben gevraagd, denk ik,' zei Jen. 'Aan de andere kant, misschien zou ik het wel niet eens willen weten.'

Liz glimlachte scheef. 'We hebben wel wat goed nieuws gekregen. Greg Sanders' ex-vriendin kwam gisteravond opdagen voor zijn herdenkingsdienst. Ze had zich verstopt voor zijn schuldeisers. Al die schade aan haar appartement is aangericht door mensen bij wie Greg een hoop gokschulden had. Meneer Sanders heeft toegezegd dat hij de schulden van zijn zoon zou afbetalen, voor Jills veiligheid.'

'Zelfs na Gregs dood moet hij zijn rommel nog opruimen,' mompelde Vito. 'Ik vraag me af hoeveel Simons vader voor hem opruimde, ten opzichte van wat hij moest doen om zichzelf in te dekken. Wat hebben we nog meer?'

'Analyse van de brieven van Claire Reynolds,' zei Jen. De handschriftexpert die ik heb gesproken, zei dat hij er "redelijk zeker" van was dat dezelfde persoon beide brieven had ondertekend.'

'O,' zei Vito toen hem iets te binnen schoot. 'We hebben ook handschriftmonsters van oRo, van Van Zandt en zijn secretaresse. Je kunt die expert hun monsters ook met de handtekeningen laten vergelijken.'

'Doe ik. En die brief van ene Dr. Gaspar in Texas, waarin Claires dossier werd opgevraagd... Die persoon bestaat niet. En het adres is dat van een dierenarts.'

Liz hield verwonderd haar hoofd schuin. 'Hebben zij Claires dossier dan gekregen?'

'Weet ik niet, ik zal ze vandaag bellen. Het lab heeft de inkt getest. Op beide brieven dezelfde inkt. Natuurlijk is het dezelfde inkt die je ook op miljoenen andere stukken papier in de stad zult vinden, maar het is hetzelfde merk en model printer. Het is iets.'

'Vingerafdrukken?' vroeg Vito.

Jen snoof. 'Op de ontslagbrief? Tientallen. Die krijg je waarschijnlijk nooit allemaal uitgezocht. Maar op de brief van de dokter zaten er maar een paar. Wie zou die hebben aangeraakt?'

'Pfeiffer en zijn assistente. We zullen hun vingerafdrukken laten afnemen, zodat we hen kunnen uitsluiten.'

'Ik zal ze in het systeem invoeren zodra ze binnenkomen,' zei Jen.

'Heb je Sophie het brandmerk op de wang van Sanders laten zien?' vroeg Nick.

Vito fronste zijn voorhoofd. Hij was het vergeten. 'Nee, het was een beetje een chaos die avond toen ze dat bandje hoorde. Ik zal het haar vandaag vragen.'

'En heb je die student nog nagetrokken, die haar naar brandmerken had gevraagd?' vroeg Nick.

'Welke student?' wilde Liz weten.

Vito's frons verdiepte. 'Nee. Met alle commotie van gisteren is dat er niet van gekomen. Sophie zei dat een van haar studenten haar een paar dagen geleden naar brandmerken vroeg, maar ze zei ook dat hij verlamd was en in een rolstoel zat.'

'Geef mij de gegevens van die jongen maar,' zei Liz. 'Ik zoek het wel uit. Spoor jij Simon maar op.'

'Bedankt, Liz.' Vito probeerde zijn gedachten op een rijtje te zetten. 'De enige mensen, behalve de slachtoffers, van wie we weten dat ze Simon hebben gezien, zijn medewerkers van oRo, namelijk Derek Harrington en Jager van Zandt, en die zijn allebei verdwenen.'

'En Dr. Pfeiffer,' zei Katherine. 'Als Claire via de orthopeed in aanraking is gekomen met Simon, dan heeft Pfeiffer hem ook gezien.'

Vito glimlachte breed. 'Je hebt gelijk. We zullen een bevelschrift nodig hebben voor Simons medische dossier. Naar welke namen moeten we vragen? Ik denk niet dat hij daar ingeschreven stond als Simon Vartanian.'

'Frasier Lewis,' zei Nick, aftellend op zijn vingers. 'Bosch, Munch.'

'Warhol, Goya, Gacy...' Jen haalde haar schouders op. 'Alle namen van schilders waarvan de Vartanians zeiden dat Simon er als kind posters van aan de muur en onder zijn bed had.'

Nick noteerde de namen. 'We moeten ook die tweede chanteur opsporen. Als ze een relatie had met Claire, dan weet ze misschien of Claire Simons adres had. Misschien is Claire hem op een dag van de dokterspraktijk naar huis gevolgd.'

'Dus moeten we op zoek naar die krantenfoto,' concludeerde Vito.

Er werd aangeklopt, en Brent Yelton stak zijn hoofd naar binnen. 'Mag ik binnenkomen?'

Vito wenkte hem. 'Graag. Wat heb je?'

Brent ging zitten en zette zijn laptop op tafel. 'Ik ben met een vlooienkam door Kay Crawfords computer gegaan. Zij is dat model dat Simon niet in handen kon krijgen. Ik heb het virus gevonden dat hij had gestuurd. Het is wat ik al dacht: een Trojan met een tijdvertraging, die wordt geactiveerd door te antwoorden op een e-mail. De schijf die ik gebruikt heb om haar oorspronkelijke e-mail van "Bosch" te beantwoorden is vanochtend gewist, dus er zit ongeveer een dag vertraging in.'

'En heb je al antwoord op je acceptatie van de klus?' vroeg Liz.

'Nee. Er is ook geen activiteit geweest op haar cv op de site van UCan-Model. Hij schijnt zijn belangstelling voor haar te hebben verloren, en dat is goed voor haar en slecht voor ons.'

'Ze leeft nog,' zei Vito. 'Dat kunnen we van de anderen niet zeggen.'

'Over de anderen gesproken,' zei Brent, 'ik moet je iets laten zien. Ik heb een telefoontje gekregen van de computerexpert die met die twee rechercheurs uit New York samenwerkt.'

'Carlos en Charles,' zei Nick.

'Carlos en Charles?' Liz lachte. 'Dat is bijna even mooi als –'

'Ja, ja, Nick en Chick.' Vito draaide met zijn ogen. 'Daar hadden we al aan gedacht. En wat had die computervent je te vertellen?'

'Het gaat niet zozeer om wat hij me verteld heeft, maar om wat hij me gegéven heeft.' Brent draaide zijn laptop om, zodat Vito en de anderen het scherm konden zien. '*Cut-scenes* die ze op cd's in het bureau van Van Zandt hebben gevonden.'

Met afgrijzen keken ze toe. 'Dat is Brittany Bellamy,' mompelde Vito toen het meisje in de scène naar de inquisitiestoel werd gesleurd. Ze keken in stilte toe, luisterden naar het gegil van het meisje, tot Brent zijn hand uitstak en de weergave stilzette. 'Het wordt nog veel erger,' zei hij met gespannen stem. 'Warren Keyes staat op de tweede cd, waar hij op een pijnbank wordt gelegd, en dan...'

'...worden zijn ingewanden uitgerukt,' voltooide Katherine grimmig.

Brent slikte. 'Ja. Bill Melville staat op de derde cd, maar dat is geen *cut-scene*. Het is een deel van de game. De speler is de inquisiteur die tegen Bill moet vechten, en hij is ridder. De actie is ongelooflijk. Een van de beste game physics die ik ooit heb gezien.'

'Zou die kerel die de physics heeft gemaakt,' zei Vito, 'die Van Zandt heeft weggekocht bij een ander bedrijf, met Simon hebben samengewerkt om dit te maken?'

'Niet per se. Het mooie van een game engine is dat het een database is van bewegingen. Rennen, springen, armbewegingen, het wordt er allemaal in geprogrammeerd, als een kader. De ontwerper bepaalt de kenmerken van de figuur, zoals lengte en gewicht, en de game engine creëert alle bewegingen en zorgt dat de figuur op de juiste manier beweegt. Een lichte persoon is lichtvoetig, terwijl een zwaardere persoon wat logger beweegt. Dan maakt de ontwerper in een ander programma een gezicht en importeert dat naar het lijf van de actiefiguur. Het is net alsof je een bewegende persoon opbouwt vanaf het skelet. Zodra de physics-expert de engine klaar had, kon Simon onafhankelijk aan de slag, vooral met zijn computerkennis.'

'Ongelooflijk,' mompelde Jen. Ze knipperde beschaamd met haar ogen. 'Sorry. Ik raak het spoor bijster bij al dat technische geklets. En? Is Bill met een strijdvlegel vermoord?'

'Ja, en... ja. In de standaardversie krijgt hij een klap en zakt door zijn knieën. Saai. Maar als je dit gebruikt...' Brent stak een vel papier omhoog. Het was een kopie van een kleiner briefje met getallen erop. 'Dan ontsluit je een *easter egg*. Een "cadeautje" van de programmeur aan de gamer. In dit geval zie je dat de bovenkant van Bill Melvilles hoofd eraf wordt geslagen.'

'Precies zoals hij echt is vermoord,' mompelde Katherine.

'Laat me dat papier eens zien,' vroeg Nick, en hij bekeek het fronsend. 'Dit is niet geschreven door Van Zandt. Als je het briefje dat hij voor ons had achtergelaten ernaast legt, zie je dat het handschrift anders is.' Hij keek Vito aan. 'Dit kan wel eens het handschrift zijn van Simon Vartanian.'

Vito grinnikte. 'Jen, laat je handschriftexpert ook dit vergelijken met de handtekening op de brief. Het zijn getallen in plaats van letters, maar misschien vindt hij iets. Goed werk, Brent. Wat nog meer?'

'De kerk. Weet je nog dat Simon het in de opname over een kerk had? Nou, na de vechtscène waarin Bill Melville sterft, gaat het spel naar een *cut-scene*. Je gaat een crypte in en ziet twee grafeffigies. De vrouwenhanden zijn gevouwen in gebed, de man houdt een zwaard vast.'

'Warren en Brittany,' zei Vito. 'En daarna?'

'Nou, je staat in een crypte, die vastzit aan een kerk. En vanuit de kerk daal je af naar de kerker.'

Vito ging rechtop zitten. 'Is die kerk te zien?'

Brent grimaste. 'Ja, maar het is een model van een Franse abdij, een beroemde. Simon creëert niet, maar hij kan verdomd goed kopiëren.'

'Dus hij moordt in een kerk? Of waren die verwijzingen in de opname alleen maar symbolisch?' vroeg Vito. 'Thomas?'

'Ik wed dat ze symbolisch zijn,' antwoordde Thomas. 'De meeste kerken hier in de buurt hebben niet het uiterlijk dat hij zocht, voldoen niet aan zijn eisen van authenticiteit. En alles wat zo groot is, zou in een woonwijk of er dichtbij staan. Mensen zouden iets horen, en hij zegt: "Niemand kan je horen". Maar voor het geval ik het toch mis heb, kunnen we gaan kijken bij kerken in de gebieden op Jens bodemkaart van Landbouw.'

'Oké.' Vito dacht even na. 'We weten wat ons te doen staat. Opgraven wie er dan ook in Simons graf ligt, gewoon om er zeker van te zijn dat hij het niet is. Simons dossier opvragen bij Dr. Pfeiffer. Op zoek naar die tweede chanteur. Uitzoeken hoe het met Sophies student en met de kerken op Jens kaart zit. En Van Zandt zoeken. Hij reed gisteren op de snelweg bij Pennsylvania, en hij is nog niet naar zijn huis in Manhattan teruggekeerd. Ze hebben een opsporingsbevel voor hem uitgevaardigd, ook bij alle vliegvelden voor het geval hij wil proberen het land uit te komen.' Vito keek de anderen aan tafel om beurten aan. 'Verder nog wat?'

'Alleen een bedankje van Kay Crawford,' zei Brent. 'Ze weet niet veel van het onderzoek, maar genoeg om te snappen dat ze op het nippertje is ontkomen aan iets heel ergs. Ze wilde dat ik jullie allemaal bedankte.'

'En heeft ze jou ook bedankt?' vroeg Liz met vriendelijk vermaak in haar ogen.

Brent probeerde zijn glimlach te onderdrukken, maar dat lukte niet erg. 'Nog niet. Ze heeft me gevraagd of ik een keer met haar uit eten wil, en ik heb gezegd dat we dat zouden doen als dit allemaal voorbij was. Hé,' protesteerde hij toen Nick grinnikte, 'hoe anders komt een vent als ik aan een afspraakje met een mooie blondine van één meter tachtig?'

Vito's glimlach verdween. 'Wat?'

Brent keek om zich heen. Iedereen keek bezorgd. 'Ze is een lange blondine. Wat heb ik gezegd?'

'Heb je een foto van haar?' wilde Nick weten.

'Alleen die op de site van UCanModel.' Brent opende de pagina, en Vito's hart stond stil.

'O mijn god,' fluisterde hij.

'Wat is er?' vroeg Brent.

Nicks gezicht stond grimmig. 'Ze lijkt op Sophie Johannsen.'

Jen leek misselijk. 'Nu weten we waarom Simon zijn belangstelling voor dit model heeft verloren.'

'Omdat hij in plaats van haar nu Sophie wil hebben.' Katherines stem beefde. 'Vito.'

'Ik weet het.' Vito slikte zijn angst weg. 'Liz, we –'

'Ik stuur wel een agent naar het museum,' zei Liz. 'Sophie krijgt doorlopend bescherming, net zolang tot we Simon in hechtenis hebben. Hij raakt haar niet aan, Vito.'

Beverig knikte Vito. 'Bedankt. Kom, we gaan. Doe voorzichtig. En vind hem, alsjeblieft.'

# 21

*Vrijdag 19 januari, 9:30 uur*

'Sophie.'

Sophie keek op van haar computer en zag een woedende Ted de Derde in de deuropening van haar kantoortje staan. 'Ted.'

'Niks "Ted". Wat is er allemaal aan de hand?' wilde Ted weten. 'Dat je door de politie op je werk wordt afgezet is één ding, maar nu lopen er agenten rond in mijn museum. Wat is er verdomme loos?'

Sophie zuchtte. 'Het spijt me, Ted. Ik wist dit zelf ook pas een halfuur geleden. Ik help de politie bij een zaak.'

'Door hun geschiedenisvragen te beantwoorden. Ja, dat weet ik nog.'

'Nou, iemand vond het niet zo leuk dat ik hen hielp. Ze denken dat ik misschien wat risico loop. Dus hebben ze iemand gestuurd om een oogje op me te houden. Het is maar tijdelijk.'

Teds gezichtsuitdrukking ging van woede naar bezorgdheid. 'Mijn god. Daarom rij je al de hele week met ze mee. Er is niks aan de hand met je auto en je motor.'

'Nou, met mijn motor wel. Iemand heeft suiker in de tank gegooid.' Maar Amanda Brewster was wel zo slim geweest om daar handschoenen bij aan te trekken. De politie had geen enkele vingerafdruk gevonden.

'Probeer me niet op een dwaalspoor te brengen, Sophie. Hoe ziet die persoon eruit?'

'Weet ik niet.'

'Sophie.' Ted deed een stap naar haar toe. 'Als iemand je bedreigt, dan loopt dit hele museum risico. Zeg op.'

Sophie schudde haar hoofd. 'Ik zou het je echt zeggen als het kon, maar ik weet het eerlijk niet.' Hij kon jong zijn of oud. *Hij kan iedereen wel zijn.* Hij had zijn eigen zus een jaar lang gestalkt, en zij had hem niet eens herkend. Er liep een rilling over Sophies rug. Ze kon hem recht aankijken en geen idee hebben dat hij het was. 'Als je wilt dat ik vertrek, doe ik dat.'

Ted blies zijn adem uit. 'Nee, ik wil niet dat je vertrekt. We hebben vandaag vier rondleidingen.' Hij zweeg even. 'Dit is toch niet een of ander ingewikkeld plan om onder Jeanne uit te komen, hè?'

Ze lachte. 'Ik wou dat ik eraan had gedacht, maar nee.'

Ted bleef ernstig. 'Als je in gevaar bent, dan schreeuw je maar.'

Er liep weer een huivering over haar rug, heviger deze keer, en ze voelde haar glimlach van haar gezicht glijden. 'Oké. Doe ik.'

Ted keek op zijn horloge. 'Helaas moet de show doorgaan. Om tien uur ben je de Vikingkoningin. Ik zou maar beginnen aan je make-up.'

*Atlanta, Georgia, vrijdag 19 januari, 10:30 uur*

Frank Loomis stond op hen te wachten op het vliegveld. 'Ik heb het gehoord, van je ouders. Wat vreselijk.'

'Bedankt, Frank,' zei Daniel. Susannah zei heel weinig. Ze zag er breekbaar uit. Sinds ze hadden ontdekt dat Simon haar al een jaar in de gaten hield, waren ze allebei gespannen.

'Ik moet je wel zeggen, Daniel, dat het niet lang heeft geduurd voordat de hele stad wist dat we Simons graf gaan openmaken. Jullie moeten je voorbereiden op een stel verslaggevers.'

Daniel hielp Susannah instappen in Franks auto. 'Wanneer beginnen ze met graven?'

'Rond een uur of twee, waarschijnlijk.'

Daniel stapte in en keek om naar Susannah, die het deksel van een kopieerpapierdoos haalde. 'Wat is dat?'

'De post van je ouders,' antwoordde Frank. 'Ik ben vanmorgen bij het postkantoor langsgegaan en heb alles opgehaald. Er staan nog drie dozen in de kofferbak. Ik heb Wanda al wat laten sorteren, dus de meeste echte post zit in die doos die jij daar hebt, Suze.'

'Bedankt.' Susannah slikte moeizaam. 'Welkom thuis voor ons.'

*Philadelphia, vrijdag 19 januari, 10:45 uur*

Vito leunde tegen de intekenbalie. 'Juffrouw Savard.'

'Rechercheur.' Pfeiffers receptioniste keek met belangstelling naar Nick. 'En dit is?'

'Rechercheur Lawrence,' antwoordde Nick. 'Kunnen we Dr. Pfeiffer spreken?'

'Hij is momenteel bezig met een patiënt, maar ik zal hem zeggen dat u er bent.'

Even later kwam Pfeiffer zelf naar de deur van de wachtkamer. 'Heren.' Hij leidde hen zijn kamer in en deed de deur dicht. 'Hebt u de moordenaar van Claire Reynolds gevonden?'

'Nog niet,' zei Vito, 'maar tijdens ons onderzoek zijn we gestuit op een andere patiënt van u.' Ze gingen zitten, Pfeiffer met een zucht.

'Ik kan niet met u praten over levende patiënten, rechercheur. Hoe graag ik u ook wil helpen.'

'Dat wisten we,' zei Nick. 'Daarom hebben we een bevelschrift gehaald, zodat u ons wel kan helpen.'

Pfeiffers wenkbrauwen kwamen omhoog. Hij stak zijn hand uit. 'Geef maar, dan.'

Vito voelde een vreemde tegenzin om het bevelschrift te overhandigen. 'We rekenen op uw discretie.'

Pfeiffer knikte alleen maar. 'Ik ken de regels van het spel, rechercheur.'

Vito voelde Nick naast zich verstijven en wist dat zijn partner zijn gevoel deelde. Toch moest hij dat dossier hebben, dus gaf hij het bevelschrift aan de arts.

Pfeiffer staarde lange tijd naar de namen, met een onpeilbaar gezicht. Toen knikte hij. 'Ik ben zo terug.'

Zodra hij weg was, sloeg Nick zijn armen over elkaar. 'Regels van het spel?'

'Ik weet het,' zei Vito. 'Laten we hem maar eens natrekken als we terug zijn.'

Even later kwam Pfeiffer terug. 'Hier is het dossier van meneer Lewis. We hebben bij de start van het onderzoek van iedere patiënt een foto gemaakt. Die heb ik er ook bij gedaan.'

Vito pakte het dossier aan, sloeg het open en zag weer een heel andere afbeelding van Simon Vartanian. Het was een kiekje van Simon terwijl hij in de wachtkamer van Pfeiffer zat. Zijn kaak was zachter, zijn neus minder scherp dan in de tekening die Tino van Frasier Lewis had gemaakt. Hij gaf het dossier aan Nick.

'U leek niet verbaasd, dokter,' merkte Vito minzaam op.

'Je hoort wel eens verhalen over iemand die zijn hele gezin doodschiet, en dat alle buren dan zeggen: "Hij was zo aardig. We zijn volkomen geschokt." Nou, Frasier was niet aardig. Hij had een kilte waar ik zenuwachtig van werd. Een beetje alsof je een kooi met een cobra erin was binnengewandeld. En dat haar is een pruik.'

Vito knipperde met zijn ogen. 'Echt waar?'

'Ja. Toen ik na een onderzoek terugkwam, zat zijn pruik scheef. Ik deed snel de deur weer dicht, klopte aan en wachtte tot hij zei dat ik binnen kon komen. Toen had hij de pruik weer rechtgezet.'

'Wat voor kleur haar had hij eronder?' vroeg Nick.

'Hij had zijn hoofd kaalgeschoren. Frasier Lewis had helemaal geen lichaamsbeharing.'

'Vond u dat niet vreemd?' vroeg Vito.

'Niet echt. Frasier was atleet. Veel atleten waxen hun lichaamsbeharing.'

Nick deed het dossier dicht. 'Dank u, dokter Pfeiffer. We komen er zelf wel uit.'

Ze zaten in Nicks auto toen Vito's mobiele telefoon ging. Het was Liz.

'Kom gauw terug,' zei Liz opgewonden. 'Het is net Kerstmis geworden.'

*Vrijdag 19 januari, 13:35 uur*

Ze hadden Van Zandt opgespoord dankzij een 'anonieme' tip. Vito en Nick namen even de tijd om samen met Jen hun bewijzen op een rijtje te zetten voordat ze Liz troffen bij de verhoorkamer. Ze stond naar Van Zandt te kijken door de doorkijkspiegel.

Vito grijnsde vergenoegd toen hij door het raam naar Van Zandt keek. Van Zandt zag er geërgerd maar fris uit in zijn driedelige pak. Zijn advocaat was een magere man, die er alleen maar geërgerd uitzag, en lang niet zo fris. 'Ik kijk hiernaar uit.'

Liz glimlachte scheef. 'Ik ook. De tip is vanaf een ontraceerbaar nummer aan de alarmcentrale doorgebeld. De beller zei dat we Van Zandt in zijn hotel konden vinden. Hij gaf ons het kamernummer en belde terug toen we hem hadden opgehaald, deze keer op mijn privénummer.'

'Hij wilde zeker weten dat we hem oppikten,' zei Nick. 'Simon is nog in Philly.'

'Ja. Hij klonk precies zoals de stem op de band. Ik kreeg er de rillingen van.'

'Wat heb je tegen hem gezegd?' vroeg Vito.

'Ik vroeg wie hij was, maar hij lachte alleen maar. Van Zandts auto stond niet op de parkeerplaats van het hotel toen ze hem gingen halen. Hij beweert dat zijn auto er vanmorgen toen hij wilde vertrekken al niet meer stond.' Ze stak een vel papier naar voren. 'Toen Simon me belde, vertelde hij waar we Van Zandts auto konden vinden, vervolgens zei hij dat we in de kofferbak moesten kijken en vroeg hij of ik die boodschap aan "VZ" wilde doorgeven.' Ze tekende met haar vingers aanhalingstekens in de lucht. 'Normaal gesproken zou ik geen boodschappen doorgeven voor een moordenaar, maar onder deze omstandigheden...'

Vito wist al wat Jens TR-team in Van Zandts kofferbak had gevonden, en hij en Nick waren tot de tanden bewapend hierheen gekomen, zogezegd. Vito pakte het papier van Liz aan en lachte grimmig. 'Van Zandt wist niet met wie hij te maken had.'

'Simon Vartanian ook niet,' zei Liz al even grimmig. 'Ga naar binnen en laat die arrogante klootzak weten dat hij de lul is.'

Van Zandt keek op toen Vito en Nick de kamer binnenkwamen. Zijn ogen stonden kil en zijn lippen vormden een dunne streep. Hij bleef zitten en zei niets.

Zijn advocaat stond op. 'Ik ben Doug Musgrove. U hebt niet het recht om mijn cliënt hier vast te houden. Laat hem gaan, anders dien ik een formele klacht tegen de politie van Philadelphia in.'

'Doe maar,' zei Vito. 'Jager, als die gast je oude contractenadvocaat is, dan kun je beter het telefoonboek pakken en een strafrechtelijke verdediger inhuren.'

Van Zandt keek hem alleen maar kwaad aan.

Musgrove brieste: 'Arresteer hem, of laat hem gaan.'

Vito haalde zijn schouders op. 'Oké. Jager van Zandt, u staat onder arrest voor de moord op Derek Harrington.'

Van Zandt kwam overeind met een blik van enorme woede op zijn gezicht. 'Wát?' Hij keek zijn advocaat aan. 'Wat moet dit voorstellen, verdomme?'

'O, laat me even uitpraten,' zei Vito. 'Het is niet officieel als ik het niet afmaak.' Hij citeerde de rest van de rechten van de arrestant, ging zitten en strekte zijn benen. 'Ik ben klaar. Jouw beurt.'

'Ik heb niemand vermoord,' zei Jager met opeengeklemde kiezen. 'Musgrove, haal me hier weg.'

Musgrove ging zitten. 'Ze hebben je gearresteerd, Jager. We krijgen je wel op borgtocht vrij.'

Jagers mond vertrok. 'Ik heb Derek niet vermoord. Jullie hebben niks.'

'We hebben je auto,' zei Nick, en Van Zandt knipperde met zijn ogen.

'Die is gestolen,' zei hij stijfjes. 'Daarom was ik nog in mijn hotel.'

Vito krabde aan zijn kin. 'Uh-huh. Heb je de diefstal gemeld?'

'Nee.'

'Een drie maanden oude Porsche. Ik zou meteen de politie hebben gebeld als hij gejat was.'

'Nou, je weet wat ze zeggen over rijke jongens en hun speelgoedjes,' zei Nick.

Van Zandt sloeg met zijn vuist op tafel. 'Ik heb Derek niet vermoord. Ik weet niet eens waar hij is.'

'Dat geeft niet. Wij wel,' zei Vito. 'Hij ligt in de kofferbak van je Porsche. Dat wás zo, althans. Nu ligt hij in het lijkenhuis.'

Van Zandts blik verschoot. 'Is hij dood? Is hij echt dood?'

'Dat effect heeft een kogel van een Duitse Luger uit 1943 tussen je ogen meestal wel.' Nick klonk streng. 'Hetzelfde wapen dat we gevonden hebben bij je krik. Hetzelfde wapen waarmee Zachary Webber is vermoord.'

'O,' voegde Vito eraan toe, 'en Kyle Lombard en Clint Shafer. Die moeten we niet vergeten.'

Ze hadden het genoegen Van Zandt te zien verbleken. 'Dat wapen is daar door iemand neergelegd,' siste hij woedend. 'En ik heb zelfs nog nooit van die andere twee gehoord.'

'Jager, hou je mond,' waarschuwde Musgrove.

Van Zandt keek hem minachtend aan. 'Ga een strafrechtelijke verdediger voor me regelen. Ik heb Derek niet vermoord, of wie dan ook. Ik wist niet eens dat Derek vermist werd.'

'Je kunt de jury natuurlijk vertellen dat je hem hebt doodgeschoten om hem uit zijn lijden te verlossen,' zei Nick met een als uit steen gehouwen gezicht. 'Hij had al genoeg geleden, met zijn verbrande voeten en uitgerukte ingewanden.'

Van Zandt verstarde. 'Wát?'

'En zijn gebroken handen en uitgesneden tong.' Nick ging zitten. 'Aan de andere kant kan ik me niet voorstellen dat een jury je zal zien als een genadig man, Van Zandt.'

Van Zandt slikte moeizaam. Dat was de enige aanwijzing dat hij was aangedaan door de marteling van een man die hij ooit zijn vriend noemde. 'Ik heb dat allemaal niet gedaan.'

'Het pistool lag hierbij,' zei Vito. Hij legde een foto op tafel en zag Van Zandts gezicht vertrekken. 'Dat is Derek Harringtons auto, en je beveiligingsman die door het raampje naar binnen kijkt. Jij stond achter hem.' Vito leunde naar achteren in zijn stoel. 'Jij wist gisteren al dat Derek vermist werd, toen je ons zijn privéadres gaf.'

'Niet waar.' Van Zandt bracht de woorden door strak opeengeklemde kiezen uit.

'Derek confronteerde je met foto's van Zachary Webber,' vervolgde Nick, 'de jongen in je game, die is neergeschoten met een Duitse Luger. Je liet Derek schaduwen. Toen heb je hem vermoord, hem in je kofferbak gedumpt en de auto op een parkeerplaats achtergelaten.'

'U kunt niet weten waar die foto gemaakt is,' zei Musgrove laatdunkend.

'Jawel. De fotograaf was heel slim,' zei Nick.

Vito schoof nog een foto over tafel. 'Een vergroting van dat uithangbord achter Harringtons auto, op het bankgebouw. Daarop is de temperatuur, de tijd en de datum te zien.'

Van Zandts lichaam werd zo recht als een hark, maar zijn gezicht was nog steeds asgrauw. 'Elke tienjarige met Photoshop kan die foto's hebben bewerkt. Ze hebben niks te betekenen.'

Jen dacht ook dat ze bewerkt waren, maar ze waren niet van plan dat aan Van Zandt te vertellen.

'Misschien wel, maar je secretaresse had je al verlinkt,' zei Nick.

Vito knikte. 'Ja, dat klopt. Het bureau in New York heeft net vanochtend haar verklaring opgenomen. Toen haar een aanklacht wegens belemmering van de rechtsgang werd voorgehouden, gaf ze toe dat jij en Harrington drie dagen geleden ruzie hadden en dat hij was opgestapt. Toen heb je er onmiddellijk je veiligheidsmannetje bij geroepen.'

'Indirecte bewijzen,' protesteerde Musgrove, maar hij klonk onzeker.

Vito trok één schouder op. 'Misschien. Maar we hebben nog meer. Bij het pistool vonden we ook bankgegevens waaruit bleek dat je Zachary Webber, Brittany Bellamy en Warren Keyes had betaald.' Vito legde foto's van de slachtoffers op tafel. 'Je herkent ze toch wel?'

'We hebben je cd's gevonden,' zei Nick op milde toon. 'Je bent een gestoorde klootzak, Van Zandt, als je dat soort shit bedenkt.'

Van Zandts kaak verstrakte. 'Ik word er ingeluisd.'

'We hebben je gevonden dankzij een anonieme tip... VZ,' zei Nick, en Van Zandts ogen fonkelden. 'De tipgever heeft ons gevraagd een boodschap door te geven. Hoe luidde die ook alweer, Chick?'

'Schaakmat,' zei Vito, en de blik op Van Zandts gezicht was kostelijk.

'Je hebt met vuur gespeeld, Jager,' zei Nick. 'En je hebt je gebrand. Nu pakken we je voor moord.'

Van Zandt staarde naar het tafelblad, en een spiertje in zijn kaak trilde ongecontroleerd. Toen hij opkeek, wist Vito dat ze gewonnen hadden. 'Wat willen jullie?' vroeg Van Zandt.

'Jager,' begon Musgrove, maar Van Zandt draaide zich grauwend naar hem toe.

'Hou je kop en regel een echte advocaat voor me. Zeg op, rechercheurs, wat wíllen jullie?'

'Frasier Lewis,' zei Vito. 'We willen de man die jij kent als Frasier Lewis.'

*Dutton, Georgia, vrijdag 19 januari, 14:45 uur*

Als ze niet bijna zijn hand had gebroken, zou Daniel hebben gedacht dat Susannah heel beheerst was. Haar gezicht stond uitgestreken en rustig, precies zoals hij haar zou verwachten te zien in de rechtszaal. Maar dit was geen rechtszaal. Er bevond zich een muur van flitsende camera's achter hen en het leek wel alsof de hele gemeente was uitgelopen om te zien wie er in Simons graf lag. Daniel wist dat het Simon niet was.

'Daniel,' mompelde Susannah, 'ik heb nagedacht over wat die archeologe zei. Over dat pa niet wilde dat ma zou ontdekken dat hij Simon had gevonden.'

'Ik ook. Pa moet hebben geweten dat Simon nog leefde. Hij wilde vast niet dat ma in de gaten kreeg wat hij deed. Ik heb me ook afgevraagd waarom hij die foto's had meegenomen naar Philadelphia.'

Susannah grinnikte zonder vermaak. 'Hij chanteerde Simon. Denk er maar eens over na. Als hij wist dat Simon leefde, waarom dan dit allemaal?' Ze knikte in de richting van de kraan die in stelling werd gebracht. 'En als hij dit allemaal in scène had gezet, hoe kon hij er dan zeker van zijn dat Simon niet zou terugkomen?'

'Hij had die foto's gehouden als verzekeringspolis,' zei Daniel vermoeid. 'Maar waarom heeft hij dit allemaal gedaan? Suze, als je iets weet, zeg het dan alsjeblieft.'

Susannah zweeg zo lange tijd dat Daniel vreesde dat ze niet zou antwoorden. Maar toen zuchtte ze. 'Het was al erg toen jij nog thuis woonde, Daniel, maar toen je naar de universiteit ging, werd het nog een heel stuk erger. Pa en Simon hadden voortdurend ruzie. Ma kwam altijd tussenbeide. Het was heel akelig.'

'En jij?' Daniel sprak op vriendelijke toon. 'Wat deed jij als ze ruzie hadden?'

Ze slikte moeizaam. 'Ik deed mee aan alle mogelijke buitenschoolse activiteiten, en als ik thuiskwam, verstopte ik me op mijn kamer. Dat was het gemakkelijkst. Op een dag, net nadat Simon zijn diploma van de middelbare school had, liep het allemaal uit de hand. Het was woensdag en ma zat bij de kapper. Ik was op mijn kamer en hoorde pa Simons slaapkamerdeur opengooien, en daarna hoorde ik dat ze vette ruzie hadden.'

Ze deed haar ogen dicht. 'Ze schreeuwden over foto's. Op dat moment dacht ik dat ze het over de schilderijen onder zijn bed hadden, maar nu weet ik dat het waarschijnlijk ging om de foto's die jij hebt gevonden. Pa moest zorgen dat hij werd herkozen als rechter, en hij zei dat Simon met zijn geklooi zijn carrière om zeep hielp, dat dit de limit was, dat hij één keer te vaak de boel verziekt had. Toen werd het heel stil.'

'En toen?'

Ze deed haar ogen open en staarde naar de kraan. 'Ze hadden nog steeds ruzie, maar zo zacht dat ik het niet kon verstaan. Toen schreeuwde Simon: "Ik stuur je nog eerder naar de hel dan dat jij mij de gevangenis in stuurt, ouwe," en pa zei: "De hel is de beste plek voor jou." Simon zei: "Jij kunt het weten. We zijn precies hetzelfde."' Ze slikte weer. 'Toen zei Simon: "En op een dag zal mijn pistool een stuk groter zijn dan dat van jou."'

Daniel liet zijn ingehouden adem ontsnappen. 'Goeie god.'

Ze knikte. 'De voordeur sloeg dicht, en... ik weet niet echt waarom, maar ik kreeg het gevoel dat ik me moest verstoppen, dus deed ik dat, in de kast. Even later ging de deur van mijn kamer open en weer dicht. Ik denk dat pa kwam kijken of ik iets had gehoord.'

Hij schudde zijn hoofd, maar dat deed niets af aan zijn onthutsing. 'Suze. God nog aan toe.'

'Ik heb nooit zeker geweten wat hij zou hebben gedaan als hij me had gevonden. Die avond kwam Simon niet thuis voor het eten. Ma was in alle staten. Pa zei dat Simon waarschijnlijk met een paar vrienden op stap was, dat ze zich geen zorgen moest maken. Een paar dagen later vertelde pa dat iemand hem had gebeld met de mededeling dat Simon dood was.' Ze keek met pijn in haar ogen naar hem op. 'Al die jaren heb ik gedacht dat pa hem had vermoord.'

'Waarom heb je niks gezegd?'

'Om dezelfde reden dat jij niks zei toen je dacht dat pa de foto's had verbrand. Mijn woord tegen het zijne. Ik was pas zestien. Hij was een gerespecteerde rechter. En zoals ik al zei: ik moest toch een kéér slapen.'

Daniel voelde zich misselijk. 'En ik liet je daar achter. God, Suze, het spijt me. Als ik had geweten dat je in gevaar was... dat je zelfs maar bang was, dan had ik je meegenomen. Dat moet je geloven.'

Ze richtte haar blik weer op de kraan. 'Wat gebeurd is, is gebeurd. Gisteravond besefte ik dat pa waarschijnlijk die foto's had gevonden en wist dat zijn carrière het niet zou overleven als iemand ze zag. Hij heeft waarschijnlijk tegen Simon gezegd dat hij moest weggaan en nooit meer terug hoefde te komen, en hem bedreigd met de gevangenis als hij dat toch deed. Hij wist dat ma nooit zou ophouden met zoeken naar Simon zolang er hoop was dat hij nog leefde. Dus...'

'Dus heeft hij het zo geregeld dat ze dacht dat Simon dood was.'

'Dat is het enige dat me logisch lijkt.' Ze beet op haar lip. 'Ik heb de hele nacht aan ze gedacht. Hij heeft pa gemarteld, Daniel.'

‘Ik weet het.’ Ook hij had niet kunnen slapen.

‘Denk je dat Simon hem heeft gemarteld om hem te laten vertellen waar ma was?’

‘Daar heb ik ook aan gedacht,’ gaf Daniel toe. ‘Ik denk dat Simon ertoe in staat is.’

‘O, ik wéét dat hij ertoe in staat is.’

‘Suze... Wat is er gebeurd? Wat heeft hij met je gedaan?’

Ze schudde haar hoofd. ‘Niet nu. Op een dag. Maar niet vandaag.’

‘Als je er klaar voor bent, bel me dan.’

Ze kneep steviger in zijn hand. ‘Doe ik.’

‘Ik hou mezelf graag voor dat pa liever doodging dan dat hij Simon ma liet opsporen,’ zei hij.

‘Ik ook,’ zei ze vlak, en die woorden spraken boekdelen.

‘Je weet dat Simon daar niet in ligt,’ mompelde Daniel toen de kraan de kist omhooghaalde.

‘Ik weet het.’

*Philadelphia, vrijdag 19 januari, 16:20 uur*

‘Sophie.’

Sophie schrok zich een ongeluk toen Harry zich door de lobby haastte en zonder op te kijken langs agent Lyons liep. ‘Harry? Wat is er met oma?’

Hij wierp een wantrouwige blik op de bijl op haar schouder. ‘Niks. Met Anna gaat het prima. Kun je dat ding neerleggen? Ik word er zenuwachtig van.’

Opgelucht liet ze de bijlkop op de vloer rusten. ‘Ik heb over een paar minuten een rondleiding, Harry.’

‘Ik moest je iets vertellen. Onder vier ogen. En het is niet best. Freya zei dat je had gebeld om te vragen of we Anna’s platencollectie voor de veiligheid ergens hadden opgeslagen. Dat is niet zo. Ik heb het uitgezocht en... eh... hij is weg.’

Ze kneep haar ogen tot spleetjes. ‘Wie heeft hem dan meegenomen?’ Maar ze wist het al.

‘Lena. Ze kwam aan de deur nadat Anna haar beroerte had gehad, maar ik heb haar weggestuurd. Toen is ze kennelijk naar Anna’s huis gegaan en heeft de platen en andere waardevolle spullen meegenomen. Ik heb er een paar op eBay teruggevonden. De verkoper op eBay heeft ze eerlijk van Lena gekocht. Het spijt me.'

Sophie liet langzaam haar adem ontsnappen. 'Heb je nog meer te vertellen?'

'Ja. Toen ik ontdekte dat die elpees weg waren, heb ik Anna's advocaat gebeld. Ze had blijkbaar veel geld in aandelen gestoken, waar ik niets van wist. Als ze was overleden, had haar advocaat ons vanzelf op de hoogte gesteld. Maar nu...' Hij haalde diep adem. 'Hij heeft de serienummers op de aandelen gecontroleerd. Ze waren voor contanten ingewisseld. Het spijt me zo, Sophie. Een groot deel van je erfenis – van jou en Freya – is weg.'

Sophie knikte verdoofd. 'Bedankt dat je me dat zelf bent komen vertellen. Nu moet ik aan het werk.'

'We moeten de politie bellen, aangifte doen,' vond Harry.

Ze zwaaide de bijl met iets te veel kracht over haar schouder. 'Doe jij het maar. Als ik een aanklacht indien, moet ik haar misschien nog echt onder ogen komen ook. En ik wil haar het liefst nooit meer zien.'

'Sophie, wacht.' Harry had agent Lyons opgemerkt. 'Wat doet die politieman hier?'

'Hij is hier voor de veiligheid.' Het was eerder een halve waarheid dan een halve leugen. 'Harry, er staat een groep bezoekers op me te wachten in de zaal. Ik moet weg. Doe wat je wilt met Lena. Het maakt mij niet uit.'

*Vrijdag 19 januari, 17:00 uur*

Vito liet zich in zijn stoel aan de vergadertafel zakken en wreef moe en gefrustreerd over zijn nek. 'Verdomme.' Drie uur praten met Jager Van Zandt had een paar nieuwe inzichten opgeleverd, maar helaas niet de informatie die ze zochten.

Liz kwam naast hem zitten. 'Van Zandt weet misschien echt niet waar Simon is, Vito.'

'Je kunt proberen het uit hem te martelen,' mompelde Jen. Ze haalde haar schouders op toen Liz haar wenkbrauwen optrok. 'Het was maar een idee.'

'Verdomd goed idee,' bromde Katherine, en aan de blikken van de anderen aan tafel te zien deelde iedereen die gedachte.

Nick en Jen, Katherine en Thomas, Liz en Brent, allemaal verzameld voor de middagbespreking, keken grimmig. Er was een nieuw gezicht aangeschoven: assistent-aanklager Magdalena Lopez die, samen met Thomas en Liz, de ondervraging van Van Zandt had gadegeslagen. Maggy was een tengere vrouw met donkerbruine ogen, die ze nu samenkneep.

'Misschien weet hij het, maar misschien ook niet. Ik ben niet bereid om hem meer te geven dan ik al heb aangeboden, en al helemaal geen volledige immuniteit.'

Maggy had hem aangeboden de tenlastelegging voor moord te verlagen naar doodslag als hij vertelde waar ze Frasier Lewis, alias Simon, konden vinden, maar Van Zandt had volledige immuniteit geëist, die arrogante rotzak.

'We willen ook niet dat je hem immuniteit geeft, Maggy,' zei Vito. 'Hij heeft dan misschien niemand vermoord, maar hij was beslist bereid ervan te profiteren.'

'Bovendien,' zei Nick, 'als Simon dacht dat Van Zandt echt iets nuttigs wist, zou hij hem niet aan ons hebben uitgeleverd. Je hebt het goed aangepakt, Maggy.' Dat laatste werd met onhandige bewondering gezegd, waarschijnlijk, dacht Vito, vanwege de veroordeling die Maggy had weten te bewerkstelligen in Nicks zaak-Siever. Nu kon Nick eindelijk blij zijn met de kerstkaarten die hij ieder jaar van de familie Siever kreeg.

'Hij heeft ons wel Simons mobiele nummer gegeven,' zei Vito.

'Hetzelfde nummer van waaraf hij mij belde,' zei Liz. 'Geen GPS. Niet te traceren.'

'Ik vond vooral Van Zandts reactie veelzeggend, toen hij ontdekte dat er echt mensen waren vermoord om zijn spel te maken,' overpeinsde Thomas. '"Je moet dood hout wegsnoeien om de boom te redden",' deed hij Van Zandts zware accent na. '"En soms snoei je dan in levend hout".'

'Niet wat je noemt een menselijke benadering,' beaamde Nick. 'Glibberige klootzak.'

'Sophie heeft ons verteld dat de R in oRo staat voor rijkdom,' zei Vito. 'Van Zandt zal er wel nooit een geheim van hebben gemaakt dat hij dit voor het geld doet.'

Thomas schudde zijn hoofd. 'Van Zandt kan wel eens een nog grotere sociopaat zijn dan Simon Vartanian. Simon doet het tenminste nog voor de kunst.'

'Van Zandt beweerde dat hij Simon nog niet betaald had,' zei Vito tegen Katherine, Brent en Jen. 'Simons salaris zou worden gebaseerd op royalty's, en die komen pas over drie maanden.'

'En die royalty's stellen niks voor,' voegde Nick eraan toe. 'Simon deed dit niet voor het geld.'

'Hoe is Simon met Van Zandt in contact gekomen?' vroeg Jen.

'Van Zandt zat in een café, in de buurt van zijn appartement in SoHo,' antwoordde Vito. Hij schudde zijn hoofd. 'Dat café staat vlak bij het park waar Susannah Vartanian haar hond altijd uitlaat. We denken dat Simon Van Zandt is tegengekomen tijdens een van die keren dat hij Susannah stalkte. Hoe dan ook, een jaar geleden stapte Simon in dat café op Van Zandt af, gaf een paar rondjes en liet hem een demo zien.'

'Het was de wurgscene met Clothilde,' vertelde Nick. 'Maar in een moderne setting. Van Zandt zag "potentieel" en zei Simon dat als hij het ombouwde naar een thema in de Tweede Wereldoorlog, hij het in zijn volgende game zou stoppen. Simon deed dat, en Van Zandt vroeg om meer. Simon maakte de scènes met de Luger en de granaat. Alleen daarvoor had Van Zandt nog de tijd om ze in *Behind Enemy Lines* te stoppen, want de deadline naderde.'

'Derek protesteerde,' zei Thomas fronsend. '"Omdat hij zwak was".'

Maggy Lopez zuchtte. 'Van Zandt is me er eentje.'

'En ik hoop dat hij zal branden in de hel,' zei Nick. 'Maar Van Zandt blijft erbij dat hij niet weet waar Lewis vandaan kwam of waar hij woonde, of wie die jongen met de granaat was.'

'Nou, ik heb wat info over Frasier Lewis,' zei Katherine. 'De echte Frasier Lewis.'

Vito knipperde verbaasd met zijn ogen. 'Bestaat die echt?'

'O, ja. Hij is een veertigjarige boer uit Iowa. Simon gebruikt al een tijdje zijn ziektekostenverzekering. De verzekering van de echte Frasier heeft een totale limiet van één miljoen dollar, voor het leven. Als hij ooit echt ziek wordt, zit hij in de problemen, want een groot deel van dat geld is al op. Ik vroeg me al af hoe Simon zich die mooie protheses kon veroorloven die hij volgens Dr. Pfeiffers dossier had. Hij betaalde zijn eigen geneeskundige kosten door de verzekering op te lichten.'

'Heeft de echte Frasier Lewis twee benen?' vroeg Nick.

'Ja,' zei Katherine.

Nick fronste zijn wenkbrauwen. 'Zou Pfeiffer dan niet hebben gezien dat er geen amputatie was geweest?'

'Niet per se,' antwoordde Brent peinzend. 'Simon is goed met computers. We dachten al dat hij in de financiële gegevens van mensen kon kijken. Stel dat hij ook in een database van medische dossiers kon inbreken. Stel dat hij daarom Lewis' medische identiteit heeft gestolen. Omdat hij toegang had tot de medische geschiedenis en die kon veranderen? Het is maar een idee.'

'Een goed idee. Denk er nog maar eens verder over na,' zei Vito. 'Kijk eens waar je nog meer op komt.'

'Ik ben blij dat ik je iets heb kunnen bieden, want ik heb niks van de pc van Daniels vader kunnen halen. Niks wat rechtstreeks naar Simon leidt. Er was wel een hulpprogramma gedownload, waardoor de computer op afstand kon worden bediend, maar dat was niks bijzonders. Gewoon een simpel UNIX-programma dat iedereen kan downloaden.'

'Je klinkt teleurgesteld,' zei Nick, en Brent grinnikte.

'Misschien een beetje. Ik verwachtte iets geweldigs, vanwege het Trojaanse virus met timers die hij naar de computers van de modellen had gestuurd. Maar dit was simpel en elegant. En niet te traceren. Misschien heb ik meer geluk met de medische databases. Die zijn meestal niet zo elegant. O ja.' Brent gaf Vito een foto in een lijstje aan. 'De sheriff uit Dutton, die ons de computer had gestuurd, stuurde ook dit. Hij zei dat Daniel en Susannah hem hadden gevraagd deze aan ons te geven.'

'Het is Simon,' zei Vito. 'Op jongere leeftijd. Dit is hetzelfde gezicht als op de foto van Pfeiffer. Ik denk dat zelfs Simon het lastig vond zich voor een doktersonderzoek te vermommen met meer dan een pruik. Het is weer een stukje van de puzzel.'

'Die afstandsbesturing, kun je zien wanneer die gedownload is?' vroeg Nick.

'Tuurlijk,' zei Brent. 'Een paar dagen na Thanksgiving.'

Nick knikte. 'Zou Simon in het huis moeten zijn geweest om dat programma te downloaden?'

'Ik zou geen andere manier kunnen bedenken waarop hij dat in zijn eentje had kunnen doen.'

Verontrust volgde Liz Nicks gedachtegang. 'Mevrouw en meneer Vartanian kwamen hierheen, op zoek naar de chanteur en waarschijnlijk ook naar Simon. Op enig moment hebben ze Simon gevonden, of hij hen, want ze zijn dood en lagen op Simons begraafplaats. Dan gaat Simon naar Georgia en regelt externe toegang tot zijn vaders pc, legt die reisbrochures daar neer en laat het lijken alsof ze op vakantie zijn gegaan. Hij blijft zelfs hun rekeningen betalen. Waarom?'

'Hij wilde niet dat iemand wist dat zijn ouders dood waren,' zei Jen. 'Arthur was een gepensioneerde rechter; iemand zou onderzoek hebben gedaan.'

'En Daniel en Susannah zouden erbij betrokken zijn geraakt, wat uiteindelijk ook is gebeurd.' Nick keek Vito aan. 'Hij wilde ze uit de buurt houden omdat hij nog niet klaar voor ze was.'

'Nu weten ze in ieder geval dat ze alert moeten zijn,' zei Vito. 'Waar zijn ze nu?'

'Weer in Dutton,' antwoordde Katherine. 'Ze zijn teruggegaan voor het openmaken van het graf.'

'En heb je de resultaten al?' vroeg Vito.

'Alleen dat het lijk Simon niet is. De botten zijn van een man van één meter achtenzeventig.'

'Was er geen sectie verricht?' vroeg Liz, en Katherine draaide met haar ogen.

'De autopsie zou in Mexico zijn gedaan,' zei Katherine. 'Dat autoongeluk was zogenaamd in Tijuana gebeurd. Vartanians vader ging erheen, haalde de overlijdensakte, kocht de kist en nam die mee terug. Ofwel hij heeft bij de douane wat smeergeld betaald, of degene die in de kist keek zag alleen een vreselijk verkoold lijk en heeft snel het deksel weer dichtgeslagen.'

'Dus misschien wist hij toch niet of Simon echt dood was of niet,' zei Jen.

Katherine haalde haar schouders op. 'Ik weet het niet. Ik kan me indenken dat Daniel en Susannah dat willen weten, maar op het moment zie ik niet in hoe het ons kan helpen Simon te vinden.'

'Zijn Pfeiffer en zijn assistente al binnen geweest om vingerafdrukken te laten maken?' vroeg Nick.

Jen schudde haar hoofd. 'Nog niet.'

'Laat het ons weten als ze zijn geweest,' zei Vito. 'En verder? Hoe zit het met de kerken in die grondgebieden, Jen? Of de fabrikant van dat siliconenmiddel?'

'Er is een techneut aan het bellen met fabrikanten, en twee anderen brengen kerken in kaart. Nog geen nieuws. Zelf heb ik de hele dag aan Van Zandts auto gewerkt. Sorry, Vito, we doen ons best.'

Vito zuchtte. 'Weet ik.' Hij dacht aan Sophie. 'Maar we moeten nog meer ons best doen.'

'Nu Van Zandt in de gevangenis zit,' overpeinsde Nick, 'zou Simon wel eens kunnen besluiten de stad te verlaten. oRo gaat failliet. Simon heeft geen baan meer.'

'We moeten hem een reden geven om hier te blijven,' zei Vito. 'Hem uit de tent lokken.'

'Hij denkt dat hij Van Zandt stevig in de tang heeft.' Nick keek Maggy Lopez aan. 'Stel dat Van Zandt vrij zou komen?'

Maggy schudde haar hoofd. 'Ik kan hem niet zomaar laten lopen. We hebben hem gearresteerd. Hij is niet akkoord gegaan met de strafvermindering, en ik geef hem geen immuniteit. Hij moet door de molen, Nick. En ik kan niet geloven dat nu juist jij wilt dat ik hem met zachte hand aanpak.'

'Ik wil hem niet met zachte hand aanpakken,' zei Nick. 'Maar ik wil hem op straat hebben, zodat we hem kunnen schaduwen. Je hoeft hem ook niet echt te laten lopen. Zijn borgtocht wordt morgenochtend besproken, toch?'

'Nou, en? Twee uur geleden wilde je hem het liefst nog zelf de dodelijke injectie geven, nu wil je dat ik hem laat lopen. Je wilt hem als áás gebruiken.'

'Ik zie het probleem niet,' zei Nick. 'We blijven bij hem in de buurt. Simon zal het niet kunnen weerstaan. Het is net alsof we een grote schietschijf op Jagers reet schilderen.'

'Eerder een R,' zei Brent droog. 'Van rijkdom.'

'En vergeet die opmerking over dood hout niet,' voegde Vito eraan toe. 'Van Zandt verdient alles wat hij over zich heen krijgt, Maggy. Maar we laten Simon hem niet pakken, want we willen ook Van Zandt achter de tralies hebben. Als hij van die moorden afwist en het liet doorgaan, is hij medeplichtig.'

Maggy zuchtte. 'Als we hem kwijtraken...'

'Gebeurt niet,' beloofde Nick. 'Jij hoeft alleen maar te regelen dat zijn borgtocht laag is.'

'Oké,' zei Maggy. 'Zorg dat ik hier geen spijt van krijg.'

'Doen we,' beloofde Vito, en hij voelde hernieuwde energie door zich heen stromen. 'Liz, kunnen we Bev en Tim nog een paar dagen krijgen? Misschien zelfs alleen morgen? We hebben surveillance-ogen nodig.'

'Ik regel het wel,' zei Liz. 'Maar alleen voor die ene dag. We zullen de situatie opnieuw moeten bekijken als het langer duurt.'

'Dat is redelijk.' Vito stond op. 'Laten we morgenvroeg afspreken om de boel te coördineren.'

# 22

*Vrijdag 19 januari, 19:00 uur*

Sophie liet zich in de passagiersstoel naast Vito zakken. Ze had de woede van zich afgezet, maar nu de dag voorbij was, begon het weer te kolken. Wat kon Lena in godsnaam nog meer inpikken?

Vito startte de motor en bleef rustig zitten terwijl de verwarming zijn werk deed. Hij wachtte tot ze iets zou zeggen, wist ze. Ze wist ook dat hij zelf ook een zware dag had gehad. Hij zat met heel wat grotere problemen dan zij. Hij moest een moordenaar vangen.

Haar boosheid over een paar vermiste elpees had haar afgeleid van het feit dat diezelfde moordenaar haar in de gaten had gehouden, dus misschien had Lena indirect eindelijk eens iets goeds gedaan. Ze draaide haar hoofd opzij en keek hem aan. 'Sorry dat ik je heb laten wachten, maar wat vond je van mijn Vikingtoer?'

Zijn ogen fonkelden, werden warm, en zijn mond krulde tot een glimlach, waardoor ze begon te gloeien. 'Ik vond je de meest sexy Vikingstrijder die ik ooit heb gezien. Eigenlijk wilde ik je ter plekke bespringen.'

Ze lachte, en dat was ook zijn bedoeling geweest. 'Waar al die kinderen bij waren? Schaam je.'

Hij bracht haar hand naar zijn lippen. 'Wat is er, Sophie?'

Hij klonk zo teder dat haar ogen begonnen te prikken. 'Harry is vandaag geweest.' Ze vertelde over zijn ontdekking en zag Vito's blik verharden.

'Je zou haar moeten aangeven.'

'Je praat al net als Harry. Ik heb ook geen aanklacht ingediend toen Lena mijn zusje vermoordde. Waarom zou ik dat nu wel doen terwijl ze alleen maar een paar oude grammofoonplaten heeft gestolen?'

Vito schudde zijn hoofd. 'Elles dood was een ongeluk. Die diefstal niet.'

Sophies kin kwam omhoog. 'Nu praat je net als Katherine.'

'Omdat Katherine gelijk had. Sophie, Lena is een vreselijke moeder, maar het was niet haar bedoeling dat Elle zou overlijden. Maar die diefstal, dat was wel opzet, voorbedachten rade, en ze heeft ervan geprofiteerd. Als je haar wilt haten, haat haar dan om de dingen die ze echt heeft gedaan. Haar haten omdat ze een kind nootjes gaf terwijl ze niet wist dat de kleine daar allergisch voor was, is zinloos.'

Sophie gaapte hem aan. 'Zínloos?'

'En kinderachtig,' voegde hij er zachtjes aan toe. 'Gisteravond zei je dat Andrea haar keuzes had gemaakt, en je had gelijk. Lena heeft ook haar keuzes gemaakt. Stel haar dáárvoor aansprakelijk, omdat ze je in de steek heeft gelaten en omdat ze heeft gestolen van je oma, Sophie, maar niet voor Elle. Dat soort haat is gewoon verspilde energie.'

Sophie voelde boze tranen opkomen. 'Ik mag haar haten voor wat ik wil, Vito, en het gaat je eigenlijk helemaal niks aan, dus bemoei je er niet mee.'

Hij schrok ervan en wendde zijn blik af. 'Oké.' Hij stuurde zijn auto het verkeer in. 'Dan weet ik waar ik sta.'

Een steek van schuldgevoel. 'Het spijt me, Vito. Dat had ik niet moeten zeggen. Ik ben gewoon teleurgesteld dat ik oma nu geen muziek kan laten horen, en ik wilde haar zo graag weer blij zien.'

'Ze is al blij als ze jou ziet.' Maar hij wilde niet naar haar kijken, ook al was hij voor een rood verkeerslicht gestopt, en daardoor raakte ze lichtelijk in paniek.

'Vito, het spijt me. Ik had niet moeten zeggen dat je je er niet mee moest bemoeien. Ik ben het niet gewend om me druk te maken over wat iemand anders van me vindt. Iemand wiens mening ertoe doet, dan.'

'Het geeft niet, Sophie.' Maar het gaf wel. Ze zag het aan hem. Ze wist niet zeker hoe ze het moest goedmaken, dus liet ze het rusten en veranderde van onderwerp.

'Vito, je hebt hem nog niet gevonden, hè? Simon Vartanian.'

Zijn kaak verstrakte. 'Nee. Maar we hebben allebei die lui van dat gamebedrijf gevonden.'

'Levend?'

'Eén ervan.'

Ze haalde geschrokken adem. 'Dus Simon knipt alle losse eindjes af?'

Er trilde een spiertje in zijn wang. 'Het lijkt erop.'

'Ik ben heus wel voorzichtig, Vito. Je hoeft je niet voortdurend zorgen over me te maken.'

Hij keek haar toen wel aan, met een indringende blik, en de opluchting duwde haar angst opzij. 'Mooi. Want ik begin aan je gehecht te raken, Sophie. Ik wil dat het je iets kan schelen wat ik denk, en ik wíl geven om hoe jij je voelt.'

Ze wist niet zeker hoe ze moest reageren. 'Dat is een grote stap, Vito. Vooral voor mij.'

'Weet ik. Daarom wil ik ook best geduld hebben.' Hij klopte op haar bovenbeen en pakte haar hand. 'Maak je geen zorgen, Sophie. Het is niet de bedoeling dat je gestresst raakt van mijn gevoelens voor jou.'

Ze staarde naar zijn hand, sterk en donker op haar huid. 'Het komt gewoon doordat ik de boel soms verpest. Ik wil dit echt niet verpesten. Wat het dan ook is dat wij hebben.'

'Dat gebeurt ook niet. Ga nu maar lekker zitten en geniet van de rit.' Hij glimlachte. 'Over de rivier en door het bos. We gaan naar oma.'

Ze kneep haar ogen samen. 'Waarom krijg ik de indruk dat je de grote boze wolf bent?'

Hij grijnsde. 'Zodat ik je beter kan opeten, lieverd?'

Ze sloeg hem, maar ze lachte erbij. 'Rij maar gewoon, Vito.'

Tijdens de rest van de rit hielden ze hun gespreksstof luchtig en spraken niet over Lena, Simon of serieuze relaties. Toen ze bij het verpleeghuis aankwamen, hielp Vito haar uitstappen, stak hij zijn hand achter de stoel en pakte een grote boodschappentas uit de auto.

'Wat is dat?'

Hij verstopte de tas achter zijn rug. 'Het is mijn mandje met lekkers voor oma.'

Ze lachte terwijl ze naar de deur liepen. 'Dus nu ben ík de grote boze wolf?'

Hij keek haar niet aan. 'Jij mag altijd mijn huisje omver blazen.'

Ze grinnikte. 'Je bent slecht, Vito Ciccotelli, slecht tot op het bot.'

Hij kuste haar snel op de lippen toen ze aan Anna's deur stonden. 'Dat heb ik vaker gehoord.'

Haar grootmoeder keek met haviksogen vanuit haar bed naar hen, en Sophie vermoedde dat Vito haar daarom ook in de deuropening had gekust. Anna zag er goed uit, vond Sophie toen ze haar oma op beide wangen zoende. 'Hoi, oma.'

'Sophie.' Anna legde een slappe hand tegen haar wang. Maar toch, die beweging was meer dan ze in lange tijd had gedaan. 'Je hebt je vriend weer meegebracht.'

Vito ging naast het bed zitten. 'Hallo, Anna.' Hij kuste haar wang. 'Je ziet er beter uit vandaag. Je hebt zelfs blosjes op je wangen.'

Anna glimlachte naar hem op. 'Je bent een vleier. Dat mag ik wel.'

Hij glimlachte terug. 'Dat dacht ik al.' Hij stak zijn hand in de boodschappentas, haalde er een roos met een lange steel uit en gaf die haar met een zwierig gebaar. 'Ik dacht dat je misschien ook wel van bloemen hield.'

Anna's ogen begonnen te glanzen, wat Sophie ontroerde. 'Vito,' mompelde ze.

Vito keek haar aan. 'Jij had ook rozen kunnen krijgen, maar nee. Jij zei: "Ophouden, Vito" en "Je bent slecht, Vito".' Hij sloot Anna's hand om de stengel. 'Ik heb de bloemist de doorns eraf laten halen. Ruik eens.'

Anna knikte. 'Ik ruik het. Ik had lang geen rozen meer geroken.'

Sophie kon zichzelf wel slaan omdat ze hier zelf niet aan had gedacht, maar het leek erop dat Vito nog niet klaar was. Hij haalde een heel boeket rozen tevoorschijn, net op het punt van bloeien, en toen een zwarte porseleinen vaas, die hij zorgvuldig op het nachtkastje zette. In het porselein zaten kristalletjes die twinkelden als sterren aan de nachthemel. Hij schikte de rozen en verschoof de vaas nog eens.

'Nu ruik je ze nog beter,' zei hij, en hij gaf Sophie de plastic waterkan die op het nachtkastje stond. 'Wil jij even water voor die bloemen halen, Sophie?'

'Natuurlijk.' Maar ze treuzelde in de deuropening, met de kan in haar handen. Vito was nog steeds niet klaar. Hij haalde een cassettespelertje tevoorschijn.

'Mijn opa had een platenverzameling,' zei hij, en Anna's ogen werden groot.

'Heb je muziek meegebracht?' fluisterde ze, en Sophie vervloekte Lena in stilte. Toen vervloekte ze zichzelf omdat ze tot nu toe nooit eerder aan muziek in het algemeen had gedacht.

'Niet zomaar muziek,' zei Vito met een glimlach waarbij Sophie haar adem inhield.

Anna's mond ging open, en vervolgens perste ze haar lippen stijf op elkaar. 'Heb je... *Orfeo*?' vroeg ze, en ze keek gespannen als een kind dat bang is om nee te horen.

'Inderdaad.' Hij startte het bandje, en Sophie herkende meteen de openingsnoten van *Che faro*, de aria die Anna een levenlang geleden beroemd had gemaakt. Toen klonk Anna's zuivere mezzosopraan uit de luidsprekertjes en liet Anna haar adem ontsnappen. Ze sloot haar ogen en leunde naar achteren, alsof ze precies hierop had gewacht. Sophie kreeg een brok in de keel en tranen in haar ogen toen ze haar oma's lippen zag meebewegen met de tekst.

Vito had zijn ogen niet van het gezicht van haar oma afgewend, en dat ontroerde Sophie nog meer. Hij had dit niet gedaan om indruk op háár te maken. Hij had dit prachtige gebaar gemaakt om een oude vrouw te laten glimlachen.

Maar Anna glimlachte niet. De tranen rolden over haar wangen terwijl ze probeerde adem te verzamelen om te zingen. Maar haar longen waren zwak, en er kwam alleen wat meelijwekkend gekraak uit.

Sophie zette een stap achteruit. Ze kon Anna's vergeefse pogingen of de ellende in de ogen van haar oma toen ze het opgaf, niet aanzien. Ze drukte de plastic waterkan tegen haar borst, draaide zich om en liep weg.

'Sophie?' Een verpleegkundige wilde haar tegenhouden. 'Wat is er? Heeft Anna hulp nodig?'

Sophie schudde haar hoofd. 'Nee, alleen water. Ik ga het even halen.' Ze bereikte de kitchenette aan het eind van de gang en draaide met trillende handen de kraan open. Ze vulde de kan en hield haar emoties in toom.

Toen ze de kraan had dichtgedraaid bleef ze heel stil staan. Er klonk nu een andere stem. Maar het was niet de heldere mezzo van Anna. Het was een diepe bariton. En hij trok aan haar als een magneet.

Met bonzend hart liep ze terug naar Anna's deur, waar zes verpleegkundigen stokstijf en ademloos naar binnen stonden te kijken. Sophie perste zich tussen hen door, hield toen in en kon alleen maar staren.

Het was, zo zou ze later overpeinzen, een vreemd moment om verliefd te worden.

Ze had het mis gehad. Het was niet tante Freya die de laatste goede man te pakken had. Er zat er een naast haar grootmoeder, de woorden te zingen die Anna niet kon uitbrengen, met een stem die krachtig en zuiver klonk. Op zijn gezicht was een goedmoedige tederheid te zien terwijl Anna elke beweging van zijn lippen volgde, elke noot in zich opzoog met een vreugde die bijna pijnlijk was om aan te zien.

Maar Sophie zag het aan, en toen Vito de laatste noot had gezongen, stond ze daar met natte wangen, maar een glimlach om haar mond. Achter haar zuchtten de verpleegkundigen als uit één mond voordat ze snuffend weer verdergingen met hun werk.

Vito keek met opgetrokken wenkbrauwen naar haar. 'Als je die kan met tranen hebt gevuld, gaan de rozen dood, Sophie,' plaagde hij. Hij bracht zijn gezicht dicht bij dat van Anna. 'We hebben haar aan het huilen gemaakt.'

'Sophie is altijd al een huilebalk geweest. Ze huilde zelfs bij tekenfilms.' Maar die woorden werden geuit met onmiskenbare genegenheid.

'Ik wist niet dat je het zag als ik huilde bij tekenfilms, oma.'

'Ik zag je altijd.' Ze klopte onbeholpen op Sophies hand. 'Het was zo'n genoegen om je te zien opgroeien. Ik mag je vriend graag. Je zou hem moeten houden.' Ze trok één wenkbrauw op. 'Begrijp je wat ik bedoel?'

Sophie keek Vito aan terwijl ze antwoordde. 'Ja, oma. Ik begrijp het volkomen.'

*Vrijdag 19 januari, 20:00 uur*

Er was iets veranderd, dacht Vito. Een soort intimiteit. Zoals Sophie tegen hem aan leunde toen ze terugliepen naar de pick-up. En ze glimlachte naar hem, en dat was altijd een bonus.

'Als ik had geweten wat voor effect dat zingen op je had, had ik zondagavond al voor je gezongen. Sterker nog, als ik er een beloning voor krijg, zing ik alles wat je wilt.' Hij opende het portier, maar ze draaide zich om in zijn armen in plaats van in te stappen. Haar kus was warm en zacht, en hij wenste dat ze niet op een ijzige parkeerplaats stonden.

'Het kwam niet door het zingen. Het kwam door alles, de manier waarop je haar hand vasthield, hoe ze naar je keek. Je bent een heel aardige man, Vito Ciccotelli.'

'Daarstraks zei je nog dat ik slecht was tot op het bot.'

Ze beet zachtjes in zijn lip, waardoor hij een scheut van genot voelde. 'Die twee dingen hoeven elkaar niet uit te sluiten.' Ze stapte in de auto en keek hem aan. 'Ik denk dat ik het plaatselijke operagenootschap maar eens bel. Misschien kunnen zij wat afgevaardigden bij oma op bezoek laten gaan. Ik had eerder aan muziek moeten denken, Vito. Het was haar leven, vroeger. Ongelooflijk dat ik er niet aan heb gedacht.'

'Je hebt je in de eerste plaats geconcentreerd op haar gezondheid.' Vito stapte achter het stuur en trok met een klap zijn portier dicht. 'Neem het jezelf niet kwalijk.' Hij reed het verkeer in en ging richting Anna's huis. 'Bovendien heeft Tino die opname voor me gemaakt.'

'Maar jij dacht eraan. En aan de bloemen. Daar had ik ook aan moeten denken.'

'Ik moet toegeven dat ik met die bloemen een bijbedoeling had. De vaas is je granny-cam.'

Sophie keek hem verbaasd aan. 'Hè?'

'Al die kristallen... Eentje ervan is een camera. Nu kom je erachter of zuster Marco echt gemeen is.'

Sophie keek hem aan. 'Je bent ongelooflijk.'

'Nee, niet echt. Tino heeft hem uitgezocht, nadat mijn zwager Aidan ons een paar ideetjes aan de hand had gedaan terwijl jij gisteravond dat fort bouwde. Zeg maar liever niks over die camera tegen Tess. Ze wordt een beetje kregelig als mensen onvrijwillig worden gefilmd.'

'Ik hou mijn mond.'

'Mooi. Nu gaan we naar jouw huis, en daar ga ik weer voor je zingen. Hou in gedachten dat ik ongelooflijk ben.'

Ze lachte. 'Later. Ik heb de jongens beloofd dat ik ze zou helpen het fort af te maken. Dus eerst naar jouw huis. Dan kunnen we naar mijn huis en... de liefde bedrijven. Op een ongelooflijke manier.'

Vito haalde gepijnigd adem. 'Ik had eigenlijk neuken als de beesten in gedachten.'

Haar gegrinnik klonk vals. 'Eerst bouw ik een fort. Dan kun jij het belegeren.'

Hij keek hen na toen ze wegreden. Hij had geluk gehad, dacht hij, dat hij zijn oortje uit had gedaan voordat dat dichtslaande autoportier hem zijn trommelvliezen had gekost. Als die agent het portier iets eerder had dichtgedaan, zou hij de magische woorden hebben gemist.

Maar hij geloofde niet in geluk, alleen in intellect, vaardigheid en het lot. Alleen idioten geloofden in geluk, en hij was geen idioot. Hij had het overleefd dankzij zijn verstand. En hij zou dat blijven doen. Hij dacht aan Van Zandt, in zijn dure pak in een gevangeniscel, en voelde zich diep tevreden. Maar hij had ook een klein beetje spijt. Het was zonde om een zakelijke geest zoals die van Van Zandt te verspillen. Maar er waren daarbuiten meer dan genoeg uitstekende zakelijke geesten.

Hij had er al een klaarstaan. Van Zandts gretigste en sluwste concurrent, nog onderweg omhoog op de ladder. Simon had contact met hem opgenomen en het werk laten zien dat hij tot nu toe had gemaakt, en binnen een kwartier waren ze het eens geworden. *Inquisitor* zou nog steeds uitkomen en de ophef over Dereks moord en Van Zandts gevangenisstraf en niet te vergeten al die moordslachtoffers, zou enorm goed zijn voor de verkoop.

En uiteindelijk zou hij toch krijgen wat hij wilde. Publiciteit. Een platform van waaraf hij zijn eigen carrière kon lanceren. Bekendheid om zijn schilderijen te verkopen. Hij zou de naam Frasier Lewis niet meer kunnen gebruiken, maar dat gaf niet. Het maakte niet uit welke naam er onder zijn werk kwam te staan. *Zolang mensen maar weten dat ik het ben.*

Hij hoefde nog maar één reeks schilderijen te voltooien. Van Zandt had gelijk gehad over de koningin. Meteen toen Simon Sophie Johannsen in volle glorie had gezien, wist hij dat zij precies was wat hij nodig had, wat hij wilde. En hij kende zichzelf goed genoeg om te weten dat hij de game niet uit zijn handen kon laten vallen. Eerst moesten alle delen ervan perfect zijn. Hij moest Sophie Johannsen zien sterven.

Alleen was gebleken dat ze slim en voorzichtig was. Ze werd doorlopend begeleid door politiemensen. Maar nu wist hij hoe hij haar van de kudde kon scheiden.

*Vrijdag 19 januari, 23:30 uur*

'Het is een prachtig fort geworden.' Sophie knikte stralend naar Michael. 'Wat een mooie blokken.' Zij en Pierce zaten achter een halve cirkel van zo'n meter breed en een meter hoog, gemaakt van gladde houten blokken. Ze hadden er zelfs de smalle openingen in gemaakt waarvan Sophie had gezegd dat het bressen waren voor de verdedigende boogschutters.

Daarvoor hadden ze dan weer naar de plaatselijke speelgoedwinkel moeten rennen om een Nerf-boog te halen. De boeken die ze gisteravond hadden gebruikt, stonden in ieder geval weer netjes op Vito's planken, dus hij zou niet te veel klagen dat zijn woonkamer nu een Noormannenkasteel was.

Sophie wreef over een van de blokken en Vito wist dat ze er geen splintertje op zou aantreffen. 'Die moeten een fortuin hebben gekost.'

Vito's vader deed nonchalant. 'Gewoon een paar oude blokken die ik nog had liggen. Dom en Tess hebben ze vanmiddag na school opgehaald.' Maar Vito zag wel dat ook hij straalde.

'Pa heeft die blokken zelf voor ons gemaakt toen we klein waren,' zei Vito vanuit zijn leunstoel, die de ophaalbrug was geworden. De rest van de meubels was verplaatst, op de kop gezet, of in verschansingen veranderd. 'Pa is een meester-timmerman.'

Sophies ogen werden groot. 'Echt waar? Nou, dan snap ik ook die blijde. Cool.'

'Ik ben er klaar voor,' zei Connor, die het model in positie zette. Weg was de provisorische blijde met houten lepel die ze gisteravond hadden gemaakt. Hij was vervangen door een schaalmodel waarmee je een kalkoen zou kunnen afschieten. Connor had hem ook willen uittesten met een bevroren kip, maar gelukkig had Sophie daar een stokje voor gestoken.

Vito vermoedde dat zijn vader de hele dag aan het model had gewerkt, het had uitgesneden met het zakmes dat hij altijd bij zich droeg. Vroeger had Michael zo'n model binnen een uur kunnen maken met al zijn gereedschap, maar dat was verkocht toen Michael zijn meubelmakerij moest opgeven vanwege zijn hartkwaal.

'Nee, je bent er niet klaar voor,' zei Sophie tegen Connor. 'Je hebt nog niks om te lanceren.'

'Jullie moeten opschieten met die veldslag,' zei Vito droog. 'Het is bijna twaalf uur, en Pierce en Connor moeten naar bed.' Waar hij de hele avond al wilde zijn.

'Oom Vito,' jammerde Pierce. 'Morgen is het zaterdag.' Hij keek Sophie hoopvol aan.

'Sorry, jongen,' zei Sophie. 'Ik moet morgen ook werken. Tess, Dominic?'

'We komen al,' riep Tess, en zij en Dom kwamen de keuken uit met plastic zakjes vol gekookte pasta. 'Ik heb nog nooit eerder voor een beleg gekookt, maar hier is het.'

Er volgde een felle militaire campagne, waarbij de jongens om beurten de blijde bemanden terwijl Sophie en Michael waar nodig de verschansingen herbouwden.

Tess zocht dekking achter Vito's stoel. 'Pa heeft in jaren niet zo'n lol gehad.'

'Dat mag niet van ma,' mompelde Vito. 'Ze maakt zich elke keer dat hij ademt zorgen.'

'Nou, mam is hier niet. Ik heb haar en Tino met een lange boodschappenlijst naar de nachtwinkel gestuurd. Jullie houden de keuken hier niet echt goed bevoorraad, jongens, en ik wil een hoop maaltijden koken om in te vriezen voor als Molly uit het ziekenhuis komt.' Ze haalde haar schouders op. 'Mam wil zich graag nuttig maken, dus is ze blij. Pa is blij. De kinderen zijn door het dolle heen. Jij ziet er ook gelukkig uit, Vito.'

Vito keek naar haar op. 'Ben ik ook.'

Tess ging op de armleuning van zijn stoel zitten. 'Daar ben ik blij om. Ik vind je Sophie aardig, Vito.'

Zijn Sophie dook op het moment weg voor een zak vol gekookte pasta. 'Ik ook.' Hij besefte dat zowel Sophie als hij vanavond iets voor de familie van de ander had bereikt. Het was een goed begin van een relatie die Vito van plan was lange, lange tijd te koesteren.

'Dit is een goed begin,' mompelde Tess, 'van een fijn leven. Dat verdien je.' Toen gilde Tess mee met Sophie, want een van de zakken die uit de blijde was geslingerd sloeg tegen het plafond en knapte open, waardoor de plakkerige pasta door de kamer vloog.

Vito grimaste. 'Dit krijg ik nooit meer van de muren en het plafond, hè?'

Tess grinnikte. 'Ik zie een heleboel met pasta besmeurde muren in je toekomst, Vito.'

Sophie en Michael hadden de slappe lach en Vito moest ook lachen. Uiteindelijk stond Sophie op en plukte pasta uit haar haren. 'Zo, en nu is het bedtijd. Nee,' zei ze toen Pierce jammerde, 'generaals zeuren niet, ze geven het goede voorbeeld. Ga nu naar beneden, en stilletjes. Maak Gus niet wakker.' Toen de jongens weg waren, keek Sophie Vito aan. 'Emmer en doekjes?'

'Achter, op de veranda,' zei hij, en hij stond op. 'Ga zitten, pa. Je ziet er moe uit.'

Michael gehoorzaamde, en dat bewees dat hij uitgeput was. Maar hij lachte nog steeds. 'Dat was leuk. We zouden dit elke vrijdagavond moeten doen. Je hebt een precedent geschapen, Vito.'

Vito zuchtte. 'Pasta op de muren en donuts voor mijn team. Dominic, Tess, help me even met het opruimen van die blokken.' Ze hadden ze al langs de muur opgestapeld voordat Vito zich realiseerde dat Sophie nog niet terug was met de emmer. Zijn hartslag versnelde. Hij had haar uit het oog verloren. Ze was alleen maar naar de veranda gelopen, maar hij zag haar niet meer. 'Ik kom zo terug,' zei hij gespannen.

Hij kon pas weer opgelucht ademhalen toen hij op de veranda aankwam, waar Sophie naast Dante stond. De jongen zat op een op de kop gezette emmer en keek somber voor zich uit.

'Volgens mij heb je alleen jezelf maar tekortgedaan,' zei ze tegen hem. 'Je hebt alle pret gemist.'

'Niemand wil me erbij hebben,' mompelde hij. 'Waarom zou ik je die emmer moeten geven?'

'Ten eerste omdat ik een volwassene ben en het wel zo respectvol is. Ten tweede omdat je oom nu waarschijnlijk kriegel wordt terwijl de pasta op de muren hard wordt. Ten derde omdat ik op het punt sta je van de emmer te duwen om hem mee te nemen, en dat wil ik niet.'

Dante kneep zijn ogen tot spleetjes. 'Dat zou je niet durven.'

'Wacht maar af,' zei ze. 'Je stelt je echt vreselijk aan, Dante, door hierbuiten te zitten mokken.'

Dante kwam overeind en gaf een schop tegen de emmer. 'Stomme ouwe emmer, stom spel en stomme familie. Iedereen heeft toch de pest aan me. Ik heb ze niet nodig.'

Sophie pakte de emmer op en wilde weglopen, maar toen zuchtte ze. 'Je familie is niet stom, ze zijn heel speciaal. En iedereen heeft familie nodig. En niemand heeft de pest aan je.'

'Ze kijken me allemaal aan alsof ik een misdadiger ben. Alleen omdat ik de gasmeter had stukgemaakt.'

'Nou, ik ben maar een buitenstaander, maar volgens mij is niemand boos omdat je die meter stuk hebt gemaakt. Ik bedoel, dat was geen opzet, net zoals het niet je bedoeling was om je moeder ziek te maken. Je... had toch niet de bedoeling om je moeder ziek te maken, Dante?'

Dante schudde zijn hoofd, nog altijd chagrijnig. Toen liet hij zijn schouders zakken en hoorde Vito hem snuffen. 'Nee. Maar ze zal me toch wel haten.' Hij begon nu echt te huilen, en Sophie legde haar arm om hem heen. 'Ik heb haar bijna vermoord, en nu haat ze me vast.'

'Nee, dat doet ze niet,' mompelde Sophie. 'Dante, weet je wat ik denk? Ik denk dat ze gewoon teleurgesteld zijn omdat ze je gevraagd hadden of jij het had gedaan en je toen hebt gelogen. Misschien wordt het tijd om de slechte dingen die je wilde doen goed te maken, en de dingen die niet je bedoeling waren los te laten.' Vito zag haar schouders aanspannen, en hoorde haar toen zachtjes grinniken. 'Dat geldt ook voor mij. Ben je van plan hier de hele nacht te blijven, Dante?'

Dante wreef over zijn gezicht. 'Misschien.'

'Nou, dan raad ik je aan een deken te halen, want het wordt koud vannacht.' Ze draaide zich om en schrok toen ze Vito zag staan. Ze tilde de emmer in de lucht. 'Ik ga schoonmaken.'

'Godzijdank.'

Ze trok haar wenkbrauwen op. 'En ik ga aangifte doen tegen Lena.'

'Godzijdank.'

Ze liep langs hem heen en mompelde: 'En daarna... beesten.'

Hij grijnsde naar haar rug. 'Godzijdank.'

*Zaterdag 20 januari, 7:45 uur*

'Jij bent vroeg.'

Sophie draaide zich om in het pakhuis, haar adem stokte in haar keel en haar hand vloog naar haar mond. Even staarde ze Theo de Vierde aan, terwijl haar hart als een razende tekeerging.

'Je bent plotseling extreem geïnteresseerd in ons museumpje, Sophie. Hoe komt dat zo?'

Sophie kreeg haar ademhaling weer onder controle en zette een stap naar achteren. Vito had haar een halfuur geleden bij het Albright afgezet. Agent Lyons had al binnen staan wachten; hij was binnengelaten door Ted de Derde en Patty Ann, die glazen vitrines aan het poetsen waren. Sophie had niet beseft dat Theo ook in het museum was. 'Hoe bedoel je?'

'Een paar dagen geleden vond je de rondleidingen nog vreselijk en behandelde je mijn vader als een idioot. Nu kom je vroeg hier en ga je laat weer weg. Je pakt kratten uit en zet nieuwe rondleidingen op touw waar mijn vader heel blij van wordt en waardoor mijn moeder het geld dat zal binnenkomen al aan het tellen is. Ik wil weten wat er is veranderd.'

Sophie voelde zich nog steeds onbehaaglijk. Simon Vartanian was nog altijd op vrije voeten, en ze wist eigenlijk niets over Theo Albright. Behalve dat hij een grote kerel was; meer dan één meter vijfentachtig. Ze zette nog een pas achteruit en was blij dat met de wetenschap dat Lyons meteen zou komen als ze gilde.

'Misschien heb ik wel besloten eens iets te gaan doen voor mijn geld, maar eigenlijk kan ik jou wel hetzelfde vragen. Een paar dagen geleden kwam je nog amper opdagen. Nu zie ik je iedere keer als ik me omdraai. Hoe komt dát zo?'

Theo's gezicht betrok. 'Omdat ik je in de gaten hou.'

Sophie knipperde met haar ogen. 'Hou je me in de gaten? Waarom?'

'Omdat ik in tegenstelling tot mijn vader geen idioot ben die mensen zomaar vertrouwt.' Hij draaide zich om en liep weg, en Sophie keek hem met open mond na.

Ze schudde haar hoofd. Het was achterlijk om bang te zijn voor Theo. Maar wat wist ze eigenlijk van de Albrights? *Sophie, kom op nou.* Simon was dertig, en zijn vader was rechter geweest. Theo was amper achttien, en zijn vader was de kleinzoon van een archeoloog. Ze stelde zich echt aan. Theo was gewoon een vreemd joch. Maar toch...

Ze zocht de bijl op die Theo eerder had gebruikt om kratten voor haar open te maken en zette die op een plek waar ze er gemakkelijk bij kon. Zelfs met agent Lyons op wacht kon het geen kwaad om voorbereid te zijn.

*Atlanta, Georgia, zaterdag 20 januari, 8:45 uur*

'Daniel, kijk. Dit komt van ma.'

Daniel keek op van de post die hij aan het sorteren was en zag Susannah staren naar een vel papier dat hij ogenblikkelijk herkende als het briefpapier van het hotel waar zijn ouders hadden gelogeerd. 'Heeft ze ons een brief geschreven? En aan zichzelf verstuurd? Waarom?'

Susannah knikte. 'Ze schrijft dat ze jou ook een brief heeft geschreven.' Ze sorteerde de stapel door, vond de brief en gaf die aan haar broer.

Ze hield die van haar onder haar neus terwijl Daniel zijn brief openmaakte. 'Hij ruikt naar haar parfum.'

Daniel slikte. 'Ik heb dat altijd een lekker luchtje gevonden.' Hij las de brief vluchtig, en nu hij de ontbrekende puzzelstukjes op hun plaats kon leggen, voelde hij zich verslagen. 'Ze wist dat pa loog dat hij Simon voor haar wilde zoeken, maar ze had niet de kracht om hem overal naartoe te volgen.'

Ze legden de brieven naast elkaar. 'Het lijkt erop. Ik denk dat ze geen risico wilde nemen.'

'Ze heeft twee dagen in dat hotel gezeten, Daniel, wachtend tot pa zou terugkomen.'

'Ik neem aan dat hij naar Simon toe was,' mompelde Daniel.

'Maar het was maar twee uur rijden.' Haar stem klonk gekwetst. 'Ze heeft daar twee dagen in haar eentje gezeten en pijn geleden, en ze heeft me niet eens gebeld.'

'Simon was haar lieveling, al toen wij klein waren. Ik weet niet waarom het me nog steeds zo raakt dat zij het zo zwart-wit zag. Houden van ons of houden van Simon.'

'Tot het einde toe heeft ze gehoopt dat hij goed zou zijn.' Susannah legde de brief op tafel. 'En ze vertrouwde hem.' Ze kreeg tranen in haar ogen. 'Ze wist dat pa vermist werd, en toch ging ze naar Simon toe.'

Daniel zuchtte. 'En hij heeft haar vermoord.' *Als je dit leest, ben ik waarschijnlijk dood. Als je dit leest, weet je ook dat je gelijk had over je broer.* 'Ze had met hem afgesproken, hij brak haar nek en dumpte haar in een anoniem graf op een akker.' Hij keek Susannah aan en werd overspoeld door bitterheid. 'En een deel van me vindt dat ze haar verdiende loon heeft gekregen.'

Susannah sloeg haar ogen neer. 'Dat dacht ik ook. Daarom heeft ze die brieven aan zichzelf gestuurd. Als die afspraak met Simon alleen maar een onschuldig bezoekje bleek, zou ze haar ongerustheid over het karakter van haar lievelingskind voor niets hebben onthuld. Als ze de brieven aan óns had gestuurd, zouden wij het weten. Door ze naar zichzelf te sturen kon ze ze nog onderscheppen voordat iemand ze zou lezen.'

'En dood ging ze toch.' Daniel gooide de brief op tafel. 'Wat had ze te verliezen? Behalve tijd met ons.'

'Hij loopt nog steeds vrij rond.'

Daniel aarzelde. Hij had de hele ochtend overpeinsd hoe hij het haar moest vertellen. *Zeg het gewoon, dan is het achter de rug.* 'Er is nog meer, Suze. Ik wilde er niet bij stilstaan, maar de hele nacht kon ik aan niets anders denken dan wat Ciccotelli vertelde over de vondst van Claire Reynolds, onze ouders en twee lege graven. Wat ze ons niet hebben verteld, is dat ze nog zes andere lijken hadden gevonden.'

Susannah keek even verbaasd. 'Je bedoelt al die graven die ze hebben gevonden... Dat heb ik op het journaal gezien. Ik had het verband niet gelegd. Maar ik had het kunnen weten.'

'Ik ook. Ik denk dat het een te grote schok was dat Simon nog leefde.' Daniel onderbrak zichzelf. 'Nee, dat is niet waar. Ik wilde er niet over nadenken. Maar het knaagde aan me, dus heb ik Vito Ciccotelli vanochtend gebeld en ernaar gevraagd. Hij bevestigde dat Simon wordt gezocht voor tien moorden, misschien wel meer.'

Susannah deed vermoeid haar ogen dicht. 'Ik blijf maar denken dat het niet erger kan worden.'

'Ik weet wat je bedoelt. Jarenlang heb ik nachten wakker gelegen en me zorgen gemaakt over de mensen op die foto's, of ze echt slachtoffers waren. Of Simon de hand had gehad in hun dood. Dat ik ze niet kon helpen. Nu zijn er nog meer slachtoffers, en deze keer kan ik ze niet negeren. Ik moet terug naar Philadelphia, om Ciccotelli en Lawrence te helpen.'

'Ik ga met je mee. Deze week hebben we samen bij onze ouders gestaan. Als dit voorbij is, hoop ik dat Simon eindelijk dood is en dat we dan ook samen bij zijn lijk kunnen staan.'

*Zaterdag 20 januari, 9:15 uur*

'Zijn we zover?' vroeg Nick, die Vito een kop koffie aangaf terwijl hij achter het stuur plaatsnam.

'Ja.' Vito pelde het dekseltje van de koffie. 'Bev en Tim zijn in positie om de hoek. Maggy Lopez belde net om te zeggen dat Van Zandt hierna op de rol staat. Als de rechter hem op borgtocht laat gaan, zou hij binnen het uur buiten moeten staan.'

'Ik hoop dat dit werkt,' mompelde Nick. 'Ik wil niet dat Van Zandt ontkomt.'

'Ik ook niet.' Die woorden klonken heel wat minder overtuigend dan zijn bedoeling was.

Nick keek Vito aan. 'Je bent bang.'

Vito zei lange tijd niets, maar toen schraapte hij nors zijn keel. 'Ja, ik ben doodsbang. Elke keer als de telefoon gaat vraag ik me af of het iemand is die me vertelt dat hij haar te pakken heeft. Dat ik haar niet voldoende heb beschermd.'

'Dit is anders dan bij Andrea, Chick. Deze keer sta je er niet alleen voor.'

Vito knikte en wenste dat hij zich gerustgesteld voelde. Maar hij wist dat hij pas opgelucht zou ademhalen als Simon Vartanian achter de tralies zat. Toch was het fijn dat zijn vrienden met hem meeleefden. 'Bedankt.' Op dat moment ging zijn mobiele telefoon en schrok hij op. Maar het was Jen. 'Wat is er?'

Jen geeuwde. 'Ik ben de hele nacht wakker gebleven, Vito.'

'Ik ook,' zei hij, maar hij grimaste meteen. 'Eh... laat maar.'

Jen gromde. 'Ik sta op het punt je te gaan haten, Ciccotelli. Ik heb de hele nacht gewerkt, en jij hebt seks gehad. Nee, ik geloof dat ik je nu al haat.'

'Ik haal volgende week iedere dag donuts. Van de bakker bij mij in de buurt.'

'Niet goed genoeg, maar het is een begin. We hebben kerken in kaart gebracht binnen een straal van vijfenzeventig kilometer van die bodemkaart. Niets dat maar in de verste verte lijkt op de kerk in het spel.'

'Nou, de kans was ook klein. Bedankt voor de poging.'

'Waag het niet op te hangen, Chick. Ik heb je foto gevonden.'

'Welke foto?'

'Die krantenfoto van Claire Reynolds en haar vriendin. Hij is gemaakt tijdens een protestmars, drie jaar geleden. De vrouw is een jaar of dertig, met licht haar. Ze is mager. Geen echt opvallende kenmerken. Ik heb haar nog nooit eerder gezien.'

'Verdomme,' mompelde Vito. 'Ik hoopte erop. Ik wou dat ik kon komen om die foto te zien, maar wij moeten hier blijven. Van Zandt kan ieder moment naar buiten komen.'

'Kan je telefoon foto's ontvangen?'

'Nee, maar die van Nick wel. Kun je hem doorsturen?'

'Hij is al onderweg.'

'Geef me je telefoon,' zei Vito tegen Nick, en hij tuurde naar het schermpje waarop de foto werd gedownload. Alle spieren in zijn lichaam spanden aan. 'Verdomme.'

'Wie is het?' vroeg Nick. Hij pakte de telefoon aan en floot. 'Wat een kille tante.'

Jens stem klonk belangstellend. 'Herken je haar, Vito?'

'Dat is Stacy Savard,' antwoordde Vito. 'Pfeiffers assistente is chanteur nummer twee.'

'Ik zal haar adres opzoeken en er meteen een wagen naartoe sturen,' zei Jen.

Vito pakte Nicks telefoon en staarde weer naar de korrelige foto. 'Ze wist dat Claire dood was, ze keek ons in de ogen, en ze verblikte of verbloosde niet eens.'

'Wat wil je doen, Vito? Savard onder druk zetten, of wachten op Van Zandt?'

'Laat een agent Savard maar ophalen. Ik vraag een huiszoekingsbevel voor haar woning. Als dit met Van Zandt niet lukt, dan wordt chanteur nummer twee ons plan B.'

*Zaterdag 20 januari, 12:45 uur*

Het was waarschijnlijk niet verstandig, maar Simon kon de verleiding niet weerstaan. Als hij zijn identiteit van Frasier Lewis dan toch achter zich moest laten, dan kon hij het net zo goed in stijl doen. Als de openbaar aanklager Van Zandt in de gevangenis had weten te houden in plaats van hem op borgtocht vrij te laten komen, was deze hele kans nooit ontstaan.

Het was al met al een heerlijke ironie. Simon had de tweede Duitser die in *Behind Enemy Lines* omkwam, willen laten doorsteken met een bajonet. Dat vond hij persoonlijker. Maar Van Zandt had op een grote klapper aangedrongen.

Simon had zich zorgen gemaakt over de gevoeligheid van de ontsteker op een granaat van zestig jaar oud. Stel dat hij die hele scène had voorbereid en dan zou ontdekken dat hij een blindganger had gekocht? Dus, omdat hij een grondig man was, had hij ook met dat scenario rekening gehouden. Simon glimlachte. Kyle Lombard, die een inhalig man was, had hem kwantumkorting gegeven.

*Zaterdag 20 januari, 12:55 uur*

'Hoe bedoel je, ze is weg?' blafte Vito in zijn telefoon.

'Ik bedoel dat ze niet thuis is,' zei Jen geërgerd. 'Haar auto staat er niet. Een buurman heeft haar vanmorgen met een koffer zien vertrekken. We hebben al een opsporingsbevel uitgestuurd.'

'We hebben ons in de kaart laten kijken toen we om Lewis' dossier vroegen.' Vito wreef over zijn slapen. 'Bel de luchthavens en busstations. En kun je een politiewagen naar Pfeiffers huis sturen?'

'Arresteren we hem ook?'

'We willen alleen maar met hem praten. Vraag hem of hij naar het bureau wil komen. Wij komen daar straks ook naartoe.'

'Is Van Zandt nog niet buiten gekomen?' vroeg Jen.

Vito keek naar het gerechtsgebouw. 'Hij betaalt de borgtocht zeker met kleingeld.'

Jen grinnikte, maar het duurde kort. 'Nou, we hebben wel iets. Stacy Savard heeft thuis hetzelfde model printer als waarmee Claires brieven zijn afgedrukt.'

'Chick,' siste Nick. 'Daar heb je Van Zandt.'

'Ik moet ophangen, Jen. Het is showtime.' Vito stopte zijn telefoon in zijn zak. Van Zandt kwam het gerechtsgebouw uit, met een koud en hard gezicht, op enige afstand gevolgd door zijn advocaat. Hij haastte zich met grote passen naar de stoeprand, zijn arm al uitgestoken om een taxi aan te houden, en duwde een oude man opzij die hem voor de voeten liep.

De haartjes achter in Vito's nek gingen rechtop staan. Er was iets...

'Nick,' zei Vito. 'Die oude man.'

'Verdomd,' zei Nick, en ze sprongen allebei tegelijk uit de auto.

'Stop! Politie!' schreeuwde Vito. De oude man keek op en heel even staarde Vito in de kille ogen van Simon Vartanian.

Vartanian zette het op een lopen. Heel snel. Vito en Nick zetten de achtervolging in.

Toen brak de hel los. Voor hun ogen werd Jager van Zandt opgeblazen.

# 23

*Zaterdag 20 januari, 13:40 uur*

Hij was er bijna bij geweest. Simon zat in zijn auto en was nog steeds woest. Het had een seconde gescheeld en hij zou in handen van de politie zijn gevallen.

*En zouden ze me niet dolgraag in handen krijgen?*

Die agent Ciccotelli was slimmer dan Simon had gedacht. En meedogenlozer. De politie had Van Zandt als pion gebruikt... *om mij uit de tent te lokken.* Als het niet zo op het nippertje was geweest, had Simon die brutale genadeloosheid bewonderenswaardig gevonden.

Het was té zeer op het randje geweest. Maar in het grote plan stelde het niet veel voor. De politie wist alleen van Frasier Lewis. De enige mensen die wisten dat hij niet echt dood was, waren dood.

Behalve de chanteur, die met zijn amateuristische tactieken zijn ouders naar hem toe had geleid. Hij moest die chanteur vinden en laten boeten, wie het ook was. Dan verder met Susannah en Daniel. Meneer en mevrouw Heilig Boontje.

Hij haatte hen allebei, alleen al om het feit dat ze allebei twee benen hadden. Dat ze allebei voorvechters van de gerechtigheid waren geworden, maakte hen tot gevaarlijke vijanden.

Binnen niet al te lange tijd zou het onmogelijk worden het rookgordijn in stand te houden dat Arthur en Carol Vartanian alleen maar op vakantie waren, en zou duidelijk worden dat ze inderdaad werden vermist. Daniel en Susannah zouden het nooit laten rusten. Ze zouden blijven spitten tot ze wisten waar hun ouders waren gebleven. Ze waren beslist slim genoeg om verbanden te leggen. En als ze diep genoeg spitten, ontdekten ze misschien zelfs wel dat er iemand anders onder Simons grafsteen lag.

Simon had zich vaak afgevraagd wie er in dat graf lag, wie zijn vader had gevonden om zijn plaats in te nemen. Hij was in de verleiding gekomen om zelf te gaan kijken toen hij voor het eerst in twaalf jaar tijd terug was in Dutton, om de vakantie van zijn ouders te regelen en hun computer zodanig in te stellen dat hij er volledig toegang toe had.

Zijn vader was naar hem toe gekomen, maar hij zou Daniel en Susannah zelf moeten gaan halen. Hij wist precies waar hij ze kon vinden. Daniel had een huisje in Atlanta, en Susannah een appartement in SoHo. Daniel was het 'Recht' en kleine Susannah was het 'Gezag'.

Artie had trots op ze moeten zijn. Maar dat was hij niet geweest. *Want onder die toga was Arthur Vartanian even verrot als ik.* Daniel en Susannah moesten verdwijnen. Maar eerst moest hij nog even wraak nemen. Want terwijl hij als een gewone straatcrimineel voor de politie was gevlucht, was tot hem doorgedrongen dat ze hem hadden herkend; niet als Frasier Lewis, maar als de oude man. En de enige die hem als de oude man had gezien en nog leefde, was... Dr. Sophie Johannsen. Zijn blik verduisterde. Overal zat dat mens hem in de weg.

Alles was volgens plan verlopen tot Sophie Johannsen overal rond was gaan vragen over spullen van de zwarte markt. Vanaf dat punt was alles gaan rafelen. Ze wist veel te veel, en hij zou niet rusten tot hij haar het zwijgen had opgelegd.

Hij klemde zijn kiezen op elkaar. Bovendien had ze een prachtig gezicht, zo expressief. Ze had actrice of model moeten worden. Binnenkort zou ze dat ook zijn.

Dat hij die agent Ciccotelli ondertussen ook zou raken, dat waren... Hij glimlachte. Bonuspunten.

*Misschien verdien ik wel een extra leven.* Simon grinnikte. Nu hij zichzelf hervonden had, stapte hij uit zijn auto en liep het verpleeghuis binnen.

*Zaterdag 20 januari, 16:15 uur*

Liz grimaste toen Vito en Nick de kantoortuin binnenwandelden. 'O, jongens.'

'Alleen maar kleine brandwondjes,' zei Vito. 'We hadden geluk. De enigen die gewond zijn geraakt waren Van Zandts advocaat, twee voorbijgangers en wij. De passanten zijn behandeld en uit het ziekenhuis ontslagen.'

'En de advocaat?' vroeg Liz.

'Het komt wel in orde met hem,' zei Nick. 'Hij liep een paar meter achter Van Zandt toen die de lucht in ging.'

Vito ging aan zijn bureau zitten. 'Wij zijn alleen geschampt door rondvliegende scherven.'

'Bev en Tim en nog zes anderen houden een klopjacht,' zei Liz, 'maar...'

Nick schudde zijn hoofd. 'Wat kon die kerel hard rennen op dat kunstbeen, Liz. Ik stond er echt van te kijken. Toen werd Van Zandt opgeblazen. Daar stond ik nog meer van te kijken.'

'Wat is er in godsnaam gebeurd? Jullie zouden hem in de gaten houden.' Assistent-aanklager Maggy Lopez draafde naar binnen en bleef staan toen ze hen zag. 'Goeie god.'

'Simon stond Van Zandt op te wachten.' Vito wreef over zijn nek. 'Hij heeft een granaat in Van Zandts jaszak gedropt. TR heeft de scherven ervan. We weten vrijwel zeker dat die zullen overeenkomen met de scherven uit die jongen die we nog niet hebben geïdentificeerd.'

Nick liet zich in zijn stoel zakken en deed zijn ogen dicht. 'Sorry, Maggy.'

Lopez bekeek de beide mannen eens goed. 'Het geeft niet. Van Zandt zou ondanks ons plan toch wel op borgtocht zijn vrijgekomen. We hadden niet genoeg om hem in hechtenis te houden. Niet met alle andere factoren erbij. En nu?'

Nick keek Vito aan. 'Plan B? Stacy Savard.'

Vito snoof. 'Shit. We weten niet eens waar Savard is.'

Liz glimlachte. 'Ja, dat weten we wel. Jullie waren in het ziekenhuis toen we haar binnen hebben gehaald.'

Vito rechtte zijn rug. 'Hebben we Stacy Savard? Hier?'

'Ja. Ze was net bezig haar auto te parkeren op het vliegveld. Schijnbaar wilde ze de eerste vlucht naar het buitenland nemen. Als je er klaar voor bent, laat ik haar aan jou over.'

Vito glimlachte grimmig. 'O, we zijn er klaar voor. Ik sta te popelen om met dat ijskoude loeder te praten.'

*Zaterdag 20 januari, 16:50 uur*

Van Zandt uitschakelen was moeilijker geweest dan hij had verwacht, maar nu hij zijn tegenstander kende, was Johannsen vast gemakkelijker. Hij had zich voorbereid op alle mogelijke omstandigheden, van een geüniformeerd politiegeleide tot de rechercheurs die haar steeds op de hielen volgden. Hij was er klaar voor.

Simon glimlachte. Straks zou een verpleegster oma's infuus vervangen. Bellen zouden gaan rinkelen, alarmen zouden gaan loeien. Die lieve Sophie zou een paniekerig telefoontje krijgen. Een authentíék paniekerig telefoontje. Eén ding dat hij altijd aan Johannsen had bewonderd, was haar passie voor authenticiteit. Er lag een zekere... symmetrie in Sophies lot.

Oma was stervende, dus was ze naar huis gekomen. Omdat ze thuis was, had hij haar ontmoet. Omdat hij haar had ontmoet, bij haar had gestudeerd, had hij superieure kennis opgedaan van de middeleeuwse wereld, en dankzij die kennis had hij een schitterend authentieke game gemaakt. Maar vanwege de game en vanwege Johannsens betrokkenheid kwam de politie nu veel te dichtbij. Hij was altijd van plan geweest haar uit te schakelen als het moment daar was, maar de nabijheid van de politie had hem gedwongen eerder te handelen dan hij van plan was geweest, en dáárom... Hij keek op zijn horloge. Het was tijd. Dáárom was oma stervende. Authentiek.

Het was een grote, mooie cirkel. Het was het lot.

Hij schoot overeind. Daar was ze, ze kwam vanuit de Grote Zaal de lobby in lopen, gehuld in een harnas. Hij hoopte dat ze het zou uittrekken voordat ze begon aan een vrijwel zeker dolle tocht. Ze was lang. Het zou al een hoop kracht kosten om haar in normale kleding te verplaatsen. Dat harnas zou een onwelkome belemmering zijn, maar daar hield hij zich wel mee bezig als het nodig was. Hij liep wat dichter naar het raam. Straks zou er geen glas meer tussen hen in zitten dat zijn entertainmentervaring zou begrenzen. Straks zou hij haar hebben, in zijn kerker, waar camera's en lampen klaarstonden. *Zodat ik je beter kan zien sterven, lieverd.*

*Zaterdag 20 januari, 17:00 uur*

Stacy Savard zat aan de tafel in de ondervragingsruimte, met haar armen strak over haar borst gevouwen. Ze staarde chagrijnig voor zich uit tot Vito en Nick binnenkwamen, en toen keek ze hen aan met een heftig geschokte blik. 'Wat is er gebeurd? Wat doe ik hier?'

'Laat dat drama maar zitten, Stacy.' Vito nam plaats op de stoel naast die van haar. 'We weten wat je hebt gedaan. We hebben jouw laptop en die van Claire. We weten van Claire en Arthur Vartanian, en we hebben je vette bankrekening gevonden.' Hij trok een verwonderd gezicht. 'Wat ik niet snap, is hoe je Claire zo hebt kunnen verraden. Je hield toch van haar?'

Stacy's gezicht bleef lange tijd onbewogen, maar toen haalde ze haar schouders op. 'Nee, ik hield niet van Claire. Niemand hield van Claire, behalve haar ouders, en dan alleen nog maar omdat ze haar niet echt kenden. Claire was gemeen... en goed in bed. Dat is alles.'

Nick lachte kort en ongelovig. 'Is dat alles? Wat is er dan gebeurd, Stacy? Wist je van het begin af aan dat ze Frasier Lewis chanteerde?'

Stacy snoof. 'Alsof Claire zoiets zou vertellen. Ze wilde alles wat ze van de Vartanians kreeg voor zichzelf houden. Ze was een kreng.'

Vito schudde ongelovig zijn hoofd. 'En wanneer ontdekte je dat Claire dood was?'

Ze kneep haar ogen tot spleetjes. 'Ik wil volledige immuniteit.'

Vito lachte bulderend, maar toen was hij ineens rustig. 'Nee.'

Stacy leunde naar achteren. 'Dan vertel ik niks meer.'

Omdat ze die reactie hadden verwacht, schoof Nick een foto van een verminkte Van Zandt over tafel en keken ze toe terwijl Stacy verbleekte.

'Wie... wie is dat?'

'De vorige idioot die immuniteit wou,' zei Vito bijtend.

'En de vorige idioot die Frasier Lewis wilde dwarsbomen,' zei Nick zachtjes. 'We zouden je kunnen laten lopen, weet je. En Frasier kunnen zeggen waar je zit.'

Haar ogen werden donker van angst. 'Dat zouden jullie nooit doen. Dat zou moord zijn.'

Vito zuchtte. 'Daar zegt ze wat. Maar als het verhaal zou uitlekken... Dat kan wel pas gebeuren als dit voorkomt, maar hij zal er wel achter komen. Het is te sensationeel om stil te houden.'

‘En dan blijf je over je schouder kijken tot hij een granaat in je zak laat vallen.’

Stacy zoog nadenkend haar wangen naar binnen. Toen keek ze op. ‘In oktober, vijftien maanden geleden, zou ik gaan eten met Claire. Ze kwam niet opdagen, dus ging ik naar haar huis. Ik had de sleutel. Ik vond haar laptop en foto’s die ze van “Frasier Lewis” had gemaakt terwijl hij in de wachtkamer zat.’ Ze trok haar mondhoek omhoog. ‘Eén ding over Claire: ze was goed in aantekeningen bijhouden. Ze was van plan geweest er een keer een boek over te schrijven. Ze had Lewis herkend als Simon Vartanian, en dat vond ze vreemd.’

‘Omdat hij dood had moeten zijn,’ zei Vito.

‘Ja. Ze deed wat onderzoek naar Frasier Lewis en ontdekte dat dat een kerel in Iowa was.’

Nick knipperde met zijn ogen. ‘Dus je wist ook van de verzekeringsfraude.’

Stacy kneep koppig haar lippen op elkaar, en met een overdreven diepe zucht schoof Vito een foto van Derek Harrington met een gat in zijn voorhoofd naast die van Van Zandt. ‘Je moet echt niet klooien met Simon Vartanian, Stacy. En ook niet met ons. Beantwoord de vraag van rechercheur Lawrence.’

‘Ja,’ bitste ze. ‘Ik wist van die verzekeringsfraude af. Ik heb de e-mails op Claires computer gevonden; de mails die ze naar Simon en zijn vader had gestuurd. In die naar de vader stond: “Ik weet wat je zoon heeft gedaan”.’

‘Wat denk je dat ze daarmee bedoelde?’ vroeg Nick, maar ze haalde haar schouders op.

‘Dat hij de verzekering oplichtte en dat hij zijn eigen dood in scène had gezet. In haar e-mail naar Simon stond: “Ik weet wie je bent, Simon.” De vader betaalde. Simon wilde haar per se spreken en Claire, die stomme idioot, ging naar hem toe.’

‘Waar?’ vroeg Vito gespannen. ‘Waar had ze met hem afgesproken?’

‘Simon wilde haar ontmoeten bij de bibliotheek waar ze werkte. Maar een paar dagen lang kwam ze niet opdagen, waar dan ook. Dus nam ik logischerwijs aan dat ze dood was.’

‘Jij hebt die brieven gestuurd,’ zei Nick. ‘Aan de bibliotheek en de praktijk.’

‘Ja, dat was ik.’

Vito dacht elke keer dat hij alle sociopaten wel gezien had in deze zaak, maar ze bleven maar opduiken. 'En jij ging verder waar zij gebleven was.'

'Alleen met de vader, niet met Simon.'

'Waarom niet?' vroeg Nick.

Stacy keek hem ongelovig aan. 'Omdat hij een moordenaar is. Nogal wiedes. Claire was stom. Ik niet.'

'Je zit hier, dus je intelligentie is niet per se bewezen,' zei Nick rustig. Maar een spiertje in zijn wang trilde, dus Vito wist dat die kalmte maar schijn was.

'Omdat hij een moordenaar is.' Vito schudde zijn hoofd. 'Je zag hem iedere keer dat hij voor controle naar de praktijk kwam. Je wist dat hij Frasier Lewis niet was. Je wist dat hij Claire Reynolds had vermoord, en toch zei je helemaal niks?'

Ze haalde haar schouders nog eens op. 'Wat had het voor zin? Claire was dood. Niks wat ik zou doen zou haar terughalen, en het was duidelijk dat Arthur Vartanian het geld wel kon missen.'

Nick grinnikte geforceerd. 'God, die zaak wordt almaar gekker. Vertel eens, Stacy. Waarom is Arthur Vartanian uiteindelijk naar je op zoek gegaan?'

Stacy knipperde met haar ogen. 'Hij is nooit naar me op zoek gegaan. Hij bleef gewoon betalen.'

'O, hij is zeker wel naar je op zoek gegaan. Nu is hij dood. We hebben hem en zijn vrouw in een graf vlak naast Claire gevonden.' Nick trok zijn wenkbrauw op. 'Wil je de foto's zien?'

Stacy schudde haar hoofd. 'Hij wilde wel bewijzen zien dat ik zijn zoon kende, maar hij bleef betalen.'

Vito keek snel naar Nick. 'Hoe heb je dat bewijs geleverd, Stacy?'

'Ik heb hem een foto van Simon gestuurd. Die ik had gemaakt voor Pfeiffer.'

'Het was een kiekje,' herinnerde Vito zich. 'Hij had er niet voor geposeerd.'

'Natuurlijk niet. Ik mocht geen foto van hem maken, dus heb ik het stiekem gedaan toen hij niet keek. Ik dacht dat ik hem op een dag misschien nodig zou hebben.'

'Oké,' zei Nick zachtjes, 'nu hebben we je hulp nodig.'

*Zaterdag 20 januari, 17:00 uur*

'Zie je die magere kale?' fluisterde Ted de Derde terwijl hij en Sophie de laatste toergroep van de dag uitzwaaiden. 'Hij is voorzitter van een filantropiegroep.'

Sophie glimlachte en zwaaide. 'Weet ik. Dat heeft hij me verteld. Drie keer.'

'Hij is een beetje een blaaskaak,' gaf Ted toe, 'maar hij vertegenwoordigt een heleboel rijke mensen die hun geld willen gebruiken om "het onderwijs en de kunsten" te bevorderen. Hij vond je aardig. Heel aardig.'

'Ook dat weet ik. Ik was voor het eerst blij dat ik dat harnas droeg. Hij probeerde me in mijn kont te knijpen, Ted.' Ze trok een gezicht, maar Ted grijnsde.

'Je had een zwaard, Sophie. Zie het van de positieve kant. De volgende keer heb je misschien je strijdbijl bij je.' Hij maakte zijn stropdas wat losser. 'Ik denk dat ik maar eens uit de band spring en Darla vanavond trakteer op een etentje.'

'Moshulu's of het Charthouse?' vroeg ze, en Ted lachte kort.

'Ons idee van uit de band springen is Chinees halen.' Hij liep hoofdschuddend weg.

'Ze gaan nooit uit. Ze hebben er het geld niet voor.'

Sophie draaide zich om, al werd die beweging bemoeilijkt door het harnas. Ze keek op, deze keer niet zozeer geschrokken als wel boos. 'Theo.'

'Ik kan me de laatste keer dat we een avondje uit zijn gegaan niet meer herinneren.' Theo hield zijn hoofd scheef. 'O, wacht, ja, toch wel. Het was net voordat pa jou aannam.'

'Theo, als je iets te zeggen hebt, zeg het dan in godsnaam gewoon.'

'Oké dan. Jouw salaris is meer dan wat mijn ouders samen verdienen.'

Verdoofd staarde Sophie hem een tijdje aan. 'Wat?'

'Ze wilden je zo graag inhuren,' zei Theo kil. 'Mijn moeder heeft haar salaris ingeleverd. Ze dachten dat een "echte historica" de omzet zou helpen verhogen. "Offers op de korte termijn."'

Hij draaide zich abrupt om en wilde weglopen, maar Sophie greep zijn arm vast. 'Theo, wacht.'

Hij bleef staan, maar ontweek haar blik.

'Ik had geen idee dat mijn salaris zo'n grote last voor hen was.' Ze vroeg zich ook af wat die financiële last betekende voor Theo, voor zijn toekomst.

'Nou, nu dus wel.'

'Je hebt vorig jaar je diploma gehaald. Ga je naar de universiteit?'

Hij verstijfde. 'Geen geld.'

Ze werd overspoeld door schuldgevoel, maar ze zette het van zich af. Ted de Derde had offers gebracht om dit museum gaande te houden, maar uiteindelijk waren offers ook keuzes. 'Theo, geloof het of niet, maar wat jouw ouders me betalen is minder dan ik zou verdienen als manager bij McDonald's. Ik zou je wel kunnen zeggen dat ik het geld zal terugbetalen, maar elke cent die ik verdien gaat naar het verpleeghuis van mijn oma.'

Hij draaide zich om en ze zag dat ze een puntje had gescoord. 'McDonald's? Echt?'

'Echt. Als je nou eens, in plaats van boos te blijven, mij helpt manieren te vinden om meer bezoekers te trekken? Meer rondleidingen, nieuwe exposities.'

Zijn blik werd grimmig. 'Ik haat de rondleidingen. Ze zijn zo... gênant. Ik bedoel, Patty Ann houdt van al dat theatergedoe, maar...'

'Ik vond het eerst ook gênant, maar we bereiken er mensen mee, Theo. Laatst toen we het erover hadden, leek je wel belangstelling te hebben voor het bouwen van de interactieve expositie. Is dat nog steeds zo?'

Hij knikte weer. 'Ik ben goed met mijn handen.'

'Weet ik. De panelen in de Grote Zaal zijn prachtig geworden.' Sophie dacht aan Michael en zijn blokken en de blijde die hij had gemaakt. 'Geef mij wat tijd om te bedenken hoe jij je handen kunt gebruiken en kunt helpen met –'

Ze schrok toen haar mobiele telefoon, die ze in haar beha had gestopt, begon te trillen. Snel maakte ze het klittenband van de borstplaat los. 'Help me even dat ding af te doen, Theo.'

Eén blik op het schermpje van het toestel dreef alle andere gedachten uit haar hoofd. 'Het is het verpleeghuis van mijn oma.' Ze nam met bonzend hart op. 'Hallo?'

'Met Fran.' Fran was de hoofdverpleegkundige, en ze klonk gespannen.

'Wat is er?'

'Anna heeft een hartstilstand gehad en we hebben een ambulance gebeld. Sophie, je moet opschieten. Het is erg, lieverd.'

Sophies knieën knikten, en als Theo haar niet had ondersteund, was ze misschien wel gevallen. 'Ik ben onderweg.' Sophie klapte met trillende handen haar telefoon dicht. *Denk na.*

*Simon.* Misschien was het een leugen. *Een valstrik.* Zich bewust van de waakzame blik van Theo belde ze de centrale van het verpleeghuis. 'Hallo, met Sophie Johannsen. Ik ben net gebeld en wilde zeker weten of –'

'Sophie? Met Linda.' Een andere verpleegkundige. Sophie betwijfelde of zelfs Simon Vartanian twee verpleegkundigen kon dwingen te liegen. 'Heeft Fran je niet gebeld? Ga naar het ziekenhuis. Nu meteen.'

'Dank je.' Sophie hing met een misselijk gevoel op. 'Ik moet naar het ziekenhuis.'

'Ik breng je wel,' zei Theo.

'Nee, dat hoeft niet. Ik ga wel met agent Lyons.' Ze keek om zich heen, en de paniek nam met de seconde toe. 'Waar is hij?'

'Sophie, waarom word je overal begeleid door politieagenten?' vroeg Theo, die haar volgde terwijl ze naar de lobbydeur liep zo snel haar geharnaste benen haar konden dragen.

'Later. Waar is Lyons? Verdomme!' Ze bleef bij de deur staan en keek naar buiten. Het was donker. De minuten tikten voorbij, en Anna was stervende. Ze was te laat geweest voor Elle. Ze zou Anna niet in haar eentje laten sterven. Ze rukte aan het klittenband waarmee haar beenplaten vastzaten. 'Help me die dingen afdoen. Alsjeblieft.'

Theo hurkte neer en haalde de beenplaten eraf. Hij pakte haar voet. 'Omhoog.'

Ze gehoorzaamde en drukte haar hand tegen het koude raam terwijl hij haar laars uittrok. Ze tuurde uit het raam en zag een agent half van haar af gedraaid staan. De rode gloed van een sigaret zweefde een klein stukje voor zijn mond. Niet Lyons. Ze keek op haar horloge en zag dat het al na vijven was. *Wisseling van de wacht.* Theo trok haar andere laars uit en ze rende de deur uit, wuivend over haar schouder. 'Bedankt, Theo. Ik bel nog wel.'

'Sophie, wacht. Je hebt geen schoenen aan.'

'Geen tijd om ze te gaan halen.'

'Ik haal ze wel,' zei Theo. 'Het duurt maar even. Wacht hier.'

Maar er was geen tijd. Ze rende naar de agent toe en negeerde de schok van de koude stoep onder haar voeten. Het was niet ver naar de politiewagen. Ze zou in het ziekenhuis wel een paar pantoffels krijgen. 'Agent, ik moet naar het ziekenhuis. Nú.' Ze holde naar de stoeprand waar de auto geparkeerd stond en hoorde zijn voetstappen achter zich.

'Dr. Johannsen, wácht. Ik heb bevel om bij u te blijven tot een van de rechercheurs komt.'

'Ik heb geen tijd om te wachten. Ik moet naar het ziekenhuis.'

'Best.' Hij haalde haar in en pakte haar arm. 'Rustig, anders glijdt u uit op het ijs. Uw oma heeft niets aan u als u bewusteloos raakt.'

Ze deed haar mond open om te zeggen dat hij moest opschieten, maar toen verstijfde ze. Ze had niets over Anna gezegd. *Simon.* Ze rukte haar arm los. 'Nee.' Ze had nog maar twee stappen verzet toen zijn arm om haar keel sloeg en hij haar mond bedekte met een doek. Ze vocht als een dier, maar hij was groot en sterk, en ze hoorde Susannah Vartanians stem in gedachten, spookachtig zachtjes: *Simon was nog groter.* 'Nee.' Maar het woord werd gedempt door de doek en haar zicht begon te vertroebelen.

*Vecht. Gil.* Maar haar lichaam gehoorzaamde niet langer. Haar gil was schril en luid en klonk uitsluitend in haar hoofd. Niemand kon haar horen.

Hij sleepte haar mee. Ze probeerde uit alle macht haar hoofd te draaien, te zien waar hij haar mee naartoe nam, maar het lukte niet. Ze hoorde een portier openschuiven en plotseling straalde er pijn omhoog langs haar ruggengraat. Ze voelde wel, maar ze kon niets anders dan haar ogen bewegen toen ze op haar rug lag en via de zijdeur van een busje naar buiten keek.

Ze spande zich in om door het troebele waas te kijken en zag Theo achter hem aankomen. *Haar schoenen.* Theo had haar schoenen gehaald. Haar schichtige blik moest Simon hebben gewaarschuwd, want Theo Albright werd met één klap van Simons vuist tegen zijn hoofd onderuit gemaaid.

Toen kwamen ze in beweging. Het busje hotste over een grote hobbel en scheurde toen met piepende banden de parkeerplaats af. Vito, dacht ze, vechtend tegen wat voor bedwelmend middel er ook op die doek had gezeten. Het spijt me. Toen was er alleen nog maar duisternis.

## 24

*Zaterdag 20 januari, 17:30 uur*

Stacy Savard keek hen opstandig aan. 'Ik praat niet met hem. Jullie kunnen me niet dwingen. Dan eindig ik ook zo.' Ze gaf een por tegen de foto's. 'Vergeet het maar. Jullie lijken wel gek.'

Vito slikte zijn woede en walging weg. 'Je had Simon Vartanian op elk moment kunnen aangeven, en zo de dood van meer dan tien mensen kunnen voorkomen. Daar ben jij mede verantwoordelijk voor. Dus je gaat ons helpen. We willen Simon uit de tent lokken.'

'Over de telefoon,' voegde Nick er rustig aan toe. 'Je hoeft hem niet onder ogen te komen. En als je niet wilt helpen... Nou, we kunnen de pers niet altijd in de hand houden.'

Savard klemde haar kiezen op elkaar. 'Zo te zien heb ik niet veel keus. Wat moet ik tegen hem zeggen?'

Nicks glimlach was niet plezierig. 'Er is altijd een keus, juffrouw Savard. Dit zou wel eens je eerste goede kunnen zijn. In Simons dossier staat dat hij weer smeervet had besteld.'

'Eergisteren, ja. Normaal koopt hij het bij de vakhandel, maar het was bijna op, dus bestelde hij het via ons omdat wij het sneller kunnen krijgen. En?'

'En,' zei Nick, 'je gaat met ons mee naar Pfeiffers praktijk, waar je hem gaat bellen om te vertellen dat het spul binnen is.'

'Maar de praktijk is vandaag dicht,' zei ze, terwijl haar stem begon te beven.

'Dr. Pfeiffer doet open,' zei Vito. 'Hij wil ons graag helpen. Een valstrik opzetten met dat middel was zelfs zijn idee.' Hij genoot ervan toen hij haar mond zag openvallen. 'Hoe denk je dat we je zo snel hadden gevonden, Stacy? We hebben de mensen op vliegvelden naar je laten uitkijken, maar je had niet gereserveerd en je had je nog nergens ingecheckt. Pfeiffer had eens nagedacht en was tot de conclusie gekomen dat je er waarschijnlijk bij betrokken was. Dus is hij je vanmorgen gevolgd, en toen je bij het vliegveld aankwam, belde hij ons.'

De deur ging open en Liz keek met een onpeilbare gezichtsuitdrukking naar binnen. 'Rechercheurs?'

Vito en Nick stonden op, en Nick deelde nog een laatste sneer uit. 'Ga je beste telefoonstem oefenen, Stacy,' zei hij vriendelijk. 'Want Vartanian is niet achterlijk. Hij heeft het meteen in de gaten als je zenuwachtig bent.' Nick deed de deur dicht toen ze aan de andere kant van de ruit stonden.

'Heb je dat allemaal gehoord?' vroeg Vito.

Nick schudde zijn hoofd. 'Wat een figuur. De gevangenis zal haar alleen maar scherper maken.'

'Vito,' fluisterde Jen op rauwe toon.

Vito wendde zich van de ruit af en zijn bloed verkilde. Jen was wit als een laken en Liz' gezicht was niet langer onpeilbaar, maar vertrokken van beheerste angst.

'Sophie,' zei Liz. 'Haar oma is met spoed naar het ziekenhuis gebracht. Ze heeft een hartaanval gehad.'

Vito dwong zichzelf kalm te blijven. 'Ik ga naar het museum en breng haar zelf wel naar het ziekenhuis.'

Liz pakte zijn arm en hield stevig vast toen hij probeerde langs haar heen te komen. 'Nee, Vito. Luister. De alarmcentrale heeft een telefoontje gehad van het Albright Museum. Ze hebben de zoon van Albright bewusteloos voor het museum gevonden.' Ze zette zich zichtbaar schrap. 'En agent Lyons is dood op de achterbank van zijn wagen gevonden.'

Vito deed zijn mond open, maar er kwam niets uit.

'En Sophie?' vroeg Nick hees.

Liz trilde. 'Getuigen hebben gezien dat ze in een wit busje werd gedwongen, dat achteruit over die jongen van Albright reed en toen wegscheurde. Sophie is weg.'

Vito zag of hoorde even helemaal niets meer. 'Hij heeft haar dus,' fluisterde hij.

'Ja,' fluisterde Liz terug. 'Ik vind het heel erg, Vito.'

Verdoofd keek hij om door de ruit, en hij moest de neiging om Savard te grijpen en te wurgen onderdrukken. 'Ze wist dat hij een moordenaar was, en ze zei niets.' Hij hijgde, en het praten kostte hem moeite. 'Nu is het te laat. We kunnen haar niet eens meer gebruiken om hem te lokken. Hij heeft wat hij wil. Hij heeft Sophie.'

Nick greep zijn andere arm vast en kneep erin tot Vito zich naar hem omdraaide. 'Vito, rustig blijven en nadenken. Simon heeft dat smeermiddel nog steeds nodig. Het kan nog lukken. We moeten het proberen.'

Vito knikte, nog altijd verdoofd. Maar in zijn hart wist hij beter. Hij had net voordat Van Zandt stierf Simons ogen gezien. Ze waren kil en berekenend geweest. *Alsof je een kooi met een cobra erin binnenwandelt*, had Pfeiffer gezegd. En nu zat Sophie in die kooi.

*Zaterdag 20 januari, 18:20 uur*

Simons mobiele telefoon ging. Fronsend keek hij op het schermpje en nam behoedzaam op. 'Hallo?'

'Meneer Lewis, met Stacy Savard, van Dr. Pfeiffers praktijk.'

Simon zoog zijn wangen naar binnen. De praktijk was in het weekend gesloten. 'Ja?'

'Dr. Pfeiffer heeft een noodgeval in de familie en de praktijk zal ongeveer een week dicht blijven. Hij en ik zijn hier nu om nog wat laatste dingetjes te regelen. Ik wilde u zeggen dat uw siliconenspray is binnengekomen.'

Simon lachte bijna hardop. 'Ik heb het nogal druk op het moment. Ik kom maandag wel.'

'Maar we zijn maandag dicht. We zijn de hele week dicht. Als u het nog hebben wilt, zult u vanavond moeten komen. Anders hebt u misschien niet genoeg.'

Ze was goed, moest Simon toegeven, maar haar stem trilde een heel klein beetje. 'Ik vind wel een andere leverancier. Ik verhuis misschien toch binnenkort.' Hij hing op voordat ze nog iets kon zeggen en grinnikte. Savard werkte mee met de politie, dat doorzag iedere idioot.

'Je vriendje is echt slim,' riep Simon naar achteren. 'Maar ik ben slimmer.' Er kwam geen reactie. Als ze niet al wakker was, zou het niet lang meer duren, wist hij, maar hij zou van haar geen last meer hebben. Zodra hij van de doorgaande wegen af was, was hij langs de weg gestopt om zijn kentekenplaten te verwisselen en haar polsen en enkels vast te binden.

Stacy Savard hing met trillende handen op. 'Ik heb mijn best gedaan.'

'Het was niet goed genoeg,' snauwde Nick. 'Hij had je door.'

Vito wreef met zijn handen over zijn gezicht terwijl twee agenten in uniform Stacy Savard geboeid mee terugnamen naar het bureau. 'Ik had ook niet verwacht dat het zou lukken.'

Pfeiffer stond handenwringend op. 'Het spijt me. Ik hoopte van wel.'

'U hebt ons goed geholpen, dokter,' zei Nick vriendelijk. 'We stellen het echt op prijs.'

Pfeiffer knikte en keek Savard na. 'Ongelooflijk dat ik zo lang met haar heb samengewerkt en haar nooit heb gekend. Ik bleef maar hopen dat ik me vergiste. Daarom zei ik ook niets toen jullie hier gisteren waren. Ik had het vreselijk gevonden als ik haar ten onrechte zou hebben beschuldigd.'

Vito wenste dat Pfeiffer dat maar gedaan had, maar hij zei niets.

'En wat nu?' vroeg Nick toen ze in de auto zaten.

'We gaan terug naar het begin,' zei Vito grimmig. 'Er is íéts wat we hebben gemist.' Hij staarde uit het raam. 'En we bidden dat Sophie volhoudt tot we haar vinden.'

*Zaterdag 20 januari, 20:15 uur*

'We hebben hem op film,' zei Brent, die de vergaderkamer kwam binnenlopen met een cd in zijn hand. Hij gaf het schijfje aan Jen. 'Die klootzak heeft gerommeld met het infuus van de oude dame.'

Terwijl hij en Nick terugreden vanaf Pfeiffers praktijk, had Vito zich de camera weer herinnerd die hij bij Anna's bed had neergezet. Nu stond hij achter Jens stoel terwijl zij de cd met de camerabeelden in haar laptop stopte. Nick en Liz stonden rechts van hem, en Brent kwam links van hem staan. Katherine bleef zitten, bleek en verdoofd.

Vito had haar niet in de ogen kunnen kijken. Hij had haar beloofd dat hij over Sophie zou waken. En dat had hij niet gedaan. Hij had Sophie achter slot en grendel moeten stoppen tot Simon was gearresteerd. Hij had zo veel moeten doen. Maar dat had hij niet gedaan, en nu was

Sophie weg. Simon Vartanian had haar, en ze wisten allemaal waartoe die kerel in staat was.

Hij moest ophouden zo te denken. Hij zou langzamerhand gek worden. *Dus concentreer je, Chick. En zoek naar wat je over het hoofd hebt gezien.*

Brent keek hem schuins aan. 'Simon komt opdagen als de tape vijf uur heeft gelopen. De camera wordt geactiveerd door beweging. De eerste twee uur zijn van gisteravond, toen jij en Sophie bij haar oma waren. Ik heb daarlangs gespoeld, en langs de verpleegsters die langskwamen voor bloeddrukmetingen, medicijnen, maaltijden. Ze doet ook nog een kaartspelletje.'

Vito keek hem aan. 'Kaartspelletje?'

'Rond tien uur vanochtend kwam er een zuster binnen met een pakje kaarten. Zei dat het tijd was voor hun dagelijkse spelletje. Sophies oma verloor en noemde die zuster gemeen.'

'Heette die verpleegster Marco?'

'Ja. Zij was ook degene die de oude vrouw het leven redde.'

'Nou, haar oma werd dus niet mishandeld door de verpleegkundigen.' Vito schudde haar hoofd. 'Anna kon gewoon niet tegen haar verlies.'

'Hij staat klaar,' zei Jen. Ze zagen Simon Vartanian Anna's kamer binnenkomen en vermomd als de oude man aan haar bed gaan zitten.

'Hij moet er meteen naartoe zijn gegaan nadat hij Van Zandt had opgeblazen,' mompelde Nick.

'Drukke dag,' zei Jen vlak. 'Verdomme.'

Brent boog zich over Jen heen en spoelde de opname verder. 'Hij zegt tegen haar dat hij van het operagenootschap is. Dat Sophie hem heeft gestuurd. Hij noemt haar bij haar naam. Ze kletsen twintig minuten, tot de oma in slaap valt. Hier rommelt hij met het infuus.'

Op het scherm was te zien dat Simon een spuit uit zijn zak haalde en die leegspoot in het infuus dat de verpleegster ter voorbereiding naast het bed had gelegd. Hij stopte de spuit in zijn zak, controleerde het infuus dat nog leegdruppelde en keek op zijn horloge.

'Een heel simpele en effectieve tijdsvertraging,' zei Jen mat. 'Het geeft hem de tijd om weg te komen bij het verpleeghuis en Sophie op te wachten.'

Weer had Simon aan alles gedacht.

En dat deed Vito's bloed weer stollen.

Brent schraapte zijn keel. 'De verpleegkundige komt binnen om het infuus te verwisselen.' Jen spoelde verder, en ze bekeken de beelden. Het was zuster Marco weer, die na het vervangen van het infuus Anna's gegevens op haar status bijwerkte. Het scherm werd donker, maar een tel later was het vol activiteit toen Marco weer binnenrende. De hartmonitor piepte en Anna bewoog schokkerig. Marco boog zich over Anna's mond heen.

'Volgens de verpleegkundige zei Anna dat het brandde,' zei Liz. 'Die zuster is erg goed. Ze wierp één blik op de hartmonitor en herkende een overdosis kaliumchloride. Ze gaf haar een injectie met bicarbonaat, waardoor de hartaanval stopte.'

'En Anna's leven werd gered,' mompelde Vito terwijl hij moeizaam slikte.

'Marco dacht dat ze een fout had gemaakt met het infuus,' zei Liz. 'Ze bereidde zich al voor op disciplinaire maatregelen, misschien zelfs ontslag. Maar ze zei dat ze niet kon liegen, dat als ze een patiënt schade had berokkend, ze daar de gevolgen van zou aanvaarden.'

Vito zuchtte. 'Weet ze van de camera?'

'Nee,' zei Liz. 'Maar het zal haar wel helpen om zich niet schuldig te voelen.'

'En dan weet ze ook dat Sophie haar niet vertrouwde,' voltooide Vito. 'Maar ze moet het toch weten. En Sophies familie ook. Ik ga straks wel even naar het ziekenhuis.' Hij ging in zijn stoel aan het hoofd van de tafel zitten. Aan het begin van deze zaak had hij graag de leiding genomen over zo'n grootscheeps onderzoek, maar nu hing de verantwoordelijkheid als een loden gewicht om zijn nek. Het was zijn onderzoek. Waar het van hieraf naartoe ging, was aan hem. Dat betekende dat hij ook verantwoordelijk was voor wat er met Sophie zou gebeuren.

'Wat zien we over het hoofd?' wilde Vito weten. 'We hebben details nodig.'

'Afgelegen gebouwen met liften, op grond uit steengroeven,' zei Jen

'Identiteiten van de oude man en vrouw aan het eind van de eerste rij,' voegde Nick eraan toe.

Liz tuitte haar lippen. 'Die verdomde akker,' zei ze, en Vito kneep zijn ogen samen.

'Je bedoelt: waarom díé akker?' vroeg hij, en Liz knikte.

'Die vraag hebben we nooit beantwoord, Vito. Waarom díé akker. Waarom heeft hij die gekozen?'

'Winchester, de voormalige postbode die eigenaar is van dat land, zei dat het voorheen van zijn tante was.' Vito draaide zijn stoel bij en keek naar het whiteboard. 'De oude vrouw die naast Claire Reynolds begraven ligt, kan Winchesters tante niet zijn.'

'Want Winchesters tante overleed pas in oktober dit jaar,' vervolgde Nick. 'Deze oude vrouw is al een jaar langer dood.'

'Ze kwam uit Europa,' zei Katherine. Het was het eerste wat ze zei sinds ze binnen was gekomen. 'Ik heb haar gebit laten analyseren, en gisteravond laat kreeg ik het rapport. Haar vullingen waren van een amalgaam dat hier nooit is toegepast, maar wel vaak in Duitsland in de jaren vijftig.' Ze schudde haar hoofd. 'Ik zie niet in hoe dat kan helpen. Duizenden mensen zijn na de oorlog vanuit dat deel van de wereld geëmigreerd.'

'Dat is nieuw voor ons,' zei Vito. 'Laten we nog eens bij Harlan Winchester langsgaan. We moeten alles weten over zijn tante. We hebben iets nodig om dat land in verband te brengen met Simon, en op dit moment is die tante de enige connectie met de akker.'

Liz legde haar hand op zijn schouder. 'Ik heb een beter idee. Nick en ik gaan wel bij Winchester langs. Ga jij naar Sophies familie.'

Vito's kin kwam omhoog. 'Liz, ik moet dit doen.'

Liz' glimlach was vriendelijk maar ferm. 'Laat me je de zaak niet uit handen nemen, Vito.'

Vito deed zijn mond open en weer dicht. 'Je staat op het punt me van mijn emmer af te schoppen,' zei hij zachtjes, terugdenkend aan Sophie en Dante.

'Nogal een vreemde vergelijking, maar hij voldoet wel.' Liz trok haar wenkbrauwen op. 'Je bent geëmotioneerd. Ga naar huis. Rust een beetje uit. Dat is een bevel.'

Vito stond op. 'Oké. Maar alleen vannacht. Morgenochtend ben ik weer hier. Als ik niks doe om haar te zoeken, word ik gek, Liz.'

'Weet ik. Vertrouw op ons, Vito. We draaien elke steen om.' Ze keek Jen aan. 'Jij bent hier de hele nacht geweest. Jij gaat ook naar huis.'

'Daar zal ik niet tegen protesteren,' zei Jen, die haar laptop dichtklapte. 'Maar ik denk niet dat ik naar huis kan. Ik denk dat ik beneden maar een tijdje ga pitten.' Ze omhelsde Vito stevig voor ze naar buiten liep. 'Geef de hoop niet op.'

'Nick, jij gaat met mij mee,' zei Liz. 'Ik pak mijn jas even.'

'Jij rijdt,' zei Nick, en hij bleef vervolgens bij Vito staan. 'Ga gewoon slapen, Chick,' mompelde hij. 'Denk niet na. Je denkt te veel na.' Toen waren hij en Liz weg.

Brent aarzelde en gaf Vito toen een cd in een plastic hoesje. 'Ik dacht dat je er wel een kopietje van zou willen hebben.' Een meelevende blik. 'Je hebt verdomd veel zelfbeheersing, Ciccotelli. Niemand bij IT hield het droog toen ik dat deel van de opname liet zien.'

Vito's ogen brandden. 'Dank je.' Toen was Brent ook weg, en was hij alleen overgebleven met Katherine. Het kon hem niet schelen of ze het zag toen hij met de muis van zijn hand in zijn ogen wreef. 'Katherine, ik weet niet wat ik moet zeggen.'

'Ik ook niet, behalve dat het me spijt.'

Hij knipperde met zijn ogen. 'Het spijt je?'

'Ik heb onze vriendschap deze week meer beschadigd dan ik dacht. Omdat ik je eerder al had gekwetst, denk je dat ik jou hiervan de schuld geef, en niets is minder waar.'

Vito draaide de cd om en om in zijn handen. 'Toch wel. Ik geef mezelf ook de schuld.'

'En ik geef mezelf de schuld omdat ik haar hierbij had betrokken.'

'Alles waar ik aan denk, zijn al die slachtoffers.'

'Ik weet het,' fluisterde ze hees.

Hij keek haar aan. Hij kon aan haar ogen zien hoe emotioneel ze was. Ze had deze week twaalf secties verricht, allemaal slachtoffers van Simon Vartanian. 'Jij begrijpt het beter dan wie ook.'

Ze knikte. 'Maar ik ken Sophie Johannsen ook. Als ze op de een of andere manier kan overleven, doet ze dat. En je moet je daaraan vasthouden, want op dit moment is het alles wat we hebben.'

*Zaterdag 20 januari, 21:15 uur*

Sophie kwam bij. Ze deed haar ogen open en liet zonder haar hoofd te bewegen haar blik van het ene uiteinde van haar gezichtsveld naar het andere glijden. Boven haar hing wafelplaat. Dat werd, zo wist ze van al die keren dat ze met Anna was meegegaan naar opnamestudio's, gebruikt ter isolatie en voor het beheersen van de geluidskwaliteit. De muren waren bedekt met steen. Of het echt steen was of niet, was moeilijk te zien. De fakkels in beugels aan de muren leken echt, en de flakkerende vlammen wierpen schaduwen over schaduwen.

Ze rook dode dingen. En ze herinnerde zich het geschreeuw. Greg Sanders was hier aan zijn einde gekomen. En zo veel anderen. *En jij straks ook.* Ze klemde haar kiezen op elkaar. *Niet als ik nog maar een beetje kracht overheb.* Ze had veel te veel om voor te leven om het op te geven.

Het was een mooie gedachte, maar ze was aan handen en voeten gebonden en lag op een houten tafel. Ze droeg kleren, maar die waren niet van haarzelf. Ze droeg een jurk of een mantel. Toen ze voetstappen hoorde, deed ze snel haar ogen weer dicht.

'Je hoeft niet te doen alsof, Sophie. Ik weet dat je wakker bent.' Hij had een zacht, geaffecteerd lijzig accent. 'Doe je ogen open. Kijk me aan.'

Ze hield haar ogen dicht. Hoe langer ze een confrontatie kon uitstellen, hoe meer tijd ze Vito gaf om haar te vinden. Want hij zou haar zeker vinden. Daar was ze van overtuigd. Waar ze dan was, en hoe ze eraan toe zou zijn, waren de enige vragen die ze had.

'Sophie,' kirde hij. Ze voelde zijn adem op haar gezicht en probeerde uit alle macht stil te blijven liggen. Ze voelde de luchtstroom van zijn lichaam toen hij rechtop ging staan. 'Je bent heel goed.' Omdat ze het verwachtte, wist ze zich in te houden toen hij in haar arm kneep. Hij grinnikte. 'Ik geef je nog een paar uur de tijd, maar alleen omdat ik mijn accu moet opladen.' Die laatste paar woorden zei hij bijna met zelfspot.

'Als ik helemaal ben opgeladen, ben ik fit en klaar om weer dertig uur op de been te blijven. Stel je voor hoeveel prét we kunnen hebben in dertig uur tijd, Sophie.' Hij liep grinnikend weg, en Sophie kon slechts hopen dat hij niet zag dat ze een huivering niet kon onderdrukken.

*Zaterdag 20 januari, 21:30 uur*

'Hallo, Anna.' Vito ging in de stoel naast haar bed op de afdeling hartbewaking zitten. Anna was amper bij bewustzijn, maar haar goede oog trilde. 'Het geeft niet,' zei hij. 'Ik begrijp het wel als je niet kunt praten. Ik kwam alleen kijken hoe het met je ging.'

Haar oog bewoog in de richting van de deur en haar lippen trilden, maar ze zei niets. Ze zocht Sophie, en Vito had niet het hart om haar de waarheid te vertellen. 'Ze heeft een lange dag gehad. Ze is in slaap gevallen.' Het was niet helemaal onwaar. Getuigen zeiden dat ze naar de witte bus was gesleurd en dat ze daar slap in was gevallen, alsof ze was gedrogeerd. Vito hoopte dat het zo was en dat ze nog sliep. Elk uur dat zij sliep, gaf hem een uur de tijd om naar haar te zoeken.

'Wie bent u?'

Vito draaide zich om en zag een kleinere, jongere versie van Anna in de deuropening staan. Dat, zo nam hij aan, zou Freya wel zijn. 'Ik kom snel weer terug, Anna.'

'Ik zei: wie bent u?' Freya's stem klonk schril, maar daaronder bespeurde Vito paniek.

Paniek kon hij begrijpen. 'Ik ben Vito Ciccotelli, een vriend van Anna. En Sophie.'

Naast Freya verscheen een man met een dunne ring haar om zijn hoofd en ogen waarin de angst en de hoop om voorrang streden. Dat moest oom Harry zijn.

De man bevestigde het. 'Ik ben Harry Smith, Sophies oom. U bent haar agent.'

Haar agent. Vito's hart kromp. 'Laten we even ergens praten.'

'Sophie?' vroeg Harry toen ze in de kleine wachtkamer plaatsnamen.

Vito keek naar zijn handen en weer omhoog. 'We hebben haar nog niet gevonden.'

Harry schudde zijn hoofd. 'Ik begrijp het niet. Waarom zou iemand onze Sophie iets willen aandoen?'

Vito zag Freya's mondhoeken trillen. Het was een heel kleine beweging, waarschijnlijk veroorzaakt door stress. Hij wist het niet zeker. Wat hij wel wist, was dat de man die voor hem zat een soort vader voor Sophie was geweest, en dat hij het verdiende de waarheid te horen.

'Sophie hielp ons bij een zaak. Het is ook op het nieuws geweest.'

Harry kneep zijn ogen tot spleetjes. 'De graven die die oude man met zijn metaaldetector had ontdekt?'

'Die, ja. Afgelopen week zijn we op het spoor gekomen van de man die al die mensen heeft vermoord.' Hij haalde diep adem. 'We hebben reden om aan te nemen dat hij Sophie heeft ontvoerd.'

Harry verbleekte. 'Mijn god. Ze hebben daar negen lijken gevonden.'

Nu waren er nog eens vijf bij gekomen, misschien zes, aangezien Alan

Brewster nog niet was gevonden. Maar dat hoefde Harry niet te weten. 'We doen alles wat we kunnen om haar te vinden.'

'De hartaanval van mijn moeder,' zei Freya langzaam. 'Die kreeg ze nog geen uur voordat Sophie werd ontvoerd. Dat kan geen toeval zijn.'

Vito dacht aan de blik op zuster Marco's gezicht toen hij haar had verteld over de opname en Simon. Ze was, zoals verwacht, zowel gekwetst als opgelucht geweest. Hij vroeg zich af hoe Freya Smith zou reageren. 'We weten dat het geen toeval was. De moordenaar heeft met het infuus van uw moeder gerommeld en er een hoge concentratie kaliumchloride in gespoten.' Waarschijnlijk een ruw middel, had Jen gedacht. De soort die gebruikt werd om ijs op daken en straten te smelten, en die in deze tijd van het jaar bij alle doe-het-zelfzaken te krijgen was.

Freya's mond vertrok tot een streep. 'Hij heeft geprobeerd mijn moeder te vermoorden. Om Sophíé in handen te krijgen.'

Vito fronste, niet zozeer om wat ze zei, maar om de manier waarop.

Kennelijk was het Harry ook opgevallen, want er trok een geschokte blik over zijn gezicht. 'Freya, dit is niet Sophies schuld.' Toen Freya niets zei, kwam Harry wankel overeind. 'Freya. Sophie is weg. Een man die negen mensen heeft vermoord, heeft onze Sophie.'

Freya begon te huilen. 'Jóúw Sophie,' snauwde ze. 'Altijd jóúw Sophie.' Ze keek naar hem op. 'Je hebt twee dochters, Harry. Hoe zit het dáármee?'

'Ik hou van Paula en Nina,' zei hij, en zijn geschoktheid maakte nu plaats voor woede. 'Hoe durf je iets anders te insinueren? Maar Paula en Nina hebben altijd óns gehad. Sophie had niemand.'

Freya's gezicht vertrok. 'Sophie had Anna.'

Harry verbleekte nog meer, maar er verschenen donkere vlekken op zijn jukbeenderen toen het besef tot hem doordrong. 'Ik dacht altijd dat het door Lena kwam. Dat je niet van Sophie kon houden omdat ze van Lena was. Maar het kwam door Anna. Omdat Anna haar in huis nam.'

Freya snikte nu. 'Ze heeft alles opgegeven voor dat meisje. Haar huis, haar carrière. Ze bleef voor ons nooit thuis, maar voor Sophie... Alles voor Sophie. En nu ligt mijn moeder daarbinnen, op stérven.' Ze stikte bijna in een snik. 'Vanwege Sophie.'

Vito zuchtte. Freya de Goede was toch niet zo goed.

'Mijn god, Freya,' zei Harry zachtjes. 'Wie bén jij?'

Ze sloeg haar handen voor haar gezicht. 'Ga weg, Harry. Ga gewoon weg.'

Trillend liep Harry het wachtkamertje uit en liet zich tegen de muur zakken. Met een blik van onthutste minachting op de snikkende Freya sloot Vito zich bij hem aan. Harry had zijn ogen dicht en zijn gezicht was grauw. 'Ik heb het nooit in de gaten gehad.'

'Over één ding had je het mis,' zei Vito zachtjes.

Harry slikte moeizaam, maar hij deed zijn ogen open. 'Wat dan?'

'Sophie had niet "niemand". Ze had jou. Ze heeft me verteld dat jij haar echte vader was, en dat ze niet zeker wist of ze je dat ooit had verteld.'

Harry's adamsappel ging op en neer. 'Dank je,' zei hij hees.

Vito keek hem recht aan. 'Ze had jou en Anna. En nu heeft ze mij. En ik zal haar vinden.' Zijn keel sloeg dicht, maar hij perste de woorden naar buiten. 'En ik zal van haar houden, Harry, en haar het thuis geven waar ze altijd naar heeft verlangd. Dat beloof ik je.'

Harry hield zijn blik neergeslagen en woog zowel Vito's belofte als de zijne af. 'Ik heb haar gezegd dat er daarbuiten echt wel iemand voor haar was. Dat ze alleen maar geduldig hoefde af te wachten.'

*Geduldig afwachten*. Geduld was niet iets waar Vito op het moment veel van bezat. Hij wist dat Liz hem had opgedragen naar huis te gaan, maar dat kon hij niet. Hij was Sophie meer schuldig dan geduldig afwachten. 'Ik bel je zodra ik iets weet,' zei Vito. 'Als we haar hebben gevonden.'

Vito liep een paar stappen weg en dacht toen ineens aan de opname. 'Anna's verpleegster, Lucy Marco... Met haar snelle optreden heeft ze Anna's leven gered.'

Harry deed zijn ogen dicht. 'En ik heb tegen haar geschreeuwd,' mompelde hij. 'Ze zei ons dat ze een fout had gemaakt met Anna's infuus, en we hebben tegen haar geschreeuwd. Ik beloof dat ik dat zal goedmaken.'

Vito had niet anders verwacht. 'Mooi. Je moet ook weten dat de zoon van de eigenaar van het museum zijn leven heeft gewaagd toen hij probeerde de man tegen te houden die Sophie heeft ontvoerd.'

Harry deed zijn ogen open. 'Bedoel je Theo de Vierde? Sophie dacht dat hij haar niet mocht.'

Vito dacht aan de ongerustheid in de ogen van alle Albrights, zowel vanwege Theo, die ernstig inwendig letsel had opgelopen toen Simon met zijn busje over hem heen was gereden, als om Sophie. 'Ze mogen haar allemaal graag, Harry. Ze zijn doodongerust over haar.'

Harry knikte beverig. 'En Theo? Komt het goed met hem?'

'Ze hopen van wel. Het is nog niet helemaal zeker.'

Weer knikte hij. 'Hebben ze... iets nodig?'

Vito zuchtte. 'Verzekering. Die hadden ze niet. Geen geld.' *Verzekering*. Simon was illegaal aan verzekeringsgeld gekomen. Vito zoog zijn adem naar binnen alsof hij in zijn maag was gestompt. In alle opwinding over deze zaak was hij het meest fundamentele principe vergeten. *Volg het geld.*

'Wat is er?' Harry greep in paniek zijn arm vast. 'Wat?'

Vito pakte de oudere man bij zijn schouder. 'Er schoot me iets te binnen. Ik moet weg.' Hij rende naar de liften toe en belde onderweg assistent-aanklager Maggy Lopez.

*Zaterdag 20 januari, 21:50 uur*

Hij had zijn been net op tijd op de oplader aangesloten. Hij was de laatste tijd zo druk geweest dat de accu bijna leeg was. Het zou uren duren tot hij volledig was opgeladen. Hij had nog andere protheses, maar geen daarvan gaf hem hetzelfde scala aan mogelijkheden of dezelfde betrouwbaarheid van bewegingen als de microprocessor die hij had gekregen door zijn deelname aan Pfeiffers onderzoek, en hij had het gevoel dat hij voor het doden van Sophie Johannsen een fysiek voordeel nodig zou hebben.

Hij dacht aan haar in haar kostuum, met die strijdbijl zwaaiend boven haar hoofd. Zij was geen fragiel bloemetje. Ja, hij zou alle voordeel nodig hebben die Pfeiffers chip hem kon bieden.

Zittend op het bed in zijn studio bleef hij even nadenken over de kwestie van Dr. Pfeiffer en die assistente van hem, die de politie hielpen. Dat was de enige verklaring voor het telefoontje dat hij had gekregen. Kom je vet halen. Ha. Hij had eerlijk gezegd wel wat beters verwacht van Ciccotelli. Het was maar goed dat hij destijds bij Pfeiffers assistente had geweigerd op de foto te gaan. Anders zou Ciccotelli nu ook zijn ware gezicht kennen. Dat zou problemen kunnen opleveren als hij straks weer boven water wilde komen in een nieuw leven.

Als Sophie Johannsen dood was, bleef alleen het nageslacht van die ouwe nog over. Hij glimlachte, plotseling uitkijkend naar een familiereünie. Vooral met Daniel. Hij keek naar de val op de tafel naast zijn onvoltooide diagram. Dat zijn zorgvuldig voorbereide begraafplaats nu niet voltooid zou worden, zat hem dwars. Hij zou het moeten goedmaken door af te maken waar zijn broer zoveel jaren geleden mee was begonnen. Hij had zo vaak over zijn wraak gedroomd... Misschien zou hij vannacht weer dromen over Daniel, als een dier in de val.

Maar hij was te rusteloos om te slapen. Als zijn been opgeladen was geweest, zou hij nu een eindje kunnen gaan hardlopen. Hij zou zijn nerveuze energie op een andere manier moeten afreageren, en daar wist hij wel iets op. Hij deed zijn oude been aan en liep naar de deuren van het trappenhuis. Hij opende ze met een glimlach. Brewster lag opgerold op de grond, aan handen en voeten gebonden. Maar hij ademde nog.

'Heb je de hoop al opgegeven, Brewster?'

De oogleden van de vastgebonden man bewogen, maar hij maakte geen enkel geluid. Hij jammerde niet eens. Simon kon Brewster nog aan op één been en met windkracht tien tegen. Maar hij had andere plannen met Alan Brewster. 'Weet je, Alan, ik heb je nooit fatsoenlijk bedankt. Jij was de spil die mijn ondersteunende staf bij elkaar bracht. Wat een geluk dat jouw naam een van de eerste was die ik vond toen ik op zoek was naar experts in middeleeuwse oorlogvoering. En wat een geluk dat je contact had met zulke... hulpvaardige lieden.' Hij trok Brewster in een zittende houding, met zijn rug tegen de muur.

'Bedankt, trouwens, dat je me had verteld over Dr. Johannsen, die terug was uit Frankrijk en... hoe zei je dat ook alweer? Zo'n vaardige assistent was. Je had volkomen gelijk. Ik vond haar expertise bijzonder nuttig. Natuurlijk wijkt onze kijk op haar specifieke expertise nogal van elkaar af. Ik ben blij dat je het te druk had met je primitievere instincten in plaats van volledig gebruik te maken van haar academische vaardigheden.'

Hij stond te kijken naar Brewster en stelde zich de scène voor. Van Zandt had gelijk dat ze een statige koningin nodig hadden, en na veel denken was hij tot het inzicht gekomen dat VZ ook gelijk had over de scène met de strijdvlegel. Hij had iets met meer drama nodig.

VZ had iets willen zien ontploffen. Simon glimlachte. En hij had VZ's wens vervuld, van dichtbij en in eigen persoon. Deze keer zou hij er opnames van maken.

*Zaterdag 20 januari, 21:55 uur*

Vito haalde Maggy Lopez in toen ze het bureau binnenliep. 'Maggy, bedankt dat je gekomen bent.' Hij pakte haar bij haar elleboog en voerde haar mee naar de lift. 'We moeten opschieten. Hij heeft Sophie nu al vijf uur.' Hij gebruikte al zijn wilskracht om niet te denken aan wat Simon in die vijf uur al met haar had kunnen doen.

Maggy moest draven om hem bij te houden. 'Ik breek mijn enkel nog. Ietsje langzamer, graag.'

Hij vertraagde zijn pas een beetje, maar elke minuut die voorbijgleed tergde hem. 'Ik heb je hulp nodig.'

'Dat dacht ik al.' Ze haalde diep adem toen ze bij de lift tot stilstand kwamen. 'Wat heb je precies nodig, Vito?'

De liftdeuren gingen open en hij dirigeerde haar naar binnen. 'Ik heb toegang nodig tot Simon Vartanians financiële gegevens.'

Ze knikte. 'Oké. Ik zal een bevelschrift opstellen, met dezelfde aliassen als voor zijn medische dossier van Pfeiffer.' Haar ogen vernauwden. 'Maar daar had je me ook gewoon voor kunnen bellen. Wat wil je, Vito?'

Het belletje van de lift pingelde en hij trok haar mee door de gang bij de kantoortuin van Moordzaken. Maggy bleef staan en rukte zich los. 'Blijf staan. Wat wil je, Vito?'

Hij haalde diep adem. 'We kunnen niet wachten op dat bevelschrift, Maggy. We hebben geen tijd. Simon heeft dingen gekocht. Daar heeft hij geld voor nodig gehad. Ik moet uitzoeken waar hij dat vandaan kreeg.'

'Dus verzoeken we om toegang tot bankgegevens, betaalde cheques.' Ze keek hem fronsend aan. 'Via de legale weg.'

'Ik heb geen betaalde cheques. Ik heb helemaal niks wat hij heeft gekocht. Verdomme,' siste Vito. 'Hij heeft Sophie al víjf uur! Als dit geen noodgeval is, dan weet ik het niet meer. Jij kent mensen die snel aan die informatie kunnen komen. Alsjeblieft.'

Ze aarzelde. 'Vito... De laatste keer dat ik je hielp, is er iemand omgekomen.'

Vito deed moeite om rustig te blijven. 'Je zei dat Van Zandt toch wel op borgtocht zou zijn vrijgekomen. Bovendien verdiende hij het om te sterven. Sophie niet.'

Ze deed haar ogen dicht. 'Jij beslist niet wie er blijft leven en wie sterft, Vito.'

Vito pakte haar bij haar schouders, en hij dwong haar hem aan te kijken. Hij negeerde de waarschuwende fonkeling in haar ogen en verstrakte zijn greep. 'Als ik haar niet vind, martelt en vermoordt hij haar. Ik smeek je, Maggy. Alsjeblieft. Alles wat je maar kunt doen. Alsjebliéft.'

'God, Vito.' Hij hield zijn adem in terwijl de twijfel in haar ogen bleef, maar toen zuchtte ze. 'Best. Ik bel wel wat mensen.'

Hij liet langzaam zijn adem ontsnappen. 'Dank je.'

'Bedank me nog maar niet,' zei ze grimmig terwijl ze zich langs hem drong en de kantoortuin in liep.

Brent Yelton zat aan Vito's bureau op hen te wachten. 'Ik ben zo snel mogelijk gekomen.'

Maggy wierp Vito een woedende blik toe. 'Je eigen hacker? Je bent nogal zeker van je zaak, kerel.'

Vito weigerde zich schuldig te voelen. 'Jij kunt Nicks bureau gebruiken, Maggy.'

Maggy ging zitten en mompelde in zichzelf terwijl ze haar Palm Pilot uit haar tas opdook.

Brent knikte tevreden. 'Wat moet ik hacken?'

Hij klonk zo gretig dat Vito bijna glimlachte. 'Dat weet ik nog niet. Ik heb me suf gepeinsd om me iets te herinneren wat hij heeft gekocht.'

'Hij heeft smeermiddel van die arts gekocht,' zei Brent, maar Vito schudde zijn hoofd.

'Hij betaalde Pfeiffer altijd contant voor medicijnen die niet door de verzekering werden vergoed en voor smeervet. Dat heb ik op weg hierheen nagetrokken. Kunnen we niet bij alle banken in de buurt kijken? Misschien heeft hij een betaalrekening.'

Brent blies zijn wangen op. 'Het zou gemakkelijker zijn als we wisten waar we moesten beginnen. Hacken bij een bank is gevoelig werk. Het kost tijd. Het is gemakkelijker om bij de creditcardmaatschappijen na te gaan of hij een creditcard heeft.'

Maggy kreunde. 'Dit wil ik niet horen.' Ze stond op en verhuisde naar een ander bureau, buiten gehoorafstand. Maar ze had haar telefoon in haar hand en belde mensen.

Dat was in ieder geval iets, nam Vito aan.

Brent klapte zijn laptop open. 'Hoe betaalde oRo hem?'

'Dat hadden ze nog niet gedaan. Van Zandt zei dat hij pas over drie maanden royalty's zou krijgen.' Vito trok zijn bureaula open en vond er het medische dossier van Pfeiffer. 'Hier is het sofinummer dat hij Pfeiffer had gegeven. Zoek naar al zijn aliassen.'

Brent keek met een medelijdende blik op. 'Ga weg, Vito.'

Vito liet zijn schouders zakken. 'Sorry. Ik vertel je dingen die je al weet.'

'Ga koffie halen.' Brents mondhoeken krulden op. 'Twee klontjes, graag.'

Vito draaide zich om en botste recht tegen Jen op. Ze stuiterde naar achteren. 'Wat doe jij hier?' wilde ze weten. Haar haren staken alle kanten op en ze zag eruit alsof ze net wakker was. Toen nam ze hem scherp op. 'Wat voer je uit?'

'Ik volg het geld,' zei hij grimmig, 'zoals ik al die tijd al had moeten doen. Wat doe jij hier?'

Jen keek over haar schouder, en toen pas zag Vito de twee jonge mensen die achter haar aan binnen waren gekomen. 'Dit zijn Marta en Spandan. Het zijn studenten van Sophie.'

Marta was een tengere jonge vrouw met donker haar en een betraand gezicht. Ze pakte de arm van een jonge indiaanse man met angstige ogen vast. 'We zagen het op het journaal,' zei Marta trillend. 'De schietpartij bij het Albright. En Dr. J... Iemand heeft haar ontvoerd.'

'We zijn meteen gekomen toen we het hoorden,' zei Spandan. 'Mijn god, het is ongelooflijk.'

'De wachtbrigadier belde Liz, en zij belde mij.' Jen gebaarde naar een paar stoelen, en de studenten namen plaats. 'Dit is rechercheur Ciccotelli. Vertel hem wat jullie mij al hebben gezegd.'

'Die verslaggever,' begon Spandan onvast, 'zei dat Dr. J de politie hielp bij een zaak. Uw zaak, rechercheur. Ze zei dat het ging om de graven op die akker, en dat Greg Sanders het laatste slachtoffer was.' Hij slikte. 'Ze zei dat zijn ledematen waren geamputeerd.'

Vito keek Jen gefrustreerd aan, en zij haalde haar schouders op. 'We wisten dat we het niet eeuwig stil konden houden, Chick. We hebben nog geluk dat het zolang heeft geduurd voordat de pers het in de gaten kreeg.' Ze knikte Spandan bemoedigend toe. 'Ga door.'

'Wij werken op zondag altijd met Dr. J samen. In het museum.'

'We hadden het gehad over amputatie, als middeleeuwse straf voor diefstal,' zei Marta ineens. 'Een hand en de tegenovergestelde voet. Toen werd ze ineens ontvoerd. We moesten wel hierheen komen om het u te vertellen.'

Vito deed zijn mond open, maar er kwam geen geluid uit. 'O, god,' fluisterde hij. 'Ik heb nooit de kans gehad haar te vragen naar het brandmerk of de amputaties of de kerk. Als ik daarnaar had gevraagd...'

'Zo moet je niet denken, Vito,' snauwde Jen. 'Dat helpt niet.'

'Brandmerk?' vroeg Spandan fronsend. 'Daar hebben we het niet over gehad.'

'Een van haar studenten wel,' zei Vito, die moeizaam ademhaalde. 'Dat waren jullie niet?'

Beide studenten schudden hun hoofd. 'We zijn met z'n vieren,' zei Marta. 'We konden Bruce of John niet vinden, dus zijn we maar alleen gekomen.'

'John was de naam die Sophie noemde. John...' Vito deed zijn ogen dicht. 'Trapper.'

Jen zuchtte. 'Verdomme.'

'Weten jullie waar John woont?' vroeg Vito, maar weer schudden ze hun hoofd. 'Waar rijdt hij in?'

'Een wit busje,' zei Spandan meteen. 'Hij heeft Dr. J dinsdagavond nog een lift gegeven.'

'Omdat er met haar motor was geknoeid.' *Ademhalen. Nadenken.* Toen wist hij het. 'Als hij student was, moest hij studiegeld betalen.' Hij draaide zich om naar Brent.

Brent typte iets in. 'Ik ben al bezig. Het zou handig zijn om zijn studentennummer te weten.'

'We kennen elkaars nummer niet,' zei Spandan. 'Maar dat hebben ze bij de bibliotheek wel. Je hebt het nodig om boeken te kunnen lenen.'

'Ik zal de bieb bellen,' zei Brent, 'maar die zal wel dicht zijn.'

Maggy stond op van haar bureau. 'Misschien willen onze gasten iets eten.'

Jens wenkbrauwen kwamen omhoog en er was begrip in haar ogen te lezen. 'Ik neem ze wel even mee naar de kantine.'

Marta schudde woest haar hoofd. 'Nee, ik heb echt geen honger.'

'Ze willen ons hier weg hebben,' mompelde Spandan. Hij keek Vito aan. 'We gaan wel terug naar de campus. Bel ons alstublieft als u haar hebt gevonden.'

Brent wachtte tot de twee weg waren. 'De bieb is dicht. Wil je dat ik een weg naar binnen zoek?'

Jen stak haar hand op. 'Wacht. Liz heeft Beverly en Tim onderzoek laten doen naar John Trapper. Bev belde net om te zeggen dat het klopte, dat in zijn medische dossier staat dat hij in een rolstoel zit.'

'Maar we weten dat Simon medische gegevens kan veranderen,' zei Vito. 'Als Bev en Tim zijn dossier hebben gezien, dan weten ze ook welk sofinummer hij gebruikt. Als hij lesgeld heeft betaald voor iets op de universiteit, kunnen we dat herleiden naar zijn bank.'

'Ik zal ze bellen,' zei Jen. Ze ging aan een leeg bureau zitten toen Maggy Lopez met een sombere blik aan kwam lopen.

'Ik ken iemand bij de belastingdienst. Vito, je moet heel goed beseffen wat er van hieraf gebeurt. Dit is een ongeautoriseerd onderzoek. Alles wat we vanaf dit punt vinden, is fruit van een giftige boom. Het zal niet toelaatbaar zijn in de rechtszaal. Als je Simon Vartanian arresteert op basis van wat we nu vinden, kan hij ondanks dertien moorden vrijkomen.'

Vito keek haar in de ogen. 'Laten we maar gewoon zorgen dat het er geen veertien worden.'

# 25

*Zaterdag 20 januari, 22:30 uur*

Sophies lichaam deed overal pijn. Al haar spieren stonden zo strak dat ze die ook door te mediteren niet kon ontspannen. Er was een explosie geweest, zo luid dat haar oren er nog steeds van suisden, zo hard dat er zelfs stenen uit de muren waren gevallen. Ze had de gil onderdrukt voordat die haar keel uit kon komen, maar ze had het reflexmatige spannen van haar lichaam niet kunnen verbergen. Als Simon Vartanian nu naar beneden kwam, wist hij zeker dat ze wakker was.

Dus moest ze zich ontspannen. Ze dacht aan kalmerende muziek. Ze dacht aan Vito's *Che faro*. Aan hoe hij eruit had gezien toen hij voor Anna zong... *Anna. Leef alsjeblieft nog, oma. Wees alsjeblieft veilig.*

Ze bad voor Anna. Ze bad dat Simon was omgekomen bij wat er dan ook ontploft was.

Het plafond boven haar hoofd kraakte meerdere keren luid, en de moed zakte haar in de schoenen. Simon was niet dood. Hij liep daarboven rond. Dus bad ze dat hij zou blijven waar hij was, in ieder geval tot er geen tranen meer tussen haar gesloten oogleden doorkwamen.

*Zaterdag 20 januari, 23:45 uur*

Liz zette met een klap een doos op Vito's tafel. 'Ik dacht dat ik had gezegd dat je naar huis moest gaan.'

Ze keek fronsend naar Maggy, die achter Nicks bureau zat, en naar Jen die een stoel bij Vito's bureau had geschoven en met haar voeten op het bureau en een laptop op schoot zat. Brent had een gelijksoortige houding aangenomen, en over hun benen slingerden netsnoeren.

'En jullie drie,' zei Liz beschuldigend, 'jullie moedigen hem aan, tegen mijn bevel in.'

Jen haalde haar schouders op. 'Hij had donuts.' Ze gaf met haar voet een tikje tegen de doos. 'Neem er eentje.'

Nick kwam binnen met nog een grote doos met bewijsmateriaal. 'Hé, donuts. Ik ben uitgehongerd.'

Liz' zucht klonk geërgerd, en als ze niet hadden gevonden wat ze zochten, zou het niet veel goeds hebben voorspeld. 'Oké, dus wat is hier gaande?'

Vito keek op van zijn computerscherm. 'Hij is netwerkexpert.'

Liz schudde haar hoofd alsof ze haar gedachten op een rijtje wilde krijgen. 'Wíé is een wát?'

'Simon Vartanian is netwerkexpert.' Vito pakte een velletje papier van de printer. 'We hebben zijn belastinggegevens.'

Liz trok een verbaasd gezicht. 'Hoe ben je daar aangekomen? Of wil ik dat niet weten?'

Jen haalde haar schouders op. 'Brent heeft even gekletst met een mede-computernerd die toevallig voor de belastingdienst werkt.'

'Die toevallig een vriend van een vriend van een vriend is,' zei Brent, glimlachend naar Maggy. 'We hebben het sofinummer gekregen dat Simon heeft gebruikt toen hij zich bij Sophies college inschreef als John Trapper. Hij heeft zijn lesgeld per cheque betaald, en op die betaalrekeningen waren in het afgelopen jaar een paar stortingen gedaan. Trapper had zijn eigen zaakje in het opzetten van computernetwerken.'

Vito gaf Liz het papier aan. 'John Trapper heeft in het afgelopen jaar voor twintig bedrijven klussen gedaan.' Hij keek Liz ironisch aan. 'Hij was consultant, geloof het of niet.'

Vito kon de radertjes in Liz' hoofd zien draaien. 'Die niet gratis werkte,' zei ze.

'Nee.' Vito glimlachte grimmig. 'Bij lange na niet.'

'Vito vroeg zich af hoe Simon aan zijn geld kwam,' zei Jen. 'Hij betaalde zijn geneeskundige kosten door van de echte Frasier Lewis te stelen. Maar Simon had een dak boven zijn hoofd nodig, flink kostbare computerapparatuur en contant geld om zijn speelgoedjes van Kyle Lombard te kopen. Claire had geen geld, dus hij had het niet van haar gestolen, en ook niet van zijn ouders. Dus waar leefde hij dan van?'

'Volg het geld,' overpeinsde Nick met een mond vol donut. 'Slim.'

'Oké,' zei Liz. 'Je hebt me. En wat doet een netwerkexpert precies?'

'Nou, hij legt netwerken aan,' zei Brent. 'Sluit computers in een kantoor op elkaar en op andere systemen aan. Al deze computers zijn aangesloten op het netwerk van het bureau. Er staan bestanden op gedeelde servers, die je kunt openen als je er toegang toe hebt. Er zijn databases die je kunt doorzoeken, als je toegang hebt. De sleutel hier is toegang.'

Liz pakte een donut uit de doos. 'Blijf praten, Brent. Ik volg je nog steeds.'

'Grote organisaties zoals de politie van Philly hebben een eigen IT-afdeling om de netwerken in te richten en ervoor te zorgen dat iedereen bij de nodige informatie kan. E-mailaccounts enzovoort. Maar je moet ervoor zorgen dat mensen alleen toegang hebben tot de dingen die ze nodig hebben. Iedereen hier kan bijvoorbeeld verzekeringsformulieren downloaden van Personeelszaken, maar een medewerker van de postkamer hoort geen toegang te hebben tot het vingerafdrukkensysteem. Jen krijgt daar toegang toe omdat ze dat wel nodig heeft.'

'Grote ondernemingen hebben meestal een eigen IT-afdeling,' zei Vito. 'Kleine bedrijven, met tien medewerkers of zo, hebben wel een netwerk nodig, maar daarvoor huren ze dan een consultant in om het aan te leggen.'

'En Simon was zo'n consultant.' Liz knikte. 'Ik neem aan dat Simon zijn misdaden niet heeft beperkt tot zijn kunst. Stal hij van die bedrijven?'

Brent glimlachte. 'Nee, niet van de bedrijven zelf. Van hun klanten. Elk netwerk heeft een beheerder, degene die instelt wie waar toegang toe krijgt. We nemen aan dat Simon een achterdeurtje bij sommige of al die bedrijvennetwerken liet openstaan om zichzelf beheerdersrechten te geven. Hij kon ieder moment bij die bedrijven rondneuzen en alles over iedereen te weten komen.'

'Zoals financiële gegevens,' zei Nick. 'De modellen, Warren en Brittany, Bill Melville en Greg Sanders. Zo wist hij dat ze wanhopig om geld verlegen zaten. Smeerlap.'

Vito tikte op de uitdraai. 'Frasier Lewis is door twintig bedrijven ingehuurd. Daaronder zijn zes investeringsbedrijven, drie vastgoedbedrijven en twee ziektekostenverzekeraars.'

'Maar nu zitten we vast,' zei Maggy. 'We hebben die bedrijven nagegaan op alles wat ze kon verbinden aan Vartanian of een van onze slachtoffers, maar tot nu toe hebben we niks gevonden.'

'God.' Liz pakte het vel papier van Vito aan. 'Simon heeft echt aan alles gedacht.' Toen lachte ze, een zelfvoldaan maar ook opgewekt geluid. 'Maar goed dat wij dat ook doen.' Ze gaf Nick het papier aan. 'Kijk eens naar het zesde bedrijf van onderen, Nick.'

Nick grijnsde breed. 'Smerige klootzak.' Hij sloeg Vito op zijn rug en legde de lijst op tafel. 'Chick, dat bedrijf deed alle financiën voor Winchesters tante.' Hij wees met zijn duim over zijn schouder naar de bewijzendoos. 'Vijf jaar aan makelaarsverklaringen.'

'Rock Solid Investments is een makelaar die enorm veel gepensioneerde klanten heeft,' voegde Liz eraan toe. 'Veel oude mensen hebben er hun geld geïnvesteerd.'

'Misschien had die oude vrouw die naast Claire begraven lag dat ook.' Vito haalde diep adem. Ze kwamen in de buurt. Hij bad alleen dat ze niet te laat waren. 'Oké. Dus wat moeten we doen?'

'Ik stel voor een bevelschrift aan te vragen om de klantenbestanden van Rock Solid te bekijken,' zei Maggy. 'Ik hoop dat de rechter van dienst aan slapeloosheid lijdt. Wie wil er gaan?'

Vito stond op, maar zowel Liz als Nick greep zijn schouders en duwde hem weer omlaag. 'Verdomme, Liz,' siste Vito. 'Dit is niet grappig.'

Liz kwam snel ter zake. 'Maggy, neem Nick mee. Brent, jij gaat ook mee, voor het geval iemand computerpraat moet uitwisselen met hun netwerktechnicus. Vito, jij blijft bij mij. Als je Sophie wilt helpen, zorg dan dat je wat rust krijgt. Je zult het nodig hebben als je Simon Vartanian vindt.'

*Zondag 21 januari, 3:10 uur*

De telefoon op Vito's bureau ging, en hij griste de hoorn van de haak. 'Ciccotelli.'

'Met Tess. Ik weet dat je zou bellen als je iets wist, maar we zijn allemaal hier, de hele familie, in je woonkamer, en we maken ons zorgen om je. We wilden alleen maar dat je dat wist.'

Hij kon het voor zich zien, zijn hele familie verzameld om hem te steunen, en hij verlangde ernaar bij hen te zijn en zich door hen te laten geruststellen. 'Maak je niet druk om mij. Maak je maar druk om Sophie.'

'Dat doen we ook. Geen zorgen. Wij zijn bezorgd genoeg voor iedereen,' voegde Tess eraan toe. 'Geef het niet op. Ik garandeer je dat Sophie weet dat je alles doet wat in je macht ligt om haar te vinden.'

Als iemand het begreep, was het Tess wel. 'Dank je. Bedank de anderen ook voor me. Ik bel je zodra ik kan.' Hij hing op, leunde achterover en sloeg zijn armen strak over zijn borst. Het was nu al tien uur geleden dat Simon Sophie had ontvoerd, en drie uur sinds Maggy, Nick en Brent waren vertrokken om de klantenlijst van Rock Solid Investments te halen. 'Waar blijven ze toch?'

Jen keek meelevend op van haar laptop. 'Probeer je te ontspannen, Vito. Ik weet dat het niet meevalt.'

Maggy Lopez had niet veel moeite hoeven doen om het huiszoekingsbevel te krijgen. Maar iemand vinden bij Rock Solid Investments die toegang had tot de volledige klantenlijst, bleek moeilijker dan verwacht. De enige makelaar die in zijn vrije tijd netwerkbeheerder speelde, was op vakantie en onbereikbaar. Niemand anders scheen alle wachtwoorden te kennen en ironisch genoeg had iemand daar geopperd dat ze hun netwerkconsultant konden bellen.

Vito probeerde zich te ontspannen, maar dat kon hij wel vergeten. Zijn blik viel op de cd die Brent van de camerabeelden had gemaakt. Hij herinnerde zich dat Sophie naar de film met haar vader had gekeken omdat ze 'hem moest zien'. Nu moest Vito háár zien. Hij stopte de cd in zijn computer en zag zichzelf naast Anna's bed zitten en Sophie in de deuropening staan met de plastic waterkan in haar handen.

Hij dempte het geluid en spoelde verder tot hij Sophie weer zag, met de kan in haar handen en tranen op haar wangen. Hij zag haar gezicht verzachten en haar ogen veranderen. En hij zag wat hij vrijdagavond niet had opgemerkt omdat hij zich op Anna had geconcentreerd: Sophie die naar hem keek met liefde in haar ogen. Ze hadden het nog geen van beiden uitgesproken. Ze was zo bang geweest dat ze alles zou verpesten, maar nu zag hij het zelf. Vito sloot het bestand af, kneep zijn ogen dicht en deed iets wat hij al twee jaar niet gedaan had. Hij bad.

*Zondag 21 januari, 4:15 uur*

Nick kwam binnenrennen met een stapel papier in zijn handen. 'We hebben de lijst.'

Vito stond al overeind en pakte de papieren aan, maar het was pagina na pagina vol namen die hem niets zeiden. Hij keek op naar Liz, die haar kantoor uit was gekomen toen ze Nicks stem hoorde.

'Wat moeten we hiermee doen?' vroeg hij gefrustreerd.

Brent stond al achter Nick, met zijn laptop onder zijn arm. 'Sorteren en filteren. Katherine dacht dat de oude vrouw in het graf tussen de zestig en zeventig was, dus heb ik gezocht op vrouwelijke klanten tussen de vijfenvijftig en tachtig, gewoon voor de zekerheid. Dat waren meer dan driehonderd namen. Als ik de leeftijd beperk tot tussen de zestig en zeventig, blijven er nog tweehonderd over.'

Vito liet zich in zijn stoel zakken. 'Tweehonderd.' Hij had gehoopt dat er één naam uit zou springen. Maar de anderen waren niet ontmoedigd. Ze hadden nieuwe energie gekregen, en Vito putte daaruit.

Jen ijsbeerde. 'Oké, even nadenken. Wat heeft hij van die mensen gestolen? Geld?'

'Vastgoed,' zei Liz. 'Hij heeft de akker van Winchesters tante gestolen. Misschien heeft hij nog een grondstuk van iemand anders gestolen. Een grondstuk in de buurt van een steengroeve, zo ver weg dat hij kon doen wat hij wilde zonder argwaan te wekken.'

'Of waar niemand iets zou horen,' zei Nick.

Vito deed zijn ogen dicht terwijl de wanhoop hem weer dreigde te overspoelen. 'Natuurlijk gaan we er alleen maar van uit dat hij Sophie naar dezelfde plek heeft gebracht als alle anderen.'

'Maak het nu niet moeilijker dan het al is,' droeg Nick hem op. 'Tot we reden hebben om iets anders te denken, moeten we er niet van uitgaan dat Simon zich ineens niet meer aan zijn routine zou houden.'

Vito stond op en knikte ferm. 'Oké, we splitsen die lijsten op en zoeken uit wie van die mensen grond hebben in de gebieden op de kaart van Landbouw. Dan zoeken we uit welke huizen daar meer dan één verdieping hebben.'

'De liftschacht,' zei Nick. 'En vergeet de vullingen van de oude vrouw niet. Zoek naar iedereen die voor 1960 nog in Europa woonde.'

'Daniel heeft me gisteravond gebeld,' zei Liz. 'Hij en zijn zus zijn weer hier en ze willen ons helpen. Ik zal zorgen dat ze paraat zijn om ons informatie te geven als dit eindigt in een gijzelingsonderhandeling.'

Vito dwong zichzelf te blijven ademen. 'Laten we dan opschieten. Hij heeft Sophie nu al elf uur.'

*Zondag 21 januari, 4:50 uur*

Simon schoof weg van zijn computer en rolde met zijn schouders. Alan Brewster was een stuk zwaarder geweest dan hij eruitzag. Maar het was verstandig geweest om hem naar de schuur te dragen om hem te filmen. De rommel van Brewsters ontplofte hoofd zou al erg genoeg zijn geweest, maar door de klap van de granaat was een stuk van de schuurmuur weggeblazen. Als hij binnen had gefilmd, was er misschien schade aan zijn studio ontstaan.

Hij was van plan geweest Brewsters lijk daar te laten liggen, maar had ontdekt dat het licht in de schuur niet voldoende was om het detailniveau te krijgen dat hij nodig had voor het filmen. De video was korrelig en de cameralens was vuil geworden van wat er van Brewsters brein had rondgevlogen. Dus had hij Brewster weer naar binnen gebracht om eens beter te kijken naar wat er van hem over was. Brewster weer naar binnen slepen was natuurlijk een stukje makkelijker gegaan. Hij schatte dat alleen Brewsters hoofd al een goede vijf kilo had gewogen.

Met een klik van zijn muis speelde Simon de veranderingen af die hij in Bill Melvilles dood door de strijdvlegel had aangebracht. Hoezeer het hem ook tegenstond het toe te geven, Van Zandt had honderd procent gelijk gehad. Door de ontploffing van het hoofd van de ridder was *Inquisitor* veel spannender geworden. Niet authentiek, maar verdomde spannend.

Simon wreef van voorpret in zijn handen. Sophie zou zorgen voor authenticiteit en nog meer spanning, en hij kon amper wachten. Hij keek op zijn horloge. Nog een paar uur en zijn been zou volledig opgeladen zijn en stuiteren van energie.

En dan kon hij met Sophie aan de gang.

*Zondag 21 januari, 5:30 uur*

'Verdomme.' Vito staarde naar de bodemkaart van Landbouw waar bijna veertig punaises in staken, die stuk voor stuk oude vrouwen vertegenwoordigden die in het geïdentificeerde gebied woonden en een rekening hadden bij Rock Solid Investments. En de klok tikte door. Bijna dertien uur waren nu al door hun vingers geglipt.

'Het zijn nog steeds te veel namen,' mompelde Nick. 'En niet een ervan is Duits.'

'De oude vrouw had misschien een Duitse meisjesnaam,' zei Jen. 'We moeten wat mensen gaan bellen. Dat is de enige manier.'

'Maar als we de goeie bellen, neemt Simon op,' protesteerde Brent. 'Dan verraden we onszelf.'

Iedereen keek verwachtingsvol naar Vito. Even produceerden zijn hersens niets, maar toen klikte er iets. 'Naaste familie?' vroeg hij. 'Hebben we een vermelding van naaste familie in die gegevens van Rock Solid?'

Brent knikte opgewonden. 'Staat allemaal in de database.'

'Dan splitsen we die op.' Vito keek met knipperende ogen naar de lijst in zijn handen. 'Nick, jij neemt Dina Anderson tot en met Selma Crane. Jen, jij gaat van Margaret Diamond tot en met Priscilla Henley.' Hij gaf Liz, Maggy en Brent de namen en nam zelf de rest. En hij bad nog maar een keer.

*Zondag 21 januari, 7:20 uur*

'Sophie,' zong hij zoetjes. 'Ik ben er weer.'

Toen Sophie niet reageerde, grinnikte hij. 'Je bent een goeie actrice. Maar dat zit je dan ook in het bloed, hè? Je vader was acteur, en je oma operadiva. Maar... dat heb ik altijd geweten. Ik hoopte alleen dat je het zelf zou vertellen.'

*Nee. Dat kan niet.* Sophie deed haar best om haar spieren niet aan te spannen. Die woorden had Ted ook gebruikt.

'Blij je eindelijk te leren kennen, Sophie.'

Maar nee. Ze wist hoe Simon eruitzag. Ted was groot, maar was hij zó groot? Ze wist het niet meer. Ze was zo moe, en de angst zat achter in haar keel.

'Ik heb lopen nadenken over Marie-Antoinette. Mét hoofd, natuurlijk.' Hij streek met zijn vingers over haar keel en lachte toen ze zich bewoog. 'Doe je ogen open, Sophie.'

Langzaam deed ze dat, biddend dat hij Ted niet was. Er hing een gezicht vlak voor dat van haar, met brede botten en een harde kaaklijn. Zijn glimlach glansde, net als zijn kale hoofd. Hij had geen wenkbrauwen.

'Boe,' fluisterde hij, en van schrik bewoog ze weer. Maar het was Ted niet. *Godzijdank.*

Haar opluchting was van opmerkelijk korte duur. 'Je toneelspelletje is voorbij, Sophie. Ben je niet een klein beetje nieuwsgierig naar je lot?'

Ze deed haar kin omhoog en keek om zich heen terwijl het afgrijzen klonterde en klauwde in haar binnenste. Ze zag de stoel, zoals die eruit had gezien in het museum. Ze zag een rekbank en een tafel met alle martelinstrumenten die deze vent had gebruikt om zo veel mensen te vermoorden. Ze keek omlaag en zag dat ze een gewaad droeg, van roomkleurig fluweel met purperen biezen. De gedachte dat hij haar had aangeraakt, had aangekleed... Ze moest bijna kokhalzen.

'Mooie jurk?' vroeg hij, en ze keek op. Hij keek toegeeflijk en geamuseerd, zonder een spoortje zenuwen of angst. 'Die roomkleur zal prachtig contrasteren met je bloed.'

'Hij is te klein,' zei Sophie kil, en ze was er trots op dat haar stem niet oversloeg.

Hij haalde zijn schouders op. 'Hij was voor iemand anders bedoeld. Ik moest er op het laatste moment nog wat aan verstellen.'

'Kun jij naaien?'

Hij glimlachte wreed. 'Ik heb heel veel talenten, Dr. Johannsen, en een daarvan is handigheid met naalden en andere scherpe voorwerpen.'

Ze hield haar kin omhoog en haar kaak gespannen. 'Wat ga je met me doen?'

'Nou, eigenlijk komt de eer jóú toe. Ik was iets heel anders van plan, tot ik jou en je baas in het museum hoorde praten. Je weet het vast nog wel. Marie-Antoinette.'

Sophie deed haar uiterste best om haar stem hard te houden. 'Je slaat wel een paar eeuwen over, hè?'

Hij glimlachte. 'Het zal leuk worden om met je te spelen, Sophie. Ik kon niet aan een guillotine komen, dus wat dat betreft zit je goed. We zullen het iets middeleeuwser moeten aanpakken.'

Ze klakte met haar tong. 'Niet grappig bedoeld.'

Hij staarde haar even aan, maar toen gooide hij zijn hoofd achterover en lachte. Het was een verkillend geluid, doordringend en... gemeen.

Gemeen. *Anna*. 'Je hebt geprobeerd mijn oma te vermoorden, hè?'

'Nou nou, Sophie. Proberen bestaat niet. Alleen succes of falen. Natuurlijk heb ik je oma vermoord. Ik doe altijd wat ik van plan ben.'

Sophie hield de golf van verdriet in bedwang, al lukte het maar amper. 'Vuile smeerlap.'

'Wat een taal,' zei hij vermanend. 'En dat voor een koningin.' Hij stapte achteruit en onthulde een schoon wit laken dat over twee palen was gelegd. Hij trok aan het laken en ze zag dat de palen hoge microfoonstandaards waren. Met een theatrale zwier trok Simon het laken helemaal weg en onthulde een platform met een laag wit hekje eromheen. Midden op het platform stond een blok met een kuil bovenin. Met bloedvlekken erop.

'En?' vroeg hij. 'Wat vind je ervan?'

Even kon ze alleen maar staren terwijl haar hersens de realiteit van wat haar ogen zagen ontkenden. Dit kon niet. Het was waanzin. Dit was niet echt. Maar ze herinnerde zich de anderen: Warren, Brittany, Bill... en Greg. Zij hadden ook geleden onder de handen van Simon Vartanian. Hij zou dit doen, hoe vreselijk het ook was, daar twijfelde ze niet aan.

Ze probeerde zich alles te herinneren wat ze over Vartanian wist, maar hoorde alleen het geschreeuw van Greg Sanders. Het blok was bebloed. Hij had Gregs hand afgehakt. Er kwam een gil omhoog in haar keel, en ze beet op haar tong om de kreet binnen te houden.

Simon Vartanian was een monster. Een sociopaat met een honger naar macht. De behoefte om te domineren. Ze kon hem dat niet toestaan. Ze mocht zijn spelletje niet meespelen, zijn honger voeden. Ze zou zich stoer gedragen, ook al trilde ze vanbinnen van angst.

'Ik wacht, Sophie. Wat vind je ervan?'

Sophie putte uit elk druppeltje acteursbloed in haar lichaam en lachte hardop. 'Je maakt zeker een geintje?'

Simon kneep zijn ogen samen en zijn gezicht betrok. 'Ik maak geen geintjes.'

Hij hield er dus niet van om uitgelachen te worden. Daar zou ze gebruik van maken. Aangezien ze nog altijd aan handen en voeten gebonden was, zou ze alles moeten gebruiken wat ze kon bedenken om te ontkomen. Ze injecteerde een toon van geamuseerd ongeloof in haar stem. 'Verwacht je dat ik naar dat blok wandel, mijn hoofd erop leg, en dan rustig blijf zitten terwijl jij het afhakt? Je bent nog gestoorder dan we al dachten.'

Simon staarde haar lange tijd aan, maar toen glimlachte hij meegaand. 'Zolang ik mijn film maar krijg, kan het me niet schelen wat jij vindt.' Hij liep naar een hoge, brede kast en deed hem open.

Sophie moest echt moeite doen om haar spottende blik niet te laten omslaan in afgrijzen en ontzetting.

De kast lag vol dolken, bijlen en zwaarden. Veel ervan waren oud en gevlekt. Andere waren glanzend en nieuw, en duidelijk reproducties. Ze zagen er stuk voor stuk dodelijk uit. Simon hield zijn hoofd schuin terwijl hij langdurig zijn voorraad monsterde, en Sophie wist dat hij een act voor haar opvoerde. Het werkte. Ze herinnerde zich de dode man in het graf. Warren Keyes. Simon had hem zijn ingewanden uitgerukt. Ze herinnerde zich het geschreeuw van Greg Sanders toen Simon zijn hand afhakte.

De angst kwam weer omhoog en kneep haar keel dicht. Toch hield ze een ontspannen glimlach op haar gezicht.

Hij pakte een strijdbijl, die leek op de bijl die zij bij de Vikingtoer meedroeg. Hij legde het handvat op zijn schouder en glimlachte naar haar. 'Jij hebt er net zo een.'

Ze liet haar stem kil klinken. 'Ik had naar mijn intuïtie moeten luisteren en er je kop mee moeten inslaan.'

'Het is in het algemeen verstandig je intuïtie te volgen,' stemde hij vriendelijk met haar in, en hij legde de bijl terug. Uiteindelijk koos hij een zwaard uit, dat hij langzaam uit de schede trok. De kling glansde als nieuw. 'Dit is een scherp wapen. Het zou prima geschikt moeten zijn voor de klus.'

'Het is maar een reproductie,' zei Sophie minachtend. 'Ik had wel wat beters verwacht.'

Hij keek haar even aan en begon te lachen. 'Dit is leuk.' Hij bracht het zwaard naar haar toe en hield het voor haar gezicht, draaiend zodat het flikkerende licht erin werd weerkaatst. 'Die oude zwaarden zijn nuttig om een idee te krijgen van het gewicht, de afmeting en de balans. Hoe iemand zich bewoog met zo'n wapen in de hand. Maar ze zijn lelijk en verroest en eigenlijk helemaal niet zo scherp.'

'Nou, we willen natuurlijk wel dat het scherp is, hè?' zei ze droog, hopend dat hij het gebons van haar hart niet kon horen.

Hij glimlachte. 'Behalve als je wilt dat ik meerdere keren op die mooie nek van je moet inhakken.'

Weer probeerde hij haar te sarren. Ze haalde haar schouders op. 'Als je het zwaard gebruikt, kun je het blok niet gebruiken. Het is net zoiets als bretels én een riem dragen. Dat hoort gewoon niet.'

Hij keek haar peinzend aan, liep naar het platform, pakte het blok en zette het opzij. 'Je hebt gelijk. Kniel maar gewoon. Zo krijg ik ook meteen je ogen beter in beeld. Bedankt.' Hij duwde de camera op een driepoot met wieltjes op zijn plek.

'Graag gedaan. Vertel eens, heb je je andere slachtoffers die oude zwaarden laten hanteren?'

Hij keek over zijn schouder. 'Ja. Ik wilde hun bewegingen filmen. Hoezo?'

'Ik vroeg me af hoe het zou voelen om een zwaard van bijna acht eeuwen oud vast te houden.'

'Het voelt alsof hij al die jaren heeft geslapen en alleen voor jou is wakker geworden.'

Sophies mond viel open toen ze haar eigen woorden herkende, en toen ze sprak, was haar stem amper te horen. 'John?'

Hij glimlachte. 'Een van mijn namen.'

'Maar de...' De rolstoel. *O, Vito.*

'De rolstoel?' Hij zuchtte overdreven diep. 'Weet je, mensen zien ouderen of gehandicapten niet als bedreiging. Ik kon me in het openbaar verstoppen.'

'Al... Al die tijd?'

'Al die tijd,' zei hij geamuseerd. 'Weet je, Dr. J, ik ben niet gek en ook niet dom.'

Ze kreeg zichzelf in de hand en dwong de trilling uit haar stem. 'Je bent gewoon slecht.'

'Dat zeg je alleen maar om te vleien. Bovendien is "slecht" zo'n relatief begrip.'

'Misschien gaat dat op in een of ander parallel universum, maar hier is een heleboel mensen vermoorden slecht.' Ze hield haar hoofd scheef. 'Waarom heb je het gedaan?'

'Wat? Een heleboel mensen vermoorden?' Hij duwde een volgende camera in positie. 'Verschillende redenen. Sommigen liepen me voor de voeten. Een van hen haatte ik. Maar ik wilde ze vooral gewoon zien sterven.'

Sophie haalde diep adem. 'Zie je wel? Dat is dus gewoon slecht. Je kunt –'

Hij stak zijn hand op. 'Zeg nou niet dat ik dit niet ongestraft kan doen. Het is afgezaagd, en ik had van jou echt op iets beters gehoopt.' Hij verschoof een derde camera en stapte achteruit terwijl hij zijn handen afklopte. 'Zo, dat zijn de camera's. Nu moet ik een geluidstest doen.'

'Een geluidstest.'

'Ja, een geluidstest. Je moet voor me schreeuwen.'

*Schreeuw zoveel je wilt.* Ze schudde haar hoofd. 'Je kunt de kolere krijgen.'

Hij klakte met zijn tong. 'Wat een taal. En schreeuwen zul je. Anders gebruik ik een bijl.'

'Dood ga ik toch. En ik gun je de voldoening niet.'

'Volgens mij zei Warren dat ook. Nee, het was Bill. Grote stoere Bill met de zwarte band. Dacht dat hij een hele vent was. Uiteindelijk jankte hij als een kind. En hij schreeuwde. Hard.'

Hij kwam naar haar toe en raakte haar haren aan, die nog in een kroon gevlochten zaten sinds haar laatste rondleiding als Jeanne d'Arc van de vorige dag. 'Je hebt mooi haar. Ik ben blij dat het in een vlecht zit. Zo zonde als ik het had afgehakt.' Hij grinnikte. 'Hoewel het natuurlijk een beetje suf is om me druk te maken over je haar terwijl ik iets veel belangrijkers ga afhakken.' Hij streek met zijn vingers over haar keel. 'Hier ongeveer.'

De paniek bemoeilijkte haar ademhaling. Ze kon niet meer tijd rekken door hem te sarren. *Vito, waar ben je?* Ze ging met een ruk achteruit, weg bij zijn hand.

'Welke was Bill? Die zonder ingewanden?'

Daar keek hij zichtbaar van op. 'Nou, nou. Je weet meer dan ik dacht. Ik dacht niet dat je politievriendje je de details zou geven.'

'Dat hoefde niet. Ik was erbij toen ze werden opgegraven. Je hebt Greg Sanders' hand afgehakt.'

'En zijn voet. Dat had hij verdiend, door te stelen uit een kerk. Dat heb je zelf gezegd.'

Van afgrijzen draaide haar maag om. Hij had haar woorden, haar lessen, gebruikt om zulke verschrikkelijke moorden te plegen. 'Gestoorde klootzak.'

Zijn ogen werden donker. 'Ik heb je wat tijd gegeven omdat je me amuseerde. Maar die tijd is voorbij. Als je soms probeert me van mijn stuk te brengen, dat zal je niet lukken. Als ik boos word, word ik alleen maar geconcentreerder.' Hij greep haar arm en rukte haar van de tafel af.

Sophie grimaste toen haar heup de harde betonnen vloer raakte. 'Ja, net zoals bij Greg Sanders.' Hij had die man zijn hand afgehakt... én zijn voet. Omdat hij uit een kerk had gestolen. Maar zo had ze het niet gezegd. Dat klopte niet. *Hij had een fout gemaakt.* Hij werd niet geconcentreerder als hij kwaad was. Hij ging fouten maken. Dat moest ze gebruiken.

Hij sleepte haar over de grond en ze wist zich van hem los te rukken. Toen zag ze sterretjes, want hij sloeg haar hoofd tegen de vloer door de dikke vlecht om haar hoofd als handvat te gebruiken. 'Flik dat niet nog eens.'

Ze rolde op haar rug en keek met knipperende ogen hijgend naar hem op. Hij was reusachtig, zeker vanuit deze positie. Hij stond met zijn handen in zijn zij en met een gezicht dat wel uit steen gehouwen leek. Maar hij hijgde ook, met opengesperde neusgaten.

'Je hebt het verkloot met Greg, weet je,' hijgde ze. 'Die geamputeerde voet hoorde niet bij de kerk. Alleen de hand. Je werd zo kwaad omdat hij van je had geprobeerd te stelen dat je de details hebt verkloot.'

'Ik heb niks verkloot.' Hij reikte onder haar nek, greep haar gewaad vast en draaide tot het fluweel in haar keel beet en haar adem afsneed. Er dansten weer sterretjes voor haar ogen, en ze verzette zich in een poging weg te komen. Abrupt liet hij los, en ze haalde diep adem.

'Val dood,' grauwde ze hoestend. 'Je kunt me vermoorden, maar ik geef je niks voor je geliefde spelletje.'

Simon greep het lijfje van haar jurk met beide handen vast en tilde haar moeiteloos overeind, toen nog hoger, tot ze oog in oog met hem was. 'Je geeft me wel wat ik wil. Je zult je niet tegen me verzetten, zelfs al moet ik je op je plek spijkeren. Begrijp je me?'

Sophie spoog in zijn gezicht en genoot ervan toen zijn blik vertrok van woede. Hij haalde een vuist naar achteren terwijl hij haar met één hand bleef vasthouden, en ze tilde haar kin op, klaar voor de klap. Die kwam niet.

'Ik wil je niet in je gezicht slaan. Dat moet... mooi blijven.' Hij veegde met zijn mouw over zijn wang en liet haar op haar voeten zakken.

'Wat is er?' sarde ze met opzet. 'Kun je niet langs een paar blauwe plekken kijken terwijl je me onsterfelijk maakt in je stomme spel? Of kun je niet functioneren zonder exact model? Het moet wel frustrerend zijn om alleen maar te kunnen kopiëren. Nooit zelf iets te creëren.' Ze slikte moeizaam en tilde haar kin weer op. 'Simon.'

Zijn kaak verstrakte terwijl hij zijn ogen tot spleetjes kneep en haar weer omhoogrukte. 'Wat weet je?'

'Alles,' snauwde ze. 'Ik weet alles. En de politie ook. Dus ga je gang en vermoord me, maar je blijft echt niet ongestraft. Ze pakken je en je gaat naar de gevangenis, waar je de hele dag clowns kunt schilderen die je niet eens onder je bed hoeft te verstoppen.'

Er trilde een spiertje in zijn kaak. 'Waar zijn ze?'

Sophie glimlachte naar hem. 'Wie?'

Hij schudde haar zo woest door elkaar dat haar tanden ervan klapperden. 'Daniel en Susannah. Waar zijn ze?'

'Hier, op zoek naar jou. Net zoals Vito Ciccotelli naar je op zoek is. Hij zal niet rusten tot hij je vindt.' Ze kneep haar ogen samen. 'Dacht je dat niemand het zou weten, Simon? Dat niemand je zou vinden? Dacht je echt dat niemand het zou horen?'

'Niemand heeft me nog gevonden,' zei hij. Hij tilde haar hoger op, ze grimaste, en hij glimlachte. 'Niemand heeft me gehoord,' zei hij. 'En niemand zal jou horen.'

De woede gaf haar moed. 'Dat heb je mis. Al die mensen die je hebt vermoord, schreeuwden nog lang nadat jij ze had begraven. Jij luisterde alleen niet. Maar Vito Ciccotelli heeft wel geluisterd, en dat zal hij altijd blijven doen.'

Hij dwong haar op haar knieën. 'Dan vermoord ik hem ook. Maar eerst ben jij aan de beurt.'

*Zondag 21 januari, 7:45 uur*

Selma Crane had in een net victoriaans huisje gewoond voordat Simon haar naast Claire Reynolds op de akker van Winchester had begraven. Vito sloop met zijn wapen in de hand naar de aangebouwde garage en keek door het raam naar binnen. Er stond een wit busje in. Hij knikte naar Liz en Nick, die achter een politiewagen aan het eind van de oprit stonden te wachten.

Achter Nick en Liz stond het arrestatieteam, klaar om op Vito's teken het huis te bestormen. Vito liep naar hen toe. 'Het is een wit busje. Ik zie geen beweging binnen.'

De leider van het arrestatieteam stapte naar voren. 'Gaan we naar binnen?'

'Ik verras hem liever,' zei Vito. 'Wacht nog maar even.'

Er naderde een auto, met Jen McFain achter het stuur. Daniel Vartanian zat naast haar, en zijn zus zat achterin. Ze stapten geruisloos uit en lieten de autoportieren openstaan.

'Is hij daarbinnen?' vroeg Daniel zachtjes.

'Ik denk het,' zei Vito. 'Er is een achterdeur naar de keuken. Alle ramen aan de achterkant van het huis zijn dichtgetimmerd en afgedekt met zwart zeil.'

'Dan is dit het,' mompelde Susannah. 'Simon had vroeger thuis de ramen van zijn kamer ook geblindeerd, en lampen geplaatst die hij kon dimmen, omdat hij zelf de verlichting wilde regelen.'

'McFain heeft ons op de hoogte gebracht,' zei Daniel. 'Ze vertelde ons dat hij jullie consultant heeft. Laat me naar binnen gaan.'

'Nee.' Vito schudde zijn hoofd. 'Geen sprake van. Ik laat je daar niet naar binnen stormen alleen omdat je je schuldig voelt omdat je hem tien jaar geleden niet hebt aangegeven.'

Daniels kaak verstrakte. 'Wat ik wilde zeggen,' zei hij behoedzaam, 'is dat ik ben opgeleid voor het arrestatieteam en dat ik een getrainde onderhandelaar ben. Ik weet wat ik moet doen.'

Vito aarzelde. 'Hij blijft je broer.'

Daniel wendde zijn blik niet af. 'Nu stel je je aan. Ik bied je mijn hulp aan. Zeg ja.'

Vito keek Liz aan. 'Wanneer komt onze onderhandelaar?'

'Over een uur,' zei Liz. 'Op z'n vroegst.'

Vito keek op zijn horloge, ook al wist hij exact hoe laat het was en precies hoeveel tijd er was verstreken. Sophie was binnen, hij voelde het. Hij wilde niet nadenken over wat Simon misschien wel op dit moment met haar deed. 'We kunnen geen uur meer wachten, Liz.'

'Daniel is onderhandelaar. Zijn baas vertelde me dat ook toen ik hem gisteravond belde. Wil je dat ik het overneem en de knoop doorhak?'

Het was verleidelijk, maar Vito schudde zijn hoofd en keek Daniel Vartanian recht in zijn ogen. 'Je volgt mijn bevelen op daarbinnen. Geen vragen, geen getreuzel.'

Daniel trok zijn wenkbrauwen op. 'Zie me maar als consultant.'

Vito stond ervan te kijken dat hij nog kon glimlachen. 'Kleed je om. Jij en ik gaan voorop. Jen, jij en Nick komen achter ons aan. Arrestatieteam gereedhouden.'

'Ik stuur ze naar binnen bij het eerste schot,' zei Liz, en Vito knikte.

'Wees op alles voorbereid. Kom mee.'

*Zondag 21 januari, 7:50 uur*

Sophie zat op haar knieën, met Simons vingers onder haar vlecht door. Hij greep haar hoofd ruw vast en rukte haar overeind terwijl ze zich verzette. 'Schreeuwen, verdomme,' siste hij. Hij trok aan haar haren en haar hoofdhuid deed pijn, maar Sophie beet op haar tong.

Ze zou niet schreeuwen en hem zijn zin geven. Ze kronkelde opzij, wat onhandig ging met gebonden polsen en enkels en terwijl ze nog op haar knieën zat. Simons voet kwam met een klap op haar kuit terecht. Zo hield hij haar benen stil. Hij rukte haar weer aan haar haren omhoog en rommelde achter zich. Ze hoorde het zwaard zingen toen hij het uit de schede trok, en toen viel de schede op de grond voor haar neer. Zijn linkerhand trok aan haar haren, deed ze omhoog, zodat hij vrij baan had naar haar nek terwijl haar gezicht in de richting van de camera's gedraaid bleef. Hij deed zijn rechterarm omhoog en Sophie beet weer op haar tong.

*Niet schreeuwen. Wat je ook doet, niet schreeuwen.*

'Schreeuwen, verdomme.' Hij was woest en trilde.

'Loop naar de hel, Vartanian,' snauwde ze. Zijn voet landde weer op haar kuit en de pijn straalde via haar ruggengraat omhoog. Ze beet nog harder op haar tong en proefde bloed. Ze spande haar spieren om naar hem te spugen, maar hij groef nog dieper met zijn vingers. Haar hoofd bonsde van de druk op haar hoofdhuid terwijl hij haar hoofd in zijn enorme handpalm vasthield.

Hij rukte haar omhoog tot ze bijna van haar knieën werd getild. Toen hoorde ze boven een geluid. Gekraak. Simon maakte een schokkerige beweging. Hij had het ook gehoord.

*Vito.* Sophie spuugde het bloed uit haar mond, vulde haar longen met lucht en schreeuwde.

'Hou je bek,' snauwde Simon.

Sophie kon wel zingen van blijdschap. Maar ze gilde nog een keer. Gilde Vito's naam.

'Stom wijf. Je gaat eraan.' Simon deed zijn arm omhoog en zette met zijn goede voet zijn gewicht op haar benen.

*Goede voet.* Abrupt wiegde Sophie naar rechts, en vervolgens met alle kracht naar links, waarbij ze haar schouder tegen Simons kunstbeen zette. Hij wankelde heel even en viel om. Het zwaard viel kletterend uit zijn hand toen hij zijn val probeerde te breken. Ze rolde opzij en wist nog net te voorkomen dat hij boven op haar belandde. Maar hij had zijn hand nog in haar haren verstrengeld, en ze kon niet bij hem wegkomen. De deur boven aan de trap ging open en er klonken roffelende voetstappen.

'Politie! Verroer je niet!'

*Vito.* 'Ik ben hier!' schreeuwde Sophie.

Simon kwam op zijn goede knie overeind, rechtte zijn rug en trok haar naar zich toe. Om haar als menselijk schild te gebruiken. 'Achteruit,' riep hij. 'Achteruit of ik vermoord haar.'

De voetstappen gingen door tot Sophie Vito's voeten zag, en vervolgens zijn benen. Toen zijn gezicht, dat beheerst maar woedend stond. 'Ben je gewond, Sophie?'

'Nee.'

'Geen stap dichterbij,' waarschuwde Simon. 'Ik zweer dat ik haar nek breek.'

Vito stond nog op de trap en hield zijn wapen op Simon gericht. 'Raak haar niet aan, Vartanian,' zei Vito op lage, dreigende toon. 'Ik schiet je kop meteen van je romp.'

'En het risico nemen dat je háár raakt? Ik denk van niet. Ik denk dat je rustig achteruit die trap weer op loopt en je hondjes terugroept. Dan wandelen wij weg, je mooie meisje en ik.'

Sophie hijgde, met Simons ene hand in haar haren en de andere over haar keel. Simon had dit niet beter kunnen plannen, op geen enkele manier een kwetsbaarder plek kunnen vinden waarmee hij Vito kon chanteren.

'Schiet hem dood, Vito,' zei ze. 'Schiet hem nu dood, anders gaat hij alleen maar weer moorden. Daar zou ik niet mee kunnen leven.'

'Je meisje wil graag dood, Ciccotelli. Kom dichterbij en ik zal haar wens laten uitkomen. Laat me gaan, en ze blijft leven.'

'Nee, Simon.' Het was een zachte, lijzige stem, kalm en rustig. 'Dat doe je niet. Ik laat het niet gebeuren.'

Sophie voelde de plotselinge spanning in Simons lichaam toen hij Daniels stem hoorde en ze ging met een ruk opzij, maar hij kwam met haar mee en ze smakten samen tegen de grond. Hij plette haar op de betonnen vloer, en door zijn gewicht werd de lucht uit haar longen geperst. Hij rukte haar weer overeind toen hij op zijn knieën zat. Ze maaide met haar vastgebonden handen, maar raakte niets dan lucht. Hij draaide nog wat harder aan haar haren en de tranen sprongen in haar ogen.

Ze zwaaide met haar handen, graaiend naar houvast, om op de een of andere manier afstand van hem te nemen zodat Vito op hem kon schieten. Ze viel weer om, maar deze keer raakten haar handen metaal. Simons glanzende zwaard. Sophie knielde eroverheen, schoof haar handen om het gevest en draaide haar lichaam zodat het zwaard langs haar zij lag.

Toen stak ze uit alle macht naar achteren. Het zwaard raakte vlees en sneed dieper. Met een geschrokken kreet viel Simon achterover en sleurde haar met zich mee. Ze liet het gevest los en rolde op haar knieën, boog zich naar voren en probeerde zich ondanks de pijn om te draaien, met zijn hand nog altijd in haar haren verstrikt. Even hoorde ze alleen haar eigen ingespannen ademhaling, toen kwamen de voetstappen de trap af gerend.

Simon lag op zijn rug, met zijn eigen zwaard in zijn buik, en de kling boog in een vreemde hoek weg van zijn lichaam. Zijn witte overhemd werd snel rood. Zijn mond stond open en hij hapte naar lucht. Maar zijn ogen brandden van haat en woede en hij kwam met een ruk overeind, met zijn vrije hand graaiend naar haar keel.

'Verroer je niet,' zei Vito, 'want ik wil echt graag op je schieten.'

Hijgend richtte Sophie zich zo ver mogelijk op, met haar blik nog op Simons ogen. 'Schreeuw maar, Simon.'

'Vuile teef,' bracht hij uit. Zijn ogen knepen samen en hij kwam weer naar voren, en te laat zag Sophie hoe hij met een ruk zijn pols draaide en het dunne mes dat hij in zijn mouw verstopt had in de hand nam. Ze hoorde schoten, op hetzelfde moment dat ze een brandende pijn in haar zij voelde.

De hand in haar haren zakte omlaag en trok haar mee. Ze eindigde op haar knieën naast Simon, met haar nek in een onnatuurlijke hoek gedraaid. Ze kon wel omhoogkijken, maar niet omlaag. Vanuit haar ooghoeken zag ze Vito achteruitstappen en zijn wapen in het holster steken.

Het leek wel of er boven een leger door het huis kwam en de trap af denderde.

'Alles veilig,' zei Vito luid, maar zijn stem sloeg over. 'Bel een ambulance.'

Sophie rook de zure stank van kruit en de metalige geur van bloed. Een golf van misselijkheid kroop omhoog vanuit haar maag. 'Haal zijn hand uit mijn haar,' zei ze door opeengeklemde kaken. Ze liet zich tegen Daniel aan zakken terwijl hij Simons grote hand onder haar vlecht vandaan wurmde. Voorzichtig legde hij haar op haar rug en ze kneep haar ogen dicht bij de scherpe pijn in haar zij.

'*Merde*,' mompelde ze. 'Verdomme, dat doet pijn.'

'Chick?' Het was Nicks stem, vanaf de trap. 'Wat is er gebeurd?'

Vito krabbelde naar haar toe. 'Bel nog een ambulance, Nick. Sophie is gewond.' Met het mes sneed hij repen van haar gewaad en drukte die tegen de wond om het bloeden te stelpen.

'Het is niet diep,' zei hij. 'Het is niet diep.'

Ze grimaste. 'Toch doet het verdomd veel pijn. Is hij dood?'

'Ja,' zei Vito. 'Hij is dood.'

Sophie keek naar Simon, die nog geen meter van haar af lag en niets ziend opstaarde naar het plafond. Hij had nog twee wonden, een in zijn hoofd en de ander in zijn borst. Ze voelde enige voldoening toen ze het zwaard uit zijn buik zag steken.

'Katherine zal wel uitzoeken wie van ons hem heeft gedood,' zei ze.

'Je moet je niet schuldig voelen, Sophie,' mompelde Vito. 'Je had geen keus.'

Sophie snoof. 'Schúldig? Ik hóóp dat het door mijn zwaard kwam. Maar degene die die smeerlap in zijn hoofd heeft geschoten zal wel met de hoofdprijs naar huis gaan.'

'Dat was ik dan,' zei Vito.

'Mooi,' gromde Sophie. Ze keek op naar Daniel, die het smalle mes had gepakt en door het touw om haar polsen zaagde. 'Sorry.'

'Waarvoor?' vroeg Daniel. 'Dat hij dood is, of dat ik de hoofdprijs niet krijg?'

Ze keek hem onderzoekend aan. 'Welke van de twee dan ook het juiste antwoord is.'

Daniel lachte zachtjes. 'Ik denk dat we de wereld vandaag een dienst hebben bewezen. Heb je behalve die messteek nog ergens pijn?'

'Misschien in mijn tong.' Ze stak haar tong uit, en beide mannen trokken een gezicht.

Daniel pakte zachtjes haar kin vast en kantelde haar gezicht naar het licht toe. 'Mijn god, meisje, je hebt hem bijna doorgebeten. Misschien heb je hier ook wel hechtingen nodig.'

'Maar ik heb niet geschreeuwd,' zei ze tevreden. 'Pas toen ik jullie boven hoorde.'

Daniel glimlachte grimmig. 'Mooi zo, Sophie.' Hij pakte haar hand en begon over haar pols te wrijven, die was geschaafd door het touw.

Vito pakte haar andere hand, en ze merkte dat de zijne trilden. 'Mijn god. Sophie.'

'Het komt wel goed, Vito.'

'Het komt wel goed met haar,' herhaalde Daniel, en Vito keek abrupt met een boze blik naar Daniel op.

'Wat was dat nou voor onderhandeling, verdomme?' bracht hij woedend uit. '"*Nee, dat doe je niet. Ik laat het niet gebeuren.*" Wat stelde dat nou voor?'

'Vito,' mompelde Sophie.

'Je zou hem niet hebben laten vertrekken,' zei Daniel. 'Dat weet je best. Simon vond het vreselijk als iemand hem bevelen gaf. Wie dan ook. Ik hoopte dat hij kwaad zou worden en dat Sophie dat in haar voordeel kon gebruiken.' Hij glimlachte naar haar. 'Goed gedaan, meid.'

'Dank je.'

'Ik moet het Suze gaan vertellen.' Daniel stond op. 'Het spijt me, Vito. Ik wilde je niet laten schrikken.'

Hij rilde. 'Het is al goed. Ze is veilig. Hij is dood. Ik ben blij.' Toen Daniel de trap op was gelopen, kneep Sophie in Vito's hand.

'Mijn oma?'

'Die houdt vol.'

Sophie haalde voor het eerst diep adem, ondanks de pijn in haar zij. 'Dank je.'

Vito glimlachte beverig naar haar. 'Dat was behoorlijk stoer zwaardwerk.'

Haar lippen krulden op. 'Mijn vader en ik schermden vroeger vaak. Alex was kampioen, maar ik was ook niet slecht. Als Simon de Jeanne-rondleiding had gezien, had hij dat kunnen weten.'

Vito herinnerde zich hoe ze met haar zwaard had gezwaaid, tot grote pret van de kinderen in de rondleiding. Hij wist niet zeker of hij dat ooit weer zou kunnen aanzien. 'Misschien moeten we Jeanne met pensioen laten gaan. Je repertoire uitbreiden,' zei hij met Nicks lijzige accent.

Sophie deed haar ogen dicht. 'Goed plan. Maar ik denk dat ik hierna maar met een heel grote boog om Marie-Antoinette heen ga.'

Vito drukte haar handen tegen zijn lippen en lachte beverig. 'Dan is er altijd nog die topless Keltische strijdkoningin.'

'Boudiccea,' mompelde ze terwijl er weer voetstappen over de trap roffelden. De ambulance was er. 'De rondleiding voor volwassenen, na sluitingstijd. Ted heeft Theo's collegegeld in no time bij elkaar gespaard.'

# 26

*Zondag 21 januari, 8:35 uur*

'Vito, kom hier eens naar kijken.' Nick wenkte Vito terug het huis in. 'Boven.'

Staand op Selma Cranes oprit keek Vito de ambulance met Sophie erin na. Hij rechtte zijn schouders en ging naar binnen om zijn werk af te maken. Hij liep naar boven en draaide daar langzaam met een verbaasde blik om zijn as. 'Ik heb zo'n vermoeden dat dit niet de toestand is waarin Selma Crane het huis had achtergelaten.'

'Eh, nee. Maar wat je echt moet zien, is dat daar.'

Simon Vartanian had gedaan alsof hij thuis was. Weg waren alle binnenmuren op de bovenverdieping. Met uitzondering van een enorm bed in de hoek en een hypermodern computerstation was de hele ruimte een enorme studio. Vito liep naar Nick toe, die bij de muur aan de andere kant stond, en samen schuifelden ze opzij langs de macabere reeksen schilderijen.

Lange tijd kon Vito alleen maar staren en zich verwonderen over de geest die in staat was om... dit te creëren. Want dit waren niet zomaar kopieën. Simon Vartanian had iets weten te vatten in de ogen van de slachtoffers. Een licht, of misschien het uitdoven van een licht. 'Het moment van de dood,' mompelde hij.

'Hij experimenteerde met stadia van de marteldood,' zei Nick. '*Claire sterft*, *Zachary sterft*, *Jared sterft*, dan series voor Bill, Brittany, Warren en Greg.'

'Dus ons laatste slachtoffer heet Jared. Dat is een begin.'

'We komen er misschien wel nooit achter wie hij is. Simon wist kennelijk alleen zijn voornaam. Hij hield gegevens bij over al zijn "modellen", maar niet over Jared.' Nick wenkte hem naar Simons bureau, waar midden op een leeg bureaublad een map lag. Nick legde zijn hand op de map toen Vito ernaar reikte. 'Denk eraan dat Sophie in orde is. Oké?'

Vito knikte, maar hij beet van woede op zijn kiezen toen hij zag wat er in de map zat. 'Foto's van Sophies Vikingtoer.' Ze stond voor een groep gefascineerde kinderen, met een indringende blik in haar ogen en de strijdbijl boven haar hoofd. Hij sloeg de map dicht. 'Ik ben allang blij dat hij die Jeanne-rondleiding niet heeft gezien. Die verrassing redde haar leven.'

'Kijk hier eens naar.' Het was een schema waarin Kyle Lombard, Clint Shafer en Sophie in een verticale lijn met elkaar in verband waren gebracht. Alan Brewsters naam was gerelateerd aan alle drie.

'Dus Alan was erbij betrokken,' zei Vito.

'Dat denk ik ook.'

Vito kneep zijn ogen samen. 'Heb je Brewster gevonden?'

'Ik denk het. Ik heb wel ontdekt wat dat piepende geluid was dat op de opname te horen was.' Hij liep naar de muur bij de trap en opende een deurtje. 'Een goederenlift.'

Vito keek grimassend naar binnen. De man die in de lift zat was naakt, en het grootste deel van zijn hoofd ontbrak. 'Het lijkt bijna wel alsof zijn hoofd... ontploft is.' Hij boog zich naar binnen en keek naar de hand van de man. 'Op zijn zegelring staat AB, dus ik wed dat dit Brewster is.'

'Die lift gaat helemaal naar de kelder en is ook bereikbaar vanaf de begane grond. Zo kreeg Simon zijn slachtoffers en zware apparatuur naar beneden. Het lijkt erop dat hij misschien zelfs zijn dode slachtoffers naar boven heeft getakeld om ze te schilderen.'

'Walgelijk.'

'Ja, inderdaad.' Nick stak zijn hand in de schacht en trok aan de touwen, waardoor het platform met Alan Brewster halverwege naar de verdieping onder hen zakte, en takelde hem weer naar boven. Het gepiep klonk net zoals in de opname. 'Zijn tijdmachine.'

Jen kwam naar hen toe vanuit de zithoek van Simon, waar ze sporen had verzameld. 'Hoe zit het met die kerk?'

'Die is in de kelder,' zei Vito. 'Hij had een deel van de kelder afgezet als crypte. Er hangen posters van gebrandschilderd glas en alles.'

'Dus er was helemaal geen kerk.' Jen zuchtte. 'Daarmee hebben we uren verspild.'

'Jen, dank je,' zei Vito, en hij slikte. 'Jullie allebei.'

'Ik ben blij dat ze in orde is.' Ze schraapte haar keel. 'Ik heb ook de resten van Simons siliconenmiddel gevonden. Ik zal het vergelijken met wat we op Warrens handen hebben aangetroffen, maar ik ben ervan overtuigd dat het hetzelfde is.'

'En die schilderijen?' vroeg Nick. 'Ik bedoel, we nemen ze wel mee als bewijs, maar wat zullen de Vartanians daar uiteindelijk mee willen doen?'

'Ze verbranden,' antwoordde Susannah Vartanian vanaf de trap. 'We willen ze vernietigen.'

'We hebben zelf ook wat verbanden gelegd,' zei Daniel, die zijn zus inhaalde en een hand toestak om haar naar boven te helpen. 'Mijn moeder vermoedde wel dat mijn vader zonden van Simon had verdoezeld, maar ze heeft nooit het idee gehad dat hij nog leefde. Toen Stacy Savard die foto naar mijn vader stuurde, heeft mijn moeder die gezien en dacht ze dat het om een persoonsverwisseling ging, dat Simon misschien niet eens wist dat wij dachten dat hij dood was. Maar toen pa en zij daar aankwamen, begon ze het te begrijpen. De laatste druppel was dat pa informatie probeerde te krijgen van de oude Russische man in de bibliotheek.'

'Ze kwam tot dezelfde conclusie als Sophie,' zei Susannah. 'Ze huurde iemand in om mijn vader in het oog te houden. Ze besefte dat hij Simon had gevonden en niet van plan was om haar erover te vertellen. Ze liet een bericht voor ons achter dat ze van plan was met Simon af te spreken en zelf te ontdekken wat er al die jaren geleden was gebeurd. In haar brief stond dat als ze niet terugkwam, wij gelijk hadden gehad en Simon even slecht was als wij haar altijd hadden gezegd.'

'Wat erg,' zei Vito. 'Het is te weinig, en te laat, en niemand wint.'

'Simon is nu echt dood. Wie weet hoe lang hij nog zou zijn doorgegaan met moorden.' Daniel keek naar de schilderijen. 'Hij had heel zijn leven naar die vonk gezocht. Hij had hem eindelijk gevonden, en zou hem nooit meer hebben losgelaten. Hij zou zijn doorgegaan met moorden. Dus vandaag winnen we allemaal.' Hij drukte hen alle drie de hand, met een geforceerde glimlach op zijn gezicht. 'Ik ga naar huis en ga weer aan het werk. Als jullie ooit in Atlanta zijn, laat het maar weten.'

Susannah glimlachte niet toen ze hen de hand drukte. 'Bedankt. Daniel en ik wachten al bijna heel ons leven op een afsluiting.'

Jen aarzelde even en haalde toen haar schouders op. 'We hebben een berenval gevonden, Daniel. En ook een tekening van jou, in een berenval.'

Daniel knikte aangedaan. 'Dus dat zou mijn einde zijn geworden. Ik sta er niet van te kijken.' Hij pakte de arm van zijn zus en leidde haar mee de trap af.

'Wacht,' zei Vito. 'Ik wil het toch vragen. Waar gaan jullie Simon begraven?'

'Nergens,' zei Daniel. 'We hadden al besloten dat een begrafenis alleen maar aan zijn roem zou toevoegen. We willen niet dat er hordes fans van seriemoordenaars in Dutton neerstrijken.'

Susannah knikte. 'Dus doneren we zijn lichaam aan het medisch centrum in Atlanta. Misschien kan iemand nog iets nuttigs van hem leren.'

'Zoals over de hersens van een sociopaat?' vroeg Jen.

Daniel haalde zijn schouders op. 'Misschien. Of misschien kan een student medicijnen van hem iets leren om levens te redden. We krijgen een lift in een politieauto, dus u hoeft ons niet te brengen, brigadier McFain.'

De Vartanians vertrokken. Vanaf de trap zagen Vito, Nick en Jen door de open voordeur dat broer en zus bij de brancard met Simons lijk bleven staan. Susannah liet haar schouders zakken, en Daniel sloeg zijn arm om haar heen.

'Deze keer is hij echt dood,' zei Vito zachtjes. 'En ik ben er blij om.'

'Ah, wat dat aangaat.' Nick haalde drie videobanden uit zijn zak. 'Simon heeft al die tijd de camera's laten draaien. Jij en Daniel hebben niks verkeerd gedaan, maar...' Hij legde de banden in Vito's hand. 'Misschien wil je deze op een veilige plek bewaren.'

Vito liep de trap af. 'Bedankt. Nu ga ik douchen, naar het bureau om de papierwinkel over de schoten op Simon af te ronden, en dan ga ik zes dozijn rozen kopen.'

Jens mond viel open. 'Zes dozijn? Voor wie?'

'Sophie, Anna, Molly, Tess. En voor mijn moeder, want hoe vreselijk ik haar soms ook vind, die van Sophie is duizend keer erger.'

'Dat is pas vijf dozijn, Vito,' zei Jen.

'Die laatste zijn voor een graf.' Hij zou morgen naar Jersey rijden, een week te laat, maar het ging om de gedachte. Andrea zou wel begrijpen dat hij een drukke week had gehad.

'Vito.' Nick zuchtte.

'Het is een afsluiting, Nick,' zei Vito. 'Maar daarna komt het goed.'

*Zondag 21 januari, 13:30 uur*

'Harry, word wakker.' Sophie schudde aan zijn schouder. Hij was in slaap gevallen op de bank van het wachtkamertje bij de hartbewaking.

Zijn ogen vlogen open. 'Anna?'

'Ze slaapt. Ga een tijdje naar huis, Harry. Je ziet er uitgeput uit.'

Hij trok haar omlaag, zodat ze naast hem op de armleuning van de bank zat. 'Jij ook.'

'Alleen maar een paar hechtingen.' Eigenlijk waren het veertien hechtingen geweest, en haar zij en tong deden vreselijk pijn, maar ze was zo blij dat ze nog leefde dat het haar eigenlijk niet zoveel uitmaakte.

Harry wreef met zijn duim over een blauwe plek op Sophies gezicht. 'Hij heeft je geslagen.'

'Nee, dat komt van toen ik naar het zwaard dook. Je had me moeten zien, Harry,' voegde ze er luchtig aan toe. 'Ik was net Errol Flynn. *En garde.*' Ze prikte met een denkbeeldig zwaard naar hem.

Harry huiverde. 'Ik kan het me prima inbeelden, dus ik hoef het nooit te zien.'

'Jammer. Ik heb gehoord dat het op film staat. Misschien kunnen we er nog eens naar kijken als je een slapeloze nacht hebt.' Ze grijnsde naar hem, en hij moest in weerwil van zichzelf lachen.

'Sophie, je bent onverbeterlijk.'

Ze werd weer serieus. 'Ga naar huis, Harry. Verstop je hier niet langer.'

Hij zuchtte. 'Je begrijpt het niet.'

Op haar aandringen had Harry haar verteld wat er zich tussen Freya en hem had afgespeeld. Sophie kuste hem op zijn kale hoofd. 'Ik begrijp dat je van me houdt. En ik begrijp dat je een vrouw hebt van wie je ook houdt, op dit ene ding na. Freya hoeft niet per se van mij te houden, Harry. Het zou fijn zijn als het wel zo was, maar als ik de oorzaak zou zijn van een breuk tussen jullie, zou ik het besterven.' Ze grimaste. 'Slechte woordkeus. Dus ga naar huis, naar je familie. Slaap in je leunstoel, en als ik je nodig heb, weet ik je te vinden.'

Hij perste zijn lippen op elkaar. 'Het is niet goed, Sophie. Je hebt haar niks gedaan.'

'Nee, dat klopt, maar bekijk het eens van de andere kant. Ik heb een vader en moeder: jou en Katherine.'

'Dat is geen echte familie, Sophie.'

Ze lachte zachtjes. 'Harry, mijn "echte" vader was de minnaar van mijn oma, en mijn "echte" moeder is een dievegge. Ik heb echt liever jou en Katherine als mijn ouders. Bovendien mag ik mijn eigen familie uitzoeken. Hoeveel mensen kunnen dat nou zeggen?'

Hij legde zijn arm om haar heen en drukte haar voorzichtig tegen zich aan. 'Ik vind je rechercheur aardig.'

'Ik vind hem ook aardig.'

'Misschien heb je straks een nieuwe familie,' zei hij grappend.

'Misschien. En dan beloof ik dat jij de eerste bent die het hoort.' Ze boog zich naar hem toe. 'Als ik jou was, zou ik je smoking maar uit de mottenballen halen. Misschien moet je binnenkort wel een meisje naar het altaar begeleiden.'

Harry slikte. 'Ik had altijd aangenomen dat Alex dat zou doen. Maar nu hij –'

'Sst.' Voor het eerst die dag kreeg Sophie tranen in haar ogen. 'Harry, zelfs als Alex nog zou leven, dan nog had ik jou gevraagd. Dat wist hij. Ik dacht dat jij het ook wist.' Ze trok hem overeind en duwde hem de deur uit. 'En nu wegwezen. Ik blijf nog een tijdje bij Anna, en daarna ga ik ook naar huis.'

'Met Vito?' vroeg hij achterdochtig.

'Daar kun je je Bette Davis-verzameling onder verwedden.'

Ze wuifde hem na en glimlachte. Toen de liftdeur voor Harry dichtging, ging een andere open en stapte Vito naar buiten, met een dozijn witte rozen onder elke arm. 'Hoi.'

Hij schonk haar die glimlach waardoor hij van tijdschriftmodel in filmster veranderde en Sophies hart op hol sloeg. 'Je bent uit bed,' zei hij.

'Behandeld en ontslagen,' zei ze, en ze tilde haar gezicht naar hem op voor een kus die haar een zucht ontlokte. 'Ik denk niet dat Anna die rozen mag hebben op de hartbewaking. Sorry.'

'Dan zijn ze allemaal voor jou.' Hij gooide ze op de tafel in de wachtkamer, legde zijn handen achter in haar nek en keek haar onderzoekend aan. 'Zeg op. Hoe gaat het met je?'

'Prima.' Ze deed haar ogen dicht. 'Fysiek in ieder geval. Ik heb een paar nare momenten doorstaan met de gedachte aan wat er zou zijn gebeurd als jij niet was gekomen.'

Hij drukte een kus op haar voorhoofd en trok haar naar zich toe. 'Ik weet het.'

Ze legde haar wang tegen zijn borst en luisterde naar zijn kalmerende hartslag. Het was precies wat ze nodig had. 'Je hebt me nog niet verteld hoe je me had gevonden.'

'Hmm. Nou, er lag een oude vrouw naast Claire Reynolds begraven. Ze was klant bij dezelfde makelaars als de vrouw van wie ooit die akker was. We wisten haar naam niet, dus gingen we op zoek naar andere klanten van dat bedrijf die bij steengroeven woonden.'

Ze stapte achteruit en keek naar hem op. 'Steengroeven?'

'De aarde in de graven was afkomstig uit de buurt van een steengroeve. Maar we hadden nog te veel namen en het was al bijna ochtend. Katherine had ontdekt dat de ongeïdentificeerde vrouw vullingen had uit Duitsland, van voor 1960, maar geen van de namen was Europees. We wilden niet het risico nemen de klanten zelf op te bellen, want we waren bang dat Simon zou opnemen. Dus zijn we de naaste familie van de klanten gaan bellen, tot we een vrouw vonden wier vader rond 1950 diplomaat in West-Duitsland was geweest. Ze heette Selma Crane.'

'Dus Simons huis was eigenlijk van Selma Crane. En Selma Crane is dood.'

'Simon had de perfecte locatie gevonden en daarvoor gemoord. Hij heeft haar naast Claire begraven, maar hij bleef Selma's rekeningen betalen. Hij heeft zelfs nog twee jaar uit haar naam kerstkaarten verstuurd.'

'Hij zei tegen mij dat hij al die mensen had vermoord om ze te zien sterven.'

'En daarna schilderde hij ze. Op doek. Hij wilde beroemd worden in zijn eigen tijd.' Hij tilde haar gezicht op, en ze zag de schaduwen in zijn ogen. 'Ik heb die opname gezien. Je zou echt actrice moeten worden. Zoals je hem sarde...'

Ze huiverde. 'Ik was zo bang, maar ik wou niet dat hij dat zag.'

'Je zei dat de mensen die hij vermoord had bleven schreeuwen en dat ik ze hoorde.' Hij zei het met enige verwondering, en Sophie besefte dat ze hem het hoogst mogelijke compliment had gemaakt.

'En dat dat altijd zo zal blijven.' Ze ging op haar tenen staan en kuste hem. 'Mijn witte ridder.'

Hij grimaste. 'Ik wil geen ridder zijn. Kan ik gewoon je agent blijven?'

'Wat ben ik dan van jou?'

Hij keek haar in de ogen en Sophies hart maakte een trage, heerlijke koprol. 'Vraag me dat over een paar maanden nog een keer, dan zeg ik "mijn vrouw".' Hij trok zijn wenkbrauw op. 'Voorlopig voldoet "mijn Boudiccea" prima.'

Ze glimlachte tevreden naar hem op. 'Je bent slecht, Vito Ciccotelli. Slecht tot op het bot.'

Hij legde zijn arm om haar schouders en leidde haar mee naar de kamer van haar grootmoeder. 'Dat zeg je alleen maar om te vleien.'

Ze keek boos naar hem op toen de deur van de intensive care voor hen open werd gezoemd. 'Dat heb je Simon op band horen zeggen, hè? Jij rat.'

Hij grinnikte. 'Sorry, ik kon het niet weerstaan.'

*Zondag 21 januari, 16:30 uur*

Daniel zette zijn huurauto stil voor het treinstation. 'Ik wou dat je niet wegging, Suze.'

Haar ogen stonden zo droevig. 'Ik heb een baan, Daniel. En een huis.'

Interessant, hoe ze die dingen geordend had. Eerst baan, dan huis. Het was precies hoe hij zijn prioriteiten zelf ook indeelde. 'Ik heb het gevoel dat ik je net pas weer gevonden heb.'

'We zien elkaar volgende week.' Op de begrafenis van hun ouders in Dutton.

'En daarna? Zul je nog eens langskomen?'

Ze slikte moeizaam. 'Thuis? Nee. Na de begrafenis van pa en ma wil ik nooit meer naar huis.'

Hij voelde pijn, alleen al als hij naar haar keek. 'Suze, wat heeft Simon je aangedaan?'

Ze wendde haar blik af. 'Een andere keer, Daniel. Na alles wat er is gebeurd... Ik kan er niet over praten.' Ze stapte uit en rende naar het station, maar hij reed niet weg. Hij wachtte, en toen ze bij de stationdeur was, kwam ze tot stilstand, draaide zich om en zag hem kijken. Ze zag er kwetsbaar uit, maar hij wist dat ze vanbinnen even sterk was als hij. Misschien wel sterker.

Eindelijk zwaaide ze, slechts één keer, en toen was ze weg en liet hem alleen met zijn herinneringen. En al zijn spijt.

Terwijl hij daar in de stille auto zat, reikte hij naar de laptoptas op de achterbank. Hij haalde er een dikke bruine envelop uit. Hij schoof de inhoud eruit en bladerde een voor een door de foto's. Hij had Ciccotelli een kopie gegeven en de originelen zelf gehouden. Hij dwong zichzelf elke foto, elke vrouw, te bekijken. De foto's waren echt, net zoals hij lang geleden al had gedacht.

Aan elke vrouw zwoer hij in stilte dat hij zou doen wat hij tien jaar geleden al had moeten doen. Hoe dan ook, hoe lang het ook zou duren, hij zou die foto's aan slachtoffers koppelen. Als Simon hen iets had aangedaan, kon hij op zijn minst hun familie op de hoogte stellen dat er gerechtigheid was gekomen.

Als iemand anders er verantwoordelijk voor was... *dan vind ik hem. En dan zal hij boeten.*

En misschien zou hij dan zelf eindelijk rust vinden.

# Epiloog

*Zaterdag 8 november, 19:00 uur*

'Mensen.' Sophie klopte op de microfoon. 'Mag ik even aandacht, alstublieft?'

De gesprekken stokten geleidelijk, en iedereen in de drukke zaal wendde zich naar het podium waar Sophie stond. Ze zag er elegant uit in een glanzende groene avondjurk. Vito had natuurlijk de hele avond zijn ogen nog niet van haar af kunnen houden.

Een groot deel van de avond was hij niet van haar zijde geweken, al was het maar om haar af te schermen van de magere oude filantropen die, hoewel ze deze avond mogelijk hadden gemaakt, nog altijd niet snapten dat ze Sophie niet in haar achterste mochten knijpen.

In Sophies achterste knijpen was aan Vito voorbehouden. Hij had de hardware aan zijn ringvinger om het te bewijzen. Sophie keek hem aan en knipoogde naar hem voordat ze het publiek toesprak. 'Dank u. Ik ben Sophie Ciccotelli, en ik heet u van harte welkom bij de opening van de nieuwe vleugel van het Albright Historisch Museum.'

'Ze straalt vanavond,' mompelde Harry, en Vito knikte, wetend dat Harry niet verwees naar de avondjurk die alle rondingen van Sophies lichaam volgde. Haar ogen straalden, en de energie in haar gezicht was aanstekelijk.

'Ze heeft hier zo hard voor gewerkt,' mompelde Vito terug. En dat was nog zacht uitgedrukt. Sophie had onvermoeibaar doorgewerkt om een complex te bouwen van interactieve exposities die de aandacht hadden getrokken van kranten en enkele landelijke tijdschriften.

'Zo veel mensen hebben bijgedragen aan het succes van deze onderneming,' vervolgde Sophie. 'Als ik al hun namen zou opsommen, zouden we hier de hele nacht staan, dus dat doe ik maar niet. Maar ik wil wel een aantal mensen noemen die vele uren hebben gestoken in het creëren van wat u zo meteen zult gaan zien.

'De meesten van u weten dat het Albright Museum een familiebedrijf is. Ted Albright begon vijf jaar geleden met dit museum om het erfgoed van zijn grootvader te laten voortduren.' Ze glimlachte vol genegenheid. 'Ted en Darla hebben iedere dag veel persoonlijke offers gebracht om onze operationele kosten laag te houden, zodat we voor iedereen de deuren konden openen. Met dat doel hebben ze hun eigen familie ingeschakeld voor het bouwen van de exposities. Teds zoon Theo en mijn schoonvader Michael Ciccotelli hebben alles wat u binnen zult zien ontworpen en gebouwd. Uw gids is Teds dochter Patty Ann, die velen van u al gezien zullen hebben als Maria in de productie van *West Side Story* door het Little Theater.' Patty Ann glimlachte, en Ted en Darla straalden. Het was geen Broadwayshow, maar Patty Ann had eindelijk haar plekje gevonden en haar naam in neon gezien.

'We hebben drie afzonderlijke delen. In "De opgraving" kunt u de mouwen opstropen en zelf naar artefacten op zoek gaan. Dan zijn er nog "De jaren twintig" waar u door de wetenschap, cultuur en politiek van de twintigste eeuw wandelt en verhalen uit eerste hand kunt horen van de mensen die dat hebben meegemaakt. En uiteindelijk hebben we onze expositie "Vrijheid", die periodiek zal veranderen en aandacht zal schenken aan mensen die de prijs voor de vrijheid hebben betaald. De eerste hiervan is *Koude Oorlog*.'

Ze keek naar Yuri Petrovich Chertov. 'Ben je klaar?' Ze legde voorzichtig de schaar in zijn handen en gaf toen Ted en Darla ieder ook een schaar.

'Ik snap niet hoe ze zich zo goed houdt,' fluisterde Harry schor.

Vito's keel kneep dicht, want hij wist wat er zou komen. Maar Sophie glimlachte toen Yuri en de Albrights hun plek innamen bij het brede rode lint dat voor de deur hing van wat elf maanden eerder nog een lege opslagruimte was.

'Heel goed.' Sophie boog zich naar de microfoon toe. 'Dan verzoek ik jullie nu de Anna Shubert Johannsen Herdenkingsvleugel te openen.' Ze stapte achteruit tussen de flitsen van camera's en liet de drie het lint doorknippen. Ze had deze baan aangenomen om het verpleeghuis van Anna te kunnen bekostigen. Ze had hem gehouden om haar verdriet te verwerken toen Anna stilletjes in haar slaap was overleden, een maand nadat Simon Vartanians aanval haar hart onherstelbaar had beschadigd.

Katherine had Anna's dood als moord aangerekend, waardoor de slachtofferlijst van Simon was opgelopen tot zeventien mensen.

Wat Vito betrof was zelfs de hel niet heet genoeg voor Simon Vartanian.

Maar het was geen avond voor verdriet. Sophie was van het podium gestapt en liep rond, terwijl ze probeerde Vito's blik te vangen. Ze keek naar Harry's vochtige ogen en knikte glimlachend naar Vito voordat ze zich omdraaide om te praten met een verslaggever van de *Inquirer*.

'Harry, ik moet naar haar toe om te zorgen dat ze daar niet te handtastelijk worden. Kun jij iets te drinken voor Sophie regelen? Ik geloof dat die lampen daarboven nogal heet waren.'

Harry knikte en rechtte zijn rug. 'Wat drinkt ze? Wijn? Champagne?'

'Water,' zei Vito. 'Gewoon water.'

Harry's ogen werden spleetjes. 'Gewoon water? Hoezo?'

'Ze mag geen alcohol,' zei Vito, en hij liet zijn grijns doorschemeren. 'Slecht voor de baby.'

Harry draaide zich om naar Michael, die nog bezig was zijn tranen te drogen. 'Wist jij dat?'

'Pas sinds vanochtend. Ze had zin in een bagel met gerookte zalm. Het was niet om aan te zien.'

Vito grijnsde. 'Pa is al aan het nadenken over de wieg.'

'Die Theo hier zal bouwen.' Michael keek stralend naar de jongen, die iets had gedaan wat geen van Vito's broers en zusters zou hebben gekund: het werk van hun vader voortzetten. Ze hadden geen van allen aanleg voor houtbewerking. Theo de Vierde bleek over voldoende talent te beschikken voor hen allemaal.

'Geen punt,' mompelde Theo.

'Geen punt,' spotte Michael. 'Hij heeft al een wieg voor Tess klaar.'

Die, na twee jaar proberen, een tweeling verwachtte, en Vito was bijna zo gelukkig als zij. Het was een tweede golf kleinkinderen in de familie Ciccotelli. En dat breidde de familie alleen maar uit.

En wat Vito betrof kon geen man ter wereld rijker zijn dan hij.

# Dankwoord

Zo veel mensen hebben me van kennis voorzien terwijl ik dit boek schreef. Aan jullie allemaal mijn hartelijke dank!

Danny Agan voor het beantwoorden van al mijn speurdersvragen en vooral omdat hij mijn heldin heeft geholpen dingen onder de grond te vinden.

Nikki Ciccotelli voor haar beschrijving van haar jeugd in Philadelphia, die zo levendig was dat ik het gevoel had er zelf te zijn.

Monty Clark van het Art Institute of Florida in Ft. Lauderdale, voor zijn onmisbare en bijzonder coole informatie over het maken van videogames en de ontwerpers ervan.

Marc Conterato voor alle medische kwesties en Kay Conterato voor het uitknippen van al die bijzonder nuttige krantenartikelen over verzekeringen en hackers.

Diana Fox voor een geweldige titel.

Carleton Hafer: zij heeft al mijn computervragen beantwoord op een manier die ik goed kon begrijpen.

Linda Hafer, omdat zij voor mij de opera toegankelijk heeft gemaakt en een wereld aan muziek heeft geopend waarvan ik nooit dacht dat ik die mooi zou vinden, maar wat wel zo is!

Elaine Kriegh voor haar levendige beschrijvingen van middeleeuwse grafmonumenten.

Sonie Lasker, mijn sempai, voor het demonstreren van wapentechnieken en omdat ze me geleerd heeft hoeveel voldoening de vechtkunsten kunnen geven. *Domo arigato.*

Deane Saydel Revera omdat ze me in Philadelphia heeft rondgeleid; en dat nog wel drie dagen voor haar bruiloft.

Loretta Rogers voor haar motorkennis. Wat zou ik graag de moed hebben om te vliegen op twee wielen!

Sally Schoeneweiss en Mary Pitkin omdat ze mijn website georganiseerd, functioneel en mooi houden.

Mijn taaladviseurs: Mary C. Turner en Anne Crowder – *merci beaucoup*, Bob Busch en Barbara Mulrine – *spasiba*, Kris Alice Hohls – *danke*, Sarah Hafer – *domo arigato.*

Vrienden die links en rechts mijn vragen beantwoordden – Shari Anton, Terri Bolyard, Kathy Caskie, Sherrilyn Kenyon en Kelley St. John.

Mijn redacteur, Karen Kosztolnyik en mijn agent Robin Rue, die zorgen dat dit allemaal zo ontzettend leuk is.

Zoals altijd zijn alle vergissingen aan mij te wijten.

*Over de auteur*

Karen Rose werd op de jonge leeftijd van acht jaar geïntroduceerd in het genre van thrillers en horror, toen ze per ongeluk *The Pit and The Pendulum* van Poe las en nog jarenlang bang was om te gaan slapen. Nu schrijft ze graag boeken waarvan andere mensen bang worden om te gaan slapen.

Karen woont in Florida, met de man met wie ze al twintig jaar getrouwd is en hun kinderen. Wanneer ze niet schrijft, houdt ze zich graag bezig met reizen, karate en, hoewel het geen bijzonder populair tijdverdrijf is in Florida, skiën.